変身物語（下）

オウィディウス
大西英文

講談社学術文庫

目次

変身物語（下）

第九巻……13
第一〇巻……73
第一一巻……127
第一二巻……181
第一三巻……227
第一四巻……303
第一五巻……369
文献一覧 437
訳者解説……445
地名・民族名索引（下） 495
人名・神名索引（下） 511

［上巻 目次］

第一巻
第二巻
第三巻
第四巻
第五巻
第六巻
第七巻
第八巻

文献一覧
地名・民族名索引（上）
人名・神名索引（上）

凡例

・本書は、プブリウス・オウィディウス・ナーソーの『変身物語』の全訳である。底本には次の二つの校本を用い、両者に異同がある場合は、その旨を注記した。また、ごく少数ながら注釈書などのその他の校本の読みを採った箇所もあるが、その場合もその旨を訳注に記した。

P. Ovidi Nasonis Metamorphoses, recognovit breviqe adnotatione critica instruxit R. J. Tarrant, Oxford: Oxford University Press (Oxford Classical Texts), 2004.

Publius Ovidius Naso, *Metamorphoses*, edidit William S. Anderson, Berlin: Walter de Gruyter (Bibliotheca Scriptorum Graecorum et Romanorum Teubneriana), 2008.

・訳文の上欄の数字は、原文の行数を示す。底本では五行おきに記してあるが、煩を避けて一〇行おきとした。

・〔 〕は訳者による補足・注記を、［ ］は底本に削除記号が付されている箇所を示す。

・主にギリシアの神話・歴史が語られる第一巻一行から第一三巻六二二行までは、ギリシアの人名・地名などの固有名詞がラテン語形で示されていてもギリシア語形に改めてカタカナ表記した。

例）ヘルクレス→ヘラクレス　　ウリクセス→オデュッセウス　　アテナエ→アテナイ

しかし、物語がローマの建国の話に移行する第一三巻六二三行以下では、ラテン語形を優先し、そのままカタカナ表記した。

例）オデュッセウス→ウリクセス　　エウアンドロス→エウアンデル

ただし、不統一の誹りは甘受しなければならないものの、「テウケル」を「古の」というニュアンスを重視して「古のテウクロス」とした例外がある。

・神名については、主要な神々はギリシアの神々とおおむね同一視されてはいたが、例えばウェヌスやディアナ、クピドーなどのようにローマの神々とその名称固有のニュアンスやイメージもあることを考慮し、ローマ名のままとした。なお、ローマとギリシアの主な神々の対応は次に記すとおりである（ローマ名の五十音順）。

ウェヌス－アプロディテ
ウルカヌス－ヘパイストス
クピドー－エロス
ケレス－デメテル
サトゥルヌス－クロノス
ディアナ－アルテミス
ネプトゥヌス－ポセイドン
ミネルウァ－アテナ
メルクリウス－ヘルメス
ユノー－ヘラ
ユピテル－ゼウス

ラトナーレトー

・固有名詞は、原則として音引きを省いた。ただし、「ローマ」や「ムーサ」などの慣用的なもの、および「ユノー」、「ディドー」、「クピドー」のような語末がoで終わるもの（慣用を優先した「アポロ」は除く）は例外とした。

・ph th chの音はp t c（＝k）と同じものとして表記した。

例）ダプネ（Daphne）　アルテミス（Artemis）　カロン（Charon）

・訳注では、頻出する以下の文献については、書名を省き、著者名と出典・参照箇所のみを記した。ただし、アポッロドロス『摘要』、ヒュギヌス『天文譜』については、区別するため書名を示した。

アポッロドロス『ビブリオテーケー（ギリシア神話）』
アントニヌス・リベラリス『メタモルフォーシス（ギリシア変身物語集）』
ストラボン『地誌』
ディオドロス・シケリオテス『ビブリオテーケー（歴史）』（部分訳がある邦訳の表題は『歴史叢書』、『神代地誌』）
パウサニアス『ギリシア案内記』
ヒュギヌス『神話伝説集』

例）アポッロドロス一・二・三

・訳注において出典・参照箇所を示す漢数字は「巻・章・節」（詩集の場合は「巻・歌・行」）、あるいは「巻・行」、あるいは「行」を表す（ヒュギヌス『神話伝説集』、アントニヌス・リベラリス『メタモルフォーシス（ギリシア変身物語集）』については、一は「第一話」、二は「第二話」を表す）。

・本訳書内の参照箇所については、本文の場合は「第一巻二参照」、「第三巻四―五参照」のように「行」を省き、訳注の場合は「第六巻七行注参照」、「第八巻九行注参照」のように（注記号のある行数を明示する意味で）「行」を付して示す。

変身物語（下）

第九巻

ネプトゥヌスの子の英雄*は、河神が何故溜息を吐いたのか、その訳と、
額の角が一本欠けている理由を尋ねた。その彼に、飾らない髪の毛を
葦で束ねた、カリュドンを流れる河神はこう語り始めた。
「悲しい務めだ、貴殿のお求めは。蓋し、敗者にして、誰が己の負け戦を
語りたいと思うだろう。だが、順を追ってお話しすることにしよう。それに、
負けたから恥というより、むしろ争ったことが名誉と言うべきなのだ。
私に大きな慰めを与えてくれる、勝者があれほどの傑物であることがね。
話に聞いて、あなたの耳にも届いてはおらぬかな、デイアネイラ*という
女の名が？　その往時は、並ぶ者なき、それはそれは見目麗しい乙女で、
多くの求婚者たちの憧れの女、垂涎の的だった。
我こそ婿に、という求婚者らと一緒に、将来の舅御の館に入っていった後、
私は言った、『私を、パルタオンの御子*よ、婿に迎えては下さらぬか』と。
アルケウスの孫*も同じことを口にした。で、他の者らは我ら二人に譲った。
奴は、自分が婿になればユピテルを舅にできる、と言い、名高い難行のこと、
継母〔にあたるユノー〕の命令をやり遂げた偉業を申し立てるのだ。
それに対して、私はこう言った、『神の身で、人間に――あの男は
まだ神ではなかったのでね*――屈しては恥。御覧の私は
あなたの領地を蛇行して流れる数多の川を治める河神。私なら、

あなたが迎える婿は、異国の地から送られてきた他所者というのではなく、
同国人にして、あなたの王国の一員ということになる。それに、よもや私の
不利に働くことではありますまい、私が〔その男のように〕神々の女王ユノーに
憎まれる者でもなく、罰を受けて難行を命じられた者でもないという事実が。
如何にも、アルクメネの子よ、お前の生みの親だと、お前の言うユピテルは、
嘘っぱちの父親か、本当の父親なら犯罪者の父親か、どちらかだ。お前は
神を父親にしようと、不義の汚名を母親に着せるのか。選べ、ユピテルが
嘘っぱちの父親のほうがいいのか、罪に汚れた本当の父親のほうがいいのか』*と。
そう言う私を、あの男は既に険しい眼差しで
睨みつけ、火のついた怒りを、抑えようとして、抑えかねながら
言い返した、『俺は腕のほうが優れているのだ、口よりは、な。俺がその腕で
闘い、お前を負かそうとする間、お前は精々口で勝とうとしているがいい』。
それだけ言うと、彼奴は獰猛に襲いかかってきた。大口を利いたからには、
譲るのは恥じられた。私は、着ていた緑の服を脱ぎ捨て、二本の腕を
胸の前に突き出し、両手の指を〔つかみかかれるよう前向きに〕鉤形に広げて
構え、脚も身体も戦闘の姿勢を取った。
あの男は、空ろな手の平で砂を掬って私に振りかけてきたが、
お返しに、奴のほうも黄色い砂を浴びて黄色く染まった。すると、

奴めは、或いは私の頸を、或いは脛を、或いは脇腹を摑まえようとした、
少なくも摑まえようとする風に見えたのだが、あらゆる所を狙ってくるのだ。
40 だが、私の重量が盾になり、奴の攻撃も甲斐がなかった。これを喩えれば、
まさしく、轟音と共に怒濤が打ち寄せる巨岩と言えばよかろうか。
巨岩は、怒濤に撃たれながらも、その重みでじっと耐えているのだ。
二人は僅かに離れて間合いを取り、再び戦闘を始めて組み合った。
どちらも、一歩も引かない決意で、足場を固めて踏ん張り、足と
足を絡め、私のほうは前かがみになって胸全体で奴にのしかかり、私の指を
奴の指に絡め、私の額(ひたい)を奴の額に合わせて相手の圧力を押し返そうとした。
その様(さま)は、私も見たことがある、角突き合わせる屈強の二頭の雄牛そっくり。
闘いの褒美の、牧場(まきば)中で一等美しく輝く雌牛を伴侶にと、相争う時のことだ。
群れの他(ほか)の牛たちは、これほどの群れの支配権を決する勝利がどちらの雄牛に
転ぶのか分からぬまま、固唾(かたず)を呑み、怯えながら、じっと見つめている。
50 それはさておき、アルケウスの孫は、抑えつけて抗う私の胸を
撥ねのけようと甲斐なく三度試みた後、四度目にして、奴を組み止め、
引きつけている私の腕を払って振りほどくと、〔勢いあまって〕つんのめる私を
――ありのままを語ることに決めているのだ――忽(たちま)ち手で一突きしてくるりと
向きを変えさせ、背後から、のしかかるように私を羽交い絞めにしたのだ。

信じて貰えるなら——如何にも、話を繕(つくろ)って、偉そうに見せようなどとは毛頭
思わぬからだが——乗っているのは山で、山に圧(お)されているかと思ったものだ。
だが、私は、汗が滝のように流れ落ちる腕をやっとの思いで奴の腕の
間にねじ込み、辛うじて強烈な羽交い絞めから身体を解き放った。すかさず
彼奴(きゃつ)は、息せき切らすその私に迫り、体力を回復するのを許さず、
私の頸を摑んだ。その時になって、遂に私は大地に　60
膝を突き、〔頭を押さえつけられて〕口で砂を嚙んだのだ。
武勇では敵わぬので、私は十八番(おはこ)の術策に頼ることにした。
私は奴の手から抜け出ると、長々と腹這う蛇に変身したのだ。
そうしてから、体をくねらせ、蜷局(とぐろ)を巻き、
二股に裂けた舌を動かして、荒々しくシュルシュルと音を立てると、
ティリュンスの英雄は声をあげて笑い、私の術策を嘲りながら、こう言った、
『蛇を平らげることなど、俺の揺籃(ゆりかご)時代に果たした苦役*だ。
アケロオスよ、貴様が他(ほか)の蛇どもに打ち勝とうとも、たった一匹の
蛇にすぎぬお前など、レルナの蛟(みずち)*に比べれば、何ほどのものであろう。
あの蛇は己の受けた傷で却って多産になり、百の鎌首のどれ一つとして、　70
切り取られて、倍の後釜を生え出させ、
鎌首を一層強力にせぬものはなかったのだ。切られては蛇を蘇らせ、

受けた痛手で却って増長し、大木の無数の枝さながら、数知れぬ
鎌首を擡げるその蛟に、俺は勝ち、平らげたその胴を切り裂いたのだ。
お前はどうなると思う、まやかしの蛇に変身し、
当てにならぬ姿で人目を晦まし、人の太刀で巧名するようなお前だ』。
そう言い終わるや、あの男は私の喉首を両手で絞め上げた。
まるで 鋏 で喉を挟まれたように、私は苦しみ、
奴の指の締め付けから喉を振りほどこうと、もがいた。
80 こうして蛇に姿を変えてもやられてしまった私に残されていたのは第三の姿、
荒々しい猛牛への変身だ。私は全身を雄牛の姿に変えて、再び反撃に出た。
あの男は左側から私の分厚い頸に腕を回して締め付け、私が駆けるに任せて
並走するかと思えば、角を摑んで引っ張り、また横手に付き、遂には
堅い角を圧しつけて*地面に突き刺し、私を砂塵深く這い蹲らせたのだ。奴は
それだけでは満足しなかった。狂暴な手で硬い角を摑んでいたが、その内、
握った角をへし折り、額から引き抜いて、この額を片角にしてしまったのだ。
その角は、水の妖精たちが果物や芳しい花々で満たして、神への
聖物とした。豊富の女神が豊かに富んでいるのは私の角のお陰なのだ*」。
河神は話を終えた。すると、ディアナよろしく衣の裾を絡げたニンフが、
90 河神の傅きのひとりだったが、髪の毛を両肩から背後に靡かせながら

100

部屋に入ってきて、豊かな角に盛った、ありとあらゆる
秋の実りや、甘美な果物の水菓子を運んできた。
さて、陽が昇る朝となり、曙光が峰々を照らし出す頃、
若者らは河神に別れを告げた。川が静まって
穏やかな流れとなり、川面が一面波立たなくなるまで
待てなかったからだ。アケロオスは武骨なその顔と
片角（かたつの）になったその頭を流れの真中（まなか）に隠した。
　この河神の場合、心を痛めたのは額（ぬか）の飾りの一本の角の喪失にすぎず、
他（ほか）は無事であった。その額（ぬか）の飾りの損失でさえ、上に被せた
柳の葉や葦の冠で隠されて、傍目（はため）にはそれと分からなかったのだ。だが、
狂暴なネッソス*よ、お前の場合には、同じ乙女への横恋慕が致命的となり、
石火の矢で背中を射貫かれて命を落とす羽目になった。その訳は
こうだ。ユピテルの子〔ヘラクレス〕が新妻*と共に故国の都城を目指す
帰国の途次、流れ速きエウエノスの川岸にやって来た時のこと、
川は、冬の豪雨で増水して、いつもより水嵩を増し、
至る所で流れは渦を巻いて、渡るに渡れぬ激流となっていた。
自分のことでは何の恐れもなかったが、新妻のことを心配するヘラクレスに、
屈強の身体で、渡瀬（わたせ）を知悉しているネッソスが近づき、こう声をかけた、

「儂(わし)が、アルケウスの孫よ、助けて差し上げ、そこの御方(おかた)を向こう岸に
110 立たせてあげよう。あんたは自力で泳いで渡るといい」と。
すると、アオニア縁(ゆかり)*の英雄は、怯えて青ざめ、川も、他ならぬネッソスも
怖がっているカリュドン生まれの新妻をネッソスに託した。
程なく、ヘラクレスは、箙(えびら)を背負い、獅子皮を纏った姿になっていたが、
――棍棒と曲がった弓は既に対岸へ放り投げていたのだ――その恰好のまま、
「一度手を染めた縁(えにし)*だ、この川も平らげてやろう」、そう言うなり、
躊躇(ためら)うこともなく、また、流れが最も穏やかなのはどこか、探すこともなく、
川に飛び込んだ。流れの従順さを当てにして渡る気など更々なかったのだ。
ヘラクレスは、早や向こう岸に泳ぎ着き、放り投げていた弓を
取り上げようとした。その時、妻の叫び声に気付き、託していた新妻を
120 ネッソスが誑(たぶら)かそうとするのを見て取るや、叫んだ、「脚の速さに恃(たの)んでも、
無駄だ。この狼藉者め、どこへ慌てて逃げようとする。人馬(じんば)二形(ふたなり)の
ネッソス、お前に言っているのだ。よく聞け。俺のものに手を出してはならぬ。
お前に俺への畏(おそ)れや憚(はばか)りが毛頭ないとしても、お前の父親*の
〔回り続けてやまぬ劫罰の〕車輪が、禁断の邪恋を戒める警鐘になる筈であろう。
だが、逃げ果(おお)せさせはせぬぞ、幾らお前が馬の脚を当てにしようとも、な。
俺がお前を追うのは脚でではない。致命の矢傷でだ」と。英雄は最後の言葉の

真実であることを行動で証し、矢を射かけて、逃げるネッソスの背中を
射貫いた。貫いた戻りのある鉄の鏃が胸から飛び出した。
その鏃を〔矢柄ごと〕ネッソスが引き抜くと、前後両方の傷口から
130
レルナの蛟の毒液の混じる血がどっと迸り出た。
ネッソスは毒血を手に受け取ると、「死ぬにしても、仕返しせずには
措くものか」、そう言うや、〔衣を脱ぎ〕生暖かい毒血で染めた衣を、*
愛を蘇らせるものと偽り、攫おうとしたデイアネイラに贈り物として与えた。
　この出来事の後、長い時が経ったが、その間、偉大なヘラクレスの偉業は
世界中に満ち渡り、ユノーの心にも憎しみを充満させていた。ヘラクレスは、
勝利者として、オイカリアからの帰途、*ケナイオンのユピテルに祈願成就の
供犠を行おうとしていたが、一足早く、饒舌な噂が、デイアネイラよ、
汝の耳に届いていた。真実に虚偽を加えるのを喜びとし、
嘘に嘘を重ねて、針小棒大に言い触らす噂だ。その噂が言うには、
140
アンピトリュオンの子はイオレを熱愛し、その虜になっているという。
夫を愛する彼女はそれを信じ込み、他の女への新たな愛の噂に驚愕し、
初めは涙に暮れ、哀れにも、涙を流すことで心痛を
紛らしていた。やがてその内、こう独り言ちた、「でも、何故泣くの。
さぞや、あなたのその涙を、恋敵は喜ぶことでしょう。その恋敵は今、

こちらにやって来るところ。だから、急がねば。何か策を講じなければ。
それができる間に、まだ他の女が私たちの閨に居座っていない今の内に。
愚痴を言おうか、黙っていようか。カリュドンに戻ろうか、留まろうか。
家から出ていく？　それとも、他に良い策がないのなら、邪魔立てしてみようか。
私が、メレアグロス、あなたの妹であるのを忘れず*、気丈に、不敵なことを
企ててみるのはどう、恋敵の喉を掻き切って、女が不当な仕打ちや酷い目に
遭った時、どれほど恐ろしいことができるか、見せつけてやるのは？」
デイアネイラは、あれかこれか取るべき道に迷い、心は千々に乱れた。だが、
彼女が、他でもない、最後に選んだのはネッソスの毒血で染められた衣を夫に
送り届けることだった。消えた愛の力を取り戻すものだと聞いていたからだ。
事情を知らぬリカス*に、彼女自身、何を手渡すのか理解していないまま、
哀れ極まりなく、やがて己の嘆きの因となるものを手渡し、懇ろな言葉で
その贈り物を夫に渡してほしいと頼んだ。何も知らぬ英雄は〔リカスから〕
それを受け取ると、レルナの蛟の毒液に染まる衣を肩に掛け、身に纏った。
ヘラクレスは、点けたばかりの火に香をくべ、祈りの言葉を唱えて、
灌酒皿に注いだ葡萄酒を大理石の祭壇に注ぎかけようとしていた。すると、
あの禍の毒の力が熱を帯び始め、祭壇の火の所為で柔らかく溶け出すと、
衣からヘラクレスの身体の至る所に浸潤していった。英雄は、

180　　　170

できるかぎり、習いの雄々しさで苦痛の呻きを押し殺していた。
しかし、禍の苦痛に、さしもの忍耐心も屈し、祭壇を押しのけると、
苦悶の声を木立生い茂るオイテの山中に響き渡らせた。
すぐさま、ヘラクレスは死を呼ぶ衣を引き裂こうとした。だが、肌から
剝がそうとすると、衣は、覆う皮膚をも剝ぎ取り、語るに悍ましいことながら、
引き剝がそうにも剝がせず、肌に張り付いたままか、剝がせたと思いきや、
後には、ずたずたに傷ついた四肢と、むき出しになった太い骨が残されていた。
血そのものも、まるで灼熱した鉄片を冷たい水に
浸けたように、ジュージュー音を立て、燃える毒で沸き立っている。
禍は際限がなく、貪婪な炎熱が内臓を喰らい尽くし、
青黒い汗が全身から流れ出て、焼け焦げた
筋はパチパチと音を立てていた。遂には、目に見えぬ腐敗が
髄を溶かしてしまうと、ヘラクレスは両手を天に差し伸べて叫んだ、
「俺の禍を、サトゥルヌスの娘御〔ユノー〕よ、楽しめ、精々
楽しむがいい。この破滅を、残酷な女神よ、天から眺めて、その無慈悲な心で
堪能するがいい。それとも、俺が敵にさえ、敵とはつまりあなたのことだが、
憐れむべき者と思われるのなら、惨たらしい苦しみに苛まれる
この忌々しい命、苦難に生まれついたこの魂を奪い去るがいい。

死ねるのなら、俺には僥倖。それこそ継母が贈るに相応(ふさわ)しい贈り物ではないか。
だが、そもそも、この俺は、神殿を異国人の血で汚していた
ブシリス*を平らげた者、母の大地から得る精気を狂暴な
アンタイオスから奪った者、ヒベルス流れる地の三頭(さんとう)の姿の牧人にも、
やはり三頭の姿の、ケルベロスよ、お前にも怯まなかった者ではないのか。
強力な猛牛の角を押さえつけたのは、わが手よ、お前たちではないのか。
お前たちの偉業はエリスに、またステュンパロスの湖に、また
パルテニオスの森にその跡を留めている。お前たちの武勇あればこそ、
テルモドン縁(ゆかり)の黄金の細工を施した剣帯や、
不眠の竜が見張る黄金の林檎を持ち帰れたのだ。
ケンタウロスどもも、アルカディアの野を荒らしていた野猪も、この俺には
抗えなかった。〔レルナの〕蛟(みずち)も、俺を前にしては、喪失で却って増長し、
力を倍化させるその魔力も、何の役にも立たなかった。
更に、この俺はと言えば、人血で肥えたトラキアの馬どもと、
引き裂かれた人肉の溢れる飼葉桶を目にし、目にするや、その桶を覆して、
飼い主諸共(もろとも)、人肉喰(ぐ)らいの、その馬どもを屠(ほふ)った者ではないのか。
ネメアの大獅子が打ち砕かれて倒れ伏したのもこの腕で、だ。俺はまた、
天空をこの頸で支えた。この俺に難行を課すのにほとほと疲れ果てている、

200
ユピテルの冷酷な伴侶は。俺の方は、命令を果たして、尚疲れ知らずだ。
だが、その俺が、これまでにない病に見舞われている。武勇をもってしても、
武器や武具をもってしても抗えぬ病だ。喰らい尽くしてやまぬ炎熱が
肺の奥深くを駆け巡り*、身体中を貪り尽くしている。それに引き換え、
エウリュステウスめは無事息災。これで、神々が存在するなどと
信じられる者がいようか」。そう言うと、病軀を押して、高く聳(そび)えるオイテの
峰を徘徊した。その様(さま)は、さながら、槍が体に突き刺さったまま彷徨(さまよ)う
雄牛のよう。痛手を与えた下手人は逃げ去り、もはやそこにはいないのだ。
その場に居合わせれば、屢々(しばしば)苦痛の呻吟(しんぎん)を発し、屢々吠えるような叫声(きょうせい)をあげ、
屢々纏う衣服を悉(ことごと)く引きちぎろうと試みるヘラクレスの姿が、或いは、木々を
210
薙ぎ倒しては山に向かって怒りをぶちまけるかと思えば、また父〔ユピテル〕の
住まいする天に向かって両腕を差し伸べるヘラクレスの姿が見られただろう。
　その時、見よ、ヘラクレスは、岩穴に震えながら身を潜めている
リカスの姿を目にとめ、苦悶に苛まれた挙げ句の狂暴さに駆られるまま、
「お前か、リカス」と言った、「死をもたらすこの贈り物の贈り主は。お前が
俺の殺し手になろうという訳だな」と。リカスは震え、真っ青になって
怯えながら、恐る恐る弁解の言葉を口にした。
だが、弁解し、両手で膝に取り縋(すが)ろうとする彼を、

アルケウスの孫〔ヘラクレス〕は摑み上げると、三度四度と振り回し、
〔岩石を飛ばす〕射出機（カタパルト）よりも強力にリカスをエウボイアの海めがけて
投げ飛ばした。リカスは空中を飛んでいく内に硬直していった。
その様（さま）を喩えれば、恰（あたか）も、雨滴が冷たい雲に冷やされて固まり、そこから
雪ができるが、〔はじめは〕柔らかなその雪もくるくる舞う内に凝結し、　220
遂には稠密な霰（あられ）の塊になる、まさにそのように、
リカスも屈強の腕で投げられて宙を飛び、飛ぶ内に
恐れで血の気も失せ、早や水分というものが悉くなくなり、
古い言い伝えでは、硬い岩石に変身したという。
今も、リカスは、エウボイアの海の深い海原から顔を覗かせる
人形（ひとがた）をした小さな巌（いわお）として、その名残を留めているのだ。船乗りたちは
その巌を、まるで感覚を持つもののように、踏みしめるのを憚（はばか）り、
リカスと呼び習わしている。ところで、ユピテルの令名高い子よ、汝は、
高く聳えるオイテの山に生える木々を切り倒し、それで
火葬堆（づみ）を築くと、ポイアスの子〔ピロクテテス〕に、自分の弓と幅広の箙（えびら）と　230
矢を手に取るよう命じたが、その弓と箙と矢とは、やがて再びトロイアの
王国を目にすることになるものであった。* その後（あと）、ポイアスの子が助けて、
火葬堆の下に火が点けられた。火葬堆が貪欲に炎を上げて燃え上がる間（あいだ）、

堆（うずたか）く積んだ木々の天辺（てっぺん）に、汝はネメアの獅子の皮を
敷き、棍棒の上に頭を載せて横たわったが、その表情は、
生（き）の葡萄酒がなみなみと注（つ）がれた杯（さかずき）の並ぶ酒宴の寝椅子に、
花輪を頭に巻いて横になっている時のそれと全く変わらなかった。
　既に、炎は勢いを増し、四方八方に広がって、パチパチと音を立てながら、
火勢に動じる気配も見せず、平然としている英雄の身体めがけて
240 立ち上（のぼ）っていった。神々は地上の保護者〔ヘラクレス〕のことを心配した。その
神々に、それを感じ取っていたからだが、サトゥルヌスの子は、嬉し気な声で
語りかけた、「御身（おみ）たちが、おお天上の神々方、そうして危惧してくれるのは
私にとって喜び。心底、私は嬉しく、喜ばしく思っているのだ、
私が、忠誠を忘れぬ御身たち、神々の一族の、支配者とも、父とも呼ばれ、
その私の血を引く子も御身たちの好意によって庇護されていることは。
如何にも、その僥倖を得られるのも、あの者自らの絶大な偉業故とはいえ、
他ならぬこの私も有難いことと思っている。だが、御身たちのその忠実な心に
無用な恐れを抱かせてもいけない。オイテのあの火焔は心配せずともよい。
悉くに打ち勝ったあの者は御身たちの目にしているあの火焔にも打ち勝とう。
250 母親から受け継いだ部分以外、ウルカヌス神の司る火の威力を
感じることはないからだ。私から受け継いだものは永遠不滅で、死とは

270 260

無縁、死を免れており、如何なる火焔もこれに打ち勝つ力はない。その部分が地上で役割を果たし終えた暁（あかつき）に、私はこれを天上界に迎え入れるつもりだが、私のこの措置がどの神にも喜ばれるものと私は信じて疑わぬ。だが、ヘラクレスが神になることを、誰か、もし誰か嘆く神がいるとして、その褒賞が与えられたことに不満を覚えようとも、与えられるに値する功故と分かる筈。嫌でも是認せざるを得ぬであろう」。

神々は賛意を表した。伴侶の王妃も、他（ほか）の話を聞いている時は、険しい顔つきではないように見えたが、ユピテルの最後の言葉を聞いた時は、苦々し気に顔を顰（しか）め、暗に自分が窘（たしな）められているのに気を悪くした風だった。

その間（かん）にも、早や、火炎に破壊されうる部分は悉く、火を司るムルキベル*が奪い去って、ヘラクレスと見分けがつく姿形は残されていなかった。母親の面影を髣髴させるものは何一つなく、ユピテル譲りのものだけが残ったのだ。

これを喩えれば、脱皮すると共に、老いも脱ぎ捨て、新たに蘇って、生気を漲（みなぎ）らせ、真新しい鱗を輝かせるのが常の蛇のよう。まさにそのように、ティリュンスの英雄も、死すべき人間の肉体を脱ぎ捨てると、自らの内のより良き部分において力を漲らせ、それまでより大きく見え始め、神々しい荘重さによって畏敬すべき存在となり始めた。

そのヘラクレスを、全能の父神〔ユピテル〕は引っ攫うと、四頭立ての車駕に乗せ、稀薄な雲間を抜けて、光り輝く星々の中へと運んでいった。*〔天空を支えている〕アトラスはその重みを犇と感じた。だが、ステネロスの子エウリュステウスは父親〔ヘラクレス〕への憎しみを収めはせず、冷酷にも、その憎しみをヘラクレスの子たちに向けていた。* 一方、アルゴス生まれのアルクメネは長い心労に苛まれてはいたが、彼女には、老いの愚痴を零したり、全世界が証人の、息子〔ヘラクレス〕の数多の難行を語ったり、自分が経てきた数々の艱難を打ち明けたりする相手として、イオレがいた。イオレは、ヘラクレスの命で〔息子〕ヒュッロスが妻に迎えて、心から愛していたが、そのお腹には高貴な種が宿されていた。そのイオレに向かって、アルクメネがこう語り出した、「願わくは、せめてあなたには、神様方が冥助を垂れ給い、月満ちて、あなたが不安な産婦の守り神エイレイテュイア*に、御加護を、と呼びかける時には、出産が遅れることのないようにしてくれますよう。だってね、この女神は、ユノー女神の威勢を憚って、私には辛く当たられたのよ。その訳は、難行を果たす定めのわが子〔ヘラクレス〕の誕生の日も、もう間近で、〔身籠ってから〕お日様が〔黄道十二宮の〕十番目の星座に差しかかろうという頃、私のお腹は重さで、はち切れんばかりに膨れ、身籠っていた赤子のその重さといったら、それはもう大変なもので、宿している子の父親が

紛れもなくユピテル様だと分かるほどでした。で、私は、もうこれ以上
苦しみに耐えられなくなっていたの。ええ、本当に、今こうして
話している間も、ぞっとする寒気に身震いがし、思い出しても辛さが蘇ります。
私は七日七夜(なのかななよ)、ずっと陣痛に苦しめられっぱなしで、
辛さに憔悴しきり、大空に向けて両腕を伸ばして、大声で
*ルキナ様と、ルキナ様に並ぶ『お産を助ける神々(ニクシ)』の名を何度も呼んだの。
女神は、お出ましになるにはなったけれど、予(あらかじ)め言い包(くる)められていて、
私に敵意を抱くユノー様に私の命(いのち)を引き渡すつもりだったのです。
ルキナ様は、私の呻き声をお聞きになると、戸口の前の
あの祭壇に、右の膕(ひかがみ)を左膝の上に載せて座り、
手の指を櫛みたいに組み合わせて、
私のお産を妨げようとしているの。そうして、黙ったまま、何やら呪文を
唱え、その呪文の所為で、始まっていた分娩が止まってしまったのよ。
私は懸命に息(いき)みながら、愚かにも、恩知らずなユピテル様を甲斐なく責め、
いっそのこと死んでしまいたいと思いつつ、情なき木石(ぼくせき)にも憐れと思わせる
嘆きの言葉を口にしたのです。カドモス縁(ゆかり)のテバイの婦人方が傍にいて、
祈っていてくれ、苦しむ私を励まし続けてくれました。ところで、
侍女の一人に、庶民の出のガランティス*という金髪の娘がいて、私の世話を

してくれていましたが、甲斐甲斐しく指図をこなし、忠義を尽くしてくれる、
私が可愛がっていた侍女よ。その彼女が、私に敵意を抱くユノー女神によって
何かが企まれているのを薄々感じ取っていたけれど、頻りに部屋を
出入りしている内に、女神〔ルキナ〕が戸口の前の祭壇に、組み合わせた両手を
膝の上に置いた姿で腰掛けているのを見つけて、こう声をかけたの、　310
『あなたがどなたにしろ、奥様に祝福を。お産の苦しみから解放されましたわ、
アルゴス生まれのアルクメネ様は。願い叶って、お子様をお産みになったの』。
お産を司る女神は、吃驚し、組み合わせていた手を解いて、飛び上がったわ。
私のほうは、こうして呪縛が解けて、お腹の重荷から解放されたの。
聞く所、ガランティスは女神をまんまと騙し、してやったり、と笑ったとか。
厳酷な女神は、声を上げて笑っている彼女を、髪の毛を摑んで
引き倒し、地面から身体を起こそうとする彼女を
押さえつけて、腕を前脚に変えてしまったのよ。昔の活発さは
相変わらず残っていました。それに、元の皮膚の〔金色の〕毛の色も
失ってはいなかったわ。でも、姿形は変わっていたの。　320
産婦の主人を、口から出任せの嘘を吐いて援けた彼女は、〔鼬になったあと〕
口から子供を産み、以前のように、私たちの家の辺りを徘徊するのよ」。
　そう言うと、かつての侍女の警鐘を鳴らす運命に心動かされて、

深く溜息を吐いた。心を痛めるその彼女に、嫁〔イオレ〕がこう語りかけた、
「でも、お母様、お母様が御心を痛めておいでの、姿を奪われた変身の例は、
私たちの血筋とは無縁の方のそれです。私の姉の驚くような運命を
お話しすれば、どう思われることでしょう。尤も、悲しみと涙とに妨げられ、
お話しするのも容易ではないのですけれど。姉は母の一人娘で——私は、
330 父は同じながら、異母妹なのです——、オイカリアの乙女の中でも、美しさで
誰よりも名高い女でした。名をドリュオペ*と言います。デルポイとデロスに
鎮座まします神様の無体な仕打ちを受けて、処女ではなくなっていた彼女を
アンドライモンが迎え入れ、彼女を伴侶に、傍目にも幸せに暮らしていました。
近くに池がありました。岸が傾斜のある坂になっていて、なだらかに降る
海岸のようになっており、岸辺の最上部は銀梅花*の茂みで飾られています。
待ち受ける定めも知らず、ドリュオペはこの池にやって来ました。それと知れば
尚更理不尽と思われましょうが、ニンフたちに花輪を届ける積りだったのです。
懐には、まだ生まれて一年も経たない、愛らしい重荷の赤子を抱いて、
赤子の糧の、生暖かい乳を口に含ませておりました。その池の水際から
340 さほど離れていないところに、やがて実を付ける筈の、テュロス産の
緋色にも紛う赤い花を咲かせた、水辺を好むロートスの木*がありました。
ドリュオペは、赤子に与えて喜ばせようと、そのロートスの木から

赤い花を摘み、私も同じことをしようとしたのですが
——私も傍にいたのです——、見れば、花から真っ赤な血の滴（しずく）が
流れ落ち、恐れでぶるぶる震えるように枝が揺れているではありませんか。
今となっては遅すぎますが、田舎の人たちが後で語ってくれたところでは、
その昔、ニンフのロティス*が、プリアポスの卑猥な誘惑を拒んで、
名はそのままに、顔形を変えてこの木となって、難を逃れたとか。
　勿論、姉はそんなことは知りませんでした。滴（したた）る血に酷く驚き、
350
後ずさりして、ニンフたちに祈りながら、そこから離れようとしたのですが、
根が生えたように、足が動かなくなっていました。引き抜こうともがいたものの、
動くのは上半身だけ。やがて、足元から徐々に、樹皮のようなものが
身体を這い登り、ゆっくりとですが、腰まですっかり覆ってしまいました。
それを目にすると、姉は髪の毛を引き毟（むし）ろうとしましたが、手は
葉っぱで一杯になりました。頭はすっかり葉に覆われてしまっていたのです。
一方、赤子のアンピッソスのほうは——祖父のエウリュトスがこの子をそう
名付けていたのですけれど——、母親の乳房が固くなるのに気づきました。
乳房から乳を吸おうとしても、乳が出てこないのです。私は、傍にいて、
この残酷な運命を具（つぶさ）に見ていたのですが、お姉さん、私はあなたを
360
助けてあげることもできず、何かできないものかと、益々広がっていく

幹と枝を精一杯抱きしめて、変身を止めようとしたのです。でも、叶わず、本当に、私も同じ樹皮の中に包まれればよいのに、と思ったものでした。すると、そこに、御主人のアンドライモンと、憐れ極まりないお父様がやって来て、ドリュオペを探しました。どこか、と尋ねる二人に、私はロートスの木を指さしました。二人はまだ生暖かい木に口づけをし、身を投げ出して、愛しいわが妻、わが娘の変わり果てた木の根方にしがみつくのです。愛する姉さんには、木に変わっていないところは、最早、顔以外ありません。涙が、可哀そうにも、身体から変わった葉っぱに零れ落ちています。そうして、それができる間に、また口が声の通い路を与えてくれている内に、姉さんは大気に向かってこのような嘆きを発しました、『不幸な者の言葉にも何かの真実があるのなら、神々に誓います、私には、こんな酷い目に遭わねばならぬことをした覚えがありません、と。罪なくして私は罰を受けています、これまで私は罪に汚れずに生きてきました。私の言が嘘偽りなら、干涸びて、葉を悉く失い、斧に切られて、焼かれても構いません。只、幼気なこの子だけは、母のこの枝から引き離して、乳母に預けて下さい。そうして、度々この私の木の下で乳を飲ませ、度々この木の下で遊ばせるようにして下さい。言葉を話せるようになった時には、母に挨拶させて、悲し気に、こう

言わせるようにお願いします、「お母さんはこの木の中にいるの」と。でも、
池や沼は怖いと思わせて近づかせず、決して木から花を摘まぬよう、諭し、　380
木々の枝は女神様方の身体、と思うようにさせて下さい。
愛しいあなた、さようなら。妹よ、あなたも。それに、お父様も、さようなら。
もしもお父様に私を思う心がおありなら、この木が鋭い刃（は）の鎌で切られたり、
家畜たちに葉が食べられたりしないよう、どうかお守り下さい。
私にはあなたたちのほうに身を屈めることができないので、
私に向かって背を伸ばし、口づけができるよう、あなたたちのほうから近寄って。
今の内なら、私に触（さわ）れます。それから、こちらに持ち上げて、可愛い坊やを。
もうこれ以上声を出すことができません。早や、白い頸全体に柔らかな
木の皮が這い上がってきていて、顔が梢で隠れようとしていますから。
私の目から手を離して。あなたたちの心遣いがなくとも、覆い被さる木の皮が、　390
命を終えようとするこの目を閉ざしてくれましょうから』。そう言うと同時に、
口を閉ざして語るのをやめ、ドリュオペであるのを終えました。
姿形が変わった後も、真新しいその枝は、長い間、温もりを留めていました」。
　イオレがこうした驚くべき話を語り、アルクメネが――自身涙を
流していたのだが――手をそっと宛（あて）がって、エウリュトスの娘「イオレ」の涙を
拭ってやっている間に、思いがけない出来事があり、悲しみも

どこかに消えてしまった。その訳は、高く聳える戸口に、まるで少年同然の
イオラオス*が佇(たたず)んでいたからだ。頬に生える毛は産毛(うぶげ)のようで、
顔立ちは若々しい青年の頃のそれに戻っていた。
400 ユノーの娘御へべ〔青春の女神〕が、夫〔となったヘラクレス〕の頼みに負けて、
イオラオスにその賜物を授けていたのだ。そのへべが、これからは、
もうこのような授け物は誰にも与えないと誓おうとした時、
テミスがそれを止(と)めて、こう言った、「既にテバイでは、内乱が
始まっています。*カパネウス*に勝利できる者は、ユピテル様を除けば、誰も
いないでしょう。兄弟は互いに殺(あや)め合い、相打ちで果てることになります。
予知の能力のある将*は、裂けた大地に呑み込まれ〔黄泉に降って〕、生きながら
己が霊を目にするでしょう。その息子*は、父親の仇討ちにと母親を殺め、
同じ一つの行為で、一方では孝子と、もう一方では親殺しの罪人となるのです。
己に生じた不運に驚愕し、正気を失くし、故国からも追われる身となって、
410 復讐女神(エウメニデス)たちの顔に追い立てられ、母親の亡霊に駆り立てられて、挙げ句は、
夫のその彼に、滅びをもたらす宿命の、例の黄金の首輪を〔後〕妻*が強請(ねだ)り、
ペゲウス縁(ゆかり)の者*たちの剣が縁者の彼の脇腹の血を啜ることとなりましょう。
そして、遂には、アケロオスの娘カッリロエは偉大なユピテル神に願って、
その幼い子たちに〔ただちに〕年齢を加えて、逞しい青年にして貰おうとするのです。*

［そして、仇を討った父親の死が仇を討たれぬままにするのを許さないのです。］
ユピテル様は願いを聞き届け、継娘(ままこ)でもあるあなた〔ヘベ〕の授け物を
先に与えて、髭も生えていない幼少の子たちを逞しい若者へと変えるのです」。
　定めを告げる声で、未来を知るテミス女神がこうした予言を
語ると、天上の神々はてんでに言葉を交わし合い、
420 何故他(ほか)の者には同じ授け物が許されないのだ、と囁き合う声が聞こえた。
パッラスの娘御*〔曙の女神(アウロラ)〕は自分の愛人*が歳を取りすぎていることに
不満を言い、慈しみのケレス女神はイアシオン*の髪の毛が
白髪であることを嘆き、ムルキベルはエリクトニオス*が若返って
新たに生を始められるよう要求し、ウェヌスも、将来への不安に駆られて、
アンキセス*を若返らせるという約束を取り付けようとした。
どの神にも、引き立てるお気に入りがいた。わが贔屓(ひいき)こそ、という諍いで
益々喧(かまびす)しくなった。遂にユピテルが口を開いて、言った、
「私への畏敬の念が些かでもあるのなら言うがよい、そのように騒ぎ立てて、
どうしようというのだ。それほどの力があると思っている神が誰かいるのか、
430 自分には定めをも超える力があるなどと。イオラオスが、経てきた歳月を
再び得たのは定めによってだ。カッリロエの子たちが〔忽ち〕若者となったのも
必然の定め。誰かに乞うたり、武器に訴えたりしたからではない。

この事実を御身たちが尚更穏やかに受け入れられるように言えば、御身たちも、
それに私をも、定めは支配しているのだ*。私にそれを変える力があるのなら、
我が子アイアコス*の腰が老年の所為（せい）で曲がっていることもなかろうし、
同じくわが子たちのラダマントスも、わが子ミノス共々、人生の盛りを
謳歌していよう。だが、ミノスはと言えば、老齢の辛い重荷の所為で
人々には疎んじられ、昔のような真っ当な支配はできかねているのだ」。
　ユピテルの言葉は神々の心を打った。神々の誰もが、
寄る年波に老いさらばえたラダマントスやアイアコスやミノスの姿を　440
認めると、それ以上不平を言えなかった。ミノスは、全盛期には、
その名を聞いただけで強大な諸国をも震え上がらせていた。
しかし、身も心も衰えた今、デイオネの子で、若盛りの
屈強さと、ポエブスを父親とすることに驕るミレトス*を酷（ひど）く
恐れ、その彼が自分の王国で謀反（むほん）を企てていると確信していながら、
意を決して父祖の地の家から放逐することができずにいた。
だが、ミレトスよ、汝は自発的に故国を逃れて、快速の船で
アイゲウスの海*〔エーゲ海〕を渡り、アシアの地に、
創建者である自らの名に因んだ城市〔ミレトス〕を築いたのであった。
この地で、元に戻っては下り、下っては元に戻って蛇行を繰り返す　450

460

マイアンドロス*の娘で、際立つ容姿のキュアネエが、父親の曲がりくねった岸辺を辿っているところを、汝は見初め、キュアネエはカウノスとビュブリスという双子の兄妹を産んだのだった。

　ビュブリスの例は、乙女は禁断のものを愛すべからずという戒めとなった。ビュブリスは、アポロの孫である兄への愛という歪んだ愛の虜となったのだ。妹が兄に抱く愛ではなく、仮令そうであっても、限度を越えた愛を抱いた。初めの内、彼女はその愛の炎が何であるか、全く分からず、必要以上に頻繁に接吻したり、頻繁に兄の項に腕を回して抱きついたりするのを罪とは思っていなかった。

長い間、彼女は、その愛を兄弟愛と思い込む幻想で自らを欺いていたのだ。しかし、彼女の愛は次第に道を外れていった。兄に遭いに行くのにお粧しし、やたらに美しく見られたいと思い、自分より美しい女性が誰か兄の傍にいれば、その女性に嫉妬した。だが、彼女には、まだ明確な自覚があったわけではなく、その愛の炎の所為で何かの願望を抱くことはなかった。尤も、炎は心の奥深くで燃え盛っていたのだ。今では兄のことを主様と呼び、今では血の繋がりを示す兄妹の名を厭い、兄には自分のことを、「妹」とではなく、「ビュブリス」と呼んでほしかった。

　しかし、目覚めている時は、さすがに汚れた願望を心に抱くようなことは

しなかった。だが、安らかな眠りに身を委ねている時には、頻繁に
自分の愛するものの夢を見た。一人横たわって眠っているにも拘わらず、 470
兄の身体に自分の身体をぴったり合わせているように思われて、顔を赤らめた。
夢は去っていった。彼女は、長い間、無言のまま、眠りの中で見た夢を
反芻していたが、朧な心でこう独り言ちた、
「惨めな私。夜に見た、静寂の中のあの夢、あれはどういうことなの。あれが
本当になることなど決してありませんように。でも、どうしてあんな夢を見たの。
兄さんは、どんなに悪意のある人が見たって美しく見えるし、
素敵な人。兄さんでさえなければ、私も愛することができるし、
私に相応しい人でしょうに。でも、妹であることが邪魔をする。
でも、あんなことを目が覚めている時にしようなどと思わないかぎり、
同じような夢なら、また何度も訪れてくれたって許されることだわ。 480
夢だったら、誰にも見られないし、それに快楽もそんなに変わらないもの。
ああ、ウェヌス様、嫋やかな母神と共にいます、翼あるクピドー様、私の
経験した快楽の、何と甘美なこと。何と紛れもない悦楽を、私は覚えたこと。
横になっていた時、どんなにか身も心も蕩ける思いであったこと。
ああ、思い出しても快い。尤も、あの快楽は束の間のものだった。夜は
あっという間に過ぎてしまった。私の味わった経験を妬んでのことなのよ。

ああ、兄妹（あにいもうと）の名を変えて、二人が結ばれることができるのなら、カウノス、
私は、あなたのお父様には、どれほど自慢の嫁になれることでしょう。
カウノス、あなたは、私のお父様には、どれほど自慢の婿になれることでしょう。
願わくは、私たちの何もかもが共通であってほしい、先祖だけは別にして。
490
願わくは、あなたが私より高貴な家柄だったら。しかし、誰より美しいあなた、
ならば、あなたは誰か他（ほか）の女（ひと）を娶（めと）って、父親になる訳ね。でも、この私、不幸な
巡り合わせで、あなたと同じ両親をもつ私にとって、あなたは、いつまでも
兄以外の何者でもない。私たちの障害が二人に共通する唯一のものだなんて。
では、私が見た夢は何を意味するの。でも、そもそも夢に、どんな
重みがあるの。それとも、夢にも重みがあるというの。ああ、神様方、
滅相もない、そんなことなど。でも、確かに、神様方は姉妹を伴侶にしている。
サトゥルヌス様が血の繋がったオプス*様を娶られ、オケアノス様が
テテュス様を、オリュンポスを支配する神様がユノー様を娶られたのが、そう。
でも、天上の神様方には神様方の掟というものがある。何故、人間の習わしを
500
天上の神様方の掟、私たちのそれとは異なる掟に照らして量ろうとするの。
私のこの心から禁断の恋の炎（ほむら）を追い払うか、それとも、
それができないのなら、早く、ああ、死んでしまいたい。亡骸（なきがら）となって
棺（ひつぎ）に納められ、横たわるその私に兄さんが接吻してくれればいい。

それにしても、あのことには二人の合意が要るのよ。
私がいいと思うにしたって、兄さんには罪と思われるでしょう。
　でも、アイオロスの息子たちは姉妹との結婚を恐れなかった。* あら、
私ったら、どこからあの人たちのことを知ったの。何故そんな例(ためし)を引くの。どこに
流されていくの。汚らわしい愛の熱など、この胸から、どこか遠くに行って。
兄さんを愛するのなら、妹として許されるような愛し方でなければ。　510
でも、待って、他ならぬ兄さんが私への愛の虜になったとしたら、
その狂おしい愛を、ひょっとして私なら許せるかもしれない。
ということは、兄さんの求めを拒むつもりが私にはないのだったら、
私のほうから求めればいいのだわ。話ができる？　告白できるの？
愛の命令よ。できるわ。或いは、恥の心に妨げられて口では言えないのなら、
内密な手紙に託して、密かな愛の炎(ほむら)を打ち明ければいい」。
　彼女はそうすることに決めた。その考えが、遅疑する心を説きつけた。
ビュブリスは起き上がって半身になり、左肘をつくと、こう独り言(ご)ちた、
「あの人が考えればいい。私は打ち明けるのよ、この狂おしい愛を。ああ、
この私、どこに堕ちていこうというの。どんな火なの、この心の受けた恋の火は」。　520
そう言うと、考えに考えた言葉を震える手で書きつけていった。
右手に鉄筆を持ち、もう一方の手に文字を書いていない蠟板を握っている。

彼女は、書き始めようとしては躊躇い、書いては文面を見て「だめ」と言い、
書いては消し、書き直しては「だめ」と言ったり、「いいわ」と言ったりする。
代わる代わる、蠟板を取り上げては、取り上げた蠟板をまた置く。自分が
何を望んでいるのか、彼女には分からない。何かしようとはするものの、どれも
気に食わない。その顔には、恥の心と大胆さが入り混じっていた。
「あなたの妹」と書いてみた。しかし、「妹」は消すのがよいと思い返す。
書き改め、書き改めした蠟板に、やっとこんな言葉を書きつけるのであった、
530
「あなたが与えてくれなければ、私には手に入れることができない無事息災、
その無事息災を祈る言葉を、あなたを愛する者がお送りします。恥ずかしい。
ああ、恥じられる、名を言うのは。何が望みか、お尋ねなら、私の名は伏せて、
私の望みを聞いて貰いたい。願いが叶えられる望みが確かだと
分かってからにしたいのです、私がビュブリスだと知って貰うのは。
　あなたには、恋に傷ついたこの心を示す徴となった筈、
私の顔色も、私の憔れた身体も、私の顔付も、度々涙に濡れた
私の目も、それと分かる理由もなく吐いた私の溜息も。頻繁な
私の抱擁も、それに、ひょっとしてあなたが気付いていてくれていたなら、
妹のするようなものではないと感じられる筈の、私の口づけも。
540
尤も、私自身、心に深い傷を負い、心中、狂おしい恋心が火と

燃えていたけれど、あらゆることを試してみたのです——神々が私の証人——、
最早、この恋心ときっぱり別れ、これまでのような分別を取り戻そうと。
クピドー様の激しい武器に、哀れにも、私は長い間抗い続け、その武器から
逃れようと、か弱い乙女には耐えられないとあなたも思われる筈の辛い目にも
耐えてきたのです。でも、今では、負けてしまったと告白しなければならず、
恐る恐るのわが願いに、あなたの助けを乞わねばならないのです。
愛する者を救うことも、滅ぼすこともできるのは、あなた、あなただけ。
どちらにするか、選んで。こんなお願いをしているのは敵意を抱く女ではなく、
あなたと誰よりも絆の深い者ではありますが、尚深い絆で繋がれ、
更に近い縁（えにし）で結ばれることを切望している女なのです。
善悪の掟は老人方が知っていればいいこと。何が許され、何が禁忌で、何が
許容されるかは、老人に詮索して貰い、老人に法の裁きを守って貰えばいい。
私たち若者にはウェヌス様からの授かり物の向こう見ずの愛こそ似つかわしい。
何が許されるか、若い私たちはまだ知らず、何をしても許されると
信じていて、偉大な神様方のなさることを手本にしようとするのです。
厳格な父親も、世間体への憚りや外聞への恐れも、
妨げとはならない。よしんば恐れる理由があるにしても、人目を憚る
甘美な愛を、兄妹愛（きょうだい）という名で覆い隠すこともできるでしょう。

560
妹の私には、あなたと二人きりで秘密の話を語らうのも自由だし、人前で
抱擁したり、口づけを交わしたりするのも自由。何かが足らなくても、それが
どれほどのものだというの。愛を告白するこの私、已むに已まれぬ熱い思いに
駆られていなければ告白などしなかった私を憐れと思って。どうか、お願い、
私の墓石に標されるような真似はしないで、あなたが私の死の因だ、と」。
　詮無くそんな言葉を書きつけていたが、蠟板は一杯になり、
書く手を止めさせた。最後の行は蠟板の縁にくっついていた。
ビュブリスはすぐさま指輪の印章で〔蠟板を閉じて括った紐の蠟に〕封印を押した。
印章は涙で湿らした*――舌はからからに乾いて湿り気を失っていたのだ――。
彼女は、恥じらいを浮かべつつ、召使いの一人を呼び、暫くの間、機嫌を取る
言葉をかけた後、言った、「誰よりも忠実なお前、これを届けて頂戴、私の」、
そう言うと、長い間を置いて、付け加えた、「兄さんの所へ」と。

570
手渡す時、蠟板が手から滑り落ちた。彼女は
不吉な兆しに動揺したものの、そのまま届けさせた。召使いは適当な時を捉えて、
兄に近づき、蠟板に書きつけられ、外からは見えない恋文を手渡した。
マイアンドロスの孫の若者〔カウノス〕は、文面の一部を読んだだけで、驚愕し、
忽ち怒りに駆られて、受け取った蠟引きの書板を投げ出し、ぶるぶる
震える召使いの顔をぶん殴ろうとする手を辛うじて抑えながら、言った、

「許されている間に、おお、禁断の愛欲を取り持とうとするこの悪党め、
失せろ。お前の死の巻き添えを喰らって、我が家の恥まで曝されることに
なるのでなかったなら、お前は死で償いをしなければならなかったところだ」。
召使いは怯えて逃げ出し、女主人のビュブリスに兄カウノスの激しい
言葉を伝えた。拒絶されたと聞くと、汝は、ビュブリスよ、青ざめ、 580
背筋の凍るような寒気を覚えて身体を震わせた。だが、
我に返ると、狂おしい愛も戻ってきて、
辛うじて大気を震わす声も、か細くこう独り言ちた、
「当然の報い。本当に、どうして心に受けたこの恋の傷をあんなにも性急に
示すようなことをしてしまったの。隠しておくべきだった言葉を、どうして
あんなに慌ただしく走り書きのようにして書板に書きつけてしまったの。
先に、兄さんが心の中でどう思うか、曖昧な言葉で
探りを入れてみるべきだったのよ。船路を行く時、風が追い風となるよう、
〔全部は張らずに〕帆の一部で試して、どんな風か解った上で、 590
安全に船路を辿るべきだった。それなのに、今、
試したことがなく、よく知りもしない風を帆一杯に孕ませてしまったのよ。
その所為で、翻弄されて岩に乗り上げ、転覆し、ありったけの海の力に
飲み込まれそうになっている。最早、私の乗る船には引き返す術がない。

それに、紛れもない不吉な兆(きざ)しによっても示されていたのではなかったの、
この愛に溺れてはいけない、と。届けるよう言いつける私の手から蠟板が
滑り落ちた時のこと。蠟板が落ちたのは、私の望みが潰(つい)える兆しだったのよ。
或いは別の日に変えるか、或いは望みをすっかり変えるべきだった、いえ、
むしろ変えるべきだったのは、日だわ。他ならぬ神様が警告し、確かな徴(しるし)を
与えて下さっていると分かった筈、私が正気を失くしていなかったのなら。
それにしても、本心を蠟板に託したりなんかせずに、自分の口で語り、　600
目の前で私の恋心を打ち明けるべきだったのだわ。そうすれば、私の
流す涙を見てくれたでしょうし、愛する私の顔を見詰めてくれたでしょう。
蠟板に書きつけられるよりも、もっと沢山のことを話せたのに。
嫌がられても、項(うなじ)に腕を回して抱きつくことができたし、
それに、嫌だと言われれば、死ぬふりをして、身を投げ出し、
足に取り付いて、私を死なせないで、とお願いすることもできたのに。
ありとあらゆることを試したでしょう、一つ一つでは、頑(かたく)なあの人の
心を変えることができなくても、全部合わせれば、変えられるようなことを。
ひょっとして、私が遣わした召使いに、何か落ち度があったのかもしれない。　610
近づき方がまずかったか、相応しくない時を選んだか。きっとそうに違いない。
時間も心も、別用で塞がっている時に、あの人の所に行ったのだわ。

それで台無しになったのよ。だって、あの人の母親は虎ではないし、
あの人の心には硬い石や堅固な剣や鋼鉄が
嵌(はま)っているのでもないし、雌獅子が乳を与えた人でもないもの。
折れる筈。もう一度やってみなければ。いったん始めたからには、この試みを
うんざりして投げ出すことなど決してしない、この息の緒の続く限りは。だって、
やってしまって、それをまた元に戻していいようなものなら、やらなかったのが
最善だったということになるのだから。次善はやり遂げること。何故って、　620
今頃、私の願望を捨ててしまっても、あの人は私の非常識な行いをいつまでも
覚えていて、やがて忘れてしまうなんてことはあり得ないのだから。それに、
途中で止(や)めてしまえば、軽々しい気持ちであんな欲望を抱いたのだ、或いは、
あの人を誘惑し、罠にはめようとしたのだとさえ思われるでしょう。或いは、
何より私たちの心を駆り立て、愛の炎を煽る例の神様に負けたのではなく、
自分の欲望に負けただけのことと、屹度(きっと)思われるに違いないもの。要するに、
最早、私は罪深いことは何一つ犯していないなどとは言えないのよ。
手紙も書いたし、求めもしたのだから。私の欲望は露(あらわ)になってしまった。
これ以上、罪を重ねなくとも、最早、罪のない者とは言えない女なのだわ。
だから、残るのは、多くは望みをもてること、最早、罪を恐れることなどない」。
彼女はそう独り言ちた。だが、——覚束ない心の乱れはそれほど大きかった——　630

640

試みたことを後悔しながら、もう一度試みてみたいとも思う。彼女には最早限度がなく、撥ねつけられる危険を、繰り返し何度でも敢えて冒した。やがて、彼女の行動に際限がなくなると、兄は祖国と背徳の罪から逃れて、異郷の地に新しく城市を建設したのだ。

その時、ミレトスの娘〔ビュブリス〕はすっかり心神を喪失したと言われているが、実際、その時、彼女は胸を覆う衣服を引き裂き、狂ったように悲嘆の二の腕を打ち続けた。もう狂気を隠そうともせず、禁断の愛への願望を公然と表す行動に出た。厭わしい故郷と我が家を、自らも捨てて、故国を逃れた兄の後を追ったのだ。まさに、セメレの子よ、汝の神杖（テュルソス）〔の霊威〕に突き動かされ、二年ごとに繰り返される秘儀を祝うイスマロスのバッコスの信女（しんによ）たちさながら、ビュブリスも広い田野を巡りながら叫び声をあげている姿を、ブバッソスの若い女たちが目にした。その彼女たちの許を後にして、彼女はカリア人の地や、武器もつレレゲス人の領土、またリュキアの地を彷徨（さまよ）った。既にクラゴスの山やリミュレの町、クサントスの流れを越え、真ん中では火を放ち、獅子の顔と胸をもつキマイラ*の棲む山の背を越えていた。森が尽きた。その時、ビュブリスよ、汝は、兄の後を追う捜索に疲れ果てて

倒れ伏し、固い地面の上に髪を散らしながら
横たわり、落ち葉の中に顔を埋めた。　650
その彼女を、レレゲス人の地に住むニンフたちが度々、柔らかな腕で
抱き起こそうとし、度々、愛の傷を癒す術を
教え、頑なに耳を閉ざす心に慰めを与えようとしてやった。だが、
ビュブリスは黙って横たわり、緑なす草をその指で摑んだまま、その草を
流す涙の川で濡らすばかりであった。水の妖精たちは、その涙の下に
水路を置いてやったと伝わるが、その水路は決して涸れることが
なかったという。如何にも、これ以上に素晴らしい贈り物があろうか。
時を置かず、ポエブスの孫娘ビュブリスは、恰も
裂かれた樹皮から滴る松脂か、或いは重い大地の懐から滲み出る
粘々した瀝青か、或いは寒さで凍って動かなかったが、　660
優しく吹く春風の到来と共に、陽光に融けて流れ出す河水のように、
流す涙に自らを使い果たし、遂には涙と共に、
泉に姿を変えた。その泉は、今も、あの山の谷間にあって、
泉の主の名を留め、泉には、一本の黒い常磐樫の
根方から、水が滾々と流れ出している。

　この怪異の噂は、恐らく、クレタの百の都市に広く

知れ渡っていただろうが、そうならなかったのは、最近のこと、クレタに、
イピス*の変身という、もっと身近な、驚くべき出来事があったからだ。
というのも、その昔、王都クノッソスの至近の地パイストスに
670
生まれた男で、名もないリグドスという者がいた。
自由の身ながら、平民出の男で、その財産も平民の
身分に見合うみすぼらしいものだったが、誠実なその生き様(ざま)は
非の打ち所がなかった。その彼が、身重になった妻の
出産がもう間近という時、妻の耳元でこう諭したのだ、
「私は二つのことを願っている。お前のお産の苦しみができるだけ軽いように、
お前が男の子を生むように、とな。女の子を授かれば、何かと厄介だ。それに
生まれつき、女は腕力(うでぢから)に恵まれておらぬからな。だから、そうならねばよいが、
このお産で、もし女の子が生まれてきたら――こんなことは言いたくはないし、
親として、してはならぬことだが、許してくれ――命を絶ってほしいのだ」。
680
そう言うと、諭した夫も、諭された妻も、
共に溢れる涙で顔を濡らした。それでも、妻の
テレトゥサは、甲斐なく、夫に、〔子を授かりたい〕自分の希望を、どうか
狭めないでくれるようにと、いつまでも懇願し続けた。だが、
リグドスの考えは頑として変わらなかった。臨月も近づき、

お腹(なか)の子の重さに、もう耐えきれなくなってきた頃、
とある夜の深更、夢の中で、聖具を捧げ持って列を組む
神官たちに供奉(ぐぶ)された、イナコスの娘御*が寝台の前に
佇んでいた、或いは佇んでいるように見えた。頭には三日月のような
角(つの)を生やし、手には金色(こんじき)に眩(まばゆ)く輝く麦穂を携え、他(ほか)にも王妃らしい
飾りを身に着けている。女神の脇には、吠え声を上げる〔犬頭の〕アヌビス*、　690
聖なる〔猫頭の〕女神ブバスティス、斑毛(まだらげ)の〔牛神〕アピス、
それに、自ら声を抑え、指で沈黙を促している神*〔ホルス〕が控えている。
また、ガラガラと音を立てるシストルム*や、探せど遂に見つからぬオシリス神*、
眠りをもたらす毒を一杯に貯えた異国の蛇もいた。その時、
眠りから覚めたように、辺りのものがはっきり見えている彼女に、
女神はこう語りかけた、「わが信者の一人、おお、テレトゥサよ、
酷い恐れは抱かなくともよい。夫の言い聞かしの裏をかいてやるのです。
ルキナがお産の苦しみからあなたを解放してくれた暁に、男女どちらでも、
躊躇(ためら)わず取り上げて、育てなさい。私は助けを齎(もたら)す女神、希(こいねが)う者に救いの
手を差し伸べる女神です。あなたに、恩知らずな女神と、崇めてきたことを　700
嘆かせるようなことは決してしません」。そう説き聞かすと、寝室から出ていった。
クレタ女テレトゥサは喜んで床から起き上がり、洗い清めた両の手を星瞬(またた)く

空に差し伸べて、夢見が実現し、正夢となりますようにと嘆願し、祈願した。
陣痛が激しくなり、お腹の重荷の赤子がひとりでに
生まれ出てきた。女の子であったが、夫はそのことを知らなかった。
母親は男の子と偽って、〔乳母に〕育てさせた。状況が幸いし、誰もが
嘘を信じた。偽りだと知る者は乳母を除いて、誰もいなかったのだ。
父親は祈願成就を報謝する品を奉納し、赤子に祖父の名前を付けた。
祖父は名をイピスと言った。母親はその名を喜んだ。
男女どちらにも通用し、人を騙すことにはならない名前だったからだ。　710
敬虔な愛から始まった欺きは、時が経っても、露見することはなかった。
着る服は少年のそれ。しかし、顔立ちは、少女のそれ、或いは
少年のそれ、どちらと言ってもいいような、美しい顔立ちであった。
　さて、月日が流れて、イピスは十三の歳になった。
この時、父親は金髪のイアンテを、イピスよ、汝の許婚(いいなずけ)とした。
このイアンテは、パイストスの女たちの中でも、容姿の美しさという持参財で
誰より誉(ほまれ)高い乙女で、ディクテ聳えるクレタ生まれのテレステスの娘だった。
年頃も容姿も好一対の許婚同士で、初歩的な教育、幼少期に
習得すべき基礎的な知識を学んだのも同じ先生たちからであった。二人の
純朴な心に愛を目覚めさせたのはそれがあったからで、その愛の疼(うず)きは　720

等しく両者の心に刻まれたが、愛に対する二人の確信の持ち方は異なった。
イアンテのほうは、約が交わされた婚姻と結婚の日を待ち望み、
男とばかり思い込んでいる相手が夫になるものと信じて疑わなかった。
一方、イピスは、彼女を愛していたが、その愛を享受できる望みはなく、
そのために、却って愛の炎は増すばかりで、乙女ながら乙女への愛に燃え、
零れる涙を堪えかねつつ、こう独り言ちた、「私はこの先、どうなるのかしら、
ウェヌス様のお与えになる、これまで誰も知らず、異常で、新奇な愛の
虜になっている、この私は。神様方が私の命を惜しんで下さるお積りなら、
そうして下さるべきだった。惜しむお積りがなく、滅ぼそうとお望みなら、
せめて自然な、習い通りの禍をお与え下さるべきでした。如何にも、
雌牛への愛に燃える雌牛などいないし、雌馬への愛に燃える雌馬もいない。
雌羊は雄羊への愛に燃え、雄鹿は同類の雌鹿の後を追うもの。
鳥たちもまたそうして番になる。すべての動物の中で、
同じ雌への愛欲の虜になる雌など、どこにもいない。ああ、私が
女でなければよかったのに。でも、待って、クレタがあらゆる怪異のものを
産み出すよう、太陽神の娘御*は雄牛を愛したのではなかった？　確かに、
女が男を、と言えば言えたけれど。でも、私の愛のほうが、本当の所を
告白すれば、あの愛より狂っている。彼女の愛は、異常とはいえ、愛を遂げる

740
希望に従ったの。異常とはいえ、欺きの策を用いて、雌牛に変身し、雄牛の
愛を手に入れたのよ。不義とはいえ、欺くべき、愛する相手がいたわ。
でも、私の場合、たとえ全世界から匠（たくみ）の技をここに集めてきても、
たとえダイダロスその人が、蠟で繋いだ翼に乗って、戻ってきても、
何をしてくれるというの。覚えあるその匠の技で、乙女の私を少年に
してくれる？　それとも、イアンテ、あなたのほうを少年に変えてくれるとでも？
　いえ、イピス、しっかりした心をもち、自ら立ち直って、どうする術もない、
愚かな愛の炎（ほむら）など、追い払ってしまおうとは思わない？　自分が
何に生まれたのかを考えるのよ、自分で自分を欺いているのでない限り。
そうして、許されているものを求め、女として愛すべきものを愛するの。
愛を生み出すのも希望だし、愛を育むのも希望。なのに、その希望が、
750
あなたからは、あなたの置かれた状況の所為で奪われている。相手との愛の
抱擁を阻んでいるのは監視の目でも、油断のない夫の用心でも、父親の
厳格さでもなく、当の相手の女（ひと）があなたの求めを拒んでいる訳でもない。
にも拘らず、あなたは、あの女（ひと）を自分のものにはできないの。万事が順調で、
神様方も人々も骨折ってくれたところで、あなたは幸せにはなれないのよ。
今も、私の願いで、叶わないものなど一つもない。神様方も
私の願いは容易に聞き入れて、できることは何でもお与え下さった。

私が望むことは、お父様も、他ならぬあの女(ひと)も、将来のお舅様も望むこと。
でも、自然だけは別。そうした人たちの誰よりも力ある自然は望まない。
それだけが私の障害。ほら、もうすぐ待ち遠しい結婚の時が、
婚礼の日がやって来ようとしている。もうすぐイアンテが私のものになる。
760 でも、それは私には叶わぬ夢。水に囲まれながら、私は喉を潤せないのだわ。*
花嫁の介添えのユノー様、婚礼を司る神様(ヒュメナイオス)、何故こんな婚礼にお出ましになるの。
花嫁の手を取る花婿はおらず、結婚するのは私たち女二人の婚礼などに」。
イピスはそう独り言つと、口を閉ざした。一方、もう一人の乙女のほうも、
劣らず熱い思いを抱き、婚礼を司る神(ヒュメナイオス)よ、御神(みかみ)の一刻も早い到来を祈っていた。
彼女のその願いを、テレトゥサは恐れ、日取りを先延ばしするかと思えば、
病気だと偽って時間稼ぎをしたり、夢に見たことを何でも凶兆と言いなして、
屢々(しばしば)それを延期の口実にしたりしていた。しかし、最早、でたらめの
言い逃れの材料が悉(ことごと)く尽きてしまい、先延ばししていた婚礼の日が迫り、
770 既に残るは一日しかなくなっていた。その時になって、彼女は、
髪を結う髪紐を自分の頭からも、娘〔イピス〕の頭からも
解(ほど)き、ざんばら髪を振り乱しながら、祭壇を掻き抱いて、こう祈った、
「パライトニオンに、またマレオティスの田野に、またパロス〔島〕に、
また河口七つに分かれるニルスに宮敷(みやし)き祀(まつ)られるイシス様、何卒、

神助をお与え下さり、私たちの恐れを拭い去って下さいませ。かつてあなたを、
女神様、あなたのお姿を、また御徴（みしるし）を、私は目にしたことがあり、
［何もかも覚えております、楽（がく）の音（ね）も、お供の人たちも、松明（たいまつ）も。］
シストルム*のあなたのお指図を心に留め、肝に銘じて参りました。
この娘（こ）が光を仰いでいられるのも、私が罰を受けずに済んでいるのも、
御覧下さい、偏（ひとえ）に、あなた様のご助言と神助の賜物。二人をお憐れみ下さり、
780　どうか、御加護を垂れたまいますよう」。言葉の後には、溢れる涙が続いた。
女神は祭壇を揺すったように思われ――実際、揺すったのだ――、
神殿の扉が揺れて、三日月のような女神の角（つの）が
明るく輝きを放ち、音を立てる鳴子（シストルム）がガラガラと鳴った。
母親は、まだ安心し切ってはいなかったが、それでも吉兆を喜び、
神殿を後にした。イピスは、先を行く母親の後に付いていったが、
いつもの歩みより大股で、顔からは、かつての色白さが
消え、力が増し、顔立そのものも、以前より
凛々（りり）しいものになり、梳（くしけず）らないその髪は短くなって、女性のものとは
790　到底思えない逞しい身体つきになっていた。つい先ほどまで女であった汝は
男の子になっていたのだ。二人して、神殿に報謝の供物を捧げるがいい。
恐れることなく、自信をもって喜ぶがいい。実際、二人は神殿に供物を捧げ、

これに銘文を添えた。銘文には、次のような短い銘が標されていた。
女子（じょし）なりしイピス、願掛けて誓いしこの供物を、男子（だんし）となりて捧ぐ

翌朝の陽光が広大な世界を照らし出した時、
ウェヌスとユノーと婚礼を司る神（ヒュメナイオス）が婚礼を祝う松明の許に集い、
イピスは、男子として、イアンテを妻とすることができたのだ。

訳注

一　テセウスのこと。テセウスの父親は、普通、アイゲウスとされるが（この点については、第七巻四〇二行注、四〇六行注参照）、海神ネプトゥヌス（ポセイドン）の子とする伝承も存在し、テセウスの母アイトラは一夜のうちにアイゲウスとポセイドンと交わったという（アポッロドロス三・一五・七、ヒュギヌス三七、プルタルコス『英雄伝』「テセウス」六・一以下）。

八　次注のオイネウスの娘。カリュドンの大猪退治で名高く、親族（叔父）殺しで母親（ヘレネの母親レデと姉妹であるアルタイア）に命を絶たれたメレアグロス（第八巻二七〇以下参照）は、その兄弟。

一二　パルタオンは、カリュドンの王。その子オイネウスのこと。

一三　ヘラクレスのこと。

一七　レルナの蛟の毒を含む半人半馬の怪人ネッソスの血に冒されて自死し、昇天して神になる経緯が、このあと九八行以下で語られる。

六六　ヘラクレスの出生については、第六巻一一一行注参照。

六七　ユピテルの浮気から生まれたヘラクレスは、生まれた時からユピテルの正妻ユノーの憎しみを買い、ユノーは生まれたばかりのヘラクレスの揺り籠に二匹の蛇を送って亡き者にしようとしたが、ヘラクレスはこれを絞め殺した。ピンダロス『ネメア祝勝歌』一・三五―五〇、テオクリトス『牧歌』二四・一〇―五九、ディオドロス・シケリオテス四・一〇・一、ヒュギヌス三〇など。

六九　ヘラクレスのいわゆる「十二の難行」の一。ヘラクレスの難行、功業については、本巻一八二―一九九、一八三行注参照。

八四　訳文の八二行「私が駆けるに任せて」からこの行「圧しつけて」までのヘラクレスの動きを描写した原文 (admissumque trahens sequitur depressaque dura / cornua) の意味は必ずしも明確ではない。Bömer の解釈 *admittit* (er bleibt an der Seite ...)-*trahit* (er packt ihn von vorn, bei den Hörnen ...; an der Seite kann er nicht *trahere*)-*sequitur* (er versucht es wieder von der Seite)-*deprimit* (jetzt hat er ihn gepackt, von vorn) に従った。

八六　いわゆる「豊饒の角 (Cornu Copiae)」の由来譚。ディオドロス・シケリオテス四・三五・三―四では、兄弟イピクロス (＝イピクレス) の死などを悲しんだヘラクレスがアルカディアのペネオスを去って、アイトリアのカリュドンに移住した時 (その地の王オイネウスの娘デイアネイラと結婚したのが、この時のこと)、何かカリュドン人の役に立つことをと考え、アケロオス川に堤を作ったり流路を変えたりして、その地を豊饒の地にしたことがあった。作家たちがこれを神話化し、ヘラクレスが河神アケロオスと戦って、牛に変身した河神の角(つの)を折り、これを「アマルテイアの角」、いわゆる「豊饒の角」としてアイトリア人に与えた、というように改変したとされている (ストラボン一〇・二・一九にも、ほぼ同趣旨の記述が見える)。オウィディウスは『祭暦』(五・一一一―一二八) では別伝を記し、ニンフのアマルテイアが二匹の仔山羊の母山羊の乳で嬰児のユピテルを育て、母山羊が木にぶつけて角を折ってしまったが、その角に果実などを詰め、それを糧としてユピテルを育て、ユピテルはのちにその母山羊と角を星にしたという。名がニンフと山羊で相違があるが、この話形の最も古いものを伝えているのはヒュギヌス（『天文譜』）であろうとされる（Roscher の「Amaltheia」の項参照）。ヒュギヌスのその伝については、第三巻五九四行注参照。また、同巻五九五行注も参照。なお、嬰児のユピテルの養育については、第一巻一一三行注、第四巻二八一行注、二八二行注参照。

一〇一　イクシオンとネペレから生まれた半人半馬のケンタウロスたちの一人。ヘラクレスがエリュマントスの猪退治（十二の難行の四番目）に向かう途次、自分たちの葡萄酒を飲んだのを怒ったケンタウロスたちがヘラクレスに襲いかかったことがあった。ヘラクレスは何人かは矢を射かけて斃したが、多くはマレ（イ）ア岬まで逃げ、同類のケイロンの助けを求めた（ヘラクレスが誤ってケイロンをレルナの蛟の毒血を塗り込めた矢で射てしまい、ケイロンの死の因をなしたのが、この時のこと。第二巻六五二行注参照）。その後、何人かのケンタウロスたちはヘラクレスの追跡から逃れたが、ネッソスもその一人で、エウエノス川に至り、そこで旅人を担いで川を渡す賃仕事をしていたとされる。ネッソスがデイアネイラを襲ってヘラクレスに殺され、それがのちのヘラクレスの死と昇天の遠因になったというこの話は、古くはアルキロコス（散逸）に言及されていたというが、最も名高いのはソポクレスの『トラキニアイ（トラキスの女たち）』（特に五五五以下）で、以後の話形（以下のオウィディウスのそれも含めて）は、ほぼそれに準じる（他には、セネカ『オエタ山上のヘルクレス』、アポッロドロス二・七・六、ディオドロス・シケリオテス四・三六・三以下、ヒュギヌス三四など）。

一〇三　デイアネイラ。義父オイネウスの館での宴会の折、オイネウスの近親の子を誤って殺してしまい、自ら追放を願い出て、新妻デイアネイラを連れて故郷（テバイもしくはティリュンス）へ帰ろうとしていた。アポッロドロス二・七・六、ディオドロス・シケリオテス四・三六・二以下。

一一一　アオニアは、ボイオティアの提喩。ヘラクレスがボイオティアの「テバイ生まれ（Thebagenes）」という伝（ヘシオドス『神統記』五三〇、ホメロス『イリアス』一九・九九）を踏まえての形容。なお、ヘラクレスの生まれの別伝については、第六巻一一一行注参照。

一二五　本巻の初めに語られていた、河（神）アケロオスを平らげたことを指す。

一二三　黄泉で劫罰を受けているイクシオンのこと。第四巻四五六行注参照。

一三三　ネッソスは、夫の愛を失わないためには、自分の「（毒）血」（ソポクレス『トラキニアイ（トラキスの女たち）』五七三―五七七）、あるいは大地に自分が漏らした精液と（毒）血を混ぜたものを（アポッロドロス二・七・六）残しておけと言い、デイアネイラは言われるとおりにして、それを秘蔵していたともいう。

一三六　十二の難行以外のヘラクレスの副次的な功業の一に挙げられる（ヒュギヌス三一、三五）、エウボイア島の都市オイカリアの王エウリュトスを攻め、その娘イオレを手に入れた時のこと。オイカリア攻めについては、イオレに求婚したが拒絶されたため、あるいは弓競技で勝ったのに褒賞のイオレが与えられなかったためなど、伝はさまざまだが、イオレをめぐってのものであることでは一致している。第一二巻五五二行注参照。また、ソポクレス『トラキニアイ（トラキスの女たち）』四七六以下、バッキュリデス『頌歌』一六・一三以下、アポッロドロス二・六・一など。

一四九　本巻八行注参照。

一五五　ヘラクレスの従僕。

一八三　以下、ヘラクレスの果たした難行、功業が挙げられる。ブシリスは、エジプトの王で、旅人を捕えては神への生け贄にしていた。アンタイオスは、ポセイドンとガイアの子の巨人で、大地に触れるたびに活力を得ていっそう強力になる特性を武器にして、通りかかる旅人にレスリングを挑んでは殺していたが、ヘラクレスはその特性に気づき、大地に触れさせないように持ち上げて退治した。「三頭の姿の牧人」は、メドゥサの血から生まれたクリュサオル（天馬ペガソスの兄弟）の子で、ヘスペリア（スペイン）の果てに住む、ここで言うように「三頭の」、あるいは三頭三体の、あるいは三名の巨人のゲリュオン。これを退治して、その家畜を連れ帰った（十。以下十二の難行の場合、アポッロドロスによって何番目かを漢数字で示す）。ケルベロスは、三頭（三つ頸）の地獄の番犬で、これを鎖に繋いで地上に連れ帰った（十二）。「猛牛」はクレタ王ミノスの后パシパエがこれと交わり、怪物ミノタウロスを産んだ雄牛。ヘラクレスは、これに乗ってギリシアに連れ帰った（七。なお、この雄牛については、第七巻四三四行注参照）。「エリス」は、エリスの王アウゲイアスの牛舎の三十年にわたって放置された三千頭の牛の糞を、アルペイオス川とペネイオス川の流れを変えて牛舎に引き入れ、一日で掃除したこと（五）、「ステュンパロスの湖」は、アルカディアの湖ステュンパロスに住む怪鳥（青銅の嘴で、金属の尖った羽を矢の代わりに射て、人を襲って食っていた）を青銅の鳴子の騒音で追い立て、矢を射かけて退治したこと（六）、「パルテニオスの森」は、アルカディアのケリュネイア山に棲む黄金の角をもつ俊足の雌鹿を一年間追いかけ、ついにパルテニオス山の森で捕えて連れ帰ったこと（三）、「テルモドン縁の〔…〕剣帯」とは、女族アマゾネスと戦って、女王ヒッポリュテの剣帯を持ち帰ったこと（九）、「黄金の林檎」とは、西方の果てに住むヘスペリデス（宵の明星（ヘスペロス）の娘たち）の園にある、不眠の竜が見張る黄金の林檎を持ち帰ったこと（十一）を指す。また、「ケンタウロスども」と闘ったことについては、本巻一〇一行注参照。「アルカディアの〔…〕野猪」は、アルカディアのエリュマントス山に棲む凶暴な猪を連れ帰った（もしくは殺した）こと（四）、「蛟」は、アルゴス近くのレルナの湖に棲んでいた、切られると倍になって再生する九つの頭をもつ怪蛇ヒュドラを退治したこと（二）、「トラキアの馬ども」は、トラキアのビストネス族の王ディオメデスが飼っていた人肉を喰らう馬どもを盗んで連れ帰った（もしくは殺した）こと（八）、「大獅子」は、アルゴリス地方のネメアの谷に棲んでいた大獅子を退治したこと（一。このあとヘラクレスは、この獅子皮を常に纏った）、「天空を〔…〕支えた」は、ヘスペリデスの黄金の林檎をとりに行った時、ヘスペリデスはアトラスの姉妹なのでアトラスにとりに行かせるとよい、というプロメテウスの忠告に従ってアトラスにとりに行かせ、その間、代わりに天空を支えていたことを言う。アポッロドロス二・五・一一―一二、ディオドロス・シケリオテス四・一一・一―四・三九・四、ヒュギヌス三〇―三一など。

二〇三　ヘラクレスは、ユノーの送った狂気に陥り、妻メガレと子供たちを殺してしまったことがあった。アポロの神託の命によって、その妻子殺しの償いにヘラクレスが仕えなければならなかったミュケナイの王。ヘラクレスに十二の難行を課した張本人。

二三三　ヘラクレスの盟友ピロクテテスは、ヘラクレスの死後、トロイア戦争に参加したが、航海の途中、レムノス島（他にテネドス島、クリュセ島などとも）で毒蛇に足を噛まれた。傷が化膿して耐え難い苦痛に見舞われ、悪臭を放ち続けたため、ギリシア軍に置き去りにされた。トロイア戦争開始から十年後、トロイア陥落にはヘラクレスの弓矢をもつピロクテテスの参戦が不可欠とされたため（「カルカスが予言した」（アポッロドロス『摘要』五・八）、「ヘレノスが予言した」（ソポクレス『ピロクテテス』六一〇―六一三）、「神託があった」（ヒュギヌス一〇二））、オデュッセウスとディオメデス（もしくはネオプトレモス）によってヘラクレスの弓矢とともにトロイアに連れてこられ、トロイア陥落に貢献する。

二六三　火と鍛冶の神ウルカヌスの異称。

二七二　ヘルクレス座（この星座の名称については、第八巻一八二行注参照）になった。

二七五　ヘラクレスに辛酸を嘗めさせたミュケナイ王エウリュステウスは、ヘラクレスの死後、その子供たちが父親の怨みを忘れず復讐しようとするのを恐れ、あらゆる手段で命を奪おうとした。子供たちは、それを逃れ、保護者イオラオスに率いられてアテナイに至り、王デモポン（テセウスの子）の庇護を受けるが、エウリュステウスは子供たちの引き渡しを要求し、戦になる。エウリピデスの悲劇『ヘラクレイダイ（ヘラクレスの子供たち）』は、これを主題にしたもの。以下、四〇一行までは、子供たち、祖母アルクメネ、ヒュッロスの妻イオレなどの、そのアテナイ滞在時の出来事。

二六二　ギリシアのお産の女神。ローマのルキナ（次注参照）にあたる。

二九四　ローマのお産の女神。婚姻あるいは出産を司るユノー、あるいは「光り輝くもの」の意で、元来、月神とされる、ローマ固有の女神ディアナとも同一視される。

三〇六　お産の女神を欺いて鼬に変身させられた、このガランティスの話とほぼ同様の話が、アントニヌス・リベラリス（二九）に「ガリンティアス」の名で記されている。また、ツェツェス（『リュコプロン注解』八四三）には「海の（？）鼬（thalassia gale）」は「喉から（ek tou trachelou）子を産む」（「喉から」はアントニヌス・リベラリスと同じで、オウィディウスでは「口から（ore）」となっている）という記述が見える。

三三一　木に変身した、このドリュオペの話も、やはりアントニヌス・リベラリス（三二）にあるが、そこでは「黒ポプラの木」が彼女の代わりに生え出て、彼女は木の妖精になった、とされている。

三三五　このmyrtetaを「桃金娘（てんにんか）（＝天人花）（の茂み）」とする訳書もあるが、天人花（学名Rhodomyrtus tomentosa）は東南アジア原産のフトモモ科の低木。ここで言うmyrtetaは、それとは異なり、近縁のフトモモ科ながら、地中海原産の銀梅花、いわゆるミルテ（学名Myrtus communis）とその茂みを指す。

三四一　ニンフのロティス（Lotis）が変身したとオウィディウスの言う、このlotus（ギリシア語形ではlotos）が何を指しているのかは、はっきりしない。このあと何度も「木（arbor）」と言われていることから、われわれが言う「蓮（はす）」、つまり睡蓮でないことは確かである（「睡蓮ではありえない（It cannot be the water lily）」（Anderson））。おそらく、オデュッセウスが上陸した国の部族「ロートパゴイ族（lotosを食する人々）」が食するという、名高いlotos（＝lotus）が念頭にあるのではないか（ホメロス『オデュッセイア』九・八二―一〇四）。ただし、ホメロスの言うlotosも正確には分かっていない。その実の「甘さが棗椰子（なつめやし）（phoinix）の実（み）によく似た」（ヘロドトス『歴史』四・一七七）という記述から、ロートスの木（学名Ziziphus lotus）、あるいはマメガキ（学名Diospyros lotus）ではないかとも言われる。本訳では Albrecht 訳の Lotosbaum を日本語にして用いた（lotos の音写については、例外的に音引きを施した）。

三四七　ニンフのロティスがプリアポス（男性の生殖力の象徴である男根をあらわにした卑猥な山野の神霊）に襲われ、木に変身した、という話を伝えるのは、オウィディウスのこの箇所（『祭暦』一・四一五以下に同趣旨の話があるが、変身は語られていない）と、セルウィウス『ウェルギリウス『農耕詩』注解』二・八四のみ。セルウィウスでは、ロティスは faba Syriaca に変身したとある。これは、lotos とは無関係の和名エゾノウワミズザクラ（学名 Prunus padus, 英名 bird cherry, 独名 Traubenkirsche）、あるいはセイヨウミザクラ（学名 Prunus avium, 英名 wild cherry もしくは sweet cherry, 独名 Vogelkirsche）のこと。

三九八　イオラオスは、アテナイまで追ってきたエウリュステウスと戦になった時、アルクメネなどの諫めも聞かず、老骨を押して戦闘に参加するが、ヘベとゼウスに「一日だけ若者となり、敵に仇を討てるようにしてほしい」（エウリピデス『ヘラクレイダイ（ヘラクレスの子供たち）』八五一―八五三）と祈ったところ、ヘラクレスとヘベの星が降り来たってイオラオスの戦車を闇で包み、程なく若返ったイオラオスが現れて、エウリュステウスを生け捕りにする活躍をする。

四〇四　前行の「既に」以下のテミスの予言は、オイディプス王没落後のテバイの王権をめぐる二人の兄弟ポリュネイケスとエテオクレスの争いを述べたもので、アイスキュロスの『テバイを攻める七人の将軍』、ソポクレスの『コロノスのオイディプス』、『アンティゴネ』、エウリピデスの『ポイニッサイ（フェニキアの女たち）』、セネカの『フェニキアの女たち』など、多くの悲劇の素材となった。王権を一年交替で分け合うという取り決めを破り、エテオクレスが王権を手放さなかった時、ポリュネイケスはアルゴスに亡命し、その王アドラストスの娘アルゲイアと結婚、のちにアルゴス軍を率いてテバイのエテオクレスを攻め、結局、兄弟は相討ちで果てることになる。

四〇四　ポリュネイケス軍に参加した七将の一人。神々をも蔑する傲慢な人物だったが、城壁を登っている時、ゼウスの雷に撃たれて死んだ。アイスキュロス『テバイを攻める七人の将軍』四四〇―四四六、ヒュギヌス六八A、六八B参照。

四〇六　ポリュネイケス軍に参加した七将の一人アンピアラオス。アルゴスの将軍で予言者。テバイ攻めに参加するとアドラストス以外死ぬ定めであることを知って反対したが、黄金の首輪と豪華な衣装（カドモスが妻ハルモニアに与え、テバイ王家に代々伝わるもの）で籠絡された妻エリピュレに裏切られ、その促しに従って（二人が争った時には、妻の判断に従うという誓いがあったため）やむなく参加したが（その際、子供たちに、成人したら父の仇を討って母親を殺し、テバイを攻めるよう言い残しておいた）、ゼウスの雷電でできた大地の割れ目に戦車や御者もろとも呑み込まれて命を落とす（ゼウスは冥界でのアンピアラオスを不死にした）。アポッロドロス三・六・二―八。

四〇七　テバイ攻めで斃れたアルゴス勢の、いわゆる「子供たち（エピゴノイ）」の総大将としてテバイを攻め落としたアルクマイオンは、父の遺言（前注参照）を覚えており、あまつさえ母親が首輪と衣装で籠絡されて父を裏切ったことを知って怒りを募らせ母を殺すが、その復讐女神たち（エウメニデス）に追われ、アルカディアのプソピスの王ペゲウスの保護を求め、その娘アルシノエと結婚して、首輪と衣装を与えた。しかし、彼の罪のせいで土地が不毛になり、ここからも逐われ、アケロオスの川で禊ぎをせよとの神託を得て、河神アケロオスの禊ぎを受け、その娘カッリロエを与えられたが、彼女が首輪と衣装をもらえなければ一緒に暮らせないとねだったため、ペゲウスのもとに戻り、偽りの理由を述べて返還を求めるが、新妻カッリロエに与えるつもりであることが露見し、ペゲウスは息子たちに命じて彼を殺してしまう。夫アルクマイオンの死を知ったカッリロエは、このあと四一三―四一四で述べられているように、まだ幼かった子供たちを父の復讐のできる青年にならせてほしいと祈ると、ゼウス（ユピテル）がそれをかなえ、たちまち逞しい青年になった子供たちはペゲウスやその子供たちを殺して復讐を遂げた。アポッロドロス三・七・四―六。

四二一　カッリロエのこと。前注参照。

四二三　ペゲウスの息子たちのこと。本巻四〇七行注参照。

四二四　本巻四〇七行注参照。

四三一　ヘシオドス『神統記』（三七一―三七四）やアポッロドロス（一・二・二）では、ティタン神族の男神ヒュペリオン（これについては、第一巻一〇行注参照）と、同じくティタン神族の女神テイアの（ヒュギヌス序では「アストライアの」）娘とされており、オウィディウス自身も『祭暦』（五・一五九）では「ヒュペリオンの娘（Hyperionis）」としている一方で、本篇のほか『祭暦』（四・三七三）でもティタン神族の「パッラスの娘（Pallantias）」としている。パッラスは、ティタン神族の男神クレイオス（もしくはクリオス）と、同じくティタン神族の女神エウリュビアの子。オウィディウスのみが伝えるこの伝承の出典は不明。

四三二　原語は coniux. 普通は「夫」の意であるが、ここでは「愛人（concubinus）」の意。邦訳はすべて、また独英仏訳や注釈書も（Bömer も注釈でこの語義に触れていない）ほとんどが「夫、良人（おっと）」としているが、唯一 Anderson が正確に読み取り、Titonos を paramour（愛人、情夫）としている（当該行注参照。ちなみに、*Oxford Classical Dictionary* の「Eos」の項でも、ティトノスは女神の gigolo とされている）。曙の女神アウロラ（エオス）にはアストライオスという夫がいるからである（第七巻七一八―七一九、七一九行注参照）。また、「女神を妻にする僥倖に恵まれた人間は、彼（＝ペレウス）一人しかいなかった」、言い換えれば、女神と正式に結婚したのはペレウスのみとも言われている（第一一巻二二〇およびその注参照）。ティタン神族のパッラスの娘の曙の女神（アウロラ）は、トロイア王プリアモスの兄弟ティトノスを連れ去り、エマティオンとメムノンの二人の子を産む。女神はユピテル（ゼウス）にティトノスの不死を願ってかなえられたが、不老を願うのを忘れ、ティトノスは老いさらばえ、声だけのような存在になった（蟬になったという後伝のほうが一般的）という。『ホメロス風讃歌』五（「アプロディテ讃歌」）・二一八―二四〇。

四二二　ゼウス（ユピテル）とエレクトラ（プレイアデスの一人）の子で、トロイア王家の祖ダルダノスの兄弟。イアシオンが高齢になったという伝はない。ホメロス『オデュッセイア』（五・一二五―一二九）では、デメテル（ケレス）が愛の契りを結んだイアシオンをゼウスが雷電で殺したとされ、ヘシオドス（『神統記』九六九―九七四）では、デメテルはイアシオンと交わって富の神プルトスを産んだとしか語られていない。

四二三　エリクトニオスについては、第二巻五五三以下、五五三行注参照。

四二五　アンキセスは、トロイアの傍系の王族。アンキセスがウェヌス（アプロディテ）の愛を受けたこと（その交わりからローマ建国の祖アイネイアス（アエネアス）が生まれる）は、ホメロスでもしばしば言及されている（『イリアス』二・八二〇以下、五・二四七以下、二〇・二〇八以下。他に、ヘシオドス『神統記』一〇〇八以下、『ホメロス風讃歌』五（「アプロディテ讃歌」）・五三―五五など）。

四三四　定めについては、第一巻二五六行注参照。

四三五　ユピテル（ゼウス）に寵愛されたこのアイアコスと、以下で述べられているミノス、ラダマントスの三人は、黄泉の国（地獄）の「三判官（ほうがん）」。第八巻一〇一行注参照。

四四四　小アジアのイオニア地方の町の創建者にして名祖（なおや）のこのミレトスについて、Rhodeに拠りながらBömer 1969-86は、オウィディウスのこの箇所、あるいは他の詩人や神話作家などの断片も含めて、確認できる七つの伝承を比較し、主人公の一人ビュブリスが自殺するか変身するかで大きく二分できること、また融合形あるいは折衷形のような話形が生まれていることを指摘している（Tümpelも同趣旨のことを述べている（Roscher, Bd. 2, S. 2970f.（「Miletos」の項）参照））。「自殺」（縊死もしくは投身）、「変身」、「泉」（その水）、「涙」、「岩（山）」などのキーワードあるいはモチーフから分析すると、ビュブリスが岩山から投身自殺しようとしたが、妖精たちが憐れんで押しとどめ、精霊に変えてやり、身投げしようとした岩山から流れ出す川はビュブリスの涙と人々が呼んだ、というニカンドロスに遡るアントニヌス・リベラリス（三〇）の伝は、その融合・折衷形の典型と言える。なお、母親デイオネは、アントニヌス・リベラリスでは「ミノスの娘アカカッリス」となっている。デイオネについては、ミレトスの母という以外に伝はないが、アカカッリスについては、ヘルメスとの間にキュドン、アポロとの間にミレトスの他に、ナクソス、アンピテミス、グラマスを産んだという伝がある。

四四八　首尾よく目的（ミノタウロス退治）を果たして戻る時には船に白帆を掲げるという約束を忘れ、テセウスが黒帆のまま帰国してくるのを認めた父親アイゲウスが悲観して海に身を投げて自殺した出来事に因んで、その海は「アイゲウスの海（エーゲ海）」と呼ばれた。第八巻一六九以下参照。また、ヒュギヌス四三、セルウィウス『ウェルギリウス『アエネイス』注解』三・七四参照。

四五一　小アジアのプリュギア地方の川およびその河神。この川については、第八巻一六二行注参照。

四九八　オプスはギリシアのレアと同一視される豊穣の女神で、レアも、このあと言及されるテテュスも同じティタン神族の兄弟クロノス（サトゥルヌス）とオケアノスを夫にしており、オリュンポス十二神の一であるヘラ（ユノー）も兄弟ゼウス（ユピテル）が夫。

五〇七　この一文は、風神アイオロスの六名の息子と六名の娘をそれぞれ結婚させていたという、ホメロス『オデュッセイア』一〇・一以下を踏まえてのもの。別伝については、第六巻一一六行注参照。

五六七　封蠟に押した指輪の印章に蠟がくっつかないようにするため、あるいは剝がれやすくするために、あらかじめ印章を湿らせておくのである。

六四七　最大最強の巨人族テュポン（テュポエウス）と怪女エキドナの子。獅子の頭と山羊の胴体、蛇（竜）の尻尾をもち、炎を吐く怪物（ホメロス『イリアス』六・一七九―一八二、ヘシオドス『神統記』三一九以下参照）で、リュキアに棲むとされた。

六六八　以下で語られるイピスのそれとほぼ同様の話を、名は娘レウキッポス、父親ランプロス、母親ガラテイアと異なる形でアントニヌス・リベラリス（一七）が、やはりニカンドロスから引いて伝えている。後者では、娘が成長してもはや隠し通せなくなった母親が男にしてくれるようラトナ（レト）に願い、かなえられることになっている。

六八七　「イナコスの娘御」とは、イオーのこと。エジプトに渡ってイシス女神になったことが、すでに（第一巻七四七以下）語られていた。イシス女神は頭に牛の角と太陽を表す円盤をもつ姿で象られたため、牛に変身したイオーとの類似性から、イシスはイオーの成り代わりと考えられた。第一巻七四七行注参照。

六九〇　アヌビス以下は、エジプトの神々。アヌビスは、インプのギリシア語名。犬（狼）頭の神で、このあとの六九三行注にあるオシリスの弟セト（ギリシア語名テュポン）の妻ネフティス（ギリシア語名ネプテュス）が兄オシリスとの不倫の交わりから生んだ。ミイラを作ったり死者の霊を冥界に送ったりする神として、冥界と深い繋がりがある。オシリスが冥界の王となってからは、それを補佐した。ブバスティスは、バステトのギリシア語名。はじめは猫頭ではなく、獅子頭として崇拝された。太陽神ラーの娘あるいは妹あるいは妻とされる天空の女神。アピスは別名ハピスあるいはハピアンク。その名からイオーの子エパポスと結びつけられた。エジプト神話の創造神プタハの化身あるいは代理とされ、角のある雄牛の姿で象られる牛神。

六九二　イシスとオシリスの子のホルス。ハルポクラテス（大ホルス神に対して「子供のホルス」の意）とも称される。子供らしく、指を口にあてている、あるいはくわえている姿で象られ、沈黙を命じていると解された。ウァッロー『ラテン語考』五・五七、カトゥッルス『カルミナ』七四、一〇二。

六九三　エジプトの儀式用の楽器で、わが国のガラガラ、あるいはマラカス様のもの。

六九三　オシリスが嫉妬した弟セトに棺に入れられてナイルに流されて殺され、その後、遺体がばらばらに切断されてエジプト中にばらまかれて行方不明になったことを指す。后のイシスは捜索したが、結局、魚に呑み込まれた男根だけは見つからず、元の完全な姿を取り戻せなかったため、現世にはとどまれず、冥界の王として蘇ったとされる。プルタルコス『エジプト神イシスとオシリスの伝説について』（＝『モラリア』三五六B以下）。

七二八　この「私の」から次行の「惜しむお積りがなく」までの文には、Tarrant の底本では削除記号が付されているが、削除記号のない Anderson の底本に従う。

七三六　クレタ王ミノスの后パシパエのこと。パシパエの雄牛への愛については、第八巻一三三行注参照。

七六一　黄泉の国でタンタロスが受けている劫罰を含みにした言葉。第四巻四五八―四五九および同巻四五六行注参照。

七七八　写本に崩れがあり、sistrorum のままでは読めない。底本は、Shackleton Bailey の読み sacrorum として、前行の「松明」にかけ、「聖儀の松明」が正しいのではないかとしている。

第一〇巻

10

婚礼を司る神（ヒュメナイオス）は、その地を離れ、サフラン色の外套に包まれて、
広大な大空を翔け、キコネス族の地を目指した。
オルペウス*に呼ばれて、婚礼を司るためだが、それも甲斐なく終わった。
神は、確かに参列するには参列したが、婚礼を寿（ことほ）ぐ言葉も、
喜びの顔も、吉兆ももたらさなかった。
神の翳（かざ）す松明（たいまつ）も、終始、ぶすぶす燻（くすぶ）る音を立て続けて、
煙で涙を流させ、幾ら振っても炎が上がらなかった。
結末は前兆以上に悲惨だった。新妻が、水の妖精（ナイス）たちの
一団に伴われて、草原をそぞろ歩いていた時、
蛇に踵（かかと）を牙で嚙まれて、命を落としたからだ。
ロドペ聳（そび）えるトラキアの伶人〔オルペウス〕は、この世で心ゆくまで
哀悼の涙を流した後、亡霊の住むあの世も試さずには措くまいと、
意を決して、タイナロン*にある門からステュクス流れる冥界へ降（くだ）り、
〔実体のない〕朧（おぼろ）な住人たち、埋葬の礼を施された死霊たち*の間を抜けて、
ペルセポネと、死霊たちの陰鬱な王国を支配する冥界の王の許に赴くと、
竪琴の弦を爪弾きながら、楽の音に合わせて、オルペウスはこう訴えた、
「大地の下に位置し、およそ死すべきものとして生まれた我々人間が、
必ずや、戻っていく定めの世界を治める、おお、神々方、

くどくどと嘘偽りを述べて回り道を辿るのはやめて、
真実を語ることを許して頂けるのなら、ここへ私が降（くだ）って参りました訳は、　20
陰深いタルタロスなる冥界を見るためでも、メドゥサの血を引く怪犬の、
毛代わりの蛇のけば立つ三つ頸（みくび）を鎖で縛（いまし）める*ためでもありません。
こちらに罷（まか）り越した訳は妻です。彼女の足で踏まれた蛇が、その足に
毒を注いで冒し、花の盛りの、この世の齢（よわい）を奪ってしまったのです。
耐えることができればと願い、嘘偽りなく、耐えようとはしてみました。
が、「愛（アモル）」の力には勝てなかったのです。この神は地上ではよく知られた神。
この地下世界でも同じであるかは確信がありません。ただ、思うに、当地でも
そうではないのでしょうか。その往時（かみ）の、あの拐（かどわ）かしの話*が偽りでなければ、
あなた方お二人を結び付けたのも「愛（アモル）」とか。恐怖に満ちたこの地と、
この無限の暗黒世界と、広大なこの冥界の静寂（しじま）にかけて、お願い致します、　30
夭逝した〔妻〕エウリュディケの運命の糸を、もう一度紡ぎ直して下さい。
私たち〔人間〕はすべてをあなた方に返さねばなりません。暫し、この世に
留まった後、早晩、私たちは同じ一つの居場所へと急ぎ足で赴きます。
冥界へと、あらゆる人間が向かうのです。ここが究極の住処（すみか）。あなた方は、
人間が最も長く留まる王国を支配なさっているのです。彼女も、この世で
然るべき寿命を辿り終えて、死期を迎えたなら、あなた方が権利をもつものと

なります。私の願いは、その彼女を、恩沢に与(あずか)り、一時(いっとき)わがものとするのを
許して頂きたいということ。定めが妻を免除するのを許さないというのなら、
私はここから戻らぬ覚悟。二人の死を喜ばれると宜しかろう」。
　そう語り、歌の言葉に合わせて弦を爪弾く伶人に、
血の気のない亡霊たちも涙した。タンタロスも逃げ去る水を
40 摑まえようとはせず、イクシオンの車輪も突如として回るのをやめ、
禿鷹たちは肝臓を啄(ついば)もうとせず、ベロスの孫娘たちは〔水を汲む〕水瓶(みずがめ)から
手を放し、シシュポスよ、汝は〔押し上げるのをやめて〕岩の上に腰を下ろした。*
話では、その時初めて、伶人の歌に心を打たれ、
復讐の女神たち(エウメニデス)*の頰が涙で濡れたと言われており、冥界の王妃も、
地底深くの黄泉の国を支配する王も、懇願する伶人の願いを拒みかねて、
エウリュディケを呼び寄せた。彼女は、最近死霊となった者たちの間にいたが、
受けた傷の為にゆっくりした足取りでやって来た。ロドペ聳えるトラキアの
英雄は彼女を受け取り、同時に、彼女を連れ帰る条件も受け取った。
その条件とは、冥界の谷*〔＝冥界〕を出るまでは、後ろを
50 振り返ってはならぬ、さもなくば、恩沢は無に帰す、というものであった。
二人は、物音一つしない静寂(しじま)の中を、上り坂の通路を辿っていった。
道は険峻で、真っ暗で、漆黒の深い闇に包まれていた。やがて、地表から

さほど遠くない所までやって来たが、そこでオルペウスは、妻が
力を使い果たしてはいまいかと不安になり、妻を愛する余り、姿を
確かめたい一心で、振り返った。その刹那、彼女は再び滑り落ちていった。
自分が摑まえるか、妻が摑まえてくれるか、と必死に腕を伸ばしてはみたが、
不幸にも、空しく摑んだのは、手をすり抜けて消える空気のみであった。今や
60
二度目の死を迎えるエウリュディケではあったが、夫について一切恨みを口に
しなかった——実際、何を恨もう、自分がこんなにも愛されていること以外*——。
彼女は「さよなら」と、最後の別れの言葉を言ったが、最早、彼の耳には
届くべくもなく、再び元来た所へと転落していった。

　オルペウスは、二度の妻の死を目の当たりにして、茫然としていたが、
その様(さま)は、恰(あたか)も、真ん中の頸を鎖に繋がれた、三つ頸の怪犬を目にして、
怯え、震える恐怖はいつまでも去らず、身体が石化し始め、全身が
石に覆われて、元の姿を失った時、初めてその恐怖が消えた者*、また、
自ら罪を背負い、自分が罪人であるように見せかけることを望んだ
70
オレノスと、汝、容姿に驕ったその妻、
哀れなレタイア、かつては誰よりも固く結ばれた二人ながら、
今は、水豊かに潤うイデの山に抱(いだ)かれる石に変じたお前たちのよう。
甲斐なく嘆願し、もう一度〔アケロンの河を〕渡ろうとしたオルペウスを

渡し守*〔カロン〕が禁(とど)めた。しかし、彼は七日七夜(なぬかななや)、
ケレスの賜物〔の食べ物〕も口にせず、埃塗(まみ)れの姿で座り続けていた。
妻への思いと、心の悲しみと、涙とが糧であった。だが、遂に
オルペウスは、冥界の神々は残酷だと嘆きつつ、高く聳える
ロドペと、北風に撃たれるハイモスの山脈(やまなみ)へと戻っていった。
　太陽神(ティタン)が、水に棲む「魚〔座〕」で締めくくられる一年*を
終えること三度に及んだが、オルペウスは女性への愛を、一切
避けていた。エウリュディケとの愛が不幸な結末に終わった故か、それとも
エウリュディケへの愛に誠心を捧げた故か。だが、伶人と結ばれたいと　80
熱愛する女性は多かったが、悉(ことごと)く愛を拒絶されて、悲しみに暮れた。
更に、トラキアの人々に、愛を婀(たお)やかな少年に向け、青年になる前の、
その束の間の春を愉しみ、咲き初(そ)めた花を摘むことを
教えた最初の人間が、このオルペウスだったのだ*。
　とある丘があった。丘の上は、実に平坦な野が広々と
開け、覆い尽くす草葉(くさば)で、一面、緑に溢れていた。しかし、
そこには木陰が一つもなかった。丘のその野に、神の血を引く
伶人が腰を下ろして、響きよい弦を爪弾くと、
木陰が現れた。そこには、カオニア縁(ゆかり)*の樫の木もあり、　90

100

ヘリオスの娘たち(ヘリアデス)が変身したポプラ*の木立も、高く葉を茂らせる冬楢*も、
また柔らかな科(しな)の木も、山毛欅(ぶな)も、処女ダプネが変身した月桂樹*も、
脆い(もろい) 榛(はしばみ)や、槍の柄(え)に有用な 梣(とねりこ)も、
瘤のない樅(もみ)の木や、団栗(どんぐり)をたわわに付ける常磐樫(ときわがし)も、
さらに木陰も嬉しい鈴懸(すずかけ)の木も、とりどりに色づく楓(かえで)も、
川辺を好む柳や、それと共に、水辺を好むロートス*の木も、
常緑の黄楊(つげ)も、華奢な御柳(ぎょりゅう)も、
白黒二つの実を付ける銀梅花(ぎんばいか)*も、青黒い実の莢蒾(がまずみ)もあった。
また、蔓を巻きつかせる木蔦(きづた)よ、お前たちも、またそれと一緒に
巻き蔓を伸ばす葡萄樹や、その巻き蔓の絡む楡(にれ)の木、
マンナノキや〔欧州〕唐檜(とうひ)、赤い実のたわわに実る苺(いちご)の木*や
勝利の栄典となる、*しなやかな棕櫚、それに、髪の毛を結い上げた格好で、
天辺(てっぺん)だけ葉の生い茂る〔イタリア〕傘松(かさまつ)もやって来た。これは神々の
母〔キュベレ〕のお気に入りの木だ。その故は、キュベレの寵児アッティス*が、
人間の姿を脱ぎ捨て、樹幹となって固まって、この木に変身したからである。
　更に、この一群の樹木の中に、標柱*に似た円錐形の 糸杉(キュパリッソス)があった。
今は木となっているが、かつては、あの、竪琴の弦(げん)を爪弾き、
弦(つる)で弓を引き絞る神〔アポロ〕に愛された少年であった。

その所以は、カルタイアの野に住まうニンフたちに聖化された
110 一頭の巨大な雄鹿がいた。広く広がるその角は、
自らの頭に濃い日陰を与えるほどであった。
角は黄金で輝き、丸く滑らかな頸からは
宝飾を施された首飾りが肩にかけてぶら下がっている。
額の上には、小さな革紐で結わえられた、お守りの
銀の飾り金が揺れていた。両耳から、窪んだ蟀谷の辺りに
真珠のような、一対の青銅の珠が輝いている。
この雄鹿は、恐れることを知らず、生来の臆病な性質も
もうどこかに失せて、常々、人家に足繁く近づき、見知らぬ人間の
手であろうと、頸を差し出して、撫でて貰おうとした。だが、ケオス〔島〕の
120 住人の誰よりも美しい者、キュパリッソスよ、雄鹿は、誰にもまして、汝の
お気に入りであった。雄鹿を新しい草地に連れていってやっていたのも、
澄んだ泉の水場に連れていってやっていたのも、また
ある時は、角に飾る色とりどりの花を編んでやり、またある時は、
背に跨って、愉しそうに、柔らかなその口に嵌めた、手綱代わりの紫の
紐を取って、あちらへ、またこちらへと駆けさせてやったのも汝であった。
　暑い夏の真昼時、太陽の暑熱で、水辺を好む「蟹〔座〕」の

湾曲する鋏も焼けつくような頃のことであった。*
雄鹿は、疲れた体を草生す地面に
横たえ、木陰で涼んでいた。その雄鹿を、
知らずにキュパリッソスが鋭い投げ槍で貫いてしまったのだ。彼は、
雄鹿が酷い致命の傷で今にも息絶えようとしているのを目にするや、　130
自分も死のうと決心した。ポエブスは、ありったけの慰めの
言葉をかけ、相手が何かをよく考えて、嘆くのも程々にするよう
教え諭した。それでも、キュパリッソスは嘆きをやめず、神々に最後の
願い事をし、いついつまでも嘆き続けさせてくれるようにと祈った。
早や、際限なく涙を流したことで、血も尽き果てて、
キュパリッソスの身体は緑色に変じ始め、
つい先ほどまで、雪白の額に被さるようにかかっていた髪の毛は
逆立つ蓬髪となって、固く固まっていき、遂には
大空の星を見上げる、細い梢に変わった。神は　140
呻きを漏らし、悲し気にこう言った、「お前のことは、私が悼んでやろう。
お前は他の人たちを悼んでやり、悲嘆する者に寄り添う友となるのだ」*と。
　オルペウスが招き寄せた木々はこのようなものだったが、伶人は
木立に集った獣たちや鳥たちの群れの真ん中に腰を下ろしていた。

親指で弦を弾(はじ)き、十分に試し弾(び)きして、
様々な音を聞き取り、それぞれが異なる音色ながら、調和した
旋律を奏でていると分かると、伶人はこのような歌を歌い始めた。
「わが母のムーサ*よ、ユピテル神から始めて――万物がユピテルの
支配に服する故――わが歌謡を始めさせ給え。私がユピテルの力ある権威を
歌謡に託して語ったこと幾度(いくたび)。より荘重な撥(ばち)*の音(ね)にのせて、巨人族(ギガンテス)と、　150
プレグラの野のそこかしこに投げかけられた勝利の雷電を、私は歌った。
今、必要なのは、より軽快な竪琴の調べ。いざ、歌わん、天上の
神々に愛された少年たち、また、許されぬ愛の炎(ほむら)に心を震わせ、
情欲の虜となって、報(むく)いを受けた乙女たちの物語を。

その往時(かみ)、天上の神々の王はプリュギアのガニュメデス*への愛に
燃えた。神には、前の自分であるより、別のものになりたいと思わせる対象が
あったのだ。だが、自分の雷火を運ぶことができる鳥〔ユピテルの聖鳥の鷲〕以外、
如何なる鳥に変身するのも潔(いさぎよ)しとしなかった。時を置かず、〔鷲に変身した〕
ユピテルは、自分のものならぬ偽りの翼で大気を撃ち、イリオンの
王子〔ガニュメデス〕を引っ攫(さら)った。彼は、今も天空で、〔酌取り童子として〕　160
ユノーに嫌がられながらも、ユピテルに、神酒(ネクタル)を混ぜては杯(はい)を献じている。

170

また、汝を、アミュクライの少年よ*、ポエブスは上天(アエテル)に置いただろう、
もし悲しい運命が汝を〔星として〕天空に据える時を与えていたならば。
だが、許される方法で、汝は今、永遠(とわ)の存在となり、春が冬を
追い払い、「牡羊〔座＝白羊宮〕」が、水に棲む「魚〔座＝双魚宮〕」の後に続く、*
その度毎(たびごと)に、大地から生まれ出て、緑なす芝草の中で花を咲かすのだ。
わが父〔アポロ〕が誰よりも愛したのが汝〔ヒュアキントス〕であった。世界の
中心に位置するデルポイ*は主(あるじ)を欠いた。神アポロが、好んで
エウロタスの流れや、まだ城壁を持たなかったスパルタを徘徊し、
最早、竪琴も矢も眼中になかった間のことだ。神である
自分も忘れて、アポロは、〔ヒュアキントスの〕狩りの連れとして、狩網(かりあみ)を
肩に担(かつ)ぐことも、逸(はや)る猟犬たちを抑えることも、険峻な山の背を行くことも
厭わず、長い間の親交の中で、炎と燃える恋心を育(はぐく)んでいったのだった。
早や、太陽神(ティタン)*が、夜明けと日没の間のほぼ中間点、
陽の昇る東からも、陽の沈む西からも等距離にある真昼時となっていた。
神と少年は、服を脱ぎ、オリーブ油をたっぷり塗った身体を
光らせながら、投げた円盤の遠さを競う円盤投げを始めた。
アポロが先に円盤を構え、空中に向かって
投げると、円盤はその重量で、はだかる雲を切り裂いた。

180
重い円盤は、長い間飛び続けた末に、固い地面に落下し、
投げ手の臂力（ひりょく）と、臂力に見合う技量とを、まざまざと見せつけた。
タイナロン縁（ゆかり）の少年は、軽率にも、早く投げたいと
逸る余り、すぐさま円盤を拾おうと急いだが、
固い地面に当たって跳ね返った円盤が、
ヒュアキントスよ、汝の顔を直撃したのだった。神は、
当の少年に劣らず蒼白となり、倒れ伏した少年の身体を抱き起こし、
汝を温めて介抱しようとしてみたり、酷い傷口の血を拭ってやったり、
薬草を宛（あて）がって、消え去ろうとする息の緒を途絶えさせまいと力を尽くした。
だが、どの医術も効（こう）がなかった。傷は癒し難いものだったのだ。
190
それを喩えれば、恰（あたか）も、水やりの行き届いた庭に咲く菫（すみれ）や罌粟（けし）や、
黄色い蕊（しべ）を立たせている百合の花を手折ると、
花は、やがて程なく萎（な）え、しおれて、頭を垂れ、茎はぐったりと
しなだれて、花の先端が地面を見つめる、まさにそのよう。
ヒュアキントスの瀕死の頭も、そのように項垂（うなだ）れ、その頸は、力なく、
自らが自らの重荷となって、肩の上に、がくりと落ちかかった。
『命を落とすのだな、オイバロスの*末裔（すえ）よ、初心（うぶ）な若さが却って仇となって』、
ポエブスはそう言った、『私が目にしているのはお前の致命の傷、わが咎（とが）。

お前は私の悲しみの的にして、私の罪の証(あかし)。お前の墓碑には、この右手が
お前の死の因と標(しる)されねばならぬ。この私こそ、お前に死をもたらした張本人。
200 〔だが、何が私の咎だというのであろう、お前と円盤投げで戯れたことが、
お前を愛したことが咎だと言える、というのなら話は別だが。〕
ああ、望むらくは、お前の代わりにこの命を絶つことが、お前と共にこの命を
絶つことができたなら。だが、我々には定めによってそれが許されぬ。それ故、
お前は永遠(とわ)に私と共にあり、お前を忘れぬこの口の端に永遠に残り続けるのだ。
お前の歌を、わが手の爪弾く竪琴が、お前の歌を、わが歌謡が響かせ続けよう。
お前は新しい花となって、花に刻まれた文字でわが嘆きの声を再現するのだ。
また、やがて剛勇無双の英雄がこの花と結びつき、
同じ花びらに、その名が読み取れる時もやって来よう』*。
アポロの口から、このような言葉が語られている内に、
210 見よ、大地に注がれて、草葉を染めていたヒュアキントスの血が
血ではなくなり、テュロスの貝紫よりも色鮮やかな紫*の
花〔ヒヤシンス〕が生え出て、この花は紫色、百合は白という違いがあるものの、
百合とも紛う形の花を咲かせた。ポエブスは
それでは満足せず——花となる栄誉を与えたのはポエブスだったからだが——、
自らの手で自らの嘆きを花びらに書き込み、花には

ＡＩ・ＡＩという碑(いしぶみ)が標(しる)され、ＡＩ・ＡＩという哀悼の文字が刻まれたのだ。*
スパルタはヒュアキントスの生地となったことを誇りに思い、少年の栄誉は
今日までも連綿と続いていて、先人の仕来り(しきたり)通り、盛大な祭列で祝う
ヒュアキントス祭が毎年巡ってくる。

220

　だが鉱石に富むアマトゥスの町の場合、
プロポイティデス*の生地であるのを望むかと訊(き)かれれば、かつて、その額(ひたい)に
ごつごつした角(つの)が生え出て、そこから角男(ケラスタイ)たちという名を得た者たちの
生地であるのを望まないのと同様、『否』と答えるであろう。
この角男(ケラスタイ)たちの門前に、『主客の礼を守るユピテル』*の祭壇があった。
その祭壇が血に濡れているのを、罪深い所業を知らない誰か他所人(よそびと)が
目にすれば、この祭壇で、アマトゥス育ちの、まだ乳離れしていない
犠牲獣の子牛や仔羊が屠(ほふ)られたものとばかり思ったことだろう。だが、
殺されたのは異国から来た客人なのだ。慈しみの女神ウェヌス自身、この
非道な儀式を嫌悪し、自らが愛でる市々(まちまち)や、オピウサ〔キュプロスの古名〕の

230

田野を捨てようとした。が、女神は言った、『でも、わが愛するこの地が
何の罪を、愛する市々が何の罪を犯したの。それらにどんな罪があるというの。
むしろ、罪を犯した非道な民人(たみびと)にこそ罪を償わさせねば、追放によってか、或いは
死によってか、或いは死と追放の間(あいだ)に、何か別の償いの方法があれば、それで。

その罰として、変身させること以外、どんな〔ふさわしい〕罰があり得よう』。女神が何に変身させようかと迷っている内に、ふと彼らの頭に目を向けると、彼らにはこの角を残しておけると思いつき、その巨体を荒々しい猛牛に変身させたのだ。

だが、汚れた女たちプロポイティデスは、不遜にも、ウェヌスは神などではないと言った。そのため、女神の怒りによって、彼女たちは、240 その美貌と共に、自らの肉体を金で売った最初の女たちになったと伝わる。その挙げ句、恥の心は消え失せ、血が固まって、顔を赤らめることはなくなり、遂には、もう僅かな違いしかないが、固い石に変じてしまったという。

その彼女たちが罪に塗(まみ)れた生を送っているのを目の当たりにしたために、ピュグマリオン*は、女性の心に自然が与えた、数知れぬ乱倫の悪徳に嫌悪を抱き、妻を娶ることなく、独身のまま過ごし、長い間、伴侶のいない生活を送っていた。その内、ある時、雪白の象牙を驚くべき技で巧みに彫刻し、それほどの容姿をもって生まれる女性は、およそ世に存在しえないほど美麗な容姿に仕上げ、自分の作った彫像への愛の虜となった。250 顔立ちは、生きていると見紛(みまご)うばかりに、本物そっくりの乙女のそれで、恥じらいが妨げとならなければ、今にも動き出しそうだと信じたことだろう。

それほど巧みに、技(わざ)は技で隠されていたのだ。ピュグマリオンは賛嘆の目を瞠(みは)り、
その心は、本物そっくりの彫像への愛の炎(ほむら)で燃え上がった。屢々(しばしば)、
それが生身(なまみ)の肉体なのか、それとも飽くまで象牙なのか、試してみようと
造形した彫像を手で触ってみたが、尚、正直、それが象牙だとは思えなかった。
口づけすると、口づけを返してくれるように思え、語りかけては
抱きしめてみるが、指で触れた肌が間違いなく凹(へこ)んでいると思い、
圧迫した身体に青痣ができはしまいかと心配したものだ。
機嫌を取るように甘い言葉をかけてみるかと思えば、乙女らには喜ばれる
贈り物を彫像にもってきたりもする。貝殻やすべすべした小石、
小鳥や数知れぬ色をした花々、
百合の花や色鮮やかな毬や〔ポプラの〕木から採れる
ヘリアデスの涙*〔=琥珀〕などだ。また、その肢体に服を着せて飾り、
指には宝石の指輪を、頸には長い首飾りを、
耳には軽い真珠を、胸には垂れ下がるリボン飾りを付けてやった。
何もかもがよく似合っていた。だが、裸の儘(まま)でもその美しさは変わらなかった。
ピュグマリオンは彫像の乙女をシドン産の貝紫*で染めた敷物の上に横たえ、
床(とこ)を共にする『愛(いと)しい妻』と呼び、横たわるその頸を柔らかな羽毛の枕の上に、
まるでその感触が彫像の乙女にも分かるかのように、載せてやった。

270
キュプロス島全土で最も賑わうウェヌスの祭日が
やって来ていた。黄金で覆われた、曲がった角(つの)をもつ、
雪白の頸をした若い雌牛らが屠られて、倒れ伏し、くべられた香から
煙が立ち昇っていたが、この時、奉献の品を捧げ終えたピュグマリオンは
祭壇の前に佇(たたず)み、恐る恐るこう祈願した、『神々よ、あなた方に万事を授ける
お力があるのでしたら、どうか、私の妻に』、その後(あと)、『象牙の乙女を』と言う
勇気がなく、『象牙の乙女に瓜二つの女(ひと)をお授け下さい』と言ってしまった。
自分の祭典のために来臨していた、黄金に飾られたウェヌス*は、
その祈願の真意が何か、勘づき、善意の神の兆しにと、祭壇の火を
三度、ぱっと燃え上がらせ、三度、炎の先端を空中高く舞い上がらせた。
家に戻ると、彼は彫像の乙女を求め、寝台に横たわって

280
象牙の乙女に口づけをした。すると、生暖かいような気がした。
もう一度、口づけし、試しに胸も両の手で触ってみた。
触った象牙が柔らかくなり始め、固さがなくなって、
指で圧(お)されたところが凹(へこ)み、撓(たわ)んだ。喩えれば、日差しを受けると
柔らかくなり、親指で捏(こ)ねられて種々に成形され、
その成形の自在さで有用な、ヒュメットス産の蜜蠟*のよう。驚いて、
茫然とし、半信半疑ながらも喜び、気の迷いかと覚束ない心持ちでいたが、

象牙の乙女を愛する彼は、何度も何度も、願いが叶ったのか、手で探ってみた。
生身の肉体だった。試しに親指を当ててみると、血管が鼓動している。
290　その時、パポス縁(ゆかり)の英雄は、ウェヌスに捧げる、ありったけの
感謝の言葉を口にすると、漸くにして、偽りのものではない唇に
自分の唇を押し当てた。乙女は口づけされたのを
感じると、顔を赤らめ、恐る恐る陽の光に向かって目を上げ、
大空と愛する人とを同時に見詰めた。
女神は、自分が月下氷人の役割を果たした結婚に立ち会ったが、早や
日は巡り、月が角(つの)を合わせて満月になること九度目に及んで、
彼女は一女パポスを産んだ。* パポス島はその名を今に留める。
　子がいなければ、幸せ者と見なされたであろう、あの
キニュラスは、その彼女から生まれたのだ。
300 私がこれから歌うのは悍(おぞ)ましい事。世の娘たちや父親たちは遠く離れるがよい。
或いは、私の歌があなた方の心に心地よく響くにしても、この箇所だけは
私の話を信用せず、そんなことがあったなどと信じないで頂きたい。或いは、
もし信じるのなら、その所業には、確かに天罰が下ったとも信じて貰いたい。
しかし、これは自然が認めて許していることだと思われるのなら、
「イスマロス縁(ゆかり)の民族らと我々の世界とを、私は祝福する。*」

あれほど悍ましい罪を産んだ彼の地域から遠く隔たる故に、
この地を*、私は祝福する。パンカイアがバルサムに富むのなら、
富めばいい。肉桂や木香、木から滴る香料や
異種の花々を産するのなら、産すればいい。同時に、没薬*も
産む限りは。この新しい木は〔代償に比して〕それだけの価値のない木だった。
他ならぬクピドーもその武器で、ミュッラよ、汝を傷つけはしなかったと言い、
自分の松明*が汝の罪深い行いに関与したことは一切ないと言っている。
汝に、その狂気の愛を吹き込んだのは、地獄の松明を掲げ、膨れ上がった
毒蛇どもを操る三姉妹*の一人なのだ。父親を嫌悪するのは罪だが、
この愛は嫌悪にもまして悍ましい罪。——至る所から集まった、選りすぐりの
貴顕たちが汝を妻にと望み、東方全土から青年たちが、我こそはと競い合うように、
汝との結婚を求めて蝟集している。その全員の中から一人を、ミュッラよ、

夫に選ぶがよい。但し、そのすべての男性の中に唯一人だけは含めてはならぬ。
確かに、彼女自らもそれを感じ取っており、汚れた愛に抵抗して、独り言ちた、
『私は、何を思い、どこへ引きずられていこうとするの？　どうしようというの？
神様方、それに、敬愛*の心と、親子の聖なる掟よ、お願い致します、
どうか、この道に外れた行いを禁め、私の罪を防いで下さい。尤も、
これが罪だというのなら、です。如何にも、聞くところ、敬愛の心は

この愛を否定してはいないとか。他の動物は、相手を選ぶことなく
交わっています。若い雌牛が背に父親の雄牛を乗せるのを
恥とは思わないし、自分の産んだ雌馬が親の牡馬（おすうま）の伴侶になり、
山羊は自分が生んだ雌山羊たちと目合（まぐわ）い、他ならぬ仔の雌鳥（めすどり）が、
その血を継ぐ父鳥と交わって、仔を孕みもします。
幸せだわ、それが許されている動物たちは。それに引き換え、人間の
330 狭量な心配が意地悪な法律を産み、自然が許していることを
悪意ある法が禁じているのよ。でも、聞くところ、母親が息子と、
娘が父親と結ばれて、敬愛（ピエタス）の心が二重の愛によって
増すようにしている民族も、この世には存在するとか。* ああ、
哀れな私、そんな地に生まれる幸運に恵まれなかったのだもの。生まれた
土地の不運に、私は苦しめられている。でも、何故そんなことに拘（こだわ）るの？
禁断の希望の数々よ、去るがいい。あの人は愛されるに相応（ふさわ）しい人。
唯、それは父親として。ということは、私が偉大なキニュラスの
娘でさえなければ、キニュラスと褥（しとね）を共にできるということ。でも、事実は、
私は娘。既に私のものである故に、私のものではないのだわ。これ以上はない
340 親近さが私の邪魔をする。見ず知らずの女なら、願いを叶えもできように。
この地からどこか遠くへ行きたい。祖国を後にしたい、この罪を逃れられる

かぎりは。でも、燃えるような、汚らわしい愛の思いが離れようとする私を
引きとめる。せめてキニュラスを目の前で眺め、触れ、話をし、口づけを
交わしたいという燃えるような思いが、それ以上のことは許されないにしても。
でも、道に外れた乙女の私、それ以上の何かを望めるとでも？　自分が、
どれほど多くの掟も名も攪乱しているか、気づいているの？
母の恋敵になり、父の不義の愛人になろうというの？
自分が産んだ子の姉と、自分の兄弟の母親と呼ばれようというの？　それに、
黒い蛇が髪の毛代わりのあの三姉妹たち、罪深い心には、目や心を狙って、
松明を振り翳し、容赦なく追い掛けてくる姿が見える、あの復讐の女神たちが
怖くはないの？　でも、まだ身体で人の道に悖る罪を犯した訳ではないのだから、
禁断の同衾を心の中で思い描いたりなんかして、力ある自然が定めた掟を
汚すような事はしてはならない。そうしたいと思うのなら、思えばいい。でも、
事柄自体が駄目だと言っている。父は敬虔な人。人の道を忘れる人ではない。でも、
どんなにか嬉しいこと、父の心にも、私と同じような狂おしい思いがあるのなら』。
　ミュッラはそう独り言ちた。だが、キニュラスは、大勢の、相応しい
求婚者らを前にして、どうしたらいいのか、心惑い、求婚者らの名を
一々挙げて、娘自身に、誰を夫にしたいかと尋ねた。彼女は、
最初は何も言わず、唯、父の顔を食い入るように見つめながら、

心千々に乱れて、その目に生暖かい涙を浮かべた。キニュラスは、てっきりその涙を乙女らしい不安の涙と思い、涙など流してはいけないと諭して、濡れた頬を拭ってやり、口づけしてやった。ミュッラは父のその口づけを必要以上に喜び、どんな人間を夫にしたいかと尋ねられると、『お父様のような人』と答えた。だが、父親のほうはその言葉の真意が分からず、それは殊勝な心掛け、と褒め、『いつも、そうして親を思う敬愛(ピエタス)の心を持ち続けるのだぞ』と言い含めた。敬愛(ピエタス)の心という言葉を聞くと、道ならぬ罪を自覚している娘は顔を伏せた。

　真夜中のことであった。眠りが憂いや疲れから心身を解き放っている頃合いである。だが、キニュラスの娘の乙女ミュッラは、寝もやらず、抑えがたい熱い思いに苛まれ、狂おしい願いを何度も思い返しては、絶望的になるかと思えば、一度試してみたいとも思い、恥ずかしく思っては渇望し、どうすればよいのか、出口が見つからなかった。その様(さま)を喩えれば、恰(あたか)も、斧で撃たれはしたが、まだ最後の一撃を受けてはおらず、どの方向に倒れるのか覚束なく、どの方向にいる人も危ぶむ巨木のよう。そのように、ミュッラの心は千々に乱れる傷を受けて定まりなく、あちらまたこちらと、ぐらぐら揺れ動き、どちらにも向かう衝動に駆られて、死以外に、禁断の愛の終わりも、安らぎも見出せなかった。

死のうと心に決めた。身を起こすと、首を縊(くく)ろうと
急いだ。〔部屋の戸の〕柱に腰帯を結び付けて、言った、
380
『愛しいキニュラス、さようなら。私の死の原因(もと)を解(わか)って』と。
そう言うと、彼女は帯に首をかけた、首は死の蒼白を帯び始めた。
　聞くところでは、ミュッラの呟き声が、養い子の部屋の
戸口で張り番をしていた忠実な乳母の耳に届いたという。乳母は、
立ち上がると、扉を開け、死のうとしてミュッラが用意した手段を
目にした途端、叫び声をあげ、自分の胸を打って、自分の衣の襞を
引き裂きながら、ミュッラの首から外した帯をずたずたに引きちぎった。
そうしてから、やっとのこと余裕を取り戻して、涙を流し、一頻(ひとしき)り
涙を流した後、養い子を抱きしめて、首を縊(くく)ろうとした訳を尋ねた。
ミュッラは、黙ったまま一言も発せず、身動(みじろ)ぎもせずにじっと床を見詰め、
390
遅きに失した自殺の試みが、途中で見つかってしまったことを嘆いた。
老婆は娘に詰め寄り、自分の白髪と、乳の涸(か)れた、開(はだ)けた乳房を示しながら、
揺り籠と、赤子の頃に与えた糧の乳にかけて、何であれ、悲しみの理由を
自分に打ち明けてほしい、と懇請した。ミュッラは尋ねる乳母から顔を背け、
呻き声を漏らした。乳母は訳を聞き出す覚悟で、忠誠を約束するだけでは
なかった。『仰って』と乳母は言った、『どうぞ、あなた様に助けの手を

差し伸べさせて下さい。年は取っていても、身体はどうとでも動きますから。
もし、それが気狂いなら、癒す呪文も薬草もご用意できます。それとも、
誰かの所為で心をお痛めなら、魔法の秘術でお祓いして差し上げます。
それとも、神々のお怒りなら、その怒りは儀式でお宥めできるでしょう。
思い浮かべねばならないことが、他に何かありましょうか？　御運も、御家も、

無事安泰、順風満帆なのは確か。お母様も、お父様も息災でございますもの』。
ミュッラは、『お父様』という言葉を聞くと、胸の奥底から深い溜息を吐いた。
乳母の心には、まだ道に外れた罪のことなど露ほども思い浮かばなかったが、
それでも、何か恋のようなものではないかという予感があった。
是が非でも目的を遂げようと、乳母は、何であれ自分に
打ち明けてくれるよう懇請し、涙を流すミュッラを老いの懐に抱えて起こし、
弱々しいその腕で娘の身体を抱きしめながら、こう言った、
『薄々感じていました。恋なのですね。そのことでも、私の用心深さは
――御安心なさい――あなた様には好都合。決して父上に勘づかれはしません』。
すると、娘は、狂ったように懐から飛びのき、顔を寝床に埋めて、言った、

『行って、お願い。もう責めないで、哀れなこの恥の心を』と。尚も執拗に
迫る乳母に、再び言った、『行くか、それとも、尋ねるのはやめて、私が何を
苦しんでいるのかなどと。罪なの、婆やが何としても知ろうとしているものは』。

乳母は仰天し、寄る年波と、同時に不安で震える両手を
差し伸べ、養い子の足元に、嘆願者のようにして身を伏せ、
宥め賺(すか)すように機嫌を取るかと思えば、また、秘密に与(あずか)らせて貰えないのなら、
首に縄をかけて死のうとしたことを告げますよ、と脅しもした上で、
愛を打ち明けてくれれば、献身的に尽くす、と約束した。
ミュッラは顔を上げ、一杯に溢れる涙で
乳母の胸を濡らし、何度も告白しようとしては、　420
何度も言葉を抑え、恥を浮かべる顔を衣で覆って、
こう言った、『ああ、幸せな方、お父様という夫を得たお母様は』。
そこまで言うと、懊悩の呻きを漏らした。乳母の骨身に
冷たい戦慄が走り――それと悟ったからだが――、頭を覆う、
おどろと乱れた白髪が固く逆立った。乳母は、言葉を尽くして、
悍(おぞ)ましい愛を、できるなら胸から追い払うよう、言葉を添えた。
乙女には、その忠告が間違っていないと分かっていた。だが、ミュッラは
愛を手に入れられなければ、死ぬ覚悟だった。乳母は、『生きるのです。手に
入れられますとも、あなたのその』と迄は言ったが、『お父様を』と口にする
勇気がなく、それ以上は言わずに神の名を挙げ、約を果たす固い誓いとした。　430
　敬虔な母親たちがケレス女神の年祭を祝う時期であった。

この年祭では、雪のように白い肌（はだえ）を衣装に包んだ女たちが
自分たちの実りの初穂として、麦穂を編んだ輪飾りを女神に供え、
九夜の間、愛の営みと男性との接触を
数ある禁忌の一つにしていた。その一団に、王の后
ケンクレイスも加わり、ケレスの秘儀に屡々与（あずか）っていた。
そのため、王の褥（しとね）に添い寝する合法的な伴侶がいない間、忠勤の
意味をはき違えた乳母は、偶々（たまたま）、葡萄酒で酔ったキニュラスを見つけ、
名前は偽って、王にぞっこんの愛を抱いている娘がいると持ちかけ、
その容姿を褒めそやした。乙女の年齢を訊かれると、乳母は答えた、
『ミュッラ様と同じ年頃です』と。乙女を連れてくるよう命じられた後、
家に帰るや、乳母はミュッラに言った、『わが養い子のお嬢様、
御喜び下さい。やりましたよ』と。不幸な乙女は心の底からの喜びを
感じることはなかった。不幸を予感するその心は、悲しみさえ覚えていたが、
それでも喜ぶには喜んだ。それほどまでに心の乱れは大きかったのだ。
　物皆が静寂に包まれる深更、『牛飼い*〔座〕』が大小の熊座の間で
轅（ながえ）の向きを変え、下向きに牛車を操っている頃合いであった。
ミュッラは己の罪深い行いのためにやって来た。黄金に輝く月は空から
逃げ出し、黒雲が、隠れようと逃げ込んだ星々を覆った。*

450 夜はいつもの明かりを欠いた。最初に顔を覆ったのは、イカロスよ、汝であり、
敬虔な親思いの愛故に星に聖化されたエリゴネ*であった。
三度、足が躓(つまず)く不吉な兆(きざ)しに歩みを止め、三度、亡兆の鳥の
梟が、滅びを呼ぶ不吉な歌声を響かせた。だが、ミュッラは
歩を進めた。漆黒の夜の闇が羞恥心を鈍らせていたのだ。
左手で乳母の手を握り、もう一方の手を動かしながら
暗夜の道を探り探り進んでいった。既に、父の寝室の入り口に辿り着き、
早速、扉を開くと、早くも部屋の中へ促されて入っていった。しかし、
彼女の膝関節はぐらつき、膝が震えていた。血の気が引いて、
蒼白となり、歩を進めようとして、進める勇気も失せ、
460 己の罪に近づけば近づくほど、恐れが募っていった。自分の大胆な行為を
後悔し、できるものなら、知られずに、このまま引き返したいと思った。
だが、逡巡する彼女を、年老いた乳母が手を引いて導き、高い寝台の傍に
連れていくと、ミュッラを引き渡しながら、『さあ、お受け取りを』と言った、
『これがあなた様の乙女です』、そう言って呪わしい二人を結び付けた。
父親は汚らわしい褥に自らの分身とも言うべき実の娘を迎え入れると、
乙女の不安を和らげてやり、恐れなくともよい、と言って安心させた。
恐らく、年齢に相応しい呼び名と思ってであろう、父親は『娘よ』と呼びかけ、

娘も応じて『お父様』と答えた。如何にも、罪に相応しい呼び名であった。
　ミュッラは、父親を一杯に受け入れて、寝室から出たが、悍(おぞ)ましい
その腹に、道に悖(もと)る種を宿し、孕んだ罪を抱えた。　470
次の夜も罪を重ね、その行為には終わりがなかった。だが、遂に
その時が来た。キニュラスは、数限りなく同衾を繰り返した後、
愛する乙女の素性が知りたくなり、明かりを持ち込んで
己の罪も娘も目の当たりにすると、悲痛の余り声を押し殺し、
ひったくるように、吊り下げてあった鞘から煌めく剣を引き抜いた。
ミュッラは逃げ出した。漆黒の闇夜のお陰で
既(すんで)の所で命拾いをした彼女は、野を広く、遠く彷徨(さまよ)い、
棕櫚生(お)うアラビア人の国やパンカイアを後にし、
月が虧(か)けては、盈(み)ちること九度の間、流離(さすら)い続けた挙げ句、
遂に、疲れ果てて辿り着いたサバ人の地で安らぎを見出した。　480
もう、お腹(なか)の重荷は抱えきれなくなっていた。何を願っていいか分からず、
死への恐怖と、生への嫌悪の狭間(はざま)で、心に浮かぶ
祈りといえば、こういうものしかなかった、『罪を告白する者の祈りに
耳を傾けて下さる神がいますなら、私(わたくし)の運命は自業自得、厳しい報いを
受ける覚悟はできております。ですが、生き延びて生者(しょうじゃ)を汚し、死んで死者を

汚すことのないよう、私を、この世、あの世の、どちらの国からも追い払い、
姿を変えて、生死いずれをも私にはお与えにならないで下さいませ』と。
罪を告白する者の祈りに応えてくれる神はいるものだ。確かに、彼女の
最後の願いを聞き届けた神がいた。というのも、祈りの声を呟く彼女の脚を
土が包み込み、割れた爪を通って根が斜めに
伸びて、高い幹を支える土台となり、
骨は固い木部を形成して、その真ん中には髄が残り、
そこを通って、樹液と化した血が流れ、腕は大きな枝に、
指は小さな枝に変わり、皮膚は固くなって樹皮に変じたのだ。
成長していく木は、早や、重荷を抱えた彼女のお腹を締め付け、
次いで胸を覆い、やがて首を樹皮の下に隠そうとしていた。彼女は
遅れに耐えきれなくなり、這い上がってくる木を迎えるように
頭を下げ、その顔を梢に埋めた。

ミュッラは、その身体と共に、以前の感覚をも失ったが、
それでも、涙を流し、樹皮から生暖かい滴をしたたらせている。
その涙にも誉が与えられ、樹皮からしたたる樹液は、その木の主の名を留めて
『没薬』と呼ばれ、その名は、万世、人の口の端に上り続けるであろう。
だが、不幸にも〔罪によって〕孕まれた胎児は、母の木の中で成長し、

母を後にして、その木から出ていく通路を探し求めた。子を孕む
木の中ほどは、〔産婦の〕お腹（なか）のように膨れていた。重荷の胎児は母の木を
パンパンに膨らませていたのだ。母の木の陣痛は、それを表す言葉をもたず、
普通なら産婦が口にする〔お産の女神〕ルキナの名が呼ばれることもなかった。
しかし、木は、陣痛に苦しむ産婦のように、樹幹を撓（たわ）め、頻繁に
呻き声を上げて、零（こぼ）れる涙で樹幹を濡らした。
ルキナは、苦しむ枝の傍に優しく佇み、
510
両手をそっと幹に押し当てて、お産を助ける呪文を唱えてやった。
すると、木が裂けて割れ目ができ、樹皮が破れて、生ある重荷を
送り出した。生まれ出た男の子*〔アドニス〕は呱々（ここ）の声を上げた。その赤子を
水の妖精（ナイス）たちが柔らかな草の上に寝かせ、母の木の涙を身体に塗ってやった。
男の子の容姿の美しさは、『嫉妬（リウォル）』さえ褒めそやしたであろう。如何にも、
喩えるなら、絵に描かれる裸身の『愛神（アモル）〔＝クピドー〕』のよう。男児の容姿は
まさにそのようであった。尤（もっと）も、装束が違うと言わせないためには、男の子に
軽い箙（えびら）を与えるか、『愛神（アモル）』からそれを取り去るかしなければならない。
　矢のごとき光陰は密かに過ぎゆき、人の心を欺くもの。
520
巡る月日ほど素早く駆け去るものはない。自分の姉と
祖父との間に生まれた例の男の子は、つい最近まで木に隠されていて、

530

生まれたのはつい最近のことで、つい最近まで誰よりも美しい少年だったが、
早や若者となり、早や大人となり、早や前の自分より一層美しくなっていたが、
早速ウェヌスの寵児となり、不幸な母の愛への仕返しをすることとなった。
その故は、少年神が箙を肩に掛けたまま、母神に口づけしようとした時、
知らずに、箙から突き出した鏃で母神の胸を傷つけてしまったのだ。
傷ついた母神は息子［クピドー］を咄嗟に突き放した。傷は見た目よりも
深かったが、初めは母神もそれに気づかなかった。ウェヌスは、
成人した男の子の美しさに魅了され、最早キュテラの海岸を
気にかけることもなく、深い海に取り囲まれるパポスの町や、魚に富む
クニドスの島、蔵する鉱物も重い町アマトゥスに戻ることもなかった。
天界にさえ寄り付かなかった。天界よりも好んだのがアドニスだ。
女神は彼を摑んで離さず、彼に付き添い、普段は、いつも木陰で憩いながら、
自分のことに感け、身繕いをしては美しさを増すことに余念がなかったが、
そのウェヌスが山の尾根尾根、そこここの森や、茨の茂る岩場を彷徨い、
ディアナのように膝まで衣をたくし上げ、
犬たちをけしかけては、安全な獲物の獣たちを狩った。
前のめりに駆ける兎や、角を高く掲げる雄鹿や
ダマジカがそれだ。だが、屈強な猪には手を出さず、

540
強奪者の狼や、鋭い爪の武器を帯びている熊や、
家畜を屠って満腹した獅子は避けた。女神は、アドニス、汝にも、こうした
獣たちは恐れるよう忠告を与えた。尤も、忠告して、些かの役に立てば、
の話ではあったのだが。女神は言った、『逃げる獲物には勇敢になりなさい。
でも、向こう見ずな獣たちに、向こう見ずに立ち向かうのは安全ではありません。
若いあなた、無謀になって私に危険が及ぶような真似はしないで頂戴ね。
自然が武器を与えた獣たちを挑発して、
あなたが誉（ほまれ）を得ても、私が痛い目に遭うようなことは御免よ。若さも
容姿も、愛を掻き立てるのが常の、その他のものも、獅子や
剛毛の猪は何とも思わないし、獣の目や心を魅することはないのよ。
550
敏捷な猪には、その曲がった牙に電光石火の〔早業の〕力があり、
褐色の獅子には猛烈な攻撃の力と狂暴な怒りがあり、この手の獣は、
私、大嫌いなの』。どうして、と尋ねるアドニスに、女神は答えた、
『話しましょう。その昔の罪の結末の不思議な出来事にあなたも驚くわよ。
でも、慣れぬ狩りの労苦で、もう私はくたびれました。ほら、ご覧、あそこに
都合よく、ポプラの木陰が手招きをしている。それに、
身を横たえる芝草もある。あなたと一緒に休みたいわ、あそこの』
——女神は実際に休んだ——『芝生の上に』と。ウェヌスは芝生と、

560
他ならぬアドニスの上に身を任せ、若者の胸の上に頭を乗せて横たわると、言葉の合間合間に接吻を交えながら、こんな話を語って聞かせた、『ひょっとして、あなたも聞いたことがあるかしら、駆け競で、足の速い男たちを負かした女のことよ。この話は単なる噂話ではありませんでした。男たちに勝ったのは本当なの。でもね、どちらとも言い難いのよ、彼女が優れているのは足の〔速さの〕誉でか、それとも容姿の美しさでかは。ある時、彼女が伴侶のことで伺いを立てると、神〔アポロ〕はこう言ったの、「汝には、アタランテよ、夫は必要ない。夫と交わるのは避けよ。*
570
だが、汝は避けられず、自らを失って生きていくことになろう」と。神の託宣に驚いた彼女は、未婚のまま、影深い森で暮らしていたのだけれど、群れを成して押し寄せる求婚者たちを、こんな条件を突き付けて、追い払っていたの。こう言うのよ、「先に駆け競で私を負かさなければ、私を手に入れられません。私と脚の速さを競いなさい。脚の速い殿方には、ご褒美に花嫁と婚礼を差し上げ、遅い殿方には、罰として命を頂戴することにします。これが競走の条件よ」と。如何にも、彼女は無慈悲な女だったけれど——美貌の魔力はそれほど大きいという訳ね——、そんな条件でも、向こう見ずな求婚者が群れを成して押しかけてきたの。常軌を逸した競走の見物人として、腰掛けて見ていたのがヒッポメネスよ。*

「いやはや、こんな危険を冒してまで、伴侶を得ようとする奴がいるとはな」、
そう言って、ヒッポメネスは若者らの度を越した恋情を難じたの。でも、
彼女の容貌と、裸身の彼女の肢体を――それは私のそれ、或いは、あなたが
女になれば、あなたのそれとも見紛う肢体だった――その肢体を目にした途端、
580 茫然と見惚（みと）れて、両手を差し上げながら、こう言ったの、「許してくれ、俺が
たった今咎めた者たちよ。お前たちが求めていた褒美がどんなものか、俺は
まだ知らなかったのだ」と。彼は女の美しさを褒めることで恋心に火を点け、
若い求婚者たちの誰一人、彼女より速く走る者がいないことを願い、妬みの余り、*
誰かいるかも、と恐れたわ。彼はこう言うの、「だが、この競走に名乗り出て、
勝負もせずに、好機をみすみす逃す積（つも）りか。敢行する者には、他ならぬ神も
援けを与え給う」と。心中、ヒッポメネスがそんなことを考えている間に、
羽のある〔ような〕足取りで、* 乙女アタランテが翔（かけ）るように走っていきました。
アオニアの若者には、その速さはスキュティア人の放つ矢にも匹敵すると
思われたのですが、それにも増して彼が驚嘆したのは、その美しさでした。
590 そして、彼女を美しくしていたのは、まさにその走ることそのものだったのです。
流れる風が、素早い足の動きと共にサンダルの紐を後ろざまに靡（なび）かせ、
髪の毛は、象牙のように白い肩先から背中へと波打ち流れて、色鮮やかな
縁取りのある膝当（ひざあ）ての紐が膝裏の下辺りでひらひらはためいているの。

600

乙女らしく、輝くように白い、その肌は赤みを帯びていました。
これを喩えれば、白く輝く大理石を敷き詰めた広間の上を覆う緋色の
日除けが、影を落として、白大理石をほんのり赤色に染めるよう。
異国の彼がこうしたものに目を遣っている間に、アタランテは、決勝点を
駆け抜け、勝利者として、頭に祝福の葉冠を被せられ、
負けた若者たちは慨嘆の声を漏らして、約束通り報いを受けたという訳よ。
　それでも、求婚者たちの末路に怖じ気づくことなく、若者のヒッポメネスは、
彼女の真ん前に佇むと、乙女の顔をじっと見つめながら、こう言ったわ、
「どうしてあなたは、のろまな者たちを負かして栄誉を得ようとするのだ。
私と駆け競をしてみてはどうだ。たとえ運よく私が勝ちを制しても、
あなたは、これほどの者に敗れたことを腹立たしくは思わない筈だ。
私の父はオンケストスを治めるメガレウスで、その祖父はネプトゥヌス。
それ故、私は、海を支配する神の曽孫ということになる。私の武徳も、この
氏素性〔の高貴さ〕に決して引けを取らぬ。私が負ければ、ヒッポメネスに
勝ったことで、あなたは世々語り継がれる大きな名声を得ることになろう」。

610

そう語る彼をスコイネウスの娘は優しい表情で見つめつつ、自分はこの人に
負けたいと思うのか、勝ちたいと思うのか、と戸惑いながら、心の中で
言ったの、「美しい人たちを屹度快く思わない神様に違いないけれど、この人の

620

破滅を望まれ、大切な命を懸けてまで伴侶を求めるようお命じになったのは、
はて、どの神様かしら。私自身、自分がそんな価値のある女とは思わないのに。
私が惹かれるのは美しさではない——それにも惹かれたのかもしれないけれど——、
まだ少年*〔のような若さ〕故。この人自身ではなく、その年齢に私は惹かれた。
それに、内に秘めたあの勇敢さ、死を恐れないあの胆力はどう？　また、始祖の
海の神様から数えて四代目というあの家柄はどう？　それに、私を愛してくれ、
私との結婚を大層価値のあることと思い、つれない運命が、万一、あの人に
私を拒むようなことがあれば、死を望むほどの一途な、あの思いはどう？
　異国の人のあなた、できる間（あいだ）に、血腥（ちなまぐさ）い婚姻は諦めて、どこかに行って。
私との結婚は残酷なもの。あなたと結婚したくないと思う女（ひと）など、一人も
いないわ。あなたなら、思慮深い娘さんからも、夫にと望まれる筈。でも、
私ったら、今迄、命を失った人は多いのに、何故あなたのことを心配するの？
私の知ったことではない。これほど大勢の求婚者が命を落とすのを見ても、
この人はお構いなし。この世の生が嫌で、あんな振る舞いをしているのよ——
では、この人は、私と一緒に生きたいという理由で命を落とす羽目になるの？
この人は、愛の褒美として、不当な死を受けることになるというの？
私が勝利すれば、それが惹き起こす憎しみは耐え難いものになるでしょう。
でも、私に罪がある訳ではない。ああ、思い留まってくれれば、或いは、

630
あなたの行動は正気の沙汰ではないのだから、私より速く駆けてくれれば。
それにしても、少年〔のような〕顔の、あの乙女にも見紛(みまご)う面立ちといったら。
ああ、可哀想なヒッポメネス、あなたが私を目にする事がなければよかった。
あなたは生きる価値のある人でした。私が今より幸せに生まれつき、
つれない定めが私に結婚を拒んでさえいなければ、あなたは、
私が褥を共にしたいと思う唯(ただ)一人の人」。彼女はそう独り言ちたが、おぼこで、
初めて恋心を覚えた乙女として当然のことながら、自分が何をしているのか
知らないまま、恋心を覚え、それが恋だと気づきはしなかったの。
そうする内、既に、人々や父親が、常のように、早く競走を、と求めています。
その時、ネプトゥヌスの末裔(すえ)のヒッポメネスが、不安気な声で私に呼び掛けて、
640
こう祈ったの、「キュテラに鎮座まします女神よ、何卒(なにとぞ)、お出ましあって、
わが企てに加護を垂れ、女神が吹き込まれたこの恋の火に神助を賜(たま)え」と。
好意をもつ風が、私の耳にその懇(ねんご)ろな祈りの声を届けてくれたのです。私は、
正直に言いますが、心を動かされました。ぐずぐずはせず、即刻、手を
差し伸べてあげたわ。土地の人々がタマソスと呼んでいる田野がありました。
キュプロス〔島〕の土地の中でも最良の地で、古(いにしえ)の、土地の長老たちが
私にと、聖化してくれたもので、私の神殿の付属物とするよう
計らってくれた田野です。田野の中ほどに一本(ひともと)の木があり、

650

黄金の葉を茂らせ、やはり黄金でできた枝がカラカラと音を立てています。
私は、そこから出てきたところでしたから、偶々、捥いだ黄金の林檎を三つ、
手に持っていたので、他ならぬ彼以外には見られないようにして
ヒッポメネスに近づき、その三つの林檎の使い方を教えてあげたの。
喇叭の合図が鳴り響くと、二人は、出発点を石火のごとく駆け出し、
素早い足で地面の上の砂を掠めるように疾走していくのでした。
二人なら、海面を駆けても足を濡らさずに走れるし、白く実った
麦畑の真っ直ぐに立つ穂の上も駆け抜けられると思ったことでしょう。
湧き上がる喚声や、こう言葉をかける人々の声援が若者に
更なる勇気を与えていました、「さあ今だ、さあ今こそ、力を出す時だ。

660

ヒッポメネス、さあ、急げ。全力を振り絞れ。
後れを取るな。勝てるぞ」と。この声援を、メガレウスの子の英雄と
スコイネウスの娘と、どちらのほうがより嬉しく思ったか定かではなかったわ。
アタランテは、既に抜き去ることができそうな時、何度、速度を緩め、
彼の顔を長い間見詰めた後、渋々、彼を置き去りにしたことでしょう。
ヒッポメネスの喉からは、からからに乾いた喘ぎが漏れ出てくるのですが、
決勝点まではまだ遠かった。その時になって、やっとネプトゥヌスの末裔は、
三つある黄金の林檎の実の一つを放り投げたの。乙女の

アタランテは我を忘れて、きらきら輝く黄金の林檎が欲しくてたまらず、
走路を逸れて、ころころ転がっていく黄金の林檎を拾い上げたわ。
ヒッポメネスは彼女を追い抜いたの。見物人たちはやんやの喝采を送りました。
でも、彼女は、俊足を飛ばして、遅れと、無駄にした時間とを
取り戻そうと走り、再び抜き去って、若者を置き去りにしたのよ。そうして、　670
二個目の黄金の林檎が投げられ、再び彼女はぐずついて後れを取ったものの、
後を追い、またもや彼を抜き去ったわ。残るは最終盤の走路だけ。
ヒッポメネスは、「いざ、来たりてお力添えを、この賜物を授け給うた女神よ」、
そう言って、彼女が戻るのにもっと時間がかかるよう、走路の原の端へと、
斜めに、きらきら輝く黄金の林檎を若者らしく力一杯放り投げたわ。乙女は
拾いに行くべきか迷っているようでした。で、私は拾いに行くよう仕向けて、
拾い上げた林檎に重さを加え、こうして彼女の邪魔をしてやったという訳、
運ぶ荷の重さでも、また、ぐずぐず遅れさせることでもよ。
競走そのもの〔の進行〕に私の話が後れを取らないために言うとね、
乙女は抜かれました。勝利者は当然の褒美を携えて、家路に就いたのです。　680
　ねえ、アドニス、私は、当然、感謝されてしかるべき神、香をくべる誉を
与えられてしかるべき神ではなかった？　なのに、恩知らずなヒッポメネスは
感謝もせず、香をくべもしなかった。私の厚意は直ちに怒りに変わりました。

蔑(ないがし)ろにされたことに心痛めながら、今後、誰も私を蔑ろにせぬよう、前轍(ぜんてつ)の
戒めを与えることにして、自らを奮い立たせ、二人の懲らしめに当たったの。
名高いエキオン*が、かつて祈願成就の報謝にと神々の母のために建てて
奉納し、鬱蒼と木立の茂る森に閉ざされた社(やしろ)があります。その社の傍を
二人が通り過ぎようとした時、長い旅路に誘(いざな)われて、休息することにしたの。
そこで、ヒッポメネスは、時宜に適わぬ同衾の欲情に
捕えられました。この欲情は、わが神威が起こさせたもの。社の近くに、
690 光のほとんど差さない、自然の軽石で覆われた、
洞窟と言ってもいいような洞(うろ)がありました。
昔から敬虔に崇められてきた神聖な場所で、神官たちがここに
古来の神々の数知れぬ木像を納めていた所です。ヒッポメネスは
その中に入り、禁忌の淫らな行為で聖所を冒瀆したのです。並び立つ
神像は目を背けました。塔の飾りのある冠を戴く*神々の母〔キュベレ〕*は、
罪人の二人を〔黄泉の〕ステュクスの水に沈めようか、と迷ったものの、
それでは罰が軽すぎるように思われました。すると、今しがたまで
滑らかであった二人の頸を褐色の鬣(たてがみ)が覆い、指は曲がって鉤(かぎ)なりの
爪となり、肩から先は前脚に、全身の重みは集中して胸に変わり、二人は
700 尻尾を振って地面の上の砂を払っていたのです。顔には怒りの形相を

710

浮かべ、言葉代わりに咆哮を発し、閨に代えて森を塒にする、他の人間には
恐れの的の獅子となった彼らではありますが、キュベレ女神だけには
平伏し、今では恭順のその口で女神の手繰る轡を食んでいるのです。
愛しいあなた、あなたはこの獅子たちや、それと共に、その他、背中を見せて
逃げ出さず、胸を突き出して戦いを挑んでくるあらゆる類の猛獣からは逃げるのよ、
あなたの蛮勇が私たち二人にとって取り返しのつかない禍とならぬようにね』。
　女神はそう言い含め、白鳥を繋いで〔車駕に乗り〕、大空の道を辿って
戻っていったが、アドニスの蛮勇は女神の忠告の逆を行った。
偶々、確かな足跡を追った犬たちが、猪を
その巣から狩り出し、キニュラスの子の若者は、
森から逃げ出そうとする、その猪に、斜めから投げた槍を突き立てた。
猪は、すぐさま、曲がった鼻づらで、己の血に染まった投げ槍を
払い落とすと、恐怖に震え、安全な場所に逃れようとする若者を、狂暴に
追いかけ、若者の股の付け根を、牙が一杯に埋まるほど深々と
突き刺して、瀕死の若者を黄色い砂の上に転ばせた。
キュテラの女神は、白鳥たちの翼に牽かれる、軽やかな車駕に乗って
大空を翔っていたが、まだキュプロスには着いていなかった。その時、
遠くから聞こえてくる、瀕死の若者の呻き声を聞きつけ、白鳥の向きを

720 その方向に向けて〔引き返し〕、高い上空から、今にも息を引き取ろうとして
自分の流した血の海に身体を横たえている若者を目にするや、
女神は〔車駕から地上に〕飛び降り、胸を覆う衣も髪の毛も
掻き毟(かきむし)って、手の平で罪のない胸を打ち*、『定め』に憤懣をぶちまけて、
言った、『でも、何もかも、すべてがお前たちに隷属しているという訳ではない。
いついつまでも、アドニス、私の嘆きの記念の品は
残り続け、あなたの死を偲ぶ追悼の思いが、毎年繰り返される
行事となり、胸を打つわが嘆きを舞台に載せて、再現するのです*。
あなたの血は花に変えられるでしょう。ペルセポネよ、あなたは、
かつて、一人の女の肢体を芳(かぐわ)しい薄荷(メンタ)に変えることができました*。なのに、
730 私がキニュラスの末裔(すえ)の英雄を変身させたからといって、
恨みを買うことでしょうか』。そう言うと、彼の血に
芳しい神酒(ネクタル)を注ぎかけた。血は、神酒(ネクタル)に浸(ひた)ると、
黄色い泥土から透き通った泡が湧き出てくるようにして、
膨れ上がり、小一時間もかからない内に、その血から、しなやかな
果皮の下に種粒〔種子とそれを覆う、いわゆる実と言われる種衣(しゅい)〕を包み込む
柘榴(ざくろ)の木が咲かせる花と同じ色の〔真っ赤な〕花が
咲き出てきた。しかし、その花の盛りは短い。しっかりと

くっついてはおらず、余りの軽さで落ちやすい花びら〔実は萼片（がくへん）〕を、
花に名〔アネモネ〕を与えている、その同じ風（アネモス）が散らすからだ」。

訳注

三　預言者、秘儀の創始者かつ伝授者など、多面的な性格をもつ、半ば伝説的な伶人（歌人）。主要な伝（アポッロドロス一・三・二、アポッロニオス『アルゴナウティカ』一・二三以下、プラトン『饗宴』一七九Dなど）では、トラキア王オイアグロスと、ムーサの一柱カッリオペの子という。アポッロドロス（同所）には、「オイアグロスの子」に加えて、「添え名ではアポロの子（kat'epiklesin Apollonos）」と記されており、またピンダロス（『ピュティア祝勝歌』四・一七六―一七七）には、「〔歌謡の父、名高き竪琴弾き〕オルペウスはアポロから来ている（ex Apollonos emolen ... Orpheus）」とあるが、いずれも「アポロが父親」という意味ではなく、王や王権が「ゼウスから来ている（＝ゼウスの賜物）（ek dios emolon）」と言われるように、「アポロの賜物、贈り物」の意とされる（Roscher, Bd. 3, Abt. 1, S. 1074（「Orpheus（Geschlecht）」の項）参照）。本編でも、以下で語られているように、木石禽獣をも魅了する竪琴と歌謡の力の挿話や、失った妻エウリュディケを求めての冥界行の話で名高い。

一三　ペロポンネソス半島南端の岬で、付近に冥界への入り口があると信じられた。

一四　「埋葬の礼を施された死霊たち」の意味については、第四巻四三四行注参照。

二一　「怪犬〔…〕三つ頸」とは、地獄の番犬ケルベロスのこと。第九巻一八三行注のヘラクレスの難行の十二番目参照。

二八　ディス（ハデス）のプロセルピナ誘拐については、第五巻三八五以下参照。

四一　以上に言及されているのは、地獄で永劫の罰を受けている罪人たち。第四巻四五六以下、四五六行注参

照。

四六　情け容赦のない復讐の女神たち（エウメニデス）については、第一巻二四一行注参照。

五一　イタリアのプテオリ近辺の湖アウェルヌス（Avernus）も冥界への入り口とされたが、ここで言うAvernalesとは、アウェルヌス（Avernus）湖という地名に関わるのではなく、一種の換喩表現で、「黄泉の、冥界の」の意。valles（通常「谷」の意）が「冥界（の谷）」の意として用いられている例としては、第六巻六六二の「ステュクス流れる谷（Stygia de valle）」、オウィディウス『祭暦』四・六一二の「タイナロンなる冥界〔の谷〕から（Taenaria ... valle）」参照。ここで想定されている冥界への出入り口は、あくまで本巻一三で挙げられていたギリシアの「タイナロン（岬）」である。むろんのこと、オルペウスがイタリアのアウェルヌス湖に姿を現すことはありえない。

六二　「愛する余り」のエウリュディケへの気遣いが再転落の因になったことを言う。

六七　このケルベロスを見て怯えた者、およびこのあとのオレノスとレタイアについては、どちらもオウィディウスの他に伝がなく、この箇所の記述以外は不明。邦訳の一つ（田中・前田訳）は、前者については「だれであるかは知られていないが、このような伝説があった」としているが、典拠は不明。後者については「プリュギアの伝説。オレヌスの妻レタエアは、美貌をほこって女神たちを見くだした。女神たちが罰を下そうとしたとき、オレヌスはかわりに自分を罰してほしいと申し出、ふたりはイダ山中の岩に変えられた」と注しているが、これはおそらくRoscherの「Lethaia」の項（Höferの記事）をほぼそのまま引いたものと思われる。しかし、Höferはオウィディウスの岩になった夫婦の記述を「おそらくこうだ（scheint es, daß ...）」として単なる推測を語っているにすぎず、しかも最後に「比較、参照せよ（vgl.）」として引いているのは、中世の神話作家ラクタンティウス・プラキドゥスの『オウィディウスの『変身物語』の梗概（*Argumenta Metamorphoseon Ovidii*）』（*Narrationes fabularum Ovidianarum*）の当該箇所のほぼそのままの梗概（一〇・一）にすぎず、「美貌をほこって〔…〕女神たち〔…〕罰

〔…〕かわり〔…〕」などの言葉は、もちろん出てこない。

七三　冥界の入り口を流れる、いわば三途の川のアケロンに陣取り、死霊を冥界に渡していた。

七八　「太陽神（ティタン）」については、第一巻一〇行注参照。牡羊座に始まり魚座で終わる、いわゆる「黄道十二宮」の双魚宮（魚座）を言う。太陽が魚座にかかるのは二月であるが、魚座が一年を締めくくると言われているのは、ローマでは古くは三月が一年の始まりであったため。

八五　少年愛、しかも同性の例は、「神々に愛された少年たち」として、ユピテル（ゼウス）に愛されたガニュメデス、アポロに愛されたヒュアキントスなど、このあと一五五以下で語られており、またギリシアで、男子で、しかも少年への最初の同性愛者はライオスとされている（第七巻七六〇行注参照。アテナイオス『食卓の賢人たち』一三・六〇二―六〇三、アポッロドロス三・五・五、ヒュギヌス八五）。オルペウスが「最初の人間」と言われるのは、「トラキアの人々」（本巻八三）の間で、という限定がつくのであろう。第一一巻一行注も参照。

九〇　カオニアは、ギリシア北西部エペイロス地方の北部地域で、ここではエペイロスの提喩。「縁（ゆかり）の」とは、樫の木を神木とし、樫の木で名高いゼウス（ユピテル）の神殿と神託所（第七巻六二三参照）がこのエペイロスにあったことを言う。

九一　「ヘリオスの娘たち（ヘリアデス）」については、第二巻三三九以下および同巻三五六行注参照。

九二　「冬楢」については、第一巻四四九行注参照。

九三　ダプネと、彼女の月桂樹への変身については、第一巻四五二以下参照。

九六　「ロートスの木」については、第九巻三四一行注参照。

九八　銀梅花が白黒二種の実をつけることについては、プリニウス『博物誌』二三・一五九。

一〇一　この木については、第一巻一〇四行注参照。

一〇三　さまざまな競技の優勝者に棕櫚の枝が与えられた。「その時初めて、ギリシアからもたらされた習いに従って、勝利者に棕櫚〔の枝〕が与えられた」（リウィウス『ローマ建国以来の歴史』一〇・四七・三）。

一〇五　キュベレは、小アジアのプリュギア地方を中心に崇拝されていた豊饒と多産の女神。ギリシアではガイア（大地）、あるいはレア、あるいはデメテルと同一視され、ローマには前三世紀はじめ、プリュギアからキュベレと称される石がもたらされて、「大母神（マグナ・マーテル）」として信仰が移入された。パウサニアス（七・一七・九―一二）には、アッティスについて二つの話が記されているが、いずれもキュベレの去勢した男性信者のプロトタイプとして、その由来譚とも言えるもの。オウィディウスは『祭暦』（五・二二七）では、アッティスが花（おそらく菫）に変身したことを示唆しているが、ここで言う「傘松」に変身したという伝承は他にない。

一〇六　競走場で折り返し点や決勝点を示す、円錐形の標柱。

一三七　蟹座（巨蟹宮）に太陽があるのは、六月から七月にかけての真夏の頃。

一四二　キュパリッソスが変身した糸杉（Cupressus, Cyparissus）は、ギリシアでは神域や神殿に植えられ、聖木としての意味合いが強いが、ローマでは、すでに詩人エンニウスの頃（前三世紀から前二世紀）、「嘆き」、「喪」、「死」、「死者」などを連想させるもの、象徴するものと捉えられていた。「死者の霊のために、祭壇が築かれ、祭壇には喪の印に（maestae）濃紺の飾り紐と黒い糸杉が添えられて〔…〕」（ウェルギリウス『アエネイス』三・六三―六四）、「糸杉は、賤が民ならぬ、高貴な者たちの嘆きを証して、その時初めて葉を地に落とした」（ルカヌス『内乱』三・四四二―四四三）など。他に、オウィディウス『悲しみの歌』三・一三・二一。

一四八　ムーサの一柱のカッリオペ。なお、オルペウスの父親については、第二巻二一九行注参照。

一五〇　本行の「より荘重な撥の音」と次々行の「より軽快な竪琴の調べ」は対になっており、ホメロスやヘシオドスなどの重厚、長大、荘重な叙事詩に対して、比較的短く、「軽み」や「遊び」を主眼とする詩を対照させている。後者は、アレクサンドリア時代のカッリマコスが標榜し、追求したもので、その詩論、詩風は主に恋愛詩を特色とするローマのいわゆる「新詩人たち（ネオーテロイ）」（オウィディウスの初期の詩、そして本質的には本篇もそれに連なる）の範とされた。「訳者解説」参照。

一五五　トロイア王家のトロスの子の美少年。ゼウス（ユピテル）に酌取りとして誘拐され、父親トロスは代償に駿馬を得たという（ホメロス『イリアス』五・二六五―二六七、『ホメロス風賛歌』五（「アプロディテ賛歌」）・二〇四―二一一）。

一六三　「アミュクライの少年」の原語はAmyclides. ヒュアキントスの父親がスパルタのあるラコニア地方の町アミュクライの王であったことからの呼称。

一六五　本巻七八行注参照。太陽が魚座（双魚宮）から牡羊座（白羊宮）に移るのは、三月、早春の頃。

一六八　アポロの神託所デルポイには、世界の中心であることを示す「オンパロス（臍）」と呼ばれる石があった。アイスキュロス『エウメニデス（恵み深い女神たち）』四〇以下。

一七四　「太陽神（ティタン）」については、第一巻一〇行注参照。

一九六　オイバロスは、スパルタの古王。「オイバロスの末裔」とは「スパルタ人」（＝ヒュアキントス）の意。

二〇八　二〇五行からこの行まで、Tarrant の底本では削除記号がついているが、Anderson など、おおかたの校本に従う。

二一一　「テュロスの貝紫（Tyrium ostrum）」および次行の「紫色（purpureus color）」の「紫」は、日本語で言う紫から緋色までの色幅があり、厳密には特定できない。第六巻九行注参照。

二一六　ヒヤシンス（学名Hyacinthus orientalis）の花弁はＡＩが並んだような形状をしており、一本の茎に多くの花弁が密生したその様子はＡＩの連なりのように見えるが、ＡＩあるいはＡＩＡＩはギリシア語では嘆き、悲しみを示す間投詞。また、直前の二〇七―二〇八で示唆されているように、トロイアに出征したアキレウスに次ぐ勇者・大アイアスは、アキレウスの武具をめぐるオデュッセウスとの争いに敗れて自殺するが、その血からも、やはりヒヤシンスが生え出る（第一三巻一―三九八参照）。花弁の形状は、そこではアイアス（Aias）のＡＩに通じ、その名の名残りとされている。実際、ソポクレスも、その名があたかも嘆きの言葉ＡＩＡＩから来ているかのようにアイアスに語らせている（『アイアス』四三〇―四三一）。

二三二　このプロポイティデスと、次行以下に述べられている「角男たち」については、オウィディウスのこの箇所の他に伝承がなく、ここでの記述以外は不明。

二三三　第一巻二一八行注参照。

二三四　アポッロドロス（三・一四・三）には、キュプロスの王で、このあと語られる父親への愛という禁断の愛を抱いたミュッラの父親キニュラスと結婚したメタルメ（したがって、ミュッラの母親）の父親とあるが、ここで語られているような「象牙の乙女への愛」というような話はまったく語られていない。オウィディウスの伝は、アレクサンドリア時代の歴史家（カッリマコスの弟子とされる）ピロステパノスの『キュプロス史』の記述に基づくものとされる。原典は失われていて詳細は分からないが、その梗概をアレクサンドリアのクレメンスが伝えている（『ギリシア人への勧告』五七・三）。クレメンスは、ギリシア人、つまり異教徒の宗教の歴史を段階を追ってたどり、神像などの偶像崇拝の愚を述べるくだりで「こうして、あのキュプロス人ピュグマリオンは象牙の像を愛した（elephantinou erasthe agalmatos）。それはアプロディテの像であり、女性であった（to agalma Aphrodites en kai gyne en）。このキュプロス人は、その容姿に負け、その像と交わった（nikatai to (i) schemati kai synerchetai to(i) agalmati）。これはピロステパノスの記すところである」と語り、この話がもともとは神像などの偶像崇拝に関連するものであったことを推測させる。ウェヌスの祭礼と関係づけられるものの、偶像（神像）崇拝とは無関係の、ここでの話形はオウィディウス独自のもの（その想像力、また創造性の豊かさを改めて示すもの）と思われる。

二六三　第二巻三四〇以下参照。

二六七　緋色かもしれない。第六巻九行注参照。

二七七　「黄金に飾られた（chrysee）」は、ホメロス以来のアプロディテ（ウェヌス）の定型的形容詞（エピテトン）。ホメロス『イリアス』三・六四、五・四二七、ウェルギリウス『アエネイス』一〇・一六（Venus aurea）など。

二八六　ヒュメットスは、アテナイ近郊の山で、大理石と蜂蜜で名高い。蜜蠟は、働き蜂の分泌液で、蜂の巣を作る原料。これを熱して溶かし、固めると、蜜蠟になる。

二九七　オウィディウスが以下で述べるこのパポス、その子キニュラス、その娘ミュッラ、その子アドニスについては、アポッロドロス（三・一四・三）では、こうなっている。曙の女神の子ティトノスの子パエトン（第二巻一以下で語られていたパエトンと同一人物とされる）の孫にサンドコスという子がおり、その彼とヒュリエ王メガッサレスの娘パルナケとの間にできた子がキニュラスで、彼がパポスを創建した。キニュラスは、キュプロス王ピュグマリオンの娘メタルメと結婚し、アドニスなどの子をもうけた、と。そのアドニスについては、アポッロドロスには、オウィディウスの梗概とも言える、ほぼ同じ話が記されている（三・一四・四）。ミュッラの父親キニュラスへの悖徳の愛は、父親はテイアス、娘はスミュルナと名前は変わっているが、乳母の手助け、没薬への変身、木からのアドニスの誕生など、オウィディウスとほぼ同じ話をアントニヌス・リベラリスも伝えている（三四）。

三〇五　底本も含め、Anderson など、たいていのテクストには採られている一行だが、この一行を削除している写本もあり、底本の Tarrant が欄外注解で「Schrader は削除。おそらく正しい」としているのに従い、削除記号を付した。明らかに意味が次文と重複していると見なされうる。

三〇七　「この地」は曖昧だが、ローマを含む西方世界の意で、続く「パンカイア」（アラビアの、没薬に富むと言われる伝説的地方）、提喩として「アラビア」あるいは「東方世界」と対照されている。

三〇九　カンラン科コンミフォラ属の木（それ自体をミルラあるいはミュッラと言う）の樹脂。香料や防腐剤として用いられた。

三二二　第一巻四六一行注参照。

三二四　第一巻二四一行注参照。

三三一　「敬愛の心（ピエタス）」については、第一巻一四九行注参照。

三三三　後三世紀の護教作家マルクス・ミヌキウス・フェリクスの、キケローを真似た、キリスト教徒オクタウィウスと異教徒カエキリウスの対話を記した対話編『オクタウィウス』の近親相姦の悪について論じたくだり（三一・三）に、典拠は不明ながら「ペルシア人の間では母親と交わることは正当（ius）であり、エジプト人やアテナイ人の間では姉妹との結婚は合法（legitima）である」とある。

四四六　「牛飼い（座）」については、第二巻一七七行注参照。真夜中を過ぎた頃の大まかな定型的時間描写。

四四九　人間界の悖徳の罪やおぞましい罪を目にした時、太陽や月、星などの天体（ギリシア・ローマでは神と見なされた）が姿を隠したり、運行を止めたり早めたりするというのは、一種の文学的トポスとなっていた。典型的な例が、兄の妻との姦通や偽誓でテュエステスが兄アトレウスから王権を奪おうとし、その報復にアトレウスがテュエステスの子供を切り刻んで父親に食べさせたというミュケナイの王権をめぐる骨肉の争い。エウリピデス『エレクトラ』七二六以下、同『オレステス』一〇〇一以下、アポッロドロス『摘要』二・一〇―一二、ホラティウス『詩論』三二七以下、オウィディウス『悲しみの歌』二・三九一以下など。

四五一　星座になったイカロス（＝イカリオス）と父思いのその娘エリゴネについては、第六巻一二五行注参照。

五一三　出自については、本巻二九七行注に示したものの他、アポッロドロス（三・一四・四）は、ポイニクスとアルペシボイアの子とするヘシオドスの伝（断片一三九（Merkelbach-West））と、アッシュリア王テイアスとその娘スミュルナの子とする前五世紀の叙事詩人パニュアシスの伝を誌している。アドニスそのものは、シュリア起源、エジプト、キュプロス島経由でギリシア本土に入ってきた宗教儀礼、それに関わる神話としてで、アドニア（アドニス祭）の名で流布し、生と死の象徴として女性がいわゆる「アドニスの庭園（Adonidos kepos）」（プラトン『パイドロス』二七六B）と呼ばれる陶製の鉢で促成栽培の植物を生やし、枯れさせる風習が生まれた（この生と死の観念は神話にも反映され、アドニスに愛情を抱いたアプロディテは箱に隠してペルセポネに預けるが、ペルセポネも覗き見をして赤子の美しさに愛情を抱き、アプロディテに返さなかったため、ゼウスが裁定し、アドニスは一年の三分の一ずつ二柱の女神のもとにおり、残りの三分の一はアドニスの選んだ女神のもとにいてもよいとされた。ヒュギヌス『天文譜』二・七・四では、半年ずつ、となっている）。アドニアについては、他にアリストパネス『女の平和』三八七―三九〇、プルタルコス『英雄伝』「アルキビアデス」一八・二―三、同「ニキアス」一三・七など参照。こうして、アドニスへの言及は、もっぱら宗教的儀礼や習俗との関わりで語られていたものを、ピュグマリオンの話と同様、それとは切り離し、純粋にアプロディテの美少年アドニスへの愛の話として描き出したところにオウィディウスの真骨頂がある、とBömer 1969-86, Buch X-XI, S. 173 は言う。

五六五　アタランテについては、第八巻三一八行注参照。

五七五　原文のcursus iniqui のiniqui の意味は、必ずしもはっきりしない。普通は「不公平な、不利な〔競走〕」であろうが、何をもって「不公平な、不利な」とするのか、明確ではない。得られるもの（アタランテとの結婚）に対して代償（死）が大きすぎるということかもしれないが、求婚者たちがその条件あるいは契約を受け入れ、アタランテとの結婚を命を賭してまで手に入れる価値があるものと見なした上での競走なのであるから、「競走」そのものが「不公平な、不利な」ということにはならないであろう。Bömer 1969-86 は Siebelis の「過酷な条件の（mit harten Bedingungen）〔競走〕」、Breitenbach の「困難な（schwierig）〔競走〕」を別義の候補として挙げている。それに倣い、「尋常ではない」（“unconscionable, going beyond what is fair” (*Oxford Latin Dictionary*)）という意味で「常軌を逸した」と訳した。

五七五　このエピソード以外では知られていない。ヒュギヌス（一八五）は、求婚者は武器をもたずに走り、そのあとをアタランテが槍をもって追いかけ、追いつくと殺して首を吊るした、という異なった話形（おそらくオウィディウスなら採らないであろうと思われる）を伝え、アポッロドロス（三・九・二）にも、名をヒッポメネスではなくメラニオンとして、ほぼ同じ伝承が記されている。

五八三　底本など、多くのテクストは invidiamque timet（嫉妬を恐れた）、insidiasque timet（奸策を恐れた）となっているが、invidiāque timet（ヴァチカン写本、ナポリ写本など、いくつかの有力写本の元写本と想定されるX写本の読み）を採っている Albrecht のテクストで読む。

五八七　直訳は「羽のある足取りで（passu alite）」であるが、翼のついたサンダル「タラリア」（第一巻六七二行注参照）を言うのであろう。

六二五　「少年（puer）」は、ローマの年齢区分では、元服前の十六歳頃までを言う（第二巻三二行注参照）。しかし、一般的用法での上限の幅はもう少し広く、Bömer 1969-86 は、十九歳のオクタウィアヌス（のちのアウグストゥス）をキケローとブルートゥスが「少年（puer）」と呼んでいる例を挙げている（キケロー『ブルートゥス宛書簡集』一・一六・五）。若さを強調する時、オウィディウスは十五、六歳の年齢とすることが多々ある。その上で、パエトンやナルキッソスを「少年（puer）」と呼ぶ一方、「若者（iuvenis）」と言ったりもしている（第二巻三二、一九八、第三巻三五一―三五二、第一三巻七五三、第一四巻三二四―三二五参照）。

六六六　カドモスが蛇を退治し、その歯（牙）を大地に蒔いて生まれた戦士たちのうち、生き残った五名の一人。第三巻一二六以下、一二九行注参照。

六九六　「神々の母」あるいは「大母神」とも呼ばれるキュベレは、塔をつけた冠をかぶり、手にはシンバルあるいはテュンパノンと呼ばれる小太鼓様のものをもち、獅子を従えたり、膝に乗せたり、あるいは獅子の曳く車駕を御したりする姿で象られる。

七三　原文は indignis percussit pectora palmis で、「罪のない（indignis）」は「手の平（palmis）」にかかっているが、「罪のない手の平で胸を打ち」ではなく、いわゆる enallage（転用語法）で、実際は「胸（pectora）」を修飾し、訳文のような意味になる。"in Enallage, denn nicht die *palmae* sind *indignae*, sondern die *pectora* ... *indignus* fast fere *immeritus*" (Bömer 1969-86)。同様の例として、第八巻六七六、第一四巻三六三がある。第八巻六七六行注、第一四巻三六三行注参照。

七二七　アドニス祭のこと。本巻五一三行注参照。

七二九　黄泉の国の王ハデスの愛人であったミンテ（Minthe）は、ハデスの妃ペルセポネに騙されて、薄荷（メンタ）（ギリシア語名 hedyosmos（「芳香を放つ草」の意）、英語名 mint）に変えられたという。ストラボン八・三・一四参照。

第二巻

10

　トラキアの伶人*がこのような歌謡で森や獣たちの心や
石を惹きつけて、後に付き従わせていた頃、
見よ、獣の毛皮に身を包み、狂乱状態に陥った
キコネス族の女たちが、丘の頂から、爪弾く弦の調べに合わせて
歌を歌う、オルペウスの姿を認めた。その内の一人が、
そよ吹く風に髪を靡（なび）かせながら、叫んだ、「ほら、見て、ほら、
あそこに、私たち女を蔑（ないがし）ろにする男がいる」と。そう言うや、神杖（テュルソス）*を
アポロの子の歌人（うたびと）めがけて投げつけると、声麗しい歌人の口に当たった。だが、
木蔦の葉に覆われた神杖（テュルソス）は、当たった痕を残しただけで、傷つけはしなかった。
もう一人の女が手にしたのは石であった。投げられた石は、他ならぬ
大気の中で、歌声と竪琴の協和する調べの力に屈してしまい、
これほどの狂気じみた蛮行の許しを請う嘆願者さながら、
伶人の足元に落ちて転がった。しかし、滅多矢鱈な凶行は勢いを
増し、限度を失って、狂気の復讐女神（エリニュス）が支配した。
武器は、悉（ことごと）く歌の力で無力にされていただろう。だが、耳を劈（つんざ）くような
叫喚と、ベレキュントス〔＝プリュギア〕風の曲がった角笛と、
小太鼓と、手拍子の音と、バッコスの信女たちの叫び声とが
竪琴の音（ね）を掻き消し、歌人（うたびと）の声も

20
聞き取れないまま、遂には、歌人の血で石が真っ赤に染まった。
真っ先に、狂女(マイナデス)たちの手で血祭りにあげられたのは、
歌人の歌声にまだ酔いしれている、無数の鳥たちや蛇たちや、列をなす
獣たちの群れ、オルペウスの誉(ほまれ)であるその聴き手たちであった。
そこから、狂女(マイナデス)たちは、手を血塗れにして、オルペウスに向きを変え、
夜に飛ぶ梟が昼間にうろつくのを見つけた時の鳥たちのように
群れ集まってきた。その時のオルペウスを喩えれば、恰(あたか)も、円形劇場の
朝方の砂場で、〔興行の獣狩(けものがり)に出され〕犬たちの餌食となって倒れることになる
雄鹿のよう。そのように狂女(マイナデス)たちは、獲物の歌人めがけて殺到し、緑の木蔦絡まる
神杖(テュルソス)を投げつけた。神杖(テュルソス)は、そのような役目で造られたものではないのだ。
30
また、土塊を摑んで投げつける女たちや、木から折り取った枝を投げる女たち、
石を投げつける女たちもいた。更に、この狂気の行動の用に供する武器にも
事欠かなかった。その時、偶々(たまたま)、牛たちが鋤(すき)で穿(うが)って土を掘り起こし、
そこから程遠くない所で、筋骨逞しい農夫らが豊かな実りを得ようと、
びっしょり汗をかきながら、固い土を耕していたが、列をなして殺到する
狂女(マイナデス)たちの群れを目にすると、逃げ出し、自分たちの作業の道具を
残していったため、誰もいなくなった田野中の、そこかしこに、
鍬(くわ)や、重い馬鍬(まぐわ)や、長い鶴嘴(つるはし)が置き去りにされていたのだ。

狂暴な信女らはそれらを奪い取ると、角（つの）で威嚇する牛たちを
八つ裂きにしたあと、歌人を血祭りにあげようと駆け戻った。
瀆聖（とくせい）の狂女らは、手を差し伸べるオルペウスの命を奪った。その口から
発せられる言葉が何の効もなく、何ものの心をも動かすことがなかったのは
その時が初めてだった。石が聴き惚（と）れ、獣らの感覚で理解されたその歌声の　40
息（いき）の緒（お）が、オルペウスの口から——ああ、ユピテルよ、何ということ——
そよ吹く風の中へと吐き出され、大気の中へと帰っていった。
　汝を、オルペウス、悲しみに暮れる鳥たちが悼み、汝を獣らの群れが悼み、
汝を硬い石が、汝を汝の歌に屡々（しばしば）誘（いざな）われて付き従った森が悼んで、
哀悼の涙を流し、木々は、葉を落として
〔いわば哀悼の印に〕頭を丸め、嘆き悲しんだ。川も自ら流す涙で
水嵩を増し、水の妖精（ナイス）たちや木の妖精（ドリュアス）たちも、黒布で縁取りされた
喪服を纏い、結った髪を解（ほど）いて、ざんばら髪になって悼んだという。
肢体は引き裂かれて、そこここに散り散りに横たわり、頭と竪琴は、　50
ヘブロスよ、汝が受け取った。そして——不思議なことながら——川の真ん中を
流れながら、竪琴は何かを訴えるように涙誘う調べを奏で、命なき舌は
呟くように涙誘う歌を歌い、岸辺は、それに応えて、涙誘う響きを返した。
早や、それは、生まれ故郷の川を後にして、海に運ばれ、

レスボス〔島〕なるメテュムナの岸辺に打ち寄せられた。
異郷の地の、その砂浜に打ち上げられて、髪おどろと乱れ、雫滴らせる
オルペウスの頭に、一匹の凶暴な蛇が襲いかかった。
やっとのこと、ポエブスが現れ、今しも頭を嚙もうとするのを
押しとどめ、蛇の開けた口を固くして、　60
石に変えると、蛇の口は、かっと開いたままの姿で固まった。
　オルペウスは、死霊となって、泉下に降っていったが、以前見た場所は
悉く見覚えていた。敬虔な者たちの〔霊の住まう〕野*中を探し回り、
エウリュディケを見つけ出すと、愛おし気に腕を回して抱きしめた。
その野で、二人は、ある時は並んで歩き、ある時は先を行く彼女の後を
オルペウスが付き従い、ある時は彼が先に立って歩いているが、今や
安心して後ろを見返り、エウリュディケを眺めることができるのだ。
　だが、リュアイオス*は、この犯罪を罰せられぬ儘に放置しはしなかった。
自分の秘儀を歌い、讃えてくれる歌人を亡くしたことを悲しみ、
すぐさま、非道な犯罪を目にし〔加担し〕た、エドノイ族のすべての家婦たちを、　70
ねじれた根を生やさせて、森に縛り付けたのだ。
各々が〔オルペウスを〕そこまで追跡した、その距離だけ*、足の指を
長く引き伸ばし、爪先を尖らせて、固い地面に植え付けたのである。

これを喩えれば、鳥を捕獲する、腕のいい猟師が密かに仕掛けた罠に
脚をかけてしまった鳥が、捕まえられたと悟り、羽をバタバタさせて、慌て
ふためきながら体を動かし、その動きで却って嵌った罠縄を締め付ける。
まさにそのように、家婦たちのそれぞれの足が地面にくっついて離れず、
狼狽して逃れようと試みるものの、その試みも空しく、各々を、しなやかで
強靱な根が捕えて離さず、跳び上がろうとすれども、それを許さなかった。
足の指はどこ、足は、爪はどこ、と探している内に、
80 木が、すべすべした脹脛に取って代わり、
嘆きの手で太腿を打とうとしてみれば、
打ったのは、太腿ではなく、堅い木で、胸も、もう木になり、
肩も木になっていた。節のできた腕を本物の
木だと思ったとしても、その見立てに間違いはなかった。
　だが、バッコスは、これで十分とは思わず、他ならぬその地の田野を捨て、
彼女たちよりは増しな信者の一団を連れて、慣れ親しんだティモロスの葡萄園と
パクトロス川を目指した。この川は、当時は、まだ砂金を産せず、
貴重な砂金で羨まれる川にはなっていなかった。そのバッコスの許には、
サテュロスたちや信女たちといった習いの一団が集ったが、シレノス*だけは
90 いなかった。シレノスは、プリュギアの農夫たちが、寄る年波と酒のために

100

よろよろ歩いているところを摑まえ、花環で縛って、ミダス王*の所に
連れていっていたからだ。このミダス王に〔信仰の〕秘儀を伝授したのが、
ケクロプス縁のエウモルポス共々*、トラキアのオルペウスであった。
ミダスは、信者仲間で、秘儀の伴のシレノスを認めると、
大切な客人の到来を喜び、十日の間、夜に日を継いで、
惜しみなく盛大に祝宴を催し、早や、
十一日目の明けの明星が、空高く瞬く一群の星々を
退散させると、王は嬉々としてリュディアの田野に出向き、
若い育て子〔バッコス〕に〔育て親の〕シレノスを返した*。
神は、育て親を返して貰ったのを喜び、お礼に何なりと望みのものを
与えようと言った。喜ばしくはあったが、あらずもがなの贈り物であった。
ミダスは、贈り物を無にすることになるとは露知らず、答えた、「どうか、
この身体で触れるものが、悉く金色に輝く黄金となるようにして下さい」と。
リベル*は、その願望を容れ、為にはならない贈り物を与えたが、
ミダスがもっと良い贈り物を求めなかったのを嘆いた。
　ベレキュントスの英雄ミダスは帰路に就いたが、己の禍〔となる贈り物〕を喜び、
あれやこれやに触れて神の約束の真実性を試そうとし、
半信半疑の内に、それほど高くない常磐樫の枝から緑鮮やかな

小枝を折り取った。小枝は黄金に変わった。
110 地面から小石を拾い上げてみた。すると、小石も黄金色に変じた。
芝土にも触れてみた。芝土も、魔法の力をもつ接触によって
黄金の塊になった。乾燥した、ケレスの恵みの麦の穂を摘み取ってみた。
黄金の実りであった。今度は、捥(も)いだ林檎を手に取った。
ヘスペリデスの贈り物*と思ったことだろう。彼が高い門柱に
指で触れてみると、門柱が金色に輝きを放つのが見られた。ミダスは
また、澄んだ清水で両手を洗ってみたが、手の平から零(こぼ)れ落ちる水は
ダナエを欺くことができただろう。*あらゆるものが黄金に変わるのを心に
思い描いてみるものの、どれほどの望みをもってよいのか想像もつかなかった。
召使いたちが、嬉々として喜ぶ、そのミダスのために、馳走が並び、
麺麭(パン)も欠けてはいない食卓を設(しつら)えた。
120 実に、その時、ミダスが手でケレスの賜物の
麺麭に触れると、ケレスの贈り物の麺麭は固くなっていき、
御馳走をがつがつと歯で噛み砕こうとすると、
歯を当てた御馳走は黄金の金箔を纏い始めるのであった。
彼はこの賜物の贈り主(ぬし)〔バッコス＝葡萄酒〕を清水で割って、飲んだ。すると、
開けた口から、溶けた黄金が零れ落ちるのを目にすることができた筈だ。

富み、かつ惨めでもあるという、この前代未聞の禍に肝を潰し、ミダスは
その豊かな富から逃れたいと願い、自ら祈願したばかりの贈り物を憎んだ。
どれほどの豊かさであろうと、飢えを癒すことはできず、喉の渇きは
焼けるようにひりつく。厭わしい黄金に苦しめられているのは自業自得だが、
130
ミダスは、天に向かって両手と、〔宝飾で〕金ぴかに輝く両腕を差し伸べながら、
言った、「父神レナイオス*、お赦しを。私が間違っておりました。ですが、
どうか、慈悲を垂れ、上辺だけは輝かしいこの禍を取り除いて下さい」と。
神々の神威は心優しいものだ。バッコスは自分の過ちを告白するミダスを
元に戻し、約束を守る証(あかし)にと与えた贈り物から解放してやることにした。
神は言った、「望んで、為にならなかった黄金塗(まみ)れの儘(まま)でい続けないためには、
大都サルディスの畔(ほとり)を流れる川*に行き、
高い川岸を辿って、流れ下る川の流れと反対方向に
歩みを進めてゆけば、川が流れを発する源に辿り着こうから、
140
水泡(みなわ)と共に、滾々(こんこん)と水を湧き出させている、その泉に
頭も身体も一緒に浸(つ)けて清め、同時に罪をも洗い流すのだ」。
王は、指示された泉の傍までやって来た。触れたものを黄金に変える魔力は
川を染め、その魔力は人間の身体から川に移った。
今も、当地の野は、その往時(かみ)の鉱脈の〔いわば〕種を受け取って、

土塊（つちくれ）が、川水に浸（ひた）って、固まり、黄金で黄色くなるのだ。

　富に嫌気が差したミダスは、森や田野を愛し、いつも山間の洞（ほら）に住まいするパン〔山野の神霊〕を敬っていたが、鈍重な性質は相変わらずで、その愚かな心性は、以前と同様、その持ち主に害を与えることとなった。その故は、遥かに海を望み見ながら聳（そび）え立ち、登るに高く、険峻な山で、山裾を広げて、果ては、こちら側ではサルディスに、あちら側では小邑ヒュパイパに接しているトモロスなる山があった。その山で、パンが、嫋（たお）やかなニンフたちに自分の歌の自慢*をし、蠟で繫いだ葦笛の音（ね）に合わせて軽い歌*を歌っている時、無謀にも、自分の歌の調べに比べれば、アポロの歌など拙いものだと豪語して、今、神トモロスを審判人とする、格違いの技競（わざくら）べにやって来たのだ。

　老神トモロスは自分の山に審判人として座し、両の耳の近辺の木々を払い除（の）けた。暗緑色の、その髪の周りを取り巻くのは樫の葉冠のみで、窪んだ蟀谷（こめかみ）辺りには団栗（どんぐり）がぶら下がっている。山の神は家畜たちの守護神〔パン〕のほうを見やりながら言った、「審判人の用意は整ったぞ」と。すると、パンは野暮ったい葦笛で調べを奏で、粗野な、その歌の調べで、ミダスを——偶々、演奏するパンの傍にいたのだ——

魅了した。パンの演奏が終わると、トモロスは、今度は顔をポエブスの
顔のほうに向けた。山の神の顔の後を追うように、山の木々もそのほうを向いた。
ポエブスは金髪の頭にパルナソスの月桂樹の葉冠を巻き、
テュロス産の悪鬼貝〔の貝紫〕で染めた緋色の長衣でさっと地面を掃くと、
宝石とインディアの牙〔＝象牙〕で飾り付けられた竪琴を
左手側で支え、右手に持った撥を構えた。
その構えは、如何にも、伶人のそれだ。それから、手練れの指で
弦をかき鳴らすと、トモロスは、その調べの甘美さに魅了され、
パンに命じて、自分の葦笛がポエブスの竪琴に劣ることを認めさせた。

170

　誰もが聖山トモロスの下した判定を是認したが、
唯一人、ミダスが、不公正な判定だと言って、
その判定に異議を唱えたのだ。デロス生まれの神〔アポロ〕は、ミダスの
その愚かな耳が人の耳の形のままであるのを許さず、
これを長く引き伸ばして、耳中に白っぽい毛を生やさせ、
付け根の所は固定せずに自在にして、自由に動かせるようにした。
耳以外は人間の姿で、身体の一部だけに罰が与えられ、
こうして、ミダスは、のろのろ歩むロバの耳を身に付けたのだ。

180

［頭を隠したいと思い、恥ずかしくてたまらず］

ミダスは頭の周りを緋色の頭巾で隠そうとした。しかし、常々、ミダスの髪の毛が長くなると、髪を切っていた召使いが、〔髪を切る時〕これを見てしまった。召使いは、目にした主人の醜態を、口外したい気持ちは山々ながら、人に打ち明ける勇気がなく、さりとて黙っていることもできず、館を抜け出し、地面を掘り、掘った穴に向かって、自分が見た主人の耳がどんな耳か、小声で囁くように呟き、再び地面の穴を埋め戻して、自分の声の証拠を隠し、これで残らないとばかりに、穴がそれと分からないよう覆ってしまうと、こっそり、その場を離れた。だが、その場所に、沢山の葦が生え始めて、茂みができ、丸一年経って葦が成長するや、〔穴を掘り、自分たちを産んだ〕大地の耕し手の農夫*の秘密を暴露した。というのも、穏やかな南風に吹かれて葦が戦ぐと、土中に隠されていた言葉をそっくりその儘呟き、主人の耳の秘密を暴露したからだ。

　ラトナの子〔アポロ〕は復讐を済ますと、トモロス*の山を後にして、澄み渡る大気の中を翔り、ネペレの娘ヘッレの狭い海の手前、ラオメドン*の治める地に降り立った。シゲイオン岬の右手、ロイテイオン岬の左手の、その間に、雷鳴を轟かせる神〔ユピテル〕の、聖なる古寂びた祭壇*があった。

そこから、アポロが眺めやると、ラオメドンが初めてトロイアの
城壁を築いているのを認め、企てた大業をやり遂げるのに、困難な 200
労苦を伴い、少なからざる資力を必要とするのを見て取ると、
三叉の鉾をもつ、大波立たせる綿津見の親神〔ネプトゥヌス〕と一緒になって、
人間の姿に身を窶し、プリュギアの王のために、都城建造の
見返りに金を受け取るとの約束で、築城の手助けをしてやった。
城は完成した。だが、王は報酬を拒絶し、剰え、背信の
極みと言うべきは、前言を翻し、約束などした覚えがないと偽証したのだ。
海の支配者は言った、「その報いを受けずに済むと思うな」と。そう言うと、
ありとあらゆる海の水を強欲なトロイアの岸辺めがけて殺到させ、
大地を水浸しにして、海原の様相を呈せしめ、
農夫たちから資材を奪い去り、田畑を波間に沈めた。罰は、 210
これだけでは済まなかった。王の娘〔ヘシオネ〕も海の怪物の人身御供にと
求められた。その彼女が堅い岩に縛められているところを、
アルケウスの孫〔ヘラクレス〕が救い出し、褒賞として約束されていた
馬を求めると、ラオメドンが、これほどの善行の報酬を拒んだために、
二度に亘って偽誓の罪を犯した城を攻落し、占拠した。この時、戦に参加していた
一人、テラモンも、誉を得て、褒賞に与えられた〔王女〕ヘシオネを手にした。

一方、〔テラモンの兄弟〕ペレウスのほうは、女神を妻にしたことで、その名、
世に轟いており、祖父*のこともさりながら、むしろ義父*のことを誇らしく
思っていたのだ。ユピテルの孫である幸運を享(う)けた者は一人に限らないが、
220 女神を妻にする僥倖に恵まれた人間は、彼一人しかいなかったからである*。
その事情はこうだ。海の老神プロテウス*はテティスにこう予言していた、
「海の女神よ、身籠るのだ。汝は一人の若者の母となろうが、その若者は、
雄々しい功業で*父を凌ぐ功を遂げ、父よりも偉大な者と呼ばれよう」と。
それ故、この世界にユピテルよりも偉大なものが存在することのないよう、
ユピテルは、心中、決して淡くはない恋情を抱いてはいたものの、
海の女神テティスとの結婚を忌避して、アイアコスの子で、
自分の孫〔ペレウス〕に、自分が望むテティスを、自分に代わって、
妻に迎え、海の女神の乙女と結ばれるよう命じたのだ。

　ハイモニアに、鎌のような形状で、腕を伸ばして弓なりに弧を描く
230 二つの浜を抱く入り江があった。入り江は、海水がもっと高ければ、
港になっていたであろう。海底は砂地で、その上を海水が覆っている。浜辺の
砂地は固く、しっかりしていて、踏みしめても足跡は残らず、人の行き来を
妨げず、また、海藻に覆われていて〔ふわふわして〕、沈み込むということもない。
近くには、二色の実を付けた銀梅花(ぎんばいか)*の茂みがあり、

240

その中ほどに、洞窟があった。自然にできたものか、それとも人工物か、
定かではないが、むしろ人工物と言ったほうがよかろうか。その洞窟に、常々、
テティス、あなたは一糸纏わぬ姿で、手綱付けた海豚に跨りよくやって来た。
その洞窟で、ペレウスは、眠りに捕えられて横たわっているあなたに
襲い掛かり、嘆願で誘惑しようとしてみたものの、あなたがそれを拒んだ為、
力ずくで思いを遂げようと、両腕であなたの項に絡みついたのであった。
あなたが、屢々、様々に変身する、習いの技に頼っていなければ、
ペレウスは大胆な企てに成功していただろう。だが、あなたは、或る時は、
鳥になった。しかし、彼はその鳥を摑んで離さなかった。今度は、
重い木になった。しかし、ペレウスはその木にしがみついて離さなかった。
三番目の姿は、縞模様も鮮やかな虎であった。その虎に
恐れをなしたアイアコスの子〔ペレウス〕は、あなたの身体から手を離した。
それがあって後、ペレウスは海の上に葡萄酒を注ぎ、羊の臓物を捧げ、
もくもくと煙る香をくべて、海の神々を斎き祀って、祈りを唱えると、
カルパトス縁の予言者*〔プロテウス〕が波間から姿を現し、こう告げた、

250

「アイアコスの子よ、汝は望みの結婚を遂げられよう。
女神テティスが荒岩の洞窟で眠り込んでいるところを、
悟られずに、罠と強靭な綱とで縛り上げさえすればよい。女神が

百の姿に変身して、姿を晦(くら)まそうとも、騙されず、
何に姿を変えようと、元の正体に戻るまでは、確(しっか)り摑んで離してはならぬ」と、
プロテウスはそう言うと、海中に顔を隠したが、
早や、最後の言葉には波が覆い被さっていた。
太陽神(ティタン)が下り道を行き、車駕の轅(ながえ)を下向きにして、
ヘスペリア〔＝西方の果て〕の海の上を辿ろうとする頃合い、ネレウスの
美しい娘〔テティス〕は、海を後にして、いつもの寝床に入った。そこで、
260 ペレウスが矢庭に乙女の女神の身体に今しも襲いかかろうとした途端、
テティスは姿を様々に変えたが、遂には、自分の身体が捕えられ、腕が
両方共、あちらに、またこちらに摑まれて、引っ張られているのを感じた。
その時、漸(ようや)く、女神は呟くように言った、「あなたの勝利には、何かの神助が
あるのね」と。女神テティスの姿がそこにあった。負けを認めた女神を
英雄は抱擁し、宿願を果たして、女神に偉大なアキレウスの種を宿させたのだ。
　ペレウスは、息子にも恵まれ、伴侶にも恵まれて、幸せであった。
彼〔と兄弟テラモン〕が殺した〔異母兄弟〕ポコスへの罪さえなければ、*彼は、
あらゆる僥倖を手にしたと言えただろう。だが、罪深くも、兄弟殺しの
血に汚れ、故郷の家から追放された彼を、トラキスの地が迎え入れた。
270 当地で、武力によらず、血を流すこともなく、父親譲りの晴れやかな

280

輝きをその顔に浮かべつつ、王権を握っていたのは、「明けの明星（ルキフェル）」を
父として生まれた子ケユクス*だが、この時は、悲しみの表情を顔に浮かべ、
常の彼とは似ても似つかぬ様子で、失った兄弟〔ダイダリオン〕を悼んでいた。
その彼の許に、アイアコスの子〔ペレウス〕が、心痛と長旅に疲れ果てて
辿り着き、僅かな伴*を連れて都に足を踏み入れた。
彼は、牛や羊の群れを引き連れてきていたが、それは
城壁から程遠からぬ谷間に残しておいた。さて、一行が
都に入り、王に謁見できる機会が与えられると、ペレウスは、嘆願者として、*
羊毛を巻いた橄欖樹の枝を手で掲げつつ〔王の前に罷り出て〕、自分が誰で、
誰の子かを語ったが、自分の罪だけは触れずに隠し、
出奔の理由を偽った。その上で、都か、それとも郊外の田野に自分たちを
迎え入れて助けてほしい、と乞うた。その彼に対して、トラキスの王は、
穏やかな口調で語りかけた、「我が国は、ペレウス殿、身分なき者にも開かれ、
便宜を図る国。私が治めるこの国は、また、異国人を邪険に扱う国でもない。
加えて、私に貴殿を歓迎させるよう強力に後押しするものが、貴殿にはある。
赫々たるその名と、貴殿の祖父御ユピテルがそれだ。嘆願などで時間を
無駄にされずともよい。希望は、何なりと、叶えられようし、御覧の全てを
貴殿の物と呼ばれるがよい。もっとましな物を披露できればよかったのだが」。

そう言うと、王は涙を流した。これほどの悲しみを引き起こす理由は何か、と、
ペレウスも従者たちも王に尋ねた。その彼らに、王は答えた、
290 「あなた方は、獲物を捕えて生き、あらゆる鳥を恐れさせるあの鳥が、
昔から変わらず、羽のある鳥だったと思っておられるのではありませんかな。
あれは人間でした――尤(もっと)も、心は決して変わらぬもの。既に当時から、
あれは荒々しく、戦(いくさ)で猛々しく、常に力に訴えようとする男だったのです――。
名はダイダリオンと言います。我々は、曙(アウロラ)の女神を呼び出し、夜空から
退散する星々の殿(しんがり)を務める、例の星〔明けの明星(ルキフェル)〕の子ですが、
私のほうは平和を大事にし、私の関心事といっては、平和と
妻を守ることでしたが、私のあの兄弟の喜びは凶暴な戦でした。
その武勇は諸王や諸国を屈服させましたが、今、それは、
持ち主が変身したため、ティスベの野鳩を追い回しているのです。
300 彼にはキオネという一人娘がいました。誰にも勝(まさ)る器量よしで、
婚期の十四(じゅうし)になる頃には、数えきれないほどの求婚者たちが押しかけてきました。
その彼女を、偶々、ポエブスは、神託所のあるデルポイから、
マイアの子〔メルクリウス〕は、キュッレネの山から、〔オリュンポスに〕戻る途中、
同じように目にとめ、同じように恋情を煽られたのです。アポロのほうは、
夜になるまで、期待を先延ばししました。しかし、メルクリウスのほうは

310

先延ばしを我慢できず、伝令杖を振り、その杖で乙女の顔に触れたのです。
魔力のある杖*に触れて、彼女は眠り込み、神の無体な仕打ちを
受けることとなりました。早や、夜が空に星々を鏤める頃になっていました。
アポロは老婆に身を窶し、待ちに待った歓びを味わったのです。
さて、キオネのお腹が月満ちて、出産の時を迎えると、
翼ある神〔メルクリウス〕の血筋を引く、狡猾で、ありとあらゆる
窃盗行為に長け、黒を白と、白を黒と言いくるめる性で、
盗みの技を十八番とする父親の名に恥じない息子
アウトリュコス*が生まれたのです。
アポロの血を引く子も生まれました――彼女は双子を産んだのです――
麗しい歌声と、響きよい竪琴の音で名高いピランモン*です。しかし、
子を二人産み、二柱の神に愛され、屈強の父親〔ダイダリオン〕と
輝く祖父〔明けの明星〕の血を引く娘であったところで、何の役に

320

立ちましょう。栄誉も多くの人間に禍を齎したのではなかったでしょうか。
少なくも、彼女には禍となりました。彼女はディアナより自分のほうが美しいと
言い放ち、女神の容姿を貶したのです。女神は激しい怒りを掻き立てられて、
言いました、『〔容姿ではなく〕私のすることで気に入って貰うことにするわ』と。
間髪を容れず、女神は弓を引き絞り、弦に番えた矢を

ひょうと放つと、当然の報いに、その矢でキオネの舌を射貫いたのです。
舌は黙り込み、声を言葉にしようとするものの、言葉が出てきません。彼女は
懸命に何か語ろうとしましたが、その内、血が失せると共に命も途絶えました。
その時、哀れな私は、彼女を抱いてやり、心に父親のような悲しみを覚えながら、
娘思いの父親〔ダイダリオン〕に慰めの言葉をかけたのですが、父親は、
まるで、打ち寄せる波の騒ぎを全く気にかけない、海に突き出た巌のように、 330
私の言葉を受け付けず、只管、奪われた娘のことを嘆き続けるのです。
実際、亡骸が〔火葬の〕火に包まれるのを見た時には、四度、その燃え盛る
火葬堆の只中に身を投げようとする衝動に捕えられ、四度、跳ね返された挙げ句、
気が狂ったように逃げ出して、スズメバチの毒針に
頸を刺された雄牛さながら、闇雲に道なき道を
突進していくのです。その時、早や、私には、その走る速さが
人間業とは思われず、足に翼でも生えているのかと思えたほどでした。
こうして、彼は皆から逃げ、死の欲望に急き立てられて、矢のような速さで
パルナソスの頂に辿り着いたのです。そこで、アポロが憐れみ給い、
ダイダリオンが高い懸崖から身を投げた時、 340
彼を鳥に変身させ、俄に生じた翼で宙に浮かせて、
曲がった嘴と、鉤なりに曲がる爪を与え、昔のままの勇猛さと、

体格以上に強い力を与えたのです。* 今、鷹となって、何ものにも十分好意的ではなく、* あらゆる鳥に猛威を振るい、〔娘のことを〕悲嘆する身ながら、他の鳥の悲嘆の因(もと)となっている次第です」。

「明けの明星(ルキフェル)」の子が、自分の兄弟の身に起こった、そんな不思議を物語っている時、家畜の番を務めていた、ポキス出のオネトルが、息せき切らし、慌てふためいて、走り帰ってきて、こう告げた、「ペレウス様、大変です、ペレウス様。あなた様の大難(だいなん)をお知らせするために

350

戻って参りました」と。ペレウスが、報せが何であれ伝えるように言うと、〔他ならぬトラキスの王も恐れで怯えた顔付きになり、不安気な様子になった。〕オネトルはこう告げた、「〔長旅で〕疲れた牛たちを、湾曲する浜辺へ追っていった時のこと、太陽神(ソル)が、中天の真上、最も高い所にあり、振り返り見る軌道(みち)の距離と望み見る軌道の距離が丁度半々の頃合いでした。牛たちの一部は、黄色い砂地に膝をついて憩い、腹這いになって、広大な海原を遠く眺めやり、一部は、ゆっくりとした足取りで、あちら、またこちらとうろつき回り、また、海に浸(つ)かって、頸を海面の上に高く突き出し、泳いでいる牛たちもおりました。海辺の近くには社(やしろ)がありましたが、大理石や黄金で輝く社というのではなく、

360

分厚い木で造られたもので、回りを囲む古い聖林の落とす影に包まれています。

ここに鎮座するのは、――浜辺で網を干している船乗りの言うところでは――
海の神々であるネレウスと、ネレウスの娘たちとのことでした。
社に隣接して、密生する柳の木立で覆われた沼がありました。
海水が溢れ出てできた沼です。その沼の辺りから、ドシドシと、
如何にも重い足音を立てながら、付近一帯を恐怖させるもの、
巨大な獣が現れました。沼の菅草の中から、狼が飛び出してきたのです。
かっと開けた口は泡を吹き、血糊がべっとりと付いて、
稲妻の如くで、*目は真っ赤な炎に包まれています。
狼が荒れ狂うのは、凶暴さの所為でもあり、飢えの所為でもあるのでしょうが、
凶暴さのほうが凄まじかった。と申しますのも、数頭の牛を殺してひもじさを
癒したり、酷い飢えを終わらせたりしようとするのではなく、群れを
悉く傷つけ、一頭残らず牛を地に伏さしめたからです。
我々の内の幾人かも、群れを守ろうとしている間に、噛まれて
致命の傷を受け、死へと追いやられました。浜も、波打ち際の
海水も、牛たちの鳴き声が響く沼も、血で真っ赤に染まっています。
手遅れでは被害が大きくなります。事態は急を要し、躊躇ってはいられません。
牛たちが幾らかでも残っている間に、皆、一緒になって、武器を、
武器を取り、全員一丸となって、投げ槍を投じてやりましょう」。

380　家畜番はそう言った。が、家畜の損失に、ペレウスは動揺した風を見せなかった。
自分の犯した罪を忘れてはいず、自分が失った牛たちは、子を奪われた
ネレウスの娘が亡き息子ポコスに贈る手向け(たむけ)としたのだろうと思ったのだ。*
オイテ聳えるトラキスの王は、配下の男たちに、武装し、強力な投げ槍を
手に取るよう命じた。その彼らと共に、王自らも出かけようとした時、
妻のアルキュオネが、騒ぎに驚き、興奮した態(てい)で、
まだ髪をすっかり整えていないまま〔部屋から?〕飛び出してきて、
その髪を振り乱しながら、夫の項(うなじ)に縋(すが)りつき、助け手を
送って、自らは出かけないでほしい、夫だけの命ではなく、一人に
二人の命が懸(かか)っているのだから、と、言葉を尽くし、涙を流して訴えた。
その彼女に、アイアコスの子は言った、「王妃よ、麗しく、ご主人思いの、
その恐れはお払い下さい。約束して頂いた好意だけで十分有難いこと。
390　武器を取り、あの未聞(みもん)の怪物を退治するのは私の本意(ほい)とする所ではありません。
〔それよりは、むしろ〕海の神霊に祈願せねばならぬのです」と。高い塔があった。
その天辺(てっぺん)に、灯台*が置かれ、疲弊した船には有難い目印となっている。
皆はそこに登り、浜辺に累々と横たわる牛の屍(かばね)と、それを皆殺しにし、
口は血塗れで、べっとりと付いた血糊で朱(あけ)に染まる、
長い毛をした野獣を、慨嘆の呻きと共に、遠く眺めやった。

ペレウスは、そこから広大な海の、浜辺に向けて両手を差し伸べながら、
紺青の海の女神プサマテに、怒りを収め、冥助(みょうじょ)を垂れ給え、と
祈った。プサマテは、アイアコスの子の、その祈りの言葉に
心を動かされなかった。しかし、テティスが夫のために嘆願し、　400
プサマテから赦しを得てやった。だが、凶暴な殺戮を止(と)められながら、
血を啜って味をしめ、獰猛になった狼は、尚も止(や)めようとせず、
遂に、嚙み殺した牛の頸に喰らいついているところを
〔プサマテによって〕大理石に変えられた。その体は、色以外、全て
元のままの姿を留めていたが、石の色が、最早、それが
狼ではなく、もう恐れる必要のないことを示していた。だが、
それでも、定めは流竄(るざん)の身のペレウスがその地に留まることを許さず、
流離(さすらい)の亡命者として、彼はマグネテス人の地に流れ着き、当地で
ハイモニアの王アカストスから殺害の罪の浄めを受けたのだ。
　この間、ケユクスは兄弟〔ダイダリオン〕のことや、　410
その彼の後に続いた変事に動揺し、不安に駆られて、人間の心を
勇気づけてくれるもの、つまり神託に伺いを立てることにし、クラロスの
神〔アポロ〕の許へ出かけようとした。その訳は、デルポイの〔アポロの〕社(やしろ)への
道がプレギュアイ人を率いたポルバス*の為に通れなくなっていたからだ。

が、ケユクスは、出立(しゅったつ)する前に、自分の考えを、誰よりも忠実なアルキュオネ、
汝に打ち明けたのであった。すると忽(たちま)ち、彼女の骨の髄まで
寒気が走り、黄楊(つげ)そっくりそのままに、顔面
蒼白となり、*零れる涙で頬が濡れた。
アルキュオネは、三度、語りかけようとして、三度、涙で顔を濡らした。
そして、嗚咽(おえつ)で途切れ途切れに、夫への愛情のこもった訴えを、こう漏らした、　420
「私にどんな落ち度があって、誰よりも愛するあなた、あなたはお心を
お変えになったの？　いつもおもち下さっていた、私への思い遣(や)りはどこへ？
今では、私アルキュオネを残して平気で家を空けられるというの？　今では、
長旅がしたいの？　今では、私がいないほうがあなたには愛おしさが増すの？
それにしても、旅は屹度(きっと)、陸路でしょうね。なら、悲しむだけで済み、
恐れなくともよい。心配はしても、恐れることはありませんもの。海と
聞くと、怖いのです。暗い海を想像するだけで怯えます。実際、つい最近も、
浜辺に打ち上げられている船の残骸を私は目にしましたし、遺骸のない
塚の墓標に標された名を読んだことも屢々。あなたのお義父(とう)様が
ヒッポテス*の子〔風神アイオロス〕で、そのお義父様が、必ず風を檻に　430
閉じ込めてくれ、望めば海を穏やかにしてくれるなどという、
当てにならない空頼(からだの)みは、どうか御心に、おもちにならないで。

ひと度（たび）、解き放たれた風が海を支配する時、その風は勝手気儘、
手が付けられません。風に委ねられ、風を前にしては、大地も
海も、悉くなす術がないのです。風は空の雲も揺さぶり、
雲は激しくぶつかり合って、赤い火花〔雷火〕を散らします。
そうした風を知っているだけに――事実、幼い頃、父の館で、この目で見て
知っているのです――風を恐れねばならぬという思いは、尚更募るのです。
もしも、どんなにお願いしてみても、あなたのお考えを変えられないのなら、
愛するあなた、出かけるという、あなたの決心が余りにも固いのなら、どうか
私も一緒に船に乗せて下さいませ。なら、せめて、一緒に嵐に翻弄され、
現に自分が蒙（こうむ）っている災難以外、何も恐れる必要がなくなりますもの。私たち、
440 どんな艱難であれ、共に耐え、広大な海原を、共に渡っていきましょう」。
　アイオロスの娘のその言葉と、その涙に、星を父とする夫は心を打たれた。
彼自身の中にも、妻のそれに劣らぬ愛の火が燃えていたからだ。
しかし、心に決めた海路を行く旅程を断念することも、また、
アルキュオネを伴って危険に曝すことも望まず、
妻の危惧する心の慰めになることを、あれこれ語って聞かせたものの、
それでも彼女を納得させることはできなかった。そこで、こんな慰めも
450 付け加えてみた。これだけが、夫を愛する妻の心を折れさせるものであった。

460

「確かに、我々〔人間〕には、遅れは、何にせよ、長いと感じられるものだ。だが、お前に、私の父の星の光に掛けて誓おう、定めが許す限り、月が二度目の満月を迎えるまでには戻ってくる、とな」と。

この約束で、アルキュオネには、夫が帰ってくる希望が湧いた。

時を置かず、ケユクスは、船小屋から船を海に牽き降ろし、必要な装備を取り付けるよう命じた。

〔海に浮かぶ〕船を目にすると、まるで将来のことを予見しているかのように、アルキュオネは再び恐れに捕えられ、湧き出る涙を堰き敢えず、夫を掻き抱き、哀れ極まりなく、悲し気な声で、やっとのこと、「お元気で。さようなら」と言うなり、どっと頽れ、地に伏すのであった。だが、ケユクスが何かと口実を設けては船出を遅らせようとしたものの、若い水夫らは、二列に並んで、逞しい胸に櫂を引きつけ、一定の間隔で海面を打ちつつ、海原を切り裂いていった。アルキュオネは、涙に濡れた目を上げ、反り返る船の艫に立って、手を振りながら、自分に〔別れの〕合図を送っている夫を、身を乗り出して眺めやり、自分もまた別れの合図を送った。船が陸から益々遠ざかり、夫の顔が、もう見分けがつかなくなっても、できる限り、去りゆく船を目で追った。その船体も、

距離の遠さで視界から奪われて、ほとんど見えなくなったが、
それでも、帆柱の先端で、はためく帆を、彼女は眺め続けた。しかし、
その帆も見えなくなると、不安の内に、共寝する夫のいない寝台に急ぎ、
その寝台の上に身を投げた。寝室と寝台は、改めてアルキュオネの涙を
誘った。自分から、どのような部分がなくなったのか、思い起こさせたからだ。　470
　一行は既に港を出て、海原を行く船の索具を、吹く風が揺らしていた。
船乗りたちは、〔引き上げて〕宙に浮かせた櫂を船縁（ふなべり）にもたせ掛け、
帆桁を帆柱の天辺（てっぺん）にまで上げて、〔巻いて畳んでいた〕帆を
帆柱一杯に下ろして〔帆を張り〕、追い風を受け止めた。
船は航路の半ば手前か、或いは、少なくともまだ半ばは過ぎていない海原を
切り裂き進んでおり、〔出発地、目的地〕いずれの陸地からも遠く離れていた。
その時のことだった、闇の夜も迫ろうという頃、海は、膨れ上がる白波（しらなみ）で、
一面、真っ白になり始め、吹き降ろす東風は益々激しさを増し始めた。
「高く渡した帆桁を、もう早く下ろせ」、舵取りが
叫んだ、「帆を全部、畳んで、帆柱に縛れ」と。舵取りは　480
そう命じた。だが、激しく吹き付ける逆風に、その命令も掻き消され、
咆哮する怒濤の所為で、声など一切、聞き取れなかった。だが、
それでも自発的に、ある者は大急ぎで櫂を取り込み、ある者は船腹の

櫂穴(かいあな)を塞ぎ、ある者は、風を受けないように帆を畳んだ。浸水した水を汲み出し、
海水を汲んでは海に戻す者もいれば、帆桁を素早く引き下ろす者もいる。
何の統制もなく、こうしたことが行われている間にも、激しい嵐は
勢いを増し、暴風があらゆる方角から
戦いを仕掛けて、狂乱の怒濤を逆巻かせた。　490
他ならぬ舵取りが怯え、どのような状況にあるのか、どうしろと指示すべきか、
どうしてはならぬと指示すべきか、自分にも分からない、と本音を漏らした。
困難はそれほど酷く、それほど人知を超えたものだったのだ。
如何にも、水夫(かこ)たちの叫喚が響き渡り、索具は唸りを上げ、
激しく荒れる海は大波を立てて船に襲い掛かり、空には雷鳴が轟いていた。
海は大波を立てて聳(そそ)り立ち、天にも届いて、
飛沫(しぶき)をあげ、空覆う黒雲をも摩(ま)する勢いであった。
また、海原は水底(みなそこ)から黄色い砂を巻き上げ、砂と同じ
黄色に染まるかと思えば、また、ステュクスの河水よりもどす黒くなり、
また、時に平らな水面を見せて、激しく騒(ざわ)めく泡で白くなりもする。　500
トラキスの船そのものも、海原の、その同じ変転に翻弄され、
高く持ち上げられて、恰(あたか)も山の頂から
千尋(せんじん)の谷底、地獄のアケロンを見下ろしているかに思われれば、また、

渦巻く波の底に突き落とされ、逆巻く波に取り囲まれる時には、
地獄の深淵から天空を見上げているかと思われた。
船は怒濤に船腹を撃たれて轟音を立てているが、
怒濤の衝撃は、鉄の破城槌や〔岩石飛ばす〕弩砲*が
城塞を粉々に破壊する威力に勝るとも劣らなかった。
〔強暴な獅子は、突進することで勢いを増し、真っ向から
〔狩人の〕武具や突き出された槍に向かって襲い掛かるが、
まさにそのように、波浪も、吹き荒ぶ風に掻き立てられて、
船の上方に向かって襲い掛かり、遥かにそれより高くなった。〕
既に、〔打ち込まれた〕楔が緩み、蠟〔と瀝青〕の被膜が剝がれて、
隙間が露わになり、致命的な海水が入り込む道を作っていた。
すると、見よ、雲が、堰を切り、車軸を流すが如き雨を降らせた。
全天が海に落ちてくるかと思われ、
海が膨れ上がって、天空へと昇っていくかと思われたことだろう。
猛烈な雨で帆はずぶ濡れになり、空から降る雨水と、飛沫を上げる
海水とが入り混じって、文目も分かぬ有様であった。空には星明かりなどなく、
嵐の晦冥と夜本来の暗闇とで漆黒の、夜の闇が船を覆っていた。だが、
雷火が、その漆黒の闇を劈き、た走る稲妻が光を与えて、

降り注ぐ雨は、その稲光で赤々と染まるのだ。
早や、既に、怒濤が、空ろな船倉の中にどっと躍り込んできた。
そして、喩えれば、軍勢の誰よりも優れた兵士が、
守備を固めた都の城壁に何度も挑み掛かった末、
遂に念願を叶えて、誉（ほまれ）への情熱に煽られるままに、
幾千の兵士らの中で、唯一人、城壁を乗り越える、
まさにそのように、九度目の怒濤が高い船腹に打ちつけた後、
530 それらより遥かに高くそそり立つ、凄まじい威力の十番波*が襲いかかり、
痛手を負った船への攻撃の手を休めず、
遂には船を、言わば攻落（こうらく）し、その城壁を乗り越えたのだ。
それ故、波の一部はまだ船外から侵入を試みているが、一部は
既に船内に入り込んでいた。船上の誰もが恐怖で震えるその様（さま）は、外側で
敵勢の一部が城壁を突き崩そうとし、内側にも既に城壁を占拠している
敵勢がいる時、恐れ戦く（おののく）のが常の、〔戦時の〕都の住人そのままであった。
人知は尽き、意気は阻喪した。押し寄せる怒濤の数だけの
「死」が襲いかかり、突入してくるようであった。
涙を抑えられぬ者もいれば、茫然と立ちすくむ者もおり、また、
540 埋葬されることになる者は幸せだと叫ぶ者もいれば、神に祈願して、

550

視界から消えた空に向かって両の手を掲げ、お助けを、と甲斐なく
乞う者もいる。兄弟や親の顔を思い浮かべる者、
子供たちが待つ我が家や、後にしてきた何もかもが脳裏を掠める者もいる。
ケユクスの心に浮かぶのはアルキュオネだった。その口の端(は)に上(のぼ)るのは、
他ならぬアルキュオネの名だけ。彼は一人アルキュオネのみを思慕したが、
それでも、そこに彼女がいないことを、彼は喜んだ。祖国の岸辺も
振り返り見て、最後の一瞥を我が家に投げかけたいとも思ったが、それが
どの方角にあるのか、知らなかった。海は、それほど激しく渦を巻いて、
沸き立ち、漆黒の雲の現出する暗影(あんえい)が一面を覆い尽くして、
空は悉く視界から消え、夜の闇は二倍深い闇となっていた。
雨混じりの旋風に撃たれて、帆柱が折れ、
舵も砕かれた。怒濤は、恰も勝利者の如く、戦利の品で意気揚々と、
勝ち誇って仁王立ちし、弧を描いて、他の波を見下ろしている。
怒濤は、己の重量と速度と相まって、真っ逆さまに激しく落ちかかり、
船を海底深く沈めたが、その衝撃は、アトスとピンドス、二つの山を
根こそぎ引き抜き、二つながら大海原に投げ込んだ時のそれに
勝るとも劣らないであろう。乗組員の大部分は、船諸共(もろとも)、
激しい渦に巻き込まれて沈み、二度と再び大気の中に戻ることなく、

560
己の定めを辿り終えた。ばらばらになった船体の残骸や破片に
しがみついている者もいる。ケユクス自身、常々、王笏を握っていたその手で
船の残骸にしがみつきながら、義父〔の風神アイオロス〕や父〔明けの明星（ルキフェル）〕の名を、
哀しいかな、甲斐なく呼んだが、波間に浮かぶその彼の口の端に、誰よりも
多く上（のぼ）ったのは、妻アルキュオネの名であった。彼は妻のことを思い浮かべ、
妻の名を何度も呼び、波が自分の遺体を彼女の目の前に運んでくれ、
愛する妻が亡骸となった自分をその手で埋葬してくれれば、と念じた。
ケユクスは、泳ぎながら、波が口を開（ひら）くのを許してくれる度（たび）にその場にいない
アルキュオネの名を呼び続け、波に呑まれても、尚その名を呟いていた。
すると、見よ、騒ぐ波の真ん中に、鯨波が、他の波の上高く、弓形（ゆみなり）に聳（そそ）り立った
570
かと思うと、逆巻き砕け、砕け散った波間にケユクスの頭を沈めて覆い隠した。
その日の朝、〔父親の〕明けの明星（ルキフェル）は暗い表情で、
明けの明星（ルキフェル）と分からない姿をしていたが、空から離れるのは
許されないことであったため、その面（おもて）を厚い雲で覆った。
　その間（かん）、アイオロスの娘は、これほど大きな不幸のことなど露知らず、
過ごす夜を指折り数えて、早や、夫に着てもらおうと、夫の服を急いで仕上げ、
早や、夫が家に戻った時に自分が着る服を、急いで縫い上げようとしながら、
夫は必ず戻ると、今となっては空しい期待を、自分に言い聞かせていた。

彼女は天なる神々に敬虔な香を供えていたが、
どの神よりも〔婚姻を司る〕ユノー女神を崇めて、その社（やしろ）に詣で、
今ではこの世にいない夫のために、祭壇の前にやって来ては、
祈ったものであった、夫が無事でありますように、家に戻れますように、　580
そして、夫が自分より大切に思う女（ひと）など現れませんように、と。だが、彼女の
多くの祈願の内、成就して、彼女が手にできた祈願は最後のそれだけであった。
　一方、女神のほうは、既に身罷（みまか）った者の無事を願う祈りを受けることに、最早
これ以上耐えられず、自分の祭壇から痛ましい〔祈願の〕手を遠ざけるため、
こう語りかけた、「わが言葉の忠実この上ない伝令役を務めてくれるお前、
わが娘（こ）イリスや、急いで、眠りの神（ソムヌス）の、眠りを誘う館を訪（おとな）い、
今は亡きケユクスの霊がアルキュオネの夢に現れ、アルキュオネに
起きた禍を、有りのままに語って聞かせるようにしてほしいと伝えなさい」と。
女神はそう言った。〔虹の女神〕イリスは千の色の輝く衣装を身に纏うと、
大空に弓形（ゆみなり）の弧を描きながら、
命じられた王の、雲間に隠れた館を目指した。　590
　キンメリオイ人*の地の近くに、空ろな山があり、そこに奥行きの深い
洞窟があった。物臭（ものぐさ）な眠りの神（ソムヌス）の奥処（おくか）の館で、
ここには、陽が、昇る時も、中天にある時も、沈む時も

射すことはなかった。辺りは、大地の洞から噴き出る
陰気の混じった靄が立ち込め、朧な夜陰に覆われている。
そこでは、鶏冠のある、夜番の鶏が鶏鳴で〔夜明けを告げ知らせて〕
曙の女神を呼び出すこともなく、油断なく見張る犬たちや、その犬たちより
敏感な鵞鳥*が、けたたましい鳴き声で〔夜の〕静寂を破ることもない。
また、そこには、獣も家畜もおらず、風に戦ぐ木の葉の　600
葉擦れの音も、喧しい人声も聞かれなかった。
森閑とした静寂が支配していた。だが、岩窟の底からは
忘却の川が流れ出、その川を辿って、瀬音を立て、
さらさらと砂の音を響かせて流れる河水が眠りを誘っている。
洞窟の入り口の前には、一面に罌粟*の花が咲き乱れ、
無数の草葉が生い茂っている。それらの液汁から、露に濡れた「夜」が
眠りを集め、夜の闇に包まれる大地に振りまくのだ。
蝶番が回って軋む音を立てないよう、館中、どこを探しても、
入り口というものがなく、入り口を見張る門番も一人もいない。
一方、洞窟の真ん中に、黒檀で造られた高い寝台が置かれており、羽毛の　610
布団を敷いた黒色の寝台で、やはり黒っぽい布団がその上に掛けられている。
その寝台に、当の眠りの神が気怠さで手足をだらりと伸ばして寝転がっていた。

神の周りには、至る所に、千変万化の姿形（すがたかたち）を再現した
「夢」の幻影が横たわっていたが、その数の多さは、実りの麦の穂か、
森に生える木の葉か、はたまた浜に広がる真砂（まさご）の数にも匹敵しようか。
　処女神〔イリス〕は、その洞窟の中に入っていき、邪魔になる
「夢」の幻影を手で押しのけるや、女神の着る衣服の輝きで、聖なる
館がぱっと明るく照らされた。眠りの神（ソムヌス）は、気怠（けだる）い重たさで閉じられた
瞼を上げかね、起き上がろうとして、何度も何度も再び倒れ込み、
620 こくりこくりする顎の先端で、胸の上端、喉首辺りを打っていたが、
漸（ようや）く、自分から自分〔である眠り〕を振り払って、肘をついて身を起こすと、
何の用件かと――女神だと分かったからだが――尋ねた。すると、女神は答えた、
「眠りの神様（ソムヌス）、万物の安らぎよ、眠りの神様（ソムヌス）、神様方の中で最も静謐な神よ、
心の平安よ、心配事を退散させ、辛い仕事に疲れた身体を癒し、
再び労苦に立ち向かえるようにして下さるあなた様、現実の
姿形を写し、本物そっくりに再現する『夢』に、ヘラクレス縁（ゆかり）の地トラキスの、
アルキュオネの許を訪れるようお命じ下さい、〔夫の〕王の姿を取らせてです。
そうして、難破の様（さま）を、そのままに再現するようにさせて下さい。
これはユノー様のご命令です」。イリスはそう伝えて、役目を果たし終えると、
630 洞窟を後にした。眠気の誘惑を、これ以上我慢できなかったからだ。

640

手足に眠気が忍び込むのを感じ取るや、そそくさと逃げ出し、つい先ほど、それを通って降りてきた虹の架け橋を再び辿り、〔天界に〕戻っていった。

　さて、父神〔の眠りの神〕は、夥しくいる一群の息子たちの中から、姿形を模倣する匠のモルペウスを*呼び起こした。人の歩き方にしろ、顔付きにしろ、声色にしろ、彼以上に巧妙に真似できる者は他に誰もおらず、加えて、モルペウスは、その人物の衣装も、普段、頻繁に現れる口癖も真似できた。しかし、彼が真似するのは人間に限られており、獣になったり、鳥になったり、長い胴体の蛇になったりする息子は他にいた。その彼を、神々はイケロスと呼び、人間の大衆はポベトルと呼んでいる。また、異なる技をもつ第三の息子、パンタソスもいる。彼は土や石や水や木など、無生物なら、何にでも変身し、人を欺くことができるのだ。中には、夜、王たちや将軍たちだけに変装した顔を見せるのを常とする者もいれば、民衆や平民の間だけを回って姿を現す者もいる。老神の眠りの神は、こうした息子たちは放っておき、兄弟皆の中から唯一人、モルペウスを、「驚異」の娘〔イリス〕の命を実行させる者として選んだ後、再び甘露な気怠さで力の抜けた状態になると、頭を横たえ、高い寝台に身を埋めた。
　モルペウスは音を立てない翼を羽搏かせて、闇の中を　650
翔り、僅かな時間の内に、ハイモニア〔テッサリアの雅称〕の
都に到着して、体から翼を外すと、
変身して、ケユクスの顔を真似ると、姿もケユクスのそれとなり、
死者をそっくりそのまま真似て、一糸も纏わず、全身蒼白の姿で、
可哀そうな妻の寝台の前に佇んだ。男性の髭は濡れており、
びしょ濡れの髪の毛からは水が、だらだら垂れている風であった。
それから、寝台の上に身を屈め、流す涙を妻の顔に注ぎながら、
こう言った、「私が、誰よりも可哀そうな妻よ、ケユクスだと分かるか。
死んで、私の顔は変わり果てたか。さあ、よく見るのだ。悟る筈だ、
私が、夫になり代わって現れた夫の亡霊だと、分かる筈だ。　660
アルキュオネよ、お前の願掛けも何の役にも立たなかったという訳だ。
私は身罷った。どうか、私が戻るという空しい希望はもたないでくれ。
黒雲を伴う南風がアイゲウスの海〔エーゲ海〕で我らの船に
襲い掛かり、激しく風を吹き付けて船を翻弄し、打ち砕き、
空しくお前の名を呼ぶ私の口を激浪が塞いでしまったのだ。
これを告げ知らせているのは、どこの誰か分からぬ使者ではないし、

670　お前が耳にしている、この話は、人の口の端から口の端に渡り歩く噂でもない。
難破した当人の私が、お前の夢枕に立ち、わが悲運を語っているのだ。
さあ、起きて、涙を流してくれ。喪服に身を包み、私を、
親しい者に嘆かれぬまま、あの世のタルタロスへ送らないでくれ」。
モルペウスは、これらの言葉に、彼女が夫のそれだと信じられる
声色も付け加えたし――更に、流す涙も間違いなく真実のものと
思われた――、その手の動きは、正しくケユクスの手ぶりそのままであった。
アルキュオネは涙を流しながら嗚咽を漏らすと、
夢の中で両の腕を動かし、夫の身体を弄ろうとして、空を掻き抱き、
叫んだ、「待って。どこへ行こうというの。行くのなら、私も一緒に」と。
その自分の声と夫の姿に動揺し、眠気を払うと、まず初めに、
つい今しがた夫の姿を見たその場所に、夫がいるか、と辺りを
見回してみた。というのも、彼女の叫び声に驚いた召使いたちが灯火を手にして
680　寝室に入ってきていたからだ。夫がどこにも見つからないと分かると、
アルキュオネは自分の頬を手で打ち、寝間着を引き裂いて胸を露にして、
他ならぬその胸を打ち、束ねた髪を解こうとするのではなく、
引き毟り、嘆きの理由は何かと尋ねる乳母に、こう言った、
「もうアルキュオネはいないの。もういないの。愛する夫ケユクス様と一緒に、

もう死んでしまったの。お願い、慰めの言葉なんかかけないで。ケユクス様は難破して、死んでおしまいになったの。この目で見て、あの人だと分かり、去っていこうとされるあの人を止めようとして、両の手を差し伸べました。亡霊だったのです。でも、亡霊とはいえ、この目にはっきりと見え、紛れもなくわが夫の亡霊でした。確かに、よく見てみれば、いつものお顔立ちではなく、以前のように、そのお顔に輝きは見られませんでした。不幸にも、私が目にしたのは、蒼白で、素裸で、髪の毛がびしょ濡れのままの、あの方でした。可哀そうなお姿で、あの方が立っておられたのが、ほら、690丁度そこよ」。そう言って、彼女は、何か跡が残っていないか、探した。「これが、これが、心に不吉な予感を覚えて、私が恐れていたこと。私から逃げ出して、風に帆を託すようなことはしないで、とお願いしたのに。私から去っていき、命を落とす羽目になったのですから、私も一緒に連れていってほしかった。一緒に行くことができていれば、私には、どんなにか有難かったたか。なら、人生の片時もあなたと離れ離れになることがなかったし、別々に死を迎えるようなこともなかったでしょうから。でも、そうはならず、私は、遠く離れて滅び、遠く離れて波に翻弄されています。700私を、私がいないまま、海が支配しています。*私の心は、他ならぬ海よりも情け知らずということになりましょう、私がこれ以上長生きしようとし、

720　710

これほどの苦しみに打ち勝とうなどと努めたりすれば。いいえ、私には、生に執着する積りも、誰よりも気の毒な方、あなたを一人にする積りもない。さあ、今、せめて連れとしてあなたの許に向かいます。一つの骨壺ならずとも、墓の墓標が私たちを結び付けてくれましょう。骨となった私が骨となったあなたの傍らに安らわずとも、刻んで貰うのです、あなたの名の傍らに、私の名を」。悲痛が、それ以上語るのを押し止めた。彼女はひと言漏らす度に〔悲嘆の〕胸を打ち、驚愕に打ちのめされたその胸からは、嗚咽が漏れ出た。

朝になった。アルキュオネは家を出ると、浜辺の、あの悲しみの場所を再び目指した。夫が出かけていくのを見送った浜辺だ。そこに留まって、「あの人が纜を解いたのが、ここだった。去り行くあの人が口づけをしてくれたのが、この浜辺」と独り言ち、その場所での出来事を思い返しながら、海のほうを眺めやっている内に、遠く離れた漂う波間に、はっきりとは分からないが、何やら亡骸のようなものが浮かんでいるのが眺められた。初めは、何かしら、と不思議に思った。しかし、波に寄せられて、少しばかり近づき、まだ距離はあったものの、亡骸であることがはっきり分かった。誰であるかは、まだ分からなかったが、難破した人ということで、不吉な予感に胸騒ぎがし、知らない人であるかのように、涙を流しつつ、言った、「ああ、可哀そうな方、

730

あなたが誰にしろ。また、あなたに誰か奥様がいらっしゃるのなら、奥様も」と。
亡骸は波に運ばれて、更に近づいてきた。じっと見詰めれば見詰めるほど、
彼女は冷静さを失っていった。亡骸は浜辺のすぐ傍まで
運ばれてきた。彼女は、もうそれとはっきり分かるものを
認めた。夫だった。「あの人だわ」。彼女は、そう叫ぶと、顔も
髪の毛も服も、何構わず引っ掻き、震える手をケユクスの亡骸に向けて
差し伸べながら、言った、「こんな風に、ああ、最愛の夫のあなた、
こんな風にして、あなたは私の許に戻ってこられたのね」と。波打ち際に
人工の防波堤があった。打ち寄せる怒濤を最初に
砕き、海水の浸入の勢いを削ぐものだ。
彼女はそこに飛び乗った。そうできたのが不思議だった。飛んでいたのだ。
彼女は、今生え出たばかりの翼で、軽い大気を撃ちながら、
可哀そうにも、鳥となって、波頭（なみがしら）を掠めるように飛んでいたのだ。
中空を飛んでいる間、細い嘴（くちばし）を触れ合わせて、その口は、
まるで哀悼する人のような声、不満に満ちた鳴き声を発していた。
しかし、物言わぬ、血の気の失せた亡骸に触れると、
生え出たばかりの翼で愛する夫の肢体を包み込み、
堅い嘴で、今となっては甲斐のない、冷たい口づけをしてみるのだった。

740

それをケユクスが感じ取ったのか、それとも波に揺られて顔を
持ち上げたように見えただけなのか、誰にも分からなかった。だが、彼は
感じ取っていたのだ。やがて、遂に神々がこれを憐れみ給い、二人共
鳥〔翡翠〕に変身した。同じ定めを共有し、
鳥となった今も、愛は昔と変わらぬまま残り、夫婦の契りは
破られることなく続いた。二匹は番い、親となって、
冬の季節、海が凪ぐ七日間、
アルキュオネは、海に浮かぶ巣で、雛を孵している。
この期間、波は治まり、海は凪ぐ。〔父の風神〕アイオロスが風を閉じ込めて、
檻から出ていくのを抑え、孫たちのために海を静かに保つからだ。*

750

この二羽の鳥が広い海原の上を並んで飛んでいるのを、ある老人が
眺めて、愛を、終始変わらず守り続けていることを褒め称えた。
傍にいた者が、ひょっとして同じ老人だったかもしれないが、こう言った、
「ほら、あそこ、海の上を急いで飛んでいる、脚の細い鳥が
見えるだろう――頸長の潜鳥〔＝阿比〕を指し示しながら、そう言った――、
あれも王家の末裔で、あの人物までの、途切れない
家系を辿っていけば、その先祖は
イロス*、アッサラコス、ユピテルに攫われたガニュメデス、

更に老ラオメドン、そして最後の秋(とき)を迎えるトロイアの王である
定めだったプリアモスだ。あの人物は〔その子〕ヘクトルの兄弟なのだ。
彼が、若い盛りの初めに、新奇な運命に遭遇していなかったなら、
恐らくヘクトルのそれにも劣らぬ名声を得ていたであろう。
760
ヘクトルのほうは、デュマス*の娘〔ヘカベ〕が母親だが、
アイサコスのほうは、言い伝えでは、双角(そうかく)の〔河神〕グラニコスの娘〔のニンフ〕
アレクシロエ*が陰深いイデの山の麓で密かに産んだという。
このアイサコスは都会や煌(きら)びやかな王宮から遠ざかり、
人気(ひとけ)なき山や、栄達とは無縁の田野を愛し、
〔王城〕イリオン〔トロイアの雅称〕での集まりに出かけることも稀であった。
とはいえ、その心は粗野でも、愛を受け付けぬものでもなく、
屢々、〔ニンフの〕ヘスペリエを捕まえ〔て物にし〕ようと、森という森を
探し求めて歩いたものだが、或る時、彼女が〔父親の河神〕ケブレンの川岸で、
770
髪の毛を肩の上に垂らして、日差しで乾かしているのを目にした。
姿を見られたニンフは逃げ出した。これを喩えれば、恰も、褐色の狼を見て
驚き、逃げ出す雌鹿か、はたまた、遠く上空から襲いかかられて、湖を後にし、
鷹から逃げ出す、水辺を好む鴨のよう。トロイアの英雄は、ニンフの
後を追い、恐れで素早く逃げるニンフを、愛に駆られて素早く追いかける。

その時、見よ、草葉に隠れていた一匹の蛇が鉤なりの牙で逃げるニンフの
足を嚙み、乙女の体内に毒を残した。命絶えると同時に、逃走も阻まれた。
アイサコスは、狂ったように、命なきニンフを掻き抱き、こう叫んだ、
『やめておけばよかった、やめておけば、追いかけるのを。が、こうなるとは
思ってもみなかった。これほどの代償を払ってまで、勝ち取る勝利ではなかった。
僕たち両方が可愛そうな君から命を奪ったのだ。致命の傷を与えたのは蛇、
その因を作ったのは僕。僕のほうがあの蛇よりも罪深い、
僕が死ぬことで、君を慰める手向けとしないのなら』。
そう言うと、アイサコスは、波騒ぐ海がその下を浸食していた懸崖から
海へと身を投げた。〔海の女神〕テテュスが、落ちてゆく彼を
優しく受け止めて、海原を漂う彼の身体を羽根で覆ってやった。
こうして、彼は、望んだ死の機会を与えられなかったのだ。
ニンフを愛したアイサコスは、不本意に生きることを強いられ、
悲しみの場所から離れたいと願う心を邪魔されたのを憤り、
両肩に生え出た新たな翼を手にすると、
空中に舞い上がり、再び上空から降下して海面へと飛び込んだ。
だが、羽毛が落下の衝撃を抑えた。アイサコスは怒り狂い、海底めがけて
真っ逆さまに潜っていき、死への道を際限なく試み続けているのだ。

780

790

〔悲恋の〕愛の苦悩で体は痩せ細った。脚は関節と関節の間が長く、頸は元通り長い儘（まま）で、頭は胴からかなり離れている。その鳥は、海を好み、海に『潜（かず）く〔mergitur〕』という理由で、その名〔潜鳥（かずくとり）*(mergus)〕を得ているのだ」。

訳注

一　オルペウスの最期を語る以下の物語の出典は、はっきりしない。アポッロドロス（一・三・二）には「マイナデス〔バッコスの信女たちで、「狂女たち」の意〕に殺され、ピエリア〔オリュンポス山山麓の、ムーサたちの生誕の地にして聖地〕に埋葬された」としか語られていない。パウサニアス（九・三〇・五以下）には、オルペウスが男たちを説得して連れ回ったためにトラキアの女たちに殺された、神々の秘奥を人々に明かしたために雷に打たれて死んだ、エウリュディケを失って自殺したなど、オルペウスが命を落とした理由あるいは原因がいくつか記されており、種々の伝があったと思われるが、オウィディウスの話形に繋がるようなものは見当たらない。琴座になったオルペウスの竪琴（lyra）の経緯を述べたヒュギヌスの伝（『天文譜』二・七・一以下）には、冥界に下った時に歌った神々の子たちの歌でバッコスのことを歌い忘れてしまったために、あるいはバッコスの秘儀を見たために、バッコスが怒って女信者たちをけしかけ、オルペウスを殺させたという伝の他に、別伝が二つ、記されている。一つは、アドニスをめぐるウェヌスとプロセルピナの争い（第一〇巻五一三行注参照）で、ユピテルは裁定をオルペウスの母親カッリオペ（ムーサたちの一柱）に委ね、カッリオペが「半年ずつ」という裁定をしたのに怒ったウェヌスがトラキアの女たちにオルペウスへの愛を覚えさせ、女たちが愛を拒まれてオルペウスを八つ裂きにしたというもの。もう一つは、オルペウスが最初にいわゆる少年愛を好んだため、女を蔑んでいると思われて殺されたというもの。「女たちの愛を拒む、あるいは忌避する」というモチーフ、「同性愛＝少年愛」のモチーフを二つながらそなえているオウィディウスの話形は、この二つの伝を融合させたもののように思われる。さらに遡った出典については、ストバイオスの『詞華集（*Florilegium*）』中の「アプロディテへの非難（Psogos Aphrodites）」一四（*Ioannis Stobaei Florilegium*, recognovit Augustus Meineke, Vol. 1, Leipzig: Teubner, 1855, S. 386-387 参照）に抜粋が残されている、ヘレニズム期のエレゲイア詩人パノクレスの詩に遡るのではないかとされる。そこでは、オルペウスが「トラキア人たちの間で最初に男性への愛を（erotas arrenas）教え、女性への愛を称えなかった（oude pothous e(i)nese thelyteron）ために」、ビストニア（＝トラキア）の女たちがオルペウスを殺してしまったとある。

七　「神杖（テュルソス）」については、第三巻五四二行注参照。

六三　ギリシア語でエリュシオン（・ペディオン）（Elysion (pedion)）、ラテン語で Elysium もしくは Campi Elysii（仏語に入って Champs-Elysées（シャン＝ゼリゼ）となる）、ホメロス『オデュッセイア』（四・五六三以下）では世界の西の涯（はて）の野、ヘシオドス（『仕事と日』一七二）ではオケアノスの岸辺の「浄福人々の島々（macaron nesoi）」とされ、優れた人々、のちには善良な人々の魂が死後を過ごすとされた、いわば西方浄土（さいほう）あるいは極楽浄土。

六七　「解放者」の意で、バッコス（ディオニュソス）の異名。本巻一〇四行注参照。

七二　「〔そこまで追跡した〕その場所で」とする解釈もある。

八九　シレノスについては、第四巻二六行注参照。また、次注も参照。

九一　この「花環で縛って（vinctumque coronis）」という表現は、やはり二人の若い牧人がシレノスを捕えて、知識豊かな歌を聴かせてもらおうとする情景と、その歌を叙したウェルギリウスの『牧歌』（六・一九）の「花環の枷で縛めて（iniciunt ipsis ex vincula sertis）」を踏まえたもの。

九二　以下に述べられる「王様の耳はロバの耳」や、触れるものがことごとく黄金に変わる、いわゆる「ミダス・タッチ」のエピソードで名高い、小アジアのプリュギアの王。ミダスにまつわる話でもう一つ名高いものに、「シレノスの知恵」と言われるものがある。シレノスは、ウェルギリウスの『牧歌』第六歌（前注参照）に示されているように、ケンタウロスのひとりであるケイロン（第二巻八一行注参照）と同様、賢者、知者と見なされた。捕えたそのシレノスからミダスが生の真理を聞き出そうとしたところ、シレノスの答えは、キケローの表現で言えば「人間にとって生まれないことがはるかにまさって最善、次善はできるかぎり早く死ぬこと」（『トゥスクルム荘対談集』一・一一四）であった。これは「シレノスの知恵」として、古くはテオグニス（『エレゲイア詩集』断片四二五―四二八）、ソポクレス（『コロノスのオイディプス』一二二五―一二三八）、アリストテレス（『エウデモス倫理学』断片四四（Rose）＝プルタルコス『アポロニオスへの慰めの手紙』二七）などによって繰り返し取り上げられてきたもの。

九三 エウモルポスは、ポセイドンの子で、トラキア王。デメテル（ケレス）が秘儀（orgia）を教えた一人と言い（『ホメロス風賛歌』二（「デメテル賛歌」）・四七五以下参照）、エレウシスの秘儀の神官職を代々務めたエウモルピダイの祖。一方、オルペウスが（ディオニュソスの）秘儀（mysteria あるいは orgia あるいは teletai という語が用いられるが、これは秘儀、狂躁的儀式、神秘的儀礼などの意）を教えたという伝は、多くの作家、詩人が伝えている（エウリピデス『レーソス』九四三以下、アリストパネス『蛙』一〇三二、パウサニアス二・三〇・二、九・三〇・四、一〇・七・二、アポッロドロス一・三・二、ディオドロス・シケリオテス一・二三・一以下など）。

九九 後四世紀の護教作家ユリウス・フィルミクス・マテルヌスは、八つ裂きにされて食われたザグレウスをディオニュソスとして蘇らせた出来事（この点については、第三巻三一七行注、第六巻一一四行注参照）を叙したくだり（『世俗的宗教の誤謬について（*De errore profanarum religionum*）』六・四）で、こう言っている。「ユピテルは、墓の代わりに神殿を建てると、少年〔＝ディオニュソス・ザグレウス〕の教師（paedagogus）を神官（sacerdos）にした。その神官の名は、シレヌス〔シレノス〕であった」。

一〇四 Liber（「自由な者」あるいは「自由にする者」の意）。同義のギリシア語で、バッコスの異名の一つ

Eleutheriosに対応する。
二四　黄金の実のなる林檎の木のこと。第九巻一八三行注（ヘラクレスの第十一の難行）参照。
二七　青銅の塔に幽閉されていたダナエを見初めたユピテルは、黄金の雨となって忍び込み、ダナエと交わってペルセウスを産む。第四巻六一〇行注参照。
三三　バッコスの異称の一。第四巻一四参照。
一三七　砂金で名高いパクトロス川。以下は、一種のその縁起譚。
一五三　底本どおりcarmina（（自分の）歌）で読む。
一五四　「軽い歌（leve carmn）」については、第一〇巻一五〇行注参照。
一九一　穴を掘った、王の理髪をした召使いのこと。
一九五　ヘッレスポントス。現在のダーダネルス海峡のこと。第七巻七行注参照。
一九六　ゼウスとエレクトラ（プレイアデスの一人）の子で、トロイア王家の始祖ダルダノスから数えて五代目の子。トロイア戦時のトロイア王プリアモスの父にあたる。トロイア王家の王の系譜を記せば、ダルダノス→エリクトニオス→トロス→イロス→ラオメドン→プリアモスとなる。以下に言われているように、トロイアの城壁を初めて築いたが、偽誓の王という芳しからぬ名をとどめた。アポッロドロス二・五・九参照。なお、ダルダノスの妻となったバテイアもしくはバティエイアとその父親テウクロスについては、第一三巻七〇五行注参照。
一九八　「あらゆる予兆を送るゼウス（Zeus panomphaios）」の祭壇。ホメロス『イリアス』八・二四九以下、ヘシオドス断片一五〇・一二（Merkelbach-West）など参照。
二二八　ペレウスの父アイアコスは、ユピテルとアイギナの子。したがって、「祖父」はユピテルを指す。第六巻一一三行注参照。
二二八　妻テティスの父親の海神ネレウス。

二三〇　女神が人間の男と愛を交わした例は、ウェヌスとアンキセス、アウロラとティトノスなど多数あり、オウィディウスもそれに言及している（第九巻四二一以下など。また、ホメロス『オデュッセイア』五・一一八以下も参照）。しかし、ウェヌスにはウルカヌスという夫がおり（第四巻一七三参照）、アウロラにはアストライオスという夫がいる（第七巻七一八―七一九、七一九行注参照）。ユピテルやネプトゥヌスが結婚を望んだものの断念し（理由は生まれてくる子が父を凌ぐとされたため）、ペレウスと正式に結婚したテティスのみ、ペレウス以外に夫がいないということである。ちなみに、ペレウスとテティスの結婚式にユピテルは争いの女神エリスだけは招待しなかったため、エリスは腹いせに「最も美しい女神に」と銘打った黄金の林檎を式場に投げ入れた。ユノー（ヘラ）、ウェヌス（アプロディテ）、アテナの三女神がこれを求めて争い、いわゆる「美の審判」の裁定がトロイアのパリスに委ねられて、絶世の美女（ヘレネ）を与えるという賄賂に負けたパリスがウェヌスに林檎を与えたことが、のちのトロイア戦争のそもそもの発端となったという（アポッロドロス『摘要』三・二、ヒュギヌス九二など）。

二三一　第八巻七三一行注参照。

二三三　Tarrant の底本の fortibus actis で読む。

二三四　第九巻三三五行注参照。

二四九　変幻自在に姿を変え、あらゆることを知っている海の神プロテウスのこと。第八巻七三一行注参照。カルパトスは、エーゲ海の島。「アイギュプトス〔エジプト〕の神」（ホメロス『オデュッセイア』四・三八五）と言われるプロテウスを「カルパトス縁（ゆかり）の」とするのは、ウェルギリウス（『農耕詩』四・三八七―三八九）に倣ったもの。

二六七　ペレウスの罪については、第七巻六五三行注参照。

二七二　あとで出てくる妻アルキュオネとともに、英語の halcyon days（翡翠（かわせみ）が浮き巣を作り、その間、海が凪ぐと言われる、冬至前後の穏やかな二週間。転じて、平穏な日々、幸せな時代）の縁起譚、由来譚の主人公。

二七五 ミュルミドネス（蟻人間たち）のこと。第七巻六五三行注参照。

二七六 原文の supplice は次行の「手（manu）」にかかっており、「ペレウスは嘆願者（supplex）として手で」という表現を「ペレウスは嘆願（者）の手で」と表現したもの。一種の「提喩（synecdoche）」(Bömer 1969-86)、あるいは「転用語法（enallage）」とも言えるものだが、意味を汲んでこのようにした。

三〇八 メルクリウスの相手を眠らせる「魔力のある杖」については、第一巻六七二行注参照。

三一五 第八巻七三八行注参照。

三一七 オルペウスと同様の伝説的伶人（歌人）。ヘシオドス断片六四（Merkelbach-West）、ヒュギヌス一六一、二〇〇。パウサニアス（一〇・七・二）によれば、アポロの聖地デルポイでの歌の競技（オルペウスは参加するのを潔しとしなかったとされる）の第二回の勝者が、このピランモンだという。

三四三 この行、底本では欄外注に「おそらく削除すべき」とある。

三四四 「何ものにも十分好意的でなく（nulli satis aequus）」の一文は、さまざまな校訂とさまざまな解釈がなされているが、決定的なものはない。Bömer 1969-86 の「どの鳥とも親和しない鳥（niemandem Freund）」あるいは Lafaye の「有害な動物（un animal méchant）」ほどの意か。

三六八 前行の「かっと開けた口（rictus）」にかかる Tarrant の底本の fulmineos ではなく、「狼（lupus）」の述語形となる Anderson の底本の fulmineus で読む。

三八一 「ネレウスの娘」とは、プサマテのこと。第七巻六五三行注参照。

三九三 原語は focus. これに注して Bömer 1969-86 は、lighthouse (Murphy) であって、「灯明の（あるいは光の）竈、炉（foyer de lumière）」(Lafaye)、あるいは「竈、炉（Herd）」(Breitenbach) ではないとする。

四一四 追い剝ぎを生業とした、テッサリア南部の部族プレギュアイ人を率いた首領。「誰よりも大柄で、凶暴なために」首領となり、デルポイに向かう旅人を捕えては拳闘や格闘技、円盤投げなど種々の競技を挑み、負かすと首を刎ねて木に吊るしていたが、アポロが「少年」に扮して拳闘を挑み、これを殺して退治したという。『イリアス古注』二三・六六〇。大ピロストラトス（＝レムノスのピロストラトス）の『肖像（*Eikones*）』（*Imagines*）二・一九（「ポルバス」の項）に詳しい記述がある。

四一八　前行からの「黄楊〔…〕蒼白」という表現については、第四巻一三五行注参照。

四三〇　ヒッポテスの系譜は、デウカリオンとピュッラ（大洪水後の二人の物語が、第一巻三一三以下で語られていた）の子の一人ミマスに遡る。ミマスの子がヒッポテス（ディオドロス・シケリオテス四・六七・三、五・七・六）、その子が風の王アイオロス（ホメロス『オデュッセイア』一〇・一―二七、ウェルギリウス『アエネイス』一・五二参照。ただし、デウカリオンのもう一人の子ヘッレン（「ヘッレネス＝ギリシア人」の名祖）の子で、アイオリア地方の王となり、その名祖のアイオロスとしばしば混同される）。アルキュオネは、そのアイオロスの娘。したがって、アイオロスはケユクスの義父にあたる。

五〇八　ballista. 石や鉛玉を飛ばす攻城用の大型の射出器。

五三〇　オウィディウス以前にも知られていたが、「十番波」が最も高く、大きくなるという、このオウィディウスの表象は、ローマの詩、特に叙事詩の定型的表象になっていった。ルカヌス『内乱』五・六七二、ウァレリウス・フラックス『アルゴナウティカ』二・五四、シリウス・イタリクス『プニカ（ポエニ戦記）』一四・一二二など。

五九二　現在のロシア南部を逐われて小アジアに侵入した歴史的なキンメリオイ人（ヘロドトス『歴史』一・一六以下）とは異なり、オケアノスの涯の地で、霧と雲に包まれ、日の差さない闇の中に住むとされた伝説的部族。ホメロス『オデュッセイア』一一・一三以下。

五九九　犬たちより早くけたたましく鳴いて敵襲を報せた鵞鳥については、第二巻五三九行注参照。

六〇五　罌粟の実（いわゆる罌粟坊主）を傷つけて出てくる「多量の罌粟の汁が凝縮され、捏ねられて塊にされ、陰干しして乾燥させたものは、睡眠作用があるだけではなく、度を過ごして飲用すれば、睡眠によって死に至らしめる力さえある。人はこれを阿片（opium）と呼ぶ」（プリニウス『博物誌』二〇・一九九）。

六三四　オウィディウスのみが伝える「眠り（Somnus（＝Hypnos））」の息子。ギリシア語の「象る、造形する（morpheo）」（＜姿、形（morphe））からの造語。以下に出てくる「夢」の息子たちも同様で、イケロスは「似た、類似の（eikeros）」、ポベトルは「恐れ（phobos）をもたらす者（tor）」、パンタソスは「幻影、幻（phantasma あるいは phantasia）」からの造語。

七〇一　夫を愛するアルキュオネの一心同体の思いの発露としての言葉。

七四八　ケユクスとアルキュオネの変身した、翡翠（かわせみ）とされる鳥が海上に浮き巣を作るとされた冬至前の七日間と、その後の七日間。海が凪ぐと信じられた英語の halcyon days. オウィディウスでは「七日間」となっているが（ヒュギヌス六五も同じ）、シモニデスの詩（断片五〇八）を引きつつ「冬至が凪の日々となる冬至前の七日間、あとの七日間は「翡翠の日々（alkyuoneioi hemerai）」と呼ばれる」（アリストテレス『動物誌』五四二b＝五・八・九（Bekker））とアリストテレスの記す「十四日間」が一般的。

七五六　イロス以下、トロイアの代々の王が列挙される。トロイア王家の王の系譜については、本巻一九六行注参照。アッサラコスは、四代目の王イロスの兄弟で、王家では傍系になるが、ローマの始祖アエネアスは、その孫アンキセスの子。ガニュメデスも、四代目の王イロスやアッサラコスの兄弟。第一〇巻一五五行注参照。

七六一　プリュギアの王で、トロイア王プリアモスの后ヘカベ（ヘクバ）の父親。

七六三　母親については、他にアリスベ（アポッロドロス三・一二・五参照）とも言う。

七九五　海鳥と思しきこの鳥について、オウィディウスが具体的にどの鳥を念頭にしているのかは不明。アビ（阿比）、あるいはオオハム（大波武）とも言われるが、おそらく想像上の鳥か。

第二巻

10

　父親のプリアモスは、アイサコスが翼を付けて〔鳥として〕生きていることも
知らずに悲しんでいた。その名を刻んだだけの主なき墓前で、
ヘクトルも、他の兄弟たちと共に、慰霊の供犠を執り行っていた。
その悲しみの弔いに、パリスの姿はなかった。
程なくして、略奪した妻〔ヘレネ〕と共に、長い戦を
祖国にもたらしたのが、この人物である。盟を結んだ幾千の艦船と、
一致団結したペラスゴイ人*の末裔の民族が、その彼らを追った。
激しく吹く風が航海を不能にし、ボイオティアの地が、
出帆しようとする艦船を、魚に富むアウリスの浜辺に釘付けに
していなかったなら、復讐が遅れることはなかっただろう。その浜辺で、
父祖の習い通り、〔ギリシアの軍勢が〕ユピテルへの供犠を行おうとした時、
古寂びた祭壇が、点された火で煌々と輝くや、
ダナオス*の末裔のギリシア人らは、一匹の青黒い蛇が、儀式を始めた場所の
すぐ傍に立っていた鈴懸の木に這い登っていくのを目にした。
木の天辺には、八羽の雛のいる巣があった。
その雛諸共、やがて亡くすことになる雛たちの周りで羽搏く母鳥をも
蛇は捕えると、貪欲なその口で呑み込んでしまった。
誰もが茫然としていたが、真実を予見する予言者、テストル*の子が

言った、「我らは勝利するであろう。喜ぶのだ、ペラスゴイ人の末裔の民よ。
20 トロイアは落ちるであろう。だが、我らの苦難は長引くことになる」。
カルカスはそう言って、九羽の鳥〔の数〕が、即ち戦の続く年数と読み解いた。*
一方、蛇のほうだが、緑葉繁る木の枝に絡みついていたものの、
そのままの姿で石と化し、石には蛇の姿形がそのままに象られていた。
　アオニアの海に吹き付ける北風は、いつまでも激しい儘で、軍勢を運ぶのを
許さなかった。ネプトゥヌスがトロイアを惜しみ、トロイアのことを
慮っている、その城壁を作ったのがこの神だから、と信じる者もいた。*
だが、テストルの子は違った。彼は、処女神〔アルテミス＝ディアナ〕の怒りが*
乙女の血で鎮められねばならないことを知っており、また、そう公言して
憚らなかったからだ。〔国のためという〕公の大義が娘への愛という私情に勝ち、
30 王としての立場が父親としての立場に勝つと、従僕たちが涙を流す中、
純潔の血を流すべく、祭壇の前に、イピゲネイアが佇んだ。伝わる所、
処女神は心を痛め、皆の目を靄で覆って晦ますと、祭祀が行われる中、
儀式の混乱と、祈願の声に紛れて、
ミュケナイの乙女〔イピゲネイア〕を雌鹿にすり替えたという。
こうして、ディアナが、本来しかるべき犠牲獣の血で怒りを鎮めると、
そのポエベ〔ディアナの異称〕の怒りと同時に、海の怒りも治まり、

幾千の艦船は追い風を帆に受け〔て船出し〕、
幾多の艱難を経た後、遂にトロイアの浜辺に辿り着いた。
　世界の真ん中、大地と海と空の領域の
40　中間にあり、丁度、三世界が交わる辺りに、とある場所がある。
そこからは、どこにあるものも、そこから、どれほど遠く離れていようと、
あらゆるものが見渡せ、あらゆる音声が空ろな耳に入ってくる。
その場所を領するのは「噂（ファマ）」で、その一番高い頂に居を構えている。
館に近づく道は無数に付けられ、館にも開けた窓が無数に設けられ、
館の入り口を閉ざす門は一つもない。
昼夜を問わず、開けっ放しなのだ。館は全て高らかに響く青銅でできており、
館全体が喧（かまびす）しい響きに溢れ、声が反復され、耳に入る音が悉（ことごと）く反響している。
館の中には、静寂というものがなく、音のしない一画はどこにもない。
尤も、叫び声はなく、するのは、ひそひそとした囁（ささや）き声だけだ。
50　これを喩えれば、遠くから聞こえてくる潮騒（しおさい）の音か、
はたまた、ユピテルが黒雲（くろくも）を鳴り響かせる時、
〔雷が遠ざかって〕最後に聞こえてくる遠雷のよう。
広間は混雑している。軽〔く実体のな〕い有象無象*が行きつ戻りつし、
虚実、真偽の交々（こもごも）混じる幾千もの「風聞」が、至る所をうろつき回り、

混乱した言葉がごった混ぜになって飛び交っている。
その或る者は暇な耳を雑談で満たし、或る者は聞いた話を
別の者に伝えている。でっち上げた話は〔伝わるごとに〕大袈裟になっていき、
新しい伝え手は聞いた話に何かしらの尾鰭を付け加えている。
あちらには「軽信」が、こちらには軽率な「錯覚」がおり、また、
根拠のない「糠喜び」もいるし、周章狼狽する「杞憂」や、　60
突然の「反乱」、語る本人が本当なのか確信のない「囁き」もいる。
「噂(ファマ)」自身は、天空で、海で、大地で、どんなことが
起こっているのか、おさおさ怠りなく見張り、全世界に探りを入れている。
　さて、強力な軍勢を乗せてギリシアの艦船が近づいてきていることを、
その「噂(ファマ)」が告げ知らせていた。それ故、武器を構えた敵勢の到来は、
不慮のものではなかった。トロイア人らは、浜辺の警戒怠りなく敵勢の着岸を
阻止せんと構えていた。定めで、ヘクトルの槍を最初に受けて、斃(たお)れたのは、
プロテシラオス*、汝であった。交えられた干戈の代償は、ダナオスの
末裔(すえ)たちにとって高くつき、蒙った殺戮で、勇猛なヘクトルの名が知れ渡った。
また、プリュギア〔＝トロイア〕人も、アカイアの民の手が何をなしうるのか、　70
夥(おびただ)しい血を流して思い知った。早や、シゲイオン〔岬〕のある浜辺は流血で
赤く染まり、早や、ネプトゥヌスの血を引くキュクノス*は、数知れぬ

勇者を死に追いやり、早や、アキレウスは戦車を駆って〔トロイア勢に〕肉薄し、
ペリオン〔山〕で育った梣*の槍の打撃で戦隊の一つを殲滅して、戦列の間を
縫いつつ、キュクノスの姿は、将又*ヘクトルの姿は、と探し求めている内に、
キュクノスに遭遇し、一戦交えた――ヘクトルとの一騎打ちは十年後まで
待たねばならなかったのだ*――。この時、アキレウスは、純白の頸を
軛で押さえられた馬たちを叱咤しながら、戦車を敵勢の中へと駆り、
その腕で、ぶるぶる震える槍を振りかざしながら、こう呼ばわった、
「おお、若者よ、お前が何者であれ、死の慰めを携えていけ、　80
ハイモニアの、このアキレウスに討ち取られたという慰めをな」と。
アイアコスの孫は、それだけ言った。その言葉の直後に、重い槍が投げられた。
だが、投げられた槍の狙いに寸分の狂いもなかったにもかかわらず、
放たれた穂先は何の傷も与えず、鈍い打撃で胸に
唯当たっただけというに過ぎなかった。キュクノスは言った、
「女神〔テティス〕の子よ――こう言うのも、噂でお前のことは前から
知っているからだが――、俺が傷を免れていることを、どうして不思議がる。
――アキレウスは、事実、不思議に思っていたのだ――お前が目にしている、
褐色の馬毛の飾りをもつこの兜も、左手に提げた空ろなこの盾も、
俺の身を守るものではない。この兜も盾も、見端のためのものにすぎぬ。　90

100

軍神(マルス)が、常々、武器を身に付けるのもそのためだ。身の守りが役割という、
こんなものを取り去ろうとも、俺は無傷の儘(まま)この場を離れることになろう。
大したことなのは、ネレウスの娘〔テティス〕の子であることではない。
ネレウスやその娘たち、また海の万物を支配するほうの子*であることなのだ」。
そう言うと、キュクノスは湾曲する盾を貫く筈の槍をアイアコスの孫めがけて
投げたが、槍は、盾の青銅の表(おもて)も、〔重ねられた〕表から九枚目までの
牛皮も突き破ったが、十枚目の面で止まった。
英雄〔アキレウス〕はその槍を叩(はた)き落とし、再び屈強の手で槍を投げると、槍は
震えながら唸りを上げた。だが、また、相手の身体を傷つけることはなく、
キュクノスは無傷のままだった。三番槍も、無防備のまま
差し出されたキュクノスの身体に傷一つ与えられなかった。
アキレウスは怒りで煮えくり返った。喩えれば、広々とした円形闘牛場で、
自分を苛立たせ刺激するもの、緋色の布(ケープ)に威嚇する角(つの)で突きかかるものの、
突けども突けども、気が付けば躱(かわ)されて傷を与えられずにいる猛牛のよう。
それでも、槍の穂先が抜け落ちてはいまいかと思ったが、穂先は
柄(え)にしっかり付いていた。アキレウスは独り言(ひとご)ちた、「では、俺の手が鈍(なまく)ら
ということか。かつてのあの力強さが、この男一人には萎えてしまったか。
如何様(いかさま)、確かに俺の手は強力だった。先陣切ってリュルネソスの町の城壁を

瓦解させた時も*、或いは、テネドス〔島〕や
エエティオンの居城テバイを兵らの血の海に沈めてやった時も、或いは、　110
カイコス〔川〕の流れが川辺に住む住民の血で朱に染まった時も、また、
テレポスが一度ならず二度までも、俺の槍の威力を歴々(まざまざ)と思い知った時もだ。
この地でも、あれほど数多の兵らを屠(ほふ)り、浜辺に累々とその遺骸の山を
築いて眺めた俺だ。俺の手は強力だったし、今もその筈だが」。
そう言うと、以前の勲(いさお)に不信感を抱くかのように、投げ槍を、正面にいた、
リュキアの平民出の雑兵(ぞうひょう)メノイテス*めがけて投げつけると、槍は
胴鎧を貫き、同時に、その下の胸をも突き破った。
そのメノイテスが、頭を固い地面にぶつけて倒れ伏し、瀕死のところ、
熱い傷口から同じ槍を引き抜くと、アキレウスは言った、
「これこそ俺の手だ。たった今、勝利を収めた、これこそ俺の槍だ。これを　120
奴にも使おう。願わくは、あの男に対しても、同じ首尾が得られんことを」。
そう言うと、アキレウスは再びキュクノスを襲ったが、梣(とねりこ)の槍は狙い違(たが)わず、
避けようとしないキュクノスの左肩に、どしっと音を立てて当たったものの、
まるで城壁か堅固な岩にぶつかったかのように、跳ね返された。
しかし、当たった所を見れば、キュクノスに血の跡が
付いているのを認め、してやったり、と喜んだ。だが、糠喜びだった。

傷はどこにもなく、それはメノイテスの血だったのだ。
すると、アキレウスは、憤然と熱り立ち、高い戦車から
さっと飛び降りると、安心し切った敵に、至近の距離から
煌めく白刃で切りかかり、盾も兜も貫いたのを、確と
見届けたが、よく見れば、堅固な身体に当たった刃のほうが破損さえしていた。
これ以上、どうにも我慢できず、アキレウスは、盾を引きつけると、盾を、
三度四度と、真っ向から勇者の顔面に打ちつけ、剣の柄で、窪んだ蟀谷を
何度も殴打した。後ずさる相手に詰め寄り、混乱に陥らせて、襲いかかり、
度を失った敵に息つく暇も与えなかった。恐怖がキュクノスを捕えた。
目の前が、漂う闇で真っ暗になった。彼は、踵を返して

敗走しようとしたが、野原の中にあった石に足を取られた。
石に躓き、後ろ向きにひっくり返ったキュクノスを、
アキレウスは思い切り押し倒し、地面に押し付けた。
そうしてから、盾と固い膝頭でキュクノスの胸を押さえつけると、
顎の下で括られていた、兜の顎紐を引っ張り、
喉頸を絞め上げて、息の緒と、命の息吹の通い路を奪った。
キュクノスを討ち果たすと、鹵獲の武具を剝ごうとした。だが、見れば、
武具だけが残されていた。身体は、綿津見の神が、白い鳥に変えていたのだ。

その鳥は今し方まで彼が付けていた名と同じキュクノス〔白鳥〕と呼ばれる。
　この奮戦、この苦闘は何日もの休戦を
もたらし、両軍とも、武器を置き、戦闘を控えた。
夜警がプリュギア〔トロイア〕勢の城壁を警戒怠りなく見守り、
アルゴス〔ギリシア〕勢の壕（ほり）を、夜警が警戒怠りなく見守っている間に、
祝祭の日がやって来た。キュクノスに勝利したアキレウスが　150
雌牛を贄（にえ）に屠り、その血でパッラス〔アテナ〕の神威を鎮めるのだ。
その贄の臓物が赤々と燃える祭壇に載せられ、
神々に喜ばれる〔肉を炙る〕匂いが空に立ち昇っていくと、
供犠（きょうぎ）用の肉が取り分けられ、残りの肉は〔人々の宴の〕卓に供された。
主だった将たちは〔食事用の〕寝椅子に横たわり、*炙った肉で
腹を満たし、葡萄酒で心労や喉の渇きを癒した。
彼らを喜ばすものといえば、竪琴の調べでも、朗々と響く歌謡でも、
多くの穴の開いた長い黄楊（つげ）笛でもなく、
夜が更けるのも忘れさせてくれる歓談があるばかりで、武勇譚が
その語らいの中心だった。皆は敵や味方の戦闘を話題に上（のぼ）せ、屢々（しばしば）　160
遭遇した危難や、克服した危難のことを、交々（こもごも）、語り合うのが楽しみだった。
如何にも、アキレウスにしても、語ることが他に何かあっただろうか。また、

偉大なアキレウスを前にして、誰にせよ、語る話が何か他にあっただろうか。
とりわけ、キュクノスを討ち取った、アキレウスの最近の勝利が
話題に上った。若者〔キュクノス〕の身体が、どんな武器も貫けず、
傷を負うことのない不死身の身体で、却って刃を
鈍(なまく)らにしてしまうことが、皆には驚異と思われた。他ならぬ
アイアコスの孫〔アキレウス〕にも、アカイア人にもそれは驚きだったが、
この時、ネストルが言った、「お前たちの時代では、刃(やいば)を物ともせず、
如何なる打撃によっても貫けぬ者と言っては、キュクノスがいるだけじゃが、
儂(わし)は昔、この目で見たことがあるのじゃ、無数の打撃を受けながら、*
身体が無傷のままの、ペッライビア生まれのカイネウスという人物をな。
このペッライビアのカイネウスという者は、オトリュスに住む、数々の
勲(いさお)で名高い人物じゃったが、この男の尚更に驚くべき点は、女に
生まれたということなのじゃ」。その場にいた誰もが、前代未聞の怪異な話に
驚き、話をしてくれるよう頼んだ。その中にはアキレウスも含まれていた。
「どうか、話して下され」とアキレウスは言った、「聞きたいという気持ちは
皆、同じですから、おお、雄弁なご老体、我らが世の賢哲のネストルよ、*
カイネウスとは、そも、何者なのか、どういう訳で反対の性に変わったのか、
どの戦(いくさ)で、また、誰との戦闘で、あなたが彼を知ったのか、また、

誰に負けたのか、もし誰かに負けたことがあるのなら、それも」と。
すると、老将はこう答えた、「何ぶん古いことで、すぐには思い出せぬのじゃが。
若い頃に見聞きした多くが儂（わし）の記憶から抜け落ちておるのでな。尤（もっと）も、
覚えておることのほうが多いのじゃ。戦時、平時を問わず、儂が見聞きした、
その数知れぬ出来事の中で、これほど儂の心に残っておることは
他になかったな。長生きした老年のお陰で、多くの物事を
見聞きすることができたというのなら、儂は世紀を二つ重ねた歳月を
生き、今は〔人間の〕三世代目を生きている身じゃ。
　さてじゃ、カイニスという、エラトスの娘がおったが、美貌で名高く、
テッサリアの女子（おなご）の中で、誰よりも美しい乙女で、近隣の市々（まちまち）や、そなたの
郷里の市々で——あれは、アキレウスよ、そなたと同郷じゃったからな——
多くの求婚者らに、甲斐なくも、妻にと望まれておった。
恐らく、ペレウスもあの乙女との結婚を試そうとしたやもしれぬが、何せ、
ペレウスは、既にそなたの母親〔テティス〕との結婚を実現しておったか、
さもなくば婚約しておったからな。ともかくも、カイニスは誰とも
結婚しなかったのじゃ。その彼女が、人気（ひとけ）なき浜辺を漫（そぞ）ろ歩いておった時、
海の神〔ネプトゥヌス〕に無理やり凌辱された——噂ではそういうことじゃ——
ネプトゥヌスは新たな愛の喜びを堪能すると、こう言ったという、

200

『そなたの望みは、決して拒まれはせぬから、何なりと、望みのものを
選ぶがよい』とな——これも同じ噂の話じゃが——。すると、カイニスは言った、
『この無体な仕打ちの所為(せい)で、是非とも叶えて頂きたい願いができました。
最早、二度とこんな目に遭わないこと。私を、何卒、女ではなくして下さい。
それで望みは全て叶えられたことになります』と。最後の言葉を語る時には、
もう既に低い声色(こわいろ)になっており、男のようにも見えた。事実、彼女は
もう男だったのじゃ。深い海の神が願いを諾(うべな)われたからじゃが、
剰(あまつさ)え、如何なる傷も負わず、刃(やいば)を物ともしない
不死身の身体となるようにもしてやったという。
神の賜物を喜びながら、アトラクスの乙女は、神の許(もと)を離れた後、
男のする業(わざ)を事として日を送り、ペネイオス流れる地を渡り歩いたのじゃ。

210

ところで、恐れ知らずのイクシオンの子*がヒッポダメ〔イア〕を娶り、
雲から生まれた野蛮な人種*を〔祝宴に招いて〕、樹木に覆われた
洞(ほら)に順序よく並べられた卓の席に横たわらせたことがあった。
ハイモニアの主立(おもだ)った人たちも列席し、儂自身も参列しておったのじゃが、
祝宴一色の王宮は、大勢の客がごった返す喧騒に包まれておった。
すると、さあ、祝婚歌(ヒュメナイオス)の歌声が聞かれ、大広間に〔松明の火の〕煙が棚引いた
かと思うと、年配の家婦たちや若妻の一団に囲まれて一人の乙女が姿を現した。

容姿は群を抜いておったな。儂らはその彼女を伴侶にできたペイリトオスを
幸せ者と祝福したが、もう少しで目出度い祝辞も台無しになる所じゃった。
その訳は、気性荒いケンタウロスたちの中でも誰より気性荒いエウリュトス、
220
お前の心が、酒に熱くなっていた上に、一目見たその乙女に尚更燃え上がり、
酩酊に欲情が重なって、もう、どうにも心を抑えられなくなったからじゃ。
間髪を容れず、卓はひっくり返され、祝宴は大混乱に陥った。
初々しい花嫁は髪を摑まれて無理やり連れ去られた。エウリュトスが
ヒッポダメ〔イア〕を、他（ほか）の者共は、それぞれ、いいと思うか、手近な女子（おなご）を
強奪しようとするのじゃ。その様（さま）は、占領された都市さながらじゃった。
館には女子（おなご）たちの悲鳴が響き渡った。儂らは慌てて立ち上がったが、最初に
声を上げたのはテセウスで、こう叫んだ、『お前、エウリュトス、この狼藉は
何の狂気の沙汰。俺の目の黒い内に、ペイリトオスを酷い目に遭わす気か。
一人への危害は、即ち二人への危害だと、貴様には分からぬか＊』とな。
230
［剛殺な英雄〔テセウス〕は口にした脅しの言葉を無にせぬために、
詰め寄る者〔ケンタウロス〕たちを押しのけ、狂気の手から乙女を奪い取った。］
テセウスのその叫びに、エウリュトスは一言も答えず――このような狼藉の
申し開きなどできる訳はないからじゃが――、懲らしめようとするテセウスの
顔と、高貴な胸に、恥知らずな手で襲いかかり、殴りかかった。

偶々(たまたま)、テセウスのすぐ傍に、浮き出し細工を施されて、ごつごつとした、
古い混酒器があった。大きなその混酒器を、それにも増して大柄な大丈夫(だいじょうふ)の
アイゲウスの子は持ち上げると、相手の顔に真っ向から投げつけたのじゃ。
エウリュトスめは、顔面が割れて、傷口から血飛沫(しぶき)諸共、脳味噌と葡萄酒を
注ぎ出しながら、びしょ濡れの砂の地面に仰向けに倒れて足をばたつかせた。
人馬二形(ふたなり)のケンタウロス共(ども)は、兄弟が殺されたことで怒りに燃え、
競うように、一人残らず、口々に『武器を、武器を』と叫んでおった。
酒の所為で勇ましくなっておったのじゃ。戦闘の手始めに、投げつけられた
酒杯が飛び、壊れやすい酒壺や底の丸い鍋が飛んだ。どれも、つい今し方まで、
宴席の什器じゃったが、今は、戦と殺戮の手頃な武器になったという訳じゃ。
まず初めに、オピオンの子のアミュコスが、恐れ畏(かしこ)むことなく、社(やしろ)の
奥殿(おくでん)から捧げ物を奪い取り、真っ先に、その聖所から
明滅する沢山の蠟燭の点(とも)された吊燭台(つりしょくだい)を引っ攫(さら)うと、
それを、まるで犠牲に捧げる雄牛の真っ白な頸を
斧で断ち切ろうとする者よろしく、高々と持ち上げて、
ラピタイ人のケラドンの額(ひたい)めがけて打(ぶ)ちつけ、その顔面の骨を
粉々に砕いて、見分けもつかぬようにしてしまった。
目玉は飛び出し、顔骨(かおぼね)が粉々に砕け、

鼻は陥没して、口蓋の真ん中にくっついておった。
そのアミュコスを、ペッラの住人ペラテスが、楓の卓から引き抜いた脚で
打ちのめし、地べたに這い蹲らせたが、見れば、顎が胸に食い込んでおる。
黒い血糊と、それに混じる歯を一緒くたに吐き出しておるそのアミュコスに、
更に〔とどめの〕一撃を加えて、あの世の亡者たちの許へと送り込んだのじゃ。
　すぐ近くにグリュネウスが立っておったが、恐ろしい顔付きで、傍で煙る
祭壇を見詰めながら、『こいつを使わぬ手はない』と独り言つや、
260
燃え盛る火と一緒に、その巨大な祭壇を持ち上げて、
ラピタイ人たちの群れの只中に投げ込み、
ブロテアスとオリオスの二人を圧し潰した。オリオスの母親は
ミュカレと言った。これは周知の事実じゃが、呪文を唱えて、
屡々、嫌がる月の角を引きずり下ろそうとした女子じゃ。* それはさておき、
『武器さえ手に入れば、報いを受けさせずには措くまいものを』、
エクサディオスがそう叫んだが、運よく、武器とも言えるものを手に入れた。
願掛けのために、高い松の木に掛けてあった鹿の角じゃ。
グリュネウスは二股のその角で目を突き刺され、
目の玉が飛び出た。一つは貫いた鹿の角に引っかかっており、
270
一つは垂れ下がって髭にくっつき、血糊に塗れてぶら下がっておった。

280

すると、さあ、ロイトスが祭壇の真ん中から燃え盛る
李の棒を奪い取り、カラクソスの
金髪被さる右の蟀谷を打ち砕いた。
カラクソスの髪の毛は、まるで乾燥した麦の刈り株のように
激しい炎で燃え上がり、傷口から出てくる血も焼き焦がされて、
ジュージューと恐ろしい音を立てよった。言ってみれば、火に焼かれて
灼熱する鉄片を、普段、鍛冶屋が曲がったやっとこ鋏で
火から取り出し、水桶に浸ける時のようじゃ。水に浸けられた鉄片は
ジューと音を立て、水はブクブク激しく泡立つ、あれじゃな。
　傷を負ったカラクソスは、乱れた髪の火を振り払うと、
敷居代わりに置かれていた石を、荷車で運ぶような大石じゃったが、
肩に担ぎ上げて、投げつけようとした。が、何せ重いものじゃから、
投げはしたものの、敵には届かなかったのじゃ。それどころか、大石は、
手前に立っていた味方のコメテスに命中して、これを圧し潰した。
ロイトスのほうは喜びを抑えきれず、こう叫んだ、『切に願わくは、貴様の、
大勢の他の戦友らも、こんな風に〔味方に対して〕勇敢であってくれればな』と。
そう言うと、ロイトスはまた、半焼けの棒で傷を負ったコメテスの
頭蓋を三度四度と繰り返し激しく殴りつけると、頭蓋の継ぎ目が

割れて、陥没した頭蓋がどろどろの脳味噌の中にめり込んだ。
コメテスをやっつけると、ロイトスは、今度は、エウアグロス、コリュトス、
ドリュアスの三人に向かっていった。先ず、頰にまだ産毛（うぶげ）の生えている
290 コリュトスが斃れ伏した。『貴様、小僧っ子なんぞを討ち果たして、
何の手柄だというのだ』、エウアグロスがそう言うと、ロイトスは、
それ以上は言わせず、真っ赤に燃える棒を、何か言おうとして開けている
相手の口の中に突っ込み、突っ込まれた棒は喉を貫通して肺まで達した。
ロイトスはまた、燃える棒を頭上でぐるぐる回しながら、
ドリュアスよ、お前に迫ったが、お前の場合は、首尾が違った。
お前は、立て続けに二人まで屠ったことで雀躍するロイトスの、
肩と頸が繫がる辺りを、先端の焼け焦げた棒で突き刺したのじゃった。
ロイトスは呻きを上げて、硬い骨から、やっとのこと棒を引き抜くと、
自分の血で血塗れになりながら、逃げていきよった。
300 オルネウスも、リュカバスも、また、右肩に傷を負った
メドンも、それにピセノルも、タウマスも逃げていき、
最近、駆け競（くら）で皆を負かしたメルメロスも逃げていった。尤も、
奴の場合、脚を負傷していたので、その逃げ足は遅かったがな。
また、ポロスも、メラネウスも、猪の狩人アバスも、また、仲間に

戦を思い止まらせようとして聞き入れられなかった予言者のアスボロスも
逃げていった。負傷するのを恐れるネッソスに、こう予言したのも彼じゃ、
『逃げなくともよい。ヘラクレスの弓で命を失うまでは、お前は無事だ』*と。
だが、エウリュノモスや、リュキダス、アレオス、それにインブレオスは
310 死を逃れられなかった。ドリュアスの右手が、こいつら全部を相手にして、
打ち倒したのじゃ。クレナイオスよ、お前も、踵を返して
敗走しようとしたにもかかわらず、正面から傷を受けた。
その訳は、振り向いたところを、両目の間、鼻が
額の下端に繋がっている所に重い刃の一撃を受けたからじゃった。
これほどの騒乱の只中にいながら、アピダスは、酒が全身に回って酩酊し、
いつまでも目覚めぬまま、横になって眠りこけ、だらりと垂れた手に、
水で割った葡萄酒の入った、取っ手付きの杯を握った格好で、
オッサの山で仕留めた熊の毛皮の上に大の字になっておった。
武器を振るってはおらなかったが、それも甲斐なく、遠くから、その彼を
320 目にしたポルバスが投げ槍の革紐*に指をかけ、『酒を地獄のステュクスの
水で割って呑むがいい』と叫ぶと、間髪を容れず、
若者のアピダスめがけて投げ槍を放つと、鉄の穂先を付けた梣の槍は、
偶々アピダスが仰向けに寝ておったものじゃから、喉頸をぐさりと貫いた。

200
アピダスは死んだことにも気が付かなかった。どす黒い血が喉に溢れ、
それが寝椅子や取っ手付きの杯の中にどくどくと流れ落ちておった。
　また、団栗(どんぐり)実る樫の木を地面から引き抜こうとしている
ペトライオスの姿が儂の目にとまった。奴は木を抱きかかえて、
あちらに、また、こちらにと揺すり、幹をぐらつかせておったが、
ペイリトオスの放った投げ槍が、そのペトライオスの肋(あばら)に命中し、
樫の木と格闘していた胸を貫いて、硬い幹諸共(もろとも)、串刺しにした。
330
人々の話では、リュコスが斃れたのも、ペイリトオスの武勇故、また、
クロミスが斃れたのもペイリトオスの武勇故というが、この二人以上に
勝利者〔ペイリトオス〕に大きな誉(ほまれ)を与えたのが、ディクテュスとヘロプスだ。
ヘロプスは投げ槍に当たり、槍は頭蓋を貫いて、
右の耳から左の耳へと貫通した。
一方、ディクテュスじゃが、肉薄するイクシオンの子〔ペイリトオス〕から
震えながら逃げようとして、足を滑らせ、切り立った
山の背から真っ逆さまに転落し、体の重みでマンナノキ*の
340
巨木をへし折り、折れた木に股座(またぐら)から串刺しにされた。
　そこへ、仇討ちにと現れたのがアパレウスじゃ。奴は山から岩を引き抜き、
投げつけようとしたのじゃが、投げようとするアパレウスの機先を制して、

アイゲウスの子が樫の棍棒で打ちかかり、アパレウスの太い肘の骨を
打ち砕いた。尤も、役立たずになった相手の身体に止めの一撃を与える暇が
なかったのか、その気がなかったのか、テセウスは長身のビエノルの背中に
飛び乗った。自分の上半身以外、誰も乗せた例がないという背中じゃ。
そうして、テセウスは肋骨に膝を押し当てて挟みつけ、左手で髪の毛を
鷲掴みにして〔のけぞらせ〕、こ奴の顔や、威嚇する口や、
実に硬い額を、瘤のある棍棒で打ち砕いた。テセウスは、
350　更に、ネデュムノスも、槍の使い手リュコペスも、その棍棒で
打ち倒し、やはり同じ棍棒で、垂れ被さる顎髭を胸の守りとしておる
ヒッパソスも、木の天辺よりも高く聳えるようなリペウスも、
また、ハイモニアの山々で熊を生け捕りにし、生きたまま
怒り狂うその熊を家に持ち帰るのが常じゃったテレウスも葬り去った。
デモレオンは、テセウスが闘う度に勝利しているのに、これ以上
我慢ができなかった。そこで、鞏固に土を〔絡み合う根で〕固めている茂みから
松の古木を大層苦労しながら引き抜こうと躍起になっておった。じゃが、
引き抜けなかったので、木をへし折ると、敵めがけて投げつけたのじゃ。
が、テセウスは、颯と後ろに下がり、飛び来る木から遠ざかって木を避けた。
360　パッラスの警告に従ってな。彼自身、人にはそう信じて貰いたがっておった。

とはいえ、木は無駄に落下しはしなかった。丈高いクラントルに当たり、
その頸から胸と右肩を捥（も）ぎ取ったのじゃ。あれは、
アキレウスよ、そなたの父〔ペレウス〕の槍持ちをしておった者じゃ。
ドロペス人の王アミュントル*が、戦で負けて、アイアコスの子〔ペレウス〕に、
和睦の担保、和平の保証に与えた人物なのじゃ。
ペレウスは、そのクラントルが、悍（おぞ）ましい傷で身体を裂かれたのを遠くから
目にすると、言った、『若者の中でも、誰よりも愛しかった者、クラントルよ、
せめて手向けの品を受け取るがよい』と。そう言うと、ペレウスは
屈強の腕で、デモレオンめがけて梣（とねりこ）の槍を、満身の力を込めて投げつけると、
槍は胸郭を突き破り、ぶるぶると震えながら肋骨に
突き立った。デモレオンは手でその槍を引き抜いたが、柄だけが抜けて
――柄さえなかなか言うことを聞かなかったがな――穂先は肺に残ったまま。
他ならぬその苦痛が、却って勇気を与えた。傷つきながらも、デモレオンは
後ろ脚（あし）で立ち上がり、〔下半身の〕馬の前脚（まえあし）で勇者〔ペレウス〕に蹴りかかった。
ペレウスは、がつんと音を立てる、その打撃を兜や盾で受け止め、
肩の守りを固めながら、武器の槍を前に突き出して構えると、
ひと突きで脇腹を抉（えぐ）り、そのまま〔人馬〕二つの胸を貫いたのじゃ。
これに先立ち、ペレウスはプレグライオンとヒュレスを遠くからの投げ槍で

380
討ち果たし、白兵戦でイピノオスとクラニスを討ち取っていた。
ペレウスに屠られたこ奴らに、ドリュラスが加わった。こいつは、頭に狼の
毛皮の帽子を被り、残忍な武器の代わりに、見事な一対の雄牛の角(つの)を
手にしておったが、その角は既に夥しい血糊で真っ赤に染まっておった。
　こいつに向かって、儂は叫んだ——勇気が力を与えてくれたからじゃ——、
『とくと見ろ、貴様のその角(つの)なんぞ、俺様の槍に比べれば、どれほど
お粗末なものかをな』。そう言って、儂は槍を投げた。避けようがなかったから、
奴めは、当たりそうな頭を守ろうと、右手を差し出して庇おうとした。
じゃが、右手は、頭諸共(もろとも)、串刺しにされた。『ああっ』と叫声(きょうせい)を上げよったが、
その場に立ち竦(すく)み、激しい苦痛に打ちのめされている奴の腹の
390
ど真ん中を、ペレウスが——近くにおったからな——太刀で突き刺したのじゃ。
奴は飛び上がり、猛り狂って駆け出したが、地面に己の 腸(はらわた)を引きずっていき、
引きずっている腸を踏みつけ、踏みつけた腸をずたずたにし、終(しま)いには、
その己の腸に足を取られて、空っぽの腹を抱えて斃れ伏したのじゃ。
　また、この戦いで、キュッラロス、*お前の美貌も救い手にはならなかった。
尤も、彼に自然の与える美貌などがあるとして、の話じゃがな。
髭は生え初(そ)めたばかり。その髭の色は金色で、肩から
脇腹へと垂れる髪の毛も金色じゃ。潑溂(はつらつ)とした

その顔は、見るからに好もしかった。頸や肩や手や胸、
その他、男子の姿の人の部分はどこも名工の手に成る誉れ高い彫像と
紛うばかりじゃし、男子の姿の下にある馬の姿も非の打ち処がなく、
人の姿に勝るとも劣らなかった。頸と頭を加えて一頭の馬に仕立て上げれば、
400 〔名騎手〕カストル*にも相応しかったじゃろう。それほど背は乗り易く、
それほど胸は筋肉で盛り上がっておった。全体は瀝青よりも黒い毛に
覆われておるが、尻尾は白く、また、四本の脚も白い。
同じ種族の多くの女たちが彼に求愛したのじゃが、彼の心を射止めたのは
ヒュロノメだけじゃった。高い木々の茂る森に住む、人馬二形の種族の中で、
このヒュロノメほど美しい女子は他におらなかったな。彼女は甘い言葉で
語りかけ、彼を愛し、愛を告白することで、唯一人、キュッラロスの
心を摑んだのじゃが、これには、身繕いの力も、あの種族の肢体に
可能な限りでじゃが、与かっておったな。櫛で髪の毛を滑らかに梳いたり、
410 或る時は迷迭香〔＝ローズマリー〕を、また或る時は菫や薔薇を
挿頭にしたり、時には真っ白な百合を付けたりするのじゃ。また、
パガサイ近くの森深い山の峰*から流れる泉の水で、
日に二度、顔を洗い、二度、流れで沐浴するし、
肩や左脇を覆う掛物には、選り抜きの、しかも

似合いの獣の皮以外は使わないのじゃ。
二人は相思相愛の仲でのお。山を彷徨(さまよ)うのも一緒、洞(ほら)に入っていくのも
一緒じゃった。この時も、ラピタイ人の〔ペイリトオスの〕館に
一緒に入り、一緒にこの狂暴な戦に加わり、肩を並べて闘っておったのじゃ。
その時のことじゃ、誰の仕業かは定かでないが、左手のほうから
投げ槍が飛んできて、頸が胸と合わさる所の下(した)辺りに命中し、　420
キュッラロスよ、お前を貫いたのじゃった。心臓が受けた傷は浅かったが、
槍が抜かれると、全身諸共に、その心臓も冷たくなってしまった。
すぐさま、ヒュロノメは、瀕死の夫の四肢を抱(かか)え上げ、
手を宛(あて)がって傷の手当てをしながら、キュッラロスの口に口を押し当てて、
逃げ去ろうとする息の緒を、どうにか押し止(とど)めようとしたのじゃ。
彼の命が絶えたのを見届けると、辺りの叫喚の所為で、儂の耳には
届かなかったが、何やら呟いた後、〔今しがたまで〕彼の胸に突き立っていた
〔同じその〕槍に突っ伏し、今際(いまわ)の際(きわ)に、愛する夫を掻き抱いたのじゃった。
　あ奴のことも、儂の目に焼き付いて離れぬな。獅子皮六枚を、
縫い目も見事に、互いに縫い合わせ、人馬二形のその体をすっぽり　430
覆っておったパイオコメスのことじゃ。奴は、軛(くびき)に繫いだ四頭の
牛でも動かしかねるほどの大木を投げつけて、オレノスの息(そく)

440 439

450

テクタポスを脳天から粉砕してしまった。*
じゃが、斃れ伏しているテクタポスの武具を、こ奴が剥ごうとした、その時、
――これはそなたの父親の知る所――武具を奪おうとする奴を、この儂が
剣で腸の奥底までぐさりと突き刺してやった。クトニオスもテレボアスも、
斃れたのは儂の剣でだ。クトニオスのほうは武器に二股の枝を引っ提げており、
テレボアスのほうは投げ槍を携えておった。その槍で、奴は儂に傷を負わせた。
この傷痕が見えよう。その時受けた古傷は、今も歴然と残っておる。
あの時にこそ、儂はペルガマを攻め落とす為に送られているべきじゃったな。
さすれば、わが槍で、偉大なヘクトルの槍を、凌ぐことは叶わずとも、
食い止めることくらいできたじゃろう。が、当時、奴はまだこの世におらぬか、
少年にすぎなかった筈じゃが、今となっては、儂のほうが老いぼれてしまった。
　人馬二形のピュライトスに勝利したペリパスのことを、また四足の
エケクロスの顔面を、穂先を失った槍の柄で真正面から
突き刺したアンピュコスのことを語る必要はあるまい。
マカレウスは梃子をペレトロニオンに住むエリグドゥポスの胸に
突き立てて斃した。ネッソスの手で投げられた狩用の投げ槍が
キュメロスの股座にずぶりと突き刺さったのも、儂は覚えておる。
アンピュコスの子モプソス*が唯未来を予言していただけと

思ってはならぬぞ。彼奴の投げた槍で、人馬二形のホディテスが
斃され、奴は何か言おうとしておったが、無駄じゃった。
舌は顎に串刺しにされ、顎は喉に串刺しにされておったからじゃ。
扨、カイネウスじゃが、既に五名をあの世に送っておった。ステュペロス、
460
ブロモス、アンティマコス、エリュモス、戦斧もつピュラクモンの面々をな。
奴らがどんな傷を受けたか、一々は記憶せぬが、数と名だけは覚えておる。
さあ、そこへ、自ら屠ったエマティアのハレソスから剝いだ武具を
身に着けた、手も足も胴体も、ひと際抜きん出て巨漢のラトレウスが
飛び出してきよった。歳は壮年と老年の間くらいじゃが、その力ときたら
若者のそれじゃった。尤も、頭には白いものが混じっておったがな。
盾を持ち、兜を被り、マケドニア兵の使う長槍を手にしたその姿は
際立っておったが、顔を交互に両軍に向けながら、
槍を打ち振るって、馬を駆って同じ所をぐるぐる乗り回しつつ、
意気揚々、辺りに響けとばかりに、滔々と、こう捲し立てよった、
470
『やい、お前、カイニス、俺は相手がお前で甘んじねばならぬか。お前なんぞ、
俺にとっては、いつまでも女、これからもカイニスにすぎぬからだ。お前の
そもそもの生まれを、お前は忘れたか。お前が、何をしてその褒美を貰い、
何の代償を払って、見かけだけのその男の姿を手に入れたか、思い出さぬか？

さあ、見ろ、お前が生来女だということを、お前がどんな目に遭ったかを。
とっとと失せて、糸巻棒と羊毛籠を手に取り、指で捻って糸でも撚っていろ。
戦は男に任せておけばいいのだ』とな。そう大口を叩くラトレウスの、馬を
早駆けさせる姿勢で伸び切った脇腹の、人馬が合体する辺りを、
カイネウスは槍を投げて抉った。ラトレウスは苦痛で怒り狂い、
ピュッロス出の若者〔カイネウス〕のむき出しの顔めがけて長槍を突き出した。
480 じゃが、その槍は、屋根の天辺に当たって跳ね返る霰か、はたまた空洞の
小太鼓に打ちつけられて跳ね返る小石さながら、跳ね返されてしまったのじゃ。
ラトレウスは〔馬から飛び降り〕白兵戦に打って出て、カイネウスの堅い脇腹を
剣で貫こうと躍起になったが、剣が貫通する道など、どこにもなかった。
『かくても、逃しはせぬからな。切っ先が鈍らになったからには、
剣の真ん中の刃で切り殺してやろう』。そう言うや、相手の脇腹めがけて剣を
斜めにして切りかかり、長い右腕を伸ばして、相手の腰の周りを狙った。
一撃は、まるで大理石の身体に当たったかのように、カチンという音を発し、
刃は、堅い皮膚に当たって、脆くも砕け散った。不死身の
四肢を十分に見せつけると、驚くラトレウスに、カイネウスは言った、
490 『さあ、今度は、俺の剣で貴様の身体を
試してやろう』。そう言うや、カイネウスは相手の脇腹に致命の剣を

柄まで深々と突き刺すと、腹に食い込んで見えなくなった手を動かし、ぐるぐる回して腸を抉り、傷の中に新たな傷を作ったのじゃ。すると、

　さあ、そこに、大きな叫び声を上げながら、猛り狂った半人半馬の怪人らが突進してきて、皆が唯一人めがけて槍を投げたり、突きかけたりしたのじゃ。じゃが、槍は跳ね返され、地面に落ちた。エラトスの子〔カイネウス〕は、どの槍の一撃にも貫かれず、一滴の血も流さぬままじゃった。前代未聞の出来事に、誰もが呆気にとられておった。『ああ、何と酷い屈辱だ』、モニュコスが叫んだ、『俺たち大勢が寄って集って、唯一人に、それも男とも言えぬ奴にやられるとは。尤も、奴のほうが男で、俺たちのこの為体からして、俺たちのほうが、奴がかつてそうだった女なのかも知れぬ。このばかでかい身体、人馬二つながらの力が、一体、何の役に立つ。半人半馬、二重の性の合体で、俺たちの中に、この世で最強の存在が生まれたという事実に、何の意味がある。思うに、俺たちを産んだ母親はユノーなどではなく、俺たちはイクシオン*の子でもないのだ。イクシオンと言えば、高空の女神ユノーと褥を共にという大望を抱いた剛の者。それに比べ、俺たちは半分女の男に負けようとしている。岩でも、木でも、山まるごとでもいいから、奴に投げかけてやれ。しぶといあの命の緒を、木という木を投げつけて叩き出せ。大量の木の山で喉を圧し潰してやれ。傷で叶わぬなら、代わりに重量でやっつけるのだ』。

510 そう言うや、モニュコスは、偶々、南風の猛り狂う威力で薙ぎ倒された
大木を手にし、屈強の敵めがけて投げつけると、
それが口火となった。忽ちの内に、オトリュス山は
木々を奪われて禿げ山になり、ペリオン山からは木陰が消えた。
カイネウスは夥しい木々の山に覆い尽くされ、木の重みの下敷きになって、
汗だくで、もがき苦しみながら、積み重ねられた木々を頑丈な両肩で
支えてみるものの、顔や頭の上にのしかかる重さは増す一方で、そのために、
時に、息をする空気もなくなり、力尽きようとするかと思えば、時に、
上方の大気のある空間へ身を擡げようとして叶わず、投げつけられた木々を
払い除けようと、木々の山を動かしてみたりするのじゃった。山なす木々の
揺れる様は、地震でぐらぐら揺れる、ほら、あそこに見える、
520 あの高く聳えるイデ〔＝イダ〕の山のようじゃったな。
結末は定かではないのじゃ。堆く積まれた木々の山に圧し潰されて、
虚ろな亡者たちの住む、あの世に投げ込まれたと言う者たちもおった。じゃが、
アンピュコスの子は否と言い、自分は、木々の山の中ほどから、金色の翼を
羽搏かせて、一羽の鳥が澄んだ大気の中へと飛び出るのを見たと言うのじゃ。
儂もその鳥を見たが、その時が最初にして最後で、それっきりじゃったな。
その鳥は、モプソスの言うには、味方だった陣の上方をゆっくり、

旋回するように飛び、大きな羽音を辺りに響かせているのが
見えたそうじゃ。モプソスは、心でもその鳥の後を追いながら、
こう言ったという、『おお、さらばだ、ラピタイ人の誉よ、かつては誰にも
優る偉丈夫だったお前だが、今は比類なき鳥となったカイネウスよ』とな。　530
この出来事は、語った人物の権威から、誰もが信じた。悲痛が怒りを募らせ、
儂らは、たった一人がそれほど大勢の敵によって圧し潰されたことを痛憤し、
悲痛を行動で示して、敵〔ケンタウロスら〕の一部をあの世に送り、一部を
夜陰に乗じて敗走させるまで、武器を振るうのをやめなかったのじゃ」。
　ピュロスの老将が、ラピタイ人と半人半馬のケンタウロスたちとの間の戦の
様子をこう語ったところ、トレポレモス*は、アルケウスの孫〔で自分の父親〕
ヘラクレスのことが一言も触れられず、無視されたのに憤慨し、
我慢できずに言った、「ご老体、あなたの記憶からヘラクレスの誉れ高い
勲のことがすっかり抜け落ちているのは驚きだ。確かに、父は常々、よく　540
私に、雲から生まれた者共を平らげたことがあると語っていたのだから」*。
その難詰に、ピュロスの老将は悲しげに答えた、「どうして儂に、不幸な
過去を思い出させ、歳月が覆い隠していた悲しみを再び明るみに出させて、
お主の父御への憎しみやヘラクレスの不当な所業を語らせようとするのじゃ。
お主の父御は、確かに信じ難いほどの勲を、神々に誓って、成し遂げ、

世界中にその功業は満ちておる。そうでないと、できれば言いたい所だが。
が、我ら〔ギリシア人〕はデイポボスやポリュダマスのこと、ヘクトルのことを
褒め称えはせぬではないか。敵を褒め称えたいと思う者など、どこにいよう。
お主の父御のあの男は、その往時（かみ）、メッセネの城壁を

550

瓦解させ、罪もないエリスや〔わが領国〕ピュロスの都を
不当にも破壊し、わが館を、剣と炎をもって
襲った人物だ。*あの男が命を奪った他（ほか）の者たちのことは言わぬとして、
ネレウスの子で、赫々たる若者の儂ら兄弟は十二人おったが、その十二人が
十二人共、儂一人を除いて、皆、殺されてしまったのじゃ、ヘラクレスの
剛力（ごうりき）によってな。ペリクリュメノスの死*は驚きじゃった。その訳は、あれには、
他の兄弟らがヘラクレスに負けたのは致し方ないとしても、
思いのままに姿を変え、変身した姿を再び元に戻す力を、
ネレウスの血筋の祖であるネプトゥヌスが授けていたからじゃ。
その彼が、ありとあらゆる姿に変身したにもかかわらず、甲斐がなかった時、

560

最後に、神々の王ユピテルの最愛の鳥で、鉤爪のその足で
〔ユピテルの〕雷電を運ぶ習いの、例の鳥〔鷲〕に姿を変えたのじゃ。
変身した彼は、鳥の力を使い、翼で翔（かけ）り、内に曲がる嘴（くちばし）と
鉤爪の、その足で丈夫（ますらお）〔ヘラクレス〕の顔を引っ掻いた。ティリュンス縁（ゆかり）の

あの男は、その鷲めがけ、余りにも必中の弓を引き絞って
矢を射かけ、空高くの雲間(くもま)に肢体を運び、
宙に浮かぶ鷲の、翼と脇腹が繋がる辺りを射当てたのじゃ。
傷は深くはなかったが、射られた傷で腱が切断され、
鷲は動きも儘(まま)ならず、飛ぶ力を失ってしまった。
羽搏(はばた)く力を失った翼では大気を摑むこともできず、
地上に落下したが、翼に軽く立っていた矢が、
570 その衝撃で突き上げられて、脇腹の最上部を貫き、
喉頸の左側にまで達したのじゃ。さて、その儂が、それでも尚、今、
ロドスの艦船を率いるお主、誰よりも麗しいトレポレモスよ、
お主の父ヘラクレスの勲を褒め称えねばならぬと、お主には思われるか？
尤も、儂には、あの男の数々の功業を黙過することで兄弟の仇(あだ)を討つ以上の
仕返しをする積(つも)りなど毛頭ない。そなたと儂の間の友情は固いのだからな」。
　ネレウスの子〔ネストル〕が、〔弁舌爽やかな〕甘美な口*でそう語ると、
老将の話を聞き終えた皆は、もう一度バッコスの賜物の杯(さかずき)を干した後(あと)、
宴(うたげ)の寝椅子から起き上がった。夜の残りは眠りに充(あ)てられた。
580 　ところで、三つ叉の鉾で綿津見(わたつみ)を支配するネプトゥヌスだが、
息子*〔キュクノス〕の肢体がパエトン縁(ゆかり)の鳥〔白鳥〕に変身したのを、

590
親心から、悼み、狂暴なアキレウスを憎んで、その所業をいつまでも
忘れることなく、人間の思いでは量りがたい、激しい怒りを抱いた。
戦が、既に、およそ五を二つ重ねる年月続いた時、髪切らぬ*
スミンテウス〔アポロの異称。「野鼠を殺す者」〕にこう言葉をかけて、指嗾した、
「おお、わが弟神*の子たちの中でも、一等抜きん出て愛するそなたよ、
そなたは私と共にトロイアの城壁を築いてくれたが、それも空しく、
その城壁が、やがて直ぐにも瓦解させられようとしているのを眺めて、
慨嘆の声を漏らさぬか。城壁を守る、あれほど夥しい数の
兵らが殺されたのを、痛ましく思わぬか。すべてを一々挙げぬとして、
ペルガマの回りを〔三度〕引きずられたヘクトルの姿が思い浮かばぬか。*
それに引き替え、あの狂暴で、戦そのものよりも血に飢えたあの男、
我らの労苦に成る城の破壊者アキレウスめは、まだ生き続けておる。
私の前に現れたなら、この三つ叉の鉾が何を為しうるか、とくと
思い知らせてやるのだが。だが、敵の彼奴に間近に近づく機会が、私には
与えられぬ故、そなたの密かな矢で彼奴を不意に襲い、命を奪ってくれぬか」。
デロス生まれの神は、伯父神の意にも、同時に自分の意にも添うことと、
その言を諾うや、雲に身を包み、イリオンの隊列の中へとやって来た。
兵らが敵の命を狙って戦っている、その只中に、アカイア〔＝ギリシア〕の名もない

600
雑兵らの間に向けて、矢を〔矢継ぎ早ならぬ〕パラパラと射かけているパリスを認めるや、神だと明かした上で、言った、「どうして、お前は、雑兵らの血を流して矢を無駄にする。お前に、味方の兵らの無事を思う心が些かでもあるのなら、矢をアイアコスの孫に向け、死んだ兄弟たちの仇を討つのだ」。アポロはそう言うと、トロイアの兵らを剣で薙ぎ倒しているペレウスの子を示しつつ、パリスの弓を、そのアキレウスのほうに向けさせ、狙い定かな必殺の矢を、その手でアキレウスへと導いてやった。* それは、老王プリアモスが、ヘクトルの死後、喜びを覚えることのできた、初めての出来事であった。こうして、数多の、あれほどの強者に勝利したあの勇者、アキレウスよ、汝は、ギリシアの人妻を拉致した女同然の男の手で斃れたのだ。だが、汝が戦で、もし女の手にかかって斃れねばならなかったとすれば、
610
テルモドン河畔に住む女族*の握る両刃の戦斧で斃れるのを望んだであろう。

既に、プリュギア人たちの恐れ、ペラスゴイ人の末裔の民〔ギリシア人〕の誉にして砦、戦で不敗の強者、アイアコスの孫のあのアキレウス*は、荼毘に付されていた。武具を造ってやったのも、火で焼いたのも同じ神であった。彼は既に灰になっていた。あれほどの偉丈夫アキレウスの内から残されたものといえば、辛うじて骨壺を満たす僅か許りの骨灰にすぎなかった。だが、全世界を満たす、偉大なその栄光は生き続けている。その栄光こそ、

あの英雄の偉大さを測る物差しなのであり、その栄光こそ、アキレウスをアキレウスたらしめるもの、アキレウスを不死にするものなのだ。その盾でさえ、それが誰のものだったかを分からせるように、争いを引き起こし、武具を巡る争いで武具が手に取られた。その武具を求める勇気は、テュデウスの子にも、オイレウスの子〔小アイアス〕にも、アトレウスの子の弟のほうにも、アトレウスの子の、戦では彼より優れ、年齢では上の兄のほうにも、他の将たちにもなかった。それほど誉ある盾を求める自負心を抱いていたのは、テラモンの子とラエルテスの子のみだった。 620
タンタロスの曽孫〔アガメムノン〕は裁定の重責と怨みを逃れようと、アルゴス人〔ギリシア人〕の将たちに、陣の中央に〔合議のために〕着座するよう命じ、争いの裁定を全員に転嫁して、自らの責任を回避した。

訳注

七　第一巻一六五行注、第七巻四九行注参照。

三　ホメロスなどで用いられたギリシア人の呼称の一であるDanaoi（「ダナオイ人、ダナオスの末裔（たち）」の名祖。第一巻七四八行注、特に第四巻四六二行注参照。

六　カルカスのこと。ホメロスでは、こう言われている。「テストルの子カルカスが立ち上がった、鳥占いでは誰よりもはるかにまさって優れ、現在のこと、未来のこと、過去のことを知る者」（『イリアス』一・六九―七〇）。

三　蛇と雀の予兆、蛇の石化、カルカスの予言については、ホメロス『イリアス』二・三〇三―三三〇。

云　ネプトゥヌスとトロイアの城壁については、第一一巻一九九以下、本巻五八六以下参照。

三　いわゆるトロイア叙事詩圏で、ホメロスの『イリアス』、『オデュッセイア』に描かれた出来事以外の出来事を歌った「叙事詩の環（epikos kyklos）」中の、トロイア戦争のそもそもの発端から説き起こした『キュプリア』（異説もあるが、後二世紀の文法学者プロクロスの梗概で知られる）の梗概にこうある。「遠征軍が二度目にアウリスに集結したとき、アガメムノンは狩で鹿を仕留め、自分の腕前はアルテミスにもまさると自慢した。これに女神は立腹し、嵐を起こして彼らの出航を妨げた。カルカスが女神の怒りを告げ、イピゲネイアをアルテミスに生贄として捧げるよう命じたため、彼らはアキレウスにめあわせるという口実のもとに彼女を呼びよせて贄に供しようとした。しかしアルテミスは彼女をさらい、タウロイ人のもとに移り住まわせて不死の身にし、一方乙女の代わりに鹿を祭壇においた」（岡道男訳）。エウリピデス『タウリケのイピゲネイア』参照。このタウロイ人の国（タウリケ）のアルテミス（その神像）は、のちにオレステスによってローマに移され、その近郊アリキアのネミ湖畔の森で、ヒッポリュトスの蘇りであるウィルビウスを供とする「アリキアのディアナ」として祀られることとなった次第が、第一五巻四七九以下で語られている。第一五巻四八九行注参照。

三　「軽［く実体のな］い有象無象（leve vulgus）」という表現について、Bömer 1969-86 は「類例がない」と言い、かろうじて比較しうる表現として、冥界の死霊たちを言った「［実体のない］朧（おぼろ）な住人たち（leves populi）」（第一〇巻一四）を挙げている。他に、第一四巻四一一の「物言わぬ亡者たちの稀薄な霊魂（tenues animae）」も参考になろう。「軽い（levis）」は「実体のない」、「模糊として朧な」、「稀薄な」くらいの意味と思われる。“shadowy throng”（Innes）参照。

六　ギリシア勢の中で最初に船からトロイアの地に飛び出した者は「神託（chresmos）」によって（ツェツエス『リュコプロン注解』五三〇以下）、あるいは「定め（moira）」によって（ルキアノス『死者の対話』一九・二）死ぬことになっていたが、「その彼〔プロテシラオス〕がギリシア方の誰よりもはるかに先に船から飛び出したところを、ダルダノスの後裔の強者（つわもの）〔名は不明〕が討ち取った」（ホメロス『イリアス』二・七〇一―七〇二）という。プロテシラオス（Protesilaos）という名については、テッサロニケのエウスタティオスでは、「兵ら〔軍勢〕（laos）の中で最初に（primus = prot-）船から飛び降り、兵ら〔軍勢〕の中で最初に仆れたことにちなむ名（pheronymos）」（『イリアス注解』二・六九八）とされ、同じくヒュギヌス（一〇三）もこう言う。最初に飛び出してヘクトルに討ち取られたのはイオラオスで、「彼のことを皆はプロテシラオスと呼んだ。それは、すべての者の中で（ex omnibus）最初に（proto）死んだからだ」と。

七三　第二巻三六七以下で語られていたキュクノスとは別人で、ネプトゥヌス（ポセイドン）の子。このキュクノスについては、本巻二七行注で挙げた『キュプリア』のプロクロスによる梗概にこうある。「プロテシラオスはヘクトルの手にかかって倒れた。その後アキレウスはポセイドンの息子キュクノスを討ちとり、トロイア人を敗走させた。彼ら〔ギリシア人〕は味方の死体を収容し、ヘレネと財宝の返還を求めるためトロイアへ使節を派遣した。しかしトロイア人が要求に応じなかったのでギリシア軍は城壁のまわりに陣をしいた。それから兵を出して土地を荒らし、周辺の城市を攻略した」（岡道男訳）。他に、ピンダロス『オリュンピア祝勝歌』二・八二、同『イストミア祝勝歌』五（四）・三九。

七四　「重く、長大かつ強靱な槍で、アキレウス以外、これを振り回せる者がいない」と言われる（ホメロス『イリアス』一六・一四〇―一四四）。

七七　トロイアはヘクトルという支柱を失って開戦後十年目に陥落するが、その端緒となった十年目のアキレウスとヘクトルの一騎打ちとヘクトルの死は、ホメロス『イリアス』第二二巻に歌われて名高い。

九四　キュクノスの父親ネプトゥヌスのこと。

一〇九　以下は、ギリシア勢が「土地を荒らし、周辺の城市を攻略した」（本巻七二行注で触れた『キュプリア』梗概）時の、アキレウス自身の手柄を列挙している。リュルネソスは、のちにホメロス『イリアス』の主題であるアキレウスの「怒り」の原因となる愛人ブリセイスを得た町（『イリアス』二・六九〇以下参照）。テネドスは、アキレウスが攻略し、戦利品の女ヘカメデをネストルに与えた島（同書、一一・六二四以下参照）。エエティオンは、ヘクトルの妻アンドロマケの父親で、アキレウスがその居城、ミュシア地方のテバイを攻めた時に七人の息子ともども殺したが、略奪はせず、手厚く葬った人物（同書、一・三六六以下、六・四一四以下参照）。テレポスは、ミュシア（＝テウトラニア。カイコスは、そのミュシアを流れる川）王。ギリシア軍が最初の遠征でここに上陸し、トロイアと誤って荒らした時、防戦したテレポスはアキレウスに太腿を槍で突かれて負傷する。その後、ミュシアを離れたギリシア軍は嵐に遭って故郷のギリシアに戻され、再びアウリスで集結することになるが、トロイアへの航路を示す者がおらず、困っていた。一方、テレポスは、負傷した傷が治らずに苦しみ、神託を伺ったところ、傷つけた者あるいは傷つけた槍（本巻七四行注参照）にしか治せないと分かり、アキレウスのもとにやって来てトロイアへの航海の案内を約束すると、アキレウスは「槍の錆を落として」（アポッロドロス）、あるいは「槍を磨いて」（ヒュギヌス）傷を癒してやった（アポッロドロス『摘要』三・一七—二〇、ヒュギヌス一〇一）。おそらく失われたエウリピデスの悲劇『テレポス』で扱われ、さらに遡れば、本巻二七行注に示した『キュプリア』で歌われていた出来事。

二六　同名の人物はいるが、ここに述べられているエピソードに該当する人物は、ホメロスはじめ他に出典がなく、オウィディウスの創作した人物。

一五五　「〔食事用の〕寝椅子」に横臥して食事するのはローマの共和政末頃から始まった習慣で、英雄時代の英雄たちは椅子に坐って食事をした。「やがて壮麗な王の館に着くと、一同は長椅子と高椅子に（kata klismous te thronous te）並んで坐り（hexeios hezonto）、老王は彼らのために甘美の酒に水を割る」（ホメロス『オデュッセイア』三・三八八—三九一。松平千秋訳）。

一七三　ネストルが居合わせたラピタイ族（カイネウスもその一人）とケンタウロスたちの戦いの話は、すでにホメロス（『イリアス』一・二六四以下）、ヘシオドス（『ヘラクレスの盾』一七八以下）などにある。カイネウスが不死身という伝の初出は、おそらくピンダロス（断片一六七（Bergk）＝プルタルコス「ストア派の人々は詩人たちより不合理なことを語っていること」一（＝『モラリア』一〇・五七〇））。以下のオウィディウスとほぼ同じ話形を、カイネウスをアルゴー船の乗組員の一人として語るヒュギヌス（一四）も伝えている。

一七八　このネストル像については、第八巻三一三行注参照。

二一〇　テッサリアの山岳地帯にいたとされるラピタイ族の王ペイリトオス。ゼウス（ユピテル）の子、あるいはイクシオン（地獄で劫罰を受けている罪人の一人。第四巻四五六以下、四五六行注、本巻五〇四行注参照）とその妻ディアの子（ホメロス『イリアス』一四・三一七―三一八参照）。アテナイのテセウスと無二の親友であったことについては、次々注参照。その美貌が結婚式の当日ケンタウロスたちとの戦闘を誘発したヒッポダメ（イア）は、ブテスの娘とも（ディオドロス・シケリオテス四・七〇・三）、アドラストスの娘とも（ヒュギヌス三三）、テッサリアの町（その創建者）アトラクスの娘とも（オウィディウス『名高き女たちの手紙』一七・二四八）言われるが、ペイリトオスとの間に、テッサリア北部の山岳地帯ペッライビアの諸都市の軍勢を率いてトロイア戦争のギリシア方に参加したポリュポイテス（ホメロス『イリアス』二・七三八以下）を産んだ。

二一一　半人半馬二形のケンタウロスの出自には二系統があり、区別が必要。その一は、イクシオンがゼウスの后ヘラを陵辱しようとした時、ゼウスが雲でヘラの似姿を作り、イクシオンがその雲と交わって生まれた、性、野蛮なケンタウロスたち。「雲」はギリシア語でネペレ（nephele）ゆえ、このケンタウロスたちは「ネペレの子たち」とも言われる（ヒュギヌス三三、三四参照、ピンダロス『ピュティア祝勝歌』二・四二以下、ルカヌス『内乱』六・三八六―三八七、ディオドロス・シケリオテス四・七〇・一など）。

もう一つは、賢者ケイロンに遡る系統。これについては、第二巻六三〇行注、第六巻一二六行注参照。

二二九　テセウスとペイリトオスが一心同体、無二の親友であることから来る言葉。二人が無二の親友であったことについては、第八巻三〇三行注参照。

二六四　月を引きずり下ろす女、すなわち「魔女」ということ。第四巻三三三行注参照。

三〇九　ヘラクレスの妻デイアネイラをかどわかそうとして、ヘラクレスに殺される出来事（すでに第九巻一〇一以下で語られていた）を暗示する言葉。

三二一　巻きつけて槍に回転を与え、かつ威力を増すための革紐については、第七巻七八八行注参照。

三二九　英名 manna ash あるいは flowering ash（学名 Fraxinus ornus）。イタリア、ギリシア、スペインなど、南欧に生える。

三六四　オウィディウス以外の伝がない。

三九三　キュッラロスとこのあとに出てくるヒュロノメの愛情物語は、ピュラモスとティスベ（第四巻五五以下）、カドモスとハルモニア（第四巻五七一以下）、ピレモンとバウキス（第八巻六二〇以下）、オルペウスとエウリュディケ（第一〇巻一―八五、第一一巻一―六六）など、オウィディウスがこの『変身物語』でしばしば取り上げている、ともに死を迎える愛する男女（Bömer は「アイーダ・モチーフ」と呼んでいる）の物語に属するものだが、他に伝がない。なお、この直後に言及されるカストル（次注参照）の愛馬の名もキュッラロスと言い、これはローマの詩文学ではよく知られている（ウェルギリウス『農耕詩』三・九〇、スタティウス『テバイス』六・三三七、ウァレリウス・フラックス『アルゴナウティカ』一・四二六など）。

四〇一　のちに双子座になった双生の兄弟ディオスクロイの一人。第八巻三〇二およびその注参照。また、第六巻一〇九行注参照。

四二三　ペリオン山系の森林に覆われた南端部。

四三三　この行のあと、四三四―四三八は、後代の挿入として底本は削除記号を付すのではなく削除しており、それに従う。

四五五　アルゴー船の乗組員の一人の予言者。リビュエで蛇に嚙まれて命を落とす（アポッロニオス『アルゴナウティカ』一・八〇以下、四・一五〇二以下など参照）。高名な予言者カルカス（本巻一八行注参照）に予言の技競べ（わざくらべ）で勝利したことがあったという（ヘシオドス断片二七八（Merkelbach-West）＝ストラボン一四・一・二七）。この伝では、モプソスの母親は、もう一人の高名な予言者テイレシアス（第三巻三二二行注参照）の娘マントーとされている。

五〇四　テッサリアの王。彼が地獄で劫罰を受けている理由について二つの罪があり、一つは義父殺し、もう一つは本巻二一一行注で述べたゼウスの后ヘラを犯そうとした罪だという（ピンダロス『ピュティア祝勝歌』二・二五以下）。

五二七　ヘラクレスとアステュオケもしくはアステュダメイアの子。成人した時、誤って叔父を殺し、ロドス島に亡命して町々を創建。ロドスの兵を率いてトロイア戦争に従軍するが、サルペドンに討たれて戦死する（ホメロス『イリアス』二・六六一以下、五・六二八以下参照）。

五四一　ヘラクレスがケンタウロスたちと戦ったことについては、第二巻六五二行注、第九巻一〇一行注参照。

五五二　ヘラクレスがメッセネを攻めたという伝はない。エリスは、その王アウゲイアスを攻めた時のこと（これが十二の難行の五番目の「アウゲイアスの牛舎の掃除」（第九巻一八三行注参照）と同じ出来事かどうかについては論争がある）。ネストルの居城のあるピュロス攻めについては、イピトス殺しと関係している。これには諸伝があるが、エウリピデスの『ヒッポリュトス』の古注（五四五）で「イオレについては、彼女への愛がオイカリアを滅ぼした」と言われているように、ヘラクレスのイオレへの愛がそもそもの原因となった。古注は、そのあと、ヘラクレスがイオレに求婚したのに、オイカリア王エウリュトスとイオレの兄弟たちに無下に扱われたため（atimasthenta）オイカリアを滅ぼしたという伝と、イオレを褒賞とする弓競技でヘラクレスが優勝したにもかかわらず、結婚するにふさわしくない者と見なされたため（apaxiousthai tou gamou）オイカリアを攻略し、兄弟たちを殺したと記している。しかし、いずれの伝にもイピトスは登場しない。アポッロドロス（二・六・一以下）では、二つ目の「弓競技」の伝がさらに詳しく記されている。エウリュトスの子イピトスだけはヘラクレスにイオレを与えるべきだとしたが、父や他の兄弟はそれに反対した（理由は、ヘラクレスがまた子供たちを殺すことになるのを恐れたからだという）。その後、イピトスが行方不明の家畜を探してヘラクレスのもとにやって来た時、ヘラクレスは（おそらくヘラが送った）狂気に陥り、イピトスを城壁から突き落として殺してしまった。ヘラクレスは罪の穢れを清めてもらうために、まずピュロスのネレウス（ネストルの父親）のもとを訪う（おとなう）が、エウリュトスと誼（よしみ）のあったネレウスはそれを拒んだ（ヘラクレスがピュロスを攻めたのはこれに怒って、とされる。次注参照）。その後、ヘラクレスはアミュクライのデイポボスによって清めを受けるが、酷い病に冒され、結局、デルポイの神託によってリュディアの女王オンパレに売られ、そのもとで奴隷として三年仕えなければならなかったという（トロイアを攻めたのは、その後のこととされる）。一方、最も有名な伝を伝えるソポクレスの悲劇『トラキニアイ（トラキスの女たち）』では、オイカリア攻め、エウリュトス殺害、オンパレへの奴隷奉公、イピトス殺しなどのモチーフを取り入れつつ、もう一つの「求婚」の伝を敷衍して作劇し、すべてはヘラクレスのイオレへの「あからさまな恋心（eros phaneis）」（四三三）のなせる業として描いた。妻デイアネイラの嫉妬と、愛を取り戻す秘薬と教えられたネッソスの毒血の使用、ヘラクレスの死（第九巻九八以下、一〇一行注、一〇三行注参照）へと繋がっていく構成になっている。

五五六　罪の清めを拒んだネレウスに怒ったヘラクレスは、その居城のあるピュロスを攻め、この時、ネストル一人を除く十一人の兄弟を殺した（ホメロス『イリアス』一一・六九〇以下）。ネストルの兄弟のうちペリクリュメノスは、ポセイドン（ネプトゥヌス）がさまざまに変身する力を与え、ヘラクレスに襲われた時も、アポッロドロス（一・九・九）によれば「獅子や蛇、蜂に姿を変えたが殺されてしまった」という。アポッロニオス『アルゴナウティカ』一・一五六―一六〇も参照。

五七七　弁舌爽やかなネストルについては、第八巻三一三行注参照。

五八一　ネプトゥヌスの子キュクノス。本巻七二行注参照。

五八四　髪を切らないのは、若さの象徴であり、若者の印。第六巻二五四参照。

五八六　クロノスの子たちの長幼については、第一巻六二〇行注参照。

五九一　アキレウスは、ヘクトルを討ち果たしただけでは満足せず、「乱暴な辱め（aeikea erga）」を画策して、かかとに穴を開け、牛革の紐を通して戦車にくくりつけ、トロイアの城壁のまわりをヘクトルの両親の見ている前で三巡り引きずり回した（ホメロス『イリアス』二二・三九五以下）。「ペルガマ」は、トロイアの城塞を言う。

六〇六　ホメロス『イリアス』では、アキレウスの愛馬クサントスが「偉大な神と力ある定めによって」（一九・四一〇）、アキレウスに討たれたヘクトルが「アポロとパリスによって」（二二・三五八―三六〇）アキレウスが仆れることを予言的に語ったとしか書かれておらず、その死は本巻二七行注に挙げた「叙事詩の環（epikos kyklos）」中の『イリアス』後の出来事を描いた『アイティオピス』で語られていた。プロクロスのその梗概では「アキレウスはトロイア軍を敗走させ、彼らを追って城市の中に入ったときパリスとアポロンによって討たれた」（岡道男訳）という。壺絵の図像にも描かれている、アキレウスが唯一可死の部分である踵あるいは踝――いわゆる「アキレス腱」――を射られて死んだという伝については、アポッロドロス『摘要』五・三参照。

六二一　トロイアの援軍として駆けつけたアマゾン女族の女王ペンテシレイアに結局は討ち果たすことになるが、アキレウスが恋心を抱いたエピソードは、本巻二七行注に挙げた「叙事詩の環（epikos kyklos）」中の『アイティオピス』に描かれていた。「アキレウスは彼女〔ペンテシレイア〕を愛したという中傷と非

という。

難をテルシテスからうけて彼を殺し」（岡道男訳）、その是非をめぐってギリシア軍の間に争いが起こった

六二四　火（山）の神であり、鍛冶の神でもあるウルカヌス（ヘパイストス）のこと。アキレウスが戦闘に参加するのを拒んでいた間、ギリシア軍は劣勢になり、トロイア勢が船陣に火を放つまでになった戦況を憂いて、親友パトロクロスがアキレウスの武具を借りて戦場に出て活躍するが、ヘクトルに討たれて武具が奪われてしまったため（ホメロス『イリアス』第一六、一七巻）。アキレウスは母神テティスに訴え、テティスは鍛冶の神ウルカヌスに頼んで、新しい武具（盾と胸甲と兜）を作ってもらった。盾は「大型で頑丈な盾」で、第一三巻一一〇で述べられているように、天・地・海の三界の数多の壮大な事象が模様として鏤りつけてあった（同書、一八・四六八以下）。

六二三　ディオメデス。アルゴス王テュデウスの子で、ギリシア勢の中でアキレウス、大アイアスに次ぐ勇者。ドロンとレソスを討ち取った夜討ちや、パッラディオンの盗み出し、ピロクテテスの連れ戻しなど、オデュッセウスとよく行動をともにした。グラウコスに遭遇した時、互いに名乗り合うと、古くから誼を通じる家の間柄と分かり、武具を交換して別れるが、ディオメデスの青銅の武具に対して、グラウコスは黄金の武具を「九頭の牛の値打ちのものに百頭の値打ちの品を贈り物にした」（ホメロス『イリアス』六・二三六）という名高いエピソードがある。ディオメデスは、戦後、カペレウス岬での難船（第一三巻三七行注参照）を逃れたものの、多くの部下を失った挙げ句、帰国すると妻アイギアレイアの不貞を知り、イタリア南東部アプリア地方に移住、その地の王ダウヌスの娘と結婚して都アプリを建設した。のち、トロイアの傍系の王子アエネアスが第二のトロイア、すなわちローマ建国の礎を置く際、イタリアの地の王トゥルヌスと戦うことになるが、そのトゥルヌスに援助を請われて断った次第が、第一四巻四五六以下で語られている。

六二五　「テラモンの子」は大アイアス、「ラエルテスの子」はオデュッセウスのこと。

第一三巻

10

将たちが着座し、兵卒らがその周りに立って輪を作っていた。その時、
彼らに向かって、牛革七枚張りの盾の持ち主、〔大〕アイアスが立ち上がり、
怒りを抑えかねる様子で、険しい表情を浮かべ、シゲイオンと近くの浜辺に
引き上げられて船陣をなす軍船の群れを眺めやり、両手を差し延べながら
言った、「ユピテルにかけて、俺が今、自分の主張を述べようとするのは、
あの数多の軍船の前、俺の争いの相手はオデュッセウスだ。だが、あの軍船に
ヘクトルが火をかけた時、火の手から躊躇うことなく逃げたのが、その男で、
火の手を物ともせず、船陣から火を撃退したのが、この俺であった。
つまりは、言葉を繕い、言葉で争うほうが、手で闘うよりも
安全だが、私のほうは口舌の巧者ではなく、
その男のほうは行動の達人ではないという訳だ。俺が壮烈な戦や
戦列で力を発揮する分、その男は口舌で力を発揮する輩なのだ。
尤も、ペラスゴイ人*の諸君、今更、諸君にわが勲の数々を語る必要は
あるまいと思う。諸君が現に目にしているからだ。自らの勲を語るべきは
オデュッセウスのほうだ。目撃証人はおらず、事を知るのは夜だけの勲だからな。
俺の求める報賞が偉大なものであることは認める。だが、競う相手が誉を
台無しにする。仮令とてつもなく偉大なものであれ、オデュッセウスが
望んだものなど、手に入れても、このアイアスには自慢にはならぬのだ。

その男は、今では既に、試しに挑んでみたこの争いの褒賞を手に入れている、
争いに敗れたとしても、俺を相手に争ったと評判されることになるからだ。
　また、万が一にも俺の武勇に疑義があるとしても、尚かつ、
テラモンの子の俺のほうが、血筋の高貴さで勝っていよう。父テラモン*は、
その往時、勇者ヘラクレスと共にトロイアの城塞を攻め落とし、パガサで
建造された〔アルゴー〕船でコルキスの浜辺に足を踏み入れた人だった。
その父テラモンの父はアイアコス、今は、重い岩がアイオロスの子の
シシュポスにのしかかるあの黄泉で、物言わぬ亡者らを裁いている人だ。
更にアイアコスは、至高神ユピテルがわが子と認め、そう明言している人。
つまり、俺アイアスは、ユピテルの後の三代目の末裔〔曽孫〕に当たるのだ。
とはいえ、アカイア兵の諸君、俺は、この血筋をこの争いに利用しようとはせぬ、
もしも俺の血筋が偉大なアキレウスの血筋と共通のものでなかったならばだ。
彼は俺の従兄弟だった。俺が求めるのは、その従兄弟の遺品。シシュポスの
血を引き、*不正な手段や欺瞞で、シシュポスに瓜二つのお前が、何故、縁も
ゆかりもない血統の名を、〔我ら〕アイアコスの血統に挟み込もうとする。
　俺が先に武器を取り、告発者の強制によらず、自ら参戦したという理由で、
俺には武具が拒まれねばならぬのか。その男が、狂気を伴って、従軍を
避けた挙げ句、その男より機転が利くが、自らに不利益を招く結果を招いた、

ナウプリオスの子〔パラメデス〕*が、臆病なその男の嘘を見破って、
逃れようとした軍役に引きずり出した時になって、漸く最後に武器を取った
という理由で、その奴が優先されるように思えるというのか。その奴が、武具を
40　一切身に付けるのを嫌がったという理由で、最良の武具を手に入れるのか。
私がそもそもの初めから危険に身を晒したという理由で、辱めを受け、
従兄弟の遺品を奪い取られねばならぬというのか。
　それにしても、あの偽り（いつわ）の狂気が本物であるか、或いは本物と信じられていれば、
そうして、悪事を指嗾（しそう）するこの男がプリュギアのこのトロイアの城塞に、
我らと共に来ていなければ、どれほどよかったか。然（しか）らば、ポイアスの子*よ、
お主が、我らの罪で、レムノスの島に置き去りにされることもなかったろう。
話では、お主は今、森の洞窟に身を潜め、呻き声で〔情なき〕岩を動かし、
ラエルテスの子のその奴に、その所業に相応（ふさわ）しい天罰が下れと祈る日々を送り、
その祈りは、神々がいますなら、決して無駄に終わることはない筈と聞く。
50　誓いを立てた上で、我らと共に、同じこの戦に参戦したあの人物が、今、
ああ、我ら将たちの一人であったあの彼、ヘラクレスの弓の継承者として、
その弓を携えている彼が、今、病と餓えに打ち拉（ひし）がれているのだ。寒さと
餓えを凌ぐ物と言っては、鳥がある許（ばか）り。その鳥を狙って、トロイア陥落に
不可欠という、その弓矢を、ピロクテテスは用いているのだ。尤も、

彼は生きている。〔幸いにも〕このオデュッセウスと行を共にしなかったからだ。
不幸なパラメデスも、置き去りにされていればよかったと思ったことだろう。
〔ならば、今、生きているか、或いは、少なくとも冤罪を免れて、死ねただろう。〕
暴いた当人には災難だったが、佯狂を暴かれたことを酷く根にもち、その奴は、
彼パラメデスがダナオス縁の軍勢を裏切ったと讒訴し、でっち上げた罪を
証拠立てるものと称して、予め自分が埋めておいた金を示してみせたのだ。　60
それ故、その奴は、一人は流島で、一人は命を奪うことで、アカイアの勢力を
削いだのだ。これがその奴の闘い方、これがオデュッセウスの警戒すべき所なのだ。
　仮令、その男が、信篤いネストルを弁舌で凌ぐことがあろうとも、*
ネストルを見捨てたことが罪でなかったなどと、私に信じさせることは
できぬ。ネストルが、馬の負傷で動きを鈍らされ、高齢の所為で
疲労困憊していた時、このオデュッセウスに助けを求めたが、
戦友に裏切られたのだ。この告発が私のでっち上げでないことは、
テュデウスの子〔ディオメデス〕のよく知る所だ。彼は、何度も名を呼び、
その男の行動を詰り、臆病な戦友であるその男の逃走を咎めたのだ。*
　だが、天上の神々は人間界のことを正しい眼差しでみそなわしておられる。　70
今度は、さあ、助けを与えなかったその奴が助けを必要とした。その奴も、人を
見捨てたように、見捨てられるべきであった。前例を作ったのは己だからな。

そ奴は戦友たちに向かって大声で叫んだ。駆けつけたのは俺で、見れば、そ奴は
恐怖でぶるぶる震え、真っ青になって、迫り来る死に怯えていた。俺は
この男の前に盾の壁を作ってやり、横たわっているこの男をそれで庇（かば）って、
臆病者の命を救ってやったのだ*――こんなものは微々たる手柄にすぎぬが――。
それでもまだ争いを続けようというのなら、あの場所に戻ろうではないか。
あの時の敵と、お前の傷と、お前のいつもの臆病心を再現し、
お前は俺の盾の後ろに隠れて、その盾の下から俺と争うがよい。いやはや、
俺が助け出してやると、そ奴は、傷の所為で立っている力もなかったくせに、　80
傷で鈍っているとは到底思えぬほど、足早に、慌てふためいて逃げ出していった。
　扨（さて）、ヘクトルが現れた*。応援する神々*を引き連れ、戦闘に打って出たのだ。
彼が突進してくる至る所で、オデュッセウス、お前だけでなく、勇敢な者たちも
恐れを抱いた。ヘクトルは、それほど大きな恐怖を引き連れてくるのだった。
わが軍の兵を首尾よく血祭りに上げて雀躍している、そのヘクトルを、
離れた所から重い石を投げつけ、仰向けに倒したのがこの俺で*、白刃（はくじん）交える
一騎打ちの相手を求めるその彼に怖じ気づかなかったのも、この俺だ*。
アカイア兵の諸君、諸君はその籤が俺に当たるようにと祈っていた。そして、
諸君の祈りは叶えられた。一騎打ちの帰趨は如何に、と尋ねるのなら、
こう答えよう、俺はあのヘクトルに負けはしなかった、と。すると、〔その後〕　90

100

さあ、トロイア人たちが武器と火を携え、ユピテルと共に、ダナオス縁の船陣へと攻め寄せてきた。*その時、雄弁なオデュッセウスはどこにいた。その胸で千の艦船を守ったのはこの俺ではなかったのか、諸君らの帰国の希望の船だ。あれほどの数の船を守った褒賞に、武具をこの俺に与えて貰いたい。

本当の所を語ることが許されるのなら、俺が武具で得られる栄誉より、武具が俺によって得られる栄誉のほうが大きいのだ。俺と武具と、両者の栄誉は相即不離だが、武具がアイアスを求めているのであって、アイアスが武具を求めているのではない。イタケの王に、自分の手柄をこうした俺の勲と比べて貰おう。手柄とはいえ、その実、レソスや小心者のドロンを討ち取り、*パッラス神像を盗み、*プリアモスの子を捕えたにすぎぬ手柄だ。*しかも、昼間に行ったり、ディオメデスを伴わずに一人で行ったりした手柄は一つもない。仮にも、諸君がこれほど下らない手柄にその武具を与えるというのであれば、武具を二つに分け、その内の、大きいほうの半分をディオメデスに与えるがいい。

だが、何のためにその男に武具を与えるのか。密かに、また常に武装せぬ儘事を行い、敵が不用心な所を奸策で出し抜くのが、その男だ。黄金で輝く兜の、他ならぬ輝きが密かな奸計をばらし、コソコソ隠れるそ奴を暴くことになる。そもそも、ドゥリキオンの領主の頭では、アキレウスの兜の重みに耐えられまいし、ペリオンの山で伐られた梣の槍は*

惰弱なその男の腕には、お荷物で、重すぎるものでない筈がないし、
110 広大無辺の世界を象る打ち出し細工が施された盾*は、臆病で、
生来、密かな奸策を事とする、その男の左手には似つかわしくなかろう。
この悪党め、お前の力に余るものを、どうして求めようとするのだ。万が一
誤ってアカイア勢の皆がお前に与えるようなことがあれば、お前が
武具を剝ぐ格好の標的になる理由にこそなれ、敵に恐れられる理由とはならず、
また臆病この上ないお前、誰をも負かす、お前の唯一の手段である逃げ足の早さが、
これほど重い武具を身につけて走れば、鈍ろうというものだ。更に、
こういう事実もある。お前のその盾は、戦闘で使われるのが稀なため、
新品同様、無傷の儘であるのに対して、俺のそれは、太刀や槍に耐え、無数の
打撃を受けたために〔傷だらけで〕、新たな代わりを必要としているという事実だ。
要するに、駄弁を弄する必要などどこにあろう。行動で見て貰おう。勇敢な
120 英雄〔アキレウス〕の武具を敵の真っ只中に投げ込むのだ。諸君は命じればよい、
そこから求めよ、と、持ち帰った者に武具を得る栄誉を与える、と」。
　テラモンの子〔大アイアス〕は言い終えた。最後の言葉の後には、兵卒たちの
ざわめきが続いたが、やがて、ラエルテスの子の英雄〔オデュッセウス〕が
立ち上がり、暫時、目を伏せて地面を見詰めた後、
その目を上げ、将たちに向けて、待たれている弁論のために

口を開いた。流麗なその弁舌には優雅さが具わっていた。
「ペラスゴイの末裔(すえ)の諸君、諸君の願い共々、私の願いも成就していたなら、
これほどの武具を巡って、孰(いず)れを継承者にするかという問題などなかったろうし、
130
アキレウス、お主も己の武具を所有し、我らもお主を失わずにいられただろう。
だが、お主は、無慈悲な定めの所為で、私からも諸君からも奪われた故に」、
そう言うと同時に、オデュッセウスは、恰(あたか)も落涙の風を装い、目を手で拭って、
続けた、「偉大なアキレウスの後を継ぎ、武具を手にするに相応しい者は、
ダナオス縁(ゆかり)の軍勢へアキレウスを参加させるに功あった者を措いて他(ほか)に、誰がいよう。*
そ奴が、事実そうだが、愚鈍に見えることがそ奴の有利に働いてはならぬし、
私が、アカイア勢の諸君、常に才知で諸君の役に立ってきたことが、私の
不利に働いてもならぬ。私の弁才は、些かでも弁才があるとして、今は
持ち主の私の為、これ迄は頻繁に諸君の為に用いられてきたが、諸君の
反感を買うものである筈がない。人は各自の美点を存分に発揮して当然だ。
実際、氏素性や先祖は、また、我々自身が為したものではない功業は、
140
決して我々のものとは言えぬ。だが、ユピテルが自分の曽孫(ひまご)だとアイアスが
言い立てるのであるから、何を隠そう、わが血筋の始祖もユピテルであり、
そのユピテルから数えて私が何代目の子孫であるかも同じなのだ。如何にも、
わが父はラエルテス。ラエルテスの父はアルケイシオスで、*その父親が

まさしくユピテル。しかも、この中に、断罪された追放者など一人もおらぬ。*
更に、私には、母方の先祖の、キュッレネ生まれの神〔メルクリウス〕という
今一つの高貴な血筋が加わる。* わが家系は母方、父方共に神の血を引くのだ。
だが、私が、そこに置かれた武具を求めるのは、母方の血筋でより高貴だから、
或いは、父が兄弟殺しの罪に汚れていないから、という理由からではない。
諸君には、この争いの優劣の判断を、人物の功績如何（いかん）で下して貰いたい。
150 テラモン〔大アイアスの父〕とペレウス〔アキレウスの父〕が兄弟だったという事実や、
その血統が、アイアスの功績とされてはならぬのだ。武具の帰趨をめぐる
この争いにおいて、問われるべきは、武徳の誉（ほまれ）でなければならぬ。或いは、
仮にも近親さが問われ、第一相続人が求められるということなら、
アキレウスには父親ペレウスや息子ピュッロスがいる。アイアスの割り込む
余地などどこにある。武具はプティアかスキュロス*へ運ぶべきところだ。
アキレウスの従兄弟ということなら、テウクロス*もそ奴と何ら変わらぬ。
だが、彼が武具を求めようか。求めたとして、武具を手にして帰れようか。
それ故、この争いは、偏（ひとえ）に功績如何（いかん）の問題であるという訳だが、
160 私の成し遂げたことは多すぎて、纏めて語るのは直ぐにはできかねる。
それでも、事の順を追って話せば、自ずと辿れよう。
　ネレウスの娘御で、アキレウスの母神は、やがて訪れる死を予知していた為、

180　170

息子の身なりを変え、女の着る衣服を着せて、皆の目を
欺いていた。騙された者の中にはアイアスも含まれている。だが、
この私は、女の喜ぶ品物の中に、男子(だんし)の心をくすぐる武具を
混ぜ込んだ。英雄アキレウスは、まだ乙女の衣装を脱ぎ捨てては
いなかったが、丸盾や投げ槍を手に取ったのを見て、すかさず私は
声をかけ、言った、『女神の子よ、やがて滅びるペルガマが、手つかずのまま、
君の出番を待っている。強大なトロイアを瓦解させるのを、何故躊躇(ためら)う』と。*
そう言って、私は彼の手を握って離さず、勇者を戦(いくさ)の庭へと送り出した。
それ故、彼の功業は私の功業でもある。闘いを挑むテレポスを槍で貫いて
屈服させ、降伏し、嘆願するその彼を治療してやったのは、この私。*テバイが
瓦解したのも、私の働き。諸君には、レスボスを攻落したのはこの私で、
アポロ縁(ゆかり)の市々(まちまち)であるテネドスやクリュセやキッラを、またスキュロスを
攻落したのもこの私だと思って頂きたい。私の右手によって、リュルネソスの
城壁が崩壊し、瓦解したと考えて貰いたい。他の敵たちのことは言わぬとして、
強暴なヘクトルを斃(たお)せる勇者をギリシア軍に齎(もたら)したのは、確かに私なのだ。
名高いヘクトルが斃され、横たわっているのは私あってのこと。アキレウスを
見出したあの折の武具故に、私はこの武具を求めるのだ。私が生前、彼に
与えた武具を、彼が身罷った今、返して欲しいと、私は言っているにすぎぬ。

一人の人間の悲しみが*ダナオスの末裔（すえ）のギリシア人皆の心に届き、集結した千の船が、エウボイアのアウリスの浜に満ち溢れたものの、長く順風が待たれたにもかかわらず、一向に風が吹かぬか、逆風が続くかしていた時、神のお告げは過酷にも、アガメムノンに、何の罪もない娘〔イピゲネイア〕を人身御供として、無慈悲なディアナに捧げるよう命じた。*父親アガメムノンはこれを拒み、神々にまで怒りの気持ちを抱いた。王とはいえ、一面は父親であることに変わりなかったということだが、優しい、その親心を言葉を尽くして説得し、ギリシア勢全体の公益という大義を選ばせたのが私。率直に言うとして、アガメムノンには私のその率直さを寛恕して貰いたいが、私が引き受けた問題は弁ずるに困難、かつ公平ならざる判者の下（もと）での弁論だ。が、私は、ギリシアの公益という大義、弟御のこと、託された大権を挙げて、彼の心を動かし、流す血の贖（あがな）いに栄光をもってすることを決意させたのだ。私はまた、母親の許へ派遣されたが、諭（さと）して耳を傾けて貰える相手ではなく、策を用いて欺かねばならなかった。*彼女の許にテラモンの子が赴いていれば、今尚、我らが艦船の帆には順風が吹かぬままであっただろう。

更に、私は折衝の使節を任され、敢然と、高く聳（そび）えるイリオンの城塞に赴き、トロイアの長老議会の議場を目にして、その中に足を踏み入れた人間でもある。トロイアは、当時はまだ勇者で満ち溢れていた。私は、恐れることなく、

私に委ねられていた、ギリシア勢共通の利害と大義を弁じ、
パリスを断罪して、略奪されたヘレネと財宝の返還を要求し、プリアモスと、　200
王に与する（くみ）アンテノルの心を動かしたのだ。* だが、パリスと、その兄弟たちや、
パリスの指揮の下、略奪に加担した者共が、非道にも〔使節の〕我らに
手をかけるのを――これは、メネラオス、あなたの知る所――抑えかねるほど
殺気立っていた。* あの日が、私とあなたが危難を共にした最初の日だった。
　長引いたこの戦（いくさ）の期間、私がこの手で、また、この思慮で
為した貢献を一々枚挙するには長い時間が要る。〔かいつまんで言えば〕
敵方は、最初の戦闘の後、都の城塞に
長い間、立て籠もり、正面切っての戦らしい戦の機会は、全く
与えられなかった。干戈（かんか）が交えられるに至ったのは、漸く十年目にしてだ。*
その間、お前は何をしたという。戦以外、何も知らぬお前だ。　210
お前が何の役に立ったというのだ。では、お前は、と私に尋ねるのなら、
私は敵に待ち伏せ攻撃を仕掛け、陣の堡塁を堀で囲って固め、
戦友たちを慰撫して、長い戦への倦怠を
平静な心で耐えるよう諭し、糧秣補給の方法や
武器の装備の方法を教え、* 必要とあれば、使節として、どこにでも赴いた。
扨（さて）、また、王〔アガメムノン〕がユピテルの送った夢見に欺かれ、着手した戦の

240
心労を払うよう命じた時のことだ。* 王はその夢の送り主ユピテルの権威を
引き合いに出して自らの言葉を弁護できた。だが、アイアスは撤退など
容認すべきではなく、ペルガマは滅ぼさねばと求め、お前にできる唯一のこと、
闘うべきではなかったのか。何故帰国を逸(はや)る者たちを止めなかったのだ。
220
何故武器を手に取り、移り気な兵卒らが見倣える範を示さなかったのだ。
常々大口を叩くお前には、いとも容易なことだった筈だ。それを、どうだ、
自らが逃げ出したとは。その姿を見て、私は恥ずかしく思ったものだ。お前が
背を向けて逃げ出し、面目丸潰れの帰国の帆を用意しようとした時のことだ。
すぐさま、私は叫んだ『諸君、何をしようという。何の狂気に駆られて、
おお、戦友らよ、攻め落とした〔も同然の〕トロイアを放棄しようとするのだ。
十年もの歳月を費やした末に、恥辱以外、何を故郷に持ち帰ろうという』と。
こうした言葉や、他(ほか)にも、悲憤に促されて能弁になる儘(まま)に、叱咤激励の
言葉をかけ、逃走を図る艦船から将兵の踵(きびす)を返させ、引き戻したのだ。
230
アトレウスの子〔アガメムノン〕は、恐慌を来(きた)している将兵を集合させた。
その時になっても、まだ、その男は敢えて口を開こうとせず、無言だった。
テルシテスさえ大胆にも口を開いたというのにだ。尤も、奴は、臆面もなく
王たちに口汚い言葉で悪態を吐(つ)き、私からこっぴどい懲らしめを受けたのだが。
私が立ち上がった。そして、意気消沈している戦友らを敵に向かうよう鼓舞し、

この声で失っていた勇猛心を取り戻させた。* 以来、そ奴が勇敢に為したと
思われ得るような手柄が何かあるとすれば、それはすべて私の手柄なのだ、
何しろ、背を向けて逃げ出そうとするそ奴を引き戻したのが、この私だからだ。
　最後に、ダナオス縁(ゆかり)の軍勢の中で、お前を褒め、或いはお前を友にと求める者が、
誰かいるか。それに引き替え、テュデウスの子は、* いつも私と行動を共にし、
240
私を褒め、常に戦友の私オデュッセウスを信頼してくれていた。一廉(ひとかど)の
事なのだ、何万のギリシア勢の中で、唯一人、ディオメデスに選ばれるのは。
また、私が籤を引き当てて、出かけざるをえなかったというのではない。
それでも、暗夜の危険や、敵の危険を物ともせず、私は陣を出て、大胆にも、
我らと同じ密偵の任務で城を出ていたプリュギア方の一人ドロンを、
私は仕留めた。* 無論、殺す前に、洗いざらい白状させ、
人を欺くトロイアが何を企んでいるか、聞き出しておいたのだ。
すべての情報を得て、これ以上探りを入れる目的もなくなり、
もう陣に戻って、約束されていた誉(ほまれ)を得てもよかったのだが、
それで満足せずに、私はレソスの幕舎(ばくしゃ)を急襲し、* その陣中でレソス自身と
250
彼に付き従う兵らをあの世に送り、こうして私は、願いを
叶えた勝利者として、歓喜の凱旋式よろしく、戦利の品の戦車に乗って
帰陣したという訳だ。敵が、夜の危険を冒す代償に、その馬を求めた、*

まさにその勇者の武具を、諸君が私に与えるのを拒むのなら、拒むがいい。アイアスのほうが諸君より余程(よほど)物惜しみしないということになろう。*わが剣で壊滅的打撃を与えた、リュキアのサルペドン*の軍勢のことを語る必要があろうか。私はイピトスの子コイラノスや、アラストルやクロミオス、アルカンドロスやハリオス、またノイモンやプリュタニスを討ち果たして、血の海に沈め、ケルシダマス*共々、トオンやカロプス、更に、無慈悲な運命に見舞われたエンノモスを、あの世に送ってやった。その他(ほか)、彼らほど名のある勇者とは言えぬが、わが手にかかってトロイアの都の城壁の下で地に伏した強者(つわもの)は数知れぬ。また、戦友の諸君、私にも傷がある、受けた箇所で名誉の証(あかし)の傷がな。虚言なら信じて貰わなくとも構わぬが、さあ、見て頂きたい」、そう言って、オデュッセウスは手で胸を開(はだ)け、続けた、「私のこの胸は、いつも諸君の安寧と繁栄のために働いてきた胸なのだ。それに引き替え、テラモンの子の、その男は、これほどの長い年月、味方のために自らの血を一滴も流さず、その身体には傷一つない。*

　その男の主張する所、自分はギリシアの艦船のために武器を取り、トロイア勢やユピテルと闘ったというが、それが何だというのだ。確かに、武器を取った、それは認める――意地悪く他人(ひと)の功績に物言うのは、私の

よしとするところではないからだが――。だが、皆に共通する手柄を、こ奴に
独り占めさせてはならず、幾許(いくばく)かの功は諸君にも戻させねばならぬ。また、
アキレウスの姿を借り、その姿に守られて、トロイア勢を撃退した
アクトルの孫*もいる。彼がいなければ、守り手諸共(もろとも)、船は炎上していた筈。
また、そ奴は、アガメムノン王や、その他の将たちや私のことはすっかり忘れて、
ヘクトルの武器に敢然と挑んだのは自分だけだと思い込んでいる。だが、奴は、
その役目に名乗り出た九人目の者にすぎず、籤のお陰で選ばれたにすぎぬ*。
それにしても、誰にも優(まさ)る勇者とかいうお前、お前たちの一騎打ちの結末は
どうだったのだ。ヘクトルは傷一つ受けずに帰っていったのではないのか*。
ああ、何と痛ましい、強いられて、あの日のことを思い出さざるを得ぬ時、
どれほどの悲痛がこみ上げてくることか、ギリシア勢の砦アキレウスが斃れた、
あの日のことを。だが私は、涙や嘆きや恐れも構わず、アキレウスの亡骸(なきがら)を
地面から高く抱き上げて〔船陣に〕運び帰ったのであった。この両肩に、よいか、
この両肩に、アキレウスの亡骸と、同時にその武具も担って帰陣したのが、
この私なのだ*。今、再び担おうと骨折っているのが、その武具に他ならぬ。
私には、それほどの重荷でもびくともしない力がある。少なくとも、私には、
諸君が与えてくれる栄誉を栄誉と感じることのできる心が、確かにある。
母親の、紺青の海の女神がわが子〔アキレウス〕のために奔走したのは、天に

います神からの贈り物であり、あれほど見事な匠の技になる工作物を*、まさか、　290
粗野で短慮の男に纏わせるためであったなどと言うのではあるまいな。
実際、その男は知らないのだ、盾に施された浮き出し細工の
大洋(オケアノス)や大地のことも、高空と、そこに鏤(ちりば)められた星々のことも、
プレイアデスやヒュアデスのことも、海に沈むことのない大熊座のことも。
[様々な市々(まちまち)、オリオンの輝く剣(つるぎ)のことも。
その男は自分が理解していない武具を手にできるよう求めているのだ。]
　更に、私が過酷な戦の義務を逃れようとして、戦の艱苦が始まった後、遅れて
参戦したと言って私の非を咎めているが、そうすることで、自分が、豪勇の
アキレウスを誹謗していることに気付いていないという事実はどうであろう。
正体を偽るのが罪だというのなら、私も偽ったが、アキレウスもそうだ。
戦への遅参が罪に値するというのなら、私のほうがアキレウスより参戦が早い。　300
夫思いの妻が私を引き止め、子を思う母神が彼を引き止めた。だが、
最初の時は妻や母神に割かれたが、残りは諸君のために捧げられたのだ。
この罪状を、たとえ弁護できないとしても、私は決して恐れはしない。
これほどの勇者と共通の罪状だからだ。また、アキレウスは私の機転で正体を
暴かれたが、私の正体を暴いたのは、アイアスの機転ではなかった。
　また、その男が愚かな口舌で幾ら非難を浴びせようとも、我々は

驚かずにおこう。諸君に向かってさえ、恥に値する罪を言い立てるような
手合いだからだ。如何にも、偽りの罪状でパラメデスを告発したことが
私には恥辱で、有罪を申し渡したことが諸君には名誉だとでもいうのか。
だが、ナウプリオスの子は、これほどの重罪、これほど明々白々な罪を
310
弁明できなかったし、諸君は彼の罪状を唯聞いただけではない。罪の証(あかし)を
実際、目にしたのだ。罪は、報酬〔として得た金(きん)〕によって暴かれたからだ。
　更に、ポイアスの子がウルカヌス縁(ゆかり)*のレムノス島に留まっていることが、
私の犯した罪とされてはならぬ――諸君自らが行為を弁明しなければなるまい。
諸君が賛同したからだ――。それはともかく、戦と長旅の労苦から
身を退(ひ)き、激しい苦痛を静かに安らって治療することに専念するよう
勧めたのはこの私で、それを否認するつもりはない。彼は私の勧めに従った。
そして、今、生きている。私の勧めは、真心からのものであるばかりか、
それだけでも十分なのだが、結果として、幸運を呼ぶものでもあったのだ。
320
予言者たちの求めるところ、ペルガマ壊滅には、その彼の来援が必要だという。
その役目を、どうか私に託さないで頂きたい。むしろ、テラモンの子に
出かけて貰い、病と怒りに煮え滾(たぎ)っている勇者〔ピロクテテス〕を、その雄弁で、
或いは、何かその他(た)の巧妙な策を用いて連れ出して貰うほうがよい。尤も、
諸君の大義の為を図る私の知慮が欠けている中、愚かしいアイアスが如き

人物の才気がダナオスの末裔(すえ)たるギリシア人の役に立つようなことがあるくらいなら、
その前に、シモエイスの川が逆流し、イデの山が木々の葉を落として
聳え、アカイア〔=ギリシア〕がトロイアに支援を約束することであろう。*
苦しみに耐えるピロクテテスよ、戦友たちや王〔アガメムノン〕や私に
敵意を抱くのなら、抱くがよい。いつまでも私に怨念を抱いて、
私の命に呪いをかけ、いつの日か、悲憤するお主が私を捕えて、　330
私に血を流させるのを望むのなら、望めばいい。お主が私の手に
乗ったように、私もお主の手に乗る機会があるのなら、あればいい。
それでも、私はお主の許に出かけていき、私と一緒に連れ帰れるよう努め、
お主の弓矢を——運命(フォルトゥナ)の女神の加護があればだが——手に入れようとする積(つも)りだ。
丁度、トロイアの予言者〔ヘレノス〕を、私が捕えて捕虜にし、
神託とトロイアの定めを聞き出して、奥殿に秘蔵されていたトロイアの
ミネルウァ女神(じょしん)*像を敵の只中から奪って、盗み出したようにな。これでも、
まだアイアスは私と張り合おうとするのであろうか。間違いなく、
定めに拠れば、その神像を手に入れなければ、トロイアは落ちないと言われた。
勇猛なアイアスはどこにいた。偉大な勇者とかいう人物の、あの大口は　340
どこにいった。この期に及んで、何故怖じ気づく。このオデュッセウスが、
勇をふるって夜警の間を抜けて進み、夜の闇に身を委ねて

凶暴な剣の中を潜り抜け、トロイアの城壁を越えるだけではなく、
要塞の頂にまで忍び込み、社から女神像を奪って、奪った像を、敵勢を抜けて
持ち帰ったのには、どういう理由があったのであろう。蓋し、私が
こうした危険を冒していなければ、テラモンの子が幾ら左手に
牛革七枚重ねの盾を携えていたところで、無意味なことだったろう。
トロイア戦の勝利は、あの夜、私によって勝ち得られた。私がペルガマに
敗北を余儀なくさせたあの時、私がペルガマを敗北させたと言えるのだ。
350　そのほうに顔を向け、呟き声で頻りに我らに注意を促そうとするのはやめろ。
わが友テュデウスの子のことだ。確かに、彼もあの誉の一翼を担っていた。
尤も、お前も、わが軍の船を護るために盾を手にしていた時、一人では
なかった。お前には仲間が大勢いた。だが、私には一人しかいなかったのだ。
その一人であるディオメデスが、闘いしか能のない者は知者に劣り、褒賞は
不敗を誇る手にのみ与えられるべきものでないのを知っていなかったら、
彼もまた、この武具を求めていただろう。より自制心のある〔小〕アイアスも、*
勇猛のエウリュピュロスも、世に名高いアンドライモンの子〔トアス〕も、
また、彼らに劣らずイドメネウスも、そして彼と同じ祖国に生まれた
メリオネスも、更にアトレウスの子の若いほうの子も武具を求めていたであろう。
360　孰れも膂力をもってする強者揃いで、戦闘ではお前に引けを取らぬ面々だが、

知力では私に譲った。お前のその右手は戦で役に立つものだが、
お前の知力は、私が舵を取って導いてやらねばならぬものなのだ。お前には
思慮を欠いた腕力があり、私には未来を慮(おもんぱか)る思慮がある。お前には
戦闘の能力があるが、戦闘開始の時を決めるのに、アトレウスの子*は
私を指名し、私の意見を聞く。お前の取り柄は体力だけだが、私の取り柄は
知力だ。船の進路を決める舵取りが、役割という点で、漕ぎ手たちより
優位にある分、また、将が兵卒に優(まさ)る分、私はお前に
優(まさ)るのだ。我々〔人間〕の身体でも、腕の力よりも頭脳の力のほうが重要だ。
我々の活力は、すべてその頭脳の働き如何(いかん)にかかっているからだ。
ともかくも、主立った将の諸君、その褒賞を、諸君に忠実な番兵の私に
与えてくれ。私が気遣い怠りなく果たしてきた、これほど長年月に亘る
諸君への配慮の褒賞として。私の尽力に、それに見合う栄誉の称号を与えて
貰いたい。戦の労苦も、今や終わりを迎えようとしている。立ち開(はだ)かる定めを
私は取り除き、聳えるペルガマが攻落され得るようにしたことで、〔実質上〕
それを攻落した。今や、我々が共にする希望と、瓦解せんとする
トロイア人の城壁、更に、私が先頃、敵方から奪ってきた神々とにかけて、
〔また、何か、賢明になされねばならぬことが、尚、残されているとすれば、
また、大胆な者が果断に求めねばならぬことが尚あるなら、また、諸君が

トロイア滅亡の為に、まだ何か残されていると考えるのなら、それにかけて」
380　お願いする、私を思い出して頂きたい、と。或いは、私に与えて貰えぬのなら、
武具はこれに与えよ」。そう言って、命運握るミネルウァ神像を指さした。
　主立った将たちは心を動かされ、雄弁が何を為しうるか、事実で
明らかになった。雄弁な者が勇敢な者の武具を手に入れたのだ。
一人で、ヘクトルに、また、数多度（あまたたび）、刃（やいば）や火やユピテルに耐えた
アイアスではあったが、唯一、己の憤怒の激情にだけは耐えられなかった。
不敗を誇った勇者が、悲痛の思いには勝てなかったのだ。アイアスは己の
剣を颯（さっ）と摑むと、言った、「少なくも、この剣だけは俺のもの。まさか、この
剣迄、オデュッセウスは求めまい。この剣を俺は己に向けて使わねばならぬ。
何度もトロイア人の血に染まった剣故に、今度は持ち主の血に染まるのだ、
390　このアイアスに勝利できる者など、アイアス以外、誰もおらぬ証（あかし）にな」。
そう言うと、その時、遂に、初めて傷を受けることになった胸に、
刃（やいば）が通る限り深々と致命の剣を突き立てた。深々と突き立てられた
その剣は、誰もその手で引き抜くことができなかった。だが、他（ほか）ならぬ
吹き出る血潮がそれを押し出し、血飛沫（しぶき）で真っ赤に染まった大地は、
緑なす草の間（あいだ）から深紅の花を咲き出させた。この花は、かつて、
オイバロスの末裔（すえ）〔ヒュアキントス〕が受けた傷から生まれたものだ。その

花弁（はなびら）の真ん中には、少年と勇者に共通の文字が刻まれているが、
これは後者の場合は名を、前者の場合は哀悼の声を表している。*
　オデュッセウスは帆を揚げ、ヒュプシピュレ縁（ゆかり）*の故国にして、
400 名高いトアスの治めた国で、その昔、男たちを皆殺しにして悪名高い地へと
向かった。ティリュンス縁（ゆかり）の英雄の武器である弓矢を持ち帰るためだ。
その弓矢が、持ち主〔ピロクテテス〕同伴で、ギリシア勢の許に持ち帰られた後、
十年という長い歳月を閲（けみ）した末に、漸く戦に終止符が打たれた。
[トロイアは瓦解し、同時にプリアモスも斃れた。プリアモスの不幸な
后は、すべてを失った後、人間の姿も失って、新たに得た恐ろしい吠え声で
異国の地の大気を震わせている。ヘッレスポントスが
陸地に閉ざされて狭まり、長く延びる海峡を形作っている辺りのことだ。]
イリオンは炎上していた。火の手はまだ収まってはいなかった。ユピテルの
祭壇は〔殺害された〕老王プリアモスの血を吸ったが、〔枯れ果てた〕その血は
410 ごく僅かなものだった。ポエブスの巫女（みこ）*〔王女カッサンドラ〕は、髪を摑まれ、
引きずられていったが、高空に向けて差し延べるその手の平も空（むな）しかった。
ダルダノス縁（ゆかり）の地〔トロイア〕の家婦たちは祖国の神々の像を、
許される間、掻き抱き、火の手を上げる神殿にしがみついていたが、
人も羨む褒賞として、勝利者のギリシアの将たちの手で引かれていった。

〔ヘクトルの子の幼児〕アステュアナクスは、よく母親〔アンドロマケ〕が、「ほら、お父様よ」と指さし、父親〔ヘクトル〕が自分の〔名誉の〕ために闘い、父祖の王国を守って戦う姿を示して見せていた、あの櫓（やぐら）から突き落とされた。*

早や、北風（ほくふう）が帰国の船出を誘（いざな）い、順風を受けて揺らめく船の帆がはたはたと音を立てていた。乗り組む舵取りは、風を受けての出航の合図を送った。

「さようなら、トロイアよ。我らは引かれゆく」、トロイアの女たちは大声で
そう叫ぶと、大地に口づけをし、煙を上げる祖国の家々を後にした。

船に最後に乗り込んだのは――見るも憐れな姿だが――〔王妃〕ヘカベで、今は亡き息子たちの墓場の只中で発見された。塚にしがみつき、息子たちの遺灰に口づけしているところを見つけられた彼女は、ドゥリキオンを領する王〔オデュッセウス〕の手で連れていかれた。それでも、ヘクトル一人だけの遺灰は掬（すく）い取り、掬った遺灰を懐（ふところ）に忍ばせて、密かに携えていった。

ヘクトルの塚には、何もない中、せめてもの手向（たむ）けにと、白髪の髪の毛を切り取って供え、髪の毛と涙を残していった。

　トロイアがあったプリュギアの地の〔ヘッレスポントス海峡の〕向かい側に、ビストニアの人々の住む土地〔トラキア〕がある。そこに、ポリュメストル*の豊かに富む王宮があった。その彼に、ポリュドロス、汝を父〔プリアモス〕が養育のために密かに預け、トロイア戦の難を避けさせていた。

420

430

汝に加えて、犯罪の報酬となり、強欲な心を刺激する莫大な財を
添えていなかったなら、それは賢明な策と言えた。だが、
トロイア人の国運が潰え去ると、非道な、トラキア人の王は、
剣を手に取り、自分に託された養い子の喉に剣を突き立て、
恰も亡骸と共に罪の痕跡も消せるかのように、命果てた
ポリュドロスを断崖から、下に広がる海原へと投げ込んだのだ。
　アトレウスの子〔アガメムノン〕は、このトラキアの浜辺に艦隊を係留し、
440 海が穏やかに凪ぎ、更に好都合な風が吹くまで待っていた。
その浜で、突如として、大きく裂けた大地からアキレウスが立ち現れた。
亡霊は、生前、常にそうであった丈高い偉丈夫の姿のままで、その往時、
正しいとは言えぬ剣を抜き放ち、アガメムノンに襲いかかった時*の
威嚇するような顔付きをしていたが、こう言った、
「お主らは、アカイアの同胞よ、私を忘れて、ここを離れようとするのか。
私の武勇への感謝の念も、私と共に土に覆われ、葬り去られてしまったのか。
そんなことをさせる訳にはいかぬ。わが塚が誉を欠くことのないよう、
ポリュクセネを犠牲に屠り、わが霊を慰める贄とせよ」と。そう言うと、
かつての戦友たちは冷酷な亡霊の言葉に従った。ポリュクセネは母親の懐から
450 奪い取られたが、彼女は今や、母親が慈しむ唯一とも言える存在だった。

460

そのポリュクセネが、憐れにも、だが、か弱い乙女とも思えぬ気丈さで塚へと引かれていき、荼毘に付された無慈悲な亡骸への贄とされたのだ。彼女は王女としての矜持を忘れなかった。残酷な祭壇の前に連れていかれ、自分を贄とする残忍な儀式が用意されているのを感じ取った時も、剣を手にして佇み、自分の顔に視線を向けて、じっと見詰めている〔アキレウスの子〕ネオプトレモスの姿を目にして、言った、

「さあ、この高貴な血を、役に立てたければ、立てるとよい。ぐずぐずなどしない。あなたは剣を突き立てればよいのです、この喉にでも、この胸にでも」と。そう言うなり、彼女は喉頸を突き出し、胸を開けた。

「無論の事、この私ポリュクセネは、誰かの奴隷になる積りなど、更々ない。でも、こんな犠牲を捧げたところで、怒りを鎮める神霊など、いる筈がない。私の願いは、唯一つ、何とかお母様に私の死を気付かれぬようにすること。母を思えば死ぬ気も失せ、死ねる喜びも萎んでしまうから。尤も、お母様が恐れなくてはならぬのは、私の死ではなく、ご自分の生。どうか、お願い、この願いが正当として、黄泉に住む死霊たちの許に、私が自分の自由な意志で進んで赴けるよう、ここから離れて。処女の私に触れることのないよう、殿方の手を遠ざけて。貴方たちが私を贄に捧げて心を宥めようとする方にも、その方が、どなたであるにせよ、喜ばれることでしょう、自ら進んで

流した血のほうが。私の口で語る最後の言葉に、貴方たちのどなたかが心を
470 動かして下さるのなら——お願いしているのは、虜(とりこ)となった端女(はしため)ならぬ、
プリアモス王の娘——何卒、お願い致します、身の代(しろ)を取らず、私の亡骸(なきがら)を
母に返して、弔(とむら)いの悲しい権利を、母が、黄金ではなく、涙で購(あがな)えるように
して下さい、と。母は、それができていた頃は、黄金でも購ってはいましたが」。
彼女は言い終えた。ポリュクセネは涙を堪(こら)えていたが、人々は涙を
禁じ得なかった。犠牲式を司るネオプトレモス自身、涙を流しつつ、
不本意ではあったが、剣を突き立て、差し出された乙女の胸を切り裂いた。
乙女は、膝の力も抜けて、地面にどっと頽(くずお)れながらも、毅然として
怯まぬ表情を、命の尽きる最後の瞬間まで保ち続けていた。
頽れる時も、隠すべき所は覆い隠し、無垢の乙女の恥じらいの
480 品位を保とうとする気遣いさえ見せていた。彼女の亡骸は、トロイアの
女たちが貰い受けたが、女たちは、これまで何人のプリアモスの子の死を
哀悼したか、一つの家がどれほどの数の血を捧げたか、指折り数えて、乙女の
ポリュクセネよ、汝の死を悼み、また、ああ、先頃まで王妃と呼ばれ、王家の
母君(ははぎみ)と称されて、*栄えるアシアを体現する存在だったが、今は戦利品として
貧乏籤とさえ見なされたヘカベよ、汝の悲運を嘆いた。如何にも、勝利者
オデュッセウスも汝を戦利品に望まなかった筈、汝がヘクトルの産みの親で

なかったならば。ヘクトルのお陰で、辛うじて母親の主人が見つかった訳だ。
ヘカベは、実に毅然とした魂を宿し、今は虚しい骸となった娘を掻き抱き、
祖国に、子たちに、夫に、あれほど数知れず注いだ涙を、今また、
490
その彼女にも注いだ。娘の傷に涙を注ぎ、娘の口を塞ぐようにして
口づけし、打たれることに慣れきった胸を打ち、
血糊で固まった白髪を掻き毟りながら、母親ヘカベはあれこれ
独り言ちたあと、胸を引き掻きつつ、娘に、こう声をかけた、「わが娘よ、
母である私の最後の——他に残されたものなど、一つもないのですもの——悲しみよ、
わが娘よ、あなたは死んで横たわる。目にするあなたの傷はわが傷。ああ、
私が亡くすわが子の誰もが傷つかずには済まないかのように、あなたにも
傷がある。なのに、あなたは女、故に刃とは無縁で、刃を免れているものと
許り思っていました。でも、女ながら、あなたは刃で斃れた。あれほど多くの、
あなたの兄弟の命を奪ったのも、あなたの命を奪ったのも、同じ一人の男、
500
トロイアの滅び、私から夫や息子や娘を奪った張本人、あのアキレウス。
でも、あの男がパリスとポエブスの矢で斃れた後、私はこう言いました、
『今になって、やっとこれでアキレウスを恐れなくて済む』と。でも、
間違い。今尚、恐れねばならなかった。葬られたあの男の遺灰がこの一族に
猛威を振るっている。墓に葬られて尚、あの男が敵だと、我らは痛感した。

アイアコスの孫に殺させる為に、私は子を産んだも同然。強大なイリオンは瓦解し、祖国の災難は終わった、酷(ひど)い結末を伴ってではありましたが。でも、終わるには、終わった。が、私一人だけには、ペルガマは存続しています。わが悲しみ、苦しみは益々勢いを増している。先頃迄は、この世で最も高い地位にあり、あれほど多い婿や子や嫁、それに夫で威光を放っていた私、その

510 私が、今、故国を離れ、引かれゆく、無一物で、親しい人たちの墓から引き離されて、ペネロペイア*への手土産に。その彼女は、割り当ての羊毛を紡ぐ端女(はしため)の私を指さして、イタケの家婦たちに言うことでしょう、『これがヘクトルの、世に名高いあの母親、プリアモス王の后だった女よ』と。あんなに多くの近親を失った後、母の嘆きの唯一の慰めだった娘のあなたが、今や仇(かたき)の遺灰を鎮める贄に捧げられてしまったのね。私は憎き仇のための贄を産んだのです。この先、木石(ぼくせき)のように、無情に生き存(なが)えて何になろう。何をぐずぐずする。何のために、齢を重ねた老年よ、私を生き存えさせる。新たな身内の弔いを目にする以外、何のために、老いさらばえたこの私の死期を、無慈悲な神々よ、遅らせるのです。ペルガマが滅んだ後、

520 プリアモスは幸せと言えると思う人などいましょうか。でも、あの人は、死んで幸せ。あなたが、わが娘(こ)よ、身罷(みまか)ったのを目にすることもなく、この世の生と同時に、王国をも後に残して、旅立たれたのですもの。でも、

王女として生まれた乙女のあなた、あなたには葬送の礼が尽くされ、亡骸は
先祖代々のお墓に葬られる筈、それが私の思い。が、わが思いとは裏腹に、
私たちの家の置かれた境遇がそれを許してくれない。あなたに与えられる、
母の、せめてもの手向けは、流す涙と、ひと掬(すく)いの異国の地の砂。
何もかも、私たちは失ってしまいました。束の間、何とか生を繋ぐ理由として
残されているものといっては、母にとっての最愛の子、今となっては
たった一人になってしまったけれど、男の子たちの中の末の子がいるばかり。
かつて当地に送り、イスマロス聳えるこの国の王に託したポリュドロスです。　530
それはそうと、何をぐずぐずしているの。早く、この娘(こ)の、この酷(ひど)い傷と、
無惨にも血だらけのこの顔を水で清め、拭ってやらなければ」。
　そう言うと、ヘカベは老婆の足取りで、白髪を掻き毟りながら
浜辺へと向かった。「トロイアの女の皆さん、甕(かめ)を一つ下さいな」、
可哀想なヘカベは、澄んだ水を汲もうとして、そう声をかけた。
と、見れば、浜辺に打ち上げられたポリュドロスの屍(しかばね)と、
トラキア王の刃で剔(えぐ)られて大きく開(あ)いた傷口が目に飛び込んできた。
トロイアの女たちは叫び声を上げたが、ヘカベは悲痛の余り声が出なかった。
他ならぬ悲痛な思いが声を呑ませ、同時に湧き出る涙を
内に閉ざさせたのだ。彼女は、堅い巌(いわお)そっくりそのままに、　540

550

茫然と佇み、視線を地面に向けて、俯いているかと思えば、
また、剣呑な顔を起こして空を見上げ、また、ある時は、横たわる
わが子の顔を見詰め、ある時は、その傷を見詰めた。就中、凝視したのは
傷痕で、こみ上げる怒りが全身に溢れ、彼女はその怒りで武装した。
怒りに燃え上がると同時に、恰もまだ自分が女王のままであるかのように、
復讐を心に誓い、全身全霊、報復の罰を何にするか思い詰めた。
これを喩えれば、さながら乳飲み子の仔を奪われて、猛り狂い、
目の前にはいない仇を、足跡を見つけて追いかける雌獅子のよう。
そのように、ヘカベも、悲嘆と怒りとを、交々、心に秘め、
寄る年波のことは忘れても、心に誓った復讐は忘れず、
悍ましい殺害の下手人ポリュメストルの許に赴くと、
接見を求めた。息子のために密かに隠し残しておいた黄金を見せるから、
それを息子に与えてくれるように頼む風を装う算段からだ。
オドリュサイ人の王は信じ込み、戦利品への強欲な愛着が染み込んだ王は、
秘密の場所にやって来ると、媚びるような口調でヘカベに言葉巧みに言った、
「ぐずぐずするのはおやめ下さい、ヘカベ殿。贈り物を子息に渡されるとよい。
渡されるものも、以前与えられたものも、皆、あの子のものにしますとも、
神々に誓って、屹度」。そう語り、心にもない偽りの誓いを述べる王を、

ヘカベは厳しい目で睨みつけていたが、怒りが膨れ上がるままに
560　王を取り押さえ、加勢に、虜囚の身の女たちの一団を
呼び寄せると、背信の王の目の中に指を突っ込み、眼窩から
目の玉を刳(く)り出した――怒りが彼女を罪深く*していたのだ――。その後(あと)、
手を突っ込むと、悪逆な王の血に塗(まみ)れながら、
目の玉ではなく――もうそれはなかったからだ――目のあった所を抉(えぐ)り取った。
トラキアの民は自分たちの王の災難に憤り、
トロイア女ヘカベに襲いかかって、槍や石を投げつけ始めた。
だが、彼女のほうは、びゅんと唸(うな)りを上げて飛んでくる石に噛みつこうと、
追いかけていた。ヘカベは、口を開ける用意をして、何か言葉を語ろうと
してみるが、出てきたのは犬の吠え声であった。その場所は今もあり、
570　出来事から名〔犬塚(キュノス・セーマ)〕を得ている。*彼女は、昔の数々の不幸を長く忘れず、
その後(あと)も尚、*シトニオイ人の地の田野中に悲しげな吠え声を響かせた。
彼女の悲運は、トロイア人や、彼女の敵であったギリシア人の心を打ち、
彼女の悲運は、すべての神々の心をも打った。すべての神々と同様、
ユピテルの后にして姉君の〔ギリシア方を応援した〕ユノーまでもが認めたのだ、
ヘカベがあのような末路を辿ったのは不当なことであった、と。

扨(さて)、曙(アウロラ)の女神は、同じ〔トロイアの〕軍勢を贔屓(ひいき)にしていたが、トロイアや

ヘカベの災厄と没落に心を痛めている暇（いとま）はなかった。心に蟠（わだかま）っていたのは、
失ったメムノンへの、*より身近な苦悩であり、わが子を亡くした母の
悲哀であった。赤黄色（あかき）に染まる母、曙（アウロラ）の女神はトロイアの戦場の野に、
580 アキレウスの槍に貫かれて今にも息絶えようとするメムノンを目にした。
目にした途端、夜明けの刻に染まる女神のあの曙（あけぼの）色は
色褪せ、空は雲に隠れて見えなくなってしまった。
母は息子メムノンの肢体が火葬堆（づみ）の荼毘の火にかけられるのを
見るに忍びず、乱れ髪もそのままに、
偉大な父神ユピテルの前に跪（ひざまず）くのを厭（いと）わず、
その膝に取り縋（すが）って、涙ながらに、こう言って訴えた、
「黄金まばゆく輝く上天（アエテル）にいますどの神様方よりも、私（わたくし）は位が劣ります。
全世界を見渡しても、私の神殿はごく稀でございますもの。でも、女神には
違いありません。ここに罷り越しましたのは、社（やしろ）や、犠牲を捧げて祝う祭日、
590 また灯明燃える祭壇をお与え下さいと、お願いするためではありません。
とは申せ、男神（おがみ）ならぬ、女神（めがみ）の私ながら、新たな光で夜との境を区切る時、
あなた様に私が如何ほどのお役に立っているか、みそなわし給うならば、何卒、
褒美を与えてもよいと思（おぼ）し召せ。尤も、今は、当然の誉（ほまれ）を得たいという
気持ちもなく、そのような状態でもございません。私が罷り越しましたのは、

愛しいわが子メムノンを奪われたがため。あの子は、雄々しくも
叔父*の為に武器を取りましたが、それも空しく、花の盛りの年頃で、勇者
アキレウスの手にかかり――それがあなた様の思し召し――斃れたのでございます。
何卒、神々の至高の支配者ユピテル様、お願いです、あの子に、死出の旅の
慰めとなる何かの栄誉をお与え下さり、母の私の痛手をお癒し下さいませ」。
600　ユピテルがその頼みを諾(うべな)うと、メムノンを荼毘に付す火葬堆(づみ)が、高く
燃え上がる火で崩れ、渦を巻いて立ち昇る黒煙で
空が曇った。その様(さま)は、恰(あたか)も、川が
霧を立ち昇らせると、陽の光がその下には届かない時のよう。
と、その時、黒い灰が舞い上がり、灰は纏まって凝縮すると、
一つの姿になり、一つの形を取って、火から熱*と
生命(いのち)を得た。そして、その軽さが翼を与え、
初めは鳥に似たものであったが、やがて本物の鳥となって、
翼を羽搏(はばた)かせる音を響かせた。と、同時に、同じ誕生の起源をもつ
無数の姉妹の鳥たちが、やはり翼を羽搏かせる音を立てて空を舞い、
610　火葬堆〔の跡〕の上方で、三度、旋回し、三度、一斉に、空(そら)じゅうに響き渡る
嘆きの声を上げた後(あと)、四度目の旋回の時、二つの陣営に分かれた。
それから、その二つの勢力は、互いに向かい合う相手側に

激しく戦を仕掛け、嘴（くちばし）や、鉤（かぎ）なりに曲がる爪を使って怒りをぶちまけ、
互いの翼や胸に襲いかかって相手を疲れさせ、その挙げ句、〔鳥となった〕
同族の肢体は地上に落下して、埋葬された遺灰への供物となった。自分たちが
勇者メムノンから生まれたことを忘れてはいなかったのだ。俄（にわか）に生じた、
この鳥たちの名は生みの親の名に因んで付けられた。その鳥たちは、メムノンの
名を取って「メムノンの鳥たち（メムノニデス）」と呼ばれた。この鳥たちは、今も、太陽が十二の
星座を辿り終えると、親の命日の習い通り、また合戦を始めては死んでゆく*。
故に、デュマスの娘*が犬の吠え声を発するに至った出来事は、他の者たちには　620
悲しい出来事に思えたが、曙（アウロラ）の女神は自分の嘆きに心を奪われて、子を思う
敬虔な涙を、今尚、流し続け、その涙〔＝朝露〕は世界中を濡らし続けている。
　だが*、定めは、トロイアの城壁と共に、希望までもが潰え去るのを
許しはしなかった。キュテラ縁（ゆかり）の女神〔ウェヌス〕の子の英雄〔アエネアス〕は
聖像、聖具を携え*、もう一つの聖物（せいもつ）、尊ぶべき重荷の父親を肩に背負った。
あれほどの莫大な財の内、敬虔な英雄は、それだけの持ち物を選び、
わが子アスカニウスを連れて〔トロイアを逃れ〕、亡命の仲間を乗せた艦隊で
アンタンドロスの港から船出し*、トラキア人らの罪深い家々や、
ポリュドロスの血に塗（まみ）れた地〔トラキア〕を後にして、大海原を
運ばれていき、追い風と追い潮に恵まれて、早くも、　630

640

同行する仲間と共に、アポロの愛でる〔デロス島の〕聖都に入港した。
その彼を、人々が王として崇め、アポロを恭しく斎き祀る
神の宮人を務めるアニオス*が神殿にも館にも迎え入れると、
都を案内して回り、名高い〔アポロの〕社や、ラトナがかつて
双生神を産んだ折に握った二本の木*を示して見せた。
アエネアスらは祭壇の火に香をくべ、香に葡萄酒を注ぎ、
仕来り通り、屠った牛の内臓を炙〔って神に捧げ〕ると、
王宮に赴き、高い寝椅子の上に敷かれた敷物に横臥して*、
ケレスの賜物を食し、バッコスの恵みの葡萄酒を呷った。その時、敬虔な
アンキセスが言った、「おお、ポエブス神の、選ばれし宮人よ、私の
間違いか、それとも、私が初めてこの地の都城を訪れた折、記憶するかぎり、
貴殿には御子息が一人、御息女が四人おられたのではありませんかな」と。
その彼に、アニオスは、雪白の羊毛紐*を巻いた頭を振りながら、
悲し気に答えた、「誰よりも優れた益荒男よ、あなたの間違いではありません。
かつて、あなたが目にした私は五人の子持ちの親でした。しかし、
今の私は——人間を弄ぶ有為転変はかくも激しいもの——、子なしも
同然の身。実際、不在の息子が私にとって、何の扶けになりましょう。
あれは、今、自分の名で呼ばれる地のアンドロス島に住み、

父の私に代わって、かの地を支配し、王権を握っているのです。
650 デロス縁の神〔アポロ〕が、あれに予言の術を授け給い、女の子たちには、
リベル〔＝バッコス〕が、別の、願ってもみず、信じ難いほど大きな賜物を
授け給うたのです。* 如何にも、私の娘たちが触れるものは、ことごとく
五穀の実りや、生の葡萄酒、ミネルウァの賜物である薄緑のオリーブ油に
変わるのです。その娘たちを使えば、大変な利益になりました。
トロイアを荒廃させた、あのアトレウスの子が、これを聞きつけて、
――我々も、あなた方を襲った嵐の、何ほどかの余波を受けた、
そうお考え頂きたい――そのアガメムノンが、武器の力を使って、
父の私の懐から、嫌がる娘たちを、無理矢理、拉致し、ギリシアの
艦隊を神からの授かり物の霊力で養うよう強要したのです。娘たちは
660 難を逃れて、それぞれ可能な所へ逃げていきました。二人が目指したのは
エウボイア島、同じくもう二人は兄の治めるアンドロス島を目指しました。
が、兵士らがやって来て、引き渡さないなら戦を、と威しをかけるのです。
姉妹愛も戦の惨禍の恐れには負け、兄は処罰が必定の姉妹たちを引き渡して
しまいました。臆病の謗りは免れぬ兄ですが、寛恕してやらねばなりません。
何せ、あそこには、島を守ってくれるアエネアス殿も、また、あなた方が、
その人故に十年の歳月を持ち堪えられたヘクトル殿もいなかったのですから。

早くも、兵士らは虜にした娘たちの手に枷を嵌めようとしました。娘たちは、まだ自由であった両手を空に向かって差し上げ、こう叫びました、『父神バッコス様、お助けを』と。賜物の授け手の神は、助けをお送りになったのです——驚くべき仕方で人間の姿を失わせることが助けを送ることだと言えれば、の話ですがね。尤も、娘たちが、どんな風にして人間の姿を失ったのかは、知ることができませんでした。但し、不幸の結末は分かっています。娘たちの身体には羽が生え出て、遂には、あなたの御令室〔ウェヌス〕の聖鳥、真っ白な鳩に姿を変えたのです」*。

　宴会では、終始、こうした話や、その他、四方山話が語り合われたが、卓が片づけられた後、皆は眠りに就いた。翌朝、一行は、目覚めて起き上がると、神託を伺うために、ポエブスの社に出かけた。神のお告げは、こうであった、古の母*〔イタリア〕を訪ね、同じ血を引く民の住まう岸辺を目指せ、と。王は一行を見送り、旅立つアエネアスらに餞別を与えた。アンキセスには王笏を、その孫〔アスカニウス〕には外套と箙を、アエネアスには混酒器を贈った。これは、かつて、アオニアの岸辺から、イスメノス河畔に住まう客人テルセス*が王の許に持ち来り、それをテルセスが贈り物として王に与えたものであった。作者の工人はヒュレの住人アルコン*で、胴の側面には様々な物語を描いた浮出し細工が施されていた。

図像の中に、都〔テバイ〕があった。都には七つの門があるのを示せただろう。
この七つの門が名前代わりと言ってよく、何という都か、それが教えていた。*
都の外では、葬儀が行われており、塚と、荼毘の火と、火葬堆(づみ)があり、
結びを解(ほど)いて髪を振り乱し、胸を開(はだ)けた家婦たちが
哀悼の意を表していた。ニンフたちも涙を流し、干上がった
690 泉を嘆いているのが見られる。立っている木々は葉を奪われて、
枯れ木のよう。〔岩場を好む〕山羊たちが乾燥した岩肌を齧(かじ)っている。更に、
見よ、そのテバイの町中(なか)には、オリオン*の二人の娘が描き出されている。
こちらでは、一人が女とも思えぬ気丈さで己のむき出しの喉元に杼(ひ)を
突き刺して傷つく様(さま)が、あちらでは、もう一人が雄々しい胸に刃代(やいば)わりの
杼を突き立てて、同胞市民の為に斃れ伏す様が、二人が盛大な葬列で町中(じゅう)を
運ばれ、哀悼の人々の集(つど)う一画で荼毘に付される様が見て取れる。続いて、
二人の乙女の遺灰から、一族が絶えることのないようにとの計らいから、
噂ではコロノイ*と呼ばれる二人の若者が現れ出て、母の
遺灰を運ぶ葬列を先導する様が描かれていた。ここまでが、青銅製の
700 古い混酒器の〔胴部分の〕輝く浮出し細工の図像で、混酒器の
上縁(うわべり)には、金冠造りのアカンサス〔葉薊(はあざみ)〕の浮出し細工*が施されていた。

トロイア人たちも、返礼に、その贈り物に劣らぬ立派な聘物(へいもつ)を贈り、

神の宮人(みやびと)の王には香を容れる香箱を贈り、また、
灌酒(かんしゅ)用の平皿(ひらざら)と、黄金と宝石でまばゆい王冠も贈った。
　そこから、アエネアス一行はテウクロイ〔トロイア〕人が始祖テウクロス*の
血を引く末裔であることを忘れず、縁(ゆかり)のクレタに到着したが、土地の
気候に長くは耐えられず、百の都市*〔を擁するクレタ〕を後にして、
アウソニア〔イタリアの雅称〕の港に辿り着くことを切望した。だが、冬の海が
荒れ狂い、勇者らを翻弄したため、嵐を避けて、一行はストロパデスの島の、
当て外れの港に逃れたために、怪鳥アエッロー*に脅かされた。

710

その後(あと)、一行は、早くも、ドゥリキオンの港や、イタケやサモス、また、
家々の立ち並ぶネリトス等(など)、智謀に長けたオデュッセウスの領地の島々を過ぎて
運ばれていった。更に、かつて神々が領有を争ったアンブラキアや、
岩となった、その折の裁定人〔賢者クラガレウス〕の姿も目にした。*今では
〔近在の〕アクティオンのアポロ〔の社〕で名高い、そのアンブラキアも過ぎ、
神託の声を発する樫の木の聳えるドドネや、その昔、モロッソイ人の王の
息子たちが〔盗賊らの放った〕非道な火を〔鳥となって〕生え出た翼で逃れた、
という出来事*のあったカオニアの内海も通り過ぎていった。
　次いで、たわわに実る果実に富む、パイアケス人の

720

田野〔コルキュラ島〕を目指し、そこからエペイロスなるブトロトスの港に

辿り着いた。ここは、今、トロイア縁（ゆかり）の予言者が領し、トロイアに模した城市を築いて支配している地だ。プリアモスの子のその予言者ヘレノス*が信頼に足る忠告と共に予言してくれた将来の展望を聞き知ると、一行はシカニアに入った。この島には、三方向に海へ突き出す三つの岬がある。*その内、雨もたらす南風（アウステル）の吹き付ける南に面しているのがパキュヌス岬で、穏やかな西風（ゼピュロス）吹き寄せる西に対面するのがリリュバエウム岬、そして海に沈まぬ〔大小の〕熊座（アルクトス）と、北風（ボレアス）吹く北に臨（のぞ）むのがペロルス岬である。テウクロスの末裔（すえ）の一行は、この島に近づくと、櫂を漕ぎ、追い潮に乗って、艦隊は、夕闇迫る頃、ザンクレの浜辺に上陸した。一行の右手側にはスキュッラ*、左手側には逆巻く渦のやまぬカリュブディスという危険が待ち構えている。後者は船を捕え、渦に巻いて呑み込んでは吐き出し、

730

前者は、黒い腹回りに凶暴な犬共を巻き付けた、乙女の顔をした怪女だ。だが、詩人たちの残した話の何もかもが虚構というのでなければ、かつては、正真正銘、人間の乙女であったという。多くの求婚者たちが彼女に求婚したが、彼女は彼らの求婚を撥ね付け、海のニンフたちに誰よりも愛される乙女として、海のニンフたちの許に出かけていき、自分がすげなく拒んだ若者たちの愛のことを語って聞かせたものだった。その彼女に、ガラテイア*が梳（す）いて貰おうと髪を預けて、何度も

740

溜息を吐きながら、乙女に語りかけて、こう言った、「でもね、乙女の
あなた、あなたに求婚する殿方たちはそんなに荒っぽい人たちじゃないのよ。
だから、あなたのように愛を拒んだって、何の仕返しも受けないのだわ。
でもね、私の場合は違う。私の父はネレウス。紺青のドリスが私を産んだの。
私は、大勢の姉妹たちに囲まれて、何の心配もなく暮らしていました。でも、
キュクロプスの愛を避けたために、悲しい目に遭わざるを得なくなったの」。
そこまで言うと、こぼれる涙が、語るニンフの声の邪魔をした。
乙女は、その涙を大理石のような真っ白な指で拭ってやり、女神を
慰めて、言った、「話して下さい、愛おしいことこの上ないニンフのあなた。
包み隠さず仰って、あなたの悲しみの因を、こんなに忠実な友の私ですもの」。
ネレウスの娘の女神は、クラタイイスの娘スキュッラに、こう言葉を返した、

750

「アキスという男の子がいたの。ファウヌスと、〔河神〕シュマイトスの娘の
ニンフの子で、両親にとって大きな喜びの源でしたが、私には尚更
大きな喜びとなる相手でした。私の愛を引きつけた唯一の人ですからね。
それは、見目麗しい子で、十六の誕生日も過ぎたばかりの年頃、柔肌の
頰を、あるかないか分からぬほど薄い産毛が覆っていました。私はこの子の
愛を求めていたのに、キュクロプスがいつまでも私の愛を求めてやまないの。
私のキュクロプスへの嫌悪とアキスへの愛と、

どちらのほうが強いのか、と訊（き）かれれば、言いましょう、
どちらも同じくらい強かった、と。ああ、慈しみのウェヌス様、あなた様の
権能の、何と強大なこと。如何にも、残酷で、森の木立さえ　760
恐れを抱き、他所（よそ）から来た誰もが、目にして酷い目に遭わぬことはなく、
神々共々、偉大なオリュンポスさえ侮蔑する不敬なキュクロプスが、
愛が何かを感じ取り、家畜や住処（すみか）の洞窟のことも忘れ、
激しい愛の虜（とりこ）となって、身を焦がしたのです。今では、お前は見栄えを
気にするようになり、相手に気に入られたいという気持ちをもつようにもなった。
今では、ポリュペモス、お前は、ごわごわの髪の毛を熊手で梳（す）いてみては、
鎌でもじゃもじゃの髭を刈りたい、或いは、泉の水に映して、
獣のような自分の顔を眺めては、繕いたいと思ったりもする。
殺戮欲も、凶暴さも、血に飢えた酷い渇望も、もうどこかに行ってしまい、
島に来る船、島を去る船共に、無事に航行できるようになっていたのです。　770
そうこうする内、*テレモスがシキリアのアエトナ山麓の地に流れ着きました。
エウリュモスの子で、鳥に欺かれたことがない*予言者のそのテレモスが、
怖いポリュペモスの許に赴いて、こう言ったの、『お主の額（ひたい）にある唯一のその
目はオデュッセウスに奪われよう』*と。すると、ポリュペモスは嘲笑って、
こう言ったわ、『おお、愚かこの上ない予言者め、貴様は間違っておる。既に、

この目は奪われてしまっておる、他（ほか）の女にな』と。こうして、予言者の
甲斐ない、真実の警告を蔑ろにし、キュクロプスは、大股で砂浜を踏みしめ
歩いているかと思えば、また、疲れては、陰深い塒（ねぐら）の洞窟へと
戻っていったりするのでした。近くに、先端が尖った楔形（くさびがた）で、長く延びて
海に突き出し、岬になっている丘があり、両側は海の波に囲まれているの。
凶暴なキュクロプスは、そこへ登っていき、丘の真ん中辺（あた）りで腰を下ろしたわ。　780
毛深い羊の群れは、誰が世話するのでもないのに、その後を付いていくの。
キュクロプスのポリュペモスが、牧人の杖の役目を果たしていた、
帆桁（ほげた）を渡す帆柱にも使えそうな松の巨木を
足もとに置き、百本の葦を連ねた葦笛を手に取ると、
鄙（ひな）びた牧人風の調べが辺りの山中に木魂（こだま）し、一面の
海原に響き渡ったわ。私が岩の間に潜んで、愛しいアキスの懐に
身を凭（もた）せかけていた時のこと、遠くから聞こえてくる、こんな言葉が
私の耳に入ってきて、今もそれが心に残って離れないの。こう言うのよ、
『ガラテイアは水蠟樹（いぼたのき）の花弁（はなびら）よりも白く、
花咲く牧場よりも華やか。榛（はん）の木よりもすらりとして丈高く、　790
硝子よりもきらきら輝いている。柔らかな子羊よりもお転婆で、
その肌（はだえ）は、絶え間ない波に洗われた貝殻よりもすべすべ。

冬の日射しよりも嬉しく、真夏の木陰よりも好もしい。
果実よりも上等で、高い鈴懸の木よりも人目を引き、
氷よりも明るく光り、熟した葡萄よりも甘美で、
白鳥の羽毛や凝乳よりも柔らか。
もし、お前が逃げなければ、水遣りの行き届いた庭園よりも美しい。
　だが、同じそのガラテイアは、馴らされていない若牛よりも荒々しく、
年古りた樫の木よりも頑固で、海の波よりも気紛れ。
柳の枝や、ブリオニア*よりもしぶとく、
800
この岩どもよりも、どっしりとして〔軽々しく〕動かず、奔流よりも凶暴で、
褒めそやされる孔雀よりも高慢ちき。火よりも気性激しく、
浜菱の実よりも刺々しくて、仔を孕む雌熊よりも狂暴。
波騒ぐ海よりも人の声に耳を貸さず、踏みつけられた蛇よりも残忍。
それに、これは何より願い下げで、お前から無くなればと思うのだが、
お前の逃げ足は、甲高い犬の吠え声に追いかけられて逃げる鹿はおろか、
吹く風や、鳥も追い抜く疾風さえも凌ぐ速さだ。
　だが、誰から逃げているのか、ちゃんと分かってくれたら、逃げたことを後悔し、
自分で自分の躊躇いを責め、何とか俺を引き止めたいと
810
骨折ることだろう。俺には、山の一部で、天井が自然にできた

820

洞窟がある。その中では、真夏の暑い日射しも感じないし、
冬の寒さも感じない。枝も垂れるくらいたわわに実る林檎もあるし、
長く伸びた枝に、黄金(おうごん)とも見紛う黄色の葡萄や、紫色の
葡萄もある。それもこれも、みんな、お前のためにと取ってあるんだ。
お前は自分の手で、森の木陰に実をつけた、柔らかな
野苺も摘めるし、自分で、秋に実をつける山茱萸(さんしゅゆ)の実も、
黒い果汁で黒ずんだ李(すもも)だけじゃなく、捏(こ)ねたての
蜜蠟のように黄色っぽい、上等な種類の李も摘めるぞ。
俺の妻になってくれたら、お前に栗の実もあげようし、お前に
苺の木*の実もあげよう。ここにある木は、みんな、お前のものだ。
　ここにいる羊の群れは、全部、俺の所有物。他(ほか)に谷間を彷徨(うろつ)いている羊も、
森に隠れている羊も沢山いるし、洞窟の中の囲いの中にも沢山の羊がいる。
どれだけいるの、と、もしやお前が尋ねても、〔数えきれず〕答えられない。
家畜の数を数えるなんて、貧乏人のやることだ。俺の自慢気な話を聞いて、
信じられないのなら、実際に、お前が自分の眼で確かめればいい。羊たちが、
ぱんぱんに膨らんだ〔己の〕乳房を脚で避(よ)けて歩くのもやっとという様子をな。
温かい羊小屋には、子羊たちもいるし、
別の小屋には、同じ年頃の子山羊たちもいる。

830

840

いつだって、俺は真っ白な乳に事欠かない。その一部は
飲むために取っておき、残りは凝乳酵素*で固めて凝乳にするのだ。また、
お前が愛玩するものも贈り物に贈ってあげよう。それも、手頃で、
ありきたりのもの、ダマジカとか、兎とか、雄山羊とか、
番(つがい)の鳩とか、木の天辺(てっぺん)から取ってきた鳥の巣とかじゃないものをな。
お前が一緒に遊べる双子の仔熊を、俺は見つけた。
瓜二つで、お前にも見分けが付かないだろうな。山の頂で、
毛深い母熊の傍にいる、その仔熊を、俺は見つけると、
こう言ったのだ、「あいつを、愛する女(ひと)のために取っておこう」とな。
　さあ、早く、その紺青の海から、輝くお前の顔を覗かせておくれ、
さあ、ガラテイアよ、出ておいで。俺の贈り物を馬鹿にしないでおくれ。
俺には、確かに自分のことが分かっている。つい先頃のことだ、澄んだ泉の
水面(みなも)に映して、俺は自分を見たのだ。俺が見ても、惚れ惚れする姿だったぞ。
ほら、見てみろ、俺がどんなに大きいか。天上のユピテルとて、この身体の
大きさには勝てまい。こう言うのも、お前たちが、常々、ユピテルとかいう
神がこの世を支配していると語っているからだ。俺の髪はふさふさで、
たっぷりあり、厳(いか)ついこの顔に垂れ下がり、森みたいに、肩に
影を落としている。俺の身体に剛毛がびっしり逆立っているのを醜いと

思ってはならぬぞ。葉がなければ木も醜いし、
馬だって、栗毛の頸を鬣(たてがみ)が覆っていなけりゃ不格好だ。
鳥は羽毛が覆っているし、羊にとっては、その毛は立派な飾りだ。
850
髭や、身体中、毛むくじゃらの剛毛は男に似つかわしい。
俺の額(ひたい)の真ん中には眼球が一つしかないが、巨大な丸盾も顔負けの
大きさだ。それに、どうだ。太陽神は、空からこの世の万物を
見そなわしているのじゃないか？　だが、その太陽神の眼球は一つだ。
　更に、こういう事実もある。俺の親父は、お前たちのいる海を支配する神*だ。
その神を、お前の舅にしてやろうというのだ。唯々、可哀想だと思ってくれ。
こうして願う俺の頼みを聞いてくれ。俺が膝を折るのはお前唯一人なのだ。
ユピテルも天界も、悉(ことごと)くを貫く雷電も、屁とも思わぬ俺が、ネレウスの娘よ、
お前を崇(あが)めているのだ。お前の怒りを買うのは俺には雷よりおっかないこと。
だが、お前につれなくされたって、お前が誰からも逃げているのなら、
860
まだしも耐えられる。ところが、お前は、キュクロプスの俺を拒んで
アキスを愛し、俺の抱擁よりアキスのほうを選ぶのは、どうしてだ。まあ、
いいさ、彼奴(あいつ)が自惚れ、お前も、ガラテイア、そんなことは願い下げだが、
お前も惚れていようと、構うものか。機会さえあればいい。なら、彼奴(きゃっ)も、
俺には、これほどでかい身体に見合う、どでかい力があることを思い知ろう。

生きたまま、彼奴の腑を引っ張り出し、手足を引っこ抜いて、野原中に、また、お前のいる海原中にばらまいてやる。お前とは、こうして睦み交わせばよい。こんなことを言うのも、俺が恋い焦がれているからなのだ。この恋の火は、痛めつけられれば尚更燃える。この胸に、アエトナを、火の威力そっくりその儘、取り込んだみたいだ。なのに、お前は、ガラテイア、靡いてくれぬ』。

870

こんな嘆きの言葉を——私は残らず見ていたからよ——甲斐無く語った後、ポリュペモスは立ち上がり、雌牛を奪われて怒り狂う雄牛さながら、居ても立ってもいられず、森や、見知った野原を彷徨いていたけれど、その時、野獣のポリュペモスは、そんな恐れなど、これっぽっちも抱かず、思ってもみなかった私とアキスを目にして、こう叫んだの、『見つけたぞ。お前たちの睦み合いも、これを最後にしてやる』と。その叫び声の大きさといったら、怒ったキュクロプスなら、さぞやこんな大声に違いないと思える大音声なの。アエトナも、その叫び声に驚愕し、震えたわ。それで、私は、怯えて逃げ出し、近くの海の中に身を沈めたのよ。

880

シュマイトスの孫の英雄*も、もう背を向けて逃げ出していたけれど、『助けて、ガラテイア、お願い、僕を。お父さんも、お母さんも、助けて、僕を。今にも命を落とそうとする僕を、あなたたちの領国に迎え入れて』と、叫んだわ。でも、キュクロプスは追いかけて、山の一部の大岩をもぎ取ると、

それをアキス目がけて投げつけたのよ。アキスまで届いたのは岩の端っこの
角にすぎなかったけれど、アキスは、すっかり岩に押し潰されてしまったわ。
私にできることといえば、これだけが定めによって許される精々の
ことですが、アキスが先祖から受け継いだ力を取り戻せるように
してあげることくらい。岩の下から、真っ赤な血が流れ出していましたが、
やがて、その血の赤色が消え始めて、その色は、
初めは雨に増水して濁った川のような色になり、暫くすると
890
澄んで透き通ってきたの。その内、投げられた岩に裂け目ができて、
その裂け目から、青々とした、丈高い葦が生え出し、空ろに裂けた
岩の口から水の迸り出る音が聞こえてきたかと思うと、
一人の若者が立ち上がり、身体の中ほどのお腹辺りまで姿を現したわ。
不思議なことながら、新しく生え出た角に葦を巻き付けて飾り立てた、
以前より大柄で、顔全体が紺青である点を除けば、アキスその人でした。
そのように変わったとはいえ、アキスには違いなかったの。でも、今では
アキスは河〔神〕になり、その流れは昔のままの名を留めているの」。
ガラテイアは話を終えた。ネレウスの娘たちは、団欒の輪を解いて、
その場を離れ、穏やかな波間を泳いで綿津見へと帰っていった。
900
スキュッラも戻っていったが、大海原に身を委ねる勇気がなく、

910

裸のまま、海水に湿った砂浜を踏みしめて漫ろ歩いたり、
疲れを覚えると、奥まった所にあって、人目に付かぬ入り江を見つけ、
岩に囲まれた入り江の、その水に浸かって身体を冷やしたりしていた。
すると、見よ、そこに、海原の波を掠め飛ぶようにして、深海の新たな住人、
先頃、エウボイアのアンテドンで変身したばかりのグラウコス*が
やって来た。新参の神は、乙女を一目見るなり、その恋の虜になって、
逃げようとするスキュッラを引き止められそうな言葉を、思いつくかぎり
語りかけた。それでも、彼女は、恐れに駆られる儘、矢のように逃げていき、
遂に浜辺近くの山の頂に辿り着いた。
この山は海に臨む大きな山で、尖った頂を聳えさせ、
木々に覆われたその頂は、海の上、遠くまで延びて、穹窿を形作っていた。
スキュッラは、その頂で立ち止まると、居場所に安心し、声をかけた者が
怪物なのか、それとも神なのか、分からないまま、その紺青の顔色や、
肩と、それに続く背中に覆いかぶさる髪の毛、それに
身をくねらせる魚に変わっていく下半身を眺めては、驚嘆していた。
グラウコスは、それに気付くと、傍にあった岩に凭れかかりながら、言った、
「私は、乙女よ、怪物でもなければ、野獣でもなく、海の神だ。
プロテウスにしろ、トリトンにしろ、アタマスの子パライモン*にしろ、

920
私ほど大きな大海原の権利をもってはいない。
尤も、私は以前は人間だったのだ。しかし、勿論、
大海原をこよなく愛し、その頃から既に海の仕事に精を出していた。
実際、私は、魚を取り込む網を曳いたこともあれば、
岩場に坐って竿で釣り糸を操ったりもしていたのだ。
緑溢れる草地に接する浜辺があって、一方の縁は
波が、もう一方の縁は草が囲んでいた。
その草は、角ある牛たちが食んで痛めつけることもなく、
温和しい羊たちや、毛のふさふさした山羊たちが食いちぎることもなかった。また、
そこから働き者の蜜蜂が花〔の蜜〕を集めて*運んでいくこともなく、
頭を飾る祝祭用の花冠の花が摘まれることも、人の手が鎌で草花を
刈り取ることも一度もなかった。その草地に最初に腰を下ろしたのが
930
私だった。濡れた網を乾かしていた時のことで、
運良く網にかかったり、餌に騙されて針にかかったりして、
捕まえた魚を、一匹一匹、数を確かめようと、
草の上に並べて置いたのだ。
まるで作り話のように思えることだが、私が作り話をして、何の得になろう。
私の捕った獲物の魚が、草に触れると、動き始め、跳ねて

裏返しになるかと思えば、まるで海の中のように、地面を這い回るのだ。
私が驚いて、ぐずぐずしている間に、魚の群れは、残らず
海の中に逃げ去り、新しい持ち主の私も岸辺も後に残していってしまった。
940　私は、長い間、茫然として、怪訝に思いながら、何故だろう、これは
何神かの仕業なのか、草の汁の所為(せい)なのか、と考えていた。
『それにしても、どの草に、こんな力があるのだろう』、私はそう独り言(ご)つと、
手で草を摑み取り、摑み取ったその草を歯で嚙みしめてみたのだ。
すると、この見知らぬ草の汁が喉を通るか通らないかの内に、
突然、胸の内がぶるぶる震え、心が何か別の性質を
得たいという欲望に駆られていくのを感じた。
長い間、その衝動に逆らえずにいたが、『さらば、最早、二度と
戻ることのない大地よ』、私はそう叫ぶと、水の中に身体を沈めたのだ。
海の神々が、その私を受け入れ、神々の一柱(いっちゅう)となる栄誉を授けてくれて、
950　私が身に帯びている、死すべき人間としての、あらゆる性質を取り去るよう、
オケアノスとテテュスに願ってくれた。私はこの二柱(ふたはしら)の神によって
禊(みそ)ぎを施され、私の罪障を清める呪文が九度唱えられる中、
胸を百の川の流れに浸けて洗い清めるよう命じられた。
忽(たちま)ちの内に、ありとあらゆる方角から川が流れてきて、

私の頭上にその水を残らず注ぎかけたのだ。
私が記憶していて、お前に話すことができる出来事はここまでだ。
ここまでしか私は覚えておらず、その他のことは、気も失せて、
記憶にない。だが、気がついてみると、身体全体が先ほどまでの自分とは
別ものになっており、心も同じではなかった。
見れば、その時初めて、自分がこんな姿をしているのがわかったのだ、　960
髭と、水中で長く靡かせる髪の毛は濃い緑色で、
肩は大きく、腕は紺青で、脚の先は、湾曲する、
鰭（ひれ）のある魚の尻尾になっているのがな。だが、この姿が
何の役に立とう、海の神々に気に入られたことが、神であることが、
何の役に立とう、それで、お前が心を動かしてくれないのなら」。
そう語り、更に言い継ごうとする神を、スキュッラは置き去りにして
逃げていった。グラウコスは怒り狂い、撥ね付けられたことに憤慨して、
太陽神（ティタン）の娘キルケの面妖な館*へと向かった。

訳注

三　「ギリシア人」の意。第七巻四九行注参照。
三　大アイアスの父。アキレウスの父ペレウスとは兄弟（第七巻六五三行注参照）。以下に語られる、テラ

モンがヘラクレスとトロイアを攻め、王女ヘシオネを手に入れたことについては、第一一巻二一一以下。アルゴー船の乗組員の一人であったことについては、本作での言及はないが、アポッロニオス『アルゴナウティカ』一・九〇―九四、ウァレリウス・フラックス『アルゴナウティカ』一・一六六。アイアコスが死後、黄泉の国で亡者を裁く判官となったことについては、第八巻一〇一行注参照。

三　ホメロスでは、オデュッセウスの父親はトロイア戦争に出征した息子の帰国を故国のイタケで待ち続けている老ラエルテスとされるが（『イリアス』では父称のみで「ラエルテスの子（Laertides）」としか言われない。ホメロス『オデュッセイア』二四・二二六など）、ホメロス以後には、狡猾なシシュポス（地獄で劫罰を受けている罪人の一人。第四巻四五六行注参照）がオデュッセウスの本当の父親（シシュポスから「買い取られた」子）とする伝ができあがった（ソポクレス『ピロクテテス』四一七）。なお、母親アンティクレイアの父（したがって、オデュッセウスの母方の祖父）も、奸策や術策に長けた人物で、ヘルメス（メルクリウス）の息子であるアウトリュコス（第八巻七三八行注参照）であり、またヘルメス自身も狡猾、奸計に長けた神で（第一巻六七六行注参照）、オデュッセウスと同じ「（術）策に長けた（polytropos）」の定型的形容詞（エピテトン）をつけて呼ばれる。

亖　オデュッセウスが狂気を佯（いつわ）ってトロイア参戦を免れようとしたところ、「パラメデスの助言を容れて懲罰のため息子をさらい、狂気が佯りであることを見破った」（「叙事詩の環」中の『キュプリア』梗概）。後代の伝では、オデュッセウスが牛に鋤を曳かせている前に、パラメデスが幼い一子テレマコスを置くことで（ヒュギヌス九五）、あるいは剣でその命を脅かして（アポッロドロス『摘要』三・七）佯狂（ようきょう）を見破り、参戦を余儀なくさせた。これを根にもったオデュッセウスは、黄金と引き替えにギリシア軍への裏切りをもちかけたトロイア王プリアモスの書板をでっち上げ、黄金をパラメデスの幕舎に隠し置いてパラメデスを讒訴し、彼は石打ちの刑で殺害される（本巻五六―六〇）。これに怒りを覚えた彼の父ナウプリオスは、ギリシア軍の将のある者の妻には姦通の罪を犯させ（アガメムノンの妻クリュタイムネストラとアイギストスの姦通など）、ギリシアの艦船が帰国する際には、偽りの炬火で岩場の多いカペレウス岬におびき寄せて難破させて、大打撃を与えた（第一四巻四七〇―四七四参照。また、アポッロドロス『摘要』六・七―八、エウリピデス『ヘレネ』七六五―七六七、一一二六―一一三一、ヒュギヌス一一六など）。

四五　ピロクテテスのこと。彼がヘラクレスの弓を携えていることについては、第九巻二三一以下で語られていた。レムノスの島に置き去りにされたことについては、同二三三行注参照。

六三　オデュッセウスの弁舌の巧みさについては、本巻二〇一行注参照。

六九　この出来事については、ホメロス『イリアス』八・八〇以下参照。

七六　オデュッセウスがソコスを討ち取ったあと、トロイア勢に取り囲まれたこの出来事については、ホメロス『イリアス』一一・四五六以下。

八二　ヘラの誑し込みでゼウスが寝込んでいる間に、ポセイドンが介入してトロイア勢が劣勢になり、ヘクトルも負傷、トロイア勢は城内に敗走するが（ホメロス『イリアス』第一四巻）、目を覚ましたゼウスがアポロにヘクトルの加勢を命じ、アポロの援護を得たヘクトルを先頭とするトロイア勢がギリシア軍の船陣へと押し寄せていった時のことを指すのであろう。「さて、トロイア勢はみなより合って攻めかかる、その先頭にはヘクトルが、大股に歩を進めれば、ヘクトルその人の前につき、ポイボス・アポローンが、両肩を雲霧に隠し、勢いはげしく山羊皮盾を手にしてゆかれる」（『イリアス』一五・三〇六―三〇八。呉茂一訳）。

八三　「神々」という複数形は「一般化（の複数）による強調（Steigerung durch Verallgemeinung）」(Haupt) というよりは「一般化の、あるいは修辞的な複数（genereller oder rhetorischer Plural）」(Bömer 1969-86) という。

八六　ヘクトルに槍を盾に突き立てられた大アイアスは、戦場に転がっている船のつっかいの大きな石を投げつけてヘクトルを転倒させた。このエピソードについては、ホメロス『イリアス』一四・四〇二以下。

八七　このあとオデュッセウスが反論するように、挑まれたヘクトルとの一騎打ちにはオデュッセウスも含めて九人が名乗り出たが、籤で大アイアスに決まった。皆は、籤が大アイアスかディオメデスかアガメムノンに当たるようにと天を仰いで言ったという（ホメロス『イリアス』七・一七五以下）。一騎打ちの結末は、夜が迫り、両軍から伝令使が来て、戦闘を中断するよう伝え、二人はそれに従って、後日の決着を約して別れた（同書、七・二七三以下）。

九二　ゼウスの意を受け、アポロに後押しされたヘクトルの働きで優勢になったトロイア勢は、ギリシア勢の船陣に迫り、大アイアスの奮迅の働きにもかかわらず、ついに火をかけるまでになる。危機感を覚えたアキレウスの無二の親友パトロクロスがアキレウスに頼み込んで、その武具を借り、アキレウスの戦士たちミュルミドネスを率いて防戦にあたり、壊滅的な打撃は免れることになる。ホメロス『イリアス』第一五、一六巻参照。

九九　以下、大アイアスが歯牙にもかけないオデュッセウスの手柄が列挙される。戦況芳しくない中、オデュッセウスはディオメデスを誘って偵察に出かけ、途中、敵の密偵ドロンと遭遇、ディオメデスがこれを討ち取り、オデュッセウスは兜や弓や槍を戦利品にした。二人はその勢いでレソスの幕舎を襲い、この時もディオメデスがレソスを討ち取り、オデュッセウスは馬を戦利品に引いて帰る（ホメロス『イリアス』一〇・三二三以下）。ドロンについては、本巻二五二行注も参照。

一〇〇　それがあるかぎりトロイアは落ちないとされ、トロイア陥落に必須のパッラス・アテナ神像、いわゆる「パッラディオン（Palladion）」のオデュッセウスとディオメデスによる盗み出しは、ホメロスではまだ歌われていなかった。おそらく「叙事詩の環」中の『イリアス・ミクラ（小イリアス）』で扱われていた。ウェルギリウス『アエネイス』二・一六四以下参照。オデュッセウスらが盗んだのはレプリカで、現物の神像は秘匿され、のちにアエネアスがイタリアにもたらしたという（本巻六二五行注、およびハリカルナッソスのディオニュシオス『ローマの古事（*Romaike Archaiologia*）』一・六九・二）。

一〇〇　「プリアモスの子」とは、ヘレノスのこと。アポロから予言の能力を与えられていた姉カッサンドラから学んで、予言の能力をもっていた（一伝では、姉弟は幼い時、就寝中にアポロの聖蛇に耳を舐められたために予言の能力を得たという。『イリアス古注』七・四四）。パリス（別名アレクサンドロス）がヘラクレスの弓をもつピロクテテスに矢を射られて死んだあと（これは「叙事詩の環」中の『イリアス・ミクラ（小イリアス）』で扱われていた）、ヘレネをめぐってデイポボスと争い、デイポボスが夫とされたのに悲観してイダ山中に隠棲していたが、カルカスによってトロイア陥落の秘密をヘレノスが知っていることが分かり、オデュッセウスは彼を待ち伏せして捕え、ヘラクレスの弓をもつピロクテテスがトロイアに来ること（アポッロドロス『摘要』五・一〇では、ペロプスの骨をトロイアに持ち来たること）、アキレウスの遺児ネオプトレモスが参戦すること、パッラディオンを奪うこと、という三条件を聞き出した。異伝もあるが、トロイア戦後、アキレウスの遺児ピュッロス（別名ネオプトレモス）は、故国のあるテッサリアには戻らず（ヘレノスの予言に従ったという）、陸路、虜囚のアンドロマケやヘレノスを伴ってエペイロスに行き、モロッソイ人を戦で負かして王国を創始。ヘレノスは王国内に町を創建し、そのヘレノスにピュッロスは自分の母デイダメイアを与え（同じ伝を記す出典は他にない。パウサニアス二・二三・六に言う、ヘレノスはアンドロマケと結婚した、というのが一般的な伝）、ピュッロス亡きあと（ヘルミオネをめぐってオレステスと争い、デルポイで殺された）エペイロスを支配した。その彼のもとにトロイアを逃れたアエネアスが立ち寄り、彼に将来の展望と忠告を与えたことが、第一三巻七一九以下で語られている。アポッロドロス『摘要』六・一二―一三、ソポクレス『ピロクテテス』六〇四以下、一三三九以下、セルウィウス『ウェルギリウス『アエネイス』注解』二・一六六など。

一〇八　アキレウスの槍については、第一二巻七四行注参照。

一一〇　アキレウスの盾の模様については、第一二巻六一四行注参照。

一二四　女装したアキレウスを見破って参戦させたこと（このあと一六二以下で詳述される。本巻一六九行注参照）。トロイア戦争のそもそもの発端から説き起こした『キュプリア』で語られていた。

一四四　オデュッセウスの父ラエルテスについては、本巻三二行注参照。その父で、オデュッセウスの父方の祖父アルケイシオスは、ゼウスとエウリュオデイアの子で、オデュッセウスの祖母カルコメドゥサの夫。

一四五　大アイアスの父テラモンの、腹違いの兄弟ポコスを殺した罪を示唆。第七巻六五三行注参照。

一四七　オデュッセウスの母方の祖父アウトリュコスは、メルクリウス（ヘルメス）の子。ただし、オデュッセウスのこの家系には「奸策、術策」に長けるという特性がつきまとう。本巻三二行注参照。

一五六　プティアは、アキレウスの父親ペレウスがアイギナを追放されたあと亡命し、（女神テティスと結婚する以前）その地の王エウリュティオンの娘アンティゴネと結婚していた地。スキュロス島は、アキレウスの母神テティスがアキレウスを女装させて隠していた地で（このエピソードについては、このあとの一六九行注参照）、アキレウスは、その王リュコメデスの娘デイダメイアと結婚して、一子ピュッロス（別名ネオプトレモス）をもうけた。ホメロス『イリアス』一九・三二一―三二七。

一五七　テラモンの子で、大アイアスとは異母兄弟。しばしば大アイアスと行動をともにした（ホメロス『イリアス』一三・一七〇、一五・四六二など）。

一六九　アポッロドロス（三・一三・八以下）によれば、アキレウス抜きではトロイアは攻略できないとカルカスが予言していたが、母親の女神テティスは、アキレウスが参戦すると早死にすることが分かっていたので、参戦させまいと、九歳になった時、女装させてスキュロス島の王リュコメデスに預けていた。その後、トロイア戦争が始まろうとする頃、アキレウスの居場所を知ったオデュッセウスがスキュロス島を訪れ、アキレウスの女装を見破ることになるが、その経緯の伝承は種々ある。よく知られているのは、オデュッセウスが羊毛籠と女性の欲しがる遊び道具とともにひと揃いの武具を牧場に広げて見せた時、アキレウスだけはすぐさま武具を手にとったので分かった、というもの（小ピロストラトス『肖像』一（「スキュロス島のアキレウス」の項））。その他に、アポッロドロス（同所）では、（戦場で使われる）喇叭を鳴らすことで分かったといい、ヒュギヌス（九六。スタティウス『アキレイス』一六七以下もほぼ同様）では、槍と盾を混ぜ込んだ女性の欲しがる贈り物を広げて見せたあと、喇叭と剣戟の音を立てさせると、アキレウスがすぐさま女装を破り捨てて槍と盾を手にとったために分かったという。

一七三　以下、オデュッセウスはアキレウスの功業（第一二巻一〇九行注参照）を述べ、あたかもそれが自分の手柄であるかのごとく語る。

一八一　留守中、歓待してやったパリスに妻ヘレネを奪われたスパルタ王メネラオスの悲しみ。「叙事詩の環」中の『キュプリア』で物語られていた。

一八五　イピゲネイアの人身御供については、第一二巻二七行注参照。

一九四　イピゲネイアの名はホメロスには知られておらず、これも『キュプリア』で扱われていたと推定されている。オデュッセウスは、アガメムノンの命で、アキレウスと結婚させると欺いてクリュタイムネストラとイピゲネイアをアウリスに連れ来たった。アポッロドロス『摘要』三・二二、エウリピデス『アウリスのイピゲネイア』八七以下、三五八以下、ヒュギヌス九八など。

二〇一　オデュッセウスがメネラオスと連れだって、ヘレネと財宝の返還を求めてトロイアに乗り込んだことは、ホメロス『イリアス』では二度言及されている（三・二九五以下と一一・一三九以下）。前者では、ヘレネが城壁からギリシア諸将を紹介するくだりで、アンテノルがオデュッセウスとメネラオスの使節としての来城を回想するが、とりわけ強調されるのがオデュッセウスの弁舌の優れたさまで、アンテノルはこう評する。「やがて、その胸の中からほとばしる声も朗々と響いて、さながら冬の日に降りしきる雪もかくやと思われるほど、言葉が隙（ひま）もなく流れ出すに及んで、もはや天下広しといえども、オデュッセウスに比肩し得る弁士は他におるまいと思われた」（三・二二一以下。松平千秋訳）。

二〇四　アンティマコスは、パリスから黄金をもらい、ヘレネ返還に反対した（ホメロス『イリアス』一一・一二三以下）。その際、彼は交渉にやって来たオデュッセウスとメネラオスを「その場で殺してアカイア

〔＝ギリシア〕へ返してやらないように勧めた」（同書、一一・一四一）という。

二〇九　開戦当初のプロテシラオスの戦死（第一二巻六八行注参照）、キュクノス討ち取り（第一二巻七二以下、七二行注参照）の出来事から、ホメロス『イリアス』で描かれる開戦十年目まで、アキレウスによる城外でのトロイロス討ち取り（ウェルギリウス『アエネイス』一・四七四以下）以外、出来事らしい出来事は起こらない。

二一五　オデュッセウスの語る功績「糧秣補給の方法や武器の装備の方法を教え」は、ホメロスでは語られておらず、他にも伝がない。

二一七　ホメロス『イリアス』第二巻の冒頭に描かれる「アガメムノン夢見の段」の出来事だが、オウィディウスの記述は、やや誤解を招く。実際はこうである。ゼウスは、今攻撃すれば城を落とせるかに思わせる夢をアガメムノンに送り、アガメムノンはそれを信じて、兵らの士気を試そうと、撤退、帰国を提案することにし、主だった将には、浮き足立つであろう兵らを引き止めてくれるよう、あらかじめ依頼しておいた。『イリアス』二・一―七五。

二二五　案の定、兵らは浮き足立つが、とりわけ先頭に立ってアガメムノンを罵り、兵らを唆すテルシテス（ホメロスの登場人物の中で、卑劣、醜悪な人間に描かれる、ほとんど唯一人の人間と言える）をオデュッセウスは叱りつけ、杖で打擲してこっぴどく懲らしめると、やっと兵らの動揺は収まる（ホメロス『イリアス』二・一四二以下）。

二三九　ディオメデスのこと。

二四五　ドロンを討ち取ったことは、すでに本巻九九以下で語られていた。

二四九　レソスの幕舎を襲って彼を討ち取ったことについても、すでに述べられていた（本巻九九行注参照）。しかし、このあと二五一―二五二行で「戦車に乗って帰陣した」というのは、ホメロスとは異なる。ホメロスでは、こう言われている。「オデュッセウスは〔…〕王〔レソス〕の精巧をこらした戦車の〔…〕皮鞭を、その手にとろうとは思わなかった」と（『イリアス』一〇・五〇〇―五〇一）。その後、ディオメデスが戦車を奪おうか、なお敵の命をとろうかと思案していたが、女神アテナに促されて「馬に跨り(hippon)」（同書、一〇・五一三）、オデュッセウスともども帰陣した。

二五三　偵察中に捕えられたドロンは、ヘクトルにアキレウスの戦車ともども馬も褒美にやると約束され、偵察に出るよう命じられたことを白状する（ホメロス『イリアス』一〇・四〇〇以下）。

二五四　本巻一〇三の大アイアスの皮肉の言葉「武具を二つに分け、大きいほうの半分をディオメデスに与えるがいい」を逆手にとり、大アイアスは「残り半分はオデュッセウスに与えよ」と言ってくれたと曲解しての皮肉な難詰。

二五五　以下、オデュッセウスの手柄が語られる。オデュッセウスは、リュキア勢を率いるゼウスの子サルペドンに襲いかかろうかと迷ったが、その定めにはなく、結局、コイラノス以下、プリュタニスまでのリュキアの雑兵を討ち取った（ホメロス『イリアス』五・六七七以下）。サルペドンは、のちにアキレウスの武具を身につけて戦場に出たパトロクロスに討ち取られることになる（同書、一六・四一九―六八三）。

二五九　勢いに乗ってギリシア方の船陣に迫るトロイア勢に対する防戦で、アガメムノンのみならず、ディオメデスも負傷する中、オデュッセウスはケルシダマス以下の四人を討ち取る。ホメロス『イリアス』一一・四二二以下。

二六七　「自らの血を一滴も流さず、その身体には傷一つない」と言って、オデュッセウスは大アイアスへの誹謗の言葉とするが、それは必ずしも戦闘を避ける臆病の表れとは言えず、無敵の表れとも考えられる。後者なら、オデュッセウスの誹謗は意味をなさない。実際、ホメロス『イリアス』の中で、アキレウスに次ぐ勇者である大アイアスは、アキレウス同様、率先して戦闘に加わりながら、傷を受けることがない。このあと三九〇行で、こう言って自刃する大アイアスの言葉「このアイアスに勝利できる者など、アイアス以外、誰もおらぬ証にな」、そのあとの行の「遂に、初めて傷を受けることになった胸」云々参照。ヘラクレスがトロイア遠征に勧誘するために大アイアスの父テラモンのもとを訪れた時、テラモンに「勇敢な息子が生まれ、自分を包む獅子皮のように、傷を受けることのない身体（arrektos phya）となるように」とゼウスに祈ると、ゼウスが祈りのかなえられた証に「鳥の王者の大鷲（megas aietos）」を送ったので、ヘラクレスは、その子の名を「アイアス（Aias）」とするようテラモンに言ったという（ピンダロス『イストミア祝勝歌』六・三五以下）。

二七四　アクトルの孫パトロクロス。船陣をめぐっての働きについては、本巻九二行注参照。

二七七　本巻八七行注参照。

二七九　一騎打ちは日没引き分けに終わった。本巻八七行注参照。

二八五　アキレウスがパリスの矢で斃れた時、その亡骸と武具をめぐってギリシア方、トロイア方が争ったが、大アイアスとオデュッセウスの働きについては、ホメロスでは、オデュッセウスが「トロイア勢の大軍が青銅の槍を投げかけて」くる中、「ペレウスの子〔アキレウス〕の遺骸の傍ら」にとどまっていたことしか分からない（ホメロス『オデュッセイア』五・三〇八以下参照）。ソポクレス（『ピロクテテス』三七一以下）でも、オデュッセウスが死体の傍らにとどまって守り、死体と甲冑が奪われないようにしたと言われる。一方、「叙事詩の環」中の『アイティオピス』（プロクロス梗概）では、「アイアスはそれ〔死体〕をかついで船のほうへ運び、オデュッセウスはトロイア軍の追撃を防いだ」（岡道男訳）という（後者は、アポッロドロス『摘要』五・四の記述に一致する）。

二九九　アキレウスが母神テティスに頼んでウルカヌス（ヘパイストス）に作ってもらった武具とその模様については、第一二巻六一四行注参照。

三一三　ウルカヌスとレムノス島については、第二巻七五六行注参照。

三二七　不可能なこと、ありえないことを喩えで示すadynaton（複adynata）と呼ばれる修辞技法。

三三七　これがあるかぎりトロイアは安泰とされた、空から降ってきたと言われるアテナ（ミネルウァ）神像

（パッラディオン）。オデュッセウスとディオメデスによるこの女神像の盗み出しは、「叙事詩の環」中の『イリアス・ミクラ（小イリアス）』で物語られていた。ウェルギリウス『アエネイス』二・一六三以下、セルウィウス『ウェルギリウス『アエネイス』注解』二・一六六。

三五六　以下、優劣こもごものギリシア軍の将の名が挙げられる。小アイアスは、オイレウスの子で、ロクロイ勢を率いた。その名ゆえに頻繁に大アイアスと並んで戦うように描かれるが、「駿足の〔小〕アイアス、身の丈はテラモンの子アイアスほどはなく、遥かに短軀」（ホメロス『イリアス』二・五二七―五二八。松平千秋訳）と言われ、「短軀」は英雄として劣格の表れと考えられている。エウリュピュロスは、テッサリア勢を率いた（同書、二・七三四以下）。「アンドライモンの子」とは、アイトリア勢を率いたトアス（同書、二・六三八以下）。クレタ勢を率いたイドメネウスは、「勇猛な（daiphron）」、「勇猛さ野猪のごとき」（同書、四・二五三以下）と称される勇将の一人。メリオネスは、「〔ミノスの子の〕デウカリオンの子」（同書、一三・四五一以下）とされるイドメネウスの異母兄弟とも従兄弟ともいい、その戦友でクレタ勢をともに率いた。「アトレウスの若いほうの子」とは、メネラオスのこと。

三六四　ギリシア軍の総大将アガメムノンのこと。

三九八　ヒヤシンスの花については、第一〇巻二一六行注参照。

三九九　ヒュプシピュレは、レムノス王トアスの娘。レムノスの女たちはアプロディテ（ウェヌス）を崇めなかったため、女神は懲罰に女たちが悪臭を放つようにさせたので、夫たちがトラキアの虜囚の女たちと床をともにするようになった（ヒュギヌス一五では、夫たちがトラキア女を妻に迎えたため、という）のに怒った女たちは、男を皆殺しにしてしまった（アポッロドロス一・九・一七）。その後、女たちはヒュプシピュレを女王として暮らしていたが、アルゴー船が来島すると、女たちは乗組員と結ばれ、彼女はイアソンとの間に二子をもうける。しかし、彼女が父親トアスを殺さずに逃がしたことが発覚し、ヒュプシピュレは逃亡するが、盗賊につかまり、奴隷として売られたという（ヒュギヌス同所）。

四二〇　プリアモスとヘカベの娘。アポロに愛と引き替えに予言の能力を約束されたが（別伝については、本巻一〇〇行注参照）、結局、愛を拒んだため、その予言の能力は人には信じられることのない無益なものとなった。「叙事詩の環」中の『キュプリア』で、トロイアでの出来事を予言したことが語られている。トロイア陥落時、救いを求めてアテナ神像の下に逃れたが、オイレウスの子の小アイアスに引きずり出されて陵辱された。このエピソードは、ホメロスでは言及されないが、「叙事詩の環」中の『イリウ・ペルシス』で語られていた。戦後は、虜囚の女として籤でアガメムノンの取り分となり、その故国ミュケナイに連れていかれ、その妻クリュタイムネストラの姦通者アイギストスによってアガメムノンともども殺される（アイスキュロス『アガメムノン』参照）。

四二七　ヘクトルの遺児である幼いアステュアナクスは、トロイア陥落後、後顧の憂いを断つために、「叙事詩の環」中の『イリアス・ミクラ（小イリアス）』では、アキレウスの子ネオプトレモスによって、同じく『イリウ・ペルシス』では、オデュッセウスによって城壁の櫓から突き落とされ、殺害された。エウリピデス『トロアデス（トロイアの女たち）』七一九以下、ヒュギヌス一〇九など参照。

四三〇　以下のトラキア王ポリュメストルによるプリアモスとヘカベ（ホメロス『イリアス』二二・四八では、母親はラオトエとされている）の子ポリュドロス殺害の話は、ホメロスにも「叙事詩の環」の梗概にも言及がない。アキレウスの亡霊に贄として捧げられるポリュクセネの話、続くポリュメストルによるポリュドロス殺害の話は、おそらくエウリピデスの悲劇『ヘカベ』から採られた。

四四三　ホメロス『イリアス』の主題「アキレウスの怒り」の因となったのは、自分の取り分のクリュセイスを返還せざるをえなくなった時、アガメムノンがアキレウスの取り分であるブリセイスを奪うことを宣言したことである。アキレウスはこれに怒り、剣を抜き放って殺害しようとしたが、女神アテナに引き止められて果たせなかった（『イリアス』一・一八八―二〇一）。以後、アキレウスは戦闘に参加せず、自分の船陣にひきこもったため、ギリシア軍は次第に劣勢になっていく。『イリアス』は「アキレウスの怒りを歌い給え」という冒頭の主題提示どおり、アキレウスが怒りを解くまでの前半の出来事と、怒りを解いてからの後半の出来事から成り立っているとも言える。「正しいとは言えぬ」は、iniusto として「剣で(ferro)」(底本の読み)ではなく、iniustum として「アガメムノンを(Agamemnona)」にかける校訂もあるが、底本に従う。

四六五　女王とはいえ、王家や貴族の、うら若い娘(乙女)ならぬ老婆ゆえ。

五一一　求婚者たちを欺いて二十年間不在の夫を待ち続けた、オデュッセウスの貞節な妻。

五六三　potentem(力強く)の読みもあるが、底本どおり nocentem で読む。

五七〇　エウリピデスは『ヘカベ』で、ヘカベ(一)が死んで犬となる定めであることを知っているポリュメストルに、ヘカベ(一)の墓は「不幸な犬の塚(kynos talaines sema)」(一二七三)と呼ばれ、船乗りたちの目印となるであろう、と語らせている。

五七一　原文の tum quoque(その後も尚)とは、「何があったあともなお」なのか不明。明確な解釈はない。ここでは「埋葬されたあともなお」の意ととって訳した。

五七八　曙の女神と、女神が愛してトロイアから掠った王子ティトノスの子(第九巻四二一行注参照)。トロイア勢に味方して参戦するが、アキレウスに討たれた。「叙事詩の環」中の『アイティオピス』の主たるエピソード。アイティオピアは曙の昇る「東の涯の地」の意で、『アイティオピス』は、いわば、その曙の女神の子の『メムノン物語』(実際、『メムノニス(メムノン物語)』が『アイティオピス』の原拠という。岡、二五五頁)。

五九六　プリアモスとメムノンの父ティトノスは兄弟。第九巻四二一行注参照。

六〇五　color(色)の校本もあるが、底本の calor(熱)で読む。

六一九　この鳥の話は、後四世紀頃の叙事詩人クイントゥス・スミュルナエウス(コイントス・スミュルナイオス)や文法家セルウィウス(他に、プリニウス『博物誌』一〇・七四など)でも伝えられているが、鳥になるのは「アイティオピア人」（スミュルナエウス）、「〔メムノンの〕仲間〔戦友?〕（socii）」（セルウィウス）で、メムノンの遺灰から鳥が生まれるという話形は他にない。あるいは、自らを焼き、その灰の中から蘇るという phoenix（不死鳥）伝説が下地にあるのかとも推測されている（Roscher の「Memnon」の項（I.4, "die Memnonsflügel" 参照））。スミュルナエウス（『ポストホメリカ（ホメロス後日譚）』二・六四二以下）では、アイティオピア人たちは風でアイセポス川（小アジアのミュシアの川）に運ばれてきたメムノンの亡骸を埋葬し、嘆き悲しんだが、曙の女神が彼らを鳥に変え、彼らは王メムノンの墓を訪れては、墓の上空を舞い、砂埃（konis）を撒いて悼みつつ、「相互の争乱に響めき立つ（allelois de perikloneousi kydoimon）」という。セルウィウス（『ウェルギリウス『アエネイス』注解』一・七五一）では、鳥たちは、毎年、墓にやって来ては「悼み嘆いて、互いに傷つけ合い（se dilacerare）」、それで亡くなるものもいるとする。この神話に言う鳥とは、渡りをする鳥で、求愛期の攻撃性から、いずれも「戦い好き、好戦的な」を意味するギリシア語とラテン語を並べた学名 Philomachus pugnax（リンネ）をもつエリマキシギ（英名 ruff）ではないかともいう。

六二〇　ヘカベのこと。

六二三　以下、話はトロイアをめぐる話から、アエネアスによる「第二のトロイア」、すなわちローマ建国の話に移行する。主人公アエネアスのギリシア語名はアイネイアスであるが、以下では、ローマ建国と密接に関わっている場合、ラテン語（ローマ）名「アエネアス」で統一する。

六二五　sacra. 家や国家の守り神ペナテスと呼ばれるもので、本体はおそらくパッラディオン（アテナ（ミネルウァ）神像）。オデュッセウスらが盗み出したのはレプリカとされる（本巻一〇〇行注参照）。この時、アエネアスが持ち出し、ローマでウェスタ神像として祀られた、という伝承がある（ハリカルナッソスのディオニュシオス『ローマの古事（*Romaike Archaiologia*）』一・六九・二―四、オウィディウス『祭暦』六・四一九―四六〇、ウェルギリウス『アエネイス』二・一六二―一七八、セルウィウス『ウェルギリウス『アエネイス』注解』二・一六二）。

六二八　アエネアスが幼な子アスカニウス（別名ユルス）の手を引き、聖具（先祖の遺灰を入れた聖櫃と、その上に乗る家の守り神であるペナテス小像）をもつ老父アンキセスを肩に担いで炎上するトロイアから脱出する、このさまを描いた挿絵を少年期に見たシュリーマンが、トロイアの実在を信じてトロイア発掘の夢を抱いた、という名高い光景（妻クレウサ（ギリシアの伝承ではエウリュディケとも言う）に言及がないのは、混乱の中ではぐれ、のちに亡霊となって現れて、アエネアスがヘスペリア（＝イタリア）の地にたどりつくことを予言して、暇乞いをする（ウェルギリウス『アエネイス』二・七二一―七八九）とされているため）。ホメロスの頃、すでにアエネアスは特別な存在であったらしく、アキレウスに討ち取られそうになったアエネアスを救った時、ポセイドンはこう予言する。「今からは、偉丈夫のアイネイアス〔＝アエネアス〕と、彼のあとに生まれ来る子々孫々がトロイア人の王となるであろう」（ホメロス『イリアス』二〇・三〇七―三〇八）。また、アエネアスの母アプロディテ（ウェヌス）も、アンキセスにこう予言している。「あなたには愛しい息子が生まれ、その息子と、途絶えることなく生まれ来るその子々孫々がトロイア人の王となるでしょう」（『ホメロス風賛歌』五（「アプロディテ賛歌」）・一九六―一九七）。アエネアスのトロイア脱出を語っていた「叙事詩の環」中の『イリウ・ペルシス』の梗概には、こうある。「アイネイアスの一党はその〔二匹の大蛇がラオコンをおそう〕前兆を見ておそれ、ひそかにイダ山へ逃れた」（岡道男訳）。その後、アエネアスは、イダ山麓の港町アンタンドロスで船を建造して船出し（本巻六二八、ウェルギリウス『アエネイス』三・五―六）、トラキアのポリュドロスの墓を訪れて（ウェルギリウス『アエネイス』三・一三以下。本巻ではヘカベ・エピソードに融合されている（四三九以下））、デロス島に寄港する（本巻六三〇以下、ウェルギリウス『アエネイス』三・六九以下）。以降のアエネアス一行のシシリー島までの航路は、ウェルギリウス『アエネイス』第三巻のそれとほぼ重なる。

六三三　アニオスの母ロイオーがアポロに愛されて身ごもった時、父親スタピュロスは彼女を箱に入れて海に投じた。箱はデロスに漂着して、ロイオーはアニオスを産み、アポロは彼に予言の術を教えたという（ディオドロス・シケリオテス五・六二、ツェツェス『リュコプロン注解』五八〇）。

六三五　この木については、第六巻三三五行注参照。

六三八　第一二巻一五五行注参照。

六四三　「羊毛紐（vitta）」については、第八巻七四四行注参照。

六五三　アニオスはドリッペとの間に三人（オウィディウスでは四人となっている）の娘オイノー（< oinos（葡萄酒））、スペルモー（< sperma（麦の種））、エライス（< elais = elaia（オリーブ））をもうけたが、曽祖父に当たるバッコスが彼女たちに葡萄酒や麦、オリーブ（油）を随意に産み出す力を与えたため、彼女たちは「オイノトロポイ（oinotropoi = 葡萄酒を産む者たち）」と呼ばれ、以下に言われるように、これを聞きつけたアガメムノンがパラメデスを派遣してトロイアに連れていったという（ツェツェス『リュコプロン注解』五八一）。

六七四　鳩はウェヌスの聖鳥だが（第一四巻五九七、第一五巻三八六参照）、この話を伝える伝は他にない。

六七八　トロイア王家の祖ダルダノス（第一一巻一九六行注参照）は、サモトラケで生まれ、その後トロイアに移ったとされるが（アポッロドロス三・一二・一など）、ウェルギリウスがラティウムの王ラティヌスに語らせているローマの伝承では、ダルダノスはラティウムからサモトラケへ、それからトロイアへと移ったという（ウェルギリウス『アエネイス』七・二〇六以下）。したがって、アエネアスにとって、イタリアあるいはラティウムが故国、いわば「母なる地」である。

六八二　他に伝がない。

六八四　大アイアスの牛革七枚重ねの大盾を造った工人テュキオスも同じヒュレ出身だが（ホメロス『イリアス』七・二一九以下）、アルコンの名は他に伝わらない。

六八六　「七つの門をもつテベ〔＝テバイ〕（heptapylos Thebe）」は、ホメロス以来の一種の定型句。ホメロス『イリアス』四・四〇六、同『オデュッセイア』一一・二六三、ヘシオドス『仕事と日』一六二など。

六九二　ヒュリエウスの子（ヒュリエウスについては、オウィディウスは『祭暦』（五・四九三以下）で（『イリアス古注』一八・四八六、『オデュッセイア古注』五・一二一も参照）、こういう話を記している。貧しいながら、ユピテルら三神をもてなし、褒美に、妻に先立たれた身ながら、一子オリオン（名はヒュリエウスの「尿（ouron）」、あるいは「尿をする（oureo）」から）を授かったが、長じてディアナの供回りの一人となったオリオンは、ある時、身を挺して蠍から女神を救い、星になる栄誉を得た、と）。テバイに悪疫が流行った時、誰かが冥界のハデスとペルセポネへの人身御供になれば悪疫から救われるという神託があり、なり手が誰もいない中、オリオンの二人の娘（メティオケとメニッペ）が名乗り出て自死し、町を救ったという。この話は、コリンナおよびニカンドロスから引かれたものだという、アントニヌス・リベラリス（二五）にも記されている。ただし、そこでは憐れんだ冥界の二神は、二人を「星（コメーテース）」にしたとされ、遺灰からコロノイと呼ばれる若者（次注参照）が生まれ出る話はない。オウィディウスに別系統の出典があるのか、独創かは不明。

六九八　写本ではCoronasとCoronosの両方があり、校本も分かれる。訳語は、前者なら「コロナイ」（ラテン語形なら「コロナエ」）、後者なら「コロノイ」（ラテン語形なら「コロニ」）とすべきもの。底本ではCoronasと女性形になっているが、その前の同格名詞（「若者（iuvenes）」）についている形容詞がgeminosと男性形になっており（女性形geminasの写本はない）、Coronosという「男性の名が必須（notwendig）」とするKornに従う。

七〇一　アカンサス（葉薊）の文様は、コリント様式の柱頭飾りとしてよく用いられた。

七〇五　スカマンドロスとクレタ島のイダ山のニンフの子（別伝のディオドロス・シケリオテス四・七五・一では、いずれも小アジアのプリュギア＝トロイア地方の河（神）とイダ山のニンフという）。スカマンドロスは、飢饉に迫られ、あるいは神託に従って、クレタからトロイア地方に移住した（セルウィウス『ウエルギリウス『アエネイス』注解』三・一〇八、リュコプロン『アレクサンドラ』一三〇三以下）。テウクロスの代にサモトラケから移住してきた（この点については、本巻六七八行注参照）ダルダノスに土地と娘バテイアもしくはバティエイア（別伝ではアリスベ）を与え、ダルダノスは、テウクロスの死後、トロイア地方をダルダニアと呼んで支配し、トロイア王家の祖となった。テウケル（テウクロス）をトロイア王家の祖とする伝もあり、トロイア人は「ダルダニダイ」（ダルダノスの後裔たち）とも、「テウクロイ」（テウクロスの後裔たち）とも称される。

七〇七　「百の都市（を擁するクレタ）」については、第七巻四八〇行注参照。

七一〇　アエッローは、女面の怪鳥ハルピュイアたち（第七巻四八〇行注参照）の一。

七一四　唯一、アントニヌス・リベラリス（四）で伝えられているエピソードで、それによれば、アポロとアルテミスとヘラクレスがアンブラキアの領有権をめぐって争った時、近隣の誰もが「正しく思慮深い」と認めるクラガレウスに裁定を求めたところ、彼はそれぞれの言い分を聞いたあと、ヘラクレスのものと裁定し、怒ったアポロによって石に変えられたが、土地の人々はヘラクレス祭のあとに彼に犠牲を捧げる習わしであったという。

七一八　ギリシア北西部エペイロスの王ムニコスとその息子たちは、優れた予言者で、しかも義人であったが、ある日、盗賊が押し入り、塔から石や槍を投げて防戦していたが、火を放たれた。彼らを憐れんだゼウスは、無惨な死に方をしないよう、種々の鳥にしてやったという（アントニヌス・リベラリス一四）。

七二三　トロイア王子で予言者のヘレノスについては、本巻一〇〇行注参照。ウェルギリウス（『アエネイス』三・三五六―四六二）では、アエネアスが訪ねていくと、以後たどるべき順路を教え、シビュッラの託宣を求めるべしという助言を与えるが、オウィディウスでは忠告と予言の詳しい内容は語られていない。

七二四　シキリアの古名トリナクリアについては、第五巻三四六行注参照。

七三〇　船を難破させるメッシナ海峡の危険や難所である渦潮カリュブディスや岩礁の擬人化スキュッラなど

については、第五巻五五五行注、第七巻六五行注参照。

七三八　五十名とも百名とも言われる、海神ネレウスと、オケアノスの娘ドリスの娘で、「ネレイス」（複数形「ネレイデス」）、すなわち「ネレウスの娘（たち）」と呼ばれる海のニンフ。ポリュペモス（一つ目の巨人キュクロプスの一）に愛された物語で有名だが、その話形には二種あり、一つはここでのように獣的で醜いポリュペモスを毛嫌いするが、ポリュペモスは求愛し続けるというもの、もう一つは相思の恋人として描くもの。後者は稀な話形ながら、ノンノスの『ディオニュソス譚』（六・三〇〇―三二四）、プロペルティウス（『詩集』三・二・六以下）などの例がある。

七四四　以下に名を挙げられているポリュペモスも、キュクロプスと呼ばれるが、ゼウス（ユピテル）の雷土の造り手のキュクロプスたち（第一巻二五九行注参照）とは別種の一つ目の巨人で、ポセイドンと海のニンフのトオサの子。オデュッセウスが「ロートパゴイ族（ロートスを食する人々）」（第九巻三四一行注参照）のあとに上陸した国にいたといい、六人の部下を彼らに食われて失ったあと、計略を用いて脱出した（このあとの七七三行注、ホメロス『オデュッセイア』九・一〇五以下）。

七四九　スキュッラの父親は、ポルバス（ヘシオドス断片二六二（Merkelbach-West））、ポルキュス（＝ポルコス）（アポッロニオス『アルゴナウティカ』四・八二八）、テュポン（ヒュギヌス一二五）とまちまちだが、母親もクラタイイス（ホメロス『オデュッセイア』一二・一二四、ヒュギヌス一九九、プリニウス『博物誌』三・七三）、ヘカテ（ヘシオドス同所）と分かれる。おそらく、アポッロニオスの記述「ヘカテ、クラタイイスとも呼ばれる神」（『アルゴナウティカ』四・八二九）のとおり、いずれもあくまで同一のスキュッラの異伝と思われる。

七五三　十六歳前後というのは、恋に適した少年のような若さを言う時、オウィディウスが好んで設定する年齢。第一〇巻六一五行注参照。

七七〇　ホメロス『オデュッセイア』では、こう言われている。「ここに、その昔、エウリュモスの子で、占い師の大男、テレモスという者がいたが、その男は誰よりも占いに通じ、われらキュクロプスたちの間で占いをして齢を重ねていた」（九・五〇八以下）。

七七一　「鳥占いの鳥」の謂い。

七七三　キュクロプスたちの国に上陸したオデュッセウスは、捕えられ、洞窟に閉じ込められて、六人の部下を食われてしまうが、ポリュペモスを泥酔させ、焼いた木で目を刺し潰して（「目はオデュッセウスに奪われよう」は、この出来事を指す）、羊の腹にしがみついて洞窟から脱出し、船出する。ホメロス『オデュッセイア』九・一〇五以下。

八〇〇　原語は vitis alba であるが、詳細は不明。ウリ科の蔓性植物で、全体に毒性があるブリオニア（・アルバ）（英名 white bryony あるいは wild hop）ではないかともいう。

八二〇　苺の木については、第一巻一〇四行注参照。

八三〇　仔牛の第四胃の胃壁（の分泌腺）から分泌される消化液に含まれる、いわゆる仔牛レンネット。これで乳を固め、チーズの素となる凝乳（カード）が作られる。

八五四　ポセイドンのこと。本巻七四四行注参照。

八七九　「シュマイトスの孫の英雄」の「英雄（heros）」には本来の「英雄」の意味はなく、形式的定型を踏襲した表現で、アキスを指す。

九〇五　パウサニアス（九・二二・七）は、簡潔にこう記している。ボイオティア地方アンテドンの漁師だったグラウコスは、草を食べて海の神霊に変身し、爾来、予言の力を得て、特に船乗りたちが毎年グラウコスから聞いたという予言の話をよくしたものだった。ピンダロスとアイスキュロスがそのグラウコスを題材にした詩や劇を作った、と。神話の合理的解釈を記したパライパトス（『信じ難い話』二七）でも、同じくアンテドンの漁師で、草を食べて不死の神霊となり、海に暮らしているグラウコスの神話が取り上げられている（合理的解釈では、グラウコスは絶えず海に潜って漁をする漁師で、人々は彼のことを「海のグラウコス」と呼んでいたが、グラウコスが海の獣と遭遇して命を落として姿を消したあとも、グラウコスは海で暮らしているのだと噂し合ったことから生まれた神話だとする）。ヒュギヌス（一九九）に、オウィディウスの物語の簡潔な梗概とも思える記述がある。「スキュッラにグラウコスが恋をしたが、グラウコスにはヘリオスの娘キルケが恋をした」。ピンダロスあるいはアイスキュロスが共通の出典か。

九一八　プロテウスについては第八巻七三一行注を、トリトンについては第一巻三三三行注を参照。パライモンは、ボイオティアのオルコメノス王アタマスとイノーが嬰児のディオニュソスを育てたことに怒ったユノー（ヘラ）の迫害を受けた時、イノーが崖から飛び降りた時に連れていた子メリケルテスが、死後、ウエヌス（アプロディテ）の計らいで海の神となって、この名を得た。第四巻五三九―五四二参照。

九二八　「花を集める」の「花」とは、花の蜜や花粉など、「花から集めるもの」の謂い。テオクリトス『エイデュッリア（小叙景詩）』七・八一、ウェルギリウス『農耕詩』四・三九以下など参照。

九六八　コルキス王アイエテスの姉妹のキルケ（この点については、第四巻二〇五行注参照）は、元はコルキス（あるいはコルキスのアイア（＝アイアイエ））に住んでいたが、父ヘリオスの車駕でテュッレニアのアイアイエに移り住んだという（アポッロニオス『アルゴナウティカ』三・三一〇以下参照）。このアイアイエは、ティベリス河口南方の岬キルケイイ（現在のカポ・チルチェーオ）、別名モンス・キルケウス（キルケウス山＝キルカイオン）とされる。このあとの第一四巻二四五で、キルケのいるところは「島 (insula)」と言われ、ホメロスでも「アイアイエの島」（『オデュッセイア』一〇・一三五）と言われているが、この点について、Bömer 1969-86 はキルケイイを記述したテオプラストスの言（「キルカイオンは、以前は島だった (proteron men ... neson einai Kirkaion)」（『植物誌 (*Peri phyton historia*)』五・八・三）を挙げ、キルケイイは古くは島だったとしている。

第一四巻

10

波立つエウボイアの海に住まいするグラウコスは、早や既に
巨人族〔のテュポエウス〕の喉の上に載せられたアエトナ山*と、
〔豊穣故に〕鍬(くわ)や鋤(すき)を用いることの意味を知らず、およそ軛(くびき)に繋がれた牛の恩恵を
蒙ることのない、キュクロプスらの住む〔シキリアの〕野を後にして、
ザンクレ〔メッサナの旧名〕や、その対岸のレギウムの都城、また、
イタリアの地とシキリアの地の境をなす、二つの岸に挟まれた
海の難所の海峡〔メッシナ〕を越えていた。そこから
グラウコスは屈強の手でテュッレニアの海を泳ぎ渡ると、
太陽神(ソル)の娘キルケの住む、薬草生い茂る丘の上の、
様々な獣らに溢れる館に向かった。
キルケを認めると、互いに挨拶が交わされたあと、グラウコスは言った、
「女神よ、神の私を憐れと思って頂きたい。こう言うのも、この愛の苦しみを
癒せるのは、私がそれに値する者だとして、貴女(あなた)を措いて他(ほか)、ないからだ。
太陽神(ティタン)の娘御キルケよ、薬草にどれほどの力があるか、私ほど身に染みて
よく知る者はいない。何しろ、私が変身したのはその薬草の所為(せい)だからな。
ともかくも、この狂わしい恋心の原因が何か、貴女に知って貰うことにしよう。
メッサナの都城に向かい合うイタリアの岸辺で、私は乙女スキュッラを
目にした。どんな約束をし、どんな嘆願をし、どんな甘い言葉を語ったか、

その挙げ句、どんな風にその言葉が撥ね付けられたか、話すのは恥じられる。それは措くとして、もしも呪文に何かの力があるのなら、貴女には、その尊い口で呪文を唱えて頂きたいのだ。また、薬草のほうが強力なら、効果を実証済みの薬草の力を使って頂きたい。私の恋の病を癒して欲しいとか、私の恋の熱を冷まして欲しいというのではない。恋を終わらせる要はないのだ。して欲しいのは、私の恋の熱に見合う恋の熱を彼女にも覚えさせること」。すると、キルケは——その理由が彼女自身の内にあるのか、或いは、彼女の父親に情事を密告されたことに腹を立てたウェヌス*がそのようにしたのか、ともかく彼女ほど、恋の熱情にうってつけの心性をした女はいなかったからだ——こう言葉を返した、「相手には、その気があり、同じことを望み、相等しい恋情に捕えられた女(ひと)を求めるほうがいいわ。貴方(あなた)なら、相手のほうから求められて当然だった筈で、確かに、そうできた筈だし、これからだって、相手に気をもたせれば、向こうのほうから、嘘は言わないわ、言い寄られる筈よ。疑わずともいいし、貴方の美貌に不信の念をもたなくてもいいの。その証拠に、ほら、この私、女神であり、輝かしい太陽神(ソル)の娘であり、呪文でも、薬草でも、それはそれは大した力をもつ私でさえ、貴方のいいお相手になりたいものと願っているのですもの。無視する女(ひと)は無視して、求める女に応えてあげなさい。そうすれば一石二鳥。一人は見返してやれるし、一人は酬いてやれるのですもの」。

こんな言葉で誘いをかけるキルケに、海神は言った、「海に木々の葉が茂り、
山の頂に海藻が生えよう、スキュッラが存命の間に、私の愛が変わるくらいなら」。
女神キルケは腹を立てたが、グラウコス自身に危害を加えることは
できないため――愛情を抱いているので、それは望みもしなかった――、
自分を差し置いて海神の愛を得た乙女スキュッラに怒りの矛先を
向けた。愛を拒まれた腹いせに、キルケは
直ちに、恐るべき液汁を含んで悪名高い薬草を
磨り潰し、磨り潰した薬草にヘカテの呪文を混ぜ込むと、
紺青の外衣を纏い、媚びるようにじゃれつく
獣らの群れの間(あいだ)を抜けて館を出ると、
ザンクレの岩場の対岸にあるレギウムを目指し、
滾(たぎ)るように波騒ぐ海の上を渡って、そのレギウムに足を踏み入れた。
海の上を渡る時には、固い地面の上を歩く時のように、海面に足をつけ、
海上を駆けていったが、足は濡れることもなく、乾いたままであった。
弓なりに湾曲した、小さな入り江があった。
スキュッラのお気に入りの憩いの場だ。太陽が中天にあって、
最も多くの日射しを注ぎかけ、物の影が最も短くなる頃合い、海や陸の
暑さを避けて、スキュッラはよくそこに出かけていったものだった。

その入り江を、キルケは、スキュッラが来る前に、怪異な効力を持つ毒汁で
汚染させ、汚した。ここにキルケは有毒な薬草の根から搾った液汁を
注ぎかけ、魔術に長けたその口で、聞いたこともない摩訶不思議な
呪文を九度呟くように唱え、それを三度繰り返したのだ。
スキュッラは、入り江にやって来ると、身体の半ばの腰辺りまで水に浸かった。
60
すると、矢庭に、自分の腰が吠え立てる何匹もの獣によって醜く変化するのが
目に入った。初めは、自分の身体のその部分が自分のものとは
信じられず、犬たちの激しく吠え立てるその口が怖くて、
逃げようとしたり、追い払おうとしたりしたが、逃げた筈の犬たちが一緒に
くっついてくるのだ。自分の身体の腿は、脛は、足は、と探してみるものの、
代わりに見出したのは、ケルベロスのように、かっと顎を開ける犬たちだった。
彼女は狂った犬どもの上に乗っかり、下にある獣どもの身体を、切断された
〔大腿から下のない〕腰部と、まだ残っている腹とで押さえつけている格好なのだ。
　スキュッラを愛するグラウコスは、その姿に涙し、余りにも冷酷に
薬草の力を用いたキルケとの交わりを忌避した。
70
スキュッラは、その場所に留まり、機会が与えられるや、
キルケへの恨みを晴らすために、随伴する仲間たちをウリクセスから奪った。*
やがて、スキュッラは、同様に、テウクロス縁*の〔トロイアの〕船団も

沈めようとした筈だが、その前に、彼女は既に岩と化してしまっていたのだ。その巌(いわお)は今も残っており、船乗りたちも、この巌は避けて通る。

　トロイアの船団は、この巌と、貪欲に船を呑み込むカリュブディス〔渦潮〕を櫂の力で漕ぎ抜けて、早や、アウソニアの岸辺近くに辿り着いていたが、風に流され、リビュア〔＝アフリカ〕の海岸に漂着した。そこで、アエネアスを、シドン出の女王*が、心に愛情を抱いて、館に迎え入れたが、結ばれた夫〔と見なす〕プリュギアの英雄の〔ひそかな〕出航に耐えられず、聖儀と偽って築かせた火葬堆(づみ)に登って、剣に突っ伏し、裏切られた女王が、〔民の〕皆を裏切って自死してしまったのだ。英雄は、砂地の土地に建てられた新都〔カルタゴ〕を逃れるように後にし、再び〔シキリアの〕エリュクス*の居所(きょしょ)と、忠実なアケステスの許へ戻ると、*供犠(きょうぎ)を催した上で、亡き父〔アンキセス〕の霊を祀る墓を築いた。ユノーの娘御イリスが焼き尽くすところであった船の艫綱(ともづな)を解くと、一行はヒッポテスの子〔アイオロス〕の領国*の、灼熱する硫黄が煙を立てる地や、アケロオスの娘シレンたちの巌*を やり過ごし、舵取り一人*を失ったものの、船団はイナリメやプロキュテ〔の島々〕、更には、〔海に隆起した〕丘状の不毛な地で、住人の名を取ってピテクサイ〔猿島〕と呼ばれる島*の傍を通り過ぎていった。

100

島の名の訳は、その昔、神々の父神〔ユピテル〕が、ケルコペスたち*の
欺瞞と偽誓と、彼ら一族の罪を憎悪して、
人から醜い獣の猿に変え、同じ生き物ながら、
人に似ていると同時に似ていないようにも見えるようにしたからだ。
つまり、手足を短くし、額の下で鼻を拉げると共に、上向きに
反り返らせ、顔全体に老婆のような皺を刻み、
全身、黄褐色の毛皮で覆って、この地へと送り込んだのだが、
その前に、言葉を使うことや、生来、偽誓のためだけにあるような
悍ましい舌を使うのを止めさせておいた。甲高く、喧しい声で
キャッ、キャッと不平不満の叫び声しか出せないのも、そのためである。
　これらの島々の傍を過ぎ、右手にパルテノペの
都城を、左手に喇叭の響きも妙なる、アイオロスの子*〔ミセヌス〕の
墓をやり過ごすと、波洗う沼沢地の多い土地、クマエの
浜辺に着岸し、長命のシビュッラ*が住む洞に足を踏み入れ、シビュッラに、
アウェルヌス*なる冥界の入り口を通って父の霊に会いに行きたい旨を
伝えた。だが、彼女は、長い間、顔を地面に向けたまま、じっとしていたが、
目を上げると、やっとのこと、霊威に取り憑かれ、神霊の憑依した狂乱の内に
語り出した、「数々の勲で誰よりも偉大な英雄よ、武徳は剣で実証され、

敬愛(ピエタス)*の心は業火で実証されている汝、アエネアス、汝の願いは大それたもの。
110 だが、トロイアの英雄よ、心配は無用。汝は望みを叶えられよう。
わが導きにより、汝はエリュシウム*の家々や、世界の第三の
王国〔=冥界〕、それに汝の愛する父の霊を目にすることができよう。
高徳の人士に辿れぬ道はない」。そう言うと、シビュッラは、冥界の
ユノー〔=プロセルピナ〕のために聖化された森にある、黄金で輝く枝を
指し示し、木の幹からその枝を折り取るよう命じた。*アエネアスは
指示に従い、こうして英雄は、恐ろしいオルクス〔冥界の王ディス〕の
富*と、先祖たちや、高邁な父アンキセスの霊を
目の当たりにすることができたのだ。ここで、その〔冥界の〕地の掟を
聞き知り、新たな戦で潜(くぐ)り抜けねばならない危難の数々も教えられた。
120 その冥界から、英雄は、来た道を逆に辿り、疲れた足を運びながら、
案内人のクマエのシビュッラと様々な語らいで労苦を癒したが、薄闇の中、
不気味な道を辿る、その帰り道、アエネアスはシビュッラにこう語りかけた、
「貴女(あなた)が神にせよ、或いは、神々に大層愛(め)でられる方にせよ、私にとって、
貴女は、永久(とわ)に、神とも思う存在であり続けることでしょう。嘘偽りなく、今、
私があるのも貴女のお陰だと申します。何しろ、私が死の国へ赴き、死の国を
目にした後、そこから遁(のが)れ出られるようにしてくれたのが貴女なのですから。

その恩恵に報いて、大空の下に、無事、戻れた暁には、私は貴女のために
社を建て、香をくべて崇める栄誉をあなたに捧げるつもりです*」と。すると、
予言に長けた巫女は彼を振り返り見て、胸深く溜息を吐きながら、言った、
130
「私は神でもなく、聖なる香で崇められる栄誉に値するような
者でもないのです。貴方が、何も知らずに誤解せぬよう、申しましょう。
私には、終わりを知らぬ、永遠の陽の光が約束されていたのです、
神様がそれをお望みになり、様々な贈り物で私の気を引こうとなさっている頃、
私の純潔を、私を愛して下さっていたポエブス様に捧げていたならば。*
こう仰ったのです、『クマエの乙女よ、望みのものを、何なりと選ぶがよい。
望みのものは、すべて叶えられよう』と。そこで、私は砂を掬い取ると、
その砂の山を示して、この山の真砂の数だけの寿命を得られますようにと、
無益にも、お願いしたのです。その時、その歳月がずっと青春のままでも
あり続けますようにとお願いをするのを、私はすっかり忘れていました。尤も、
140
神様は、私が愛を受け入れれば、その歳月と共に、いつまでも変わらぬ青春も
与えてやろうというお積りだったのです。が、私はポエブス様の贈り物を無下に
退けて、ずっと未婚のままで世を過ごしているのです。しかし、幸わう青春は
背を向けて逃げ出し、今や、歩む足取りも覚束ない頽齢が訪れて、その頽齢に
私は長く耐え続けなければならぬ身。と申しますのも、私は既に世紀を七度、

閲(けみ)していますが、寿命が真砂の数と等しくなるには、尚、百を三度重ねる数の
麦の刈り取り、百を三度重ねる数の葡萄の収穫を目にしなければならないのです。*
やがて、長い歳月が私の身体を、今はこれだけの大きさながら、
小さく萎(しぼ)ませ、老年が消耗した私の肢体をごくごく軽い荷に変える時が
やってくる筈。その時には、神に愛され、神の御心(お)に適った女とは露(つゆ)ほども
150 思われないでしょうし、恐らくポエブス様御自身も、私と分からないか、
分かったとしても、私を愛したことなどないと仰ることでしょう。人には、
私はそれほど変わった、誰にも見えなくなった、と噂されましょうが、声で
私と分かって貰える筈。定めは、声だけは私に残してくれるでしょうからね*」。
　トロイアの英雄アエネアスは、シビュッラの、このような話を聞きながら、
穹窿なす通路を辿り、黄泉(よみ)の世界を抜け出て、エウボイア縁(ゆかり)の
植民市〔クマエ〕に姿を現すと、仕来り通り、犠牲獣を屠(ほふ)って供犠(きょうぎ)を催した。
その後(あと)、まだ乳母の名に因んだ名をもたぬ海岸*〔カイエタ〕に接岸したが、
ここには、長い〔放浪の〕艱難に倦(う)み疲れた末に、ネリトスの息マカレウス*も
居残り、定住していた。智謀に長けたウリクセスの伴であった者だ。その彼が、
160 かつて、〔やはりウリクセス一行によって〕アエトナ山麓の岩場の只中に置き去りに
された*アカイメニデスを〔アエネアス一行の船中に〕認め、思いがけなくも
再会した彼が無事生きているのに驚いて、言った、「アカイメニデス、お主を

生き存(なが)えさせたのは、どんな幸運なのか、或いは、何神なのか。何故夷狄(いてき)の
船がギリシア人のお主を乗せている。お主らの船はどこを目指しているのだ」と。
最早、毛羽立つ粗衣でもなく、最早、茨の刺で縫い止めた弊衣でもない、
見慣れた衣服を纏ったアカイメニデスが、そんなことを尋ねるマカレウスに
こう声をかけた、「もう一度、ポリュペモスや、人血滴(したた)る
あの口を目にしたいと思うことだろう、儂(わし)がこの船より我が家や
〔祖国〕イタケのほうがよいと思うくらいなら、アエネアス殿より
170　わが父のほうを大切に思うくらいなら。たとえ儂のすべてを
捧げたとしても、決して感謝しきれるものではないのだ。儂が今、
話をし、息をし、大空と陽の光を眺めているのも、あの方のお陰。
それを有り難くも思わず、忘れてしまうことなどできようか。
キュクロプスの口に呑み込まれて、この命を失わずに済んだのは、あの方の
賜物なのだ。今、最早、この世の光に別れを告げねばならぬとしても、墓に
納められるか、少なくとも、あの怪物の腹に呑み込まれることだけはないのだ。
あの時の儂の気持ちといったら、どのようであっただろう――尤も、恐怖の余り、
感覚も理性も悉(ことごと)くどこかへ行ってしまっていたのだが――一人取り残され、
お主らが大海原へ漕ぎ出すのを眺めやった時のことだ。大声で叫びたかった。
180　だが、敵に居場所を悟られるのを恐れた。ウリクセスの叫び声も、お主らの

乗る船に危うく危害を与えるところだったからだ。儂はこの目で見た、
彼奴（あいつ）が山からもぎ取った巨大な岩を大海原の只中目がけて放り投げた時だ。
彼奴が、巨人の剛腕で、まるで射出器（カタパルト）の力で飛ばしたように、大岩を
再び投げ飛ばすのも見えたが、それが立てる大波や大風に煽られて
船が沈んでしまわぬかと、儂は酷く恐れた、自分が
最早、その船には乗っていないのも忘れてな。*
だが、お主らが確実な死から逃げ果（おお）せると、
ポリュペモスめは、呻きを上げながら、アエトナ中を彷徨（うろつ）き回り、
手で森の木々を探りつつ進むのだが、目を奪われて見えないため、
あちこちで岩にぶち当たっていた。挙げ句、やっと血糊で汚れた腕を
海に向かって突き出しながら、アカイア〔＝ギリシア〕人を呪って、こう叫ぶのだ、
『ああ、何かの偶然がウリクセスを、いや、俺の狂暴な怒りを
ぶちまけられる、奴の仲間の誰でも構わぬ、俺の許に連れ戻してくれたなら、
其奴（そいつ）の 腑（はらわた） を貪（むさぼ）り食い、其奴の四肢を、生きたまま、この手でずたずたに
引きちぎり、其奴の生き血をこの喉でゴクゴク飲み干し、ヒクヒク動く
その手足をこの歯で嚙み砕いてやるのだが。それでこそ、目を奪われた
災難も、何でもないか、軽いものになるというものだ』とな。巨人は、
こうした言葉や、他にも色々と叫んでいたが、その時も尚、

殺戮の血で濡れたその顔、残酷なその手、眼球を抉(えぐ)り取られて
空ろになったその眼窩、人血がこびりついたその四肢や　200
髭を目にして、儂は身も凍る恐怖に襲われ、青ざめた。
死が目の前にちらついた。だが、死ぬだけなら少しも辛い禍ではなかった。
今にも儂を捕まえるのではないか、今にも、今度は儂の腑(はらわた)を奴の臓腑に
詰め込むのではないかと考え、あの時の光景が目に焼き付いていて、
脳裏から離れなかったのだ、儂の仲間二人の身体が、三度、四度と
地面に叩きつけられるのを見た時のことだ。その時、奴は、
毛むくじゃらの獅子よろしく、二人の上に馬乗りになると、
腑(はらわた)や肉や、白い髄のある骨、また、まだ生きてヒクヒク動いている
四肢を貪り喰らって、貪欲な腹に詰め込んだのだ。
儂の身体に冷たい戦慄が走った。血の滴る腑や人肉を、まるで馳走のように、　210
その口で嚙み砕いては吐き出し、葡萄酒混じりの肉塊を戻しているのを
目の当たりにして、儂は悲しみの内に、血の気も失せ、身動(みじろ)ぎもせずにいた。
こんな運命が、哀れな自分にも待ち受けているのだと想像しながら、
来る日も、来る日も、儂は身を潜め、物音一つにもびくびく震え、
死を恐れつつ、死にたいとも思う狭間(はざま)で、団栗(どんぐり)や、木の葉に
草葉(くさば)を混ぜたもので餓えを凌いでいたのだ。死の恐怖と苦患(くげん)を味わうために、

一人きりで無力な境遇と絶望の中に取り残されていた儂だが、長い歳月が
流れた頃、遠くに一艘の船を望見し、救い出してくれるよう、手振り
身振りで合図を送りながら、浜辺に駆けていくと、向こうの心に届いたのだ。
こうして、トロイアの船がギリシア人のこの儂を迎え入れてくれたという次第だ。
220
ところで、お主のほうも、何より嬉しい伴よ、お主や、お主の首領、それに、
お主と共に船路に身を委ねた一行の身の上を話してはくれぬか」。
すると、マカレウスはこう語った、ヒッポテスの子アイオロス*は、
風を檻に閉じ込めて、エトルリアの海を支配する風の王であったが、
そのアイオロスが牛革の袋に風を閉じ込めて、土産にと贈ってくれ、
ドゥリキオンを治める我らの首領は、それを受け取ると、順風を受けて、
九日間、船を走らせ、目指す地〔イタケ島〕を望見できる所まで辿り着いた。
しかし、十日目の朝、曙が顔を覗かせる頃、妬んだ仲間たちが、
黄金が入っているものと許(ばか)り思い込み、獲物の分け前に与(あずか)りたいという
230
欲望に負けて、袋を縛っていた紐を解(ほど)いてしまった。そのため、
飛び出した風に煽られ、今まで辿ってきた船路を逆向きに辿り、
船は再び、アイオロスの治める島*〔アイオリア〕の港に戻された、と。
更に続けて、彼は話した、「そこから、我らはライストリュゴネス族*の王
ラモス縁(ゆかり)の古都に着いた。当時、当地を支配していたのはアンティパテスだ。

240

儂は、他の二人の僚友と共に、〔使節として王のもとに〕派遣されたが、儂と、もう一人の仲間は逃げ出し、辛うじて安全な場所に難を逃れたものの、我らの内の三人目の仲間はライストリュゴネス族の王の非道な口をその血で染めることとなった。我ら一行はそこから逃げ出したが、アンティパテスは、逃げる我らに迫り、追っ手を嗾けた。群れ集まった大勢の追っ手は、岩石や木を一斉に投げつけ、乗員や何艘もの船を沈めてしまった。唯一艘、儂らと、首領のウリクセスその人の乗る船だけは難を逃れて逃げ果せたのだ。儂らは、仲間の大半を失ったことを悲しみ、様々に嘆きの言葉を上げつつ、船を進めていく内に、あの地、ほら、ここから遠く、あそこに眺められよう、あの地に漂着したのだ。いいか、あれは、後で分かったことだが、遠くから眺めているだけにすべき島なのだ。おお、トロイア人の中で、誰よりも正義の人、女神の子よ――と申すのも、戦が終わった今、アエネアス、貴方を敵と呼ぶべきではないからだが――、貴方に忠告しよう、キルケの岸辺は避けよ、と。我らも、キルケの島の岸辺に船を係留した折、

250

アンティパテスや野獣のキュクロプスのことを忘れておらず、誰もが出かけていくのを嫌がった。しかし、新たに現れた未知の地を探訪するのに、我らは籤で人を選んだ。籤の結果、選ばれた儂と、信頼できるポリテス、同時にエウリュロコスと、大酒飲みのエルペノル、*更に

十八人の仲間がキルケの住む都城へと送られることに決まった。
我らがその都城に着き、館の入り口に立つや、
千の狼や、狼に混じって雌熊や雌獅子が
駆け寄ってきて、我らを恐怖させたが、どの獣も恐れずともよく、
どの獣も我らの身体に危害を加えようとはしなかったのだ。
それどころか、媚びるように尻尾を振り、
じゃれつきながら、我らの後を追ってきさえしていた。その内、
260
侍女たちが我らを迎え、大理石張りの広間を通って、女主人の
許（もと）へと我らを案内してくれた。彼女は、美しく飾られた奥の間の
厳かな椅子に坐していたが、煌（きら）びやかな衣を纏い、
その上を黄金の薄衣（うすぎぬ）で覆っていた。奥の間には、同時に
ネレウスの娘たちやニンフたちもいたが、彼女らは、指を動かして
羊毛を梳（す）いたり、糸を紡ぎ出したりするのではなく、
草葉を分類し、乱雑に散らばっている花々や、色とりどりの
葉を選り分けて、籠に入れているのだ。キルケ自身は
彼女たちの仕事に指示を与えていた。どんな薬効が、どの草葉にあるか、
何と何を混ぜ合わせれば調和するか、知っているのは
270
キルケ自身だからで、彼女は量り取った草葉を注意深く調べていた。

キルケは、我々を認めて、互いに挨拶を交わすと、
相好(そうごう)を崩し、我々の願いにすべて応えてくれる風であった。
すぐさま、炒(い)った大麦の粒と蜂蜜と、たっぷりの
生(き)の葡萄酒、更に凝乳(ぎょうにゅう)を混ぜ合わせるよう命じ、そうして
自ら、この甘い飲み物に隠れて分からぬよう、こっそり薬草の汁を
加えたのだ。* 我らは〔女神キルケの〕神聖な手で差し出された杯(はい)を受け取り、
それを、からからに渇いた口で飲み干すと、
恐るべき女神キルケは、杖で我らの髪の毛に触れた。すると
——恥ずかしい話だが、ありのままを語ろう——固い毛が肌一面に生え出し、
最早、声を発することができず、言葉代わりに出てくるのは、ブーブーという
嗄(しわが)れた鳴き声だけで、顔全体が俯(うつむ)きになって地面を見詰め、自分の口が
固く固まって、反り返った鼻面(はなづら)に変わり始めるのに、儂は気が付いた。
そうして、頸は筋肉で盛り上がり、今しがた杯を取り上げた
手の部分で、地面に足跡を残していたのだ。その後、
同じ目に遭った仲間たちと共に——薬草の効き目はそれほど絶大だった——
儂は豚小屋に閉じ込められたのだが、見ると、エウリュロコスだけは
豚の姿ではなかった。彼一人だけが、差し出された杯を干すのを控えたのだ。*
もし彼が控えていなかったなら、儂は今でも、剛毛生やす豚の群れの

一頭の儘であっただろうし、これほどの災厄を彼から知らされたウリクセスが
仇討ちにと、キルケの許にやって来ることもなかっただろう。平和の　290
齎(もたら)し手キュッレネ生まれの神〔メルクリウス〕が彼に白い花を与えていた。
神々はこれをモリュ*と呼んでいるが、黒い根に支えられて生えるのだ。
ウリクセスは、これと、同時に、神々が与えた忠告とに無事護られて、
キルケの館に足を踏み入れた。すると、奸計の杯を勧められたが、
髪の毛に杖で触れようとする彼女を押しのけると、
剣を抜き放って威嚇し、キルケを怯えさせた。その後、二人は、
右手を握り交わして、互いに信義を誓い合うと、*キルケはウリクセスを
閨(ねや)に迎え入れた。ウリクセスは結婚の引き出物に仲間たちの身柄を求めた。
我らの上に、見知らぬ薬草の〔前のものより〕更に強力な液汁が　300
振りかけられ、逆さまにした杖の笞(むち)で頭を打たれ、
最初の呪文と反対の効果をもつ別の呪文が唱えられた。
彼女が呪文を唱えるにつれて、徐々に我らは地面から持ち上げられて、
直立するようになり、やがて、見れば、剛毛は抜け落ち、二つに割れた
足先の割れ目は失せ、肩が元通りに戻って、二の腕の下には
前腕があったのだ。涙しているウリクセスを、我ら自身も涙しながら
掻き抱き、首領ウリクセスの項(うなじ)にしがみついたが、何より先に

我らの口を突いて出たのは、我らの謝意を伝える感謝の言葉であった。
我らは、こうして一年間、当地に留まって日を過ごし、それほど長い間に、
多くのことを、儂自身、直(じか)にこの目で見もし、人から聞いたりもしたが、
310　これもその中の一つで、キルケのこうした呪術や儀式を手伝う為に選ばれた
四人の侍女の一人が、こっそり儂に語ってくれた話なのだ。というのも、
キルケが一人きりでわが首領ウリクセスと時を過ごしている間に、
その侍女が儂に、頭上に啄木鳥(ピクス)を載せた、真っ白な
大理石造りの若者の彫像を示してくれたのだ。聖堂に
収められていたもので、沢山の花環で飾られて、一際(ひときわ)人目を引く像だった。
その若者が誰で、何故聖堂に祀られているのか、何故あの鳥を
頭に載せているのかを尋ね、知りたがる儂に、侍女はこう答えてくれた、
320　『では、マカレウス様、お聞きなさい。この話から、わが御主人様のお力が、
どれほどのものか、お知りになるとよい。心して私の話を聴いて下さいませ。
　アウソニアの地に、サトゥルヌス神の御子(おこ)の、ピクス*という王様が
おられました。戦に有用な軍馬に熱心な方でした。この方の容姿は、貴方が
今、ご覧になっている通りのものでした。その美しさを、貴方がご自分で
ご覧になっても、実物を象る(かたど)その像と寸分違(たが)わず、本当だと納得されますわ。
気性も容姿に負けず劣らずの優れたものでした。お歳も、まだ四年毎(ごと)に*

ギリシアのエリスで開かれる競技*を四度見るまでには至らぬ若さ。
王様のお顔立ちは、ラティウムの山々に生まれた木の妖精(ドリュアス)たちの
目を引きつけ、水辺に住まう精霊たち、つまり
アルブラ〔ティベリスの古名〕川やヌミキウス川、
アニオーの流れや、流路のごく短いアルモー川、或いは、急流のナル川や
330 木陰多いファルファルス川に住まいする水の妖精(ナイス)たち、また、スキュティア縁(ゆかり)の
ディアナの聖林にある湖*や、その近在の数多の湖に住む水の妖精(ナイス)たちも
ピクス様に求愛していました。ですが、あの方はその皆の求愛を虚仮(こけ)にし、
唯一人のニンフを愛したのです。昔、ウェニリア*がパラティウムの丘で、
〔前後〕二つの顔をもつ神ヤヌス*の種を宿して産んだ娘御です。
その娘御が、婚期の年頃になると、直ぐに、どの求婚者をも退けて、
ラウレントゥム生まれの王ピクス様に嫁がせられました。
容姿は類(たぐ)い稀でしたが、それにも増して類い稀だったのは、歌の技量です。
そのために、「歌姫(カネンス)*」と呼ばれておりました。その口から出る歌声で、
森の木々や岩を動かし、獣らを温和(おとな)しくさせ、
340 長い流路を行く川の流れを遅らせ、空を渡る鳥たちを引き止めるのです。
ある時、その彼女が、手弱女(たおやめ)らしいその口で、嫋々(じょうじょう)と歌を歌っている間に、
ピクス様は館を出て、ラウレントゥムの野に

土地の猪を狩ろうと、金の留め金で留めた
緋色の外套を纏って、二本の投げ槍を右手に持ち、
駿馬の背に跨(また が)って出かけられました。とある森に
やって来た時のこと、太陽神の娘御も同じ森に行き合わせたのです。
ご自分の名で呼ばれるキルケの野を後にして、
草葉に富む丘で、新たな薬草を集めようとのお積(つも)りでした。キルケ様は、
そのピクス様を、相手には見えない灌木の合間からひと目見るなり、
350
恍惚となられたのです。集めていた薬草が手から滑り落ち、
骨の髄まで焦がす恋の炎(ほむら)が全身を駆け巡っているかに思われました。
激しい恋の熱から、ふと我に返るや、キルケ様は、
何が望みか、告白しようとされました。ですが、早駆けする馬や、
周りを取り巻く従者らの所為(せい)で、近づくことができません。キルケ様は
仰いました、「逃がしはしませんからね、たとえ風が奪い去っていこうとも。
自分が何者か、私に分かっている限り、薬草の力が全部、
消え去ってしまわない限り、わが呪文が私を裏切らない限り」と。
そう言うと、ご主人様は、実体のない偽りの猪の幻を
お造りになると、王様の目の前を横切り、
360
木々が最も密に生え、密生する木々のため、馬には通れない

森の一角に逃げ込むような素振りをするよう、お命じになりました。幻が
時を置かず実行に移すと、忽ち、ピクス様は、何も知らない儘、幻の獲物を
仕留めようと、泡を吹く馬の背*から素早く飛び降り、空しい
希望に駆られて、森の深くへと徒立ちで分け入り、彷徨い歩かれました。
すると、ご主人様は祈禱を始められて、呪いの言葉を口ずさみ、
私の知らない神々に、何やら呪文を唱えて祈られました。
いつも、それを唱えて、白く皓々と輝く月の面を曇らせ、
お父様〔の太陽神〕の顔に雨雲をかぶせて覆われる習いの呪文です。
この時も、呪文が唱えられると、空が厚い雲に覆われて、
大地は霧を立ち昇らせ、伴する従者たちは暗闇の道で
迷って、王様の警護の任を離れてしまいました。時宜を得た
場所と時を捉えると、キルケ様は仰いました、「おお、私を虜にした、貴方の
瞳にかけて、また、誰よりも美しい貴方、女神の私に嘆願者として跪かせた、
貴方のその美しい容姿にかけて、わが恋の炎に情けをかけ、万物を
みそなわす、わが父、太陽神を義父として受け入れておくれ。お願いだから、
太陽神の娘の私キルケを、つれなくも、無下にしないで」と。女神が
そう言うと、ピクス様は荒々しくキルケ様その人も、その嘆願も撥ねつけて、
仰いました、「お前が誰にせよ、俺はお前のものではない。私の心を捕えて

380
離さぬ女（ひと）は別にいる。希（こいねが）わくは、いつまでも末永くそうであって欲しいもの。
他（ほか）に愛を移して、契り交わしたこの仲を傷つけ、壊す積（つも）りなど更々ないのだ、
ヤヌス神の娘御のカネンスを、定めが生き存（なが）えさせてくれる限りは、な」と。
太陽神（ティタン）の娘御は、甲斐無く、何度もお願いを繰り返した後、仰いました、
「報いを受けずには済ませないからね。貴方をカネンスには返してやらない。
傷ついた者に何が、愛する者に何が、女に何ができるか、思い知るがいい、
身を以て。そう、愛する者、傷ついた者、女とは、他ならぬ私、このキルケ」。
そう仰ると、二度、西方に、二度、東方に向き直り、
三度若い王様の頭を杖で撫で、三度、呪文を唱えられたわ。ピクス様は
逃げようとされたけれど、いつもの自分より素早く駆けられることに、
ご本人が驚かれていました。見れば、自分の身体に翼があります。
390
矢庭（やにわ）に、御自分が新たな鳥となって、ラティウムの森の仲間に
加わろうとするのに憤慨し、今では、堅い嘴（くちばし）で荒い樫の木を
突っつき、怒りの矛先を長い木の枝に向けて、これを傷つけているのです。
翼は、着ておられた緋色の外套の色がそのまま移り、
黄金製で、外套を留めていた留め金は羽毛に変わり、
輝く金色（こんじき）で頸を取り巻く輪を描いています。啄木鳥（ピクス）となった
ピクス様には、昔の面影は一切残されておらず、ただ名だけが残ったのです。

そうこうする間、従者の方たちは、甲斐無くピクス様の名を
何度も叫んで探されていましたが、どこにも見つからず、
行き当たったのはキルケ様でした――キルケ様が、大気の霧が消えて
澄み渡り、風と陽の光で雲が払われるのをお許しになっていたからですが――、
400
従者の方たちは、キルケ様の、正鵠(せいこく)を得た罪を言い立て、王様を返せと要求し、
力尽くでもという勢いで、凶暴な武器をもって襲いかかろうとしたのです。
キルケ様は毒液と、毒草の汁を振りかけ、
「夜(ノクス)」と、「夜(ノクス)」の神々とを「冥界(エレボス)」からも「混沌(カオス)」からも
呼び出され、遠吠えのような尾を引く叫び声でヘカテ様に祈りを唱えられました。
すると、――語るも不思議なことながら――森々がその場から跳ね上がり、
大地が唸り声を上げ、近くの木々が真っ白になり、
地面に生えている草は血の滴(しずく)で濡れ、
そこら中の石が耳障りな鳴き声を発し、
犬たちが吠え、大地は黒く蠢(うごめ)く蛇で汚(けが)れ、
410
物言わぬ亡者たちの稀薄な霊魂が飛び回るのが見られたのです。
この怪異な現象に、従者の一団は肝を潰しました。キルケ様は怯える人々の
驚いている顔に魔法の杖で触(ふ)れられました。すると、杖に触れられて、
従者の若者の皆から、種々様々な異形(いぎょう)の獣が生まれ出てきたのです。

元の姿形を留めている方は一人もいらっしゃいませんでした。
　沈むポエブス様が、既にタルテッススの岸辺を残光で照らされる頃、
カネンス様は夫の帰りを、空しく、今か今かと目で探し、心で求めて、
待ち侘びておられました。家僕たちや民らが、迎えの
松明（たいまつ）を手に翳（かざ）し、森という森を駆け回りました。
ニンフのカネンス様には、涙を流し、髪を掻き毟（むし）り、胸を打つだけで済むものでは
ありません——勿論、そのすべてを、あの方はなさったのですけれど——。矢庭（やにわ）に、　420
あの方は館を飛び出し、狂ったようにラティウムの野を彷徨（さまよ）われました。
六夜（ろくや）、そして同じ数だけの再び戻る陽の光が、
寝もやらず、食べ物も摂らず、山の背という背、
谷という谷を抜けて、当て所（ど）なく彷徨う彼女を目にしました。嘆きと
迷い歩きとで憔悴し切り、長く延びる川岸に今や身を横たえている彼女を、
最後に目にしたのはテュブリス〔テベレ川〕でした。そこで、カネンス様は、
涙しながら、その時の悲痛の思いに合わせた調べに乗せて、か細い声で　430
嘆き悲しみつつ、歌声を響かせておられました。その様（さま）を喩えれば、よく
見られるという、今しも息絶えようとする時、自ら挽歌を歌う白鳥のよう。*
遂には、お嘆きの余り、柔らかな骨の髄まで溶けて流れ出し、その果てに、
徐々に稀薄な大気の中へと消えていかれたのです。ですが、あの方の

言い伝えは土地に刻まれました。古のカメナ〔ムーサに相当〕たちが、ニンフのあの方に因んで、その地を、いみじくもカネンスと名付けたのです』*。

　こんな話や、その他、様々なことを、長い一年間に、聞きもし、この目で見もしたのだ。こうして、所在なく、仕事からも離れ、怠惰に過ごしていた我らだったが、再び海に乗り出し、再び帆を上げるよう命じられた。太陽神の娘キルケは、船路は危険に満ち、航路は遠大だと説き、狂暴な海の危難が残されていると語っていた。正直に言おう、儂は酷く恐れ、この岸に辿り着いた折、〔一行から離れて〕ここに留まったという次第だ」。

　マカレウスは話を終えた。アエネアスの乳母*については、大理石の骨壺に納められ、塚が築かれて、このような短い碑銘が刻まれた。

　　敬愛の心で名も高き養い子、我カイエタを、ギリシアの
　　業火より救い出し、ここにて、しかるべく荼毘に付せり

一行は、舫を解き、草生す岸辺の堤から船出すると、奸計と、悪名高い女神〔キルケ〕の館を遥か遠く後にして、木陰深いテュブリスが、黄色い砂を巻きながら流れを海へと注ぐ、木立覆う浜辺を目指した。アエネアスは、ファウヌスの子ラティヌスの

館で歓待を受け、その娘〔ラウィニア〕を〔妻に〕得たが、それには
戦なしでは済まなかった。勇猛な部族〔ルトゥリ族〕との戦が始まった。*
〔その王〕トゥルヌスが、〔奪われた〕許嫁を取り戻そうと、怒り狂ったのだ。
全テュッレニア〔＝エトルリア〕勢とラティウム勢の間で戦端が開かれ、
長きに亘って、両軍、険しい勝利を目指して、激しく武器を振るって戦った。
両軍共に外部の勢力に頼って軍勢を増強し、多くの
勢力がルトゥリ族に、多くの勢力がトロイアの陣営に味方するに至った。
アエネアスによるエウアンデル*の都城への〔援軍要請の〕訪問は功を奏したが、
ウェヌルスによる亡命者ディオメデス*の都への訪問は徒労に終わった。
彼ディオメデスは、確かに、イアピュギアのダウノス*の庇護の下、
類い稀な大都を創建し、持参財で得た田野を治めてはいた。だが、
ウェヌルスがトゥルヌスの託した伝言を述べ終え、援軍を要請すると、
アイトリア出の英雄ディオメデスは、軍勢の不足を口実に、その要請を
断ったのだ。自ら戦闘に加わるのも、義父の臣民を戦闘に巻き込むのも、
自分は望まないし、また、自ら率いてきた同国人で、武器を取らせられる者は
一人もいない、と述べ、こう付言した、「これが嘘と思われてもいけない。
苦い悲しみを思い出し、新たにまた嘆きを蘇らせることになるのだが、辛さを
堪(こら)え、お話しすることにしよう。高く聳(そび)えるイリオン〔＝トロイア〕が炎上し、

〔城塞〕ペルガマがダナオイ人の軍勢の放った火で焼き尽くされた後、ナリュクスの
英雄が、処女神〔ミネルウァ〕の保護を求めた処女を奪って陵辱し*、その罰を
一人で負わねばならなかったところを、ダナオイ人の全軍が巻き添えを食い、
470 我らダナオイ人の軍勢は散り散りになって、風に翻弄されつつ、
剣呑な海を彷徨いながら、雷電や暗夜、空と海の狂乱を経験した挙げ句、
総仕上げに、カペレウス岬での難船*という禍を蒙ったのだ。我らの悲しい
災厄を、一々、順を追って語って時間を浪費させてもいけない。端折(はしょ)ろう。
その時のギリシアは、プリアモスにさえ、涙せずにはおれぬと思えただろう。
しかし、私は、武具をもつ女神ミネルウァの配慮で、荒波から
救い出されたのだ。だが、再び祖国の田野から逐(お)われる身となり*、
その往時(かみ)、私の与えた傷のことを忘れてはいなかった慈しみの女神
ウェヌスの報復を受け*、ために、大海原中で流浪の酷い艱難に耐え、
陸(おか)で戦の酷い苦難に耐え続けねばならなかったのだ。
480 その余りの辛さに、私は、ギリシア人の皆に襲いかかった嵐、
情け容赦のないカペレウス岬が波間に沈めた仲間たちを幸せ者と呼び、
自分もその一人であればよかったものをと思ったものだ。
　既に、戦でも海でも艱難辛苦の極みを舐めた仲間たちは意気阻喪し、
誰もが放浪を終わらせて欲しいと希(こいねが)った。その時、気性激(げき)し易く、

当時は数知れず蒙った禍で気が荒くなっていたアクモン*がこう叫んだ、
『最早、諸君、諸君の忍耐心が拒む、どんな禍が残っているというのだ。
キュテラの女神〔ウェヌス〕がこれ以上――それを望むとしてもだ――しでかす
何があるという。如何様（いかさま）、更に酷いことがあるのでは、と恐れている間は、
願掛けに望みをかける痛手の余地がまだある。だが、置かれている状況が
490 最悪なら、恐れを足下に踏みしだけるし、不幸も極まれば、安穏というもの。
他ならぬ女神が聞いていようが、また、あの女神が、実際そうしているように、
ディオメデス麾下（きか）の我らを一人残らず憎もうが、我らは皆、女神の憎しみなど、
屁とも思っておらぬのだ。高くついたが、我らが得た力は大きい*』と。
プレウロンのアクモンは、このような言葉で怒れるウェヌスを挑発し、
その心を逆撫でして、昔の怒りを再び掻きたてた。
彼の言葉に賛同する者もいるにはいたが、私も含めて、大多数の仲間は
アクモンを咎めた。アクモンがそれに反論しようとした、その時のこと、
彼の声も、声の通い路も、共に、か細くなってしまい、
髪の毛は羽毛に変わり、頸も
500 胸も背中も羽毛に覆われていた。腕には、もっと大きな羽根が
生え、臂（ひじ）は曲がって、軽やかな翼に変じている。
足の大部分は〔水掻きでひとつながりになった〕足指が占め、顔は

520　　510

角化して硬くなり、先端は尖って〔嘴になって〕いる。
その彼を見て、リュコス*もイダスも、レクセノル共々ニュクテウスも、
アバスも驚愕したが、彼らが驚いている内に、彼ら自身も
同じ姿形になって、大多数の者たちが列を成して宙に舞い上がり、
翼を羽搏かせながら、櫂の回りをぐるぐる旋回したのだ。
俄に生まれたその鳥がどんな姿形かと訊かれれば、白鳥そのものの
姿形ではないにしても、白鳥に極々似ていると言おう*。その後、
イアピュギア王ダウノスの婿となった私だが、なきに等しい、僅かな
配下の者と共に、当地の干涸びた田野をやっとの思いで治めている身なのだ」。
　オイネウスの孫がそこまで言うと、ウェヌルスはカリュドン縁〔の王〕*の
領国を去り、ペウケティアの湾とメッサピアの野を後にした。その野に、
夥しく茂る森の木々で、小暗く、細い葦に覆われて人目につかない、
とある洞を、ウェヌルスは目にした。今は、山羊の脚もつ牧神パンが
住処としているが、往時はニンフたちが住まわっていた。そのニンフたちを、
アプリアの或る牧人が脅かし、そこから追い払ったことがあった。
ニンフたちは、初めは矢庭の恐怖で退散したが、直ぐに我に返って
冷静さを取り戻し、追いかけてくるのが高が牧人と見くびると、
足捌きも軽やかに、調べに合わせ、列を組んで、再び舞い踊り始めた。

530

牧人はそれに難癖をつけ、無骨な足取りで踊りを真似つつ、加えて、卑猥な言葉を投げかけ、野人らしい罵りを浴びせて、口を閉ざすことがなかった。が、やがて〔変身して這い上がる〕木がその喉を覆って、とうとう黙ってしまった。木になったからだ。その液汁から〔元の人間の〕心性を知ることができる。〔彼が変身した〕野生のオリーブの木が、苦い実に毒舌の跡を残しているからだ。言葉の辛辣さが、実に、そのまま移ったという訳である。*

使節たちがディオメデスの国から戻り、アイトリアの軍勢の来援が拒まれたという報せがもたらされると、ルトゥリ族は、その援軍のないまま、始めた戦を続け、両軍共に夥しい血を流した。すると、見よ、トゥルヌスは、松材で組まれた〔トロイア勢の〕船に貪婪な松明を投げ込み、焼き払おうとした。水難を免れた船々が、火難を恐れる事態となったのだ。早くも、ムルキベル〔鍛冶と火の神ウルカヌスの異称〕は、瀝青や蠟、その他、炎の糧を悉く燃やし、火の手は高い帆柱を伝って帆布まで上り、弓なりの船体の、横に渡された漕ぎ手席が煙を上げていた、その時、これらの〔船材の〕松の木がイダの山頂で伐採されたことを忘れていなかった、神々の聖なる母神*〔キュベレ〕が、打ち鳴らされるシンバルの甲高い響きと、吹き鳴らされる黄楊笛の音とで辺り一帯の大気を満たし、稀薄な大気の中を、手懐けた獅子たちの曳く車駕を走らせて姿を現し、

こう言った、「トゥルヌスよ、その瀆神（とくしん）の右手で火を掛け、燃やそうとしても、
無駄だ。私が救い出す。私が黙って見過ごす中、貪婪な火に、　540
わが聖林の一画をなし、一部であった木々を焼かせはせぬ」と。
女神がそう語っている間（あいだ）にも、雷鳴が轟き、雷鳴に続いて、
飛び跳ねる霰（あられ）混じりの篠突く雨が降り注ぎ、
アストライオスの子ら*〔の風たち〕が、俄（にわか）に激しくぶつかり合いながら、空と、
膨れ上がる海原（うなばら）を騒乱の渦に巻き込みつつ、兄弟同士の戦を繰り広げた。
慈しみの女神は、その風の一つの力を借りて、
プリュギア〔＝トロイア〕の船隊を舫（もや）う麻の艫綱（ともづな）を断ち切り、
船々を舳先（へさき）から真っ逆さまに、海中に沈めた。
すると、船材は柔らかくなり、材木は生身の身体に変じて、
弓なりに曲がる舳先は頭の形に、　550
櫂は足指や、波間を泳ぐ脚に変わった。
以前、胴体であった部分は、そのまま胴体として残り、
船の中央に隠れていた竜骨は、変じて背骨の役割を果たし、
索具は柔らかな髪の毛に、帆桁は腕に変わったが、
身体の色は、以前と変わらず紺青のまま。水の妖精（ナイス）になった彼女たちは、
乙女らしくはしゃぎながら、かつては恐れていた波浪と戯れるのであった。

固い山の背で生い育った彼女たちではあるが、今では、柔らかな潮路に
繁く屯し、自分たちの生い立ちのことなど、どこ吹く風なのだ。
しかし、大海原で、屢々堪え忍んだ数々の危難のことを
忘れてはおらず、波浪に弄ばれる船に屢々助けの手を
差し延べた。尤も、アカイア〔＝ギリシア〕人を乗せている船だけは別であった。　560
プリュギアの蒙った禍を今でも覚えていて、ペラスゴスの末裔を
憎み、ネリトス聳えるイタケの領主〔ウリクセス〕の船の残骸を笑顔で眺めて、
アルキノオスの*船が〔石化して〕硬くなり、船材の木が
変じて巌となるのを笑顔で眺めたのだ。
　船隊が変じて命ある海の妖精になったという、その怪異な出来事を恐れて、
ルトゥリ族の王が戦を止めるかも知れないという望みがあった。だが、
トゥルヌスは、飽くまで戦を続けた。両軍共に、味方となる神々がおり、
更に、神々にも匹敵する勇武の気性があった。最早、目指す目的は、
結納の品の王領でも、義父の王笏でも、乙女ラウィニアよ、汝でもなく、　570
只管、勝利を収めることで、戦を放棄するのを恥じて、
戦を遂行していたが、遂に、ウェヌスは息子〔アエネアス〕の軍勢が勝利し、
トゥルヌスが斃れるのを目にした。トゥルヌスが存命の間は
強国と謳われていたアルデアは陥落した。その都を異国の火が奪い去り、

家々が埋み火で熱い灰燼に埋もれて見えなくなった後、
堆い残骸の只中から、その時初めて目にされた一羽の鳥が
舞い上がり、翼を羽搏かせて灰燼を打った。その鳥には、
〔悲しげな〕鳴き声といい、痩せた体といい、青白さといい、陥落した都に
相応しいすべてが具わっていた。その名も、都の名を留めて「蒼鷺」と
いう。この鳥「蒼鷺」は、今も自らを哀悼して、己の翼を羽搏かせるのだ。*　580
今や、アエネアスの武徳は、すべての神々の心を打ち、他ならぬ
ユノー女神にさえ、否応なく古い怒りを収めさせた。この時、逞しく
成長するユルスの支配の礎も既に揺るぎなく固められており、キュテラ縁の
女神の子の英雄〔アエネアス〕が、時宜を得て、昇天する機が熟していた。*
ウェヌスは神々の間を説いて回り、〔最後に〕自分の父神〔ユピテル〕の項に
腕を回して、こう訴えた、「これまで、いついかなる時も、私にきつく
当たられたことのない父上、どうか今も、常にも増して優しくして下さり、
わが血を通して、あなた様を祖父とする、わが子アエネアスに
些かの賜物をお授け下さる限り、どれほどささやかであれ、構いません、
神性を、至高の父神、お授け頂きとうございます。あの子が、疎ましい　590
黄泉の国を目にし、アケロンを渡ったのは、一度きりで十分の筈では」*と。
居並ぶ神々は賛同し、王妃ユノーも、いつもの表情を変えず、

穏やかな顔で頷いた。すると、父神は口を開いて、こう言った、
「お前たちは天与の賜物に値する者たちだ。請うているお前も、その者の為に
お前が請うている当人もな。望みのものを、わが娘(こ)よ、受け取るがよい」。
ユピテルはそう言った。ウェヌスは喜び、父神に感謝の言葉を述べると、
繋いだ鳩の曳く車駕に乗り、稀薄な大気の中を翔(かけ)て、
ラウレントゥムの海岸にやって来た。河岸を葦に覆われるヌミキウスが
川の流れを近くの海へと注いでいる辺りである。ウェヌスは、
600 そのヌミキウスにこう命じた、アエネアスの、死に隷属する部分を、悉く
河水で洗い清め、静かな流れに巻いて海へと流し去ってくれるように、と。
角(つの)を生(は)やす河神はウェヌスの依頼を実行し、自らの
河水を注ぎかけて、アエネアスの身体の死すべき部分を
悉く拭い去った。最良の〔天的な〕部分だけが残った。
母神ウェヌスは息子の身体に神聖な香料を塗って清め、
その口に、神食(アンブロシア)と神酒(ネクタル)を混ぜたもので触れて、
アエネアスを神にした。クイリヌス*の末裔(すえ)の民〔ローマ人〕は、その神を
「祖神(インディゲス)」と呼び、神殿と祭壇を築いて、斎(いつ)き祀った。
　その後、アルバ*〔・ロンガ〕とラティウムの国は、二つの名をもつ
610 アスカニウス〔別名ユルス〕の治下に入った。その跡をシルウィウス*が継いだ。

620

その子ラティヌスが、古(いにしえ)からの王笏と共に
曽祖父の名も継ぎ、令名赫々としたアルバがラティヌスの跡を継いだ。
彼に続いたのは、その子エピュトゥスで、その後、カペトゥス、カピュスと
続いたが、カピュスのほうが先である。次いで、彼らから王国を継いだのは
ティベリヌスで、彼はエトルリアから流れてくる川で溺死し、
その川に自らの名〔ティベリヌス＝ティベリス〕を与えた。彼からは、レムルスと
勇猛なアクロタが生まれた。兄のレムルスは、
雷を真似ようとして、雷に打たれ、夭逝した。
王笏は、その弟で、兄よりは慎み深いアクロタから、勇敢な
アウェンティヌスの手に渡された。彼は、死後、自分が王として
治め〔王宮のあっ〕た、その同じ山に埋葬され、その山に自らの名を与えた。
　時代は過ぎ、今やプロカがパラティウムの民の支配権を握っていた。
ポモナ*が生きていたのは、この王の治下のことであった。ラティウムに
住まいする木の妖精(ハマドリュアス)たちの中で、彼女ほど造園の技に長(た)けている者はおらず、
彼女ほど果樹栽培に熱心な者は他(ほか)にいなかった。
ポモナの名はそこから来ている。* 彼女は、森や川ではなく、
野の広がる郊外や、たわわに実のなる果樹の枝を愛した。重い狩猟の
槍をもつことはなく、手にするのは、いつも剪定用の曲がった鎌で、

630

それで、ある時は繁茂しすぎた木を剪定し、四方八方に伸びすぎた枝を刈り込み、時には木の外皮に切り込みを入れて小枝を挿し込み、別の木の接ぎ穂〔穂木〕に〔台木となる木の〕樹液を与えてやる〔接ぎ木をする〕のだ。また、木々が渇きを覚えるのを見逃さず、水を吸う根の、曲がった繊維〔鬚根〕に〔側溝を〕流れる水を注いでやったりもする。これが彼女の愛好であり、これが彼女の熱中する仕事で、ウェヌスの愛は眼中になかった。だが、野卑な暴行を恐れて、ポモナは果樹園を内から閉ざし、男性が近づくのを拒んで、男性との交わりを避けていた。

640

だが、浮かれた踊り上手のサテュロスたちや、松葉の冠で角を巻いた〔牧神〕パンや、更には、常に歳不相応の若さ漲るシルウァヌス、また、作物泥棒を鎌や股ぐら〔の男根〕で脅かす神*が、彼女を物にしようと試みなかったことなど何かあろうか。しかし、彼女を愛する情熱の点では、ウェルトゥムヌスのほうが勝っていた。尤も、実らぬ愛という点では、他の神霊たちと違いがなかった。ああ、幾度、無骨な刈り取り手の衣服に身を包み、大麦の穂を籠に入れて、本物の刈り取り手そっくりの姿で、彼女の許に運んだことか。屢々、真新しい干し草を額に巻きつけ、刈った干し草をひっくり返していたと見えるようにもした。また、

屢々、突き棒を厳つい手に提げていた。それを見れば、誓って、今し方、
疲れた牛たちを軛から外したばかりに違いない、と言ったことだろう。
剪定鎌を手にすれば、庭木の剪定師や、葡萄樹の刈り込み手になり、
梯子を肩に担げば、林檎を集める積りだと思ったことだろう。　650
剣を手に取って兵士に、また、竿を手に取って釣り人になったりもした。
要するに、繰り返し、様々に姿を変えて、ポモナに近づく機会を見つけては、
彼女の美しい姿を眺めて、喜びを見出していたのだ。
　ウェルトゥムヌスは、また、蟀谷に白髪を置き、
色鮮やかな頭巾を被り、杖を突いて、老婆に成りすました。そうして、
手入れの行き届いた庭園に入っていくと、果樹を褒め上げた後、
こう語りかけた、「でも、貴女のほうがずっと素適ですわ」と。
そう言うと、神はポモナに、本物の老婆なら、そんな口づけの仕方など
決してしない口づけを一度、二度とした後、曲がった腰を草の上に下ろすと、
秋の実りでたわわな枝々を見上げた。　660
真向かいに、輝くような葡萄の房も見事な一本の楡の木があった。
神は、その楡の木を、連れ添うように絡みつく葡萄の枝木共々、讃えた後、
言った、「でもね、あの木が葡萄蔓もなく、一人っきりで立っていたら、
〔木陰を与える〕木の葉以外、人の気を引く、何の取り柄もありませんわ。

葡萄蔓にしたって、今は楡の木に絡み、安心して木に支えられていますが、
楡の木という連れがいなければ、地べたを這い回っていることでしょう。
ところで、貴女ですが、貴女はこの楡の木の例を気に留めもなさらず、
殿方との交わりをお避けになって、良い連れを得たいともお思いにならない。
貴女がその気になって下さればいいのに。あのヘレネ*やラピタイ族の戦の
670
因となったあの方、それに、帰国の遅いウリクセス*の奥様でさえ、貴女ほど
多くの求婚者の求愛を受けることはなかったでしょう。が、事実は違って、
貴女にはその気がない。求愛する方たちを避け、顔を背けておられますが、
千の殿方たちが貴女に求愛し、半神たちも、神様方も、アルバの
山々に鎮座まします神霊たちも貴女に求愛しているのです。ですが、
貴女に分別がおありなら、また、貴女が良き連れを得たいと願われるのなら、
また、他の誰よりも貴女を愛し、貴女には信じられないほど貴女を愛している、
この老婆の言葉に耳を傾けてやろうとお思いなら、平凡な結婚など斥けて、
680
貴女の褥の伴侶にウェルトゥムヌスをお選びなさい。私も、あの方の
保証人になりますわ。私のほうが、あの方自身より、あの方をよく存じて
いますもの。それに、あの神は、世界中そこかしこ彷徨き回るような
方じゃない。あの方が愛するのは、この地だけ。また、他の大方の求婚者たちと
違って、女子を見て一目惚れするような方ではなく、貴女が、あの方には

最初にして最後の愛する女(ひと)となる筈。貴女一人に全生涯を捧げてくれます。
おまけに、あの方はお若くもあり、持って生まれた天与のお美しさもあり、
更に、あらゆる姿に巧みに変身する力もお持ちで、あなたがお命じになれば、
どんなものでも、それに姿を変えてくれます。更に、あなた方、お二方の
愛好するものも同じ。貴女が大切に育てられている果実を最初に受け取り、
喜びの手で貴女の贈り物〔の初穂〕を手にされるのが、あの方なのです。
尤も、あの方が望んでおられるのは、木々から捥(も)ぎ取られた果実でも、
菜園が育む優しい味の瑞々(みずみず)しい野菜でもなく、何より貴女御自身なのです。
燃える思いを抱くあの神を憐れと思(おぼ)し召せ。求愛するあの方自らが、私の
口を通して、直(じか)に貴女にお願いしているとお考え下さい。また、恐れるのです、
690
仇(あだ)には報いを与える神様方や、情(じょう)なき心をお憎みになる、イダリオン縁(ゆかり)の
女神様を、また、ラムヌス縁の女神様*の、〔傲りを〕忘れず罰される怒りを。
貴女に尚更恐れの心をおもち頂く為に——長生きしたお陰で、私は多くの
知恵を学んでいるからです——キュプロス中で知らぬ者とてない出来事を
お話しします*。お聞きになれば、お心を曲げ、お気持ちを和らげて頂ける筈。
　ある時、古(いにしえ)のテウクロス*の血を引く高貴なアナクサレテを、
身分の低い家柄に生まれたイピスという若者が目にしたのです。目にした
700
途端、全身の骨まで恋の熱が染み渡るのを覚え、長い間、その衝動に

710

抗っていましたが、理性では、どうにもその狂おしい恋心に勝てぬと
分かってからは、願いを叶えて貰おうと、彼女の屋敷の門口に足繁く通っては、
ある時は、乙女の乳母に憐れな恋心を打ち明け、養い子の乙女の将来の
希望にかけて、自分を邪険に扱わないで欲しいと訴えるかと思えば、また、
多くの侍女たちを誰彼なしに捕まえては、おべっかを言い、懇(ねんご)ろな声で、
好意をもって自分の手助けをしてくれるよう頼み込みもしたのです。
また、屡々、思いを言葉に託して恋文を認(したた)め、その書板を
乙女に渡して貰おうとしたり、時には、涙の滴(しずく)に濡れた花輪を
門柱に掛けてみたり、柔らかな身体を門口の硬い敷石の上に
横たえて、非情な閂(かんぬき)を罵ってみたりもしておりました。けれど、
彼女のほうは、『子山羊たち(ハエディ)』が沈む頃*に大波を立てる海よりも荒々しく、
ノリクムの溶鉱炉の火*が溶融して造る鉄よりも、また、
自然な岩盤にしっかり根を張る岩よりも硬く、イピスのことを軽蔑し、
嘲笑っていました。剰(あまつさ)え、非情な仕打ちに加えて、残酷にも傲慢な
言葉を浴びせかけ、恋する若者から一縷の望みさえ奪ってしまったのです。
イピスは、長い間の拷問のような苦しみに、どうにも耐えきれず、
門柱の前で、こう最期の言葉を叫びました、
『貴女(あなた)の勝ちだ、アナクサレテ。これを最後に、貴女は、もう私の執拗な

求愛を我慢しなくともよい。喜びの勝利の凱旋を祝うがいい。勝利の歌（パイアン）を
720 歌い、輝く月桂樹の冠を額（ぬか）に巻くがいい。如何にも、勝利者は貴女だからな。
私のほうは喜んで死にゆこう。さあ、鉄のような〔無情な〕女（ひと）よ、喜ぶがいい。
だが、屹度（きっと）、私の愛に貴女を喜ばせる何かがあったと貴女も
認めねばならないだろうし、私の功を、やがては白状する筈だ。けれど、
これだけは覚えておいてほしい、貴女への私の愛は、私が命を終えるまで
止むことがなかった、私は二つの*光を同時に失わねばならないのだ、と。
噂が私の死の報せをもたらすことはないだろう。私自らが、
疑ってはいけないよ、やって来て、あなたの前に姿を見せてやる。魂のない
私の亡骸（なきがら）を、その無慈悲な目で眺めて、堪能するがいいのだ。ですが、
おお、天上の神々、あなた方が人間界の出来事をご覧になっているのなら、
730 私のことを忘れず――もうこれ以上、祈りを口にすることができません――、
私のことが長く語り継がれるようにして下さり、あなた方が私の寿命から
奪い去った時を、私の名声の続く歳月に加えて下さいますよう』。

　イピスはそう言うと、何度も花輪で飾った門柱へ
涙に濡れた眼（まなこ）と、青白い腕とを上げて、
門扉の上部の梁に輪縄（わなわ）を掛け、こう言ったのです、『冷酷で罪深い女（ひと）よ、
この花輪なら、さぞや気に入るだろう』。そう言って、頭を縄の輪に

通したのですが、その時でも、顔を彼女のいるほうに向けていました。頸は
砕け、可哀想にも、イピスは命絶えて、重たく縄にぶら下がったのです。
ぶらぶら揺れる足が当たって門扉が音を立てましたが、その音は、
740
開けるようにと言っているかに聞こえました。門が開けられると、出来事が
明らかになりました。侍女たちは叫び声を上げ、イピスを降ろしたものの、
手遅れで、亡骸をイピスの母親の戸口へと――父親は亡くなっていたのです――
運びました。受け取った母親は、冷たくなった愛しい息子の亡骸を
懐（ふところ）に掻き抱き（いだき）、不幸な親が口にする言葉を一頻り（ひとしきり）
口にして、不幸な母親がすることを一頻り行った後、
涙ながらに、市中を抜けて、野辺の送りの葬列を先導し、
茶毘に付すため、蒼白の亡骸を納めた棺の乗る棺台を運んでいったのです。
涙ながらの葬列が進んでいく道に面して、偶々（たまたま）、アナクサレテの
屋敷があり、胸を打つ哀悼の響きが冷酷な彼女の耳にも届きました。
750
その時、既に、仇を討つ神の懲罰が彼女に迫っていたのです。それでも、
彼女は、葬列の音に心が動き、『見てみましょう、可哀想なお葬式を』、
そう言うと、屋敷の高い所にある窓を開け放った部屋に入り、棺台の上に
置かれたイピスを窓から覗き見ようとして、亡骸が見えたか見えない内に、
目が硬く固まっていきました。そして、身体から温かい血潮が失せると共に、

全身蒼白になり、後ずさりしようとしたものの、
足が固着して動けなくなり、顔を背けようとしたものの、
それもできず、次第に石が手足を覆っていったのでした。その石は、
彼女の硬く、冷酷な心の中に、既に前からあったものに他なりません。
今言った出来事を、作り事と思われませぬよう。実際、サラミス*に、
760 今でも、そのご婦人の姿をした石像が残されていて、これを祀る神殿があり、
『覗き見するウェヌスの社』の名で呼ばれています。この例を肝に銘じて、
おお、わが愛するニンフの貴女、どうか冷淡な蔑みは
お止めになって、愛するあの方と結ばれて下さいませ。
そうしてこそ、冷たい春の遅霜が、なり始めた実を痛めつけることもなく、
激しい風が、実を宿す花を散らすこともないというもの」。
　老婆に扮した神はそう説いたが、甲斐無く、
老婆の変装をかなぐり捨てると、青年神に戻り、乙女ポモナに
本来の姿を現した。その姿は、さながら、厚く覆う雲を打ち負かし、
一点の曇りもなく、元の輝きを取り戻し、燦々と照り輝く太陽のよう。
770 神は力ずくでポモナを物にしようとした。だが、その必要はなかった。
その姿にニンフは心を奪われ、相手と同じ恋の疼きを覚えたからだ。
続いて、*アウソニア〔イタリア〕の国を支配したのは、武力を用いた

不正な王アムリウスであった。だが、〔その兄〕老ヌミトルが、孫〔ロムルス〕の
尽力のお陰で、失った王権を取り戻し、パリリア祭*に合わせて、
都の城壁を築いた。サビニ族の王タティウスと長老らが、そのローマに
戦を仕掛けた。*祖国を裏切って城塞への道を開いた当然の報いで、
タルペイアが堆(うずたか)い盾に押し潰されて、命を落としたのは、この時のこと。
その後、クレス生まれの〔サビニ族の〕兵らは、物言わず忍び寄る
狼さながらに、声を押し殺し、眠り込むローマ人を
襲撃しようと、都の城門に迫った。その城門は、皆、頑丈な閂(かんぬき)を掛けて、　780
イリアの子*〔ロムルス〕が閉ざしていた。だが、城門の一つを、他ならぬ
サトゥルヌスの娘御〔ユノー〕が、枢(くるる)の回る軋み音(きしおん)も立てずに押し開けた。
ウェヌスだけが、その門の閂が落下したのに気付き、できれば
再び閉ざそうとしたことだろう。だが、神々には、他の神々の行為を
無にすることは許されないのだ。ヤヌスの神殿に隣接する土地は、
アウソニアの水の妖精(ナイス)たちの住む聖域で、冷たい水の湧き出る泉があった。
ウェヌスは彼女たちに支援を求めた。水の妖精(ナイス)たちも女神の正当な依頼を、
勿論、拒みはせず、自分たちの住まう泉の水脈や流れを呼び出して、
水を迸(ほとばし)らせた。それでも、まだヤヌス〔神殿〕の門は開いており、通路は
行き来が可能で、水をもってしても道の通行を妨げられなかった。　790

800

水の妖精たちは、滾々と湧き出る泉の底に黄白色の硫黄を投げ込み、
空洞を流れる水脈に、煙を上げる瀝青の火を浴びせ〔て煮えたぎらせ〕た。
こうした力や、その他の力で、蒸気は泉の底まで浸透していき、先ほどまで
大胆にも、アルペス〔山脈〕の氷雪と冷たさを競い合っていた、お前たち、
水たちよ、お前たちが火そのものにも譲ることのないほど、熱く煮えたぎったのだ。
炎の混じる飛沫を浴びて、〔ヤヌス神殿の〕門柱は二つ共、煙を上げ、門は
今となっては〔タルペイアの〕約束も甲斐無く、荒くれのサビニの兵らは
新たな泉で閉ざされてしまい、その間に、マルスの後裔の兵らは武器を
身につけることができた。ロムルスが、その軍勢をサビニの兵に対抗させ、
かくして、ローマの大地には、サビニの兵らの屍が累々と横たわり、
ローマの兵らの屍が累々と横たわった。道に外れた剣は婿の血も、舅の
血も区別なく、*等し並みに流させたのだ。しかし、両軍、和平を結んで
矛を収め、最後まで剣で決着をつけるのを止めることで合意し、
タティウスも〔ローマの〕王権に与るという取り決めが交わされた。
　タティウスが身罷り、その後、ロムルスよ、汝は二つの民族を、公平な
法を布いて治めていた。その時のこと、マウォルス〔＝マルス（軍神）の異称〕は、
兜を外し、神々と人間の父神に、このような言葉で語りかけた、
「父上、ローマの国威が大いなる礎の上に立って、隆盛を迎え、最早、その

810
命運が一人の統治者次第という状況ではない故、その時がやって来ました。
褒賞を――私と、父上の立派な孫にお約束になった褒賞です――約束どおり、
お与え下さり、地上からあの者を連れ去って、天上に居場所を与える時が。
父上は、かつて神々が居並ぶ会議の席で私に、こう仰いました――父上の
敬愛溢れるお言葉を心に刻んで忘れず、今、申し上げる次第ですが――、
『お前が蒼穹の天界に引き上げたいと思う者が、一人いるであろう』と。
父上のそのお言葉に示された御旨（みむね）を、何卒、実現して頂きますよう」。
全能の父神は頷き、漆黒の雲で大気を覆い、
雷鳴を轟かせ、雷光を放って世界を震撼させた。
グラディウス*は、恐れる風もなく、それを約束された連れ去りの
正式な許しの合図と感じ取ると、槍にもたれかかりながら、血濡れた轅（ながえ）に
押さえられた馬たち〔の曳く車駕〕に乗り、鞭打つ音を
820
響かせながら、下界へと、まっしぐらに大空を駆けていき、
森多いパラティウムの丘の頂に佇むと、臣民のクイリテス*〔ローマ人〕に
王らしからぬ〔慈悲深い〕法を布くイリアの子〔ロムルス〕を
〔地上から〕連れ去った。その死すべき肉体は、稀薄な大気の中を翔り行く間に、
解体し、霧散した。その様（さま）は、恰（あたか）も、幅広の弩（いしゆみ）から発射された鉛玉（なまりだま）が、
中空を飛ぶうちに、〔発熱し〕溶解してなくなるよう。

それに取って代わったのは、高空の神の座に、より相応しい、美しい姿で、
それは礼服を纏うクイリヌス〔ロムルス神格化後の名〕の姿その儘であった。*
　后〔ヘルシリア〕は、夫を失ったものと思い、涙に暮れていたが、その時、
830 神々の王妃ユノーは、娘イリスに、弓なりの〔虹の〕架け橋を降(くだ)って、
ヘルシリアの許に赴き、夫を失った后に、こう言伝(ことづて)するよう言いつけた、
「おお、ラティウムの民の中で、また、おお、サビニの民の中で、とりわけ
輝かしい誉れである婦人よ、かつては、あれほど優れた偉人の后として
誰よりも相応しかった者、今はクイリヌスの后として誰よりも相応しい者よ、
その嘆きの涙を流すのをやめるのです。そうして、愛しの夫君の姿をひと目
見たいと思うのなら、私の後に従い、クイリヌスの丘にある、緑(みどり)なして
ローマの王〔クイリヌス神〕の神殿に影を与えている聖林を目指すのです」と。
イリスは、その言葉に従い、七色の虹の架け橋を通って地上に降(くだ)り、
言いつけられた言葉の通り、ヘルシリアに語りかけた。
840 ヘルシリアは、恐れ畏(かしこ)む表情で、目を上げかねたが、こう答えた、
「おお、女神様――こう申しますのも、あなた様が何神かは言えぬものの、
女神様なのは明らかな故――お導きを、おお、お導きのほどを。そして、今一度、
そのお顔を目にするのを定めが許してくれているのなら、夫の姿を私に
お見せ下さい。叶うなら、嘘偽りなく、天にも昇った心地と申しましょう」。

そう言うと、時を置かず、彼女は、タウマスの娘の処女神〔イリス〕と共に、
ロムルスの丘へ登っていった。その丘でのこと、空から星が一つ、地上に
落ちてきた。ヘルシリアは、その光で髪の毛を光り輝かせながら、
星と連れ立って、大空の中へと消えていった。
その彼女を、ローマの都の建設者〔ロムルス〕は、馴染みの手で迎え入れ、
その死すべき肉体共々、昔の名も変えて、ヘルシリアをホラ*と呼び、
彼女は今、女神として、再びクイリヌスと結ばれているのだ。　850

訳注

二　ゼウスをはじめ、オリュンポスの神々を襲ったテュポエウスは、アエトナ山を重しとして閉じ込められた。第三巻三〇三行注参照。

六　第四巻一六九以下参照。

七一　オデュッセウスは六名の部下をスキュッラに奪われ、食われてしまう（『オデュッセイア』一二・二四四以下）。なお、物語の舞台はローマに移行しているので、以下、本文では、オデュッセウスをウリクセス（Ulixes）（オデュッセウス（Odysseus）のローマ名で、英語のユリシーズ（Ulysses）の原語）と、ローマ名で示す。

七三　トロイアとテウクロスの関係については、第一三巻七〇五行注参照。

七八　カルタゴの女王ディドー。以下、八一行までは、ウェルギリウスが『アエネイス』第四巻で描いた名高いディドーの悲恋の物語。夫シュカエウスを兄弟に殺され、シドンから逃れてアフリカの地に新都カルタ

ゴを建設していたディドーは、漂着したアエネアス一行を歓待。そのうちディドーにアエネアスへの愛が芽生え、嵐の日に洞窟で二人きりになった折、おそらく結ばれたのであろう（少なくともディドーはそう思い込んだ。ウェルギリウスの描写（同書、四・一六〇以下）は曖昧だが、それを匂わせる）。しかし、第二のトロイア建設という「天命（fata）」を自覚したアエネアスはひそかに船出、それを知ったディドーは火葬堆を築いて、「誰か、わが骨より復讐者よ出でよ〔のちのハンニバルを暗示〕」（同書、四・六二五）と呪いの言葉を発し、自死する。

八二　エリュクスは、ポセイドンとウェヌスの子で、アエネアスの異父兄弟。シキリア西端の山（これもエリュクスと呼ばれる）の麓に自らの名にちなむ町エリュクスを創建。山頂には、ウェヌス・エリュキナ（エリュクスのウェヌス）として名高いウェヌスの神殿がある。アケステスは、トロイアの貴顕の娘エゲスタ（ポセイドンがラオメドンの偽誓に怒ってトロイアに送った海の怪獣の生け贄になるのを父親が船に乗せて避けさせ、シキリアに漂着した）が河神クリミスス（あるいはクリニスス）と交わって生まれた子で、母親の名にちなんだ町エゲスタ（のちのセゲスタ）を創建した。アケステスという名は、元はエゲストゥスであったという（セルウィウス『ウェルギリウス『アエネイス』注解』一・五五〇）。カルタゴを去ったあと、アエネアスは舵取りパリヌルスの助言に従い、シキリア最初の訪問先として、血の繋がるエリュクス王、次いで次に言うトロイア縁（ゆかり）のアケステスを選ぶ（ウェルギリウス『アエネイス』五・一六以下）。

八三　ウェルギリウスでは、アエネアス一行は、いったんシキリア最西端のドレパヌムにまで達し、そこで嵐に遭って（この嵐で父親アンキセスを失う）（ウェルギリウス『アエネイス』三・七〇七以下）、カルタゴへと漂流し、その後、エリュクス（町はドレパヌム北方の近隣）、アケステスのもとへ（つまりシキリアへ）「再び戻る」ことになるが（同書、五・一以下参照）、オウィディウスの記述する航路（メッシナ海峡のスキュッラの岩礁を切り抜けたあと、嵐に遭ってカルタゴへ流される）では、必ずしも「再び〔…〕戻る（rurusus ... relatus）」という表現は妥当しない。いずれにしても、アケステスのもとを訪れたアエネアスは、次に言うように、亡き父アンキセスの墓を築き、盛大な追悼競技を催すが、その際、トロイア人に敵意を抱くユノーがお使い女神イリスを使って、アエネアスにつき従いながら、長い航海に倦み疲れたトロイアの母親たちを唆(そそのか)し、一行の船団に火を放たせる。しかし、ユピテルが豪雨を降らせて大半の船は残り、事なきを得た。アエネアスは、町を建設して、旅に倦み疲れた者たちをそこにとどまらせ、旅を続ける（同書、五・七四六以下）。

八六　アイオロスの「領国」については、第一巻二六二行注参照。また、第一一巻四三〇行注も参照。

八七　第五巻五五五行注参照。

八八　アエネアスの船団の先頭を行く船の舵取りパリヌルス。眠りの神に眠らされて海に転落し、命を落とす（ウェルギリウス『アエネイス』五・八三三以下）。

九〇　カンパニア地方ネアポリス（ナポリ）沖に浮かぶ島は、イナリメ（アエナリアとも。現在のイスキア）島、プロキュタ（現在のプローチダ）島で、ピテクサイは、通例イナリメとされるが、ここでは別の島と見なされている。ピテクサイの名は「猿」（ギリシア語でpithekos（ピテーコス））と関連づけられ、以下の名の縁起譚が生まれた。次注参照。

九一　二人の悪党。ルキアノスの『アレクサンドロス』の古注（四）は、前三世紀の歴史家クセナゴラスの『島々について』の言として「〔ケルコペスたちは〕性悪さのために猿に変えられた」と伝え、これを根拠に、後二世紀のソフィストであるゼノビオスの摘要の形で残されている『諺集』（四・五〇）の記事「ヘラクレスがオンパレのもとにいた時、〔ケルコペスたちが〕彼に悪さをして（enochlesantas）、懲らしめられた」のあとに、Leutsch et Schneidewin (eds.) は「そして、彼らは猿に変えられたとクセナゴラスは言っている」の一文を付加している。誰に変えられたのかは記されていないが、あるいは、ここで言うように、ユピテル（ゼウス）によって変えられ、この島に送られたということか。オンパレのもとにあるヘラクレスが彼ら二人を「捕えて、オンパレに引き渡した」、あるいは「縛(いまし)めた」ことは、ディオドロス・シケリオテス（四・三一・七）もアポッロドロス（二・六・三）も伝えており、壺絵などの図像にもヘラクレスが二人を天秤棒の前後に逆さまに縛って吊るして担いでいるものが見られる。プリニウスには、ピテクサイと呼ばれる所以は「猿（pithekos）の多さではなく、葡萄酒甕（pithos）の製造所〔があった〕から」（『博物誌』三・八二）とあるが、言語学的に、pithos→Pithecusae には無理があり、やはり pithekos→Pithecusae のほうが正しい。名の由来には、もう一つの説がある。イナリメの名の由来とその意味について、ストラボン（一三・四・六）には、こうある。ホメロスの『イリアス』に「テュポエウスの寝床（eunas）があると人の言うアリモイ人の地に（ein Arimois, hoti phasi emmenai Typhoeos eunas）」という一節（二・七八三）があるが、イナリメはこの ein Arimois（ラテン語にすれば in Arimis）から来た名で、テュッレニア（＝エトルリア）人の間では「猿（pithekoi）」（複数形）は arimoi＝arimi と呼ばれたという（イナリメにテュポエウス（ゼウスにアエトナの下に閉じ込められた。第三巻三〇三行注参照）の寝床があるとされるのは、火山のアエトナ、ウェスウィウスが地下で繫がり、火山島のイナリメにまで及んでいると考えられたため）。

一〇三　アエネアスにつき従う喇叭の名手。技量に慠るあまり、法螺貝の鳴らし手のトリトン（第一巻三三三行注参照）に技競べを挑み、懲罰に、海に引きずり込まれて命を落とし、カンパニア地方の岬ミセヌムにその名をとどめた（ウェルギリウス『アエネイス』六・一六〇以下）。父親とされるアイオロスについては、「風神アイオロス」とも、別伝では、知られていない「トロイア人アイオロス」ともいい、はっきりしない。

一〇四　夢に現れた亡父アンキセスは、アエネアスに、シビュッラに頼って冥界に来て、自分の口から将来のことを聞き知るよう促した（ウェルギリウス『アエネイス』五・七一九以下）。アエネアスは、それに従い、クマエの洞窟に住むシビュッラを訪れる（同書、六・四〇以下）。シビュッラは、元来は一人（の固有名詞）であったらしいが、のちには何人ものシビュッラが現れた（イシドロス（『神聖教理

（*Divinarum Institutiones*）』一・六）に引かれたウァッローは『神的な事柄について（*De rebus divinis*）』（散逸）の中で十人のシビュッラを挙げている）。「霊感に駆られた〔神がかりの?〕口で（mainomenoi stomati）」（ヘラクレイトス断片九二（Diehls-Kranz））、あるいは「神がかりの予言で（mantikei entheoi）」（プラトン『パイドロス』二四四B）予言を行った巫女。シビュッラと称されるそうした巫女が、デルポイ、そしてクマエなど、各地に現れたらしい（パウサニアス一〇・一二・一以下）。ローマとの繋がりも古く、タルクイニウス・プリスクス王の時代（前七世紀末頃）、一人の老婆（ウァッローはクマエのシビュッラだったとする）が九巻の書をもって現れ、それを買うよう王に言い、王が断ると、三巻を燃やし、残りを同じ値で買うよう勧めたが、王が再び拒むと、三巻を燃やして、残りを同じ値で買うよう迫る。王もただならぬ様子に驚き、三巻をはじめの値で買ったという（前述のラクタンティウスのウァッロー、ゲッリウス『アッティカの夜』一・一九参照）。これは「シビュッラの予言書」としてカピトリウムのユピテル神殿に保管され、国家の重大事の際には繙いて方針の伺いを立てた（ハリカルナッソスのディオニュシオス『ローマの古事（*Romaike Archaiologia*）』四・六二・五）。のち、前八三年に火災で焼失した時には、全世界からシビュッラの予言書を集めてパラティウムのアポロ神殿に収めた。このあと一二八行で、アエネアスがシビュッラの助力の報いとして約束する「社を建て、香をくべて崇める栄誉」とは、この事実を含みにしている。

一〇五　冥界への入り口があると信じられた湖。第一〇巻五一行注参照。

一〇九　「敬愛の心（pietas）」、特にウェルギリウスの『アエネイス』における「敬愛の心」については、第一巻一四九行注参照。「業火で実証」については、第一三巻六二八行注参照。

一二一　エリュシウムについては、第一一巻六二行注参照。

一二五　ウェルギリウスの『アエネイス』を踏まえた記述。ウェルギリウスのシビュッラは、冥界に降るために果たしておくべき務めとして、地下のユノー（＝プロセルピナ）に聖化された金枝を手折り、捧げもつこと、亡き舵取りミセヌスを埋葬することを命じる（『アエネイス』六・一三六以下）。

一二七　「富」の原語は opes. オルクス（冥界の王）の強大な「支配権」、「王国」、「領国」を意味するとともに、そのギリシア語名プルトン（< Ploutos（富））をも暗示する。

一二八　本巻一〇四行注参照。ウェルギリウス『アエネイス』六・六九以下。

一三三　セルウィウスの『ウェルギリウス『アエネイス』注解』（六・三二一）に、シビュッラがアポロに愛され、ひとすくいの砂粒の数だけの齢をという願いをかなえられて、肉体が衰えても声で予言を行っていた、とオウィディウスとほぼ同じ話が記されている。当然、オウィディウスのこの箇所も念頭にしていると思われるが、希望をかなえられるには、「エリュトライを再び見る〔＝戻る〕ことのないように」という条件が課され、そのためにシビュッラがクマエに来たこと、あるいは「シビュッラの予言書」（本巻一〇四行注参照）のことなど、オウィディウスにはない情報も含まれており、おそらく何らかの別の典拠があったと考えられる。クマエのシビュッラが最初期のシビュッラのいた地エリュトライから来たことについては、偽アリストテレス『異聞集（*Peri thaumasion akousmaton*）』八三八a。

一四六　シビュッラが長命であることは多くの書で語られ、「シビュッラよりも大昔の（Sibylles archaioteros）」という言葉は諺のようになっていたという（Roscher, Bd. 4, S. 796 参照）。シビュッラの寿命が「世紀を七度」プラス「百を三度重ねる」、つまり千年という具体的数字の原拠は、彼女に言及した最も古い出典であるヘラクレイトスの断片「霊感に駆られた〔神がかりの?〕口で声にするシビュッラは、神により〔神を通して?〕声によって千年に達する〔及ぶ?〕（mainomeno(i) stomati chilion eton exikneitai te(i) phone(i) dia ton theon）」（断片九二（Diehls-Kranz）＝プルタルコス『モラリア』三九七A）。

一五三　前注のヘラクレイトス断片参照。

一五七　航海中に身ごもったアエネアスの乳母カイエタの埋葬地で、乳母の名にちなんでカイエタ（ガエタ）

と命名された。このあと、四四一以下に墓碑への言及がある。ウェルギリウス『アエネイス』七・一以下参照。

一五六　以下、シキリアで遭遇するキュクロプス（ポリュペモス）の話に移行するが、その方便あるいは繋ぎ役としてオウィディウスの創作した人物。

一六一　シキリアでアエネアス一行に救われた、オデュッセウスのかつての部下の一人（ホメロスには登場しない）。一行に島での恐怖の体験を語って聞かせる。ウェルギリウス『アエネイス』三・五八八以下。

一八六　オデュッセウスが部下六人を食われたあと、ポリュペモスの目を刺し潰し、残る部下たちと脱出したことについては、第一三巻七七三行注参照。アカイメニデスは、この時、取り残された、という設定になっている。

二二三　アイオロスについては、第一巻二六二行注参照。アイオロスの島に着いたオデュッセウス一行は、風神の歓待を受け、航海の妨げとなる風を封じ込めた牛革袋を送られたが、以下に語られているように部下の無分別で風神の厚意を無にすることになる（ホメロス『オデュッセイア』一〇・一以下）。

二三二　アイオリア（現在のエオリアもしくはリーパリ）諸島。第一巻二六二行注参照。

二三三　テレピュロスなる町（架空）に住む人食い人種。オデュッセウスは危うく脱出するが、十一艘の船と多くの部下を失い、船はただ一艘だけとなる（ホメロス『オデュッセイア』一〇・八〇以下）。古王ラモスと王アンティパテスについては、オウィディウスのこの箇所とホメロスの上記の箇所以外、他に出典はない。

二五二　ポリテスは、部下の一手の頭（かしら）で、オデュッセウスが特に目をかけていた者（ホメロス『オデュッセイア』一〇・二二四以下）。エルペノルは、分別のない若い部下。酒を飲んでキルケの館の上で寝ていたところ、転落死する（同書、一〇・五五二以下参照）。

二七六　キルケの与えた飲み物については、ホメロス『オデュッセイア』一〇・二三四以下。

二八七　ホメロスでは「エウリュロコスのみは、何か企みがあるのを予感して後に残った」（『オデュッセイア』一〇・二三二。松平千秋訳）と言われている。

二九二　人間の力では引き抜くのが難しい薬草で、「根は黒く、花は乳のような色をしている」（ホメロス『オデュッセイア』一〇・三〇四）という。

二九七　キルケが「愛の契りを交わして、互いに心を許し合おう」と誘い、オデュッセウスが今後いっさい危害を加えぬように求めると、キルケがそのとおり「誓いを立てた」（ホメロス『オデュッセイア』一〇・三四五）ので、オデュッセウスは愛の契りを交わし、このあと（三〇八）言われているように、「丸一年」（同書、一〇・四六七）キルケのもとで過ごした。

三一〇　ウェルギリウス『アエネイス』では、ピクスはラティウムの王ラティヌス（本巻四五〇行注参照）の祖父、ファウヌスの父とされ、「この血統の始祖」（七・四九）と言われる。普通名詞の picus は「啄木鳥（きつつき）」を意味する。

三二四　原語 quinquennis を「五年（ごと）に」ととる解釈もあり（"alle fünf Jahre"（Breitenbach））、オウィディウスも別の箇所ではその意味で使っているが（第一二巻五八四）、ここでは「四年ごとに」であろう（Bömer 1969-86 の当該行注参照）。オウィディウスは、恋する若い男子の年齢を、好んでここでのように（四×四に満たない年頃、すなわち十六歳未満）、十六歳前後に設定する。第一〇巻六一五行注参照。

三二五　ギリシア四大祭典の一であるオリュンピア祭。第一巻四四七行注参照。

三三一　ローマ南方二十五キロほどの町アリキア近くの湖（「森の湖（lacus nemorensis）」と呼ばれた。現在のネミ湖）。湖畔の聖林にディアナの神域があり、その神官は「森の王（rex nemorensis）」と呼ばれ（逃亡者が神官に決闘を挑んで勝てば神官になれる、という奇習があった。フレーザーの『金枝篇』成立の端緒となった奇習）、ディアナは「森のディアナ（Diana Nemorensis）」と称された。元はタウロイ人の国タウリケ（「スキュティア縁の」とは、これを言う）の人身御供を求める（奇習の由来とされる）アルテミスで、オレステスが姉イピゲネイアとともにその神像を持ち出し（この経緯については、第一二巻二七行注参照）、ローマにもたらしたものとされる（セルウィウス『ウェルギリウス『アエネイス』注解』六・一三六）。

三三三　ウェルギリウスでは、ラティヌスの妻アマタの姉妹で、アエネアスと戦うトゥルヌスの母とされている（ウェルギリウス『アエネイス』一〇・七六、セルウィウス『ウェルギリウス『アエネイス』注解』一二・一二九など）。ヤヌスと結びつく同名のニンフの伝は他にない。

三三四　ヤヌスにつく形容詞は、写本によって Ionio（イオニアの）と ancipiti（両面の、すなわち二つの顔をもつ）に分かれる。底本や Bömer など、多くは前者を採っているが、底本や Bömer に Ionio（ヤヌスが「イオニア出身の」あるいは「イオニア縁の」）とすべき明確な根拠は挙げられていない（ヤヌスがギリシアの神であることを示唆する唯一の典拠であるプルタルコス（『モラリア』二六九A）も、テッサリア北部山岳地帯の「ペッライビア出」となっており、イオニアとは無関係）。写本にあり、Miller, Lafaye の校本が採り、Ianus に anceps を添えたオウィディウス自身の用例が他（『祭暦』一・九五）にもある ancipiti に従う。

三三八　ウェニリア（本巻三三三行注参照）とともに、オウィディウスの創作した人物。

三六三　「泡を吹く馬の背」の「泡を吹く（spumantia）」は「背（terga）」を修飾しているが、いわゆる転用語法（enallage）で、実際は「馬（の）（equi）」を修飾している。第一〇巻七二三行注、第八巻六七六行注参照。

四三〇　いわゆる「白鳥の歌」、自ら歌う白鳥の挽歌は、一種の文学的トポスとなっていた。オウィディウスでは、他に『悲しみの歌』五・一・一一、『名高き女たちの手紙』七・一―二。名高いのは、アイスキュロスのクリュタイムネストラがアガメムノンとともに殺されたトロイア王女カッサンドラについて語った科白「彼女は、白鳥のように（kyknou diken）、最期の悲しみの歌を歌った（ton hystaton melpsasa thanasimon goon）」（『アガメムノン』一四四四—一四四五）。他に、アリストテレス『動物誌』六一五b、プラトン『パイドン』八四E以下など。

四三四　主人公カネンスと同様（本巻三三八行注参照）、架空の地。

四四一　本巻一五七のカイエタ（アエネアスの乳母カイエタの埋葬地）接岸直後に始まる種々の挿話のあと、この行から航海の描写（おおむねウェルギリウス『アエネイス』第七巻に基づく）が再開される。

四五〇　オウィディウスの叙述は、ウェルギリウス『アエネイス』を踏まえているが、この一文に『アエネイス』の後半部（第七～一二巻。戦を描くホメロス『イリアス』に対応。前半部の第一～六巻は、放浪の旅を描くホメロス『オデュッセイア』に対応）の発端が簡潔に叙されている。ティベリス流れるラティウムに着いたアエネアスは、当地の王ラティヌスに歓待される。彼には男子の世継ぎがなく、神託で異国の者を娘ラウィニアの婿に迎えるべきことを告げられていたからである。しかし、彼女には王妃アマタが約束している許嫁がいた。ルトゥリ族の王トゥルヌスで、トロイア人を憎む女神ユノーがアレクトー（復讐女神の一。第一巻二四一行注参照）を使って王妃アマタとトゥルヌスに狂気と憤怒を吹き込ませて戦へと駆り立て、ラティヌスにアエネアスとの戦を余儀なくさせる。

四五六　以下、五二六行まで、両軍による援軍要請の次第が語られる。無勢のアエネアスは、河神ティベリヌスの勧めで、まず、のちにローマ建設地となるパッランテウムのエウアンデル（遡ればアトラスで繋がる同族）から一子パッラスと四百騎の援軍を得、次いで僭主メゼンティウスを追放して異国の指導者を求めていたタルコン率いる一部のエトルリア人の援軍を得る。ウェルギリウス『アエネイス』第八巻参照。

四五七　対して、トゥルヌスも臣下のウェヌルス（ウェルギリウスでは、使節として赴き（『アエネイス』八・九以下）、返事を持ち帰り（同書、一一・二四二以下）、敵のタルコンと戦って討ち取られる（同書、一一・七四二以下）一定の役割を担う登場人物だが、オウィディウスではほとんど重要性のない人物になっている）を派遣して、イタリア南東部アプリア地方（長靴形の半島のかかとの部分）に移住していたトロイアの英雄ディオメデスに援助を求めるが、以下に述べられるように断られる。ディオメデスの当地への移住については、第一一巻六二二行注参照。

四五八　ディオメデスが漂着した頃、メッサピオイ人と戦をしていたアプリアの古王ダウノス（＝ダウニオス）は、土地と娘を与える約束で一緒に戦ってくれるようディオメデスに求め、勝利したという。アントニヌス・リベラリス三七参照。

四六八　ロクロイ人の地の王・小アイアスによる王女カッサンドラの陵辱。第一三巻四一〇行注参照。

四七二　帰国のギリシア勢が大打撃を受けたカペレウス岬での難船については、第一三巻三七行注参照。

四七六　ギリシア諸将のうち無事に帰国できたのはネストルとディオメデスのみであったという（アポッロドロス『摘要』六・一、ウェルギリウス『アエネイス』一一・二五七―二七四）。ディオメデスは、しかし妻アイギアレイアの不貞を知って領国を離れ、祖父オイネウス以来の故地カリュドン（本巻五一二行注参照）に戻ろうともしたが、かなわず、結局イタリアに移住する。第一一巻六二二行注参照。

四七八　ディオメデスの奮迅の働きが描かれるホメロス『イリアス』第五巻で、ディオメデスはアエネアスに大石を投げつけて重傷を負わせ、息子アエネアスを救い出そうとしたウェヌス（アプロディテ）をも槍で傷つける（同書、五・二九七以下参照）。

四八五　ディオメデスの仲間あるいは部下。ホメロスにもウェルギリウスにも登場しない。

四九三　et magno stat magna で読む。

五〇四　リュコス以下の人物（ディオメデスと帰国をともにした部下）は、ウェルギリウスにも登場せず、この箇所以外に伝がない。

五〇九　ウェルギリウスに、死んだ部下（名は挙げられない）に羽が生え、鳥になった、という短い言及がある（『アエネイス』一一・二七二―二七三）。

五一二　「カリュドン縁〔の王〕の（Calydonia）」は直前の「オイネウスの孫（Oenides）」と相まって、ディオメデスがカリュドン王オイネウスの孫、その子テュデウスの子であることを含みにしている。ディオメデスに「カリュドン縁の（Calydonius）」という形容詞を添えるのは稀だが、Bömer 1969-86 は先例としてテオクリトス（『エイデュッリア（小叙景詩）』一七・五三―五四）を挙げている。

五二六　野生のオリーブ oleaster（樹木の名で唯一、男性名詞であることは、古くから知られていた。セルウィウス『ウェルギリウス『アエネイス』注解』一二・七六六）の縁起譚だが、ニカンドロス（＝アントニヌス・リベラリス）にも記事がなく、他にも典拠がない。この木について、イシドルスはこう記している。「オレアステルという木があり、葉はオリーブに似ているが、オリーブの葉より幅が広い。この木は栽培種ではなく自生種で、苦く、実をつけない（arbor inculta atque silvestris, amara atque infructuosa）。これにオリーブの枝を接ぎ木すると、根の性質を変え、木をオリーブ本来の性質へと転じる」（『起源（*Origines* = *Etymologiae*）』一七・七・六一）。「木が苦い（arbor ... amara）」と言い、木の何が苦いのか言っていないが、「実をつけない」という記述から、葉が苦いと推測される。その苦さは特別なもので、葉の汁は薬用とされた（ペダニウス・ディオスコリデス『薬物誌（*Peri hyles iatrikes* = *De materia medica*）』中の「agrielaia（= oleaster）」の項（一・一三七）参照）。実をつけないことについては、ウェルギリウスの記述「葉が苦く、不毛な〔不稔性の（nfelix）〕野生のオリーブ〔オレアステル〕」（『農耕詩』二・三一四）参照。ただし、オウィディウスが「苦い実（bacae amarae）」と言っているのは誤解ではなく、栽培種と自生種の種々のレベルの異種交雑があり、多様な亜種が存在していたと思われるからである。

五三六　「神々の母」あるいは「大母神」と呼ばれるキュベレについては、第一〇巻一〇五行注参照。「山の母神（Meter oreia）」とも言われるキュベレは、トゥルヌスがアエネアス勢の船に火を放った時、アエネアス一行の船材となった自らの山イダの木（アエネアスのトロイア脱出とイダ山麓アンタンドロスでの船の建造については、第一三巻六二八行注参照）のことを危惧して、ユピテルに嘆願し、「船からは死滅すべき姿を取り去り〔…〕ネレウスの娘ドトーやガラテイアのような海の神〔＝水の妖精（ナイス）〕としてやろう」との約束をユピテルから取りつけた（ウェルギリウス『アエネイス』九・一〇一―一〇三）。

五四四　アストライオスは、ティタン神族（第一巻一一三行注参照）の一柱で、エオス（曙の女神（アウロラ））の夫。「西風（ゼピュロス）」、「北風（ボレアス）」、「南風（ノトス）」を産んだという（ヘシオドス『神統記』三七八―三八〇）。

五六四　スケリエ島に漂着したオデュッセウスは、その王アルキノオスに歓待されて、帰郷の船を用意してもらい、「失ったものより多くの贈り物」を与えられて帰国の途についた。故国イタケの港に入ると、船乗りらは眠り込んでいるオデュッセウスを担いで降ろし、贈り物を近くの洞窟に納めて帰国しようとするが、それに気づいたポセイドンが船を石に変え、海底に沈めてしまう（『オデュッセウス、スケリエ人の船で送られて故郷に帰る』の巻（ホメロス『オデュッセイア』第一三巻）に描かれた物語）。

五八〇　ウェルギリウスの『アエネイス』は、一騎打ちに現れたトゥルヌスとの戦を伝えるリウィウス（『ローマ建国以来の歴史』一・二）やハリカルナッソスのディオニュシオス（『ローマの古事（*Romaike Archaiologia*）』一・六四）にも言及がない。「蒼鷺（アルデア）」は、オウィディウスの創作。

五八四　アエネアスの死を伝えるハリカルナッソスのディオニュシオス（前注参照）によれば、トゥルヌスに勝利し、ラティウムの王権を継承したアエネアスは、その四年後、攻め寄せたメゼンティウス率いるエトルリア軍との戦闘中に忽然と姿を消し、神になったのだと言う者もいれば、川で溺死したのだと言う者もいた、と記す。リウィウス（前注参照）も、第二次の戦が「死すべき人間としての最期の仕事」となり、ヌミクス（＝ヌミキウス）川の畔に埋葬された（埋葬されたのがアエネアスだと言うのが正しく、また許されることだとして、と譲歩節を加えている）、そして「祖神ユピテル（Jupiter indiges）と称された」

と伝える。

五九一　シビュッラに導かれて亡父アンキセスに会いに冥界に赴いたことを指す。本巻一〇一―一五六参照。

六〇七　サビニ人がロムルスによってローマ社会に統合された時、ローマの神となり、ユピテル、マルスに次いで第三位に位置づけられた。軍神マルスに似た権能をもち、戦争を司るマルスに対して、平和を司るクイリヌスとして「対」をなしたとも、語源的に con-viri-um（人々の集まり）として「社会的統合」の象徴（「クイリテス（クイリヌスの民）（Quirites）」とはローマ人を指す）とも見なされた。共和政期には、ロムルスが昇天してこの神になったと信じられた。

六〇九　アエネアスの子ユルス（アスカニウス）が建てた新都。のちのローマの母市となる。このウェヌス、アエネアス、ユルスに遡る血統が、のちにユリウス・カエサル（ジュリアス・シーザー）を生むユリウス氏（うじ）とされた。

六二〇　以下、最初期の歴代王の系譜（シルウィウス以降、ヌミトルまではシルウィウス王朝と呼ばれる）が記されるが、ティベリヌスのあとのレムルスとアクロタ（リウィウスでは、ロムルス・シルウィウス一人となっている）以外、川での溺死、山での埋葬、その結果として名祖となることなど、リウィウス（『ローマ建国以来の歴史』一・三）の記述と一致する。ハリカルナッソスのディオニュシオス（『ローマの古事』一・七二）のそれとは多少の相違がある。

六二三　以下の物語は、プロペルティウスの詩（『詩集』四・二）が下敷き。その詩は、ウェルトゥムヌス（Vertumnus < vert-（変ずる、変える、巡らせる））の名のとおり、川の流れを変え、春を巡らせて実をみのらせ、変身の能力のあるウェルトゥムヌスを歌ったもの。オウィディウスは、ウェルトゥムヌス自身を老婆に変身させ、自らが月下老人役となるポモナとの愛の物語（おそらくオウィディウスの独創）を織り上げた。ポモナは、果実、特に林檎などの木の実の女神。専属神官（flamen）がいることから、古くから信仰された女神で、ローマ近郊に聖苑（Pomonal）があった。プリニウスは、自らの有益性、重要

性をポモナ自らに語らせている（『博物誌』二三・二）。

六三六　ポモナ（Pomona）の名は、pomum（木の実、果実）から。

六四〇　男根をあらわにした姿で象られる、卑猥な山野の神霊プリアポスのこと。第九巻三四七行注参照。

六六九　以下、求婚者の多かった女性の例が挙げられる。ヘレネは、トロイア戦争の因となった女性。招集されたギリシア諸将の多くは、その求婚者であった。「ラピタイ族云々」は、その美貌が結婚式での戦闘を誘発したヒッポダメイア（第一二巻二一〇行注参照）、「ウリクセスの奥様」は、夫オデュッセウス不在の間、多数の求婚者たちを機織りの計略で欺き続けたペネロペイア（第八巻三一五行注参照）のこと。

六七〇　「帰国の遅い」の原文は timidi aut audacis（臆病か大胆な）で、意味が通らず、写本の崩れを示すオベリスク（オベルス）記号が付されている。Tarrant の底本にある Riese 提案の nimium tardantis（あまりにもぐずぐず遅れている）、Postgate 提案の tarde remeantis（ぐずぐず戻ってくる）から意を汲んで訳した。

六九四　「イダリオン縁（ゆかり）の女神様」とは、ウェヌスのこと。イダリオンは、ウェヌスの聖地キュプロスの町。ウェヌスの神殿で名高い。「ラムヌス縁の女神様」とは、ネメシス（第三巻四〇六行注参照）のこと。

六九七　以下で語られる出来事は、ヘルメシアナクスから引いたとしてアントニヌス・リベラリス（三九）が記している話と、筋立て、話の趣旨など、大略、類似しているが（主人公の名が、イピスはアルケオポン、アナクサレテはアルシノエと異なる）、もちろんオウィディウスのほうが潤色に優れ、物語性が豊かになっている。元は、このあと（七六一）で言及される「覗き見するアプロディテ（Aphrodite parakyptousa）」の縁起譚であったという。「覗き見するアプロディテ（ウェヌス）」とは、「扉を半開きにして覗き見する娼婦」（アリストパネス『女の平和』九八一―九八二）ではなく、キュプロスでシュメールなどセム系の女神アスタルテやイシュタルなどと融合したアプロディテの「(祭祀に関わる) 神像 ((Kult-) Bild)」ではないかという（Bömer 1969-86 の当該行注参照）。

六六八　テラモンの子で、大アイアスの兄弟。第一三巻一五七行注参照。

七一一　「子山羊たち（ハエディ）」については、第三巻五九四行注、五九五行注参照。

七一三　ノリクム（現在のオーストリアとスロベニアの一部を包摂する地域）は、鉄の産地として名高かった。

七一五　「二つの光」とは、この世の光と、わが光（愛する者）の二つの光の謂い。

七一九　ウェヌス（アプロディテ）神殿で名高いキュプロス島の町。

七七二　挿話で中断された歴代王の系譜の続き。シルウィウス王朝の最後にヌミトルとアムリウスの兄弟がいたが、アムリウスは王権を継いだ兄ヌミトルを財力と武力を用いて廃位して追放、禍根を断つために兄の娘レア・シルウィア（別名イリア）を生涯独身が掟のウェスタの巫女にしていた。シルウィアは軍神マルスの種を宿して双子の兄弟ロムルスとレムスを産み、アムリウスは母子ともどもティベリス川に遺棄させた（母親は河神ティベリスの妻になったという（ホラティウス『カルミナ』一・二・一七―二〇）。プルタルコスは、母親は幽閉されたとする（『英雄伝』「ロムルス」三））が、幸運にも岸辺に漂着した双子を雌狼が見つけて養い、のちにその兄弟を王の忠実な牧夫ファウストゥルスが発見して、妻とともに兄弟を育て上げた。成人後、退治した盗賊の仕返しを受けて、弟のレムスが捕えられ、ヌミトルのもとに連行された時、ファウストゥルスの証言によって、レムスと救出に向かった双子の兄弟ロムルスの素性が判明、アムリウスの悪行も露見し、二人はアムリウスを殺して祖父ヌミトルを復位させると、自分たちは新たな国の建設に乗り出した。この時、ロムルスはパラティウム丘の頂を、象徴的に溝を掘り、石を積んだ城壁で囲ったが、レムスが嘲ってこれを飛び越えたため、ロムルスはレムスを殺した。リウィウス『ローマ建国以来の歴史』一・三―七、プルタルコス『英雄伝』「ロムルス」三―八。

七七四　羊飼いと家畜の守護神パレスの祭りで、四月二十一日に行われた（オウィディウス『祭暦』四・七二一以下）。この同じ四月二十一日は、ロムルスがパラティウム丘に市壁の象徴として溝を掘り、礎石を据えた、ローマ建国（前七五三年）の日でもあった（同書、四・八〇九以下）。

七七六　ロムルスは、市壁を築いて建国後、人口を増すために「避難所（asylum）」なるものを設けて異国の逃亡者や追放者を集めたが、女性が不足していたため、祭礼に招いたサビニ人の娘たちを略奪した（ウェルギリウス『アエネイス』八・六三五—六四一、リウィウス『ローマ建国以来の歴史』一・九、オウィディウス『祭暦』三・四三一—四三四）。サビニ人の王ティトゥス・タティウスは、以下に語られるその報復戦を仕掛けたが、その際、市壁外の泉に水汲みに出ていたタルペイアが一隊に出くわし、黄金の腕輪欲しさに（プロペルティウスは、敵将に恋心を覚えたタルペイアの悲劇として描く（『詩集』四・四））、父スプリウス・タルペイウスが防衛の指揮をとるカピトリウムの城塞（最後の砦となるところ）へ続く道を教えて祖国を裏切り、サビニ兵らによって盾を投げつけられて圧死させられ、岩から突き落とされてしまう。その岩は、のちに「タルペイアの岩」と称されて、国事犯がそこから投げ落とされる習いとなった（リウィウス『ローマ建国以来の歴史』一・一一、ハリカルナッソスのディオニュシオス『ローマの古事』二・六八—六九）。しかし、サビニ軍は、以下に語られるように、フォルム（中央広場）の北に位置し、要塞への入り口となるヤヌスの門に阻まれて、ローマ軍は態勢を整えることができた。本作では、ウェヌスと、ヤヌスの門近くの泉が加勢して通行できなくさせていたとされているが、オウィディウスの『祭暦』（一・二五七—二七四）では、ヤヌス自らの働きと語られている。

七八一　レア・シルウィアのこと。

八〇二　防戦するローマ兵らの妻たちは、攻め寄せたサビニ人から略奪した娘たち（前々注参照）で、両者は婿と舅の関係にあるとする。そのため、両軍の間にサビニ人妻たちが割って入って立ちはだかり、矛を収めさせて和平が実現し、両国は統合する。リウィウス『ローマ建国以来の歴史』一・一三。

八一八　軍神マルスに添える称号。Gradivus の語源は明確ではないが、セルウィウス（『ウェルギリウス『アエネイス』注解』三・三五）は、対応するギリシアの軍神アレスに添えられる定型的形容詞 tho（u）ros（Ares）（突撃する、突進する（アレス））を引いて、「戦闘へと勇躍する（exiliens in proelia）」あるいは「歩を進める、前進する（gradum inferre）」、「精強に歩む（impigre gradiri）」など、原義を「前進する（gradiri）」、「突進する（ex（s）ilire）」ほどの意に関連づけている。

八三　クイリテスについては、本巻六〇七行注参照。

八六　ロムルスは、幸福な統治（前七五三—前七一六年）のあと、カンプス・マルティウス（マルスの野）のカプラ沼の近くで閲兵式、あるいは犠牲式を行っている時、雷鳴と突風とともににわかに現れた黒雲に包まれ、忽然と姿を消したという（リウィウス『ローマ建国以来の歴史』一・一六、プルタルコス『英雄伝』「ロムルス」二七）。死後、昇天したロムルスは、クイリヌス神として祀られた。本巻六〇七行注も参照。

八五〇　ロムルスの后ヘルシリアが昇天して女神ホラとなったという伝は、オウィディウスのこの箇所の他に、エンニウス『年代記』（断片一一六（Warmington）＝一一七（Vahlen））のみ。ただし、オウィディウスでは「ホラ（Hōra）」、エンニウスでは「ホーラ（Hōra）」と母音の長短に違いがある。ヘルシリアについては、プルタルコス『英雄伝』「ロムルス」一四、ハリカルナッソスのディオニュシオス『ローマの古事』一・一一参照。

第一五巻

10

こうした出来事の間にも、これほどの重責を担い、これほど偉大な
王〔ロムルス〕の跡を継げる人物は誰かという問題が評議されていた。
真実を先触れする世評は、名高いヌマ*を王位の継承者とした。
彼は、〔同族の〕サビニ人の習俗を知るだけでは
満足せず、知識欲旺盛なその心に大望を抱き、
森羅万象の本性は何かを究めようとした。彼は、
この探究心に駆られ、祖国の町クレスを後にして、その往時、
ヘラクレスを客人として歓待した都〔クロトン〕にまで足を運んだ。
イタリアの地にギリシアの都城を築いた創建者は一体誰か、と
尋ねる彼に、土地の老人で、昔の時代を
よく知る一人の古老が、こう語った、
「伝わる所、奪ったヒベリア〔スペイン〕の牛で豊かに富んだヘラクレス*は、
無事、〔極西の〕大洋からの船旅を終え、ラキニウムの浜辺に
辿り着いたという。家畜たちを柔らかな草地に放って漫ろ遊ばせておいて、
自らは、偉大な王クロトン*の、客人を厚遇する館の屋根の下に
入っていき、そこで暫くの間、長旅の労苦を労り、静養した後、
辞去の際に、ヘラクレスはこう言ったそうじゃ、『我らの孫、曽孫の代には、ここは
都の在所となっていることでしょう』とな。その約束の言葉は真実じゃった。

経緯(いきさつ)はこうじゃ。アルゴス人アレモンの子で、ミュスケロス*という、
当時、誰よりも神々の覚えめでたい男がおった。ある時、
ぐっすり眠り込んでいる、そのミュスケロスの上に身を屈(かが)めて、
棍棒もつ神〔ヘラクレス〕が、こう語りかけた、『さあ、遠く隔たるアエサルの、
石敷く川床の流れを目指せ。祖国の地を、さあ、後にするのだ』と。
そう言って、従わなければ、色々と恐ろしい目に遭うぞ、と脅したのじゃ。
その後(あと)、夢も神も、同時に去っていった。アレモンの子は
起き上がると、黙ったまま、心中、たった今、見たばかりの
夢を思い返していたが、長い間、相反する考えが鬩(せめ)ぎ合っておった。
神は離れろと命じておる。じゃが、法律は祖国から去ることを禁じており、
自分の祖国を変えようとする者には、死罪が定められておったのじゃ。
〔そうこうするうち〕皓々(こうこう)と照る太陽神(ソル)が、輝く頭(かぶり)を〔極西の〕大洋(オケアノス)に隠し、
代わって、満天に星を鏤(ちりば)めた「夜(ノクス)」が頭を擡(もた)げた。ミュスケロスは、
同じ神が再びやって来て、同じことを命じ、従わなければ、
更に酷い、更に多くの痛い目に遭う、と脅かしている夢を見たのじゃ。
彼は酷く恐れ、同時に、代々の家庭の守り神を新天地に移そうと
準備を始めた。すると、都で噂が囁かれ始めたな。ミュスケロスは
法を蔑(ないがし)ろにした罪で訴えられて被告となり、先行する原告の陳述が

済み、証人の証言を待つまでもなく、罪状証明が終わるや、
窶(やつ)れた姿の被告人は神々に向かって顔と手を上げ、こう訴えたのじゃ、
『六を二つ重ねる難行のお陰で、天界の権利を得た神よ、何卒(なにとぞ)、救いの手を
40 差し伸べて下さい。私に罪を命じた本人、それがあなたなのですから』とな。
古い慣例では、評決に白黒の石を用い、
後者の黒石で被告人有罪を、前者の白石で無罪を示した。
この時も、厳格な評決はこうして行われたが、情け容赦ない
壺に投ぜられた評決の石は、すべて黒色であった。じゃがな、
石数を検(あらた)めるために、壺から石が取り出されるや否や、
すべての石の色が黒から白に変わったのじゃ。こうして、
ヘラクレスの神威によって、評決は白と決まり、アレモンの子は
無罪放免となった。彼は、加護を垂れ給うた、アンピトリュオンの子の
父神〔ヘラクレス〕に感謝を捧げると、順風を得て、イオニア海を渡り、
50 ラケダイモン人の植民市タレントゥムをやり過ごし、
シュバリスや、サッレンティニ人の地のネレトゥム、
トゥリイの入り江やネメセ、イアピュギアの野も過ぎていった。
海に臨む、そうした、おちこちの地を彷徨(さまよ)いゆく内に、程なく、
神の告げた目的地、アエサルの河口を見出した。

河口からそう遠くない所に、クロトン王の聖化された遺骨を土が覆う
墓があったが、ミュスケロスは、命じられた土地の、その場所に市壁を
築き、墓の碑に刻まれた名〔クロトン〕をその都の名としたという次第じゃ」。
その土地と、イタリアの地に建てられた〔ギリシアの〕都市の縁起が
このようであることは、確かな言い伝えによってはっきりしている。

60

この地に、一人の人士*〔ピュタゴラス〕がいた。サモス〔島〕生まれだが、
暴政を憎悪して、同時に祖国サモスからも暴君からも逃れ、自発的な
亡命者として、この地に来ていたのだ。彼は、神々が天空の領域の
遠く隔たる所にいようとも、知性でその神々に近づこうとし、自然が
人間の目には見えないようにしているものを心の眼で読み取っていた。
知性と不断の研鑽によって、森羅万象に対する透徹した目をもつに至ると、
その知識を公衆に披露して、教えを垂れ、黙って傾聴したり、彼の言葉に
驚嘆したりする聴衆に、宏大な宇宙の、そもそもの始まりや、
万物の本性、自然とは何か、神とは如何なる存在か、

70

雪はどこから生じるのか、雷の起源は何か、雷鳴を轟かせるのは
ユピテルか、それとも激しく雲を撃つ風か、大地を揺るがすのは
何か、星辰の運行には如何なる法則があるのか、その他、我々人間には
隠されている神秘の数々を教授していた。また、彼は、動物〔の肉〕を

食卓に供することに非を鳴らした最初の人であり、博学ながら、人には
信じられることのない口を開いて、このような言葉を語った最初の人だった。
「死すべき人間たちよ、忌むべき肉食で身体を穢すのは
慎むがよい。穀物があり、その重さで枝を垂れさせる
果実があり、葡萄蔓には膨らんだ葡萄の実がある。また、
〔生でも〕美味な野菜もあるし、火で煮れば、苦みや渋みを取り去れる野菜も、
柔らかくできる野菜もある。また、汝らには、搾り取った乳もあれば、
立麝香草の花の香りも香しい蜂蜜もある。　80
物惜しみしない大地は豊かな富や、優しい糧を
与えてくれ、殺害や流血によらない食事を提供してくれている。
獣は肉を喰らって餓えを凌ぐが、すべての獣がそうするわけではない。
馬や羊や牛などの家畜は草を食んで命をつなぐからだ。
だが、性、野蛮で凶暴な獣、つまり、
アルメニアの虎や、怒れる獅子、
狼や熊は、血の滴る食い物を喜ぶ。
ああ、どれほどの大罪であろう、腑に腑を収め、
詰め込んだ肉体で貪欲な肉体を太らせ、
命あるものが他の命あるものの死で生きるというのは。　90

100

まさか、この上なく慈しみ深い母の大地が産み出してくれる、
これほど豊かな食物に恵まれていながら、凶暴な歯で、痛ましくも傷つけた
獲物を噛み砕き、キュクロプスどもの習いを再現するのが喜びで、
他の生き物の命を奪わないかぎり、貪婪(どんらん)で
邪(よこしま)な腹の餓えを宥(なだ)められないとでもいうのではあるまい。
　だが、我々が『黄金時代』*の名で呼ぶ、あの往古の時代は、
木の実や、大地が産む草々で
幸福に暮らし、血で口を穢すことなどなかった。
その頃、鳥は安全に翼を羽搏(はばた)かせて大空を翔(かけ)り、
兎は、何の恐れもなく野原中を駆け回り、
魚は、餌に騙されて針に掛けられることがなかった。
すべての生き物が、罠や欺きを恐れることもなく、
平和を謳歌していたのだ。しかし、誰かが、それが誰であったにせよ、
無益にも獅子たちの食い物を羨(うらや)んで、
肉の食べ物を貪欲なその腹に詰め込むことを始めて、
罪への道が拓かれた。初めは、刃物は、獣を殺した血で濡れて、
生暖かくなっただけのことかも知れぬ――それだけで十分だったのだ――。
我ら〔人間〕の命を狙う獣を死に追いやっただけのことなら、

敬虔な心を踏み躙（にじ）ったとは言えないことは認めよう。だが、
110 殺すのはやむを得ぬとしても、食べてもよいということにはならぬ。
　しかし、忌むべき罪は、そこから更に道を逸（そ）れていった。最初に
犠牲獣として屠（ほふ）られるべしと見なされたのは野豚だ。反り返った鼻面で
種を掘り起こし、一年の希望を断ち切ってしまう、という理由からである。
山羊も、葡萄を食い千切るために、屠られて、これを懲らしめるバッコスの
祭壇に献じられるべしと見なされた。この二種の家畜には、非が禍（わざわい）となった。
が、羊たちよ、お前たちに何の非があるというのか。お前たちといえば、温和（おとな）しく、
人間を養う為に生まれてきたような家畜であって、ぱんぱんに張った乳房に
神酒（ネクタル）のような乳を蓄え、その毛を柔らかな衣服として我々に与えてくれ、
死ぬことでよりも、生きていることで人間に役に立つ家畜ではないのか。また、
120 牛に何の非があるというのか。牛といえば、人を騙したり欺いたりしない、
無害で従順な生き物で、労苦に耐えるべく生まれたような家畜ではないのか。
恩知らずで、穀物の恵みを受けるに値しない者と言う他ない、
重荷の曲がった鋤（すき）を、今、外してやったばかりだというのに、
農作業のその友〔の牛〕を屠ることのできた者、数知れぬ実りを与えてくれ、
固い田地を、幾度も、幾度も、掘（は）り返してくれたにもかかわらず、
その労働にすり減った頸を斧で刎ねることのできた者は。

しかも、このような道に外れた罪を犯すだけでは満足できなかった。
この犯罪の遠因を、他ならぬ神々に帰して、天上の神々は労苦に
耐える牛を屠ることを喜ばれるに違いない、と考えるのだ。かくして、
難点がなく、姿形、一際(ひときわ)優れた犠牲獣が——人に気に入られたことが　130
禍となる——額(ひたい)に〔犠牲獣の印の〕羊毛紐を巻かれ、金(きん)の飾り金(がね)で
飾り立てられて、祭壇の前に佇(たたず)み、訳も分からぬ祈りの言葉を聞かされ、
角(つの)と角の間の額に、自分が耕し、育てた挽き割り小麦が
注ぎかけられるのを眺め*、〔聖水盤の〕澄んだ水に映るのを恐らく
殺される前に目にした短刀を、屠られて血で赤く染めるのだ。
直ちに、半死の胸を切り裂き、内臓を取り出して
調べ、その内臓に神々の意志を読み取ろうと探りを入れる。*
その内臓を、おお、死すべき人間の族(うから)よ、汝らは——人間の
禁じられた食べ物への渇望はそれほどに大きい——憚りもなく食する。
そんなことは、どうかやめて、私の戒めに心を向けるがよい。　140
屠った牛の四肢を口に含む時、汝らは、自(みずか)らの同胞(はらから)とも言うべき
同士を喰らっているのだということを知り、感じ取るがよい。
　私に口を開かせ、語らせているのは神なのであるから、私はその神に
恭(うやうや)しく従い、わが内なるデルポイ*と、神々のいます天界そのものを

開示し、神聖な精神の予知の扉を開(あ)けよう。
先賢の才知をもってしても究められず、これまで人智には
隠されてきた、大いなる神秘の数々を、私は歌おう。高空に瞬(またた)く星々の
間を抜けて翔りゆくのは、わが喜び。地上と、活力のないその居所(いどころ)を
後にして、雲に乗り、天翔(あまかけ)りて、屈強のアトラスの肩の上に佇(たたず)みながら、
150 〔地上〕おちこちを彷徨(さまよ)う、理性を欠く人間たちを遥か遠くに見下ろし、
死に怯え、死を恐れる、その彼らを、こう鼓舞し、連綿と続く
定めの連鎖の巻物を広げ、示してみせるのは、わが喜び。
　おお、冷たい死の恐怖に驚愕している人間たちよ、
何故ステュクスを恐れる。何故、暗黒の世界や空疎な名にすぎぬ幻想に怯え、
詩人らの描く虚像、偽りの、ありもしない世界の恐怖の数々を恐れるのだ。
肉体は、たとえ火葬堆(づみ)が火で、歳月が腐朽で
奪い去ろうとも、如何なる禍も蒙ることはあり得ないと思うがよい。
魂に死はなく、魂は、常に以前の居場所を後にして、
新しい家に迎えられ、そこに住んで、生き続けるのだ。
160 この私自身——覚えているからだが——トロイア戦時、パントオスの子
エウポルボス*だった。あの折、正面に向けた胸に、アトレウスの
若いほうの子〔メネラオス〕の重い槍が突き立って仆(たお)れた、あの勇者だ。

最近のことだが、アバスの都アルゴス*のユノー神殿で、かつて
私が左手に持っていた盾が奉納されているのを、〔ピュタゴラスの〕私は知った。
万物は変転するが、何ものも死滅することはない。*我々の魂は、彼方(かなた)から
此方(こなた)へと流離(さすら)い来(きた)り、此方から彼方へと移りゆき、気に入った、どのような
体にでも入り込むのだ。それは、獣から出て人間の身体に移ることもあれば、
人間から出て獣に移ることもあり、如何なる時にも滅び去ることはない。
これを喩えれば、柔軟な蠟は、型押しすれば、新しい形に変形し、
以前の形のまま留まることはなく、同じ形を保持し続けることはないが、　170
同じ蠟であることに変わりはない。丁度そのように、魂もまた、常に
同じままであり続けるが、様々な形態に移行する、それが私の教えだ。
それ故、予知を告げる者として、私は警告する、口腹の欲で人の道を
踏み躙(にじ)らぬよう、悍(おぞ)ましい殺害で同族の魂を〔宿り主から〕
無理矢理追い出し、血で血を養うようなことは、心して慎め、と。
　私は、大海に乗り出し、帆一杯に風を孕ませて航海しているのだから、
語り続けねばなるまい。全世界で、同じ儘(まま)留まり続けるものは一つもない。
万物は流転する。*すべての形あるものは生成しつつ、移ろう。
他ならぬ時も絶え間ない動きで流れゆく。その様(さま)は
川の流れと何ら変わるところがない。如何にも、川も、矢の如く　180

過ぎ去る時も留まることができないのだ。だが、波が波に追い立てられて、先の波が後から来る波に押しやられ、その波もまた先行する波を押しやるように、時もまた、逃げ去ると同時に、後からそれを追い、常に新たなのだ。

その訳は、以前あったものは置き去りにされ、以前なかったものが生じ、かくして、どの刹那も、新たに生まれ変わるからだ。

誰しも気付いているであろう、夜がその時を辿り終えると、夜明けに向かい、暗い夜の後に続いて、あの朝の光が差すことに。

空の色もまた、同じ一つの色ではない。真夜中、疲労した万物が静かに横たわって眠っている時、明るく輝く明けの明星（ルキフェル）が白馬に跨（また）がり空を去る時、それぞれ空の色は異なり、陽の光の先触れの、パッラスの娘御〔曙の女神（アウロラ）〕が、太陽神（ポエブス）に引き渡そうと、世界を〔薔薇色に〕染める時もまた、違った色になる。

太陽神（ポエブス）の円盤そのものも、大地の下から昇ってくる朝や、大地の下に沈む夕べは赤いが、天頂にある時は
白く輝く。上天（アエテル）の気の性質は〔空気〕より純粋であり、地上から遠く隔たり、地上の汚濁を免れているからだ。*

夜のディアナ〔＝月神ルナ〕の姿も、同じ一つの姿であり続けることは決してできず、常に、今夜の姿は、盈（み）ちつつある時には、続く夜の姿より小さく、月面を縮め〔て虧（か）け〕つつある時には、より大きい。

200
　更に、どうであろう。一年を見れば、我々人間の生涯をなぞるようにして、
次々に交替する四つの様相を示すことが分かるのではないか。
つまり、早春には、季節は柔和で、まだ乳飲み子のような、幼児の年代と
そっくりそのままだ。この時期、草葉（くさば）は芽吹いたばかりで、逞（たくま）しさに欠け、
ひ弱ながら、農夫に〔やがて訪れる実りの〕希望を与えて喜ばせる。
この時、万物は花開き、もの育（はぐく）む田野には、色とりどりの
花が咲き乱れるが、その新緑の葉にはまだ力が備わっていない。
春の後、季節は、より逞しい夏に移り、
屈強の青年となる。如何にも、この夏ほど力強く、多産の季節は
他（ほか）になく、この夏ほど燃え盛る季節は他にないからだ。
その後（あと）を受けるのは秋だ。青年期の滾（たぎ）るような熱気を捨て去り、
210
青年と老年の中間にあって、頭には白髪も混じる年代ながら、
中庸を得た気候で、成熟し、穏和な季節である。それに続いて、
老年に当たる冬、〔寒さに〕鳥肌立て、毛をすっかり奪われるか、
生えていても白髪の冬が、覚束なく、震える足取りでやって来る。
　他ならぬ我々人間の身体も、絶えず、休みなく
変化し続けて、明日は、かつてあった我々、今ある我々とは違った
我々となっているであろう。我々が、まだ種子で、人となる望みのある

萌芽にすぎないものとして母の胎内に潜んでいた日もあった。
自然が、造物主の巧みな手を差し伸べ、我々の身体が
身ごもった母親の〔狭隘な〕胎内で苦しみ続けるのを望まず、
220 その〔母親の胎内という〕宿から自由な大気の中へと送り出してくれた。
光の中へ送り出された嬰児は、まだ力もなく、唯(ただ)横たわっているだけだった。
やがて、獣のように四つ足となって、身体を〔四肢で〕持ち上げ、
四つん這いになり、その内、徐々に、まだ膝関節もしっかりしておらず、
蹌踉(よろ)めきながらも、筋力の助けに何かを支えにして立ち上がるようになる。
それから、力強さと敏捷さを身につけて、青年期を過ごし、
壮年期の歳月を全うした後、凋落(ちょうらく)の老いの坂道を下っていくのだ。
この老年は、それに先立つ年代の逞しさを毀損し、破壊する。
ミロン*は、老いを迎えた頃、かつての盛り上がった屈強の筋肉の塊で、
ヘラクレスのそれにも匹敵するような腕が、今や萎え衰え、
230 力なく垂れ下がっているのを眺めて、涙を流した。また、
テュンダレウスの娘〔ヘレネ〕も、鏡に映る老いの印の皺を眺めて涙し、
〔こんな〕自分が、どうして二度までも拐(かどわ)かされた*のかと自問した。
万物を食い尽くす時よ、また、汝、嫉(ねた)み深い歳月よ、
お前たちは、ありとあらゆるものを破壊し、

ありとあらゆるものを星霜の歯牙にかけて蝕み、
ありとあらゆるものを徐に、緩やかな死で喰らい尽くす。
　我々が元素と呼んでいるものも、恒常不変ではない。それが
如何なる転変を蒙るか、心して聞くがよい。私の教えるところはこうだ。
永遠の宇宙は、四つの生成の元としての物質を*
240　包摂している。この四つの物質の内、土（＝地）と水の二つは、
重量をもち、その重みで下方へと沈下する。同数の、
あと二つの物質は、重量を欠き、下向きの力が一切働かないために、
上方へと昇っていく。即ち、空気（＝風）と、空気より純粋な火である。*
これらの四元は、〔存在する〕場という点で互いに離れているが、万物は、
この四元から生じ、この四元へと還元されるのだ。土は、解体し、
稀薄化して流体の水に変じ、水は稀薄化し、気化して、風や
空気へと変わり、空気は、それ自体極めて稀薄なものだが、更に重量を失い、
これ以上はない稀薄な大気となって、素早く上昇し、〔上天の〕火となる。
四元は、そこから、また元へ逆戻りし、同じ過程が逆向きに再現される。
250　つまり、火は濃縮され、稠密になって、空気へと移り変わり、
空気は〔同様にして〕水へと変じ、水は集塊し、凝縮されて、土となる。
　どの存在の形姿も永続することはなく、万物を新たにする自然は

或る姿形を別の姿形へと、絶えず改新させる。だが、
全宇宙で、よいか、嘘偽りではない、何ものも死滅することはなく、
様々に様相を変えて、姿形を新たにするにすぎないのであって、言わば
生まれるとは、以前そうであったものとは別のものになり始めることであり、
死ぬとは、その同じものであるのをやめることなのだ。蓋し、彼が此に、
此が彼に移り変わりはしても、万物は、総体として、恒常不変なのだ。
　私の確信するところ、同じ姿のまま永続するものは
260　一つもない。かくして、時代よ、お前たちは金の時代から鉄の時代へと
変遷し、かくして、土地は頻々と変転を繰り返してきたのだ。
私自身、かつては、この上なく固い大地であった所が
海となるのを目の当たりにし、海が変じて陸となるのを目の当たりにした。
また、海から遠く離れた場所に海の貝殻が転がっていることもあったし、
山の頂で昔の錨が発見されたこともあった。
平らな平野であった所を、流れ下る水の流れが谷に変え、
洪水によって、山が低まって平地と化し、
沼多き土地が乾燥して、乾いた砂地に変じ、
渇きに耐えていた土地が水浸しになって、水湛える沼地に変わった。
270　此方では、自然が泉を新たに湧き出させるが、彼方では、水源を閉ざして

消滅させ、或いはまた、地底深くの地震に刺激されて
川が現れ出ることもあれば、水が枯渇して消え去る川もある。
かくしてリュコス川は、大地の裂け目に呑み込まれて姿を消した後、
そこから遠く離れた地で、新たな出口から再び生まれ出て、姿を現す。*
同様に、エラシノス川も、ある時は地中に呑み込まれ、隠された水脈を
流れはするが、やがてアルゴリスの野で大河となって地上に戻ってくる。*
また、伝わるところ、ミュシアを流れる川カイコスは、自らの水源と
昔の河岸に嫌気がさし、今は別の流域を流れているという。*
アメナヌス川も、今、シカニ〔族〕の地の砂地を流れているかと見れば、
時として、水源の泉が枯渇して、涸れ沢となったりもする。*
アニグロス川は、かつては、その流れを人々が飲んでいた川だが、
今は、その流れの水は誰も触れようとしないものになっている。詩人たちが
全く信用できないというのでなければだが、人馬二形（ふたなり）のケンタウロスたちが、
棍棒もつヘラクレスの弓矢で負った傷を、そこで洗って以後のことだ。*
更に、どうであろう。スキュティアの山並みに源を発するヒュパニスは、
以前は旨（うま）い水であったものが、今では苦い塩で毒されているのではないか。*
　アンティッサやパロス、ポイニケのテュロスは、その昔、海に囲まれ、
波が洗っていた。だが、今、その内、島である所は一つもない。*

レウカスの昔の住人は、そのレウカスが陸続きだったと言っている。だが、
今、それは海に取り囲まれている。* ザンクレ〔メッサナの旧名〕も、かつては　290
イタリア本土と陸続きだったが、その後、〔流入した〕海が境界を奪い去り、
間にある海峡〔メッシナ海峡〕となって陸地を押し退けたと言われている。*
ヘリケやブリスといった〔かつての〕アカイアの都市を探してみれば、今では
海中にあると分かるであろう。今でも、船乗りたちは、海中に没した、
その市壁共々、崩れた都市の跡を示してみせるのが常なのだ。*
ピッテウス王が治めたトロイゼンの近くに、険峻で、木々のない
丘がある。かつては平坦この上ない平地だった地だが、
今は丘になっている。その訳は――語るも怖じ気づく話ながら――
地底の暗黒の洞(ほら)に閉ざされていた風の荒々しい力が、
どうにか吹き出し口を見つけたいと思い、より自由な空を謳歌しようと　300
甲斐なく苦闘したけれども、閉じ込められている洞中、
どこを探しても裂け目はなく、風を吹かせる通り道がなかったため、
地面を押し上げ、膨張させたのだ。喩えれば、〔家畜の〕膀胱製の袋や、
二本角の山羊皮の袋を、息を吹き込んで膨らませるようなものだ。
その土地の膨らみは、そのまま残り、高い
丘の様相を呈して、長い歳月の間に、堅固なものになっていったのだ。*

私が聞いたり知ったりした事例が、他にも数限りなく思い浮かぶが、
もう少し語ってみよう。どうだろう。水も、新たな形質を〔自らに〕与えたり、
〔他から〕受けたりするのではないか。角もつアンモン神よ、あなたの泉も、
真昼は冷たいが、日の出、日の入り、いずれにも熱くなるし、* 310
アタマニア人たちは、月の面が虧けて最小になる〔新月の〕日に、
水を掛けて木に火を点けると言われている。*
キコネス族の地には、その水を飲むと内臓を石に変え、
その水に触れたものを大理石に変えてしまう川がある。*
我々の住む地域で言えば、クラティス川や、その近くのシュバリス川は、
髪の毛を琥珀や黄金に似た色に染めてしまう。*
更に驚くべきは、身体のみならず、心をも
変えてしまう力がある水が存在するのだ。
サルマキスの不浄の水の話*や、アエティオピアの湖の話を
聞いたことがない者などいようか。その水を口に含んで嚥下すれば、 320
気が触れたり、驚くべき深い昏睡状態に陥ったりする。*
クレイトルの泉の水で喉の渇きを癒す者は、誰でも
葡萄酒を忌避し、禁酒して、清水だけを好むようになる。
その訳は、水の成分に、火照らせる葡萄酒に逆らう効能があるからなのか、

或いは、土地の人々の話すところ、アミュタオンの子〔メランプス〕が、
気の触れたプロイトスの娘たちを呪文と薬草で狂気から救い出した後、
心の浄化に用いた薬草をその泉の水に放り込み、ために泉の水に
葡萄酒を忌み嫌う性質が残り続けたからなのか*。

330

リュンケスタイ族の地には、これと正反対の効力のある川が流れている。
その水を、加減を知らず、矢鱈（やたら）に飲み過ぎると、生（き）の葡萄酒を飲んだのと
全く変わらず、ふらふらの千鳥足になるのだ*。アルカディアに、とある
地があるが——昔の人はペネオスと呼んでいた——、そこの水には二様の
性質があり、皆が猜疑の目で見る地で、夜に水を飲むのは危険と思うがいい。
その水は、夜に飲むと有害で、昼間に飲むと無害なのだ*。
このように、湖や川は、それぞれ異なった性質を
得ているものなのだ。その昔、海を漂っていた時期もあったが、
オルテュギア〔デロス島の旧名〕は、今は、じっとして動かない。アルゴー船は、
互いにぶつかり合い、砕け散る水飛沫（しぶき）を浴びる撃ち合い岩（シュンプレガデス）を恐れたが、
今、それは不動の岩となって佇み、打ち寄せる波に抗っている*。

340

硫黄燻（くすぶ）る火口で燃えるアエトナも、将来、いつまでも火を
噴き続けるとは限らず、これまでも常に火を噴き続けていた訳ではない。
その理由は、大地が生命（いのち）あり、生きているもので、多くの場所に

火を噴き出す気道〔＝火道〕をもっているとすれば、
地震を起こして揺れる度に、気道を変え、こちらの空洞は
閉じて、あちらの空洞を開くということはあり得ることだからか、
それとも、疾風が大地の底の洞に閉じ込められていて、
岩と岩をぶつかり合わせ、炎の種を宿す物質を
衝突させて、その衝撃でそれに火が付き、火を噴き出させるが、
風の勢いが収まると、洞穴はまた元の冷たさを取り戻すからだ。
350　或いは、瀝青のような物質が炎を上げ、
黄色い硫黄が微かな煙を発しながら燃えるのだとすれば、
大地が長い歳月の間に力を使い果たして、
火の糧となるものや豊かな養分を与えなくなり、
ものを喰らい尽くす性質の火に、それを養う糧が足りなくなれば、必ずや
貪欲な火は餓えに耐えられず、荒廃した場所を見捨てることになるからだ。
　噂では、ヒュペルボレオイ人の〔極北の〕地にあるパッレネに、
トリトニス湖縁の女神〔ミネルウァ〕に捧げられた沼があり、これに九度
浸かった後、軽い羽毛で身体が覆われる習いの人種がいるという。*
私には信じ難いことだ。だが、話では、スキュティアの女たちの中に、
360　身体に薬草の汁を振りかけ、同じ術を使う者たちがいるという。

370

だが、真実と証(あかし)されている事柄に、尚、何かの証拠を示さねばならぬなら、
年月の経過と、分解させる熱の所為(せい)で腐敗した、どんな死骸も
小動物に変じるのを目にすることがあるのではないか。
さあ、選り抜きの*屠られた雄牛を埋めてみるがよい。これは経験で
知られたことだが、腐敗した内臓の至る所から、花を集める蜜蜂が
生まれ出てくるのが分かる筈だ。* その蜜蜂たちは、生みの親の習いの如く、
田園を好み、働くことに熱心で、将来の希望のためにせっせと精を出す。
戦闘を好む馬が土に埋もれると、そこから雀蜂が生じる。* また、
海辺にいる蟹の湾曲する螯(はさみ)を取り去って、
残りを土に埋めれば、埋められた残りの部分から
蠍(さそり)が現れ出て、弓なりの尻尾で威嚇することであろう。*
更に、白い糸を葉に巻き付け〔て繭を作〕る野原の
幼虫は——田舎の人なら見たことのあることだが——、
変身して、死者の霊の象徴である蝶に姿を変える。*
泥土は、緑の蛙を産む種を宿しており、*
〔はじめは〕四肢のないもの〔オタマジャクシ〕を産み出すが、やがて泳ぐのに
適した脚を与え、しかも、その脚は、遠くへ跳ぶのに都合がいいように、
後ろの脚(あし)のほうが前脚(まえあし)より長くなっている。また、

380
雌熊が産んだばかりのものは、仔熊ならぬ、生きているか生きていないか
分からない肉塊にすぎない。だが、母熊が舐め回して四肢を作り上げ、
それが許容する、小さな体に見合った〔熊の〕姿に変えていくのだ。*
六角形の蜜蠟の巣穴が匿っている蜜蜂の子は、
四肢のない体で生まれ、後から脚を獲得し、後から
羽を獲得するのを、誰しも見て知っているのではないか。
尾羽に星を鏤めているユノーの聖鳥*〔孔雀〕や、
ユピテルの武器〔雷電〕を運ぶ鳥〔鷲〕、キュテラの女神〔ウェヌス〕の聖鳥の鳩、
その他、鳥の類は皆、卵の中心部分〔の黄身〕から生まれるなどと、
その事実を知っている者でなければ、誰が思うであろう。
閉ざされた墓の中で背骨が腐敗すると、
人の脊髄が蛇に変わると信じている人たちもいる。*

390
　だが、以上挙げたものは、生成の起源を他のものから受け取っているが、
自ら生まれ変わり、自らが自らを再生させる鳥が一種ある。
アッシュリアの人々は、これを不死鳥*と呼ぶ。この鳥は、
果実や草葉ではなく、芳香樹の樹脂の没薬〔や乳香〕、バルサムで生きる。
この鳥は、寿命の五百年を全うすると、
直ちに、揺れ動く棕櫚の天辺の梢に、

爪と清い嘴（くちばし）で自分のための巣を作り、
そこにカシア〔肉桂の一種〕や、まろやかな甘松（かんしょう）の穂〔＝穂状花序（すいじょうかじょ）〕、
黄色い没薬（もつやく）や砕いたシナモン〔肉桂〕を敷き詰め終わるや、
400
その上に身を横たえ、芳香の中で生涯を終える。
その後、その親の亡骸から、同じ寿命を生きる定めの
不死鳥（ポエニクス）の雛鳥が生まれると言われている。
歳月が経って、その雛鳥に力が備わり、重荷に耐えられるようになると、
高い棕櫚の木の枝から重い巣を取り去って、
敬虔にも、自分の揺り籠でもあり、親の墓場でもあるその巣を、
軽い大気の中を翔（かけ）て、太陽神（ヒュペリオン）の都に至り、
太陽神（ヒュペリオン）の聖なる神殿の門扉の前に安置するのだ。
　今述べたような事例に何らかの驚きがあるとするなら、ハイエナが
雌雄の性転換を繰り返し、今、背中に雄のハイエナを受け入れていた
410
雌のハイエナが、今度は雄になるという事実には尚更驚かされようし、*
風や大気で栄養を得ている動物*〔のカメレオン〕が、触れたものが、
どんな色であろうと、その色に直ちに同化するのも同様であろう。
征服されたインディアは、葡萄の房飾りを付けたバッコスに山猫（リュンクス）を贈った。
その山猫の膀胱から排泄されるものは、人々が語るように、すべて

空気に触れて固まり、石に変わるという。*
かくして、赤珊瑚も、空気に触れた途端、
硬化する。海中にある時には、柔らかな海藻だったものだ。*
　新たな形質へと変化したものを、残らず言葉で尽くそうとすれば、
一日が終わり、ポエブスが疲労で喘（あえ）ぐ馬たちを
海の深くに沈めていることだろう。それと同じで、我々の見るところ、　420
確かに時は変転し、興隆する民族もあれば、また没落する民族も
あると分かる。かくして、トロイアは、富でも人でも強大な国で、
十年の長きに亘って、あれほどの人血を流し続けることができたが、
今では地に伏し、かつて誇示していた富に代えて、
今、人に見せているのは古（いにしえ）の廃墟と先祖代々の墓にすぎない。
スパルタは名を世に轟かせ、偉大なミュケナイは殷賑（いんしん）を極め、
ケクロプスの都〔アテナイ〕も、アンピオン縁（ゆかり）の都〔テバイ〕も隆盛を誇った。
だが、スパルタは零落した僻地となり、高く聳（そび）えていたミュケナイは瓦解し、
オイディプス王縁のテバイは、名以外の何ものであろう。
パンディオン縁のアテナイは、名以外、何が残されているであろう。*　430
噂に聞くところ、今また、ダルダノスの血を継ぐローマ*が、
アッペンニヌスに源を発するテュブリスの河畔に、重大な

440

450

天命の責務の下、国勢の礎を置き、今しも興隆しようとしているという。
とすれば、この都は、成長しつつ、その姿を変え、やがて
広大無辺の世界の中心となるであろう。予言者たちや未来を告げる
数々の神託がそう語っているといい、私の記憶する限りでも、
プリアモスの息ヘレノス*も、トロイアの国威が地に墜ちようとしていた時、
涙を流し、祖国の無事を危ぶむアエネアスに向かって、こう語っていた、
『女神の子、アエネアス、わが胸の示す予言を十分心に留めて貰えるのなら、
貴方が無事である限り、トロイアがすっかり滅び去るようなことはあるまい。
〔炎上する祖国の〕炎と携える剣が貴方に道を与えてくれる。貴方は、その道を、
救い出したペルガマ*を共に携えて辿り、遂にはトロイアにも、貴方にも
〔戦禍に潰えた〕祖国の地以上に友好的な異国の地に行き着くであろう。私には
今、既に確と見える、宿命によってプリュギア人の末裔に定められた都が。
これほどの大都はなく、将来もあるまいし、過去にも目にされたことがない。
幾世紀にも亘り、他の首領たちがその都を強国に造り上げていく筈だが、
ユルスの血を引く末裔*が、これを全世界に君臨する覇者に仕上げよう。
その末裔の存在を、地上世界が謳歌した後には、神々の住まいする
天上世界が享受し、天空が、その末裔の行き着くところとなるのだ』と。
ヘレノスがアエネアスに、家の守り神*を携えての去り際、そう語ったのを

460

私は思い出し、今、話しているのだ。私と縁(えにし)のある都城が興隆しつつあり、
ギリシア人の勝利がトロイア人の利となったことが、私には嬉しい。
　だが、終着点を目指している〔太陽神の〕馬たちのことも忘れて、話を
遠くに逸(そ)らすのはやめておこう。要するに、天と、その下にある万物は
姿形(すがたかたち)を変えるのだ。地上のこの世界も、そこに含まれるあらゆるものも。
全世界の一部である我々人間も、我々は、単に肉体というだけにとどまらず、
素早く天翔(あまかけ)る魂でもあり、住処(すみか)として、獣の中に入っていくことも、
また、家畜の胸中に閉ざされることもあり得る存在なのだから、
親や兄弟、或いは我々と何らかの結びつきのある誰か、
或いは少なくとも人間の魂を宿していたかもしれない肉体を、
〔食することなく〕安らかで、敬意を以て遇すべきものであらしめよ。
テュエステスが喰らったような料理*を胃の腑に詰め込んではならぬのだ。
何という悪習を身につけようとしていることであろう、何と非道にも
人血を流す下準備をしていることか、小牛の喉を小刀で切り裂き、
その鳴き声に耳を傾けもせずに平然としている者は、或いは
幼子(おさなご)の泣き声にも似た鳴き声を上げる子山羊の喉を
切り裂くことのできる者、或いは自分が餌をやった鳥を口に含むことが
できる者は。そのような行為が、極悪非道の犯罪と、どれほどの隔たりが

470　あるというのか。その先に用意されているのは、如何なる所業であろう。
牛には田を耕して貰い、その死の原因は老齢であるようにさせるがよい。
羊には、寒さに鳥肌立てさせる北風に対抗する衣服を提供させ、
肥えた雌山羊には乳房を乳搾りの手に差し出させるがよい。
網や、足括(くく)り罠、輪縄(わなわ)の罠や欺きの技は
投げ捨ててしまうのだ。鳥黐(とりもち)を塗った枝で鳥を欺いたり、
脅し羽〔をつけた棒〕で鹿を追い込んだり、囮(おとり)の
餌で針を隠したりするようなことをしてはならない。害をなす
獣がいれば、命を奪ってもよいが、その場合でも、命を奪うだけに留めよ。
口を血で穢してはならず、穏和な糧を求めるようにするのだ」。
　伝わるところ、ヌマ王は、こうした言葉や、その他の言葉で語られた
教えを胸に刻んで、祖国へと戻っていき、民に請われて、
480　ラティウムの国民を導く手綱を引き受けたのだという。その後、
彼は、伴侶〔エゲリア〕を得、カメナエ*の導きを得て、幸福の内に、
猛々しい戦に慣れ親しんだ民に神々を
斎(いつ)き祀(まつ)る儀礼を教え、諸々の平和の技へと民を導いた。
その彼が、老いを迎え、王権と、同時に生涯も終えると、
亡きヌマを悼み、ラティウムの家婦たちも国民も元老たちも、諸共(もろとも)に

490

涙した。実際、后〔エゲリア〕も、都〔ローマ〕を後にして、木々の密生する
森深いアリキアの谷に身を潜め、夫の死を嘆き悲しんだ。その悲嘆の余りの
激しさは、オレステスの持ち来たったディアナ*の祭儀の妨げとなるほど。
ああ、幾度(いくたび)、森や湖のニンフたちが、嘆くのは
やめるようにと諭(さと)し、慰めの言葉をかけたことか。
テセウスの子の英雄が*、涙する彼女にこう語りかけたのも、幾度。
「やめなさい、限度を……嘆くべき悲運は貴女(あなた)一人のものではありません。
他(ほか)の人たちの、よく似た災厄も惟(おもん)みられるとよい。さすれば、その悲運も、
もっと穏やかに耐えられます。私も、自分の例(ためし)を引いて、嘆く貴女の心を
和らげられるような、辛い目に遭わねばよかったのですが。しかし、その私の例も、
貴女の慰めになるかもしれない。誰かの話で、ヒッポリュトス*という者の
噂が、貴女の耳にも届いてはおりませんかな、父親の軽信と継母の罪深い
欺瞞で命を落としたという話です。驚かれる筈ですし、私にも

500

証拠立てかねることながら、他ならぬこの私が、そのヒッポリュトス。かつて、
パシパエの娘*が、私の父の閨(ねや)を穢すよう私を誘惑して無駄に終わった時、
自分が望んだ不義を私が望んだと嘘をつき、罪を私になすりつけて
——暴かれるのを恐れてか、或いは、撥ねつけられて腹を立ててか——、
私が罪を犯したと言い立てたのです。父は、何の罪もない私を都から追放し、

都を後にする時、私に、憎々しげに、落命するようにと呪いをかけたのです。
私は、亡命の馬車を駆り、ピッテウス王縁（ゆかり）のトロイゼンを目指し、
既にコリントスの海辺（うみべ）を辿っていました。その時のこと、
突然、海が膨れ上がり、弓なりにそり立つ巨大な
波の盛り上がりが、山のように膨張し、何やら咆哮を発して、
大波が天辺（てっぺん）の所で真っ二つに裂けるのが目に入りました。　510
それから、波を割って、角（つの）のある雄牛が飛び出してきて、
立ち上がり、穏やかに吹く大気の中に胸辺りまで体を現すと、
鼻や、大きく開（あ）けた口から大量の海水を噴き出したのです。従者たちは
恐怖に襲われましたが、私は恐れもせず、取り乱しもしませんでした。
追放のことで頭が一杯だったからです。と、その時、気性荒い馬たちが
海のほうに頸を向けたかと思うと、耳を立てて怯え、
怪物を恐れて恐慌を来（きた）し、高く険しい岩場を
馬車を引っ張りながら暴走していったのです。私は
吹く泡で白くなった馬勒（ばろく）を手で引き寄せようと苦闘しましたが、
うまくいかず、後ろに反り返るようにして、しなやかな手綱を引っ張りました。　520
それにしても、馬たちの狂乱も私の力を凌駕することはなかったでしょう。
が、運悪く、回転する片方の車輪の真ん中、車軸に繫がる所が

切り株にぶつかって壊れ、車輪が粉々に砕けてしまったのです。
私は馬車から投げ出され、手足には手綱が絡まって外れず、
見るも無惨な光景ながら、まだ動いている腑(はらわた)が引きずられ、
腱は切り株に引っかかり、体の一部は引き裂かれて前へ運ばれ、
一部は引っかかったまま後に取り残され、骨は鈍い音を立てて砕け、
命は尽き果てて、私は息を引き取りました。身体には、それと分かる
部分は一つも残されていなかったのです。全身が一つの傷でした。さあ、
530　私の災厄と貴女の災厄を比べてみることが、ニンフのあなた、貴女には
できますか、或いは、敢えて比べてみようと思いますか。私はまた、光なき
王国もこの目で見ました。ずたずたの身体をプレゲトンの水で癒しましたが、
アポロの御子(みこ)〔アスクレピオス〕の強力な霊薬(パイアン)がなければ、私の命も
蘇らなかったでしょう。*が、幸いにも、医神の霊験(れいげん)あらたかな薬草と治療の
お陰で、ディス〔黄泉の王〕が憤る中、私は命を再び得たのです。その後(あと)、
そんな僥倖を賜った私を目の当たりにして、妬みを買うといけないと、
キュンティア〔ディアナ〕様が私に厚い雲を被せて下さった上に、
姿を見られても、再び禍を蒙ることなく、無事でいられるよう、
私に齢(よわい)を加えて*〔老いさせ〕、私と分かるような容貌を
540　何一つ残さぬようにすると、私の住む所をクレタにするか、

550

デロスにするか、長い間、迷われた後、デロスもクレタもやめて、
私をこの地にお置きになり、同時に、馬を思い出させる名*は捨てるよう
お命じになって、こう仰ったのです、『あなたはヒッポリュトスでしたが、
今からは、同じ人間のまま、ウィルビウスになりなさい』と。
それ以来、私はこの森に住み、劣格の神霊の一柱として、女神ディアナの
神威の庇護の下、女神のお供を務めているという次第なのです」。
ヒッポリュトスは、そう声をかけたが、エゲリアの悲嘆は他人の災厄で
癒せるものではなかった。彼女は、山の麓に身を横たえて、涙に暮れる余り、
涙と化した。その夫思いの敬虔な心に、ポエブスの姉君〔ディアナ〕は
心を動かされ、彼女の身体を冷たい泉*に変えてやり、
その四肢を、永久（とわ）に尽きぬ細流（せせらぎ）にしてやった。
　新奇なこの出来事にニンフたちは驚き、アマゾンの子〔ウィルビウス〕も
同じように唖然とした。その驚きは、テュッレニア〔＝エトルリア〕の農夫が
田の只中で、宿命の土塊（つちくれ）を目にした時の驚きと変わらなかった。その土塊は、
初め誰も動かしてはいないのに、勝手に動き出し、
やがて土の形を失って、人間の姿形（すがたかたち）を取り、
真新しいその口で、来たるべき定めを解き明かしたのだ。
土地の者たちは、その彼をタ*ゲスと呼んだが、エトルリアの民に

未来の出来事を解き明かす術を教えた最初の人が、彼である。
560
或いは、その驚きは、その昔、投げた槍がパラティウム〔の丘〕に刺さった時、
ロムルスが覚えた驚きにも擬えられようか。この時、ロムルスは、槍が
俄に緑の葉を生やし、突き刺さった穂先ではなく、新たに生え出た
根に支えられて立ち、最早、槍ではなく、しなやかな枝を付けた木となって、
驚いている人々に思いがけない影を与えるのを目にしたのだった。*
或いは、その驚きは、キプス*が川の流れに映る自分の角を見た時の驚きに
類えられようか。この時、キプスは——実際に見たのだが——水に映る姿が
信じられず、嘘だと思って、額に何度も手を当ててみると、
確かに、手に触れたものは目に見えた角であった。最早、自分の目を難じて
疑うのはやめ、敵を征服して凱旋する勝利者のように、
570
目を天に向け、腕を大空に向けて差し上げ、こう言った、
「おお、神々よ、あなた方がこの奇怪な現象を何の予兆とされているにせよ、
喜ばしい吉兆なら、祖国とクイリヌスの民のための吉兆となし給え。また、
禍事の兆しなら、私一人の凶兆となし給え」と。そう言って、緑の芝土で
祭壇を築くと、草生うその祭壇で香しい香の火を焚いて神威を宥め、
灌酒皿で葡萄酒を灌ぐと、羊を屠って、まだぴくぴく動いているその内臓の
様子を窺わせ、自分に何の兆しが示されているのか占わせた。

テュッレニアの民の占い師は、内臓を閲(けみ)してみるや、
その中に偉大な事業の兆しを見て取ったが、
まだ判然とはしていなかった。しかし、家畜の内臓を見ていたその鋭い
視線を上げてキプスの角に向け、角を凝視すると、こう叫んだ、
「王よ、おお、ようこそ。貴方(あなた)に、キプス王よ、貴方に、また貴方の　580
その角に、この地とラティウムの城塞は跪(ひざまず)き、ひれ伏すでしょう。
貴方は、ぐずぐずせず、急いで開かれた城門から都にお入り下さい。
それが定めの命じるところ。如何にも、都に受け入れられれば、
貴方は王となられ、永久(とこしえ)に、恙(つつが)なく王笏を手にされましょう」と。
すると、キプスは、後ずさりし、険しい眼差しを都の城壁から逸らして
言った、「遠くへ、ああ、遠くへ、願わくは、神々が、そのような定めなど、
金輪際、私から遠ざけて下さいますよう。カピトリウムが王として君臨する
私を目にするくらいなら、亡命者として齢を送るほうが、はるかに正義に適(かな)う」。
そう言うと、すぐさま国民と長老たちの集まりを招集したが、その前に、
角を平和の象徴たる月桂樹の葉冠で覆い隠した。そうしてから、屈強の　590
兵らに命じて、演壇の土盛りを造らせ、
その上に立つと、仕来り通り往古からの神々に祈りを捧げた後、言った、
「貴方たちが都から放逐しなければ、ここに王となる者が一人いる。それが

誰か、名では言わずに、印で言おう。その額(ひたい)に角がある者だ。占い師が
貴方たちに解き示すところ、その男がローマの城内に入るようなことがあれば、
その者は隷属の法を敷き、貴方たちに君臨するであろうという。その男は、
入ろうと思えば、押し入ることもできた。城門は開いていたからだ。だが、
私がそれを押しとどめた。私ほど、その者と深い縁(えにし)で結ばれている者は誰も
600 いないのだ。クイリヌスの民の皆(みな)、その男が都に入るのを許してはならぬ。
それとも、それに値するというのなら、その者を重い枷(かせ)で縛(いまし)め〔投獄す〕るか、
或いは、致命的な禍根となる独裁者の死で、恐れを終わらせるのだ」と。
人々はざわめいた。これを喩えれば、東風(エウルス)が
激しく荒(すさ)ぶ時、枝高い松林に起こるざわめき、或いは、
波荒れる海の、遠くに聞こえる
海鳴りのよう。しかし、騒ぎ立てる民衆の混乱したざわめきの中で、
際立って大きく聞こえる声が一つあった。「それは誰だ」という声だ。人々は
互いに額を見つめ合い、今、言われた角を探した。キプスは、その彼らに
再びこう語りかけた、「貴方たちの探している者は、さあ、ここにいる」と。
610 そう言って、人々の制止も聞かず、自分の頭から
葉冠を取って、二本の角も際立つ額を示して見せた。
皆は目を伏せ、呻くような声を発し、数々の

勲(いさお)で輝かしいその頭を――誰がそれを信じられよう――、
嫌々ながらも眺めた。しかし、これ以上、〔角をさらす〕不名誉な姿のまま
放置しておくのに忍びず、皆は祝勝の月桂の葉冠を彼の頭に戻してやった。
一方、長老たちは、キプスよ、汝は城壁内に入ってはならないとされたため、
郊外に名誉の土地を汝に与えたのであった。その土地は、
日の出から日没まで、軛(くびき)に繋いだ牛に引かせた鋤(すき)で耕し、
囲えるかぎりの広さとした。キプスの角については、
驚くべきその美しい形を象(かたど)って、青銅の、城門の　620
門柱に浮き彫り細工が刻まれ、末永く残る記念とした。
　さて、詩人らに加護を垂れ給うムーサたちよ、解き明かし給え
――あなた方はそれを知り、悠久の昔の古事と雖(いえど)も、あなた方の知の内故(ゆえ)――、
コロニスの息*が、いずこより流れ深いテュブリスに囲まれる島に
来たりて、ロムルスの都の聖儀で祀られる神の一柱となり給うたのかを。
　かつて、酷い疫癘(えきれい)がラティウムの大気を穢(けが)し、致命の病で
冒された人たちは、血の気のない蒼白の身体を、汚穢(おあい)に塗(まみ)れて横たえていた。
野辺の送りに疲れ切った人々は、人の努力が何の甲斐もなく、
治療を施す者たちの医術も何の効もないと分かると、
天上の神々の助けを求め、地球の中心地*を占める　630

640

デルポイなるポエブスの神託所に赴き、
救いをもたらす託宣を下して、自分たちの窮状に助けの手を
差し伸べ、これほどの大都の災厄を終熄させて欲しいと祈った。
すると、地所も、月桂樹も、神御自身が背負われている箙(えびら)も
一斉に震え、聖域の最奥部から
鼎(かなえ)が*、このような声を発して、人々の心を怯えさせた。
「お前たちの求めは、ローマ人よ、より近い場所に乞うべき*であった。
今からでも遅からず。より近い場所に求めよ。その悲嘆を和らげる者として、
お前たちに必要なのは、この私アポロではなく、アポロの子だ。
鳥占(とりうら)の吉兆を得て、さあ、行って、わが子を呼び寄せるがよい」と。
賢慮に富む元老院は、神のお告げを受け止めると、
ポエブスの若御子(わかみこ)がどの都に鎮座しているかを探索し、
帆に風を受けて、エピダウロスの浜辺を目指す使節を派遣した。
派遣された使節たちが、弓なりの竜骨の船に乗って、その浜辺に到着するや、
ギリシアの長老たちの集会に出向き、慈悲深くも霊験(れいげん)あらたかに、
アウソニアの民の死を終わらせてくれる神を
与えてくれるよう嘆願した、確かな神託がそう命じているから、と。
意見が分かれ、見解は様々であった。援助を拒むべきではないと

思う者もいたが、多くの長老は、自分たちの救いとなる神を保持すべきで、
650 その神を手放し、送り出すようなことをしてはならないと説いた。
どちらとも決められずにいる間に、黄昏が暮れなずむ陽を追い払い、
やがて夜陰（やいん）が世界を闇で覆ってしまった。その時、
救いの神が、ローマ人よ、汝の寝床の前に*
佇（たたず）んでいるのが見られたが、その姿は、神殿にいる時の
常の神の姿そのままで、素朴な荒木の杖を左手に持ち、
長く垂れる顎髭をしごきながら、
穏やかな胸からこのような言葉を発したのだった、
「恐れずともよい。私は行くが、常の神像の姿は後に残していく。
さあ、この蛇を見るのだ。わが杖に絡みついている、この蛇だ。*
660 これをよく見て、後でそれと分かるよう、目に焼き付けておくがよい。
私はこの蛇に変わろう。ただし、もっと大きく、天界の神々が
姿を変える時には、そうあるべき大きさの蛇の姿となるであろう」と。
忽（たちま）ちの内に、声と共に神が消え、声と神が消えると共に
夢も去り、夢が去った後を追うように、もの慈しむ陽の光が差してきた。
翌朝の曙が、既に、夜に瞬（また）く星々の光を追い払っていた。
長老たちは、どうすべきか確信のないまま、求められている神の

造りも見事な神殿に集会し、神御自身がどの地に滞在するのを
望まれるのか、〔人智を越えた〕天来の兆しで示し給え、と祈願した。
その祈願が終わるか終わらない内に、頭上高く肉冠頂く黄金の蛇に
変身した神が、到来を先触れるシュルシュルという音を立てたかと思うと、
670
その到来と共に、神像も、祭壇も、門扉も、
大理石を敷き詰めた床も、黄金の破風も揺り動かしながら現れ、
神殿の真ん中で立ち止まって、胸まで身を擡（もた）げると、
火と燃える眼差しで辺りを睨（ね）め回した。
群れ集う人々は恐れ戦（おのの）いたが、信心深いその髪の毛に
白い羊毛紐を巻いた神官が神と認めて、叫んだ、
「ほら、神だ、神様だ。皆、心を正し、口を慎め。お出ましのあなたが
何神におわしますにせよ、おお、この上なく麗しき神よ、あなたのご光来の
お姿が吉となりますよう。何卒、あなたの祭儀を畏（かしこ）む者たちに救いの手を」。
居合わせた人々は、言われた神を崇め、一人残らず、
680
神官の唱えた祈りの言葉を復唱し、アエネアスの末裔（すえ）の
ローマ人たちも、心でも声でも敬虔な信仰心を表した。
その彼らに、神は頷かれると、肉冠を動かし、同時に舌を震わせて、
三度シュルシュルシュルと音を立て、祈りの叶えられた印の合図を送った。

それから、艶やかに磨かれた階段を滑るように降りてゆくと、
振り返り見て、去り際に、古からの祭壇や、
慣れ親しんだ宮、鎮座してきた社に暇を告げた。
その後、大蛇は、敷き詰めた花で埋まる地面の上を
這っていき、体をくねらせながら、街中を抜けて、
湾曲する防波堤で守られた港を目指していった。
港に着くと、動きを止め、付き従う人々や、後に従う群衆の　690
見送りの礼を、優しげな表情を浮かべて労り、見送りもここまでと
謝辞している姿が見られた後、体をアウソニアの船に預けた。神の重みを
船は感じ取り、神の重さに船は圧されて沈んで、吃水を上げた。
アエネアスの末裔たちは歓喜の声を上げ、浜辺で雄牛を屠って
贄に捧げると、船に花輪を飾り付け、繋いだ艫綱を解いた。
軽やかな風が船を進ませた。神は高々と頭を擡げ、
湾曲する艫に頸を乗せた姿で
紺青の海を見下ろしていたが、穏やかな西風に乗って、船は
イオニア海を進み、パッラスの娘御〔曙の女神〕が六度目に昇った朝、
イタリアに着き、女神〔ユノー〕の神殿で名高い　700
ラキニウムを通り過ぎ、スキュラケウムの海岸の沖を進んでいった。更に、

イアピュギアを後にして、左舷側に現れるサクサ〔岩礁〕・アンプリシアと
左手に現れるプラエルプタ〔断崖〕・ケレンニア*を迂回し、
ロメティウムやカウロン、ナリュキアを遠巻きにした後、
〔難所の〕シキリアの海峡、ペロルス岬沖の瀬戸〔メッシナ海峡〕を乗り越え、
ヒッポテスの子の王の居所*〔アイオリアの島々〕やテメセの銅山も過ぎて、
レウコシア〔島〕、更に、温暖なパエストゥムのバラ園*を目指した。
そこから、カプレアエ〔島〕やミネルウァの岬*、
710
上質の葡萄を産するスッレントゥム*の丘陵地や
ヘラクレスの町〔ヘルクラネウム〕、スタビアエや、余暇を過ごすのに適した
パルテノペ、そこからクマエなるシビュッラの社の傍を通り過ぎていった。
クマエを過ぎると、温泉地〔バイアエ〕や、乳香樹の生える
リテルヌムに至り、大量の土砂を流れに巻いて運ぶ
ウォルトゥルヌスや、白鳩の群れるシヌエッサ、
湿気で重く淀む沼沢地ミントゥルナエや、養い子が乳母を埋葬した地*、
更に、アンティパテスの居所(きょしょ)*や、沼に囲まれたトラカス〔=タッラキナ〕、
キルケ縁(ゆかり)の地*を経て、密で固い砂のアンティウム*の浜辺に着いた。
　船乗りらが、その浜へと、帆に風を一杯に孕む船を向けると
720
――既に海は荒れていたからだが――、神は蜷局(とぐろ)を解き(ほど)、〔船を離れて〕

730
幾重にも体をくねらせ、大きな弧を描きながら這っていき、
黄色い砂浜に隣接して立つ、父神〔アポロ〕の神殿の中へと入っていった。
海が穏やかに凪ぐと、エピダウロスの神は、父子の縁で結ばれた
父アポロの歓待を受けた後、父神の祭壇を後にして、長々と腹這いつつ、
浜辺の砂地を鱗で擦る音を立てながら、一筋の跡を残して
船に戻り、船の舵を伝って這い上がると、高い船尾に頭を置いて
横たわった。船に乗った神は、そうこうする内、カストルム*を経て、
聖なる地ラウィニウムに至り、遂にはティベリスの河口に辿り着いた。
そこへ、ラティウムの民が、方々から、一人残らず、出迎えにと
群れをなして駆けつけてきた。母親たちも父親たちも、また、トロイアから
持ち来たったウェスタ女神よ、あなたの火を守る乙女〔ウェスタの巫女〕たちも。
皆は、歓喜の声を上げて神に挨拶した。船足早い船が流れに逆らって
遡っていく川〔ティベリス〕の両岸には、等間隔に祭壇が設えられ、
その祭壇で焚かれる香が音を立てて燃え上がって、辺りの大気には薫香が漂い、
屠られた犠牲獣は、突き立てられた刀を鮮血で生暖かくしていた。
既に、神は全世界の首都、都ローマに入っていた。
大蛇姿の神は身を擡げ、帆柱の天辺に凭せかけていた
頸を動かし、辺りを見回して、自分に相応しい居場所を探した。

740
川は二手(ふたて)に分かれて〔直後に合流するが〕、〔間にできた〕中州
――「島(インスラ)」と呼ばれる――を真ん中に、相似形に*
両腕を伸ばすようにして、その両脇を流れている
ポエブスの子の蛇はラティウムの船を降りて、その「島」へ移ると、
天つ神の姿に戻り、悲嘆に終焉をもたらした。
アスクレピオスが、救い神として、来都した次第である。
　だが、この神は、異境から来た神として我々の聖堂に祀られるに至ったが、
カエサルは自らの祖国の都で神となった。戦時、平時を問わず卓越した彼を
新たな天体となし、光炎靡(こうえんなび)かせる星*としたのは、彼自らの、勝利の
凱旋で終えた数々の戦や、国政での数々の功業、偉業によって短時日の内に
手にした栄光もさることながら、その継嗣*〔アウグストゥス〕の与(あずか)るところ
大であった。それというのも、カエサルの偉勲の中で、
750
その継嗣の父君となったこと以上に偉大な功績はないからだ。
如何にも、海に取り巻かれるブリタンニアを征服し*、
パピュルス産する、七つの河口もつニルスの流れを
勝利の船で遡航*し、反乱を起こしたヌミディア人や、
キニュプス流れる地〔リビュア〕のユバ王、また、ミトリダテスの名に傲る
ポントスをクイリヌスの民ローマに併合して、凱旋に値する数多(あまた)の戦勝を

収め、実際に幾度もの凱旋を挙行したことが、果たして、あれほどの偉人を
生んだこと以上の偉業と言えようか。蓋し、その偉人が世界の統率者と
なることで、おお、神々よ、あなた方は惜しみなく人類に恵みを垂れ給うたのだ。
760 それほどの偉人が、死すべき人間の種から生まれたことなどあってはならず、
故に、偉人を生んだ者が神とならねばならなかった。そのことを、黄金に
飾られた、*アエネアスの母神ウェヌスは見て取り、また、神祇官*のその彼に
非業の死が謀られ、武器を手にした陰謀*が企まれていることも見て取ると、
顔色を変えて、出遭う神々の誰彼なしに、こう訴えかけた、
「ご覧下さい、私に、どれほど大がかりな謀略が企まれているか、
どれほど由々しい奸策で、ダルダノスの末裔ユルスの血を引く、
私に残されたたった一人の子孫の命が狙われているかを。私だけが、
いつまでも、不満も当然の艱苦に苦しめられ続けるのでしょうか。ある時は、
テュデウスの子、カリュドン生まれのディオメデスの槍に傷つけられた私、*
770 また、ある時は、防御も拙く潰えたトロイアの城壁を目にして打ち砕かれた私、
わが子〔アエネアス〕が長い流浪の旅を強いられ、海の嵐に
翻弄され、物言わぬ死者たちの住む国に足を踏み入れて、その挙げ句、
トゥルヌスと、いえ、憚らずに本当のことを言えば、むしろユノー様と
戦をするのを目にした私です。でも、今、どうして私は、わが一族の昔の

災厄などを思い出したりするのでしょう。現在のこの恐れが、昔のことを
思い出すのを許さない。ほら、ご覧下さい、罪深い刃(やいば)が研ぎ澄まされています。
お願いです、どうか、その刃を遠ざけて下さい。この犯罪を防いで、
ウェスタの火を神祇官の殺害で消してしまわぬようにして下さいませ*」。
心配になったウェヌスが、天空の至る所で、甲斐無く、そんな
780 訴えを語って回り、神々の心に同情心を起こしはしたものの、その神々も
太古の姉妹たち*〔運命の三女神(パルカエ)〕の鉄の掟を破ることはできず、せめてもの
同情の印に、来たるべき悲しい出来事の、紛れもない予兆を送った*。
伝わるところ、黒い雲間に鳴り響く剣戟の音や、
大空に聞こえる恐ろしい喇叭(らっぱ)や角笛の音が、
非道の犯罪の前触れであったという。太陽の面(おも)も悲しげで、
不安に戦(おのの)く地上に青白い光を注いでいた。
瞬く星の下方で、屢々(しばしば)、松明(たいまつ)が赤々と燃え、
雨雲の間から、屢々、血の滴(しずく)がしたたり落ちてきた。
明けの明星(ルキフェル)は暗くくすみ、黒ずんだ錆色が一面に
790 散らばり、月神(ルナ)の乗る車駕も血を浴びて、真っ赤に染まっていた。
無数の地で、不気味な梟(ふくろう)が不吉な兆しの鳴き声を上げ、
無数の地で、象牙の神像が涙を流した。また、諸所の聖林で、悲しげな

歌声と、威嚇するような言葉が聞かれたという。吉兆を示す犠牲獣は
一頭もなく、臓腑〔の筋繊維〕は大いなる騒擾が迫っていることを警告し、
内臓の中でも、〔肝臓の〕頭*が切断されているのが分かった。
中央広場(フォルム)の中や、家々や神々の社(やしろ)の回りで、
夜に徘徊する犬たちが遠吠えし、物言わぬ死者たちの亡霊が
当て所(あど)なく彷徨(さまよ)い、都が度重なる地震で揺れた。だが、神々の
警告の予兆をもってしても、陰謀や、やがて来る悲しむべき出来事を
800 阻止することはできず、抜き放たれた剣(つるぎ)が
神殿*へと持ち込まれた。というのも、都で、この犯罪と、このおぞましい
殺害に好都合と思われた場所は、ここを措いて他になかったからだ。
その時、キュテラの女神〔ウェヌス〕は両手で胸を打ち、
アエネアスの末裔(すえ)〔カエサル〕を雲に包んで隠そうとしてみた。かつて、
それで包み隠して、パリスを敵意漲(みなぎ)るアトレウスの子から救い出し、
アエネアスにディオメデスの刃を逃れさせた、あの雲である。*
その女神に、父神はこう言葉をかけた、「わが娘(こ)よ、そなた一人だけ、
打ち勝ち難い定めを動かしてみようとするのか。自ら、三柱の姉妹たちの
館に足を踏み入れてみるとよい。壮大な規模で作り上げられた、
810 青銅と硬い鉄でできた記録簿*があるのが分かろうが、

820

その記録簿は、天空の鳴動も、雷火の怒りも、如何なる破壊も
脅(おびや)かせない、安泰で、永久(とわ)のものなのだ。
その中に、永遠不滅の金剛(こんごう)に刻まれた、そなたの一族の定めを
見出せよう。儂(わし)自身、それを読んだことがあり、心に刻んでおる。
そなたが今尚、その未来について知らぬのもよくない。語って聞かせよう。
キュテラ縁(ゆかり)の女神よ、そなたが為を思って尽力している、この者は、
地上で送るべき齢(よわい)を全うし、定めの寿命を辿り終えたのじゃ。
その彼が天界の神に加えられ、〔地上の〕神殿で祀られるようにするのは、
そなたと、彼の子の務(つと)めだ。その子は、父の名〔カエサル〕を継ぎ、*
課せられた重責を一人で担い、暗殺された父の、誰よりも
強力な復讐者となって、我ら神々を戦の味方に付けることであろう。
彼の指揮の下(もと)、包囲攻撃で攻め落とされたムティナの
城市は和睦を乞い、*パルサリアは彼の勢威をまざまざと見せつけられ、
エマティアのピリッピの野は再び殺戮の血の海に浸るであろう。また、
シキリアの海で、偉大な名は撃破され、
ローマの将軍〔アントニウス〕の妻となったアイギュプトスの女は、
頼った婚姻も当て外れとなって斃(たお)れ、『カピトリウム〔＝ローマ〕は、わが
カノプス〔＝アイギュプトス〕の僕(しもべ)となろう』というその威嚇も無に終わろう。

蛮族が住み、大洋(オケアノス)の東西の際(きわ)に位置する諸民族のことを、そなたに一々、
830 数えたてる必要があろうか。この大地に支えられる居住可能な地は、悉(ことごと)く
彼の支配するところとなるのだ。否(いや)、海もまた、彼に臣従するであろう。*
世界に平和をもたらした後、彼は市民の法に心を向けて、
誰よりも正義の立法者として、法を布(し)き、
自ら範を垂れて人倫を律し、来たるべき時代、
将来の子々孫々の時代を見据えて、神聖な婚姻で結ばれた
后〔リウィア〕から生まれた子〔ティベリウス〕に、自らの名と、*
同時に、政(まつりごと)の万般を担うよう命じることになる。彼〔アウグストゥス〕は、
春秋を重ね、ピュロスの老将*〔ネストル〕が享けた長寿に並ぶ時になって初めて、
上天(アエテル)の神の座に至り、縁者の星に触れることになるのだ。それまでの間(あいだ)、
840 そなたは、殺害された肉体から、その者〔カエサル〕の魂を救い出し、
輝く星にしてやるがよい、そして、神ユリウスとして、いついつまでも、わが
カピトリウムと中央広場(フォルム)を、天空高くの神殿から見守り続けさせるのだ」。
ユピテルが言い終わる間(ま)もなく、慈しみの女神ウェヌスは、元老院議場の
中央の席に、誰にも気付かれることなく佇むと、自分の末裔(すえ)
カエサルの、死者の霊となったばかりの真新しい魂を、肉体から救い出し、
大気の中へと雲散霧消するのを許さず、星の瞬く天空へと連れていったが、

連れていく途中、それが光を帯び、炎を放ったのを感じて、
850 抱えていた懐から離してしまった。すると、魂は、長い距離、
炎を放つ髪を靡（なび）かせながら、月よりも高く飛翔していくと、星となって
輝き始めたのだ。彼は、そこから眺めて、息子の*偉業の数々が、
自分のそれより大きいと率直に認め、息子の彼に凌駕されるのを喜んだ。
息子は息子で、己の業績が父の業績より上とされるのを禁じていたが、自由に
語り、如何なる命令にも左右されない評判では、息子本人は不本意ながら、
息子のほうが上とされた。息子の権威が通じなかった唯一の例外事であった。*
アトレウスがアガメムノンの栄光には及ばず、テセウスが
アイゲウスを、アキレウスがペレウスを凌いだのも、同様の理（り）からだ。
畢竟するに、〔カエサルとアウグストゥス〕二人に相応（ふさわ）しい例を用いるなら、
860 サトゥルヌスがユピテルに劣るのも、やはり同様の理（ことわり）からだ。
そのユピテルは上天（アエテル）の城塞と、三界（さんかい）ある世界の王国を支配したまうが、*
地上はアウグストゥスの支配下にある。両者とも、父にして支配者なのだ。
神々よ、剣や火を払い除け、アエネアスの伴（の）として来たりし神々よ、
また、「祖神（インディゲス）」たちよ、また、都〔ローマ〕の祖神（インディゲス）クイリヌスよ、*
また、不敗のクイリヌスの父神〔軍神〕グラディウスよ、また、
カエサル一統の、家の守り神（ペナテス）の一柱ウェスタと、カエサル一統の

ウェスタと共に祀られる、カエサル家の守り神ポエブスよ*、また、
タルペイア縁(ゆかり)の城塞に、高く鎮座ましますユピテルよ*、更に、
詩人が呼びかけるのが相応しく、また敬神に適(かな)う、その他の神々よ、
希(こいねが)わくは、尊きアウグストゥスが、自ら統(す)べるこの世界を後にして、
天つ神々に加わり、祈りを捧げる我らに、この世から離れて尚、慈悲の手を
延べ給う日の遅々として後(おく)れ、我らの時代より遥か後(のち)の事とならんことを。　870

　今や、私の作品は完結した*。それは、ユピテルの怒りも、火炎も、
刃(やいば)も、物を喰らい尽くす星霜も滅ぼすことのできないもの。
望むなら、この肉体以外の何ものも奪い去る権利のない、あの終(つい)の日が訪れ、
儚(はかな)い、わが、この世の生を終えさせたければ、終えさせるがよい。
だが、私は、私のより優れた部分で、永久(とわ)の存在として、
高くに瞬く星々の上に翔(かけ)り昇り、わが名は不朽のものとなるであろう。
ローマの覇権が平らげた大地に及ぶかぎりの地で、わが言(こと)の葉(は)は
人々の口に上って読み継がれ、悠久の歳月、私はわが名声によって
生き続けるであろう、詩人の予感に些かの真実が含まれているかぎりは。

三　ヌマ・ポンピリウス。ロムルスの跡を継ぐ王に指名したサビニ人以上にローマ人が歓迎したという、徳と学知の人。平和裏にローマを統治し、神祇官（pontifex）の創設など、宗教的儀礼・制度の多くは彼の時代に整えられたとされる（本巻四七九―四八四参照）。ヌマとピュタゴラスの関係について、ピュタゴラスがヌマの時代よりおよそ百数十年後として、キケロー（『国家について』二・二八）やハリカルナッソスのディオニュシオス（『ローマの古事』五九）はありえないとしているが、Bömer 1969-86 は、それより古い証言であるエンニウスやファビウス・ピクトルなどの断片に、すでに二人の関係が語られていたと推測している。いずれにしろ、オウィディウスも、ヌマがローマの暦法に二つの月が欠けている（一年が十ヵ月である）ことに気づいたのは、「われわれが転生できると考えるサモス出身の人〔＝ピュタゴラス〕に教えられて（doctus）か、あるいは妻のエゲリアに気づかせられてか、いずれかだ」（『祭暦』三・一五三―一五四）と、二人の接点がありえないこととは見なしていない。また、本作でオウィディウスは、ヌマがピュタゴラスから直接学んだとは語っていない点にも注意すべきだとBömer は指摘する。

三　以下は、十二の難行（第九巻一八三行注参照）の一つの、ヘスペリア（スペイン）に住む三頭の怪人ゲリュオンを退治して牛を連れ帰った途次の出来事。

一五　ヘラクレスは、牛を連れてイタリアに戻った時、牛を盗もうとしたラキニウス（クロトンの義父）を殺し、その後クロトンを意図せず殺してしまったため、盛大な葬儀を催して墓に埋葬し、そこが身罷ったクロトンと同じ名の都となるであろう、と予言したという。ディオドロス・シケリオテス四・二四・七。

一九　クロトンの町を創建したのがミュスケ（ッ）ロスであるということでは多くの伝が一致しているが、夢に現れたヘラクレスの命によって、という伝はオウィディウス以外にない（神託伺いの内容に、子供を授かるにはどうすればよいか（ディオドロス・シケリオテス八、断片一七）と、創建の地はどこがよいか（ストラボン六・一・一二）の違いがあるが、別伝は「アポロの神託によって」と伝えている）。オウィディウスの独創か、典拠があるのかは不明。他に、ハリカルナッソスのディオニュシオス『ローマの古事』

五九・三。

六〇 サモスの人で、クロトン移住という事実や、このあと語られる、その教えの内容からピュタゴラスと分かるが、ピュタゴラスの名はついに登場しない。さしたる意味はなく、あまりにも自明だからというのが第一義的理由であろうが、ここで「講義」される自然学の根底に、ルクレティウスの『事物の本性について』があるという理由もあるであろう（借用とも言える類似箇所は、Bömer 1969-86 が挙げるだけでも、本巻六五以下、六七以下、六九以下、七八以下、八五以下、九〇、九二、一四三以下、一四七以下、一五〇以下、一五三、一五八以下、一六五、一七二、一七九以下、二三七、二三九以下、二四四、二六六以下、二九九、三四〇以下と二十一箇所にも及ぶ）。こうしてルクレティウス的な自然学の教えを綯い交ぜながら、以下、ピュタゴラスの根本教義のA「魂の転移・転生（metempsychosis）」の思想：肉食の禁と菜食の教え（本巻七五―一六四）、B「（無生物も含む）輪廻転身（metamorphosis）」の思想：万物の流転、変容の教え（本巻一六五―四五二）が説かれる。『変身物語』の終章で展開される、その教えは「宇宙（万物）の原理としての変身・変容に関する教訓（詩）的講義（didaktische Vortrag über die Verwandlung als kosmisches Prinzip）」あるいは「宇宙論的変身・変容（metamorfosi cosmica）」（むしろ「変身・変容の宇宙論」か）などと意義づけられている。

九六 黄金時代については、第一巻八九以下、一一三行注参照。

一三四 犠牲式の犠牲獣の額には、儀式に使われる挽き割りスペルト小麦（far）に塩（sal）を混ぜたもの（mola salsa と呼ばれる）を振りかける習わしであった。ウェルギリウス『牧歌』八・八二。

一三七 ローマの宗教や宗教儀礼にはエトルリア起源のものも多く含まれるが、この「内臓占い（haruspicium）」もその一つで、犠牲獣の内臓を切り開き、重要臓器の有無、形状、色、その他で占いをした。ルカヌス『内乱』一・六一四以下、セネカ『テュエステス』七五七以下など。

一四四 「わが内なるデルポイ」とは、天啓あるいは霊感の謂い。

一六一　ディオゲネス・ラエルティオス（『哲学者列伝』八・一・四―五）によれば、ヘラクレイデスの言として、ピュタゴラスはアイタリデスとしてこの世に生まれ、エウポルボス、ヘルモティモス、ピュッロス、そしてピュタゴラスと転生したと語っていたという。エウポルボスは、パトロクロスを傷つけたが、メネラオスに討ち取られたトロイア戦争の勇者（ホメロス『イリアス』一六・八〇六以下、一七・一―八一）。エウポルボスであったという伝を伝えるものとしては、他にディオドロス・シケリオテス一〇・六一以下、ヒュギヌス一一二、ゲッリウス『アッティカの夜』四・一一・一四など。

一六三　「アバスの都アルゴス」については、第四巻四六二行注、六〇八行注、七六七行注、第五巻二三八行注参照。

一六五　「万物は変転するが、何ものも死滅することはない（omnia mutantur, nihil interit）」という一文については、ルクレティウスに該当する一節はないが、その『事物の本性について』一・二二五―二六四の「見出し（heading）」としてそのまま使えると言われる。Bömer 1969-86 の当該行注参照。

一七八　原文の omnia fluunt は、ヘラクレイトスの言葉として人口に膾炙している「万物は流転する（panta rhei）」を写したもの。この言葉そのものは残っていないが、ヘラクレイトス派の哲学者たちは「流転する人たち（hoi rheontes）」とか「動かぬものを動かす人たち（hoi ta akineta kinountes）」などと呼ばれる。プラトンは『テアイテトス』（一八二C）で「万物は動き、流転する（kineitai kai rhei ta panta）」の言葉を伝え、『クラテュロス』（四〇二A）では「万物は動き、何ものであれ、とどまるものはない（panta chorei kai ouden menei）」というヘラクレイトスの言葉をソクラテスに語らせている。

一九五　太陽、月、星などの天的火（光）については、第一巻二六行注参照。

二二八　ミロンについては、キケロー『老年について』二七、アテナイオス『食卓の賢人たち』四一二e―f。

二三三　パリスに誘拐されて（エウリピデスなどの後代の別伝では、自ら出奔したと批判的に描かれる）トロイア戦争の発端になったことは有名だが、ヘレネは多くの伝では結婚に適さない幼い時に（七歳とも十歳ともいう）テセウスに誘拐され、兄弟のディオスクロイ（カストルとポリュデウケス）に救い出されたことがあったとされる。プルタルコス『英雄伝』「テセウス」三一―三四、ディオドロス・シケリオテス四・六三・一―三、オウィディウス『名高き女たちの手紙』八・七一以下など。

二三九　「生成の元としての物質（genitalia corpora）」については、ルクレティウス『事物の本性について』一・五八、一六七、二・六二以下など。

二四三　混沌から、四元を素にした天地創造の始まりを述べた、第一巻五以下参照。

二七四　リュコス川は、いったん伏流水となって再び地表に現れ、マイアンドロス川へ流れ込むという。ヘロドトス『歴史』七・三〇。

二七六　アルカディアのステュンパロス湖が割れ目を通って伏流水となり、アルゴリス地方の川エラシノスとなって現れるとされた。ヘロドトス『歴史』六・七六。

二七八　ストラボン（一三・一・七〇）に、小アジアのミュシアのエライアなる地にケテイオンという流れ急な小流があり、この川は同じような急流の別の小流に流れ込み、さらにその川が別の川に流れ込んで、ついにはカイコスに流れ込む、という記述がある。

二八〇　シキリア東岸の町カタナ（カティナ）を貫流する川で、何年も涸れていたあと再び流れ出すという。ストラボン五・三・一三。

二八四　ペロポンネソス西部エリス地方のアニグロス川の水は二十スタディオン（四キロメートル弱）先まで鼻をつく異臭を放ったが、その理由の一つに、ケンタウロスのある者たちがレルナの蛟の毒血をここで洗ったからだ、とストラボン（八・三・一九）は伝えている。ヘラクレスがエリュマントスの大猪退治に出かけた時の出来事（第九巻一〇一行注参照）。

二八六　スキュティアから流れてくるトラキアのヒュパニス川は、五日間の行路の間は甘い（旨い）が、あとの四日間の行路はひどく（塩）辛くなるという。ヘロドトス『歴史』四・五二。

二八八　アンティッサが元は島であったことについては、ストラボン一・三・一九参照。パロスも元は島だったが、プトレマイオス朝の時代にヘプタスタディアと称される堤でアレクサンドリアと結ばれた（同書、一・二・二三）。テュロスも島であったが、前三三二年、アレクサンドロスが攻撃の際、堤防で陸続きにした（プリニウス『博物誌』五・七六、ディオドロス・シケリオテス一四・四〇・四以下）。

二九〇　レウカスは元は陸続きだったが、コリントス人が地峡を掘削して島にしたという。ストラボン一・三・一八。

二九三　シキリアはイタリア本土の一部であったが、自然の暴威で断ち割られて、あるいは海が間に流入して、メッシナ海峡によって切り離されたという。ウェルギリウス『アエネイス』三・四一四—四一九、ディオドロス・シケリオテス四・八五・三。

二九五　両方もしくはブラのみ（Boura. Buris という名称はラテン語にしかない）は、地震の地割れで陥没し、両方もしくはヘリケのみ津波で埋没したという（ストラボン一・三・一八）。前三七四／三年のことで、ピュタゴラスが語るのは時代錯誤。

三〇六　ピッテウスについては、第六巻四一八行注参照。噴火で隆起した丘については、ストラボン一・三・一八。

三一〇　ヘロドトス（『歴史』四・一八一）は、エジプトのテバイ（＝テベ。現在のルクソール）から十日の旅程の地アンモニオイ（アンモン神の神殿があるシワ・オアシス。第五巻一七行注参照）に、真昼に非常に冷たくなり、徐々に温かくなって、真夜中に沸騰するほど熱くなり、また徐々に冷えていくことを繰り返す「太陽の泉（he krene heliou）」と呼ばれる泉があると伝える。

三一二　アタマニアは、ゼウスの神殿（神託所）で名高いドドネのあるギリシア北西部エペイロス地方の一地域で、ここではエペイロスの提喩。「ある泉〔ドドナの泉〕は冷たいのに、その上に置いた麻屑はすぐ火を呼んで燃え上がる」（ルクレティウス『事物の本性について』六・八七九）。他に、プリニウス『博物誌』二・二二八。

三二四　プリニウス『博物誌』二・二二六参照。

三二六　「髪の毛を黄金色に染めるクラティス川」（エウリピデス『トロアデス（トロイアの女たち）』二二六―二二七）。プリニウス（『博物誌』三一・一三）は、クラティス川の水は家畜の毛を白色に、シュバリス川は黒色に変えるとし、ストラボン（六・一・一三）では、クラティス川は水に浸かったものの毛を「黄金色に、時に白色に変え」、シュバリス川は「馬を臆病にする」と語られる。前三世紀の著述家アンティゴノスの『珍聞奇談集成（*Peri thaumasion akousmenon*）』（一三四）にも、髪の毛を黄変させるクラティス川の話が記されている。

三二九　「サルマキスの不浄の水」については、第四巻二八五行注参照。

三三二　エチオピアの泉で、水が辰砂のように真っ赤で、飲めば精神錯乱状態になるものがあるという（アンティゴノス『珍聞奇談集成』一四五）。

三三八　クリトル（＝クレイトル）の泉については、プリニウス『博物誌』三一・一六、ウィトルウィウス『建築書』八・三・二一。アポッロドロス（二・二・二）の伝えるところ、ティリュンス王プロイトス（第五巻二三八行注参照）の三人の娘が、ヘシオドス（断片一三二―一三三（Merkelbach-West））の伝ではバッコスの信仰を拒んだため、アクシラオスの伝ではヘラの木製の像を軽蔑したため、神の怒りを買って狂気に陥り、一伝では自分たちが雌牛と思い込んで、ペロポンネソス中を徘徊するようになり、他の女たちも同様に狂気のうちに放浪するに至った時、予言者のメランプスが、領土の三分の一あるいは半分を譲り受けるという約束で（結局は彼の兄ビアスの分も加えて、三分の二あるいは四分の三となる）、薬草と清めで癒してやったという。他に、パウサニアス二・一八・四など。

三三一　アンティゴノス（『珍聞奇談集成』一六四）は、テオポンポスの言として、リュンケスタイ族の地に酸性の水があり、これを飲むと酒を飲んだように人が変わるという。プリニウス『博物誌』二・二三〇も参照。

三三四　アルカディアのペネオス湖近くに「ステュクス（冥界、地獄）の水（Stygos hydor）」と称され、聖なる水で、しかし「致命的な（olethrion）」水があるという。ストラボン八・八・四、プリニウス『博物誌』三一・二六。

三三九　浮き島であったオルテュギア（デロス島の旧名）が固定した次第については、第五巻六四〇行注参照。「撃ち合い岩」（第七巻六三行注参照）は、アルゴー船が通り抜けたあと、不動の岩になったという（アポッロニオス『アルゴナウティカ』二・六〇四―六〇五）。

三五八　マケドニア南部の半島（その付け根の町）のパッレネは知られているが、「ヒュペルボレオイ人の〔極北の〕地」のパッレネは知られておらず、「トリトニス湖縁の女神〔ミネルウァ〕に捧げられた沼」と訳した「Tritoniaca palus についても、頻出するミネルウァの定型的形容詞である「トリトニス湖縁の（Tritoniacus）」に言うトリトニス湖はアフリカのリビュアにあり、関係性が不明。また、「軽い羽毛で身体が覆われる習いの人種」や次々行の「同じ術を使う者たち」に類した話も他に伝承がない。

三六四　この「さあ、選り抜きの」の部分は写本が崩れており、校訂もまちまち。底本の i quoque delectos で訳す。

三六六　蜜蜂が牛の腐肉から生まれるという考えは、広く信じられていた。ウァッロー『農事考』三・一六・四、ウェルギリウス『農耕詩』四・二八一以下、アンティゴノス『珍聞奇談集成』一九など。

三六八　プルタルコス『英雄伝』「クレオメネス」三九・三。

三七一　プリニウス『博物誌』九・九九。

三七四　「蝶」も「魂」と同じく psyche と呼ばれた。ギリシア人は、人が死ぬと、目に見えず、形のない「もう一人の自分」としての魂（psyche）が、目に見え、形のある「自分」、すなわち肉体から出て黄泉の国に向かうと考えたが、肉体から（「歯の垣根から＝口から」（ホメロス『イリアス』九・四〇九）とも、

「傷口から」（同書、一四・五一八）とも、「四肢から」（同書、一六・八五六）ともいう）出て、黄泉に至る前に空中を浮遊する魂を特に蝶に見立て、これをpsycheと呼んだ。つまり、蝶は魂、あるいは魂の不死性（黄泉で生き続ける）の象徴として表象され、古くから壺絵の図像などに描かれた。パラティーナ美術館所蔵の「プロメテウスの石棺（Prometheus sarcophabus）」と呼ばれる石棺の浮彫には、プロメテウスが造った人間（第一巻八八行注参照）の生死が描かれているが、プロメテウスの手に成る人間の塑像の頭上に、女神アテナが魂としての蝶を与えるさまと、「魂の（死者の国への）送り手（psycho-pompos）」であるヘルメス（第一巻六七二行注参照）が死んだ人間の魂の象徴としての、蝶の羽をもつ少女を黄泉の国に送り届けるさまが描き出されている。Roscher, Bd. 3, Abt. 2, S. 3201-3256（「psyche」の項）参照）、特に同項中の「c）Schmetterling」（S. 3234-3237）参照。

三七五　泥土が蛙の種を宿すことについては、プリニウス『博物誌』九・一五九。

三八一　熊が生まれたての仔を舐めて成型するというのは、アリストテレス（『動物誌』五七九a）以来の考え方。プリニウス『博物誌』八・一二六、アイリアノス「動物の特性について」（『動物奇譚集』）二・一九参照。ゲッリウスによれば、ウェルギリウスは自らの詩文の彫琢を熊が仔を舐めて成型することに擬えていたという（『アッティカの夜』一七・一〇・二）。アエリウス・ドナトゥス『ウェルギリウス伝』二二も参照）。狼についても同様のことが言われる（ウェルギリウス『アエネイス』八・六三〇―六三四、オウィディウス『祭暦』二・四一八）。

三八五　「尾羽に星を鏤めている」孔雀については、第一巻七二二―七二三参照。

三九〇　「ある種の骨髄が腐ると、背骨から小さな蛇が生じる」（アンティゴノス『珍聞奇談集成』八九）。

三九三　オウィディウス以前に「不死鳥（ポエニクス）」に言及した作家は、それほど多くない。この鳥に言及した最も早い作家は、ヘシオドス（断片三〇四（Merkelbach-West））。最も詳細なのはヘロドトス（『歴史』二・七三）で、金色と赤色の羽をした鷲ほどの大きさの鳥で、父鳥が死んだ時、五百年に一度現れ

（セネカ『倫理書簡集』四二・一も参照）、アラビアからエジプトに飛来して、父鳥の亡骸を没薬（ミュッラ）に包んで「太陽（ヘリオス）の神殿」に納めるという。

四一〇　ハイエナの性転換については、プリニウス『博物誌』八・一〇五。

四一一　カメレオンは、赤と白以外、触れたものの色に変化できるという。プリニウス『博物誌』八・一二二。

四一五　バッコスのインディア遠征については、第三巻六六八―六六九、第四巻二一行注参照。バッコスと山猫（リュンクス）の関わりについては、第三巻六六八―六六九、第四巻二四―二五参照。プリニウス『博物誌』八・一三七。山猫の尿は、空気に触れると石化し、ルビーのように赤く輝く琥珀の一種になるという。

四一七　珊瑚の石化については、第四巻七五〇―七五二参照。

四三〇　四二六行からこの行まで、Tarrant の底本には削除記号がついているが、Anderson の底本に従う。

四三一　ダルダノスの血を引くローマについては、第九巻四二五行注、第一一巻一九六行注、七五六行注、第一三巻六七八行注参照。

四三七　ヘレノスについては、第一三巻一〇〇行注、七二二行注参照。落ち延びるアエネアスに将来を予言したという挿話は、ホメロスにはない。アエネアスとその子孫がトロイアの王統を繋げていくという予言は、ポセイドン（ネプトゥヌス）あるいはアプロディテ（ウェヌス）が行っている。第一三巻六二八行注参照。

四四二　ウェルギリウス『アエネイス』二・三七四以下を下敷きにした描写。「ペルガマ」は、最後の砦となる「トロイアの城塞」を言うが、ここでは提喩として国家あるいは家の最も重要なもので、その象徴でもある「家の守り神（ペナテス）」を指す。これにはさらに「もう一つの聖物、尊ぶべき重荷の父親」も含まれているのであろう。第一三巻六二三以下、および同巻六二五行注、六二八行注参照。

四四七　アウグストゥスを指す。

四五〇　家の守り神（ペナテス）については、第一三巻六二五行注、六二八行注参照。

四六二　テュエステスの食事については、第一〇巻四四九行注参照。

四八二　ローマのカペナ門外側近くにあった聖林の泉の女神で、エゲリアはその一柱。Casmena, Carmena の名でも伝わり、語源的にはエトルリア語であろうが、「歌」、「予言」、「呪文」を意味する carmen あるいは「歌う」を意味する cano と関わると見なされ、早くからギリシアの詩神、あるいは音楽の女神ムーサに擬された。ヌマが彼女の助言を得ていたことについては、リウィウス『ローマ建国以来の歴史』一・二一・三。

四八九　オレステスが持ち来たったディアナ（アルテミス）については、第一四巻三三一行注参照。

四九三　写本に疑問符がつけられている。siste modum のままでは意味がとれない。

四九七　アテナイ王テセウスの先妻（アマゾン族のヒッポリュテ）の子。若い後妻パイドラに邪恋され、拒絶したために讒訴されて、テセウスに追放を命じられたが、その際、テセウスはポセイドン（ネプトゥヌス）からかなえられるとして与えられた願掛けで息子の死を願った。それがあって、以下で述べられるように、ヒッポリュトスが馬車を駆って浜辺を疾駆していた時、海から怪物が現れ、驚いた馬たちが暴走して、振り落とされた彼はずたずたに引き裂かれて命を落とした（エウリピデスの『ヒッポリュトス』に描かれて名高い）。しかし、憐れんだアルテミス（ディアナ）の計らいで、医神アスクレピオスによって、いったん蘇らされる（本巻五三四行注参照）。しかし、死者を蘇らせたことに怒ったゼウス（ユピテル）の雷電で再び命を落とし（この点については、第二巻六四八行注参照）、アルテミスがウィルビウス（この名の意味については、本巻五三九行注参照）としてアリキアの森の神霊にしたという。セルウィウス『ウェルギリウス『アエネイス』注解』七・七六一。

五〇一　テセウスの後妻となったパイドラ（パエドラ）のこと。

五三四　アスクレピオスの誕生譚と医神としてヒッポリュトスを蘇生させたことについては、第二巻六四一行注、六四八行注参照。次に言う「医神（パイアン）」は、普通、癒しの神アポロの異称であるが、ここではその息子アスクレピオスに用いられている。

五三九　一説（セルウィウス『ウェルギリウス『アエネイス』注解』七・七六一）では、その名（「二度、人となる、二度、人として生まれ変わる（vir + bis）」）から、高齢と想定された。

五四二　ヒッポリュトスの名は、Hippo-（馬）+ lyt-（解かれた、放たれた）と解される。本巻四九七行注参照。

五五〇　カペナ門近くのエゲリアの泉。本巻四八二行注参照。

五五八　内臓占いの創始者と言われるエトルリアの伝説的予言者。その名は、ここでの挿話のように「土から生まれた者（apo tes ges）（アポ・テース・ゲース）」（『ルカヌス古注』一・六三六）とも言う。キケロー『占いについて』二・五〇参照。

五六四　アウェンティヌス丘から投げてパラティウム丘に刺さり（その間、距離にして約七〇〇メートル）、根を生やした木（西洋山茱萸。槍の柄に用いられる）は、以来、囲われて聖なる木とされた。ガイウス・カエサル（カリグラ）の時代まであったが、誤って根の付近を掘られて枯れたという。プルタルコス『英雄伝』「ロムルス」二〇。

五六五　法務官ゲヌキウス・キプス。軍用外套を着てローマの城門を出たあと、以下で語られる出来事があったとされる（ウァレリウス・マクシムス『著名言行録』五・六・三）。以来、その門は閉ざされ、「ラウドゥスクラ門（porta Rauduscula）」と呼ばれたが、そのゆえは角の浮き彫り細工が施されたのが「青銅片（raudusculum）」だからだという。

六二四　浮気を告げ口され、アポロに矢で命を奪われたコロニスと、その胎内から取り出されたアスクレピオスについては、第二巻五九八―六五四参照。ローマで悪疫が流行った時、エピダウロスから医神アスクレピオスを招来すべしと分かったため（ここではデルポイのアポロの神託に拠るとなっているが、これはおそらくオウィディウスの創作で、リウィウスやウァレリウス・マクシムスの記述にあるように、有事の際の常であるシビュッラの予言書を繙いたと思われる。第一四巻一〇四行注参照)、使節を派遣して要請すると、以下で語られるように、神は蛇の姿となって使節の船に乗り込み、その神体と祭礼がローマに移されたという。この出来事に関する記事の初出は、オウィディウスのこの箇所。以後、リウィウス(『ローマ建国以来の歴史』一〇・四七・六以下。おそらく続きが記されていたであろう第一一巻は失われている)、ウァレリウス・マクシムス(『著名言行録』一・八・二)らによっても伝えられている。

六三〇 デルポイが世界の中心地であることについては、第一〇巻一六八行注参照。

六三六 神託が下されるという「デルポイなるアポロの鼎(かなえ)(Delphikos tripous Apollonos)」。神殿の最深奥部に置かれた三脚台から神がかりの巫女(ピュティアあるいはシビュッラ)が神託の声を発する。ウェルギリウス『アエネイス』六・三四七。

六三七 次行でも言われる「より近い場所」は神託一般の曖昧模糊とした表現。ローマからはエピダウロスよりデルポイのほうが近いが、助けを求めるべきは、デルポイのアポロではなく、エピダウロスのアスクレピオスであり、使節が今いるデルポイからはエピダウロスのほうが、使節がいったん戻って改めて神託伺いの使節を送ることになるローマ「より近い」の意味。Korn による当該行の注参照。

六五三 原文で Romane と単数形で言われている。使節の長であったクイントス・オグルニウスを指すか、煩雑で物語の叙述には必要性のない固有名詞は避け、「使節の長」(であることは言わずもがなゆえ)を含意していると解するのが妥当という。Bömer 1969-86 の当該行の注参照。

六五九 医神アスクレピオスの象徴である一匹の蛇が絡みつく杖については、第一巻六七二行注参照。

七〇四 前行のサクサ・アンプリシアとこのプラエルプタ・ケレンニアは、半島南部のどこかの海岸にある岩あるいは岩礁と思われるが不詳。

七〇七 風神の王アイオロスとその居所アイオリアについては、第一巻二六二行注参照。

七〇八 ウェルギリウスの「二度花咲くパエストゥムのバラ園」(『農耕詩』四・一一九)で名高い。

七〇九　次行に言うスッレントゥムのある半島（現在のソレント半島）の先端の、カプレアエ（現在のカプリ島）に面する岬（現在のカポ・デッラ・ミネルヴァ）。ストラボン一・二・一二。

七一〇　スッレントゥムの上質の葡萄は、よく知られていた。ホラティウス『諷刺詩』二・四・五五。

七一六　アエネアスの乳母カイエタ（ガエタ）については、第一四巻一五七行注、四四一行注参照。

七一七　人食い人種ライストリュゴネス族の王アンティパテスについては、第一四巻二三三行注参照。

七一八　「キルケ縁の地」キルケイイについては、第一三巻九六八行注参照。

七一八　このアンティウムに上陸し、父神アポロに会ったという挿話の必然性ははっきりしない。ここにはアポロの神殿の遺跡も伝も残っていないからである。Bömer 1969-86（当該行注参照）の言うように、オウィディウスは詩人であって歴史家ではない、と言うほかないのであろう。

七二七　カストルム・イヌイ（「イヌウス（ファウヌスとも同一視される家畜の神）の砦」の意）で、ラティウム地方の町アルデア近くにあった町。

七四一　「その両脇を流れている」と訳した部分の原文 laterumque a parte duorum（原文では七四〇行）については、「何を言わんとしているのか、詩人自身、分かっていなかったのではないかと思う」(Hartman) と評される。意味を汲んで訳した。

七四七　カエサル暗殺後に現れた彗星は、カエサルが神的な存在、神となって天空に昇った瑞兆と見なされた。「ユリウス〔・カエサル〕の星 (Iulium sidus)」（ホラティウス『カルミナ』一・一二・四七）、「ディオネ〔＝ウェヌス〕の子カエサルの星 (Dionaei … Caesaris astrum)」（ウェルギリウス『牧歌』九・四七）。

七四九　「継嗣」のアウグストゥスについては、このあとの八一九行注参照。

七五二　カエサルは、前五五年と翌前五四年の二度、ブリタンニアに遠征している。一度目は偵察程度のもので、海岸を周航し（わずかに上陸はした）、嵐で損害をこうむってガリアに帰還。二度目は内陸部、テムズ川の上流域まで侵攻し、諸部族を率いたカッシウェッラウヌスの軍を破って降伏させている。カエサル『ガリア戦記』四・二〇―三五、五・八―二三。

七五四　以下、カエサルの功業が挙げられる。最高指揮権（imperium）をもつ将軍が外敵に大勝した際（奴隷反乱鎮圧など、規模の小さな勝利の場合は、小凱旋（式）（ovatio）と呼ばれる）に許されるのが、カピトリウム丘のユピテル神殿に向かって行進する（大）凱旋（式）（triumphus）で、プルタルコス（『英雄伝』「カエサル」五五）、アッピアノス（『内乱記』二・一五・一〇一）によれば、カエサルは、前四六年、ガリアでの勝利、ポントス王パルナケスに対する勝利、アフリカ（リビュア）のヌミディア王ユバ、そしてエジプトでの勝利（ポンペイウスは暗殺されたが、宦官ポティノスや、クレオパトラの弟が加わったエジプトの反乱軍に対する勝利）の四重の凱旋を挙行したとされる。ポンペイウスの息子たちを旗頭とする共和派の残党に勝利した翌年のスペインでの勝利でも凱旋式を行ったが、外敵に対する勝利という慣例に外れたもので、物議があった（プルタルコス『英雄伝』「カエサル」五六）。

七六二　「黄金に飾られた」ウェヌスについては、第一〇巻二七七行注参照。

七六二　ブルートゥスらによって王政が廃止され、共和政に移った時（前五〇九年）、王の有していた国家的宗教・儀礼の権限を受け継いだ「祭儀の王（rex sacrorum）」が置かれたが、のちにその地位は三名（のちに十六名）の神祇官の長「大神祇官（pontifex maximus）」に取って代わられた。国家的宗教・儀礼を統括する重要な役職で、終身制。新成員は旧成員が選んだ。カエサルは、前六三年、大神祇官に選ばれて権威を高め、暗殺されるまで同職にとどまっていた。

七六三　カエサルの独裁を憂えたブルートゥス、カッシウスら共和派の元老院議員たちによるカエサル暗殺（前四四年三月）を言う。

七六九　ウェヌスがディオメデスに傷つけられたことについては、第一四巻四七八行注参照。

七七八　中央広場にあった円形のウェスタ神殿では、神官を務める大神祇官と三十年間処女が掟のウェスタの巫女（共和政末には六名）によって、アエネアスがもたらしたとされたウェスタ神像（＝パッラディオン＝アテナ（ミネルウァ）神像）と、やはりトロイアからもたらされたともされ、それが消えないかぎりローマは安泰とされた火（ウェスタ（Vesta）はギリシアの竈の女神ヘスティア（Hestia）と同語源とされる）が（いずれも極秘の神体として）祀られ、守られた。あるいは、この一文は、前八二年、ウェスタ神殿で暗殺され、ウェスタ神像を血で染めたという（キケロー『弁論家について』三・一〇）カエサルと同じ職にあった大神祇官クイントゥス・ムキウス・スカエウォラを念頭にしてのものかもしれない。

七八一　運命の三女神（ラテン語「パルカエ」、ギリシア語「モイライ」）については、第二巻六五四行注参照。

七八三　カエサル暗殺の前に、その妻カルプルニアが家の破風が崩落する夢を見たり、種々の鳥が群れ集まったり、中天に閃光が走ったり、このあと言われるように犠牲獣の内臓に異変が見られたりといった、さまざまな予兆があったという。プルタルコス『英雄伝』「カエサル」六三、スエトニウス『皇帝伝』「神君ユリウス・カエサル」八一。

七九五　ここでは単に「頭（caput）」としか言われていないが、リウィウスに同じ趣旨（凶兆として）の現象の記述が数多く見られ（『ローマ建国以来の歴史』八・九・一、二七・二六・一三以下など）、内臓占いではよく知られた現象であるゆえに「肝臓の（iecoris）」をつけなかったのであろうという（Bömer 1969-86 の当該行注参照）。その肝臓の「頭」とは、左葉もしくはその先端のこと。

八〇一　卜占官によって聖化されて「神殿（templum）」と呼ばれた元老院議事堂「ポンペイウスの議事堂（Curia Pompeii）」（ゲッリウス『アッティカの夜』一四・七・七の引くウァッロー）のこと。

八〇六　パリスがアトレウスの子メネラオスに危うく討ち果たされそうになった時、アプロディテ（ウェヌス）は「濃い霧（＝雲）（eeri pollei）で蔽（おお）って」（ホメロス『イリアス』三・三八一）救い出したが、アエネアスの場合は、ディオメデスの投げた石で重傷を負った彼を、両腕を回し、自分の衣をかぶせてやって救い出したことになっている（同書、五・三一一―三一七）。

（二〇）「記録簿（tabularia)」は、サトゥルヌス神殿にあった「サトゥルヌスの宝物庫（Aerarium Saturni)」に保管される習わしの国政の「記録簿」（リウィウス『ローマ建国以来の歴史』三九・四・八）を念頭にした用語。

（二一）ガイウス・オクタウィウス（のちのアウグストゥス）は、裕福な騎士身分の同名の父と、カエサルの姉妹ユリアの娘アティアの子（したがって、カエサルは大伯父にあたる）。カエサルの養子となってガイウス・ユリウス・カエサル・オクタウィアヌスと改名し、前二七年、「アウグストゥス」（尊厳のある者、崇高な者）の名誉称号を与えられ（帝政の始まり）、以後「カエサル・アウグストゥス」の名は皇帝の称号のようなものとして受け継がれていく。

（二二）以下、アウグストゥスの功業が語られる。「ムティナ」は、前四三年、元老院によって「国家の敵」と宣言されたマルクス・アントニウス軍がデキムス・ブルートゥスのこもるムティナを包囲攻撃した時、一部の共和派と組んでアントニウス軍を攻撃し、ガリアに敗走させたこと。「パルサリア」は、前四八年、カエサルが共和派を率いるポンペイウス軍に大勝を収めたテッサリアのパルサロス平原一帯を言い、「エマティア」は、マケドニアの一地域で、ピリッポイ（ピリッピ）と近く、しばしば同一視されるが（ウェルギリウス『農耕詩』一・四八九―四九一、ルカヌス『内乱』六・三五〇）、ここでは前四二年、カエサル暗殺者のブルートゥスとカッシウス率いる共和派軍を破ったこと。「偉大な名」は、前三六年、シキリア東岸タウロメニウム沖海戦で大ポンペイウスの次男セクストゥス・ポンペイウス・マグヌス（「マグヌス」は「偉大な（人）」の意）を撃破したこと。「アイギュプトスの女」（＝クレオパトラ）は、アントニウスと連合したクレオパトラを、前三一年、アクティウムの海戦で破ったことを言う。

（二三）アウグストゥスの軍事上の功績などを記した『神君アウグストゥス業績録』が残る。また、プリニウス（『博物誌』三・一三六以下）も、彼の平定した四十五の部族・民族名を記したニカエアの凱旋門の碑文を伝えている。

八三六　称号「カエサル・アウグストゥス」を指す。本巻八一九行注参照。

八三九　すでに神となっているカエサルの星のこと。本巻七四七行注参照。

八五〇　アウグストゥスのこと。

八五四　ここで言うようなアウグストゥスの「謙譲」あるいは「自己抑制」を示す具体的な言動の記録は残されていないが、小プリニウスはトラヤヌス帝に捧げた『頌辞』で、この「謙譲（modestia）」「自己抑制（moderatio）」を皇帝の美質に挙げている。

八五九　「〔ユピテルは〕三界ある世界の王国を支配したまう（mundi regna triformis）」の一文には解決不能の問題が孕まれているとされる。天空と海と地下（冥界）の三界は、ユピテル（ゼウス）、ネプトゥヌス（ポセイドン）、ディス（プルトン＝ハデス）によって三分割され、それぞれが支配している、とされているからである。第二巻二九一行注参照。

八六二　「祖神（インディゲス）クイリヌス」については、第一四巻六〇七行注参照。

八六五　アウグストゥスは、前一二年、レピドゥス（三頭政治家の一人）が死去して大神祇官の職を継いだ時、パラティウム丘の帝居（第一巻一七六行注参照）の敷地内に、中央広場の円形神殿とは別に、ウェスタの神殿を造営したが、この敷地にはすでに戦勝記念のアポロの神殿も建てられていた。ウェスタとアポロをカエサル一統の守り神（ペナテス）とした所以である。

八六六　「タルペイア縁（ゆかり）の城塞」については、第一四巻七七六行注参照。一種の双峰であるカピトリウムの城塞とは反対の峰に、最も重要な「カピトリウムのユピテル（Jupiter Capitolinus）」と称されるユピテルの神殿があった。

八七一　以下は、本作の冒頭の「序詞」に対応する「跋詞」。古くはヘシオドスの『神統記』に始まり、特にヘレニズム期のギリシアやローマの長篇の詩（叙事詩や教訓詩）、詩集などの伝統に則ったもので、誰が書き、どのようなものかを宣明する「認印（にんいん）（sphragis）」（元は、証印、封印に用いられる、宝石などに彫った「刻印、印章」を意味する）と呼ばれる。ここでのように、詩文の永遠性、不滅性を謳うものが多い。

文献一覧

テクスト

Anderson, William S., *Publius Ovidius Naso: Metamorphoses*, edidit William S. Anderson, Berlin: Walter de Gruyter (Bibliotheca Scriptorum Graecorum et Romanorum Teubneriana), 2008.

Tarrant, R. J., *P. Ovidi Nasonis Metamorphoses*, recognovit brevique adnotatione critica instruxit R. J. Tarrant, Oxford: Oxford University Press (Oxford Classical Texts), 2004.

注　釈

Anderson, William S. 1972, *Ovid's Metamorphoses Books 6-10*, edited with introduction and commentary by William S. Anderson, Norman: University of Oklahoma Press, 1972.

—— 1997, *Ovid's Metamorphoses Books 1-5*, edited with introduction and commentary by William S. Anderson, Norman: University of Oklahoma Press, 1997.

Bömer, Franz 1969-86, *P. Ovidius Naso: Metamorphosen*, 7 Bde., Kommentar von Franz Bömer, Heidelberg: Carl Winter, 1969-86.

—— 2006, *P. Ovidius Naso: Metamorphosen. Addenda, Corrigenda, Indices*, Teil 1: Addenda und Corrigenda, Aufgrund der Vorarbeiten von Franz Bömer, zusammengestellt durch Ulrich Scmitzer, Heidelberg: Carl Winter, 2006.

Haupt, Moritz, *Die Metamorphosen des P. Ovidius Naso*, Bd. 1: Buch 1-7, erklärt von Moritz Haupt, nach den bearbeitungen von O. Korn und H. J. Müller, 9. Aufl., herausgegeben von R. Ehwald, Berlin: Weidmannsche Buchhandlung, 1915.

Henderson, A. A. R., *Ovid: Metamorphoses III*, with introduction, notes and vocabulary by A. A. R. Henderson, Bristol: Bristol Classical Press, 1979 (repr. 1999).

Hollis, A. S., *Ovid: Metamorphoses, Book VIII*, edited with an introduction and commentary by A. S. Hollis, Oxford: Clarendon Press, 1970 (repr. 2008).

Korn, Otto, *Die Metemorphosen des P. Ovidius Naso*, Bd. 2: Buch 8-15, in Anschluß an Moriz Haupts Bearbeitung der Bücher i-vii, erklärt von Otto Korn, 4. Auflage neu bearbeitet von R. Ehwald, Berlin: Weidmannsche Buchhandlung, 1916.

Lee, A. G., *Ovid: Metemorphoses I*, edited with introduction and notes by A. G. Lee, London: Bristol Classical Press, 1992.

Murphy, G. M. H., *Ovid: Metamorphoses XI*, ed. with introduction and commenntary by G. M. H. Murphy, Bristol: Bristol Classical Press, 1972 (repr. 1994).

Simmons, Charles, *The Metamorphoses of Ovid*, Book XIII and XIV, edited with introduction, analysis and notes by Charles Simmons, 2nd ed., London: Macmillan, 1899.

翻訳（邦訳は『変身物語』のみにとどめる）

Albrecht, Michael von, *P. Ovidius Naso: Metamorphsen. Lateinisch / Deutsch*, übersetzt und herausgegeben von Michael von Albrecht, Stuttgart: Reclam (Universal-Bibliothek), 2019.

Breitenbach, Hermann, *P. Ovidius Naso: Metamorphosen. Epos in 15 Büchern*, herausgegeben und übersetzt von Hermann Breitenbach, Zürich: Artemis, 1958 (2. Aufl., 1968).

Holzberg, Niklas, *Ovid: Metamorphosen*, herausgegeben und übersetzt von Niklas Holzberg, Berlin: Walter de Gruyter, 2017.

Humphries, Rolfe, *Ovid: Metamorphoses*, new annotated edition, translated by Rolfe Humphries, annotated by J. D. Reed, Bloomington: Indiana University Press, 2018.

Innes, Mary M., *The Metamorphoses of Ovid*, translated and with an introduction by Mary M. Innes, Harmondsworth: Penguin (Penguin Classics), 1955 (repr. 1978).

Lafaye, Georges, *Ovide: Les métamorphoses*, texte établi et traduit par Georges Lafaye, 3 vol., 5e tirage, Paris: Les Belles Lettres, 1969-72.

Melville A. D., *Ovid: Metamorphoses*, translated by A. D. Melville, with an introduction and notes by E. J. Kenney, Oxford: Oxford University Press, 1996.

Miller, Frank Justus 1977, *Ovid: Metamorphoses. Books I-VIII*, with an English translation by Frank Justus Miller, 3rd ed., revised by G. P. Goold, Cambridge, Mass.: Harvard University Press (Loeb Classical Library), 1977.

—— 1984, *Ovid: Metamorphoses. Books IX-XV*, with an English translation by Frank Justus Miller, 2nd ed., revised by G. P. Goold, Cambridge, Mass.: Harvard University Press (Loeb Classical Library), 1984.

Ovid's Metamorphoses in Fifteen Books, translated by the most eminent hands, adorn'd with sculptures, London: Printed for Jacob Tonson, 1717. ＊「Eighteenth Century Collections Online」で閲覧可能：http://name.umdl.umich.edu/004871123.0001.000

田中秀央・前田敬作訳、オウィディウス『転身物語』人文書院、一九六六年。

松本克己訳、オウィディウス『転身譜』、『世界文学全集』第二巻「ギリシア神話」筑摩書房、一九六九年。

中村善也訳、オウィディウス『変身物語』（全二冊）、岩波書店（岩波文庫）、一九八一—八四年。

高橋宏幸訳、オウィディウス『変身物語』（全二巻）、京都大学学術出版会（西洋古典叢書）、二〇一九—二〇年。

その他

Albrecht, Michael von 2003, *Ovid: eine Einführung*, Stuttgart: Reclam (Universal-Bibliothek), 2003.

—— 2014, *Ovids Metamorphosen: Texte, Themen, Illustrationen*, Heidelberg: Winter, 2014.

Albrecht, Michael von und Hans-Joachim Glücklich, *Interpretationen und Unterrichtsvorschläge zu Ovids »Metamorphosen«*, 3., neu bearbeitete Auflage, Göttingen:

Vandenhoeck & Ruprecht, 2002.

Brown, Sarah Annes, *The Metamorphosis of Ovid: From Chaucer to Ted Hughes*, London: Duckworth, 1999

Fantham, Elaine, *Ovid's Metamorphoses*, Oxford: Oxford University Press, 2004.

Fränkel, Hermann, *Ovid: A Poet between Two Worlds*, Berkley: University of California Press, 1945.

Frothingham, A. L., "Babylonian Origin of Hermes the Snake-God, and of the Caduceus", American Journal of Archaeology, Vol. 20, No. 2, April-June, 1916, pp. 175-211.

Hardie, Philip (ed.), *The Cambridge Companion to Ovid*, Cambridge: Cambridge University Press, 2002.

Harich-Schwarzbauer, Henriette und Alexander Honold (hrsg.), *Carmen perpetuum: Ovids Metamorphosen in der Weltliteratur*, Basel: Schwabe, 2013.

Hartman, Jacobus Johannes, "De Ovidio poeta commentatio", *Mnemosyne*, Vo. 32, 1904, pp. 371-419.

Holzberg, Niklas, *Ovid: Dichter und Werk*, München: C. H. Beck, 1997.

Knox, Peter E. 2006, "Pyramus and Thisbe in Cyprus", in *Oxford Readings in Classical Studies: Ovid*, edited by Peter E. Knox, Oxford: Oxford University Press, 2006.

—— (ed.) 2013, *A Companion to Ovid*, Chichester: Wiley-Blackwell, 2013 (Hardcover 2009).

Leutsch, E. L. von et F. G. Schneidewin (eds.), *Paroemiographi Graeci: Zenobius,*

Diogenianus, Plutarchus, Gregorius Cyprius, cum appendice proverbiorum, Göttingen: Vandenhoeck et Ruprecht, 1839.

Liveley, Genevieve, *Ovid's "Metamorphoses": A Reader's Guide*, New York: Continuum, 2011.

Martindale, Charles (ed.), *Ovid Renewed: Ovidian Influences on Literature and Art from the Middle Ages to the Twentieth Century*, Cambridge: Cambridge Universiry Press, 1988.

Morgan, Llewelyn, *Ovid: A Very Short Introduction*, Oxford: Oxford University Press, 2020.

Oxford Classical Dictionary, 4th ed., general editors: Simon Hornblower and Antony Spawforth, assistant editor: Esther Eidinow, Oxford: Oxford University Press, 2012.

Roscher, Wilhelm Heinrich, *Ausführliches Lexikon der griechischen und römischen Mythologie*, 6 Bände in 9 Bücher, herausgegeben von Wilhelm Heinrich Roscher, Nachträge unter Redaktion von K. Ziegler, Leipzig: B. G. Teubner, 1884-1937.

Shackleton Bailey, D. R., "Notes on Ovid's *Metamorphoses*", *Phoenix*, Vol. 35, No. 4, Winter 1981, pp. 332-337.

Siebelis, Johannes, *Wörterbuch zu Ovids Metamorphosen*, bearbeitet von Johannes Siebelis, 5. Aufl., besorgt von Friedlich Polle, Leipzig: B. G. Teubner, 1893 (Nachdruck, Norderstedt: Hansebooks, 2016).

Thibault, John C., *The Mystery of Ovid's Exile*, Berkeley: University of California Press, 1964.

Traube, Ludwig, *Einleitung in die lateinische Philologie des Mittelalters*, herausgegeben von Paul Lehmann, München: C. H. Beck, 1911.

Warner, Marina, *Fantastic Metamorphoses, Other Worlds: Ways of Telling the Self*, Oxford: Oxford University Press, 2002.
Wilkinson, L. P., *Ovid Recalled*, Cambridge: University Press, 1955.
岡道男『ホメロスにおける伝統の継承と創造』創文社、一九八八年。

＊以下、読者が比較的入手しやすいギリシア・ローマの神話関係の参考書物を掲げる。

アポロドーロス『ギリシア神話』（改版）、高津春繁訳、岩波書店（岩波文庫）、一九七八年。

アントーニーヌス・リーベラーリス『メタモルフォーシス――ギリシア変身物語集』安村典子訳、講談社（講談社文芸文庫）、二〇〇六年。

トマス・ブルフィンチ『完訳 ギリシア・ローマ神話』（増補改訂版）（全二冊）、大久保博訳、角川書店（角川文庫）、二〇〇四年。

パウサニアス『ギリシア案内記』（全二冊）、馬場恵二訳、岩波書店（岩波文庫）、一九九一―九二年。　＊第一巻・二巻及び第十巻のみの部分訳
ヒュギーヌス『ギリシャ神話集』松田治・青山照男訳、講談社（講談社学術文庫）、二〇〇五年。

ヘシオドス『神統記』廣川洋一訳、岩波書店（岩波文庫）、一九八四年。

ヘロドトス『歴史』（改版）（全三冊）、松平千秋訳、岩波書店（岩波文庫）、二〇〇七年。

ホメロス『イリアス』（全二冊）、松平千秋訳、岩波書店（岩波文庫）一九九二年。

ホメロス『オデュッセイア』（全二冊）、松平千秋訳、岩波書店（岩波文庫）、一九九四年。

呉茂一『ギリシア神話』（新装版）、新潮社、一九九四年。

高津春繁『ギリシア神話』岩波書店（岩波新書）、一九六五年。

西村賀子『ギリシア神話――神々と英雄に出会う』中央公論新社（中公新書）、二〇〇五年。

訳者解説

本篇、オウィディウスの『変身物語』は、ウェルギリウスの『アエネイス』と並ぶ、ラテン詩文の双璧と称される。ギリシア・ローマの文学ジャンルで言えば、いずれも六歩格（六脚韻とも言う）の英雄詩律[1]で書かれた叙事詩に属し、前者は一万二千行弱、後者は一万行弱に及ぶ雄編である。しかし、同じ叙事詩に属するとはいえ、両作の詩趣、あるいは詩風はかなり異なる、というより対照的と言ってよいかもしれない[2]。

その違いを見てみる前に、遡って作者オウィディウスの生涯を手短に述べておかねばならないであろう。

生　涯

オウィディウスが活躍した時代のローマの紀元前一世紀は、「内乱の世紀」と呼ばれるほど内乱がうち続いた時代であったが、同時に、詩や文学の最盛期、「黄金時代」を迎えた時代でもあった。その「黄金時代」の初期を代表する詩人がウェルギリウス（前七〇—前一九年）であり、後期を代表する詩人がオウィディウス（前四三—後一七／一八年）である。

ウェルギリウスは、この時代の内乱の影響をもろに受け、作品にもそれが色濃く投影されている。最も名高いのは、内乱によって土地を没収された農夫の悲しみを歌った『牧歌(*Bucolica*)』(別名『詩選(*Eclogae*)』)の第一歌や、一人の少年の誕生とともに内乱の終焉と黄金時代の到来を予言的に歌った第四歌——のちのキリスト教徒、アウグスティヌスやダンテ、アレグザンダー・ポープなどによってイエスの誕生を予言したものと見なされた——、やはり内乱の嵐の中で土地没収の憂き目を見た農夫らの悲哀を歌った第九歌などがそれだが、ローマ詩文学の、この「黄金時代」を飾ったホラティウスやティブッルス、プロペルティウスといった詩人たちも例外ではなく、内乱の余波を免れなかった。[3]

これに対して、オウィディウスだけは直接的には内乱の苦難や悲惨さを知らず、その生涯はアウグストゥスが内乱の終焉をもたらし、「アウグストゥスの平和」を実現した富と繁栄と享楽の時代——アクティウム海戦勝利の前三一年、もしくは皇帝即位の前二七年から、その死去の後一四年まで——にほぼ重なっている。このことは、後述するオウィディウスの軽躁、奔放な詩風とあながち無関係ではないと思われる。

この前一世紀のローマにおける詩文学の「黄金時代」を現出する原動力となったのは、新しい詩、新たな詩風を模索した一群の詩人たちである。彼らのことを、キケローは皮肉を込めて「新詩人たち(poetae novi)」(あるいは「今風の詩人たち」)(『弁論家』一六一)、あるいは「エウポリオンを信奉する当代の詩人たち(cantores Euphorionis)」(『トゥスクルム荘対談集』三・四五)と呼んだ。アレクサンドリア時代にホメロス風の「重厚長大」な叙事詩を斥けて、いわば「軽薄短小」の詩[5]を標榜したカッリマコスの詩論を信奉した詩人たちであり、カッリマコスに倣って、エレゲイア詩型[6]で、もっぱら恋人への愛を歌う恋愛詩、恋愛エレゲイア全盛期を現出させた。ガッルスやカトゥッルスがその代表的詩人で、プロペルティウス、ティブッルス、そしてオウィディウスもこの系譜に連なる。愛を歌う、こうした一群の恋愛詩人とは一線を画し、独自の詩の道を歩んだウェルギリウスやホラティウスも、その初期には、やはりカッリマコスの詩論の影響を受け、前者は前掲の短詩集『牧歌』を、後者は『諷刺詩』と一種の抒情詩集『エポディ[7]』を著している。

ところで、オウィディウスは、のちに触れるように、「詩と過ち（carmen et error）」（『悲しみの歌』二・二〇七）が原因で、帝国の果て、黒海北岸の辺境の地トミス（現在のルーマニアのコンスタンツァ）への流刑という不運に見舞われたあと、その地で書いた詩集『悲しみの歌（*Tristia*）』や『黒海よりの手紙（*Epistulae ex Ponto*）』に多くの個人的な事柄を記している。特に『悲しみの歌』第四巻第一〇歌は「自伝」とも言われるもので、その冒頭、自らを――本篇、叙事詩『変身物語』を書いたあとながら、なおも[8]！――「柔和な愛[9]を戯れに歌う歌い手（tenerorum lusor amorum）」（二）としながら、オウィディウスはこう語る。

スルモーがわが故郷、冷たき水の豊かに溢れ、
都〔ローマ〕から隔たること、九〇マイル[10]の地。

ここで、私は生まれた。(『悲しみの歌』四・一〇・三―五)

スルモー(現在のスルモーナ)は、ローマの東一三〇キロほどに位置する、中央アペニンの山並みに囲まれた山間(やまあい)の町である。オウィディウスは、カエサル暗殺のほぼ一年後の前四三年三月二十日、この町の代々騎士身分の裕福な家に生まれた。元服(11)する少し前、おそらく十四、五歳の時、一歳年上の兄とともに勉学のため都ローマに送られ、ローマの有為な青年がたどるのが常の「名誉(ある公職)の階梯(cursus honorum)」――平たく言えば、元老院議員に至る出世の階段――を登るべく、必須の弁論術などを当時の最も高名な弁論家・修辞学者のマルクス・ポルキウス・ラトローやアレッリウス・フスクスに学ぶ。その後、アテナイに遊学し、一種の卒業旅行で小アジア、シシリー島などを遊歴して帰国すると、公職の第一歩となる「監獄三人委員会」の一人に、次いで「訴訟裁定十人委員会」の一人となったが、長くは続かず、公職を離れた。表面上の理由は、その任に「耐える身体(からだ)もなく、それに向いた気質もなかった」(同書、四・一〇・三七)からというが、もっと根本的な理由、あるいは真の理由が別にあった。

オウィディウスは、父親に「ホメロスでさえ財産を残さなかった」として、詩文などという「無益なものに手を染めず」(同書、四・一〇・二一以下)、公職の道を目指すよう何度も論されて、仕方なく韻律のない言葉、弁論などの日常的な散文を書こうとした。言い換えれば、他の若者と同様、「名誉(ある公職)の階梯」を進もうとしたものの、「おのずと韻律にあった歌が出てきてしまい、散文を書こうと試みても、結果は韻文を書くことになってしまうのだった」（同書、四・一〇・二五―二六）という。つまり、オウィディウスは「天性の詩人」だったのである。

それゆえ、メッサッラがパトロンの一種の文学サロンに早くから出入りし、ティブッルスやプロペルティウス、また、主にマエケナスがパトロンの文学サロンで活躍していたホラティウスやウェルギリウスなどの先輩詩人たちと――ただし、ウェルギリウスには「一度会っただけだ」（同書、四・一〇・五一）という――親交を結ぶと同時に、早くも十八歳の時、自作の詩を詩人仲間に朗読して聴かせている（同書、四・一〇・五七―五八）。コリンナという、おそらく架空の恋人への愛を歌った恋愛エレゲイア詩であったが、職を辞して以後、オウィディウスは、晩年になってもなお、自任しもし、自負しもしていた「柔和な愛を戯れに歌う歌い手」――恋愛詩人――として詩の道を歩み出し、この歩みはコリンナへの愛の歌を中心に男女の愛を描いた『恋の歌[12]（*Amores*）』という初期作品を生み出している。その最初の公刊は前一六年頃で、五巻一作品の詩集であったらしいが、のち、前八年から前三年にかけて改作、あるいは手直しをして、編纂し直し、現存の形の三巻一作品（全四十九篇）の詩集として、改めて公刊した。

オウィディウスの初期作品に属するものに、もう一つ、パイドラやペネロペイア、ディドーやサッポーなどといった神話や伝説上の、あるいは実在の名高い女性が離れ離れになった夫や恋人に宛てた、あるいは変わらぬ愛を伝え、あるいは思う相手のつれなさを難じる片便り書簡（真偽の疑われるものも含めて十五通）、あるいはヘレネとパリス、ヘローとレアンドロスなど、愛する男女の往復書簡（六通）という体裁を取る『名高き女たちの手紙（*Heroides*）』がある。執筆年は定かではないが、少なくとも片便りの書簡は『恋の歌』に先立つ前一九年頃に書かれた、あるいは書き始められたらしい（『恋の歌』二・一八・二一―二六参照）。のちに本篇『変身物語』となって結実するオウィディウスの神話、伝説への関心が、すでにここにも見て取れる。

次いで、前一二年頃、タキトゥス（『弁論家についての対話』一二）やクインティリアヌス（『弁論家の教育』一〇・一・九八）が高く評価し、散逸が惜しまれる悲劇『メデア（*Medea*）』を公にしている。しかし、どういうわけか、悲劇はこの一作きりで終わった。

オウィディウスが次に著したのは、ヘシオドス以来の伝統的な「教訓詩」――「教訓詩」を装ったパロディーと言うべきか――という、また異なった性質をもつ作品群で、前二年から後二年にかけて、美顔術や化粧術を教える『美顔法』（百行が残るが、おそらく断片）、恋愛を成就させるためのありとあらゆる技法、ありとあらゆる手練手管――果ては、恋愛成就後の性交の体位まで――を指南する詩集『愛の技術』――この「詩集（carmen）」が、その奔放さ、いや、むしろその猥褻さゆえに後述する流刑という不幸を招来する一因となった――を、そして一転、恋愛の狂熱から逃れる術（すべ）を説く『恋愛治療』を書き上げている。あたかもウェルギリウスのそれを追ったかとも思える歩みで、ウェルギリウスも抒情詩集『牧歌』を公にしたあと、自身、内乱の悲哀を味わったことが大きな理由と思われるが、詩の現実的な「力」を求めて「軽薄短小」の抒情詩に別れを告げ、『農耕詩』というヘシオドスの『仕事と日』を範とした教訓詩を著している。もっとも、オウィディウスのこれらの作品群は、なお「柔和な愛を戯れに歌う歌い手」の心性の発露、その一側面と捉えられなくもない。

しかし、次に手がけた作品は、それ以前の作品とはおよそ縁遠いもので、真にウェルギリウスに倣ったと言える業績――教訓詩『祭暦（*Fasti*）』――であった。これは、ローマの暦の中心となる祝日や祭礼について、天文や農事、神話や伝説の学識を駆使しながら、その縁起を説いたもので、一月から六月までが現存する。暦であるから、当然、一年十二ヵ月を意図したものであったが、「作品は〔流刑という〕運命によって中断させられた（rupit）」（『悲しみの歌』二・五五二）ため、未完のまま残された（「中断」、「未完」の意味については後述）。

この『祭暦』と同じ頃（後三年）に書き始められ、おそらくこれと並行して後七年にかけて書き進められたのが、詩人オウィディウスの畢生の大作、英雄詩律で書かれた本篇の、叙事詩『変身物語』である。この点でも、オウィディウスの詩人としての軌跡は、自らが敬仰するウェルギリウスのそれと重なっている。ウェルギリウスもまた、教訓詩『農耕詩』に続いて、畢生の大作、ローマ建国叙事詩の『アエネイス』に取りかかっているからである。

しかし、順風満帆に思えたオウィディウスの詩人としての歩みも、後八年に降りかかった悲運、アウグストゥス帝の勅命による突然の流刑によって挫折してしまう。市民権剥奪や財産没収をともなわない比較的軽い追放（relegatio）であったが、流刑には変わりなく、蛮族と境を接する帝国の果て、黒海北岸の港町トミスへの流竄の身となったのである。

先に挙げた詩集『悲しみの歌』、『黒海よりの手紙』は、オウィディウスが流刑地のそのトミスから友人や妻などに宛てて書いたという体裁の詩集だが、その諸所で自らの流刑について言及し、悲運の理由を「詩と過ち（carmen et error）」（同書、二・二〇七）としている。「詩（carmen）」については、

すでに公共の図書館から撤去するよう命じられた『愛の技術』〔…〕

〔…〕

私は詩のせいで罪ある者となっている（同書、二・七―一〇）

と、『愛の技術』であることが詩人自身の言葉で明かされている。[13]「アウグストゥスの平和」の中、享楽、逸楽のローマの風潮を憂えたアウグストゥスは、前一八年、姦通罪や婚外交渉罪に係る法律、正式な婚姻に係る法律など、一連の法律（ユリウス法）を公布して綱紀粛正を図ろうとしたが、オウィディウスの『愛の技術』は、その施策に背馳するものであるばかりか、風紀の乱れを助長さえするものとも見なされ、「恥ずべきその詩によって、私は猥褻な姦通の教師（obsceni doctor adulterii）との咎めを受けた」（同書、二・二一一―二一二）のである。ただ、オウィディウスのこの言にもかかわらず、『愛の技術』が最初（前二

年）に公にされてからほぼ十年が経過した後八年になって、これを咎め立てるというのは、何か不合理、不自然であり、『愛の技術』は流刑を決定づける理由ではなかったのではないかとも考えられる。あるいはそれは、いわば余罪、「表向きの口実[14]（official pretext）」のようなものだったのかもしれない。

では、流刑のもう一つの理由、主因とも考えられる「過失」とは何だったのか。オウィディウス自身、「過失（error）であって罪（culpa）ではなかった」（同書、四・一〇・九〇）と言い、諸所で[15]、あくまで意図しない「過失」としているが、具体的にその「過失」が「何」かは口を閉ざして語ろうとしない。オウィディウスの言葉を引けば、「偶然（casu）」（同書、三・六・二七）、「知らずに（imprudens）」（同書、三・五・四九）、「あるものを（aliquid）」（同書、二・一〇三）、あるいは「破滅をもたらす禍（もしくは「悪」）（funestum malum）」（同書、三・六・二七）、「私は見てしまい〔…〕この目を咎あるものにしてしまった」（同書、二・一〇三―一〇四）、「私の過ちは、私に目があったこと」（同書、三・五・五〇）と言い、それによって皇帝を「傷つけて」（同書、四・一〇・九八）、「苦しませ（indoluisse）」（同書、二・二一〇）、その「怒り」（同書、二・二八）が祖国からの退去、流刑という厳命になったのだと言う。意図せずに見たこと、見たことが知られたことで流刑を命じられたのであるから、見た「こと」はよほどの「こと」だったことになる。

それが「何」か、もちろん多くの研究者によって詮索され、追究されてきた。一四三七年のシッコ・ポレントンから一九六三年のノアウッドまで、計百十一名の研究者の仮説を調べたティーボーの『オウィディウス追放の謎』[16]を見ると、見た「こと」は「アウグストゥスの孫娘小ユリアの（特にシラヌスとの）姦通」、その現場とする説が最も多く四十五（小ユリアは、オウィディウスと同じ年の後八年、姦通罪でアドリア海のトリメルス島への流刑を命じられている）、次いで「アウグストゥスの娘大ユリアの夫アグリッパの大逆罪」、その密計の現場とする説が十七、「アウグストゥス本人の近親相姦、もしくは背徳行為（不貞、稚児愛）」、その現場とする説が十となっており、この三説（いずれにしても、帝室の醜行を目撃し、それに関与したこと）が有力とされるが、ティーボー自身、結局、確定的なことは言えないとしており、現在でもなお、不明とする見解が一般的である[17]。

オウィディウス自身の言では、この「悲運」と、その結果の流刑は、執筆中の本篇『変身物語』を「中断させた（rupit）」（同書、一・七・一四）と言い、やはり執筆中の『祭暦』のほうも「中断させた（rupit）」（同書、二・五五二）と言う。いずれも、どの段階での中断かが問題となるが、まず『祭暦』については事情がやや複雑で、今なお不明な点が多い。

オウィディウスは、『祭暦』について、こう述べる。

　私は『祭暦』の六〔六巻？　六ヵ月？〕と、それと同数の巻を書き終えた（sex ego Fatorum scripsi totidemque libellos）。

各巻が各月に割り当てられ、各巻ごとに完結している。

カエサル〔・アウグストゥス〕よ、先頃、あなたの名の下に書き、
あなたに聖別、奉献したその作品を、私の運命が中断させた（rupit）。（同書、二・五
四九―五五二）

ここに言う「『祭暦』の六」の「六（sex）」を「六巻（sex libellos）」ととる解釈では、六巻プラス同数（totidem）巻の計十二巻、つまり一年十二ヵ月であるから、この時、暦の全巻を書き終えていたことになる。しかし、この解釈では、いくつもの疑問が生じる。まず、全巻を書き終えていたのなら、「中断させた（rupit）」という表現は妥当しないであろう。確かに、rumpo（rupit は、その現在完了形）という言葉自体、曖昧で、「中断させる、遮る」の意かどうかはっきりしないが、もう一つの語義の「破る」、「破壊する」、「砕く」から推測される「破棄した、廃棄した」ととるとしても、後述の『変身物語』の「焼き尽くす薪の上に置いた」（同書、一・七・二〇）のような具体性に欠け、あまりにも模糊とした表現と言わざるをえない。また、「破棄した、廃棄した」とするなら、なぜ『祭暦』が現存するのか、という疑問が生じる。この点でも、『変身物語』と同様、すでに「多くの写しが作られていた」（同書、一・七・二四）ために亡失を免れたという可能性を斥けるわけにはいかないが、その場合、では、なぜ現存の『祭暦』は一月から六月までの六ヵ月、計六巻しか残されていないのか、という大きな問題が残る。

さらに、オウィディウスはこの作品をカエサル（・アウグストゥス）の名の下に書き、ア

ウグストゥスに奉献したとしているが、現存の『祭暦』では、献呈相手はティベリウスの養子ゲルマニクス（『祭暦』一・三）となっている。献呈相手の変更は、追放から六年後の後一四年にアウグストゥスが死去し、ティベリウスが皇帝となった新たな政治状況の中、アウグストゥスではかなわなかった赦免や減刑の新たな可能性を探る試みと捉えることもできるが、全巻を書き上げていたのなら、なぜ六巻しかないのか、残りの六巻はどうなったのか。しかし、既成の『祭暦』は「破棄し」、追放中に新たな『祭暦』を書いたとするのなら（そのような事実を示唆する記述は『悲しみの歌』、『黒海よりの手紙』いずれにも皆無であるが）、十二巻全巻を書き上げずに、半分の六巻で筆を折った理由は何なのか、等々、いくつもの疑問が生じるのである。これらの疑問を整合性をもって統一的に説明する見解は、管見のかぎりでは今のところない。卑見では、もともと六巻しか書かれず、それがそのまま今に伝わっている、とするのが最もシンプルで真実に近い仮説のように思われる。

一方、『変身物語』のほうは、幸いにも、すでに完成していた、あるいはほぼ完成していたものと考えられる。「その作品〔＝『変身物語』〕こそ、もし私が先に破滅していなかったなら、仕上げの手（summa manus）を入れて、もっと確かな名声を得ていたことだろう」（『悲しみの歌』三・一四・二一―二二）、『変身物語』は「仕上げの手（summa manus）が入っておらず〔…〕画竜点睛（ultima lima）を欠いていた」（同書、一・七・二八―三〇）、「仕上げの手（manus ultima）を入れることができなかった」（同書、二・五五五）というオウィディウス自身の言葉は、文字どおりに受け取るべきではなく、完璧なものはありえない、ましてこれほどの大作、これほどの雄編では、という詩人の思いの吐露としての一種の謙譲、あるいは「謙譲の装い」であるか、それとも、むしろこのほうが真実に近いと思われるが、それとは真逆の、「仕上げの手」を欠いていてさえ、この出来映えだ、という詩人の強烈な自負あるいは矜持の表出のいずれかではないか。いずれにしても、オウィディウスは、「中断した」この「作品（opus）」について、すでに「天地開闢から始めて（prima … ab origoine mundi）、カエサル〔・アウグストゥス〕よ、あなたの御代までを（in tua tempora）織りなし〔終え〕た（deduxi）〔＝描き出し（終え）た〕」（同書、二・五五九―五六〇）ものとしている。つまり、この時（追放されて一年目）すでに、本篇の序詞で「織りなしたまえ（deducite）」と神々に加護を乞い、予告した叙事詩の全体像、現存作品第一巻の「天地開闢の、そもそもの初め（primaque ab origine mundi）」から最終第一五巻の「今の世（mea tempora）」（＝あなたの御代（tua tempora））に至るまでの「途絶えることなく続く久遠の歌（carmen perpetuum）」が完成されていたことになる。

オウィディウスは、その草稿を、流刑地に旅立つ時、「焼き尽くす薪の上に置いた」（同書、一・七・二〇）。やはり、死に臨んで、ほぼ完成していた『アエネイス』の草稿の焼却を望んだウェルギリウスの顰（ひそ）みに倣ったのであろう。ウェルギリウスの場合は、遺稿を託された友人で詩人のウァリウスとトゥッカの配慮、さらにアウグストゥスの命令によって遺志は実行されず、ラテン詩文の傑作の焼失は免れた。一方、オウィディウスの場合は、手許にある草稿を焼却しても作品が失われることはない、という確信が詩人にあったことは疑いがない。事実、焼却したその時、すでに「多くの写しが作られていた」（同書、一・七・二四）のであり、「私は世界でいちばんよく読まれている」（同書、四・一〇・一二八）という詩人の自負のとおり、複製写本が多くの人々の間に流布し、広く読まれていたからである。本篇『変身物語』は、流刑による中断で「仕上げの手」が加えられることなく、「修正されないまま（incorrectum）〔言い換えれば「現存の形のまま」〕、人々の口の端にのぼることとなった〔換言すれば「現在に伝わることとなった」〕」（同書、三・一四・二三）と見なされるが、あらゆる意味で「すでに完成された」作品だったのである。

「惨めな境遇（miserae res）」（同書、五・七・六七）、あるいは「悲しい運命の数々（tristia fata）」（同書、四・一〇・一一二）——一言で言うなら、流刑地での生活はそのようなものであった。トミスはかつてのギリシア植民市とはいえ、当時は見る影もなく、本もない非文明の地で、ゲタエ族などの蛮族の襲撃にさらされ、死の恐怖に怯え、想像を絶する冬期の厳しい気候に耐える生活——まして、世界の中心、華やかな都ローマの、いわば文壇の寵児であった詩人が送る流刑生活——である。オウィディウスは、その「惨めな境遇」を「詩によって〔…〕忘れようとし」、その「悲しい運命の数々」を「作れるかぎりの詩で〔…〕慰めようとした」。わが身の破滅を招いたものとはいえ、詩あるいは詩作はオウィディウスにとって、今や生きる便（よすが）、それだけが生きる糧であり、慰めであり、それなくしては生きられないものとなっていたのである。

私のムーサ〔＝詩心〕は詩作せずにはいられない（同書、五・一二・五九―六〇）

詩歌とピエリデス〔＝ムーサたち〕のことを呪うこともあるが、〔…〕それでもやはり私は詩なしでは生きていけない（同書、五・七・三二―三三）

私が生きてゆかねばならない当地、未開のゲタエ族の間にあって、詩人であることさえできれば、私にはそれで十分（『黒海よりの手紙』一・五・六五―六六）

流刑地での心境を、オウィディウスはそう綴っている。その詩に託して、流刑の身の悲哀や苦難、死の恐怖や望郷の念、自らの詩業の反省や弁明と自負、赦免の願望や嘆願、赦免仲介の依頼などを書き送った（という体裁の）詩集が、流刑地トミスで書かれた『悲しみの歌』と『黒海よりの手紙』で、窮状に置かれた大詩人の内面を窺い知ることのできる貴重な作品となっている。

オウィディウスは、また、この流刑期に『イビス』という一篇（六四四行）の詩も残している。『変身物語』にその姿がよく表れている「学識ある詩人（poeta doctus）」らしく、神話や歴史の学識を駆使しながら、しかし内容はイビス（普通名詞で「トキ科の鳥」を意味する）という仮名の敵への激烈な憎悪と呪詛を書きつけたものである。一風、変わった詩のようだが、こうした詩は「罵倒詩」（ギリシア語 psogos, loidoria, kakegoria, ラテン語

vituperatio, 英語 invective）という一種の詩のジャンルとして古くからあり、『悲しみの歌』の中にも、裏切りの友や不実な友に宛てて書かれた、この種の「罵倒詩」が四篇（一・八、三・一一、四・九、五・八）見られる。『イビス』は、オウィディウス自身が明らかにしているように（『イビス』五五）、カッリマコスの同種、同名の詩（散逸）を雛形にしている。イビスが誰かという問題も古くから詮索、追究され、ヒュギヌス、ラビエヌスといった文人や弁論家など、多くの個別の名が候補に挙げられたり、アウグストゥスその人、あるいは身の破滅の元となった詩、あるいは誰でもない（つまり架空の人物）、あるいは複数の人物などとも言われたりするが、結局のところ不明とするほかない。また、プリニウス（『博物誌』三二・一一、一五二）によれば、オウィディウスは、この流刑期に、今に伝わる『釣魚譜（*Halieutica*）』を書いたとされる。しかし、この詩についても偽作とする研究者は多い。また、明らかに中世の贋作とされるものは除いて、オウィディウス作として、『胡桃（くるみ）（*Nux*）』、『リウィアに寄せる慰め（*Consolatio ad Liviam*）』なる詩も古代から伝わるが、やはり偽作とされている。

流刑生活は十年に及んだ。この間、赦免や減刑を希求し続けたオウィディウスではあったが、アウグストゥスの時代にはかなわず、一縷の望みを託したティベリウスの時代になってもかなわずに、悲しみの中、失意のうちに後一七年末から一八年年初にかけての冬に生涯を終えた。客死と言うにはあまりにも不遇の死であったが、オウィディウスがその世界観と、宇宙論に拠って立つピュタゴラスの言葉を借りるまでもなく、オウィディウスという詩人の肉体は滅びても、その「魂」、その精神が、少なくとも本篇『変身物語』に宿って生き続けていることは間違いない。

『変身物語』について

本篇『変身物語』がウェルギリウスの『アエネイス』と並ぶローマ文学中の双璧とされること、しかし同じ叙事詩とはいえ、両者に詩風あるいは詩趣という点で相違があることは先に述べた。

トロイア王子アエネアスが落城したトロイアを逃れ、第二のトロイア、すなわちローマ建国の礎を置くまでを描いた、本来的な意味での叙事詩であるウェルギリウスの『アエネイス』のほうは、公にされる前から、オウィディウスその人が親炙していた恋愛詩人プロペルティウスによって、「何か『イリアス』よりも偉大なものが生まれつつある」(『詩集』二・三四・六六)と、詩聖ホメロスをも超えるものという最大の賛辞をもって評されていた。完成した作品はその評に違わず、特に主人公アエネアスが体現する神や人間、天命や祖国に対する「敬愛の心(ピエタス)」(第一巻一四九行注参照)に表される深い精神性を湛えた重厚、荘重な国民的叙事詩と称えられた。ダンテが『神曲』で、作品の結構の雛形として『アエネイス』の主人公アエネアスの冥界行があったにせよ、数多の古典古代の詩人の中からウェルギリウスを選び、地獄・煉獄の闇を照らす「光(Luce)」、「導き手(Duca)」、教えを垂れる「師

(Maestro)」として仰ぎ見た最大の理由は、ウェルギリウスのそうした詩人としてのあり方にほかならなかった。

一方、ウェルギリウスを敬仰し、そのあとを追うオウィディウスは難しい立場に立たされていた。『イリアス』のアキレウス、『アエネイス』のアエネアスのような英雄が活躍する「二番煎じの英雄叙事詩」は、もはや書けないからである。そこで、冒頭の序詞に言うように、これまでとは異なる新たな「試み」として挑んだ野心的な作品が、本篇『変身物語』であった。

オウィディウスが、この『変身物語』で、アキレウスやアエネアスのような英雄に代えて、全体を統一し、統合するものとして選んだのは、「変身」というモチーフあるいはテーマで、唯一これを紐帯(ちゅうたい)として、大小二百五十にも及ぶ物語を一篇の作品に仕立て上げたのである。「変身」を扱った文学は、すでにオウィディウス以前にもあった。直接「変身」を扱うものとしては、悲恋や失恋で鳥に変身した人間を描いたヘレニズム期のボイオ(ス)の『鳥類の系譜(*Ornithogonia*)』(オウィディウスの友人アエミリウス・マケルがラテン語訳したが、散逸。「たびたび年長の詩人マケルは私に鳥の詩や毒蛇やよく効く薬草の詩を読んでくれた」(『悲しみの歌』四・一〇・四三—四四)参照)、および前二世紀のコロポンのニカンドロスの『変身物語(*Hetroioumena*)』(*Metamorphoses*)がそれで、いずれも本篇の重要な資料となったものだが、両作とも散逸してしまっており、その全体像を窺い知ることはできない。おそらくオウィディウスの真骨頂は、二百五十もの変身の物語を単にオムニバス風に、あるいは『デカメロン』や『千夜一夜物語』風に綴るのではなく、「天地開闢から今の世に至るまで」という壮大な「歴史叙事詩[18]」に仕立て上げた点に認めることができる。ローマには、ウェルギリウスの建国叙事詩『アエネイス』にもその性格が見て取れる、エンニウスの『年代記』、ナエウィウスの『ポエニ戦争』以来の「歴史叙事詩」の伝統があったが、本篇の構成、大きな枠組みが「万物は流転する。すべての形あるものは生成しつつ、移ろう」（『変身物語』第一五巻一七八。「万物は動き、何ものであれ、とどまるものはない」（プラトン『クラテュロス』四〇二A）参照）という宇宙論に基づく、壮大な「世界史」とも言うべき「歴史叙事詩」の性格をもつことは、次に記す本篇の梗概を見れば瞭然としているであろう。

序詞：原初の、無秩序の「混沌（カオス）」から「秩序（コスモス）」としての世界（コスモス）の創造
↓金・銀・銅・鉄の四時代（ヘシオドス『神統記』の言う「五時代」の四番目の英雄時代は第七巻以降の物語に組み込まれている）：鉄の時代の悪に塗れる人類の大洪水による殲滅計画、人類とその他の生き物の再生
↓アポロによる新生した大蛇ピュトン退治、ダプネへの愛と彼女の月桂樹への変身：この挿話を皮切りに、以下、第六巻まで、主にニンフや人間の娘への愛や懲罰を中心にした神々の物語
↓第七巻から英雄の物語に移行：イアソンとアルゴー船の英雄たち（第七巻）、テセウス

（第八巻）、ヘラクレス（第九巻）、オルペウス（第一〇巻）
↓トロイア戦争の序章（第一一巻）
↓トロイア戦争の発端と開戦（第一二巻）
↓トロイア落城と王子アエネアス一行のトロイア脱出と放浪の旅（第一三巻）
↓アエネアス一行のイタリア到着とローマの起こり
↓アエネアスの死、その子ユルス以降のローマの初期の王の系譜（第一四巻）
↓賢王ヌマとピュタゴラス、その教説（魂の転移・転生（metempsychosis）と変容・変身（metamorphosis）＝「変身の宇宙論」）、カエサルの昇天と星への変身、後継者アウグストゥス頌
跋詞（第一五巻）

オウィディウスの「試み」は、このように他に類を見ない、斬新にして野心的なものであったが、にもかかわらず、当初から文学的な、ある一面からする評価はウェルギリウスの『アエネイス』ほど華々しいものではなく、どちらかと言えば、むしろ否定的評価、あるいは留保付きの評価しか与えられなかったのである。ほぼ同世代の大セネカは、「オウィディウスは自分の詩の欠点を知らなかったのではなく、その欠点を愛好したのだ。〔…〕最上の才能をもったこの人には、自分の詩の奔放さ（licentia carminum）を抑制する判断力（iudicium）が欠けていたのではなく、その気（animus）がなかったのだと分かる」（『論判

演説集』二・二・一二）と言い、文学批評では定評のある一世代あとのクインティリアヌスも「もっとも、オウィディウスは部分的には賞賛すべき」（『弁論家の教育』一〇・一・八八）としながら、やはり恋愛エレゲイア詩人としてのオウィディウスはもちろんのこと、『変身物語』のオウィディウスでさえ、その欠点を難じて、こう言う。オウィディウスは「〔恋愛詩人として〕ティブッルス、プロペルティウス両詩人よりももっとlasciviusである」（同書、一〇・一・九三）、「『変身物語』においてもlascivireするのが常だ」（同書、四・一・七七）、「叙事詩（heroi）〔＝『変身物語』〕においてもlasciviusである」（同書、一〇・一・八八）と。ここに言うlascivius（形容詞）、lascivire（動詞・不定法）、あるいはその名詞形lasciviaの意義は一語では表し難く、あえて日本語にしなかったが、大セネカが批判する「奔放さ（licentia）」に通じる言葉で、端的に言えば『アエネイス』の「重厚・荘重・抑制」の対極である「軽薄・軽躁・奔放」、あるいは「不羈」、「放恣」、「放縦」、「戯れ」などの語義を含み、オウィディウス以後の用法では否定的なニュアンスで用いられることが多い語である。

この批判は、憚りのない奔放な筆致で、男女の愛や性を、また怒りや憎しみなどの人間の激情（パトス）や暴力性を、さらに神々の人間に対する不合理、不条理な扱いを描き出すオウィディウスの詩のありよう、その詩風に向けられたものだが、ウェルギリウスやホラティウスなど、同時代の他の主だった詩人たちには、没後、多くの写本や注釈、あるいは伝が現れたのに対して、オウィディウスには、ラクタンティウス（もしくはルクタティウス）・プラキドゥスの『オウィディウスの『変身物語』の梗概（*Argumenta Metamorphoseon Ovidii*）』（*Narrationes Fabularum Ovidianarum*）（四世紀後半）以降、注釈や写本が現れなかった理由が、キリスト教的倫理とは相容れないオウィディウスのそうした奔放な詩風以外の何ものでもなかった。中世におけるオウィディウスの受容を総括して、J・ディミックはこう言う。

中世におけるオウィディウスは、絶えず権威と衝突するauctor〔「作家」の意の他に「権威者、大家」の意あり〕である。しかし、彼はauctorとして、現代的な意味でのauthor〔作家〕以上の存在であった。彼は、他の追随を許さぬ愛の達人（expert of love）であり、古典古代の神話を学ぶ者にとって、最も重要な資源（resource）であると同時に、道徳哲学、自然科学、哲学にも造詣の深い「大きな権威をもった人（a man of great auctorite）」〔チョーサーの表現〕だったのだ。にもかかわらず、そのcarmen〔詩〕は、彼の中世における受容を通じ、一貫してerror〔過失〕と結びついたものであり続けた。文化的に、いかに中心的な存在になろうとも、彼は、ついにアウグストゥスによる追放から復権することはなく、性的なそれであれ、政治的なそれであれ、神学的なそれであれ、ともかくも罪を説く長司祭（the archpriest of transgressions）のままであり続けたのである。[19]

しかし、L・トラウベが「オウィディウスの時代[20]（aetas Ovidiana）」と名づけた「激変（sea-change）」の時代の十二世紀に入ると（トラウベによれば、八、九世紀は「ウェルギリウスの時代（aetas Vergiliana）」、十、十一世紀は「ホラティウスの時代（aetas Horatiana）」とされる）、オルレアン（司教）のアルヌルフや文法家ガルランディアのヨハンネス（ガーランドのジョン）などによる注釈書や写本が相次いで現れる。さらに十四世紀はじめ頃に成立した、キリスト教的に寓意解釈されたペトルス・ベルコリウス（＝ピエール・ベルスイール（P. Bersuire））の『道徳化されたオウィディウス（*Ovidius moralizatus*）』、その仏語バージョン『道徳化された『変身物語』（*Metamorphoses moralisées*）』、その仏語バージョンから翻訳されたキャクストンによるイギリス最初の英訳[21]（*The Booke of Ovyde Named Metamorphose*）などによって、ルネサンス以降、『変身物語』は、ギリシア・ローマの神話や物語の「宝庫〔…〕精巧な綴れ織り[22]」あるいは「ギリシア神話の百科全書的な集成[23]」としてその名が広く知られるようになる。長短およそ二百五十余の多様な物語が収められ、物語そのものの多様性だけではなく、ある時は詩人自身が、またある時は物語中の人物が、またある時は入れ子細工のように物語中の人物の物語の中で、その物語中の人物が物語るといったように、「語り」の多様性、「語りの際だつ妙技[24]（remarkable feat of narrative）」という点でも秀逸な作品である『変身物語』は、page-turner[25]と評されるほど人を夢中にさせる面白い読み物として愛読された。

西洋の文学――西洋の文学者で、オウィディウスの『変身物語』から何らかの影響を受けなかった人は皆無と言っても過言ではないように思われるが、最も象徴的な一人を挙げれば、「ラテン語は少し、ギリシア語はもっと少し（small Latin and less Greek）」（B・ジョンソン）と言われながら、古典古代で唯一オウィディウスのみが伝えるピュラモスとティスベの悲恋（第四巻五五以下）を取り上げた『真夏の夜の夢』、その悲恋を原話とする『ロミオとジュリエット』、プロクネとピロメラの復讐劇（第六巻四二四以下）を色濃く投影した『タイタス・アンドロニカス』、ウェヌスとアドニスの愛（第一〇巻五〇三以下）に想を得た『ヴィーナスとアドーニス（*Venus and Adonis*）』等々を著したシェイクスピア――にとどまらず、造形芸術――彫刻では、ベルニーニの名高い《アポロとダプネ》、絵画ではルーベンスの《狼に変えられたリュカオン》、ブリューゲルの《イカロスの墜落のある風景》、サルバドール・ダリの《ナルキッソスの変身（メタモルフォーズ・ドゥ・ナルシス）》など――、さらには音楽――カール・ディッタース（・フォン・ディッタースドルフ）の《オウィディウスの『変身物語』による六つのシンフォニア》――などの芸術分野にも多大な影響を与え続けてきた古典の名作、文字どおり不朽の詩篇、「久遠の歌（perpetuum carmen）」（第一巻四）、あるいは「西洋文化の礎石の一つ[26]（one of the cornerstones of Western culture）」と位置づけられるに至っているのである。

しかも、その影響は、何らかの形で表出されたものばかりとは限らず、「われわれ〔西洋人〕の文化への間接的な影響が必ずしも常に認識されるとは限らないが、本篇〔『変身物語』〕を織りなす数々の物語は――テッド・ヒューズが指摘しているように――「われわれの無意識の想像の生と切っても切り離せないもの（inseparable from our unconscious imaginative life）」となっているのである」[27]とも言われる。

ラテン詩文の双璧として、ウェルギリウスの『アエネイス』とオウィディウスの『変身物語』を挙げたついでに、読み物としての面白さ、あるいはpage-turnerという点で、『変身物語』が『アエネイス』を凌ぎ、愛読されることを示す事例をいくつか挙げておきたい。

ミルトンの『失楽園』は、ダンテの『神曲』と並んで、キリスト教文学の代表作で、その詩風はウェルギリウスに相通じ、ダンテと同様、ウェルギリウスから多大な影響を受けているが、相容れないと思われる詩風のオウィディウスからも「エコーとナルキッソス」（『変身物語』第三巻三三九以下、『失楽園』四・四六〇以下）や「ディス（ハデス）のプロセルピナ（ペルセポネ）誘拐」（『変身物語』第五巻三八五以下、『失楽園』二・二六八以下）等々、さまざまな物語を取り入れているだけではなく、四十四歳で失明後、娘の朗読を聴くのを楽しみにしていたが、そのミルトンについて、S・ジョンソンは『ミルトンの生涯』で、こう記している。「ミルトンはあらゆる言語の書物を読んだ。〔…〕ヘブライ語は二つの方言とも、それにギリシア語、ラテン語、イタリア語、フランス語、スペイン語。〔…〕彼の娘がミルトンの最も喜んだ書物として語っているのはホメロスで――ミルトンはホメロスをほとんど暗誦できた――、その次にはオウィディウスの『変身物語』、そしてエウリピデスであった」[29]と。

また、ラテン語を母国語のようにして教育を受けたモンテーニュに、読書の面白さに目覚めさせ、『アエネイス』などの古典へ誘い、古典古代の該博な知識へと導いたのは、オウィディウスの『変身物語』にほかならなかった。モンテーニュは言う。「私が書物にはじめて興味を覚えたのはオウィディウスの「メタモルフォセス」の寓話の面白さからです。まったく、七、八歳頃には私は他のあらゆる楽しみから抜け出してそれを読んでいたものです。その言葉〔＝ラテン語〕が私の母国語であり、私の知っているもっともやさしい書物であり、また内容のゆえに私の幼い年齢にもっとも適していたからであります。〔…〕子供たちが面白がる〔その他の〕雑駁な書物は、私は名前さえも知りませんでした。〔…〕「メタモルフォセス」のおかげで、私は他のきめられた学科の勉強にもいっそう無関心になりました」。しかし「ある思慮深い先生」が目を瞑ってくれたおかげで『変身物語』を貪り読むことを許され、その結果、「私は一気にウェルギリウスの「アエネイス」を読了し、それからテレンティウスを、プラウトゥスを〔…〕読み通し」、古典ギリシア・ローマの世界へと導かれていった、と。[30]

現代からも、もう一つ事例を引いてみる。一九九五年以来、オックスフォード大学から出版され続け、二十五の言語に翻訳されるほど好評を博している入門書シリーズに、「極短入門（Very Short Introductions）」というものがある。「極短」とはいえ、わが国の文庫本より一回り大きめの、いわゆる十二折版の体裁で、百頁超が普通で、中には二百頁超のものもあり、「極短」とは名ばかりの入門書である。表紙を折り返した（表紙の裏にあたる）見返しにある『インディペンデント』紙（現在はウェブメディア）の評から引いたその宣伝文に、「今や、考える読者のウィキペディアと位置づけられている（rank by now as thinking reader's Wikipedia）」と謳うほど、およそ知や学問、文化のあらゆる分野のトピックを扱っており、現在（二〇二三年七月時点で）、刊行予定のものも含めると、その数七百四十点にのぼっている。

もちろん、そのタイトルには、後世に多大な影響を与えた古典古代ギリシア・ローマの偉人の名も見え、個人として、哲学関係ではソクラテス、プラトン、アリストテレスの名が、文学関係は、ギリシア文学では当然ホメロス（もう一人、おそらく「歴史学の祖」ゆえということであろう、ヘロドトス）の名があり、ラテン文学では当然、ラテン詩人の「第一位の誉（prima laus）」（J・ミルトン[31]）を与えられ続けてきたウェルギリウス……と思いきや、タイトルの中にその名はいまだにない。代わって、ラテン文学で取り上げられているのは、唯一、本篇『変身物語』の詩人オウィディウスのみなのである。

ラテン文学の頂点とも評されるローマ建国叙事詩『アエネイス』を書き、ラテン文学を代表する詩人と言われるウェルギリウスより、オウィディウスが先行した理由は何なのであろう。『オウィディウス――極短入門[32]（*Ovid: A Very Short Introduction*）』の見返しにある内容紹介中の言葉を引けば、ひとえに「ギリシア・ローマ世界の詩人で、後世の文学や芸術に〔オウィディウスほどの〕深い影響を与えた詩人は他にいない（no poet of the Graeco-Roman world has had deeper impact on subusequent literature and art）」からにほかならず、その代表作『変身物語』の、現代においてもなお、次の頁をめくるのが待ち遠しい

page-turner としての面白さ、それゆえの読者層の広さ、人気の高さゆえにほかならない。「私は、多くの詩人を自分より上と位置づけているが、彼らより劣っていると言われることはないし、また、私は世界中でいちばんよく読まれている」(『悲しみの歌』四・一〇・一二七―一二八)。オウィディウスはそう自負し、また、本篇の跋詞で「わが言の葉は/人々の口に上って読み継がれ、悠久の歳月、私はわが名声によって/生き続けるであろう、詩人の予感に些かの真実が含まれているかぎりは」と誇ったが、その言葉は、少なくともギリシア・ローマの文学に関するかぎり、当時も、そして今も虚勢や虚言ではないことを証する事例、あるいは事実と言えるのではないか。

*

最後に、本訳書は、諸般の事情により、脱稿が意図していた時期より大幅に遅れた。ひとえに訳者の力不足が原因であるが、大幅な遅延にもかかわらず、本訳書が成るまで、寛大かつ忍耐強く見守ってくださり、あたたかい励ましの言葉を賜った上に、文字どおり膨大な労を取って下さった講談社編集部の互盛央氏に対して言葉に尽くせぬ深甚の感謝の念を表する次第である。また、貴重なご教示を頂戴した安村典子さんにも心からの感謝を申し上げたい。

注

(1) 大まかには、長・短・短三音節のダクテュロス格（脚とも言う。以下、韻律用語はギリシア語形で示す）（—∪∪）、もしくは長・長二音節のスポンデイオス格（— —）、いずれかを五格連ねたあと、最後に長・長格もしくは長・短格を添えて、六格（六脚）で一行を構成し、それを繰り返す詩律。「英雄詩律」という名称は、英雄を歌う叙事詩で用いられたことによる。オウィディウスの作品の中で、本篇『変身物語』のみ（後注（6）参照）がこの詩律で書かれている。

(2) 共和政末のローマ市民の名は、グナエウス・ポンペイウスのようなごく少数の例外を除いて、普通、個人名・氏族名・（氏族から分かれた）家名の三つで表す三名式で、オウィディウスの場合、正式な名はプブリウス・オウィディウス・ナーソー。ちなみに、ローマ人の名を挙げる時、このオウィディウスと同様、プブリウス・ウェルギリウス・マローをウェルギリウス、クイントゥス・ホラティウス・フラックスをホラティウスとするように氏族名を用いることもあれば、ガイウス・ユリウス・カエサルをカエサル、マルクス・トゥッリウス・キケローをキケロー、ルキウス・アンナエウス・セネカをセネカとするように家名を用いることもあり、いずれで呼ばれるかについては決まりはない。

(3) Cf. Peter E. Knox, "A Poet's Life", in Knox (ed.) 2013, pp. 4-5.

(4) アレクサンドリア時代の詩人・文法家。カッリマコスの詩論の最初の熱心な追随者とされ、カッリマコスとともに、カトゥッルスなど、ローマのいわゆる「新詩人たち」に大きな影響を与えた。

(5) 後世、これを称して「小叙事詩（エピュッリオン）」と呼ばれる。

(6) エレゲイア（elegeia）。一行目は六歩格（ヘクサメトロス）で英雄詩律と同じだが、二行目は第三格の長・短・短（—∪∪）の短・短（∪∪）の部分、もしくは長・長（— —）の後ろの（—）の部分が欠け、第六格の長・長（— —）のあとの長（—）、もしくは長・短（—∪）の短（∪）の部分が欠けていて、五歩格（ペンタメトロス）となっている。この二行で一連とし、この連を繰り返して作詩する（エレゲイア詩型）。オウィディウスの作品は、英雄詩律の『変身物語』以外、すべてこのエレゲイア詩型で書かれている。英語のelegy（悲歌、哀歌）はこのelegeia（= elegia）に由来するが、連の二行目の欠けている部分はポーズ（音が途切れる休止部）で、これによって英雄詩律にはない独特の情感、情趣が醸し出されることから、種々の題材の抒情詩（短詩）に用いられた。一種のもの悲しい響きゆえに、古くから墓碑銘に使われたのが、この詩型である。

（7）イアンボスと呼ばれる短長（⏑—）格二つで構成するメトロンを三つの行（トリメトロス）と二つの行（ディメトロス）を交互に繰り返す韻律の抒情詩。

（8）オウィディウスは、自らを天性の詩人と自負したように（『悲しみの歌』四・一〇・二五—二六参照）、終生「愛の詩人」とも自負し、自任したのであろう。『変身物語』に鏤められた愛する男女（神々をも含む）の物語、特にピュラモスとティスベ（ロメオとジュリエットの原型）、ピレモンとバウキス、ケユクスとアルキュオネのような、「アイーダ・モチーフ」（Bömer 1969-86）と名づけられた「ともに死を迎える愛する二人」という象徴的な愛の物語に「愛の詩人」オウィディウスの面目が躍如としている。『変身物語』をこの視点で読み解いてみるのも面白い。

（9）ローマでは、「愛」や「恋」、あるいはその周縁の事物には「軟弱」、「惰弱」という否定的なニュアンスがつきまとった。オウィディウス（そして一群の恋愛詩人たち）の営みは、そうした社会風潮に対するアンチ（反抗あるいは抗議）という意義をもつものと位置づけられる。「柔和な愛を戯れに歌う歌い手」という自称は、オウィディウスの自作の墓碑にも用いられている。『悲しみの歌』三・三・七三以下参照。

（10）常用の国際マイル（約一・六キロメートル）とは異なり、いわゆる「ローマン・マイル」で、約一・四八キロメートル。

（11）ローマでは、通例、十六歳か十七歳で元服し、紫の縁取りのある少年服トガ・プラエテクスタを脱いで、縁取りのない白い成人服トガ・プーラを着るのが習いであった。

（12）オウィディウスの恋愛エレゲイア詩に属する作品の邦題に定まったものはなく、*Amores* は『恋の歌』、『愛さまざま』など、*Ars Amatoria* は『愛の技術』、『恋の技法』、『恋愛術』、『恋愛指南』など、*Remedia Amoris* は『恋愛治療』、『惚れた病の治療薬』、『恋の病の治療』など、*Heroides* は『名高き女たちの手紙』、『名婦の書簡』、『ヘーロイデス』などと訳されている。

（13）他に『悲しみの歌』一・一・六八、『黒海よりの手紙』二・九・七三、三・三・三八など。

（14）Thibault, p. 120.

（15）他に『悲しみの歌』三・五・四九、三・六・二七―二八、『黒海よりの手紙』一・六・二五など。

（16）前注（14）参照。

（17）Cf. Peter E. Knox, “A Poet’s Life”, in Knox (ed.) 2013, p. 6.

（18）歴史を英雄詩律で叙した、叙事詩の体裁をとる史書。

（19）Jeremy Dimmick, “Ovid in the Middle Ages: Authority and Poetry”, in Hardie (ed.), p. 264.

（20）Traube, S. 113.

（21）ほぼ同じ頃に『神曲』を書いたダンテは、「煉獄篇」でホメロスやウェルギリウスと並ぶ詩人としてオウィディウスを登場させただけではなく、オウィディウスの『変身物語』からアラクネとニオベ、アグラウロス、プロクネ、ミダス、ケンタウロスたちなど、多くの話を採録した。しかし、それぞれ驕慢、嫉妬、怒り、貪欲、暴飲暴食などの戒めの話に仕立て直しており、これもまた、そうしたキリスト教的寓意解釈によるオウィディウスの受容の一例と言えよう。

（22）Innes, pp. 9 and 13.

（23）Liveley, p. 155.

（24）Morgan, p. 57.

（25）E. J. Kenny, “The Metamorphoses: A Poet’s Poem”, in Knox (ed.) 2013, p. 146.

（26）Brown, p. 1.
（27）Liveley, p. 155.
（28）Charles Grosvenor Osgood, *The Classical Mythology of Milton's English Poems*, New York: Haskell House, 1964, Introduction, p. xliii.
（29）Samuel Johnson, "Life of Milton", in *Lives of the English Poets*, edited by George Birkbeck Hill, Vol. 1, Oxford: Clarendon Press, 1905, par. 163.
（30）モンテーニュ『エセー』一・二六「子供の教育について」、原二郎訳、岩波文庫、第一分冊、一九六五年、三三〇頁。
（31）John Miilton, *Elegia prima ad Carolum Diodatum*, 24.
（32）前注（23）参照。

ロドス　小アジア南岸沖の島。12.573
ロドペ　トラキアの山脈。10.11, 49, 77
ローマ　14.775, 779（ローマ人）, 800, 801, 808, 837, 849／15.431, 444（プリュギア人の末裔に定められた都）, 445（大都）, 487（都）, 584（都）, 596, 625（ロムルスの都）, 637（ローマ人）, 653（ローマ人）, 682（ローマ人）, 736, 756（クイリヌスの民ローマ）, 826, 862（都）, 877
ロメティウム　イタリア半島南部の西岸のどこかの町であろうという以外、不詳。15.705

リカス　エウボイアの海の巌（いわお）。ヘラクレスの従者リカスが変身したもの。9.229

リテルヌム　イタリア半島中部カンパニア地方の港町。15.714

リビュア（リビュエ）　アフリカ北岸の地方。アフリカあるいはエジプトの提喩。14.77／15.755（キニュプス流れる地）

リミュレ　小アジア南西部リュキア地方の町。9.646

リュキア　小アジア南西部の山岳地帯から地中海沿岸にかけての地方。その北西にカリア地方がある。9.645／12.116／13.255

リュコス　小アジア中央部プリュギア地方の川。一度、伏流水となって地下を流れ、再び姿を現してマイアンドロス川に注ぐ。15.273

リュディア　小アジア西部の地方。エトルリア人の故郷とされる。11.98

リュルネソス　小アジア北西部トロアス地方の町。12.108／13.175

リュンケスタイ族　マケドニア南部にいた部族。15.329

リリュバエウム（リリュバイオン）シキリア（シシリー）島西部の岬。13.726

ルトゥリ族　トロイアを逃れたアエネアスがラティウムに来て戦った、トゥルヌスを王とする部族。14.450（勇猛な部族），455, 528, 567

レウカス（レウカディア）　イオニア海の島。アポロ神殿があった。15.289

レウコシア　イタリア半島南部ルカニア地方パエストゥム沖の小島。15.708

レギウム（レギオン）　イタリア半島北部ガリア・キサルピナの町。14.5, 47, 48

レスボス　エーゲ海北東部の小アジアに面する島。11.55／13.173

レテ　冥界にある川の一つで、その水を飲むといっさいを忘れるという「忘却の川」。11.603

レムノス　エーゲ海北東の島。ユピテル（ゼウス）が天界からウルカヌス（ヘパイストス）を突き落とした時、この島に落ち、以来ウルカヌスの聖地とされた。13.46, 313

レルナ　ペロポンネソス半島東部アルゴリス地方の沼沢地。ヘラクレスが退治した蛟（みずち）ヒュドラが棲んでいたという。9.69, 130, 158

レレゲス人　有史以前にギリシア、小アジアに住んでいたとされる古代民族。エジプトから来たレレクス王を祖とするという。9.645, 651

ロイテイオン　ヘッレスポントス沿岸にあった、小アジア北西部トロアス地方の岬と町。11.197

ガメムノンの居城があった。12.34／15.426, 428
ミュシア　小アジア北西部の国。15.277
ミレトス　小アジア西岸イオニア地方の町、あるいはその創建者。9.444, 447, 449（創建者である自らの名に因んだ城市）
ミントゥルナエ　イタリア半島中部ラティウム地方のアッピア街道沿いの町。15.716
ムティナ　イタリア半島北部ガリア・キサルピナ地方の町。前43年のムティナの戦いの舞台。15.822
メッサナ　シキリア（シシリー）島北東岸、メッシナ海峡に臨む港町。14.17
メッサピア　イタリア半島のかかとにあたる地方。14.513
メッセネ　ペロポンネソス半島南西部メッセニア地方の主都。12.549
メテュムナ　エーゲ海北東部のレスボス島の町。11.55
モロッソイ人　ギリシア北西部エペイロス地方の部族。13.716

ラ　行

ライストリュゴネス族　イタリア半島中部ラティウム地方の港町フォルミアエ、あるいはシキリア（シシリー）島にいたとされる食人巨人族。14.233, 237
ラウィニウム　イタリア半島中部ラティウム地方の海岸町。その地の王ラティヌスの娘で、アエネアスの妻となったラウィニアの名にちなむ。15.728
ラウレントゥム　イタリア半島中部ラティウム地方の海岸町。帝政期にはラウィニウムと統合された。14.342, 598
ラキニウム　イタリア半島南端ブルッティイ地方のクロトン近くの岬。ユノー神殿があった。15.13, 702
ラクス・ネモレンシス（森の湖）ローマ近郊アリキア近くのディアナの聖林にある湖。現在のネミ湖。14.331（ディアナの聖林にある湖）
ラケダイモン　スパルタの公式名称。15.50（ラケダイモン人）
ラティウム　ローマが位置するイタリア半島中部の地方。14.326, 390, 422, 452, 609, 623, 832／15.481, 486, 582, 626, 729, 742
ラピタイ人　ギリシア北部テッサリア地方に住んだ民族。その王ペイリトオスはテセウスの無二の親友。その結婚式の折、ケンタウロスたちと戦った。12.250, 261, 417, 530, 536／14.669
ラムヌス　ギリシア中部アッティカ地方北部の町。傲慢を罰する女神ネメシスの神殿があり、その神像で名高い。14.694

名高いテンペ渓谷を形成する。12.209
ペネオス　ペロポンネソス半島中央部アルカディア地方の湖、およびその湖畔の町。15.332
ヘブロス（ヘブルス）　トラキアの川。11.51
ペラスゴイ人　有史以前のアルカディアの伝説的古王ペラスゴスの「子たち、末裔たち」の意。ギリシア人の換喩としても用いられる。12.7, 19, 612／13.13, 128
ペリオン　ギリシア北部テッサリア地方東部の高山。12.74, 513／13.108
ヘリケ　ペロポンネソス半島北西部アカイア地方の港町。地震で海中に没した。15.293
ペルガマ　トロイアの城塞。トロイアの提喩。12.445, 591／13.168, 219, 320, 348, 349, 374, 507, 519／14.467／15.442
ヘルクラネウム　イタリア半島中部カンパニア地方、ネアポリスとポンペイの間にあった港町。15.711（ヘラクレスの町）
ベレキュントス　小アジア中央部プリュギア地方の山。キュベレ女神に捧げられた。プリュギアの提喩。11.16, 106
ペレトロニオン　ギリシア北部テッサリア地方の山岳地帯。ケンタウロスたちとラピタイ人の住地とされた。12.452
ペロルス（ペロロス）　シキリア（シシリー）島北東部の岬。13.727／15.706
ボイオティア　ギリシア中部アッティカ地方北方のテバイを主都とする地方。12.8
ポイニケ（ポエニケ）　シュリア（シリア）南部の沿岸地方。フェニキア。15.287
ポキス　ギリシア中部ボイオティア地方と西部アイトリア地方の間の地方。アポロの神託所デルポイのあるギリシア最高峰パルナソス山がある。11.347
ポントス（・エウクセイノス）　黒海周辺の、特にビテュニアとアルメニアの間の地域。15.756

マ　行

マイアンドロス　小アジア中央部プリュギアを流れる川、およびその河神。蛇行を繰り返す川として名高い。9.451, 574
マグネテス人　ギリシア北部テッサリア地方東部のマグネシアの住人。11.408
マケドニア　テッサリアとトラキアの間の地域。12.466
マレオティス　エジプトのアレクサンドリア近くの湖、およびその湖畔の町。マレアあるいはマレオタとも言う。9.773
ミュケナイ　ペロポンネソス半島東部アルゴリス地方の古都。ア

の一。11.555
ファルファルス（ファバリス） ティベリス（テベレ）川に注ぐ小流。14.330
フォルミアエ イタリア半島中部ラティウム地方の海岸町。15.717（アンティパテスの居所）
プティア ギリシア北部テッサリア地方の町。アキレウスの生地。13.156
ブトロトス（ブトロトン） ギリシア北西部エペイロス地方の港町。13.720
ブバッソス 小アジア南西部の海岸地方カリアの町。9.644
プラエルプタ（断崖）・ケレンニア イタリア半島南部の西岸のどこかであろうという以外、不詳。15.704
ブリス ペロポンネソス半島北西部アカイア地方の港町。地震で海中に没した。15.293
ブリタンニア ブリテン島。15.752
プリュギア 小アジア中央部の地方。トロイアの提喩。10.155／11.90, 203／12.70, 148, 612／13.44, 244, 429／14.79, 547, 562／15.444
プレウロン ギリシア西部アイトリア地方南部の町。14.494
プレギュアイ人 ギリシアのテッサリア南部の部族。11.414
プレグラ マケドニア南部の半島、あるいはその付け根の町。パッレネ（ペッレネ）の古名。オリュンポスの神々と巨人族との戦い（ギガントマキア）の舞台とされる。10.151
プレゲトン 火が流れているとされる冥界の川。15.532
プロキュテ（プロキュタ） イタリア半島中部カンパニア地方プテオリ沖の小島。14.89
ペウケティア イタリア半島南東部アプリア地方の一地域。14.513
ヘスペリア 「ヘスペルス（宵の明星）の国」、すなわち「西方の国」の意。漠然と、ギリシアから見てイタリア以西、イタリアから見てヒスパニア（スペイン）以西の国を指す。11.258
ペッラ マケドニアの王都。アレクサンドロス大王の生地。12.254
ペッライビア ギリシア北部テッサリア地方北部の山岳地帯。12.172, 173
ヘッレスポントス ヘッレが墜死した海（「ヘッレの海」の意）で、現在のダーダネルス海峡を指す。11.195（ヘッレの狭い海）／13.406
ペネイオス ギリシア北部テッサリア地方の川、およびその河神（ダプネの父）。オリュンポス山とオッサ山の間で景勝地として

パライトニオン（パラエトニウム）　アフリカ北岸リビュア（リビュエ）の港町。9.773
パラティウム　ローマ七丘の一。共和政期には多くの有力貴族の邸宅が、帝政期には帝居があった主要な丘。ローマの提喩。14.333, 622, 822／15.560
パルサリア　ギリシア北部テッサリア地方の町パルサロス近郊の平原。カエサルとポンペイウスの間で決戦が行われた地として名高い。15.823
パルテニオス　ペロポンネソス半島中央部の丘陵地帯アルカディアの山。9.188
パルテノペ　ネアポリス（ナポリ）の古名。14.101／15.712
パルナソス（パルナッソス）　ギリシア中部ポキス地方にあるギリシアの最高峰。その南側の中腹にアポロの神託所デルポイがある。ムーサたちの聖山でもある。11.165, 339
パロス　エジプトのアレクサンドリア沖の小島。9.773／15.287
パンカイア　アラビアの伝説的な地方。没薬で名高い。10.307, 478
ビストニア　トラキアの一部族ビストネスの居住地域。トラキアの提喩。13.430
ピテクサイ　「猿島」の意で、ネアポリス（ナポリ）沖に浮かぶ島。イナリメ島と同一視されるが、本書では別の島とされている。14.90
ヒベリア　ヒスパニア（スペイン）。15.12
ヒベルス　ヒスパニア（スペイン）の川。エブロ川。9.184
ヒュパイパ　小アジア西部リュディア地方の寒村。11.152
ヒュパニス　黒海に注ぐサルマティアの川。15.285
ヒュペルボレオイ人　極北に住んでいるとされた伝説的民族。「北風（ボレアス）のさらに向こう（ヒュペル）に住む人々」の意。15.356
ヒュメットス　アテナイ近郊の山。蜂蜜と大理石で名高い。10.286
ヒュレ　ギリシア中部ボイオティア地方の町。13.683
ピュロス　ペロポンネソス半島南西部の町。老将ネストルの居城があった。12.536, 542, 550／15.838
ピリッピ　マケドニアの町、およびその近郊の野。ここでオクタウィアヌス（のちのアウグストゥス）がカエサル暗殺者のブルートゥス、カッシウスら共和派を破った。15.824
ピンドス　ギリシア北部テッサリア地方と北西部エペイロス地方の境の高山。ムーサたちの聖地

ナル　ウンブリアを流れる川。ティベリス（テベレ）川の支流。14.329

ニルス　ナイル（川）。9.774／15.753

ヌミキウス（ヌミクス）　ラティウム地方の川、およびその河神。その畔にアエネアスが埋葬された。14.328

ヌミディア　アフリカ大陸北西岸の地域。ほぼ現在のアルジェリア北部にあたる。15.754

ネメア　ペロポンネソス半島東部アルゴリス地方の谷。ヘラクレスがその大獅子を退治し、以後その毛皮を纏った。9.197, 235

ネメセ　イタリア半島南端ブルッティイ地方の町。15.52

ネリトス　ギリシア西部、イオニア海のイタケ（イタカ）島（オデュッセウスの故国）近くの島、あるいはその山。イタケの換喩。13.712／14.563

ネレトゥム　イタリア半島南東端カラブリア地方の町。15.51

ノリクム　ダニューブ川とアルプス山脈の間の地域。ほぼ現在のオーストリアにあたる。鉄の産地として名高い。14.712

ハ　行

バイアエ　イタリア半島中部カンパニア地方の海岸町。温泉で名高い。15.713（温泉地）

パイアケス人　スケリエ島（コルキュラ島と信じられた）に住んだという伝説的民族。トロイアからの帰路、ウリクセス（オデュッセウス）はここに漂着し、その王アルキノオスに歓待された。13.719

パイストス　クレタ島の町。9.669, 716

ハイモス　トラキア北部の高山あるいは山脈。バルカン山脈。10.77

ハイモニア　ギリシア北部テッサリア地方の雅称。11.229, 409, 651／12.81, 213, 353

パエストゥム　イタリア半島南部ルカニア地方の町。15.708

パガサ（イ）　ギリシア北部テッサリア地方の港町。アルゴー船の建造地。12.412／13.23

パキュヌス（パキュノス）　シキリア（シシリー）島南東部の岬。13.725

パクトロス　小アジア西部リュディア地方の川。砂金で名高い。11.87, 137（サルディスの畔を流れる川）

パッレネ　ヒュペルボレオイ人の地（極北）にあるという以外、不詳の地域。15.356

パポス　キュプロス（島）の町。ウェヌス（アプロディテ）の聖地の一。キュプロス（島）の提喩。10.290, 297, 530

後、固定されたという。古名オルテュギア。9.331／11.174／12.597／13.631（アポロの愛でる聖都），650／15.541
トゥリイ（トゥリウム、トゥリアエ）　イタリア半島南端タレントゥム（ターラント）湾沿いの町。15.52
ドゥリキオン　イオニア海の島。ウリクセス（オデュッセウス）の故国の島イタケ（イタカ）近くの小島で、ウリクセスの領地の一。13.107, 424, 711／14.226
ドドネ　ギリシア北西部エペイロス地方の町。ユピテル（ゼウス）の神託所で名高い。13.716
トモロス　小アジア西部リュディア地方の高山、およびその神。11.152, 156（神トモロス），157（老神トモロス），163, 170, 172, 194
トラカス（タッラキナ）　イタリア半島中部ラティウム地方の町。15.717
トラキア　マケドニアの東の広大な地域。9.194／10.11, 49, 83／11.1, 93／13.435（トラキア人），439, 537, 565, 628（トラキア人），629（ポリュドロスの血に塗れた地）
トラキス　テッサリアのオイテ山麓の町。11.269, 282, 351, 382, 502, 626
トリトニス　アフリカ北岸リビュア（リビュエ）の湖。ミネルウァ（アテナ）が父ユピテル（ゼウス）の頭から飛び出して生まれた地とされ、ミネルウァは「トリトニス湖縁（ゆかり）の女神」と呼ばれる。15.357
トロイア　小アジア北西部トロアス地方の主都。トロイア戦争の舞台。イリオンの名でも呼ばれる。9.232／11.199, 208, 757, 773／12.20, 25, 38, 66（トロイア人），587, 604／13.23, 44, 53, 91（トロイア人），169, 197, 198, 226, 246, 261, 269, 327, 335, 336, 339, 343, 348, 376（トロイア人），379, 389（トロイア人），404, 412（ダルダノス縁（ゆかり）の地），420, 429, 432, 435（トロイア人），480, 500, 538, 566（トロイア女），572（トロイア人），576, 579, 623, 655, 702（トロイア人），721／14.75, 110, 154, 220, 245（トロイア人），455／15.160, 422, 437, 440, 442, 452（トロイア人），730, 770
トロイゼン　ペロポンネソス半島東部アルゴリス地方の町。15.296, 506
ドロペス人　ギリシア北部テッサリア地方の一部族。12.364

ナ　行

ナリュキア　イタリア半島南端ブルッティイ地方の町。別名ロクリ・エピゼピュリイ。15.705
ナリュクス（ナリュクム）　ギリシア中部ロクリス地方の町。14.467

る町（ギリシア語名タラス）。15.50
ディクテ　クレタ島の山。その洞窟で嬰児のユピテル（ゼウス）が養育されたという。クレタの提喩。9.717
ティスベ　ギリシア中部アッティカ地方の北に位置するボイオティア地方の町。鳩で名高い。11.300
ティベリス（ティベリヌス）　ローマを流れる川。テベレ（川）。14.616（その川）／15.728
ティベリヌス　→ティベリス
ティモロス（トモロス）　小アジア西部リュディア地方の山。11.86
ティリュンス　ペロポンネソス半島東部アルゴリス地方の古都。ヘラクレスの生地、あるいは縁（ゆかり）の地。9.66, 268／12.563／13.401
テウクロイ人　トロイア人のこと。伝説的古王テウケルにちなむ呼称。13.705
テッサリア　ギリシア北部の地方。12.190
テネドス　エーゲ海東北端、小アジアのトロアス地方沖の小島。ギリシアの船隊が帰国を装って、ここに隠れた島として名高い。12.109／13.174
テバイ　⑴ギリシア中部アッティカ地方の北方にあるボイオティア地方の主都。ボイオティアの提喩。9.304, 403／13.685（七つの門がある都）, 692／15.427（アンピオン縁（ゆかり）の都）, 429　⑵小アジア北西部ミュシア地方の主都。ヘクトルの妻アンドロマケの生地。12.110／13.172
テメセ（テメサ）　イタリア半島南端ブルッティイ地方の町。銅山で名高い。15.707
テュッレニア　エトルリア（地方）の別称。14.8, 452／15.553, 577
テュブリス　ティベリス（テベレ）川の雅称。14.427, 447／15.432, 624
テュロス　ポエニキア（フェニキア）南部の港町。貝紫（緋色）の染料の産地として名高い。テバイ王家の故地。9.340／10.211／11.166／15.287
デルポイ　ギリシア中部ポキス地方のパルナソス山（アポロとムーサたちの聖山で、ギリシア最高峰）の南側の中腹にあったアポロの神託所。9.331／10.168／11.303, 413／15.144, 631
テルモドン　黒海南岸のポントス地方を流れる川。その近辺に女族アマゾネスが住んだとされる。9.189／12.611
デロス　エーゲ海南部のキュクラデス諸島のほぼ中央に位置する島。元は浮き島であったが、ラトナ（レトー）がここでアポロとディアナの双生神を産んで以

北方地域。10.588（スキュティア人）／14.330／15.285, 359
スキュラケウム　イタリア半島南端ブルッティイ地方の港町。15.702
スキュロス　(1)エウボイア島の北東にあるエーゲ海の島。アキレウスの子ネオプトレモス（別名ピュッロス）の生地。13.156　(2)(1)と同じとする説もあるが、おそらく小アジアのトロアス地方の同名の不詳の町。13.174
スタビアエ　イタリア半島中部カンパニア地方の町。ベスビウス火山の噴火で埋没した。15.711
スッレントゥム　イタリア半島中部カンパニア地方の半島、あるいはその町。ソレント。15.710
ステュクス　冥界最大の川。特に神々がその名にかけて誓いをする。「冥界、黄泉（の国）」、「死」、「地獄」などの換喩あるいは提喩として用いられる。10.13, 313, 697／11.500／12.321／15.154
ステュンパロス　ペロポンネソス半島中央部の丘陵地帯アルカディアの北東地域、もしくはそこにある山、あるいは町、あるいは湖の名。9.187
ストロパデス　イオニア海の二つの小島。女性の上半身と顔をもつ怪鳥ハルピュイアが棲むとされた。13.709
スパルタ　ペロポンネソス半島南東部ラコニア地方の主都。10.169, 217／15.426, 428

タ　行

タイナロン（タイナロス）　ペロポンネソス半島南端の岬。ネプトゥヌス（ポセイドン）の神殿があった。また、この付近に冥界への入り口があると信じられた。スパルタの提喩。10.13, 182
ダナオイ人（ダナオスの末裔）　エジプトからギリシアに来てアルゴスの王となったダナオスの「末裔」の意で、しばしば「ギリシア人」の換喩として使われる。12.13／13.134, 238, 325／14.467, 470
タマソス　キュプロス島中部の町。10.644
タルタロス（タルタラ）　冥界の最深部にあって罪人が罰を受けるところと信じられた。「冥界」、「地獄」の提喩。10.21／11.670／12.257, 523, 534（あの世）
タルテッスス（タルテッソス）　ヒスパニア（スペイン）南部バエティス川河口の町。14.416
タルペイア（の岩）　カピトリウム丘の懸崖。祖国を裏切ったタルペイアにちなみ、重罪人がそこから投げ落とされた。15.866
タレントゥム　イタリア半島南端の、いわゆるかかとの部分にあ

アのイオニア地方沖の島。ユノー（ヘラ）の聖地の一。ピュタゴラスの生地。15.60, 61 (2)ギリシア西部、イオニア海のイタカ（イタケ）島（オデュッセウスの故国）近くの島。ケパレニア島の別称。13.711

サラミス　ウェヌス（アプロディテ）神殿で名高い、キュプロス島の町。14.759

サルディス　小アジア西部リュディア地方の主都。11.137, 151

サルマキス　小アジア南西部カリア地方ハリカルナッソスの泉、およびそのニンフ。その水を飲むと「女性化する」と言われる。15.319

ザンクレ　シキリア（シシリー）島のメッサナの旧名。13.729／14.5, 47／15.290

シカニ（族）　イタリアからシキリアに移住した一部族。それにちなみ、シキリアは雅称でシカニアとも称される。13.724／15.279

シカニア　シキリア（シシリー）島の古称、あるいはその雅称。→シカニ（族）

シキリア　シシリー（島）。13.770／14.6／15.706, 825

シゲイオン　小アジア北西部トロアス地方の岬とそこにある町。アキレウスの埋葬地とされる。11.197／12.71／13.3

シトニオイ人　トラキアの部族。13.571

シドン　シュリア（シリア）の沿岸地方ポエニキア（フェニキア）の港町。貝紫（緋色）の染料の産地として名高い。ポエニキアの提喩。10.267／14.78

シヌエッサ　イタリア半島中部ラティウム地方とカンパニア地方の境にある海岸町。15.715

シモエイス（シモイス）　小アジア北西部トロアス地方の川。スカマンドロス川の支流の一。13.326

シュバリス　イタリア半島南端のタレントゥム近くを流れる川、およびその流域の町。15.51, 315

シュマイトス　シキリア（シシリー）島東岸の川、およびその河神。13.750, 879

シュンプレガデス　ボスポラス海峡北端、黒海への出口付近の海に突き出た二つの大岩。その間を船が通ると打ち合わさって難船させると言われた。15.338

スキュッラ　メッシナ海峡の難所の一の岩礁。擬人化されて、多数の犬を腰に巻く、ニンフが変身した怪女と想像された。13.730, 900, 907, 912, 966／14.17, 38, 41, 52, 54, 55, 59, 68, 70, 72

スキュティア　黒海やカスピ海の

9.669
クマエ　イタリア半島中部カンパニア地方の町。イタリアにおける最古のギリシア植民市。その近郊にある女予言者シビュッラの巫女の洞窟で名高い。14.103, 121, 135, 156（エウボイア縁（ゆかり）の植民市）／15.712, 713
クラゴス　小アジア南西部の山岳地帯リュキア地方の山。怪物キマイラが棲むとされた。9.646
クラティス　イタリア半島南端ブルッティイ地方の川。その水は髪の毛の色を琥珀色あるいは黄金色に変えるとされた。15.315
クラロス　小アジア西岸のイオニア地方の町。アポロの神殿と神託所で名高い。11.412
クリュセ　小アジア北西部トロアス地方の港町。アポロの神殿があった。13.174
クレイトル　ペロポンネソス半島中央部アルカディア地方の町。15.322
クレス　イタリア半島中部ラティウム地方にいた古い部族サビニ（のちにローマに統合された）の古い町。14.778／15.7
クレタ　エーゲ海南部の島。9.666, 667, 717, 735／13.706, 707（百の都市）／15.540, 541
クロトン　イタリア半島南端ブルッティイ地方東岸の町。ピュタゴラスの移住地。名は古王クロトンの名にちなむ。15.8（ヘラクレスを客人として歓待した都）, 18（都）, 55, 57（都）
ケオス　エーゲ海南部のキュクラデス諸島の島。10.119
ケナイオン　ギリシア東岸沖のエウボイア島北西の岬、あるいはその付け根の町。ユピテル神殿があった。9.136
ケブレン　小アジアのトロアス地方の川、およびその河神。11.769
コリントス　ペロポンネソス半島北東部コリントス地峡に臨む町。15.507
コルキス　黒海東岸の国。アルゴー船物語の舞台で、メデイアの故国。13.24

サ　行

サクサ（岩礁）・アンプリシア　イタリア半島南部の岩礁という以外、不詳。15.703
サッレンティニ人　イタリア半島南東端カラブリア地方にいた部族。15.51
サバ人　アラビア半島南端のアラビア・フェリクス（現在のイエメンあたり）にいた部族。10.480
サビニ人　ローマの北方にいた部族。ローマ建国初期からローマ人と融合した。14.775, 797, 799, 800, 832／15.4
サモス　(1)エーゲ海東部、小アジ

カリア　小アジア南西部の海岸地方。その南東にリュキア地方がある。9.645
カリュドン　ギリシア西部アイトリア地方の町。メレアグロスが退治した「カリュドンの猪」で名高い。9.3, 112, 147／14.512／15.769
カリュブディス　メッシナ海峡の難所の大渦。13.730／14.75
カルタイア　エーゲ海南部のキュクラデス諸島の島ケア（ケオス）の城市。10.109
カルタゴ　ポエニキア（フェニキア）から逃れてきたディドーが建設したとされるアフリカ北岸の町。14.82（砂地の土地に建てられた新都）
カルパトス　クレタ島とロドス島の間にあるエーゲ海の島。11.249
キコネス（族）　トラキアのヘブロス川河畔にいた部族、およびその地域。10.2／11.4／15.313
キッラ　小アジア北西部トロアス地方の町。13.174
キニュプス　アフリカ北岸リビュアの川。15.755
キュッレネ　ペロポンネソス半島中央部アルカディア地方の山。メルクリウス（ヘルメス）の生誕地とされる。11.304／13.146
キュテラ　ペロポンネソス半島最南端マレア岬沖にあるエーゲ海の島。海の泡から生まれたウェヌス（アプロディテ）がたどりついた島とされ、その信仰の中心地の一。10.529, 640, 717／13.624／14.487, 583／15.386, 803, 816
キュプロス　地中海東端にある島。10.270, 645, 718／14.696
ギリシア（グラエキア）　12.64, 609／13.199（ギリシア勢）, 238（ギリシア勢）, 241（ギリシア勢）, 281（ギリシア勢）, 402（ギリシア勢）, 414／14.164（ギリシア人）, 220（ギリシア人）, 325, 474／15.9, 645
キルケイイ　ティベリス川河口東の岬。（キルケ縁（ゆかり）の地）15.718
キンメリオイ人　オケアノスの涯の地で、霧と雲に包まれ、闇の中に住むとされた伝説的部族。11.592
クイリヌスの末裔（クイリテス）　ローマ人の雅称。14.607, 822／15.600（クイリヌスの民）, 756（クイリヌスの民）
クサントス　トロイア近郊を流れる川。別名スカマンドロス。9.646
クニドス　小アジア南西部カリア地方の町。ウェヌス（アプロディテ）神像で名高い。10.531
クノッソス　ミノア文明の中心地クレタ島の王都。宮殿と迷路（ラビュリントス）で名高い。

後、浄福の人々の魂が冥界で住むところ。極楽浄土にあたる。14.111
エレボス（エレブス）　冥界、あるいは冥界の神。14.404
オイカリア　ギリシア東岸沖にあるエウボイア島の町。9.136, 330
オイテ　ギリシア北部のテッサリア地方と西部のアイトリア地方の境の高山。その山頂でヘラクレスが自ら焼身し、昇天した。9.165, 204, 230, 249／11.382
オケアノス　大地を取り巻いているとされた大洋、およびその神。9.498, 593（海）／13.292, 951／15.13, 30, 829
オッサ　ギリシア北部テッサリア地方の高山。12.319
オトリュス　ギリシア北部テッサリア地方南部の高山。12.173, 512
オピウサ　キュプロス（島）の古名。10.229
オリュンポス　マケドニアとギリシア北部テッサリア地方の境の高山。ゼウスをはじめ、オリュンポス十二神がその頂に住むとされた。13.761
オルテュギア　デロス島の古名。15.337
オンケストス　ギリシア中部ボイオティア地方の町。10.605

カ　行

カイエタ　ラティウム地方の港町。アエネアスの乳母の埋葬地で、名はそれにちなむ。14.157（まだ乳母の名に因んだ名をもたぬ海岸）／15.716（養い子が乳母を埋葬した地）
カイコス　小アジア北西部ミュシア地方の川。12.111／15.277
カウロン　イタリア半島南端ブルッティイ地方の町。カウロニアとも言う。15.705
カオニア　ギリシア北西部エペイロス地方北部に住んだ部族カオネス人の地。10.90／13.718
カストルム（・イヌイ）「イヌウス（家畜の神）の砦」の意で、ラティウム地方アルデア近くの町。15.727
カノプス（カノポス）　下エジプト、ナイル川河口の町。アエギュプトゥス（エジプト）の提喩。15.828
カピトリウム　ローマ七丘の一。ユピテル神殿やユノー神殿などがあった最も重要な丘。ローマの提喩。15.588, 827, 842
カプレアエ　イタリア半島中部カンパニア地方沖（ナポリ湾）に浮かぶ島。カプリ。15.709
カペレウス（カパレウス）　ギリシア東岸沖のエウボイア島の断崖の岬。14.472

ティア地方の主都テバイ近くを流れる川。13.682

イタケ（イタカ）　イオニア海の島。オデュッセウス（ウリクセス）の故国で、領土。13.512, 711／14.169, 563

イタリア（ラティウム）　13.678（古の母）／14.6, 17／15.9, 58, 291, 701

イダリオン　キュプロス島の山、あるいはその麓の町。ウェヌスの神殿があった。14.693

イデ（イダ）　プリュギア地方のトロイア近くの山。10.71／11.763／12.521／13.326／14.535

イナコス　ペロポンネソス半島東部アルゴリス地方の川、およびその河神（イオーの父）。9.687

イナリメ　イタリア半島中部カンパニア地方沖の火山島。アエナリア（ギリシア語名ピテクサイ）の雅称。14.89

イリオン　トロイアの雅称。10.159／11.766／12.598／13.196, 408, 505／14.466

インスラ（島）　ティベリス（テベレ）川の中州の島。15.740

インディア　インド。11.167／15.413

ウォルトゥルヌス（ウルトゥルヌス）　イタリア半島中部カンパニア地方の川。15.715

エウエノス　ギリシア西部アイトリア地方の主都カリュドン近郊を流れる川。旧名リュコルマス。9.104

エウボイア　ギリシア東岸沖にある大きな島。9.218, 226／13.182, 661, 905／14.1, 155

エウロタス　ペロポンネソス半島南東部ラコニア地方の主都スパルタ近郊を流れる川。10.169

エドノイ族　トラキアの部族。オルペウスを殺し、バッコスによって木に変えられたという。11.69

エトルリア　イタリア半島中部ラティウム地方北方の地方。テュッレニアとも。14.224, 615／15.558

エピダウロス　ペロポンネソス半島東部アルゴリス地方の町。医神アスクレピオスの聖地。15.643, 723

エペイロス　ギリシア北西部の地方。13.720

エマティア　マケドニアの王都ペッラ西方の地方。テッサリアあるいはマケドニアの提喩。12.462／15.824

エラシノス　ペロポンネソス半島東部アルゴリス地方の川。15.275

エリス　ペロポンネソス半島西部の地方。ゼウス神殿とオリュンピア祭で名高いオリュンピアはここにある。9.187／12.550／14.325

エリュシウム（エリュシオン）　死

531
アミュクライ　ペロポンネソス半島ラコニア地方の古都。スパルタの換喩。10.162
アメナヌス（アメナノス）　シキリア（シシリー）島東岸の川。15.279
アラビア人　10.478
アリキア　ローマ南方25キロにある町。その近郊のディアナの神域である聖林と湖（森の湖（ラクス・ネモレンシス））で名高い。15.488
アルカディア　ペロポンネソス半島中央部の丘陵地帯。9.191／15.331
アルゴス　ペロポンネソス半島東部アルゴリス地方の主都。ギリシアの提喩。9.275, 313／12.149, 627／15.19, 163
アルゴリス　ペロポンネソス半島東部地方。15.276
アルデア　イタリア半島中部ラティウム地方にあったルトゥリ族の主都。アエネアスと争ったトゥルヌス王の居城があった。14.574
アルバ（・ロンガ）　アエネアスの子ユルスが建設した新都。ローマの母市。14.609, 673
アルブラ　ティベリス（テベレ）川の古名。14.328
アルペス　アルプス（山脈）。14.794
アルメニア　黒海とカスピ海の間の地方。15.86
アルモー　ローマの南側の市壁のすぐ脇を流れ、ティベリス（テベレ）川に注ぐ短い川。14.329
アンタンドロス　小アジア北西部トロアス地方にあるイデ山麓の港町。トロイアを逃れたアエネアスの出港地。13.628
アンティウム　イタリア半島中部ラティウム地方の町。皇帝ネローの生地で、フォルトゥナ神殿で名高い。15.718
アンティッサ　レスボス島西岸の町。15.287
アンテドン　ギリシア中部ボイオティア地方東部のエウボイア湾に臨む港町。13.905
アンドロス　エーゲ海南部のキュクラデス諸島最北の島。13.648, 661
アンブラキア　ギリシア北西部エペイロス地方の町。13.713, 715
イアピュギア　カラブリア地方、アプリア地方を含むイタリア半島南東地方のギリシア語名。14.458, 510／15.52, 703
イオニア海　ギリシア西部とイタリア半島南部の間の海。15.49, 700
イスマロス　トラキアの南部の山、あるいはその麓の町。トラキアの提喩。10.305／13.530
イスメノス　ギリシア中部ボイオ

アオニア　ムーサたちの聖山ヘリコンがある、ギリシア中部ボイオティア地方の北西部地域。ボイオティアの提喩。9.111／10.588／12.24／13.681

アカイア　本来は、ギリシアのテッサリア地方南部の地域（アカイア・プティオティス）、あるいはペロポンネソス半島北西部地方を言うが、のちのローマの属州としてギリシア全域を指すこともある。12.70, 168（アカイア人）／13.136, 327, 445／14.191（アカイア人）／15.293

アキス　元は海の神ガラテイアに愛されたファウヌスの息子。嫉妬した一つ目の巨人ポリュペモスに殺され、シキリアの川およびその河神になったという。13.750, 756, 861, 874, 879（シュマイトスの孫の英雄）, 883, 884, 886, 895-897

アクティオン（アクティウム）　アンブラキア湾入り口の岬に位置する、デルポイと並ぶアポロ信仰の二大聖地の一。13.715

アケロオス　ピンドス山に源を発するギリシア最大の川、およびその河神。アカルナニア地方とアイトリア地方の境をなし、イオニア海に注ぐ。9.96, 413／14.87

アケロン　冥界の入り口を流れる川（三途の川にあたる）、およびその河神。地獄の番犬ケルベロスが番をし、渡し守カロンが舟で死者の霊を冥界へと渡す。同じく冥界の河ステュクスの支流と考えられた。11.504／14.591

アシア　（小）アジア。13.484

アタマニア　ギリシア北西部エペイロス地方の一地域。15.311（アタマニア人）

アッシュリア　西はメソポタミア、東はメディア、南はバビュロニアに囲まれた王国。15.393

アッペンニヌス　アペニン山脈。15.432

アテナイ　ギリシア中部アッティカ地方の主都。15.427（ケクロプスの都）, 430

アトス　マケドニアの高山。11.555

アトラクス　ギリシア北部テッサリア地方中部の町。12.208

アニオー　ティベリス（テベレ）川の一支流。14.329

アニグロス　ペロポンネソス半島西部エリス地方の小流。15.281

アプリア　イタリア半島南東部の地方。14.517

アマゾン（族）（アマゾネス）　黒海南岸ポントス地方のテルモドン河畔に住んでいるとされた女族。12.611（テルモドン河畔に住む女族）／15.552

アマトゥス　地中海東部のキュプロス島南岸の町。ウェヌスに捧げられた聖地の一。10.220, 226,

地名・民族名索引（下）

- 本文に登場する地名および民族名を以下に掲げる。
- 出現する箇所は、巻数と行数で示した。例）10.162＝第一〇巻一六二行
- 巻の区切りは「／」で示している。
- 各地名・民族名には簡便な説明を付し、読者の便宜を図った。
- 本索引が対象とするのは、下巻所収の第九巻から第一五巻である。第一巻から第八巻については、上巻に同様の索引を収録する。

ア 行

アイオリア　風神アイオロスの住むという島。シキリア（シシリー）島北方、テュレニア海に浮かぶエオリア諸島、もしくはリーパリ諸島とされる。14.232（アイオロスの治める島）
アイギュプトス　エジプト。15.826
アイゲウスの海　エーゲ海（テセウスの父アイゲウスが投身自殺したことから）。9.448／11.663
アイトリア　ギリシア西部のロクリスとアカルナニアの間の地方。14.461, 527
アウェルヌス　イタリア半島中部カンパニア地方の海岸町プテオリ付近の湖。冥界への入り口があるとされた。14.105
アウェンティヌス　ローマ七丘の一。ここに住んだ同名の伝説的古王にちなむ。14.621（自らの名を与えた山）
アウソニア　イタリア半島南部の一地域。イタリアの提喩あるいは雅称。13.708／14.76, 320, 772, 786／15.646, 693
アウリス　ギリシア中部ボイオティア地方のエウボイア島に面する浜辺。トロイア戦争時のギリシア軍の艦船の集結地として名高い。12.9／13.182
アエサル　イタリア半島南端ブルッティイ地方の川。15.22, 54
アエティオピア　漠然と中央アフリカ東部の内陸部を指す。エティオピア。15.319
アエトナ　シキリア（シシリー）島の活火山エトナ。13.770, 868, 877／14.2, 160, 188／15.340

14.504
リュコペス　12.350
ルキナ　9.294, 297, 310（女神）, 314（お産を司る女神）, 698／10.507, 510
明けの明星（ルキフェル）　11.97, 271, 296（例の星）, 319（輝く祖父）, 346, 452（私の父）, 561（父）, 570, 571／15.189, 789
ルナ　15.196（夜のディアナ）, 790
レア・シルウィア　14.781（イリア）, 823（イリア）
レクセノル　14.504
レソス　13.99, 249
レタイア　10.70
レナイオス　→バッコス
レムルス　14.616, 617
ロイトス　12.271, 285, 287, 290, 293, 296, 298, 300
ロティス　9.347
ロムルス　14.773（孫）, 781（イリアの子）, 799, 805, 823（イリアの子）, 837（ローマの王）, 846, 849（ローマの都の建設者）／15.2（偉大な王）, 561, 625

（キュッレネ生まれの神）
メルメロス　12.304
メレアグロス　9.149
モニュコス　12.499, 510
モプソス　12.455, 524（アンピュコスの子）, 527, 529
モルペウス　11.634, 637, 647, 650, 671

ヤ　行

ヤヌス　14.334, 381, 785, 789
ユノー　9.15（継母）, 21, 135, 176（サトゥルヌスの娘御）, 199（ユピテルの冷酷な伴侶）, 259（王妃）, 284, 308, 400, 499, 762, 796／10.161／11.578, 629／12.504, 505／13.574／14.85, 582, 592, 782（サトゥルヌスの娘御）, 830／15.163, 385, 701（女神）, 773
ユバ　15.755
ユピテル　9.14, 23, 25, 103, 136, 199, 209（父）, 229, 242（サトゥルヌスの子）, 260, 265, 271（全能の父神）, 289, 302, 413, 416, 427, 439, 499（オリュンポスを支配する神様）／10.148, 149, 155（神々の王）, 159, 161, 209, 224（主客の礼を守るユピテル）, 229／10.148, 159, 161／11.42, 198（雷鳴を轟かせる神）, 219, 224, 225, 286, 756／12.11, 51, 560, 586（弟神）／13.5, 27, 28, 91, 141-143, 145, 216, 217, 269, 384, 408, 574, 585（偉大な父神）, 598, 600, 842, 843, 857／14.91（神々の父神）, 585（父神）, 593（父神）, 596, 807（神々と人間の父神）, 816（全能の父神）／15.70, 386, 807（父神）, 843, 858, 859, 866, 871
「夢」　11.626, 633（父神）
ユルス　→アスカニウス

ラ　行

ラウィニア　14.449（その娘）, 570
ラエルテス　12.625／13.48, 124, 144
ラオメドン　11.196, 199, 203（プリュギアの王）, 214, 757
ラダマントス　9.436, 440
ラティヌス（アルバの王）　14.611, 612
ラティヌス（ラティウムの王）　14.448, 570（義父）
ラトナ　11.194／13.634
ラトレウス　12.463, 476, 478, 482, 489
ラモス　14.234
リウィア　15.836（后）
「嫉妬（リウォル）」　10.515
リカス　9.155, 212-214, 218, 219, 223, 226, 229
リグドス　9.670, 684
リペウス　12.352
リュアイオス　→バッコス
リュカバス　12.302
リュキダス　12.310
リュコス（ケンタウロス）　12.332
リュコス（ディオメデスの部下）

キア人の王), 537（トラキア王), 551, 554（オドリュサイ人の王), 561（背信の王）
ホルス　9.692（指で沈黙を促している神）
ポルバス（ケンタウロス）　12.321
ポルバス（プレギュアイ人の首領）　11.414
ポロス　12.306

マ　行

マイア　11.304
マイアンドロス（河神）　9.451, 574
マウォルス　→マルス
マカレウス（ケンタウロス）　12.452
マカレウス（ネリトスの息）　14.158, 166, 223, 318, 441
マルス　12.91／14.798, 806（マウォルス), 818（グラディウス)／15.863（グラディウス）
ミセヌス　14.102（アイオロスの子）
ミダス　11.91, 92, 94, 102, 105, 106, 115, 119, 121, 127, 131, 134, 146, 162, 173, 174, 179, 181, 182
ミトリダテス　15.755
ミネルウァ　12.151（パッラス), 360（パッラス)／13.100（パッラス), 337, 381, 653／14.468（処女神), 475／15.357（トリトニス湖縁（ゆかり）の女神), 709
ミノス　9.436, 437, 440, 441
ミュカレ　12.263
ミュスケロス　15.19, 21, 25（アレモンの子), 31, 35, 47（アレモンの子), 56
ミュッラ　10.311, 317, 356, 363, 369, 375, 382, 384, 386, 389, 393, 402, 406, 419, 427, 441, 442, 448, 453, 463, 469, 476, 499
ミレトス　9.444, 447, 635
ミロン　15.228
ムーサ　10.148／15.622
ムニコス　13.716（モロッソイ人の王）
ムルキベル　→ウルカヌス
メガレウス　10.605, 659
メティオケ　13.692（オリオンの二人の娘）
メドゥサ　10.21
メドン　12.303
メニッペ　13.692（オリオンの二人の娘）
メネラオス　12.622（アトレウスの子の弟のほう), 626（タンタロスの曽孫たち)／13.203, 359（アトレウスの若いほうの子)／15.162（アトレウスの若いほうの子), 805（アトレウスの子）
メノイテス　12.116, 118, 127
メムノン　13.578, 580, 583, 595, 600, 616, 617
メラネウス　12.306
メランプス　15.325（アミュタオンの子）
メリオネス　13.359
メルクリウス　11.304（マイアの子), 306, 312（翼ある神)／13.146（キュッレネ生まれの神)／14.291

ニア縁（ゆかり）の英雄), 113, 118, 134, 135, 140（アンピトリュオンの子), 157（英雄), 159, 162, 166, 175, 208, 210, 211, 217（アルケウスの孫), 229（ユピテルの令名高い子), 241（地上の保護者), 256, 263, 268（ティリュンスの英雄), 271, 274（父親), 275, 277（息子), 279, 285（わが子), 400（夫）／11.213（アルケウスの孫), 626／12.309, 537（アルケウスの孫), 538, 539, 544, 554, 555, 563（丈夫（ますらお)、ティリュンス縁のあの男), 574／13.23, 51, 401（ティリュンス縁の英雄）／15.8, 12, 17, 22（棍棒もつ神), 39（神), 47, 49（アンピトリュオンの子の父神), 229, 284
ペラスゴス　14.562
ペラテス　12.254
ヘリオスの娘たち（ヘリアデス）　10.91, 263
ペリクリュメノス　12.556
ペリパス　12.449
ヘルシリア　14.829（后), 831, 839, 840, 847, 850
ペルセポネ　→プロセルピナ
ペレウス　11.217, 227（孫), 238, 242, 244, 246（アイアコスの子), 247, 250（アイアコスの子), 260, 265（英雄), 266, 274（アイアコスの子), 278, 283, 290, 349, 350, 379, 389（アイアコスの子), 397, 399（アイアコスの子), 407／12.193, 194, 363（父), 364（アイアコスの子), 366, 368, 375, 378, 380, 389, 604／13.151, 155／15.856
ヘレネ　12.5（略奪した妻), 609（ギリシアの人妻）／13.200／14.669／15.231（テュンダレウスの娘）
ヘレノス　13.100（プリアモスの子), 335（トロイアの予言者), 721（トロイア縁（ゆかり）の予言者), 722／15.437, 450
ベロス　10.43
ヘロプス　12.334, 335
ペンテシレイア　12.611（女族）
ポイアス　9.231／13.45, 313
ポエベ　→ディアナ
ポコス　11.267, 381
ホディテス　12.456
豊富の女神（ボナ・コピア）　9.88
ポベトル　→イケロス
ポモナ　14.623, 626, 635, 652, 658, 767, 770
ホラ　14.850
ポリテス　14.251
ポリュクセネ　13.448, 449, 451, 453（王女), 460, 471（プリアモス王の娘), 474, 483
ポリュダマス　12.547
ポリュドロス　13.431, 438, 530, 536, 629
ポリュネイケス　9.405（兄弟）
ポリュペモス　13.765, 772, 773, 782, 871, 873／14.167, 188
ポリュメストル　13.430, 435（トラ

ピュライトス　12.449
ピュラクモン　12.460
ヒュレス　12.378
ヒュロノメ　12.405, 406, 423
ピランモン　11.317
ピロクテテス　9.231（ポイアスの子），233（ポイアスの子）／13.45（ポイアスの子），54, 313（ポイアスの子），322（勇者），328, 402（(弓矢の）持ち主）
ファウヌス　13.750／14.448
「噂（ファマ）」　12.43, 62, 65
「風聞」　12.54
運命の女神（フォルトゥナ）　13.334
プサマテ　11.381（ネレウスの娘），398, 399, 401
ブシリス　9.183
ブバスティス　9.691
プリアポス　9.347／14.640（股ぐらで脅かす神）
プリアモス　11.758／12.1, 607／13.100, 200, 404, 409, 431（父），471, 481, 513, 520, 596（叔父），722／14.474／15.437
プリュタニス　13.258
プレグライオン　12.378
プロイトス　15.326
プロカ　14.622
プロセルピナ　10.15（ペルセポネ），46（冥界の王妃），728（ペルセポネ）／14.114（冥界のユノー）
プロテアス　12.262
プロテウス　11.221, 249（カルパトス縁（ゆかり）の予言者），255／13.918
プロテシラオス　12.68
プロポイティデス　10.221, 238
ブロモス　12.460
ペイリトオス　12.210（イクシオンの子），217, 228, 330, 332, 333, 337（イクシオンの子），417（ラピタイ人）
ヘカテ　14.44
ヘカベ　11.761（デュマスの娘）／13.422, 485, 488, 492, 513（ヘクトルの母親、プリアモス王の后），533, 535, 538, 549, 555, 556, 559, 566, 568, 575, 577, 620（デュマスの娘）
ヘクトル　11.758, 760, 761／12.3, 67, 69, 75, 76, 446, 547, 591, 607／13.7, 82, 84, 85, 90, 177, 178, 276, 279, 384, 416（父親），425, 427, 486, 487, 513, 666
ペゲウス　9.412
ヘシオネ　11.211（王の娘），216
ヘスペリエ　11.768
ヘスペリデス　11.114
ヘッレ　11.195
ペトライオス　12.328, 330
ペネロペイア　13.511／14.670（ウリクセスの奥様）
ヘベ　9.400
ヘラクレス　9.13（アルケウスの孫），23（アルクメネの子），50（アルケウスの孫），66（ティリュンスの英雄），103（ユピテルの子），107, 109（アルケウスの孫），111（アオ

13.639, 651（リベル）, 669／15.413
パッラス　→ミネルウァ
パッラス（ティタン神族）9.421／15.190, 700
パトロクロス　13.274（アクトルの子）
パポス　10.297
パライモン　13.918
パラメデス　13.37（ナウプリオスの子）, 56, 59, 308, 310（ナウプリオスの子）
ハリオス　13.257
パリス　12.4, 600, 605, 609（人妻を拉致した卑怯者）／13.200-202, 501／15.805
パリヌルス　14.88（舵取り）
運命の三女神（パルカエ）15.781（太古の姉妹たち）, 808（三柱の姉妹たち）
パルタオン　9.12
ハレソス　12.462
パン　11.147, 153, 160（家畜たちの守護神）, 161-163, 171／14.515, 638
パンタソス　11.642
パンディオン　15.430
パントオス　15.160
「反乱」12.61
ビエノル　12.345
ピクス　14.314（若者）, 320, 332, 336, 342, 349, 362, 377, 387, 396, 397
ピセノル　12.303
ピッテウス　15.296, 506
ヒッパソス　12.352
ヒッポダメ（イア）12.210, 224／14.669（戦の因となったあの方）
ヒッポテス　11.430／14.86, 223／15.707
ヒッポメネス　10.575, 577, 586, 588（アオニアの若者）, 600, 607, 632, 639, 651, 658, 659（メガレウスの子の英雄）, 663, 664（ネプトゥヌスの末裔（すえ））, 668, 673, 682, 689, 694
ヒッポリュトス　15.492（テセウスの子の英雄）, 497, 500, 543, 547, 552（アマゾンの子）
ヒュアキントス　10.162（アミュクライの少年）, 182（タイナロン縁（ゆかり）の少年）, 185, 194, 196（オイバロスの末裔（すえ））, 210, 217, 219／13.396（オイバロスの末裔）
ピュグマリオン　10.244, 252, 267, 273, 290（パポス縁（ゆかり）の英雄）
ピュタゴラス　15.60（一人の人士）, 164（私）
ヒュッロス　9.279
ピュッロス　13.155
ヒュプシピュレ　13.399
ビュブリス　9.453-455, 467, 518, 534, 566, 580, 581, 635（ミレトスの娘）, 643, 648, 654, 658
太陽神（ヒュペリオン）15.406, 407
婚礼を司る神（ヒュメナイオス）9.762, 765, 796／10.1

テレボアス　12.441, 443
テレポス　12.112／13.171
テレモス　13.770, 771
トアス　13.357（アンドライモンの子）
トアス（レムノス島の王、ヒュプシピュレの父親）　13.400
トゥルヌス　14.451, 460, 530, 539, 567（ルトゥリ族の王）, 568, 573／15.773
トオン　13.259
トモロス（山の神）　11.156, 157, 170, 172
ドリス　13.742
トリトン　13.918
ドリュアス　12.291, 297, 311
ドリュオペ　9.331, 336, 342, 364, 392
ドリュラス　12.380
トレポレモス　12.537, 573
ドロン　13.99, 244

ナ　行

ナウプリオス　13.37, 310
「お産を助ける神々（ニクシ）」　9.294
ニュクテウス　14.504
「糠喜び」　12.60
ヌマ　15.3, 479, 486
ヌミキウス（河神）　14.598, 600
ヌミトル　14.773
ネオプトレモス　13.456, 475
ネストル　12.169, 178, 536（ピュロスの老将）, 542（ピュロスの老将）, 577（ネレウスの子）, 578（老将）／13.63-65／15.838（ピュロスの老将）
ネッソス　9.101, 108, 111, 112, 120, 122, 127, 129, 131, 153／12.308, 453
ネデュムノス　12.350
ネプトゥヌス　9.1／10.605, 639, 664／11.202（綿津見の親神）, 207（海の支配者）／12.25, 72, 94（海の万物を支配する方）, 197（海の神）, 198, 558, 580
ネペレ　11.195
ネメシス　14.694（ラムノス縁（ゆかり）の女神様）
ネリトス　14.158
ネレウス（海神）　11.218（義父）, 258, 362, 381／12.93, 94／13.162, 742, 857, 898／14.264
ネレウス（ネストルの父親）　12.553, 558, 577
ノイモン　13.258
「夜（ノクス）」　14.404

ハ　行

パイオコメス　12.431
パイドラ　15.501（パシパエの娘）
パエトン　12.581
パシパエ　9.736（太陽神（ソル）の娘御）／15.501
バッコス　9.641（セメレの子）, 642／11.17, 67（リュアイオス）, 85, 88, 99（若い育て子）, 104（リベル）, 132（レナイオス）, 134／12.578／

68, 90／13.59, 91, 134, 181, 238, 325／14.467, 470
ダプネ　10.92
ダルダノス　13.412／15.431, 766
タルペイア　14.777／15.866
タンタロス　10.41／12.626
ディアナ　9.89／10.536／11.321／12.27（処女神）, 32（処女神）, 35, 36（ポエベ）／13.185／14.331／15.196（夜のディアナ＝ルナ）, 489, 537（キュンティア）, 545, 549（ポエブスの姉君）
デイアネイラ　9.8, 103（新妻）, 112（新妻）, 133, 137, 152
ディオネ　9.443
ディオメデス（凶悪なビストネス族の王）　9.196（飼い主）
ディオメデス（ギリシア方の英雄）　12.622（テュデウスの子）／13.68（テュデウスの子）, 101, 103, 239（テュデウスの子）, 241, 351（テュデウスの子）, 354／14.457, 458, 461, 492, 512（オイネウスの孫）, 527／15.769, 806
ディクテュス　12.334, 337
ディス　10.15（冥界の王）, 47（黄泉の国を支配する王）／14.116（オルクス）／15.535
太陽神（ティタン）　→太陽神（ソル）
ディドー　14.78（シドン出の女王）, 81（裏切られた女王）
ティベリウス　15.836（后から生まれた子）
ティベリヌス　14.615
デイポボス　12.547
テウクロス（大アイアスの異母兄弟）　13.157／14.698
テウクロス（トロイアの古王）　13.705, 728／14.72
テクタポス　12.433, 439
テストル　12.18, 27
テセウス　9.1（ネプトゥヌスの子の英雄）／12.227, 230（剛毅な英雄）, 232, 233, 235, 237（アイゲウスの子）, 343（アイゲウスの子）, 345, 347, 349, 355, 359／15.492, 855
テティス　11.217（女神）, 221, 226, 227, 237, 251, 259（ネレウスの美しい娘）, 261, 264, 400／12.93（ネレウスの娘）, 194（母親）／13.162（ネレウスの娘御で、アキレウスの母神）, 288（紺青の海の女神）
テテュス　9.499／11.784／13.951
テミス　9.403, 418
デモレオン　12.355, 369, 371, 373
テュエステス　15.462
テュデウス　12.622／13.68, 239, 351／15.769
デュマス　11.761／13.620
テュンダレウス　15.231
テラモン　11.216／12.625／13.22, 25, 123, 151, 194, 266, 321, 346
テルシテス　13.232
テルセス　13.682, 683
テレウス　12.354
テレステス　9.717
テレトゥサ　9.682, 696, 702, 766

ケルシダマス　13.259
ケルベロス　9.185／10.21（怪犬），65（怪犬）／14.65
ケレス　9.422／10.74, 431, 436／11.112, 121, 122／13.639
ケンクレイス　10.436
ケンタウロス（たち）　9.191／12.211（雲から生まれた野蛮な人種），219, 240, 536／15.283
コイラノス　13.256
コメテス　12.284, 287, 290
コリュトス　12.290, 292
コロニス　15.624
コロノイ　13.698

サ　行

「囁き」　12.61
「錯覚」　12.59
サテュロス（たち）　11.89／14.637
サトゥルヌス　9.176, 242, 498／14.320, 782／15.858
サルペドン　13.255
サルマキス　15.319
「死」　11.538
シシュポス　10.44／13.26, 31, 32
シビュッラ　14.104, 113, 121, 122, 129（巫女），135（クマエの乙女），154／15.712
シュマイトス（河神）　13.750, 879
シルウァヌス　14.639
シルウィウス　14.610
シレノス　11.89, 90, 94, 99
シレン（たち）　14.87
スキュッラ　13.730, 733（乙女の顔をした怪女），749, 900, 907, 912, 966／14.17, 38, 41, 52, 54, 55, 59, 68, 70, 72
スコイネウス　10.609, 660
ステネロス　9.273
ステュペロス　12.459
スミンテウス　→アポロ
セメレ　9.641
眠りの神（ソムヌス）　11.586, 593, 612, 618, 623, 633（父神）
太陽神（ソル）（＝ヘリオス）、太陽神（ティタン）　9.736／10.78, 174／11.257（ティタン），353／13.968／14.9, 14, 33, 368（お父様），376, 382（ティタン），438（ティタン）／15.30

タ　行

ダイダリオン　11.273（失った兄弟），295, 318（屈強の父親），329（娘思いの父親），340, 410（兄弟）
ダイダロス　9.742
ダウノス　14.458, 510
タウマス　12.303／14.845
「驚異（タウマス）」　11.647
タゲス　15.558
タティウス　14.775, 804, 805
ダナイデス　10.43（ベロスの孫娘たち）
ダナエ　11.117
ダナオス（アプリアもしくはイアピュギア王）　14.458, 462（義父），510
ダナオス（ギリシア人の祖）　12.13,

608, 616, 619
キマイラ　9.647
キュアネエ　9.451, 452
「杞憂」　12.60
キュクノス　12.72, 75, 76, 85, 95, 100, 101, 122, 123, 125, 135, 138, 140, 143, 145, 150, 164, 165（若者）, 170, 581（息子）
キュクロプス　13.744, 755, 756, 761, 776, 780, 782, 860, 876, 882／14.4, 174, 249／15.93
キュッラロス　12.393, 407, 421, 424
キュパリッソス　10.106, 120, 130, 134, 137
キュベレ　10.104（神々の母）, 686（神々の母）, 696（神々の母）, 703／14.536（神々の聖なる母神）, 546（慈しみの女神）
キュメロス　12.454
キュンティア　→ディアナ
キルケ　13.968／14.9, 11, 14, 25, 37, 39, 42, 55, 56, 69, 71, 247, 248, 253, 267, 270, 271, 278, 290, 294, 297, 310, 312, 347, 348, 352, 354, 372, 376, 377, 385, 399, 401, 403, 412, 438, 446（悪名高い女神）／15.718
クイリヌス　14.607, 828, 834, 837（ローマの王）, 851／15.572, 600, 756, 862, 863
クトニオス　12.441, 442
クピドー　9.482, 543／10.26（愛（アモル））, 29（愛（アモル））, 311, 516（愛神（アモル））, 518（愛神（アモル））, 525（少年神）, 527（息子）
グラウコス　13.905, 916, 967／14.1, 8, 11, 39, 68
クラガレウス　13.714（裁定人）
クラタイイス　13.749
グラディウス　→マルス
グラニコス（河神）　11.762
クラニス　12.379
クラントル　12.361, 366, 367
クリュタイムネストラ　13.193（母親）
グリュネウス　12.258, 268
クレオパトラ　15.826（アイギュプトスの女）
クレナイオス　12.312
クロトン　15.15, 55
クロミオス　13.257
クロミス　12.333
「軽信」　12.59
ケクロプス　11.93／15.427
ケブレン（河神）　11.769
ケユクス　11.272, 282（トラキスの王）, 346（「明けの明星（ルキフェル）」の子）, 351（トラキスの王）, 382（オイテ聳えるトラキスの王）, 410, 415, 455, 461, 544, 560, 566, 569, 587, 653, 658, 673, 684, 685, 726, 739
角男たち（ケラスタイ）　10.222, 224
ケラドン　12.250
ゲリュオン（三頭の姿の牧人）　9.184
ケルコペス　14.91

オプス　9.498
オリオス　12.262
オリオン　13.294, 692
オルクス　→ディス
オルネウス　12.302
オルペウス　10.3, 11（トラキアの伶人）, 16, 45（伶人）, 47（伶人）, 49（トラキアの英雄）, 55, 64, 72, 76, 79, 85, 143／11.1（トラキアの伶人）, 5, 8（アポロの子の歌人）, 13（伶人）, 22, 23, 25, 39, 42, 44, 57, 61, 65, 93
オレステス　15.489
オレノス（ラピタイ人、テクタポスの父親）　12.432
オレノス（レタイアの夫）　10.69

カ　行

カイエタ　14.157（乳母）, 441（アエネアスの乳母）, 443
カイニス　→カイネウス
カイネウス　12.172, 179, 189（カイニス）, 195（カイニス）, 200（カイニス）, 208（アトラクスの乙女）, 459, 470（カイニス）, 471（カイニス）, 478, 479（ピュッロス出の若者）, 482, 489, 491, 496（エラトスの子）, 514, 531
カウノス　9.453, 455（アポロの孫である兄）, 487, 489, 574（マイアンドロスの孫の若者）, 580
カエサル　15.746, 750, 762（神祇官）, 767（たった一人の子孫）, 804（アエネアスの末裔（すえ））, 819（父）, 840（その者）, 841（神ユリウス）, 845, 864, 865
「混沌（カオス）」　14.404
カストル　12.401
カッサンドラ　13.410（ポエブスの巫女）／14.468（処女）
カッリオペ　10.148（わが母のムーサ）
カッリロエ　9.411（(後) 妻）, 413, 431
カドモス　9.304
ガニュメデス　10.155, 160（イリオンの王子）／11.756
カネンス（歌姫）　14.338, 381, 383, 417, 420, 427, 434
カパネウス　9.404
カピュス　14.613
カペトゥス　14.613
カメナ（エ）　14.433／15.482
カラクソス　12.272, 274, 280
ガラテイア　13.738, 749（ネレウスの娘の女神）, 789, 798, 839, 862, 869, 880, 898
ガランティス　9.306, 316
カルカス　12.18（テストルの子）, 21, 27（テストルの子）
カロプス　13.259
カロン　10.73（渡し守）
キオネ　11.301, 311, 325
巨人族（ギガンテス）　10.150
キニュラス　10.299, 337, 338, 343, 356, 361, 369, 380, 438, 472, 711, 730
キプス　15.565, 566, 580, 581, 586,

ウェヌルス　14.457, 460, 512, 515
ウェルトゥムヌス　14.641, 654, 678
ウリクセス　→オデュッセウス
ウルカヌス　9.251, 263（ムルキベル）, 423（ムルキベル）／12.614（同じ（火の）神）／13.313／14.532（ムルキベル）
エイレイテュイア　9.282
エウアグロス　12.290, 293
エウアンデル　14.456
エウポルボス　15.161
復讐の女神たち（エウメニデス）→復讐女神（エリニュス）
エウモルポス　11.93
エウリュステウス　9.203, 274
エウリュディケ　10.31, 48, 60, 80, 81／11.63, 66
エウリュトス（イオレの父）　9.356, 395
エウリュトス（ケンタウロス）　12.219, 223, 227, 232, 238
エウリュノモス　12.310
エウリュピュロス　13.357
エウリュモス　13.771
エウリュロコス　14.252, 286
エエティオン　12.110
エキオン　10.686
エクサディオス　12.266
エケクロス　12.450
エゲリア　15.482（伴侶）, 487（后）, 547
エテオクレス　9.405（兄弟）
エピュトゥス　14.613
エラトス　12.189
エリグドゥポス　12.452
エリクトニオス　9.423
エリゴネ　10.451
復讐女神（エリニュス）（復讐の女神たち（エウメニデス））　10.46, 314（毒蛇どもを操る三姉妹）, 349（三姉妹たち）, 350／11.14
エリピュレ　9.407（母親）
エリュクス　14.83
エリュモス　12.460
エルペノル　14.252
「冥界（エレボス）」　14.404
エンノモス　13.260
オイディプス　15.429
オイネウス　9.12（パルタオンの御子（おこ））／14.512
オイバロス　13.396
オイレウス　12.622
オケアノス（大洋）　9.498, 593（海）／13.951／15.829
オシリス　9.693
オデュッセウス（ウリクセス）　12.625（ラエルテスの子）／13.6, 15, 17, 48（ラエルテスの子）, 55, 62, 66, 83, 92, 98（イタカの王）, 107（ドゥリキオンの領主）, 124（ラエルテスの子の英雄）, 132, 240, 264, 341, 388, 399, 425（ドゥリキオンを領する王）, 486, 712, 773／14.71, 159, 180, 192, 226（首領）, 241, 289, 293, 297, 298, 305, 306, 563（イタカの領主）, 670
オネトル　11.348, 352
オピオン　12.245

アントニウス　15.826（ローマの将軍）
アンドライモン（トアスの父親）　13.357
アンドライモン（ドリュオペの夫）　9.333, 363
アンドロマケ　13.415（母親）
アンピアラオス　9.406（予知の能力のある将）, 407（父親）
アンピオン　15.427
アンピッソス　9.356
アンピトリュオン　9.140／15.48
アンピュコス　12.451, 455, 524
アンモン　15.309
イアシオン　9.422
イアンテ　9.715, 716, 722, 744, 760, 797
イオー　9.687（イナコスの娘御）
イオラオス　9.398, 401, 430
イオレ　9.140, 278, 280, 325（嫁）, 394, 395（エウリュトスの娘）
イカロス　10.450
イクシオン　10.42／12.210, 337, 504, 505
イケロス（ポベトル）　11.640
イシス　9.774, 782（女神）, 783（女神）
イダス　14.504
イドメネウス　13.358
イナコス　9.687
イピゲネイア　12.31, 34（ミュケナイの乙女）／13.185（何の罪もない娘）
イピス（女から男になったクレタ人）　9.668, 709, 714, 715, 723（相手）, 724, 745, 764, 771（娘）, 786, 794, 797
イピス（キュプロスの青年）　14.699, 713, 716, 733, 738, 741, 742, 753
イピトス　13.256
イピノオス　12.379
イリア　→レア・シルウィア
イリス　11.586, 589, 616（処女神）, 629, 647（「驚異（タウマス）」の娘）／14.85, 830, 838, 845（タウマスの娘の処女神）
イロス　11.756
「祖神（インディゲス）」　14.608／15.862
インブレオス　12.310
ウィルビウス　15.544, 552（アマゾンの子）
ウェスタ　15.731, 778, 864, 865
ウェニリア　14.333
ウェヌス　9.424, 482, 553, 727, 796／10.228, 238, 270, 277, 290, 524, 528, 535, 557, 640（キュテラに鎮座まします女神）, 717（キュテラの女神）／13.624（キュテラ縁（ゆかり）の女神）, 674（御令室）, 758／14.26, 478, 487（キュテラの女神）, 494, 572, 583（キュテラ縁の女神）, 585, 596, 599, 602, 605, 634, 693（イダリオン縁の女神様）, 761, 783, 787／15.386（キュテラの女神）, 762, 779, 803（キュテラの女神）, 807（女神）, 816（キュテラ縁の女神）, 843

アトレウス　12.622／13.230, 359, 364, 439, 655／15.161, 805, 855
アナクサレテ　14.698, 718, 748
アニオス　13.633, 643
アヌビス　9.690
アバス（アルゴス王）　15.163
アバス（ケンタウロス）　12.306
アバス（ディオメデスの部下）　14.505
アパレウス　12.341-343
アピス　9.691
アピダス　12.316, 323-325
アポロ　9.331（(デルポイとデロスに鎮座まします）神様), 444（ポエブス), 455, 658（ポエブス)／10.108（弓を引き絞る神), 132（ポエブス), 162（ポエブス), 167（わが父), 168, 171, 178, 197（ポエブス), 209, 213（ポエブス), 214（ポエブス), 564（神)／11.58（ポエブス), 155, 163（ポエブス), 165（ポエブス), 171（ポエブス), 174（デロス生まれの神), 194（ラトナの子), 199, 303（ポエブス), 305, 310, 316, 339, 413（クラロスの神)／12.585（スミンテウス), 597（デロス生まれの神), 604／13.174, 410（ポエブス), 501（ポエブス), 631, 632, 640（ポエブス), 650（デロス縁（ゆかり）の神), 677（ポエブス), 715／14.133（ポエブス), 150（ポエブス), 416（ポエブス)／15.191（ポエブス), 419（ポエブス), 533, 549（ポエブス), 631（ポエブス), 639, 642（ポエブス), 722（父神), 724, 865（ポエブス)
アミュコス　12.245, 254, 256
アミュタオン　15.325
アミュントル　12.364
アムリウス　14.773
「愛神（アモル)」　→クピドー
アラストル　13.257
アルカンドロス　13.257
アルキノオス　14.564
アルキュオネ　11.384, 415, 419, 423, 444（アイオロスの娘), 447, 454, 458, 463, 472, 544, 545, 563, 567, 573（アイオロスの娘), 587, 627, 661, 674, 681, 684, 710, 746
アルクマイオン　9.407（その息子)
アルクメネ　9.23, 276, 280, 313, 394
アルケイシオス　13.144
アルケウス　9.13, 50, 109, 217／11.213／12.537
アルコン　13.684
アルバ　14.612
アレオス　12.310
アレクシロエ　11.763
アレモン　15.19, 25, 47
アンキセス　9.425／13.625（尊ぶべき重荷の父親), 640, 680／14.84（亡き父), 105（父), 117
アンタイオス　9.184
アンティパテス　14.234, 238, 249／15.717
アンティマコス　12.460
アンテノル　13.201

636, 665, 679, 681, 705／14.78, 79（プリュギアの英雄）, 109, 110（トロイアの英雄）, 115, 122, 154, 169, 246, 441, 448, 456, 572（息子）, 581, 584（キュテラ縁の女神の子の英雄）, 588, 600, 603, 607, 810（孫）／15.438, 439, 450, 681, 695, 762, 771（わが子）, 804, 806, 861
アカイメニデス　14.161, 162, 166
アカストス　11.409
アガメムノン　12.624（兄のほう）, 626（タンタロスの曽孫たち）／13.184, 186, 189, 216（王）, 217（王）, 230（アトレウスの子）, 275, 328（王）, 364（アトレウスの子）, 439（アトレウスの子）, 443, 655（アトレウスの子）, 657／15.855
アキス　13.750, 756, 786, 861, 874, 879（シュマイトスの孫の英雄）, 883, 884, 886, 895-897
アキレウス　11.265／12.73, 77, 81, 82（アイアコスの孫）, 86（女神の子）, 88, 95（アイアコスの孫）, 98（英雄）, 102, 106, 119, 122, 128, 132, 139, 150, 162-164, 168（アイアコスの孫）, 176, 177, 191, 363, 582, 593, 603（アイアコスの孫）, 604（ペレウスの子）, 605, 606, 609, 613, 615, 618, 619／13.30, 107, 121（英雄）, 130, 133, 134, 155, 157, 162, 166, 168（女神の子）, 178, 253（その勇者）, 273, 281, 282, 284, 288（わが子）, 298-300, 304, 441, 500, 502, 505（アイアコスの孫）, 580, 597／15.856
アクトル　13.274
アクモン　14.485, 494, 497
アクロタ　14.617
アケステス　14.83
アケロオス　9.1（河神）, 3（カリュドンを流れる河神）, 68, 96, 413／14.87
アスカニウス　13.627, 680（その孫）／14.583（ユルス）, 610／15.447（ユルス）, 766（ユルス）
アスクレピオス　15.533（アポロの御子（みこ））, 534（医神（パイアン））, 624（コロニスの息）, 639（アポロの子）, 642（ポエブスの若御子）, 653（救いの神）, 720（神）, 723（エピダウロスの神）, 736（神）, 737（大蛇姿の神）, 742（ポエブスの子）, 744
アステュアナクス　13.415
アストライオス　14.544
アスボロス　12.307
アタマス　13.918
アタランテ　10.565, 587, 597, 609（スコイネウスの娘）, 660（スコイネウスの娘）, 661, 666
アッサラコス　11.756
アッティス　10.104
アドニス　10.513（男の子）, 532, 541, 558, 681, 709, 711（キニュラスの子の若者）, 725, 730（キニュラスの末裔（すえ）の英雄）
アトラス　9.273／15.149

人名・神名索引（下）

・本文に登場する人名および神名を以下に掲げる。
・出現する箇所は、巻数と行数で示した。例）11.758＝第一一巻七五八行
・巻の区切りは「／」で示している。
・本索引が対象とするのは、下巻所収の第九巻から第一五巻である。第一巻から第八巻については、上巻に同様の索引を収録する。

ア 行

アイアコス　9.435, 440／11.226, 246, 250, 274, 389, 399／12.82, 95, 168, 364, 603, 613／13.25, 27, 33, 505
アイアス（小）　12.622（オイレウスの子）／13.356, 505／14.467（ナリュクスの英雄）
アイアス（大）　12.625（テラモンの子）／13.2, 18, 22（テラモンの子）, 28, 97, 123（テラモンの子）, 141, 152, 155, 164, 194（テラモンの子）, 218, 254, 266（テラモンの子）, 305, 321（テラモンの子）, 324, 338, 340, 346（テラモンの子）, 385, 386, 390
アイオロス（風神）　9.507／11.430, 444, 561（義父）, 573, 747／13.25／14.86（ヒッポテスの子）, 102, 223, 225, 232／15.707（ヒッポテスの子の王）
アイオロス（前項の「風神」と同一ともされる）　14.102
アイゲウス　9.448／11.663／12.343／15.856
アイサコス　11.758（あの人物）, 762, 764, 773（トロイアの英雄）, 777, 783, 787, 791／12.1
アウェンティヌス　14.620
アウグストゥス　15.447（ユルスの血を引く末裔（すえ））, 749（継嗣）, 751（継嗣）, 819（彼の子）, 850-854（息子）, 860, 868
アウトリュコス　11.315
曙の女神（アウロラ）　9.421（パッラスの娘御）／11.295, 598／13.576, 579, 621／15.190（パッラスの娘御）, 700（パッラスの娘御）
アエッロー　13.710
アエネアス　13.624（キュテラ縁（ゆかり）の女神の子の英雄）,

KODANSHA

＊本書は、講談社学術文庫のための新訳です。

オウィディウス（Publius Ovidius Naso）
前43-後17/18年。古代ローマの「黄金時代」後期を代表する詩人。代表作は本書のほか，『悲しみの歌』，『祭暦』など。
大西英文（おおにし　ひでふみ）
1948年生まれ。京都大学大学院文学研究科博士課程修了。専門は，西洋古典学。訳書に，キケロー『老年について　友情について』（講談社学術文庫）ほか多数。

定価はカバーに表示してあります。

変身物語（下）
オウィディウス
大西英文 訳
2023年９月７日　第１刷発行

発行者　髙橋明男
発行所　株式会社講談社
東京都文京区音羽 2-12-21 〒112-8001
電話　編集（03）5395-3512
販売（03）5395-5817
業務（03）5395-3615
装　幀　蟹江征治
印　刷　株式会社ＫＰＳプロダクツ
製　本　株式会社国宝社
本文データ制作　講談社デジタル製作

ISBN978-4-06-533286-3

「講談社学術文庫」の刊行に当たって

これは、学術をポケットに入れることをモットーとして生まれた文庫である。学術は少年の心を養い、成年の心を満たす。その学術がポケットにはいる形で、万人のものになることは、生涯教育をうたう現代の理想である。

こうした考え方は、学術を巨大な城のように見る世間の常識に反するかもしれない。また、一部の人たちからは、学術の権威をおとすものと非難されるかもしれない。しかし、それはいずれも学術の新しい在り方を解しないものといわざるをえない。

学術は、まず魔術への挑戦から始まった。やがて、いわゆる常識をつぎつぎに改めていった。学術の権威は、幾百年、幾千年にわたる、苦しい戦いの成果である。こうしてきずきあげられた城が、一見して近づきがたいものにうつるのは、そのためである。しかし、学術の権威を、その形の上だけで判断してはならない。その生成のあとをかえりみれば、その根は常に人々の生活の中にあった。学術が大きな力たりうるのはそのためであって、生活をはなれた学術は、どこにもない。

開かれた社会といわれる現代にとって、これはまったく自明である。生活と学術との間に、もし距離があるとすれば、何をおいてもこれを埋めねばならない。もしこの距離が形の上の迷信からきているとすれば、その迷信をうち破らねばならぬ。

学術文庫は、内外の迷信を打破し、学術のために新しい天地をひらく意図をもって生まれた。文庫という小さい形と、学術という壮大な城とが、完全に両立するためには、なおいくらかの時を必要とするであろう。しかし、学術をポケットにした社会が、人間の生活にとってより豊かな社会であることは、たしかである。そうした社会の実現のために、文庫の世界に新しいジャンルを加えることができれば幸いである。

一九七六年六月

野間省一

西洋の古典

2465
七十人訳ギリシア語聖書　モーセ五書
秦　剛平訳
前三世紀頃、七十二人のユダヤ人長老がヘブライ語聖書をギリシア語に訳しはじめた。この通称「七十人訳」こそ、現存する最古の体系的聖書でありイエスの時代の聖書である。西洋文明の基礎文献、待望の文庫化！
電P

2479
ホモ・ルーデンス　文化のもつ遊びの要素についてのある定義づけの試み
ヨハン・ホイジンガ著／里見元一郎訳
「人間の文化は遊びにおいて、遊びとして、成立し、発展した」——。遊びをめぐる人間活動の本質を探究、「遊びの相の下に」人類の歴史を再構築した人類学の不朽の大古典！　オランダ語版全集からの完訳。
電P

2495
エスの本　ある女友達への精神分析の手紙
ゲオルク・グロデック著／岸田　秀・山下公子訳
「人間は、自分の知らないものに動かされている」。フロイト理論に多大な影響を与えた医師グロデックが、心身両域にわたって人間を決定する「エス」について明快に語る。「病」の概念をも変える心身治療論。
電P

2496
ヨハネの黙示録
小河　陽訳（図版構成・石原綱成）
正体不明の預言者ヨハネが見た、神の審判による世界の終わりの幻。最後の裁きは究極の破滅か、永遠の救いか——？　新約聖書の中で異彩を放つ謎多き正典のすべてを、現代語訳と八十点余の図像で解き明かす。
電P

2500
仕事としての学問　仕事としての政治
マックス・ウェーバー著／野口雅弘訳
マックス・ウェーバーが晩年に行った、二つの講演の画期的新訳。『職業としての学問』と『職業としての政治』の邦題をあえて変更し、生計を立てるだけの「職業」ではない学問と政治の大切さを伝える。
電P

2501
社会学的方法の規準
エミール・デュルケーム著／菊谷和宏訳
ウェーバーと並び称される社会学の祖デュルケームは、一八九五年、新しい学問を確立するべく、記念碑的なマニフェストとなった本書を発表する。社会学とは何を扱う学問なのか？——決定版新訳が誕生。
電P

西洋の古典

2509
物質と記憶
アンリ・ベルクソン著／杉山直樹訳

フランスを代表する哲学者の主著――その新訳を第一級の研究者が満を持して送り出す。簡にして要を得た訳者解説を収録した文字どおりの「決定版」である本書は、ベルクソンを読む人の新たな出発点となる。

2519
科学者と世界平和
アルバート・アインシュタイン著／井上 健訳（解説・佐藤優／筒井 泉）

ソビエトの科学者との戦争と平和をめぐる対話「科学者と世界平和」。時空の基本概念から相対性理論の着想、統一場理論への構想まで記した「物理学と実在」。平和と物理学、それぞれに統一理論はあるのか？

2526
中世都市　社会経済史的試論
アンリ・ピレンヌ著／佐々木克巳訳（解説・大月康弘）

「ヨーロッパの生成」を中心テーマに据え、二十世紀を代表する歴史家となったピレンヌ不朽の名著。地中海を囲む古代ローマ世界はゲルマン侵入とイスラーム勢力によっていかなる変容を遂げたのかを活写する。

2561
箴言集
ラ・ロシュフコー著／武藤剛史訳（解説・鹿島茂）

十七世紀フランスの激動を生き抜いたモラリストが、人間の本性を見事に言い表した「箴言」の数々。鋭敏な人間洞察と強靭な精神、ユーモアに満ちた短文が、自然に読める新訳で、現代の私たちに突き刺さる！

2562・2563
国富論（上）（下）
アダム・スミス著／高 哲男訳

スミスの最重要著作の新訳。「見えざる手」による自由放任を推奨するだけの本ではない。分業、貨幣、利子、貿易、軍備、インフラ整備、税金、公債など、経済の根本問題を問う近代経済学のバイブルである。

2564
ペルシア人の手紙
シャルル＝ルイ・ド・モンテスキュー著／田口卓臣訳

二人のペルシア貴族がヨーロッパを旅してパリに滞在している間、世界各地の知人たちとやり取りした虚構の書簡集。刊行（一七二一年）直後から大反響を巻き起こした異形の書、気鋭の研究者による画期的新訳。